# 啄木声声

第二届"啄木鸟杯"中国文艺评论年度优秀论文集

中国文艺评论家协会
中国文联文艺评论中心 编

人民出版社

# 啄木声声——第二届"啄木鸟杯"中国文艺评论年度优秀论文集丛书

# 编 委 会

# 出版说明

　　为切实贯彻落实习近平总书记系列重要讲话,特别是在中国文联十大、中国作协九大开幕式上的讲话和《中共中央关于繁荣发展社会主义文艺的意见》中关于要高度重视和切实加强文艺评论工作的精神,按照中央《关于全国性文艺评奖制度改革的意见》《全国性文艺评奖改革方案》中关于做好文艺评论工作激励的要求,推动文艺评论更加有效地引导创作、推出精品、提高审美、引领风尚,中国文联、中国文艺评论家协会决定从2016年起在全国范围内每年组织开展一次"啄木鸟杯"中国文艺评论年度推优活动。

　　第二届"啄木鸟杯"中国文艺评论年度推优活动自征集通知向社会发布以来,通过中国文联各团体会员、各直属单位,中国文艺评论家协会各团体会员,军委政治工作部宣传局文化处,各中国文艺评论基地,中国文艺评论家协会各专业委员会推荐与社会自荐的方式,共征集2016年6月30日至2017年6月30日之间发表和出版的文章、著作一千余份,经各推荐单位初步筛选,向中国文联和中国文艺评论家协会报送了398件作品,其中著作95部,文章303篇。按照推优章程和实施细则规定,最终评选出40件优秀作品,包括著作10部、文章30篇。此书将本届推优优秀文艺评论文章结集出版。

　　"啄木鸟杯"中国文艺评论年度推优将继续秉承着高标准、高质量、高格调的推选标准,为挖掘推介年度优秀文艺评论作品而不懈努力。

中国文艺评论家协会

中国文联文艺评论中心

# 目　录

（按作者姓氏笔画排序）

# 捡了故事，丢了历史

## ——谈谈今天我们如何避免误读历史

丁晓平（解放军出版社昆仑图书编辑部主任）

文学创作永远无法回避历史问题。在历史写作和历史阅读盛行的当下，在微观历史、口述史和非虚构写作丰富的今天，我们的历史写作和历史阅读，已经呈现了一种"捡了故事（微观的局部的片段或细节），丢了历史（宏观的整体的过程和因果）"的现象。之所以出现这种现象，其实就是我们碰到了一个老生常谈的问题——写什么、怎么写和读什么、怎么读的问题。对于写作和阅读，写什么和读什么或许不必操心，因为对一个有思想的作家来说，什么都可以读，什么也都可以写，可怎么读、怎么写却是一门学问，这里有情感、有立场、有哲学、有思想，有一点还是必须要有的，那就是还要有科学和理性——既要一分为二，又要恰如其分。

精神有领袖，历史无先知。要做到正确的历史写作和历史阅读，或者说如何避免误读历史，笔者结合自己的历史写作和阅读经验，谈一点肤浅的体会，一家之言，抛砖引玉，期待诸位方家批评指正。

## 一、不要轻易迷信权威，要有"吾爱吾师，但吾更爱真理"的怀疑精神

有人说，历史是任人打扮的小姑娘。的确，历史都是由人来书写的，而且任何时代历史的记录，都深受从事历史写作的人当时写作环境、价值观、写作动机、语言习惯和素质水平等因素制约，有好坏之分，有真伪之别，甚至还有故意遮蔽、掩盖历史真相的。因此，读史、写史就必须学会辨史，要有大胆的怀疑精神，不能对某个历史事件、某个历史问题，听了某个所谓权威的一家之言或一部专著，便急急忙忙倾

心相信,从而受到蒙蔽,陷人对所谓"历史"的"迷信症",误入歧途。因此,历史写作和历史阅读,必须提高警惕,回到历史的现场,正视历史的局限和局限的历史,辩证分析,不能照单全收,既要在局限的历史中观照过去,也要在历史的局限中展望未来。

当下诸多所谓的网红式的学术权威和大V、公知,他们当中很多人既没有建构自己的理论体系,也缺乏深厚的学术修养,还不愿"坐冷板凳",是不甘寂寞的"半油篓子",凭借自己在国家级研究机构、院校、媒体、基金会或其他有经济实力的自媒体平台,以奇谈怪论和牢骚满腹的情绪口水,采取与主流思想绝对对立的碎片化的观点,用自己武断、无端的想象去描写历史,搞历史虚无主义,泄私愤、发雷音,迎合和媚俗受众的逆反心理,或采取擦边球的形式尽冷嘲热讽之能事,亵渎祖先、亵渎经典、亵渎英雄,甚至诋毁、诬蔑或歪曲中共党史、中国革命史,其真实目的就是以言论、出版自由的幌子煽风点火,企图通过各种新媒体和社交平台,传播西方价值观念和所谓宪政民主,做"和平演变"的奴才。比如,某本以"国家"打头的人文历史杂志在未经笔者允许的情况下曾两次摘转本人著作《中共中央第一支笔(胡乔木传)》的内容,但令人想不到的是,他们在转载中竟然在本人著作中插入境外出版物的文字,拼凑剪辑,前后观点完全相反,后被人举报,不得不公开向社会和本人道歉。

"一切真历史都是当代史。"这是意大利著名学者克罗齐1917年提出的一个命题。当下,"一切真历史都是当代史"在中国却被众多的公知们普遍地滥用和误读,甚至已演变为"一切历史都是当代史",把"真"字丢了,以致谬种流传。在他们看来,"现实是从历史中来的,甚至现实很多顽症根植于历史,欲知现实之所以然,离不开去历史里面寻踪索秘、拔草寻蛇",似乎现实就是历史的翻版或历史就是现实的预演。其实,早在1947年,朱光潜先生在《克罗齐的历史学》一文中探究克罗齐的史学思想时,就曾对这一命题做了比较正确的解读:"没有一个过去史真正是历史,如果它不引起现实的思索,打动现实的兴趣,和现实的心灵生活打成一片。过去史在我的现时思想活动中才能复苏,才获得它的历史性。所以一切历史都必是现时史……着重历史的现时性,其实就是着重历史与生活的连贯。"我们可以鉴古知今,可以资治通鉴,可以从历史的经验教训中找到一些方法,但现实中的问题,只能抓住现实中的矛盾来解决,在现实的发展中找到答案。

## 二、不要轻易相信一个人的口述史，要树立大是大非的大历史视角

如果说"历史是平的"，这个"平"就应该是公平正义。没有公平正义的历史，绝对不是人类史。"不识庐山真面目，只缘身在此山中。"一个人的口述史，只是一个人的，他的想法、看法、说法，是否就是历史呢？是否还原了历史的真相呢？眼见不一定为实，耳闻不一定为虚。现象不是现实，现实也不等于历史。历史人物亲见亲闻亲历的，或许也只是历史的一种表象和瞬间，甚至在那个历史的现场他自己或许都不知道自己竟然也被蒙在了鼓中，而"新闻背后的新闻"或许才是真实的历史。因为"小我"只是"大我"的一部分，有时候看似可有可无，却千钧一发、四两拨千斤。

比如，笔者历时数年采访创作完成了《王明中毒事件调查》，以新发现的第一手历史文献完整澄清了歪曲污蔑中共和毛泽东的"第一谎言"，被誉为中共党史的重要发现和收获，却竟然有人在新浪网专门开设"老行伍的博客"（http://blog.sina.com.cn/u/1572330144），扬言"请丁晓平先生试吃砒霜、水剂甘汞、来苏水和鞣酸液……"其实，王明子虚乌有的"一家之言"仍被人不断复制、贩卖和炒作，妄图从根本上动摇一个执政党的道德形象和它的公信力。

历史写作和历史阅读，我们坚持大是大非，走正道存大义，既不能戴着显微镜放大历史的偶然，也不能戴着老花镜模糊历史的必然，更不能戴着有色眼镜说东道西，王顾左右而言他。历史写作，我们必须要寻找、发现和呈现历史中最有价值的那部分历史。何谓最有价值的历史？一句话，就是推动民族、国家和人民的进步，有利于民族、国家和人民的根本利益的那部分历史。

从近年来的历史写作和历史阅读状况来看，诸多文章明显缺乏理性，有的是完全在自说自话、喃喃自语，有的是借机发泄个人恩怨，有的甚至在搬弄是非。比如，从这些年的所谓"民国热"来看，包括以蒋介石为代表的民国人物历史作品和许多渲染国民党军队抗战的作品，以揭秘真相为噱头，把蒋介石等民国人物描写成不可一世的英雄和伟人，很多都是"国粉""蒋粉"的一家之言，没有抓住中华民族和中国革命历史的主流、主题和本质。他们大多以截取历史某个阶段或者段落的形式，以局部否定全局，以段落否定整体，以偶然否定必然，不承认历史的内在规律，逆历史潮流妄图搞什么颠覆、解构，实质上就是否定历史。在这方面，比如历史教师袁腾飞等，他们以调侃、诙谐、幽默的语言，写出了诸如《历史是个什么玩意儿》、《这

个历史挺靠谱》,不排除有一定的新潮和新意,但其本质上的犬儒主义给青少年带来了极其消极的负面影响。再比如,在某超级畅销书中竟然也发出了"蒋介石的悲剧在于与毛泽东同时代"这样"既生瑜何生亮"般的感叹,陷入了历史唯心主义的泥沼。

当下,一谈及文艺与政治,许多人就"谈虎色变",热衷"去政治化",仿佛自己与政治没有关系。其实,在现实生活中,我们的衣食住行都与政治密切相关,就像一个人永远无法拽着自己的头发离开地球一样,谁也不能离开政治。比如,许多学者、教授对诸如袁世凯、胡兰成这些民国时期所谓"反面人物"大搞"平反运动",片面地夸大这些历史人物本身确实具有的历史进步作用,但往往却矫枉过正,走向极端,误导青少年学生和社会大众,以至于认为我们的历史教科书是"运用强权,恣意篡改、隐瞒、阉割历史",影响十分恶劣。这种带有私人情绪的学术研究活动具有很大的欺骗和负面作用,他们不仅没有看到历史前进的脚步,而且没有理解历史研究"有经有权"的道理,表面上摆出一种所谓"去政治化"的姿态,其实质上玩的却是"政治手段",以达到"政治目的"。

### 三、不要轻易对历史下结论,要在可信的现代解读上主张正义

人们常说"以史为鉴""以史为镜",然而历史失真与历史思维的偏差,往往导致文明的生命力的下降,损害历史的镜鉴作用。历史需要科学的、深层的探究和客观的评价,需要我们"博学之,审问之,慎思之,明辨之,笃行之",既要正视历史人物和我们每一个人自身的狭隘、局限、偏见和人类社会的阶级性、政治性和斗争性,又要看到历史本身有其发展的客观规律,不能简单地把它归结为个别的、特殊的历史事件的集合,只强调对历史事件的主观评价,把历史只看作是精神的运动、发展的过程。历史是一条滔滔不息的长河,逝者如斯夫。对于历史和历史人物都要抱有一种敬畏之心——当历史的牺牲作为名词的时候,更加凸显历史人格的崇高,更加凸显历史逻辑的严谨。

因此,历史写作不能轻易下结论,要尊重历史发展的客观规律,明晰历史研究和历史写作的终极目的——还原现场、照亮现实、美好未来。我们可以无限地接近历史的真实,却永远无法还原历史的真相。正因此,我们更应该把历史写作的目的放在发掘历史的价值上,引导人们从历史中吸取经验、智慧和营养,不再重蹈前人的覆辙。这就要我们对历史人物和历史事件秉持人文关怀,对历史和历史人物的

命运遭际保持宽容，要坚持在可信的现代解读上主张正义，既不一味展览黑暗与丑陋，也不无视可能体味到的炎凉辛酸，而是更多的对真善美的发现，对我们脚下这片土地丰饶和贫瘠、阳光和阴影的珍视。同时，我们对历史的发现和重述，还要懂得历史问题的解决和呈现必须要充分服从并服务于国家、民族和人民的现实利益，既不能投鼠忌器，也不能因噎废食，它不是抢新闻上头条，必须要有足够的历史耐心，掌握方法和时机。

近年来，否定"五四运动"的声音甚嚣尘上，其中不乏国字号研究机构的专家、学者。有相当一部分学者否定"五四运动"，简单地错误地认为"五四运动""新文化运动""打倒孔家店"就是全盘否定中华传统文化，推翻"孔教"就是全盘否定孔子的儒家思想（笔者在著作《五四运动画传：历史的现场和真相》中有比较系统的正确分析），甚至简单粗暴地将"五四运动"与"文化大革命"联系起来。比如2009年，"五四运动"90周年的这一天，某报刊发了曹汝霖的《回忆录》，这本来无可厚非，但他们竟然在"编者按"中罕见地把五四爱国运动简单地定义为青年学生的一场"街头运动"。还有，近年来尊孔之风盛行，许多商业机构绑架文化学者利用文化产业化，所谓的"国学"大行其道，变相地把读经、穿汉服作为传承国学的形式，实质上是学风、文风不正的具体表现，是"四不像"的新八股，其目的不过是为了忽悠民众、变相赚钱。

## 四、我的愿景或结论：宽容比自由更重要，正义比平等更重要

历史的阅读与历史的写作一样，需要具备良心、良知来造就良史，需要在常识的基础上建立共识造就知识。何谓知识？笔者认为："知"即调查研究，"识"为辩证分析。因此，我们必须学会思考，学会用辩证法。辩证法的基本精神就是理论联系实际，一切从实际出发，实事求是——这是思想之剑。但我们同时也要明白，辩证法其实并不是一门科学，也不是逻辑，甚至也没有什么"规律"可言，它不想混淆黑白，不想说一个东西既不是这样又不是那样，一个事物该是什么就是什么。因此，辩证法要的是在事物之间活学活用各种道理，灵活地看问题，机动地做事情，也就是用正确的方法去做好正确的事情，它其实是一种人文的方法，它要求以我们的价值观去改变历史（改变并不是改写）。简单地说，辩证法给我们提供了一些思考问题的角度，主要有两个角度：一个是从整体的角度去思考，就是说，一个事物的各部分必须在整体联系中才能真正被理解；另一个角度是以历史的眼光去看问题，一

方面历史在操纵着我们（任何一个历史人物也包括在内），另一方面我们又在创造历史，我们在历史中处于承先启后的位置，所以我们的所作所为既有来路又有去处，才能踩在历史的点子上，不然就会被历史抛弃。

无论是历史写作，还是历史阅读，我们必须突破历史的局限，不当"事后诸葛亮"，不做"马后炮"，不搞含沙射影、指桑骂槐那一套尖酸的把戏，更不能浅薄、无知地搞什么拿来主义，拿过去类比今天，拿外国类比中国，否则就会滑入经验主义、教条主义和主观主义的茅坑中去，陷入痴人说梦盲人摸象的唯心主义的泥沼。而那些靠炒作历史已经不入流的陈芝麻烂谷子来标新立异的、像狗仔队一样挖掘历史的花边新闻来哗众取宠的公知们，甚至不惜人格国格媚俗媚外媚低级趣味，搞什么解构、颠覆、重塑这些所谓的新名词新花样，终究将成为历史虚无主义的奴才和知识的乡愿之徒而被历史所耻笑。而尤其值得注意的是，许多大众媒体不问青红皂白，记者因受自身知识的局限，没有确立马克思主义新闻观，像狗仔队一样抢新闻、找噱头，"追星"般跟风炒作，博取眼球，推波助澜，在舆论上没有起到正确的引导作用。

思想与理性是人类天性中最重要的素质，对此我们必须有着坚定的信仰。就像没有思想的历史学家绝对是不称职的历史学家一样，没有思想的作家也不是好作家。我在著作《光荣梦想：毛泽东人生七日谈》的序言中，对历史写作曾经说过这么一段话：历史不是人类的包袱，而是智慧的引擎；历史不是藏着掖着的尾巴，而是耳聪目明的大脑。历史更是一种文化，是一种价值观。在全球正在"化"为一体、微观史独领风骚、史学研究"碎片化"大行其道的今天，在史学家和公知们沉溺于对五花八门五颜六色的微观史并自足于津津乐道的今天，在日常生活史、个人口述史、小历史在各种各样的传播媒介上出尽风头的今天，个体的历史越来越清晰，整体的历史却越来越混沌——细节片段的微观历史遮蔽了总体全局的宏观历史，混乱、平庸的微观叙事瓦解了宏大叙事，琐碎、局促的微观书写离析了历史的唯物主义和辩证法——显然，这是当代知识变迁过程中一种错位的"非典型状态"。一叶障目，不见泰山。历史的"碎片化"和"碎片化"的历史，已经说明个体、个性化甚至个人主义的微观史终究不能承担"究天人之际，通古今之变"的历史责任和使命，更无法克服其自身致命的弱点——没有足够的能力来理解和诠释世界已经发生和正在发生的重大转变。对重大问题的失语和无力，是微观史所面临的最大挑战。要见树木，更要见森林。历史研究和历史写作离不开宏大叙事，必须实事求是地回到历史现场和历史语境当中，完整书写整体的历史和历史的整体，在宽容、坦率、真实、正义中正视历史人物、历史事件和历史问题的深度价值和潜在秘密，循着实事求是和辩证唯物主义的路径，在常识中把握历史发展的主题和主线、主流和本质——这才是真正的大历史的视角，从而避免陷入历史的虚无和知识上的尴尬境地。

因此，我始终认为："宽容比自由更重要，正义比平等更重要。"

历史的苦难造就了苦难的历史。而苦难又是历史送给我们的一个最不受我们欢迎的礼物——是的，历史就是这样的一份礼物。对历史，我们必须深怀敬畏之心，怀抱理性的真诚，珍之惜之。还是那句话：既不要妄自尊大，也不要妄自菲薄。我们正确地认识历史，其实不仅是为历史负责，也是对自己负责。正确的研究和认识历史到底有什么作用？在这里，我想用宋代思想家张载的"四句教"来回答——为天地立心，为生民立命，为往圣继绝学，为万世开太平。

最后，我还是引用作家梁晓声先生对文化这个概念的解释，与大家一起共勉。什么是文化？文化是"根植于内心的正义，不用提醒的自觉，以限制为前提的自由，替别人着想的善良"（笔者稍作了一点改动）。作为一个作家，我想，我们首先最基本最起码的，就应该做一个像梁晓声先生所说的这样一个有文化的人。如果我们心中有了这样的正义、自觉、自由和善良，我们在历史写作和历史阅读中，就拥有境界、方法、水平和情怀，就拥有了历史感，从而拥有力量、光明、温暖和希望。

原载《文艺报》2017 年 4 月 24 日

# 论中国现代文学史中萧红书写

于文秀（黑龙江大学文学院院长、教授）

　　近年来学界对萧红的研究一直较热，著述颇丰，从数量上看高于丁玲，仅次于张爱玲。回顾萧红研究 80 余年的历史，总体来说呈现先抑后扬的轨迹，而对已有的文学史中的萧红书写进行考察，情况大抵相同。具体来看，随着时代语境变换，中国现代文学史①中的萧红书写大体经历了两个大的历史时期，文学史成果的区域分布包括大陆和港台②。第一个阶段是 20 世纪 50 年代到新时期初期即 20 世纪 80 年代中期之前，受制于文学为新民主主义革命一部分的文学史观影响，此时期的萧红书写基本注重从文学救亡视角，以《生死场》为主的前期创作进行重点解读，对其他代表性作品关注不够且批评多于肯定，没有完全呈现和诠释萧红创作的文学内涵和价值。第二个阶段是 20 世纪 80 年代中期直至当下，萧红的文学史书写洗尽政治的铅华，回归文学，从现代性与文化启蒙视域来分析和阐释萧红的创作及文学史意义。总体看来，萧红的文学史书写经历了先抑后扬的演进轨迹，从中也反映了文学史话语范式的发展变化。

## 一、50 年代到 80 年代中期文学史中的萧红书写

　　20 世纪 50 年代，萧红被正式写入文学史。在 50 年代的文学史中，萧红作为左

---

　　① 本文的考察范围划定在 20 世纪 50 年代后出版的有代表性的中国现代文学史教材，原则上不包括专门史。

　　② 海外较有代表性的是夏志清的《中国现代小说史》和顾彬的《二十世纪中国文学史》，夏志清的著作属小说的专门史，顾彬的著作影响较小，故皆不在本文讨论之列。

翼青年作家和萧军一道崛起文坛,她的创作虽然稚嫩、不乏弱点,却勇于在国难当头之际愤怒书写民族苦难和抗战,文学史对萧红的这种书写和定位一直延续到80年代初期。这种走势在大陆和港台乃至海外的文学史中大体一致。在第一个大的阶段的文学史中,萧红和萧军大多是同时出场,顺序是萧军在前,篇幅一般也多于萧红,而且对萧军的评价要高于萧红。在第二个大的阶段的文学史中,对二萧的书写出现了大调换,萧红在文学史中不仅评价越来越高、内容越来越丰富,而且她的出场顺序已在萧军之前,且有单出头的个别情况,而萧军在文学史中的书写却越来越萎缩。

大体看,在1949年之前的文学史写作中几乎找不到萧红的影子,20世纪50年代后萧红的作品开始出现在正式出版的文学史中。在50年代号称"三部半"的文学史中除张毕来的文学史外,其他三部皆有对萧红、萧军的书写,并且基本处于相同的章节结构中,即第二次国内革命战争时期(或左联成立前后十年),1927—1937年这一时段,这样的章节安排在60余年的文学史中变化不大。

受制于现代文学学科初建时受政治"提携"的学科特点①、时代政治要求语境,加之文学史写作者主观的政治真诚,50年代的文学史皆将中国新文学史看成是中国新民主主义革命的一个组成部分,正如王瑶在《中国新文学史稿》(下文简称《史稿》)绪论中开宗明义指出的新文学的定位和属性,即新民主主义革命在文艺方面的"斗争和表现"。50年代出版的文学史都在此指导思想下完成,用阶级分析方法考察文学历史现象,带有浓厚的政治色彩,对萧红的创作多作政治化的解读,都重点关注她的成名作《生死场》中的抗战内涵,在肯定其抗战意义和价值的同时又对其思想和情绪弱点进行批评,对其他体现萧红创作特色及贡献的文学文本很少提及。王瑶的《史稿》堪称第一部比较完整的新文学史著述,开创了文体分类的写作体例,而且可以说在新文学史中,王瑶的《史稿》第一次写到萧红。王瑶的文学史涉及萧红的作品虽然有限,重点介绍了《生死场》,未论及《呼兰河传》,但较有亮点的是率先注意到了萧红作品艺术上呈现的特点和不足。王瑶的文学史受到蔡仪的尖锐批评,认为它有政治话语与学术话语的交织倾向,要求文学史向政治倾斜。②蔡仪的主张影响了同时代的丁易、刘绶松等人。丁易、刘绶松的文学史牵强地对萧红的创作进行过度的革命化、政治化阐释,对其作品的文学性、艺术性几乎未涉及。受制于"苏联模式"影响,丁易的《中国现代文学史略》基本贯穿了"社会主义现实

① 参见温儒敏:《王瑶的〈中国新文学史稿〉与现代文学学科的建立》,《文学评论》2003年第1期。
② 蔡仪:《〈中国新文学史稿〉(上册)座谈会记录》,《文艺报》1951年第20号。

主义主流论"这一红线,论述了《生死场》在抗战方面的现实意义和鼓舞人民抗战的价值后,随即指出它没有突出中国共产党在东北所起的领导作用,只是写了人民自发的斗争。同时还批评萧红"继《生死场》之后写出的《马伯乐》和《呼兰河传》,似乎是在走下坡路了。个人的悒郁代替了战斗的气息,……那种不健康的小资产阶级思想感情又经常把她拖进苦闷深渊的缘故"①。正如有研究者指出的,留学过苏联的丁易为了彰显政治倾向的进步性而套用"社会主义现实主义"这个理论来整合新文学,以致把理论产生的时间提前了,不顾新文学历史发展的基本事实。"这种思维方式的简化症后来在刘绶松的《中国新文学史初稿》中发展成一套可以更熟练操作的程式",把文学史作为阶级斗争的工具,已经很难见到"文学"。②

1976年10月后大陆文学史写作重见天日,再次出现热潮。本文只列举80年代中期前出版的较有代表性的文学史。按出版时间有田仲济、孙昌熙主编的《中国现代文学史》,"九院校"编写的《中国现代文学史》,林志浩主编的《中国现代文学史》,唐弢主编的《中国现代文学史》,后来还有孙中田等主编的《中国现代文学史》、黄修己所著的《中国现代文学简史》等。较之20世纪50年代的文学史,这些文学史的评论重点依然是《生死场》,评价基调基本相似,对《呼兰河传》几乎都以批评为主,只在个别作品的提及上稍有不同,总体变动很小。

唐弢主编的《中国现代文学史》作为新时期初期权威的文学史,从出版时间看似乎算不上最先出版,但实际上早在1961年教育部统一组织编写文科教材会议之后就开始编写,到1979年末才出版,此间社会环境变化已翻天覆地,它也试图吸收新思想、新成果,但结果却新旧掺杂,正如有学者指出的那样:"既有老干,又有新枝,……正因为如此,'唐弢本'出版后,既成为新文学史著中水平最高的一部,又让人觉得新鲜感不足。"③这句话同样适用于表达对唐弢本文学史中萧红书写的感觉。唐本文学史主要还是对《生死场》进行了重点评介,结论是"真实地写出了东北人民在帝国主义、封建主义双重压迫下的深重灾难"。对萧红代表作《呼兰河传》的评价则是"在过去生活的回忆里表现了作者对于旧世界的愤怒,但也流露出由于个人生活天地狭小而产生的孤寂的情怀"。较之王瑶的《史稿》中没有涉及《呼兰河传》,唐本有所涉及。较之丁易的《史略》的论调大同小异,都对其作品因个人处境和生活的狭隘而出现的忧郁、孤寂情绪作了批评。

---

① 丁易:《中国现代文学史略》,作家出版社1955年版,第322页。
② 参见温儒敏:《"苏联模式"与1950年代的现代文学史写作》,《北京大学学报》2003年第1期。
③ 黄修己、刘卫国主编:《中国现代文学研究史》下册,广东人民出版社2008年版,第937页。

50—80 年代港台地区出版了林莽编著的《中国新文学廿年》、李辉英的《中国现代文学史》、司马长风的《中国新文学史》、周锦的《中国新文学简史》四部有代表性的文学史。前两部由于皆由一人编写,内容基本相同,对二萧介绍相当概略且评价不高,认为《生死场》不够精炼、结构散漫,强调"端木蕻良的文学才具,是驾乎其他的东北作家之上的"。①

香港的司马长风本《中国新文学史》于 70 年代中后期陆续出版,相比港台地域学者的文学史还是首屈一指且有分量的。这部文学史写了四年多,边写边出版,虽有争议但在海内外产生了一定影响,尤其是他对萧红及萧军的评价在同一时期的两岸三地文学史中自成一家。他基于"打碎一切政治枷锁,干干净净以文学为基点写的文学史"②的写作理念,认为《生死场》是"一部平常的作品",并认同从纯文学观点看这本小说"相当平庸"的论断,以此逻辑对《呼兰河传》赞赏有加,认为"正因为创作的心灵自由了,一切类型化、观念化的要求退隐了,《呼兰河传》才透出了鲜烈的个性,成为战时长篇小说的重大收获"。他将《呼兰河传》的成就和魅力置于鲁迅和沈从文、老舍之上,这种评价不乏个人的情感偏好,难以服众。司马长风的文学史虽不是严格遵循"论从史出"的原则,但与大陆 50 年代到 80 年代中期的文学史相比,有超前感,读来很清新。

相比司马长风,台湾周锦著述的《中国新文学简史》规模篇幅不大,时间跨度却不小,对从 1917 年到 1979 年的大陆和台湾 60 余年的文学史作出概览。此本文学史受大陆文学史编撰模式的影响较大,虽三处章节写到萧红,但总体看内容上无甚新意,评价观点上亦较陈旧,且对萧红小说批评多于肯定。只有一点值得一提,它将萧红的散文创作写入文学史,并且认为她的散文创作水平在小说之上,虽字数很少,点到为止,但在当时的两岸文学史中应该是首次。③

总的看来,从 50—80 年代,除司马长风的文学史外,大陆和港台地区的文学史中的萧红书写变化不大,缺少质变,特点几乎是共同的:一是几乎皆列入左联新人新作(或成长期);二是主要肯定和评介《生死场》,顺带提及《呼兰河传》,且批评性的文字居多;三是"大约占五百字的篇幅"。④

---

① 林莽编著:《中国新文学廿年》,香港世界出版社 1957 年版,第 115 页。
② 司马长风:《答复夏志清的批评》,台湾《现代文学》复刊第 2 期(1977 年 10 月)。
③ 参见周锦:《中国新文学简史》,台北成文出版社 1980 年版,第 229 页。
④ 参见王观泉:《探讨文学史编写的一个问题——萧红研究得失谈》,收入《萧红研究》,哈尔滨师范大学北方论丛编辑部编,1983 年内部印行,第 234 页。

## 二、80 年代中期之后文学史中的萧红

20 世纪 80 年代中期后,在反思、重写文学史的呼声越来越高的情势下,文学史写作迎来了第三次高潮,统编和自行编写的文学史写作不计其数。本文只列举几部在时间和内容上有代表性的文学史,主要有钱理群、吴福辉、温儒敏等著的《中国现代文学三十年》(下文简称《三十年》),冯光廉、刘增人主编的《中国新文学发展史》,程光炜等主编的《中国现代文学史》,朱栋霖等主编的《中国现代文学史》,丁帆主编的《中国新文学史》等。随着《中国现代文学三十年》的问世,萧红的文学史书写出现陡转,一反以往 30 余年不变的状况,定位和评价急转直上,达到前所未有的高度,甚至不乏过分拔高之嫌,使萧红书写在文学史中呈现了先抑后扬的走势。

《三十年》作为中国现代文学史著作中特色鲜明、在当前影响最大的一种,从其创新的勇气和探索看具有里程碑意义,是"新出的新文学史著中最有当代性的"[1]。就萧红的书写而言,不论是 1987 年的初版本还是 1998 年的修订版,在萧红的文学史出场顺序、作品的阐释、文学史地位和贡献评价等方面,皆出现大胆而全新的变化,一改以往肯定中有批评,甚至批评多于赞扬的状况,对萧红的评价由抑到扬,甚至采用极致化的评价语言,将文学史中的萧红及其创作推至前所未有的高度。

在目前所见的无论大陆还是台港、海外文学史中,1987 年版的《三十年》第一次将萧红列在东北作家群之首,同时也将萧红放在萧军和端木蕻良之前(此版二萧的篇幅相差无几),在对萧红的具体介绍中,开始便肯定她"是一个极富才情的女作家",这也是文学史写作中第一次对萧红给予如此高的评价。1987 年版中对《生死场》的阐释也一反以往牵强挖掘抗日主题的单一模式,还原作品本色,认为《生死场》并非正面写抗日斗争,而是"写出中国北方农村生活的封建性的沉滞、闭塞,以及由此造成的对民族活力的窒息",首次挖掘出《生死场》的文化批判和文化启蒙方面的主题。对萧红代表作《呼兰河传》和《小城三月》也作了简单评介,指出《呼兰河传》所蕴含的国民性批判和旧文化反思的主题意蕴。尤为可喜的是,一改萧红作品被批结构松散、人物不突出等缺陷,首肯其小说的艺术特质,认为"萧红

---

① 黄修己、刘卫国主编:《中国现代文学研究史》下册,广东人民出版社 2008 年版,第 948 页。

创造出一种介于小说与散文诗之间的新型小说样式"。

在 1998 年修订版《三十年》中，对萧红的书写创新幅度非常之大，不仅在篇幅上有了较大扩展（增加了近一半的篇幅，由 1987 年版的约 530 余字增加到 1998 年版约 980 字），而且评价上进一步提升：一是由 1987 年版的"极富才情的女作家"，到 1998 年版本中进一步提升为"文学创造力特殊的天才的女作家"，在此已将萧红拔高到了"天才的女作家"。1987 年版和 1998 年版的《三十年》中对其他女作家的评价都没有高出这个定位，比如对丁玲的评价是"'五四'以后第二代善写女性并始终持女性立场的作家"（1987 年版与 1998 年版评价一致）；对冰心评价更是不高，"属于以旧文学为根基的早期新文学作家"①。对张爱玲的评价，1987 年版受政治立场和意识形态束缚，显然尚未放开手脚，因此是"这个女作家有很好的艺术素质，却被她的政治立场所蔽"②，所给篇幅也短，与萧红相差不多；1998 年版中不仅篇幅扩展，多于萧红，评价也更高，"张爱玲 40 年代的小说成就，有她本人的天才成分和独特的生活条件，也是中国 20 世纪文学发展到这个时期的一个飞跃"③，显然对萧红与对张爱玲的评价是相似的，都用了相同的字眼，即"天才"，同被认为天才作家。但我认为张爱玲的确有些天才的成分，这从创作和生活行为怪僻皆有反映；而萧红则是有些天分的、有别致风格的女作家，"天才"则评价过高。二是 1998 年版的《三十年》对萧红作品的内涵阐释有所深化，对艺术创新的评价则又有一定的提升，指出"从创造小说文体的角度看，萧红深具冲破已有格局的魄力"，认为其小说文体有创造性的突破，打开了小说与非小说之间的壁垒，"创造出一种介于小说与散文及诗之间的新型小说样式""她的文体是中国诗化小说的精品"。④

1998 年版对萧红的评价呈现出前所未有的大胆和魄力，用的是近乎极致化的语言"天才""创造"，而不是"天分""创新"这样有弹性的语汇。这在文学史写作中对萧红的评价是巅峰性的，且峰值已在最高点。不仅对以往文学史有着巨大的质的飞跃，后来的文学史也恐难超越。《三十年》关于萧红的评价的确立论新颖，思想深刻，不乏洞见，吸收了当代最新的研究成果，敢于表达作者的个人见解，令其在众多文学史中脱颖而出，给文学史带来新气象。但如果从史论结合的标准看，《三十年》中关于萧红的书写，"论"的主观色彩较浓，"史"的客观性不足，在一定

---

① 钱理群、吴福辉、温儒敏：《中国现代文学三十年》，北京大学出版社 1998 年版，第 299、153 页。
② 钱理群、吴福辉、温儒敏：《中国现代文学三十年》，北京大学出版社 1987 年版，第 586 页。
③ 钱理群、吴福辉、温儒敏：《中国现代文学三十年》，北京大学出版社 1998 年版，第 516 页。
④ 钱理群、吴福辉、温儒敏：《中国现代文学三十年》，北京大学出版社 1998 年版，第 310 页。

程度上有以论带史的倾向,有文学史的性质,更有文学评论的色彩。正像有学者指出的那样,《三十年》修订版有些地方用的是"论"而不是"史"的写法。所以《三十年》中的萧红书写依然不能作为终极版,依然有待考量和省思。

80年代中期后出版的其他文学史,在对萧红个人才气的定位、作品内涵的解读及艺术贡献等关键性评价语汇方面,大多按《三十年》的评价口吻和路径进行,只不过有的是原样承续,如"萧红是位历经坎坷、英年早逝的天才作家"①,有的则进行适度的微调,如萧红"是个有特殊文学天分的女作家"②。当然,90年代以来也有将二萧放在整个东北作家群或东北文学发展流脉中书写和评价,而不是单独列出章节评价,如程光炜等主编的《中国现代文学史》、许道明著的《中国新文学史》等,它们的优长在于史实的丰富。

至1987年版《三十年》的问世,大陆对萧红的评价可谓穿过了山重水复的政治化取向,迎来了柳暗花明、还原本真的文学化评断,即从文学文本的原旨和价值展开评述和阐释,结束了50年代以来文学史书写的政治—进化型话语为主导的强势支配范式,实现了以强调文学的本体性为主导的文化—审美型话语范式的转型,终于从政治—进化型话语宰制下的"政治斗争编年史"和"作家政治履历"两个参照系统中松绑③,轻装上阵直接进入文学史的书写与评说。

## 三、反思与探索

文学史关于萧红的书写在60多年里虽经历了较大的变化,但从实际情况看,实然与应然之间仍未统一,一些深层次问题仍需考量和辨析。对于影响萧红的文学史书写的主要话语资源、文学史中萧红被置于的时期及章节的安排是否妥当、如何将萧红从政治化的分期与归属中松绑并回归应有的文学审美属性与定位,以及如何在文学史写作中客观真实地展示萧红创作的全貌等,本文希望通过对这些问题的探讨尽可能地还原萧红文学史应有的面目与地位。

应该说萧红能够在30年代崛起文坛并得到推重,且在文学史中获得地位,与鲁迅、胡风、茅盾三位大家撰文推介和评论是分不开的,而且这三位大家的观点一

---

① 丁帆主编:《中国新文学史》,高等教育出版社2013年版,第327页。
② 朱栋霖、朱晓进、龙泉明主编:《中国现代文学史》,北京大学出版社2007年版,第51页。
③ 参见朱德发、贾振勇:《评判与建构:中国现代文学史学》,山东大学出版社2002年版,第269页。

直或显或隐成为文学史萧红书写的话语资源。他们分别撰写的三篇文章《萧红作〈生死场〉序》、《〈生死场〉读后记》、《〈呼兰河传〉序》对文学史中萧红的书写影响最大,他们的观点和评价深深地左右着文学史。鲁迅对二萧的提携推介不遗余力,对萧红的成名作《生死场》充满了文学长者和前辈的包容,在为其作序时尽力发掘和褒扬优点,讳省不足,对鲁迅关于《生死场》褒扬话语的引用成为文学史萧红书写的非常普遍的模式。如王瑶的《史稿》,在萧红评价的有限篇幅中有近一半的字数是引用鲁迅的序文,后来的文学史几乎都或多或少地引用了鲁迅此篇文章的观点。

胡风的文章是在鲁迅嘱咐之下完成的①,也被文学史直接或间接地引用,尤其在对萧红创作上的女性特点和艺术不足之处的评价,都可以看到胡风观点的痕迹。胡风肯定了萧红《生死场》中体现了"女性的纤细的感觉",也指出了她的弱点,"题材的组织力不够,全篇显得是一些散漫的素描,感不到向着中心的发展,不能使读者得到应该能够得到的紧张的迫力""人物的性格都不突出""修辞的锤炼不够"等。对此,王瑶的《史稿》在指出《生死场》艺术上的不足显然也借鉴了胡风的观点:"文笔细致是女作家的长处。全篇组织略嫌散漫,缺少紧张集中的力量;人物写得也不够突出,但严肃而动人的情感是从头一直贯彻在作品中。"②其他文学史包括港台著述的文学史中都有胡风影响的痕迹。

晚于鲁迅、胡风文章11年问世的茅盾的《〈呼兰河传〉序》在萧红的研究和评论史上也有重大影响,鲁迅、胡风影响的是文学史对《生死场》的评价,茅盾影响的是对《呼兰河传》的评价。茅盾结合当时自己失去爱女的"感伤的心情"含蓄地写出了与萧红身世的共鸣,文章不仅篇幅长,而且情感投入,因此对萧红作品的解读更有深度,其观点诗意审美,更体现了文学评论的本体论特征,影响更为深远。例如冯光廉、刘增人主编的《中国新文学发展史》中关于萧红《呼兰河传》的评价定调基本是承续了茅盾的精神和论调,"萧红以优美的富于才情的笔调,叙述着一个寂寞的小城那和历史一样古旧的现状,展现的都是作为民族精神、民族心灵之一角的北国风俗画,正如茅盾所说:'它是一篇叙事诗,一幅多彩的风俗画,一串凄婉的歌

---

① 参见胡风《悼萧红》中:"后来她将她的中篇小说给我看了,还告诉我它没有名字,又希望我能写序,我当时辞谢了,要他们仍请鲁迅先生写。但是鲁迅先生和我闲谈时,也叫我写,说他一人写两本书的序不太好,也实在没什么好说的,你来一篇吧。我就答应了写一篇读后记。"载《艺谭》1982年第4期。

② 王瑶:《中国新文学史稿》,新文艺出版社1955年版,第253页。

谣'。"①茅盾的文章对第二阶段文学史的萧红书写乃至整个萧红研究影响更大。

鲁迅和胡风为《生死场》所作的序和跋，出于作家和知识分子的时代责任感，也是为二萧作品的顺利出版，偏重和放大了抗战内涵和意义的阐释和发掘，这不乏权宜之计的推介却奠定了几十年来对萧红作品的文学史评说基调。对《生死场》的主题集中进行抗战解读在现代文学史第一阶段的萧红书写中几乎千篇一律。对于《生死场》真正的主题应该是什么，它是否是真正意义上的抗战小说，这种质疑在80年代中期就已出现，后来也偶有文章谈及此问题。最早出现且论据充分是葛浩文的质疑，他在1985年出版的《萧红传》再版中指出，《生死场》是中途转变主题的小说，它在结束前约三分之一的篇幅中写到了日本侵略和国人抗日。的确，《生死场》起到了抗战作用，但它并非严格意义上的抗战小说。它不仅在篇幅上涉及抗战的部分很小，而且从未正面写个体对抗，也没有双方的硝烟战火，甚至小说中写到的有关抗战的内容也是道听途说的，不是亲身经历的，此方面的积累严重不足。② 的确，从《生死场》问世一直到80年代中期前，文学史对其主题思想的抗战论观点与实际主题有出入、有偏离，这不能不说是存在误读。这种误读在当时有其历史的可然性，这不仅因为二萧逃离东北流亡南方与东北沦陷有关，这种身世背景加之作品的部分内容也涉及抗战书写，做抗战论解读也在情理之中。加上"奴隶丛书"的冠名更容易望文生义，产生抗战意义的联想。还有鲁迅和胡风等的权威导读，尤其胡风的文章不仅篇幅较长，而且也着重进行抗战意义的发掘，认为"这本不但写出了愚夫愚妇底悲欢苦恼，而且写出了蓝空下的血迹模糊的大地和流在那模糊的血土上的铁一样重的战斗意志"，在当时国族危难的情境下，救亡是时代统一的主题与使命，即时代的共鸣状态使然，是知识分子主动自觉的选择。事实上《生死场》于1935年发表，而真正传播、推广并产生影响是在抗战爆发后。抗战主题的解读和论断被认为是理所当然的，并引导着文学史的写作。任何的观点和论说都离不开历史的语境制约，但我们在对历史同情地理解的同时，还需要还原性的反思和澄清。历史的天空变换了布景，人们的思维也回归了冷静和理性，以往"抗战说"的单一主题阐释显得勉强，萧红作品中显然更多的是对人与文化的启蒙和批判，重心无疑是"对着人类的愚昧"，在对恶劣蛮荒的自然条件下北方农村人们的低等次的生与死看似作了原生态的书写，实际上文化批判意味强烈。可喜的是，

---

① 冯光廉、刘增人主编：《中国新文学发展史》，人民文学出版社1991年版，第231页。
② 葛浩文：《萧红评传》，北方文艺出版社1985年版，第54页。

在萧红的文学史书写的第二阶段已经突破第一阶段抗战论的单一格局,基本客观理性地还原了《生死场》启蒙兼及救亡的思想蕴含,在肯定"阶级性、民族性等因素的考量虽然有一定的合理性"的同时,强调其最有价值处在于"超越时代的对人的精神状态与生命意志的关注"。①《生死场》最动人之处是萧红对农民与农作物的特有情感:"萧红能把握住农业社会的特征和农人所崇奉的道德价值观念,这些都是《生死场》最成功的地方……"②

正因为将《生死场》解读为抗日小说,才有将萧红放在左翼文学分期的理由和逻辑。现有的文学史几乎都将萧红放在中国现代文学的"第二个十年"中的左联作家群中,之所以放在这个时段和板块,主要是因为二萧皆在此时期崛起文坛并发表成名作,加之1951年中央教育部组织起草的《中国新文学史教学大纲》作为国家标准和指令将二萧写入"第三编'左联'成立前后十年"这一章节。这样的安排和编写体例受制于意识形态和时代氛围,并非完美和可以成为终极版的文学史写作依据。事实证明,这样的文学史章节安排对于萧红是不妥的,无法合理恰当地包蕴萧红的全部创作,更影响对萧红的文学史进行了准确定位和精准阐释。

萧红创作的重头戏即代表作恰恰不在她被文学史安排的那个时段,而是1940年以后发表的《呼兰河传》(1940年)、《马伯乐》(1941年)、《小城三月》(1941年)等,检视文学史不难发现,萧红被放在1927—1937年间的文学史章节中,她的所有创作皆显得十分蹩脚,不仅文题不相扣,而且有削足适履感。50年代至80年代中期前的文学史看重萧红的前期创作,对后期的创作基本忽略或一带而过,80年代中期以来则相反,注重对后期代表作的评介、解读,但萧红所在的时段和章节的位置无大改变,如《三十年》仍然把萧红放在现代文学的第二个十年,但也将萧红不在此时段创作发表的后期代表作《呼兰河传》和《小城三月》放在此节作了评介。1987年版和1998年版的《三十年》皆采用在相应章节设年表的体例,但在萧红的相关章节年表中没有1937年以后的创作记录,仅将其1937年以后的作品附在第三编的第三个十年中没有萧红出现的相关章节之后。③ 这种章节内容与年表内容的不完全匹配,体现的正是萧红被放置章节和时段的不妥帖甚至不合理。还有,由于萧红的后期创作既不属于解放区,也不属于国统区,大多数文学史都将萧红的作品全部放在30年代的小说创作中去评介。80年代中期以来的文学史都在写作体

①　丁帆主编:《中国新文学史》,高等教育出版社2013年版,第327页。
②　葛浩文:《萧红评传》,北方文艺出版社1985年版,第56页。
③　分别见1987年版《三十年》的第489页和1998年版《三十年》的第534页。

例和分期方面寻求创新,尽量淡化政治化分期的影响,但实际上看难以做到真正去政治化,皆有若隐若现的痕迹,在章节标题和具体内容上都多少有"国统区""沦陷区""解放区"等直接或类似的字眼,萧红在文学史中的位置依然尴尬。

由于萧红被文学史安置在左联的麾下太久,以致见怪不怪,加上萧红是抗战时期东北作家群的一员,故很少有人对此反思、质疑,即使是学界提出"重写文学史"后,对萧红也没有达到真正的全面重写。

通过潜心细致的考察,不难发现,文学史两个阶段60余年的萧红书写,尽管不断丰富完善,日趋向好,但尚有继续完善的空间,尤其在萧红的文学史时段处理上还有明显的问题。要处理好这一问题,需要调整的是分期的内在逻辑,将萧红从政治化分期和归属中松绑,回归文学本体,全面、完整、独立地考量和分析萧红的创作,将萧红创作全景式还原呈现,既有小说,也有散文和诗歌,后两者所占比重也不能小视,更不能无视。从总体看,萧红应该分属乡土作家,她的创作应该归于乡土文学范畴。她的作品皆为回首故土乡人、反思风俗文化而写就,承继了五四以来的乡土文学传统,在情感的眷恋与理性的剖析中生发出文采别致、蕴蓄丰厚、历久弥新的文学文本。对萧红的文学归属,冯光廉、刘增人主编的《中国新文学发展史》作出了较为成功的探索,它以文学主题为切入点,兼及思潮、流派、社团及文体的综合考量,将萧红放置在了"乡土文学:乡恋乡愁情怀的寄托和民俗美感的多重意蕴"这一章节中,认为富于诗人气质的才女萧红,将鲁迅与20年代抒情型乡土文学型范推向了新的高峰。

对作家进行妥当的文学定位,处理好文学史的关键问题,也是决定文学史能否成立和流传的决定性因素。建构恰切而有涵容性的文学分期虽在短时间内还难以做到,但不能因此放弃思考和努力。中国现代文学史百年在即,应是对百年文学史中作家作品进行理性回望和反思之时了。

原载《中国现代文学研究丛刊》2016 年第 10 期

# 唯拓展方能超越

——主题性美术创作的内涵范畴及其未来机遇

于洋(中央美术学院副教授、国家主题性美术创作研究中心副主任)

近些年来,随着几项国家级美术创作工程的陆续推出,各地美术创作力量积极响应,涌现出一批主题鲜明、水准上乘的精品力作,作为热点板块的主题性美术创作引发了美术界乃至更大范围社会群体的关注。那么,我们该如何认识"主题性创作"的概念范畴与核心追求?"主题性"体现在美术创作方面的内涵与外延又是什么?主题性创作在当下和未来有哪些重点课题与学术生发点?这些问题常会盘桓在我们面前,却又往往没有相对清晰的答案。

从经典名作的数量与表现题材来看,主题性创作在百年以来的中国近现代美术史上占据大半壁江山。然而客观地来看,曾经有很长一段时间,过于偏重政治社会性的主题意识,压抑了新中国成立后主题性创作的本体价值与形式审美。正如当我们面对主题性创作时,常常会意识到要规避某些宏大叙事与模板化的表现手法,当我们今天面对这一课题,往往对于"主题新创作"的认识仍简单而含混地停留于"主旋律"、"历史画"、"重大题材"等范畴。因此,我们今天对于主题性创作的思考,不仅需关注表现手法和创作细节,反思与建构也应从其概念本身开始,从而更准确、全面地理解"主题性创作"的范畴、方法与外延的可能性。

关于绘画乃至艺术创作整体的"主题性"概念的辨析,牵涉到政治、社会、历史、文学、民族学、艺术生态学等诸多领域的问题,其范畴本身亦具有丰富而复杂的结构。很长时间以来,诸多学者、艺术家针对"主题性绘画"一词进行过多轮讨论,有些学者从概念界定与建构的角度对其进行阐释,也有的学者认为这个概念的表述存在问题和歧义。早在20世纪80年代,面对反映时代精神与民族命运的主题性绘画创作,邵大箴先生在《更上一层楼——看四川美院画展有感》(发表于《美术》1984年第6期)一文中对于"主题性"的概念便作过回溯与阐述:"'主题性'这个词,大概是50年代从苏联美术评论中引进来的。俄文ТематцчекаяКартцНа,是指有情节的历史题材画、风俗画等。看来这个词的含义很模糊,因为绘画都是有主题的,印象派式的风景画,一般的即兴之作,不能说没有主题,即使标榜无主题的抽象画,其实也是有主题。""主题"与"主题性"的概念本身即具有词义的多元指向与含混性,从广义的角度,"主题"贯穿于所有艺术创作的表述过程。任何艺术创作都有其主题的指向,都带有广义的"主题性创作"的特点。

对于这一语词的讨论,如果将"主题"一词拆解出来阐读,将有助于对"主题性绘画"更为深入的理解。"主题"一词首先在艺术领域出现,最早源于德国的一个音乐术语,指乐曲中最具感染力的一段核心旋律,即一段乐曲的主旋律,是整个乐曲在内容和形式上的核心。后来"主题"这个音乐术语被广泛地应用于其他艺术门类诸如文学、美术、戏剧、影视等文艺创作中。对应在传统文学概念中,"主题"一词与"立意""主旨"等意思相同,强调的都是文艺的核心思想。在美术创作中,"主题"指历史或现实题材创作的表现内容和其所要反映的情绪与思想。通过主题的表现,艺术家得以呈现作品所要表现的主题的历史背景、时代特征与时代意义。

按此理解,"主题性"创作一般泛指表达具有强烈主题目的、相对复杂含义内容的特质。而相对而言的"非主题性"创作,则与"主题性"创作相对,指比较随感而发、即兴创作的作品。在笔者看来,对于"主题性美术创作"概念范畴的判断与理解,创作的题材或风格本身并不能在独立意义上揭示"主题性",而作品整体构思与具体艺术表现的合力,才共同指向了一个"召唤结构",作品是否能够引起广大受众的集体性共鸣,才是主题性创作的核心主旨。因此,不单是表现革命历史、英雄或领袖形象,表现一个底层的劳动者、表现平凡生活中富有意味的日常场面,同样可以召唤"主题性"的呈现。

显然,主题性美术具有较为明确的时代规定性与意识形态属性。在很多语境中,"主题性美术创作"是指以历史唯物主义的历史观为出发点,精心选取近现代中国各历史时期与当代社会现状中具有影响力和代表性的历史事件和历史人物,作为主题内容进行的美术创作。在这一层面上,主题性美术创作具有鲜明的时代精神和时代特色。同时在作品中不同程度地体现了国家的意志,具有一定的针对性和导向性。有一些艺术家与学者提出,"主题性"首先意味着对于美术创作题材的重要性的限定，认为"主题性"主要指"重大题材"；而有的学者则认为主题性美术是以一个事件或故事的背景为依托创作，要有一个明确的主题，却不一定是重大题材，更不一定是现在具有特定内涵的"主旋律"。在这里牵涉出"重大题材"与"主旋律"两个相关的概念，尽管这两个概念在所指范畴上各有侧重，具有含义上的微妙差别，但二者都强调了美术创作的政治指向性与意识形态属性。

如我们所知，"主旋律"美术作为对新中国成立以来艺术创作现象的一种描述概念，一般是指通过艺术作品的创作与传播，在社会文化环境中建构一种体现国家政权对审美文化生活起引导作用的主流力量，从而在精神取向、审美格调与风格手法上反映一定时期内社会政治文化主导趣味的作品总述。

正如"主旋律"一词在音乐学术语的原初含义指在一部音乐作品或一个乐章行进过程中再现或变奏的主要乐句或音型，"主旋律"美术创作强调作品题材的宣教功能，及其对于受众的指导和示范作用。有时"主旋律美术"的概念特指在政府指导下弘扬国家意识形态的美术作品。新中国成立以来，"主旋律"创作在现当代中国文化艺术建设中具有重要的社会学意义，其以集体主义的情感与胸怀，以强调"共性理想"而非宣扬"张扬个性"为创作动机，偏重于对"主题内容"的营构而非针对"形式风格"的创新为立意起点，力求通过艺术形象传播国家意志与社会风尚。正是在这一点上，"主旋律"题材风格在艺术表现与大众接受层面，也经历着矛盾中的调试。从着眼点与社会功能诉求的差异上，可知"主题性"不同于"主旋律"，前者的概念范畴更为闳阔，更具有多元的包容性。相较而言，主题性美术创作重在对于社会时代精神的宏观考察与记录表现，因此在图像叙事的同时，更加强调美术表现手法的本体深入性。

另一个相关概念"重大题材创作"则是一个相对性的定义，其特点是具有相对巨大的作品尺幅与体量，并常常带有自上而下的题材规定性，表现国家意识形态与国族意志，往往以国家订件、命题招标的项目工程的形式，有计划地组织艺术家进行美术创作。重大题材美术创作的特殊性，在于其往往画幅巨大、容量丰富、创作周期长、影响面广多为命题或半命题创作，往往以有组织的美术创作行为与系统工程的方式呈现。这种系统性与规划性的特点，决定了这一类创作带有较为浓重的时代烙印，以视觉图像的方式塑造国家形象与政治意志。

题材的"重大"，提示了创作题材的决定性地位，在新中国的发展历史中，这种决定性作用在五六十年代曾被上升为最为重要且近乎唯一的标准。也正因如此，"重大题材"主题先行的既定模式，一方面标示着作品的政治宣传作用和集体主义关怀,另一方面也似乎成为一种桎梏和限定,在很大程度上束缚了作为个体创作者的想象力和创造力。事实上,历史上大量艺术作品与事实证明,片面而模式化的题材不能"决定"艺术作品的阶级性与政治倾向性,反而也会在很大程度上抑制艺术价值的呈现。事实上,主题的"大"与"小",在很大程度上并不能止于现象性的臆断,在很多优秀的艺术作品中,见微知著、小节中见大义的表现手法更容易打动人心,显现出社会万象与个体心理的真实。

据此,"主题性创作"的概念回避了对于"主题"本身程度与范畴的规限,一方面暗含了"任何创作都有其主题"这一前提,并依此指向"任何创作都可能是'主题性创作'"这一广义的"主题性创作"概念,将对于"主题性"的阐释与描述放置于一个更为包容性、开放性的空间。由此,除了选取古代、近现代中国各历史时期具有影响力和代表性的重大历史事件和历史人物作为主题内容进行表现,直面当下社会发展与日常民生的现实情境,从细节性的现实彰显时代风貌,以小见大、润物无声地呈现社会人文的变迁,更成为当下与未来很长一段时期"主题性创作"的重中之重。

"故事自然衍生出意义,还是搜罗故事为了意义服务,二者之间有着根基性的差异。"这是笔者最近所读一篇网上影评中的一句话。同样讲述故事,因语气、表情和姿态不同,效果与氛围也会大相径庭,是正襟危坐还是促膝近谈,是照本宣科还是有感而发,真情实感的传递,有时主要不是依靠创作技法的传达,而是作者全身心的、饱含温度的精神投入。无论是"旧瓶新酒",还是"新瓶旧酒",题材内容或表现手法的新变,都可以成为主题性美术创作创新的契机。在这一前提下,只有在题材内容、思想表现、情感传达层面拓疆扩土,求新求真,不拘于旧有风格与经典模式,深挖作品的情境内涵,方能经由范畴的拓展,实现精神的超越。

原载《美术观察》2017 年第 1 期

# 中国文人画的音乐韵律及境界研究

王新(云南大学艺术与设计学院副院长、副教授)

由于苏轼、米芾诸文坛巨擘的推崇,文人画在北宋时开始勃兴,它一改画工画造型图真的艺术传统,而注重笔墨修炼与胸臆抒写,所以笔情墨趣就成了品评文人画的重要标准。事实上,中国画论中,古今艺术家与学者对笔墨的论述,可谓汗牛充栋,无论"干裂秋风、润含春雨",还是"七笔五墨",都停留在笔墨的表面形态上来讨论这一问题,那么,有没有可能找到另外一种视角,抵达笔墨深层的精义呢?本文以为中国绘画史上,一直隐含着一种音乐视角来实践与研究笔墨,换句话说,笔墨的音乐情态成了文人画品评的实质标准,对于众多文人画家来说,这一标准是他们创作中心照不宣的"潜规则"。这一传统由宗炳开启,经苏轼、米芾,到元四家,至董其昌,再到"四王",及至黄宾虹,达到顶峰,如宗炳云"抚琴动操,欲令众山皆响",王原祁云:"声音一道未尝不与画通,音之清浊,犹画之气韵也;音之品节,犹画之间架也;音之出落,犹画之笔墨也。"著名艺术史家方闻回忆其师罗利曾在普林斯顿课堂上,在根据勃拉姆斯交响曲,分析中国文人画始祖王维《江山雪霁图》的章法旋律。① 钢琴大师傅聪也曾说:"肖邦音乐里面包含着中国画特别是山水画里的线条艺术,尤其是黄宾虹山水画里的那种艺术,有那种化境、自由自在的线条。"②可见,文人画笔墨确实呈现明显的音乐韵律。这在他们画面本身也可以得到印证,而且通过作品我们可以发现,整个艺术史上伴随着笔墨独立性地不断增强,笔墨的音乐情态也在趋于明了,到黄宾虹山水中已是蔚为大观。

---

① 方闻:《问题与方法·中国艺术史研究答问》,《美术与设计》2008年第3期。
② 傅聪:《傅聪:望七了》,天津社会科学出版社2004年版,第81—82页。

## 一、文人画音乐性的逻辑前提与艺术史事实

为什么文人画的笔情墨趣，最终落实在对音乐性的追求上呢？逻辑上的理由是，音乐的二元性格即抽象性与抒情性，契合了文人画的艺术追求。"音乐的内容就是乐音的运动形式"，汉斯立克认为音乐是完全自律的艺术形式，它摆脱了一切物质"内容"束缚，绝对纯粹与抽象①，所以叔本华、尼采与佩特就认为一切艺术都趋向于音乐，在这个意义上，文人画对笔墨音乐性的追求，实质是文人画有意与画工画拉开距离，追求自律的结果；阿伦·瑞德莱则在其大著《音乐哲学》中深入批驳了汉斯立克关于音乐纯形式的观点，而认为音乐是最关联情感的艺术，音乐直接亲近、打动人的心灵②。在这点上，画文人画"聊写胸中逸气（倪瓒）"，"子瞻作枯木，枝干虬屈无端，石皴硬，亦奇奇怪怪无端，如其胸中盘郁也（米芾《画史》）"，其抒情写意的旨趣，与音乐有深层联系。实际上，常识的结论是：音乐正是以其纯粹形式，直接亲近、打动人的心灵；抽象与抒情，正是音乐的一体两面。"乐（yue）者，乐（le）也"，倒是中国音乐理论更为通达，一语道出了音乐的二元性格，这与文人画以抽象笔墨涵养情性，可谓不谋而合。

在中国文化语境里，更深层的原因是：文人划分有了中国艺术的音乐精神。中国艺术，无论是园林、戏剧，还是诗歌、绘画，典型如格律诗与山水画，本质上是按照音乐韵律，组织意象的艺术。"易者，象也"（《系辞下》），《周易》立象以尽意，突出了中国文化象的特征，庞朴先生干脆归纳为一分为三，即在心与物之间，还存在一个象的维度，中国文化是一种象的文化；同样中国文化还是一种音乐文化，宗白华先生指出，"'时间的节奏'一岁、十二月、二十四节，率领着空间方位（东南西北等）以构成我们的宇宙，所以我们的空间感觉随着我们的时间感觉而节奏化了，音乐化了！画家在画面所欲表现的不只是一个建筑意味的空间'宇'而须同时具有音乐意味的'宙'。一个充满音乐情趣的宇宙（时空合一体），是中国画家、诗人的艺术境界。"③麦克卢汉也曾敏锐地发现中国文化比西方文化，"更高雅，更富于敏锐的感知力"，因为中国人是"偏重于耳朵的人"，"如与口头和听觉文化的高度敏锐的感知力比较，大多数文明人的感知力是粗糙而麻木的，其原因是眼睛不具备耳朵那

---

① 参见［奥］爱德华·汉斯立克：《论音乐的美》，杨业治译，人民音乐出版社 1958 年版。
② 参见［英］阿伦·瑞德莱：《音乐哲学》，王德峰译，上海人民出版社 2007 年版。
③ 宗白华：《艺境》，北京大学出版社 1987 年版，第 209 页。

种灵敏度"①。合二者而言之,中国文化是一种既重象又重乐的文化,艺术作为文化最直观表现者,自然也就是按照音乐的韵律,来组织意象的艺术。

这点还可以从艺术史的角度作一些分析,《乐记》云:"诗言其志也,歌咏其声也,舞动其容也。三者本于心,其后乐气从之。是故情深而文明,气盛而化神,和顺积中而英华发外。"这段话明显揭示了,最初诗(语言)、歌(音乐)、舞(造型)是三位一体的,而音乐对语言与造型,有着根本性的支配与渗透。《荀子·乐论》云:"夫乐者乐也,人情之所不免也,故人不能无乐",所以中国文化讲究广施乐教,化育人心。滕固先生认为,乐教从原始神秘之第一期,到孔子人性之二期,再到荀子《乐记》尤为人性之三期,已经广泛地渗入了中国文化②。所以在宋以前,中国文化中存在着一个博大而绵长的音乐传统,鲜花着锦、烈火烹油般的乐舞精神,裹卷了中华文明数千年,然而自唐后遽然衰落。张法先生在《中国艺术学》中认为,中国音乐精神伴随着诗、歌、舞的解体,渗入到其他艺术门类中去了③,渗入到诗歌,则有完美的格律诗,渗入到绘画,则有完美的山水画。可以说,格律诗与(文人)山水画,最鲜明集中地体现出了音乐性品格。音乐韵律及精神,潜在地组织与支配着诗歌意象与山水意象,这一过程到北宋时已然完成。意味深长的是,北宋是中国艺术史的三个重要关节点:乐舞精神遽然消失的关节,文人画勃兴的关节,诗画一律论成熟的关节。这三者的重合并非偶然,音乐精神消失于它的两度分流,唐首次分流,进入了格律诗,宋的二度分流,进入了文人画,所以讨论诗画一律的时候,不应忽略二者在音乐性上的一律。文人画家天生的音乐二重性内在追求(形式自律与抒情写意),使得他们介入诗词,则使音乐内在于诗词,成就了格律诗;介入绘画,则使音乐内在于绘画,成就了山水画。在这样的前提下,我们进入对中国文人画音乐韵律及境界的论述。

前文论及音乐富有一体两面,即纯形式与情本体。从纯形式来说,音乐有三大要素,即节奏、旋律、和声;从情本体而言,音乐作为一种时间艺术,它最深刻地关联着时间之流中绽出的生存论意义上的生命时间与生命情感,所以下文文人画音乐韵律及境界的阐析,也不应离开这两个维度。那么,这种进入文人画研究的路径,是否可行呢? 先看黄宾虹先生的一段画论:

---

① [加]麦克卢汉:《麦克卢汉精粹》,何道宽译,南京大学出版社 2000 年版,第 185 页。
② 滕固:《滕固艺术文集》,上海人民美术出版社 2003 年版,第 367—368 页。
③ 参见彭吉象:《中国艺术学》,北京大学出版社 2007 年版。

用笔起讫分明,用墨干湿融合,布局疏密适宜。山有脉络,水有源委,路境交通断续,此章法也。浓淡深浅,层次重叠,此墨法也。刚柔相济,转折圆匀,此笔法也。

稍作分析,这段论述山水画形式的话背后其实深潜着音乐性指向,"山有脉络,水有源委,路境交通断续,此章法也",指画中的旋律;"浓淡深浅、层次重叠,此墨法也",指画中的和声;"刚柔相济,转折圆匀,此笔法也",指画中节奏;而笔墨布局的"起讫分明、干湿融合,疏密适宜",则指向画面音乐总体的和谐生动。由此看来,循此路径,对文人画进行研究是完全可能的。

## 二、节奏:寓刚健于婀娜的张力

节奏就是音乐的有序律动与重复,汉斯立克认为:"音乐的原始要素是和谐的声音,它的本质是节奏。"原始艺术、民间艺术中节奏有着最鲜明的体现,歌舞耕战,呼号蹈厉,无不应和着简洁而强劲的节奏。这种原生的节奏一般来说,都充溢着奔放而粗犷的生命力量,干净利落,简单明了。随着文人艺术丝竹管弦的兴起,这种原生节奏被"旋律"逐步雅化、软化,由单纯趋于变化,由豪壮复而文雅,在整饬中,更求变化飞动的趣味。这个变化在文人画中体现明显,中国文人画追求音乐节奏(主要是雅化节奏),画面节奏是一个画家手下功力的表征,小到画上一石一草,陈子庄云,"石上之点,应有浓淡虚实、疏密高下的区别,总之要有抑扬起挫,构成节奏感、音乐感、诗意"①,再证之以黄宾虹先生的山水画,千点万点、千沟万壑,排荡出一阙轻重浓淡、远近高低的磅礴的笔墨乐章。归纳而言之,文人画画面节奏,主要通过笔法节奏、墨法节奏与意象节奏来实现。

笔法节奏,指行笔中的提、顿、轻、重、疾、徐,皆按照一定规律进行重复与变化,实现在画面上的粗细、浓淡、干湿、涩润,一波一折,一纵一横,使得画面丰富生动,脱去呆板。从艺术史来看,吴道子兰叶描,一改此前线条停匀之态,最先开启了笔法节奏变化的门径,及至白石老人还谆谆告诫,"作画用笔不可太停匀,太停匀就见不出疾徐顿挫的趣味;该仔细处应当特别仔细,该放胆的地方也应当特别放胆"。按照陈振濂的研究,书法笔法节奏,可以归纳为:基本律(快慢、轻重、松紧),

① 陈子庄:《陈子庄谈艺录》,河南美术出版社1998年版,第111页。

回护律(藏头护尾),起伏律(一波三折),间隙律(意到笔不到)①。笔法节奏源于毛笔潜力的多样性开发使用,黄宾虹就深潜用笔之法,"用笔要能分别阴阳反正,其法在笔锋向背顺逆兼用,有中锋、侧锋,俱关毫端⋯⋯横、直、竖,藏锋露锋,一波三折",其"平、留、圆、重、变"的笔法,即是如此而来。当然,笔法节奏有着内在的规则要求,即"其寓刚健于婀娜之中,行遒劲于婉媚之内"(沈宗骞),秦祖永所谓"沉着虚灵",李可染之"既苍而润",皆是把笔性的矛盾张力,发挥到极致,这也是中国艺术的微妙处。

墨法节奏,墨分六彩,即黑白浓淡干湿所构成的节奏,尤其是水墨画,在黑白两相间,施以变幻万千的水法,通过渲染烘托,使得黑白两极色获得了无限可能的灰度、无限可能的色阶与色值,这些细腻微妙的墨色变化,便体现出五音繁会的节奏变化,获得了无穷无尽的表现力。古今艺术家在探求墨色节奏上孜孜以求,董其昌云,"老米画难于浑厚,但用淡墨、浓墨、泼墨、积墨、焦墨,尽得之矣",黄宾虹则进一步发扬为七墨,即浓、淡、破、泼、焦、积、宿墨法,巧妙互用,使画面墨色节奏变化达到了前所未有的高度。最清晰地阐述墨法节奏的,要数李可染,他说曾在万县看到暮色苍茫中的山城,发现房子一层一层,很复杂很深厚,于是他就研究,"先把树、房画上,以后慢慢加上去,以纸的明度为'零',树、房子画到'五',色阶呈零与五之比,显得树、房子很清楚,然后把最亮的部分一层层加上墨色,加到'四'与'五'之比,就很含蓄了,我把这种画法叫做从无到有,从有到无"②。显然,这个从零到五的色阶变化过程,最好不过地体现了中国画家苦心经营、巧妙探索墨色节奏的过程。明人顾凝远尝论,"墨太润则无文理,然必求文理而刻画生矣",实质指出了墨色需求节奏,否则会无文理,笼统一片是为死墨;当然求其节奏亦需拿捏得当,否则会生"刻画",所以又有了"浓不可痴钝、淡不可模糊、湿不可浑浊,燥不可涩滞"(方薰《山静居画记》)的说法。

意象节奏,指画面物象通过穿插排比,形成宾主、奇正、虚实、疏密、参差、隐显、轻重的节奏感。清人蒋和《学画杂论》中尝论,"树石布置须疏密相间,虚实相生","近处树石填塞,用屋宇提空;远处山崖填塞,用烟云提空","树石排挤以屋宇间之,屋后再作树石,层次更深;知树之填塞,间以屋宇,须知屋宇亦是实处,屋崖累积以烟云锁之,须知烟云之里亦是实处"。"山水篇幅以山为主,山是实,水是虚;画

---

① 陈振濂:《书法美学》,山东人民出版社 2006 年版,第 188—191 页。
② 李可染:《可染论画》,上海书画出版社 2005 年版,第 26 页。

水村图,水是实而坡岸是虚"。可见中国山水画中,山、水、树、石,舟桥坡渚,云烟屋宇,诸多意象的经营排布,都分外讲究,力求节奏鲜明,从而带动形成画面的整体节奏。当然意象节奏的形成与实现,往往吸纳了笔法节奏与墨法节奏,三者交互为用,奏出画面气象的金相玉振之声。李可染先生就曾深入地论述过如何运用墨法节奏,来加强与推动意象节奏,他说,"山水画家为要表达自然界的万千气象,不能不分清主次,注重整体感。我以前画过一个瀑布,瀑布是主体,是第一位的;亭子是第二位的;树是第三位的;岩石灌木是第四位的,等等。从明暗关系讲,瀑布是最亮的,亭子次之,然后才是树、岩石,按一、二、三、四排下去,明暗层次很清楚。如果在岩石部分留出空白,就会使整个瀑布不突出。为了突出主体,次亮部分都要压下去,色阶不乱,层次分明、整体感强,主体就能明显突出"。①

## 三、旋律:推挽开合的"龙脉"

按照《剑桥插图音乐指南》定义,旋律就是音乐上富有意味、连续而有序进行的乐音②。它体现了音乐的继时性连缀关系,随着时间的延绵,在变化与重复中,呈现出线性形态。黑格尔则称旋律是音乐最高的一个方面,即诗的方面。某种意义上讲,文人山水画中的旋律,也是其最高的方面,因为它吸聚与推挽着画面气韵婉转的活泼大势,赵左《画学心印》中即指出,"画山水大幅,务以得势为主。山得势,虽萦迂高下,气脉仍是贯串;林木得势,虽参差向背不同,而各自条畅;石得势,虽奇怪而不失理,即平常亦不为庸;山坡得势,虽交错而自不繁乱"。

中国文人画中,由于笔墨、意象、形势相互呼应,推挽开合,而形成山形水势一气流转的旋律,最典型的即是中国山水画中的"龙脉"说。王原祁自题《深壑溪庭图》款识云:古人作画先定龙脉后,审起伏开合,总以气行于其间。画中行云流水,皆舒气之法也;在《雨窗漫笔》中,他也论述过,"龙脉的画中气势,源头有斜有正,有浑有碎,有顿有续,有隐有现,谓之体也……且通幅有开合,分股中亦有开合;通幅有起伏,分股中亦有起伏……使龙之斜正浑碎,隐现断续,活泼泼地于其中,方为真画"。可见,龙脉即是中国画的画面旋律。事实上,"龙脉"说,在中国艺术史上早为王蒙所实践,看看他的《青卞隐居图》,一条 S 型"龙脉"扭摆升腾,贯通天地,

---

① 李可染:《可染论画》,上海书画出版社 2005 年版,第 24 页。
② [英]斯坦利·萨迪、艾利森·莱瑟姆主编:《剑桥插图音乐指南》,孟宪福译,山东画报出版社 2002 年版,第 10 页。

呈现出极其强烈的音乐旋律。这样的旋律,在沈周、王原祁、黄宾虹的画面中,同样并不罕见。

画面旋律的形成,主要通过用笔行气,墨韵互渗,水法贯通,布势开合四个方面实现。所谓用笔行气,荆浩云"笔绝而不断谓之筋",董逌《广川画跋》卷六则说,"笔运而气摄之",潘天寿先生云"运笔要点与点相联,画与画相联……使画面上点点线线,一气呵成,全面之气势节奏,无不在其中矣",这些已经十分明了地指出,笔与笔间须气脉不断,这是旋律形成的重要前提。所谓墨韵互渗,沈亚丹著文称"宣纸上水墨痕迹的相互渗透,正如同在旋律进程中,第一个音对于第二个音的渗透。对于音与音的渗透作用,玛采尔在《论旋律》中指出,音响心理学的研究证明,当第二个音出现时,音程中的第一个音并没有从听觉中完全消失,第一个音在所觉意识中留下了某种痕迹,似乎在一定时间内隐藏地持续着自己的音响……问题在于,后一音扫除前一音的'痕迹'越快,两个音同时发响越不协调、刺耳,越不能容忍。相反地,产地错觉的可能性越大,音响则越协调"[1],恰好,文人画材质之生宣水墨,为墨音袅袅旋律的产生提供了条件。所谓水法贯通,张式《画谭》云"墨法在用水,以墨为形,以水为气,气行乃活矣",即是说,有了水,各部分之间气脉,连成一体,水活转贯通了画中全脉。所谓布势开合,潘天寿将其贴切比喻为文章的起承转合,指画中山形水势,阴阳向背,纵横起伏,开合锁结,回抱勾托,舒卷出音乐般的旋律。通过以上四个层次的论述,要特别言明,画面旋律的聚合蜿蜒,关键在于两点:即势的呼应推挽和气的内在流转。

## 四、和声:融洽中的分明

关于和声,《剑桥插图音乐指南》定义为,"迄今我们一直好像把音乐当作单一的线条进行讨论,其实,近千年以来,西方世界几乎所有音乐作品都包含着两个或更多同时发出的声音,这一声音结合就叫和声。[2]"和声正是音乐的横向对话,大大地延展了音乐的内在空间,开辟了浑厚而又丰富的广阔音域,那么中国文人绘画中,闪烁变换的层次,是否也演奏着画面和声呢? 答案是肯定的,为了衬托呼应画面旋律的展开,营造浑厚华滋的画面效果,艺术家们十分追求画面上笔墨韵章的和

---

① 沈亚丹:《论中国艺术形式的泛音乐倾向》,《东南大学学报》2004 年第 5 期。
② [英]斯坦利·萨迪、艾利森·莱瑟姆主编:《剑桥插图音乐指南》,孟宪福译,山东画报出版社2002 年版,第 16 页。

声效果。黄永玉在岳麓书院千年论坛上,就曾提出欣赏音乐,要能分辨出层层背景里的东西,绘画亦应作如是观①。黄宾虹的山水画里,正透着这种需要慧眼独具、层层分辨的笔墨和声,他通过笔叠笔、墨叠墨、墨叠笔,这样乱而不乱、层层重叠的方法,使得在画面天风海涛般的主题旋律背后,弥漫出余音袅袅、音波荡漾的广阔和弦,令人回味无穷。

画面和声的营造,主要通过反复重叠的墨韵来完成,黄宾虹先生深得其中真义,他认为"唐宋人画,积叠千百遍,而层层深厚有条不紊",他自己的画也是浓、淡、破、泼、渍、焦、宿七种墨法,交相为用,加至数十遍,上百遍,水墨和声在其画面上已臻于羚羊挂角、无迹可求之境,所以他所谓的"力挽万牛要健笔,所以浑厚能华滋",换句话说,也就是绘画上品,画面笔墨间,要能荡漾出清韵氤氲的和声。实际上这种努力,早在郭熙时已经开始,他在《林泉高致·画诀》中记载,"用淡墨六七加而成深,即墨色滋润而不枯燥。用浓墨、焦墨欲特然取其限界,非浓与焦则松棱石角不瞭然故尔。瞭然然后用青墨水重叠过之,即墨色分明,常如雾露中出也"。文人画大师米芾父子更是制造笔墨和声的高手,从现存的米友仁《潇湘奇观图》来看,所谓米氏云山,正是笔笔叠加、水墨层层渲染的结果。当然除了墨色渲染重叠之外,画面和声还可以以墨叠笔、笔叠墨的方式达到,张庚《国朝画征录》中就记载王原祁作画,正是如此,"先以淡墨略分轮廓,次画峰石层次,树木株干,他每画一笔,必反复考虑,然后少加皴擦,即用淡赭者加藤黄少许,渲染山石。又以一小熨斗熨干;再以墨笔干擦石骨,疏疏缓缓,渲出阴阳向背,复用熨斗熨干,再钩再勒,再染再点,自淡及浓,自疏而密,阅半月而成,发端混沌,逐渐破碎,复还混沌"。此外,沈宗骞在《芥舟学画编》卷四中约略也指出过方法,"凡画当作三层:如外一层是横,中一层必竖,内一层当用横;外一层用树林,中一层则用栏楯房屋之属,内一层又当略作远景树石以分别之"。

画面和声的追求,根本上是为脱去文人画浮薄之习,但层层叠加,叠加到何种程度,才使得笔和声不至于"乏弱"或"重浊"呢? 其寸度所在,非大家手笔莫能致之,黄宾虹提出"画之分明难,融洽更难。融洽中仍是分明,则难之又难。大名家全是此处本事"②,其"融洽中仍是分明"正是寸度所在。"分明",是和声不掩主旋律(乱而不乱,笔不碍墨,墨不碍笔),融洽,是和声为主旋律舒转铺展出广阔的背景。

---

① 参见黄永玉:《黄永玉:给艺术两小时》,湖南大学出版社2001年版。
② 黄宾虹:《黄宾虹谈艺录》,河南美术出版社1998年版,第15页。

## 五、乐化空间：风与气流行的韵律

文人绘画的音乐性，使得绘画空间音乐化了，从而全幅空间中流荡着生动的气韵。韵，"均，钧"，同一义符，而均、钧，古代皆为调音之器，有调"和"之意，徐复观由是指出，气韵应为风气与韵度之合称。换而言之，气韵生动，也就是气的韵律化流动，气是生命的发动者，而韵则为节度者，所以气韵生动成了中国画（尤其是文人画）品级的根本标准；他也指出气与风联用，气律化的外显意象，即为风。张法也指出，美学范畴史上，上古之"神"，到春秋战国衍变为"风"，再到秦汉而变为"气"①。"悲哉秋之为气也，草木摇落而变衰"（宋玉），"袅袅兮秋风，洞庭波兮木叶下"（屈原），风之鼓荡，让万物得以分享气的韵律，所有物象从而得以入韵。事实上，早在《庄子》论天籁时，就已经指出，风就是最高的天地音乐。在文人绘画空间中弥漫着风的意象，风吞云吐雾，木叶生凉水成纹，文人画特别着意暗示风的存在。有趣的是，文人画中往往通过静泊的小舟、秃颓的老树、辽阔的水面等意象，从反面暗示着风行画面。

显然风气婉转流行，深刻关联着中国绘画的艺术生命，生动地体现着绘画空间的音乐化。邓以蛰曾分析汉图的生命活力所在，"汉赋源于楚骚，汉画亦莫不源于楚风也。何谓楚风，即别于三代之严格图式，而为气韵生动之作风也……然在汉代，气韵原为画中表现之实体也：禽兽生动之极，结于云气，或云气排荡之极而生出禽兽，皆成为一体之运行，如文之有韵也。"②绘画空间的音乐化，使得中国绘画对于如上文"图式性"等弊病，分外敏感，具体在文人画，则对一笔一墨，都要求苛严，郭若虚《图画见闻志·卷一》就严厉批评，"画有三病皆系用笔，即板、刻、结"，"板、刻、结"，明显是对空间音乐性的消解，与气韵生动的真义背离甚远。这种要求，甚至在书法领域，也十分常见，传王羲之《笔势论》就批评"算子书"，"若平直相似，状若算子，上下方整，前后齐平，此不是书，但得其点画耳。""算子书"本质上就是一种不入律的艺术空间。可见，无论是物象图式化，笔墨的刻板化，还是书法算子书，都根源于艺术空间的不入韵，从而风神凝固，气韵萧索。而这尤其成为文人画的大忌。

---

① 参见彭吉象：《中国艺术学》，北京大学出版社 2007 年版。
② 邓以蛰：《邓以蛰美术文集》，人民美术出版社 1993 年版，第 156—157 页。

## 六、情本体:生动在深静的景深里

音乐何以由纯形式的律动,而通达情本呢? 通过时间,本源性生命时间。音乐韵律在时间之流中,可测的重复与不可预测的展开,深刻关联着人在时间深处的出走与回归,有情与忘情。海德格尔认为时间是人存在意义绽出的全部景深,它面向死亡以未来为重心,筹划当下,同时又以过去为背景,人生所有的"畏"、"烦"与诗意,皆牵系于此,"时间性就是这种原本的在自身之中并为了自身地'出离自身',因此我们称将来、已在、当前这样已被刻画的现象为时间性诸出(神)态或逸出态。此时间性并非先是一个存在者(然后)才从自身里走出来;情况倒是在诸逸出态的协调统一中的时机化"①,所以这是一种区别于物理时间的本源性时间。音乐作为最高的时间艺术形式,它的本真目标就是要调动一切音乐要素,让人的存在意义本身在时间中展现出来,从而扣发人的本源生命情感,故乐论有云:"凡音者,生人心者也,情动于中,故形于声;声成文,谓之音。"

本源性生命时间,在中国文化语境里,有两种情态:在时之中与处时之外。"弃我去者,昨日之日不可留,乱我心者,今日之日多烦忧","前不见古人,后不见来者,念天地之悠悠,独怆然而涕下",这是一种"在时之中"的生命时间,使人思及时间为生命的根本大限,从而灵魂震颤,表出为一种"有情"形态。"意气哪从云外得,英雄岂借四时推","纵浪大化中,不喜亦不惧",一种"处时之外"的生命时间,为了摆脱处身于时间之中所思及的根本性烦忧,诗人试图超越时间的在世情态,以一副俯瞰的目光,来重新打量人生,从而呈现为一种"忘情"形态。

有情,在本源意义上,关联悲忧与悦乐两极。子在川上曰:"逝者如斯乎,不舍昼夜",正是本源性悲忧,由于时间,人生被打上无从逃遁、欲罢不能的悲慨与苍凉,所以人永远都耿耿于怀,"生年不满百,长怀千岁忧"。孔子借曾点的话"暮春者,春服既成,冠者五六人,童子六七人,浴乎沂,风乎舞雩,咏而归",又表明了在世之中的本真悦乐,深潜于社会、自然乃至人本身的生生机运与盎然生意,歌咏以之,怡悦心胸,人有限的生命,亦可求结实的悦乐。

忘情,不是无情,而是对有情的超越与升华,"太上忘情,其下不及情,情之所衷,正在我辈",忘情,是所有文人寤寐求之的人生境界,或心斋坐忘,或澄怀味象,

---

① 张祥龙:《当代西方哲学笔记》,北大出版社 2005 年版,第 210—211 页。

都是为了从根本上脱去时间对于生命的逼临摆布,逍遥于时间之上,为自己灼热的灵魂,铺展一片清凉宁静的境域,气淡神闲,笑对时间风雪侵蚀,所以有了"千山鸟飞绝,万径人踪灭,孤舟蓑笠翁,独钓寒江雪"中的渔翁。这不正是一代文豪柳宗元灵魂中的忘情意象吗?

有情,无论悲忧,或悦乐,只要是为本源性时间所绽出,现之于艺术,则必有"生动"的审美品格;同样,忘情,则呈现为"深静"的审美境界,中国文人在进退仕隐的人生机运中,总是徘徊于有情与忘情之间,所以最高的艺术境界便是:"生动"在深静的景深里。有情之所以能生动,是因人能入乎其里,感同身受万物万事内在的韵律与生意,所以"夜来风雨声,花落知多少"格外生动,生动在诗人风雨之中对落花的有情眷顾;忘情之所以能深静,是因为忘情意味着退出在世时间,由有入无,接通一片无的广阔的平静世界,这是一个在世之中绝难遭遇的境域,所以必然广阔。需要强调的是,这里的宁静,是深远的,是有空间的,所以言"深静",这是中国文化和艺术的独特美学品格,无独有偶,学者汪涌豪在其大著《中国文学批评范畴及体系》中也把"深静",作为一个重要的美学范畴①。

生动必然是在深静的景深里:老子云"知白守黑、负阴抱阳、躁归于静",其哲学观点都意在说明,静是动的背景;王国维论述艺术创造时说"无我之境,静中得之,有我之境,动之静时得之"②,可见,艺术创造中,静也永远是动的背景,由此才得以企及中国艺术中最微妙美好的审美境界。以两首诗为例:

**鸟鸣涧**
人闲桂花落,夜静春山空。
月出惊山鸟,时鸣春涧中。
**辛夷坞**
木末芙蓉花,山中发红萼。
涧户寂无人,纷纷开且落。

前首,山鸟生动清越于春山的深静中;后首,木芙蓉生动灼亮在涧户的深静中。饶有趣味的是,这两首诗都是文人画始祖王维之作,王维同样精通音乐。细细吟

① 汪涌豪:《中国文学批评范畴及体系》,复旦大学出版社2007年版,第345页。
② 王国维:《人间词话》,哈尔滨出版社2006年版,第7页。

味,所有生动的意象,都鲜活在深静的景深里,诗意也就流淌出来了。

经过以上论述,现在我们回到中国音乐,显然中国音乐展现的,也正是生动在深静的景深里的美学景观。五音繁会,急管哀弦,最终都是为了开出一个深静的境域,老子有大音稀声的命题,陶渊明置无弦之琴,白居易则云此时无声胜有声,说的都是这一问题。或可补充的是,中国文人的代表性乐器古琴,其音色如檀香,清润悠扬,尤其是颤音缕缕,极容易荡开一面深静的音韵水域,余音绕梁,正好点明了宁静所富有的深远空间。听听古琴曲《高山流水》,"巍巍乎高山,汤汤乎流水",高山意象,流水意象,清亮的发越于地老天荒的宁静,似乎在绵延隐约之中,总指向一个无限深远的空间。

朱良志在《曲院风荷》中说"中国画不在于外在的热闹,更在于平静之中含有笙鼓齐作的世界"①,一句中的,点明了文人画的音乐境界:生动在深静的景深里。"元气淋漓障犹湿",文人画中精妙的笔墨韵律、风气流荡的空间,都指向着生动,前文已详论,兹不赘述。至于深静景深的追求,郭熙云:"山有三远:自山下而仰山巅谓之高远,自山前而窥山后谓之深远,自近山而望远山谓之平远。高远之色清明,深远之色重晦,平远之色有明有晦。高远之势突兀,深远之意重叠,平远之意冲融而缥缥缈缈。"韩拙云:"有山根边岸水波亘望而遥者,谓之阔远。有烟霞暝暝,野水隔而仿佛不见者,谓之迷远。景物至绝而微茫缥缈者,谓之幽远。"文人山水,高远、平远、深远和阔远、迷远、幽远的追求,目光都强调一个远字,即空间景深的展开,远极于无,徐复观指出:"由远以见灵,这便使不可见与可见的东西完成了统一,而人类心灵所要求的超脱解放,也可以随视线高远而导向无限之中,在无限中达成了人类所要求于艺术的精神自由解放的最高使命。"②烟云供养,山水凄迷,引导艺术家在一个广阔的空间里,"涤烦襟,破孤闷,释躁心,迎静气"(王昱《东庄论画》),也就是在深静的境域里消解在世的烦忧。所以中国文人画,即使是如徐渭般狂肆泼洒的生动,也须以天遥地远余音袅袅的深静境界,为最终旨归。黄宾虹先生目疾之后,千涂百扫、繁复已极,如漫天风雨、急管繁弦般的山水笔墨,其背后也终是一片深静境域,而没有丝毫由繁复狂肆而生的"火"气,这点正是后世众多学黄者,根本无以企及之处。

原载《江汉学术》2017 年第 1 期

---

① 朱良志:《曲院风荷》,安徽教育出版社 2003 年版,第 11 页。
② 徐复观:《中国艺术精神》,广西师范大学出版社 2007 年版,第 263 页。

# 经典的另一种"面貌"

## ——四十年来台湾学者新文学史著中的"鲁郭茅巴老曹"书写

古大勇(泉州师范学院文学与传播学院教授)

## 导论:政治家与文学史家的联手"建构":"鲁郭茅巴老曹"在大陆的"命名"

在台湾,最初并没有"鲁郭茅巴老曹"这一说法。"鲁郭茅巴老曹"一词并非自动形成的,而是一项被建构的"命名"工程,是在大陆"毛泽东时代",经过以毛泽东、周恩来和周扬为代表的政治家和以王瑶、丁易、张毕来等为代表的文学史家联手建构、共同打造的一项文化工程。政治家的舆论权威和宏观规划,文学史家的推波助澜和微观操作,产生双重合力,直接推动了"鲁郭茅巴老曹"文学大师命名工程的完成。就政治家而言,毛泽东1940年在《新民主主义论》中对鲁迅作出了"伟大的文学家、思想家、革命家"的崇高评价;周恩来1941年在纪念郭沫若诞辰50周年庆典上作的《我要说的话》一文中说:"鲁迅是新文化运动的导师,郭沫若便是新文化运动的主将,鲁迅如果是将没有路的路开辟出来的先锋,郭沫若便是带着大家一道前进的向导。"①周扬作为毛泽东文艺政策的执行者,在"鲁郭茅巴老曹"大师命名工程中最为用心,周扬主要是通过作报告的方式重新规划新文学秩序,在他的各类报告中,有意凸显"鲁郭茅巴老曹"的重要性和文学地位,引导"鲁郭茅巴老曹"大师命名工程的基本方向。政治家的宏观规约需依托于文学史家的实践性操作,文学史教材是大师命名工程得以建构和延续的重要载体。新中国成立初期,一

---

① 转引自李书磊:《1942:走向民间》,山东教育出版社1998年版,第34页。

批文学史家,如王瑶、丁易、刘绶松、蔡仪、张毕来等自觉不自觉地呼应政治家的大师"命名",对原本多元共存的文学史秩序进行重新调整,"鲁郭茅巴老曹"在众多作家中闪耀登场,聚焦显示,甚至被设以专章(专节)在史著中显现(如丁易、张毕来的史著)。借助于国家意识形态,"文学大师"的命名工程初具成效。"鲁郭茅巴老曹"在"毛泽东时代"新文学史著中占据重要位置,而一些自由主义作家或被靠边站,或被打入"冷宫",成为"文学史上的失踪者"。"鲁郭茅巴老曹"扮演主角的现象一直延续到新时期出版的新文学史著中。以当下高校最通行的两本新文学史教材为例,在钱理群等著的《中国现代文学三十年》中,"鲁郭茅巴老曹"都设专章,其中鲁迅还设两章,而其他设专章的作家仅有沈从文、赵树理和艾青。再如在朱栋霖等主编的《中国现代文学史》中,"鲁郭茅巴老曹"虽没有在专章标题中显示,但实际上都是以专章的篇幅论述,整本文学史享受专章"殊荣"的除"鲁郭茅巴老曹"之外,仅有沈从文一人。与"毛泽东时代"的新文学史相比,这两本文学史只是稍稍改变了"鲁郭茅巴老曹"的内部结构比例,即改变鲁迅"一家独大"的格局,增加后五家的比重,但"鲁郭茅巴老曹"占据文学史中心位置的基本格局依然没有改变。

## 一、"去中心化":"鲁郭茅巴老曹"在台湾学者新文学史著中的地位

如果说"鲁郭茅巴老曹"在大陆学者新文学史著格局中处于"中心"地位,而在台湾学者的新文学史著中,则是另外一番风景,呈现出"去中心化"的倾向。综观台湾所有的新文学史著,极少有将"鲁郭茅巴老曹"设成专节乃至专章予以重视,对他们的介绍文字也不比同时期的其他作家多。在尹雪曼的《中华民国文艺史》中,对于"鲁郭茅巴老曹"轻描淡写,介绍不多,视为一般,甚至对个别作家"不屑一顾",如将郭沫若混杂在数十位诗人中,其中很多是不知名诗人,对他的介绍也仅仅数十字:"创造社前期的诗人,以郭沫若最著,后因参加政治运动,诗思日渐枯竭,已写不出像样的诗。该社后期诗人王独清、穆木天和冯乃超三人都较为出色,尤以王独清的诗写得最多。"①转而用相对充分的文字高度评价王独清等人的诗歌,却对郭沫若《女神》的杰出成就避而不谈,给我们的感觉是郭沫若的诗歌成就和文学史地位皆逊于王独清。再以周锦的《中国新文学史》为例,鲁迅散落于五四众多有名无名的小说家之中,与汪敬熙、王统照、庐隐、冰心、杨振声、叶绍钧、孙俍

① 尹雪曼:《中华民国文艺史》,台北正中书局 1975 年版,第 188 页。

工、落花生、郭沫若、张闻天、张资平、郁达夫、周全平、冯沅君、倪贻德、蒋光慈、许钦文、冯文炳、王鲁彦、刘大杰、黎锦明等人并列论述，并未得到作者特别的"优待"，自然亦不能引起读者格外的关注。再如茅盾、巴金和老舍，也只是得到和谢冰心、张天翼、施蛰存、靳以、庐隐、绿漪、凌淑华、萧红、萧军、孙陵等人同等地位的介绍，与大陆新文学史著中那种"长篇小说三座高峰"的突出和渲染相比，似乎显得十分"委屈"。相对于前两本史著，刘心皇的《现代中国文学史话》具有鲜明的个人化色彩，但也是按照史著的框架来写。而令人感到费解的是，在此著中，郁达夫、刘半农、朱自清、林语堂、周作人、徐志摩、戴望舒、李金发等都能在目录的"专(章)节"标题中得到显示，"鲁郭茅巴老曹"却在"专(章)节"标题中"不见踪影"，而是分散在某个时期文学的总体论述框架中。除对鲁迅的评价相对重视以外，对其他作家只是简单论及或三言两语地带过。"在论新文学运动初期的新诗"这一节，按常理而言，以《女神》而名噪一时的郭沫若应该是其中的翘楚者，然而作者却对胡适、沈尹默、刘半农、周作人、康白情、俞平伯、沈玄庐、刘大白、朱自清、"湖上诗人"(包括汪静之、应修人、潘漠华等)、宗白华等诗人，不厌其烦，娓娓道来。唯独对郭沫若"避而不谈"，好像郭沫若在五四诗歌史上"失踪"了一样，联系到其在大陆新文学史著中的"受宠"地位，真觉得"人情浇薄"、"世态炎凉"。史著对巴金和老舍在长篇小说上的贡献也语焉不详。

"鲁郭茅巴老曹""去中心化"现象在台湾"戒严"时期的史著中表现最为典型，但也不同程度地体现在"解严"之后的台湾学者史著中，以马森的《世界华文新文学史》为例，"六大家"中的郭沫若在小节标题中没有出现，连胡适、刘半农与康白情都出现在小节标题中，也许在作者看来，郭沫若的诗歌成就不及胡适、刘半农和康白情。"六大家"中的茅盾、巴金、老舍则出现在第十五章"新小说的开花与结实"中，分别各占一节，与蒋光慈、丁玲、沈从文、李劼人等作家，以及"浪漫主义的余绪"作家、"其他的写实者"作家、"鲁迅的追随者"作家、"现代派小说"作家等并立。而在皮述民的《二十世纪中国新文学史》中。郭沫若一例"备受冷落"，茅盾和巴金"待遇"稍好一些，但茅盾是与李劼人、许地山、张资平、叶绍钧、张恨水、郁达夫、王统照等作家并立，巴金是与废名、蒋光慈、沈从文、萧军、还珠楼主、王度庐、金庸等作家并立，两人并无得到在大陆新文学史著中那种格外的"优待"。值得注意的是，在马森和皮述民的史著中，对曹禺的介绍都比较详细，非常重视，这似乎是一个少有的例外。

从下述"附表"可以看出，大陆无论是在"毛泽东时代"还是"新时期"，"鲁郭茅巴老曹"(尤其是"鲁郭茅")都在文学史舞台上扮演主角,独领风骚,甚至在"新时期"更加走向中心化,因为"巴老曹"在"新时期"较之"毛泽东时代"更受器重,和"鲁郭茅"形成并驾齐驱的势头。而在台湾"戒严"时期,因为文学史写作受制于国民党"反共"政策等诸多原因,"鲁郭茅巴老曹"不受重视,被抛离文学史的中心位置。"解严"之后,文学史写作回归学术本位,"鲁郭茅巴老曹"在台湾新文学史著中的分量已经大幅度增加,如鲁迅由"戒严"时期的两千字左右增加到万字,曹禺在马森的史著中也是增加到万字以上,但即使这样,"鲁郭茅巴老曹"仍然不能取得如大陆新文学史中的那种"中心化"地位,"非中心化/中心化"仍是"解严"之后台湾新文学史著和大陆新文学史著中"鲁郭茅巴老曹"书写的重要区别。假如比较"解严"(1987年)之后两岸的几本新文学史著,就会发现明显差别。如果说每本文学史都是一座结构宏大、气势恢弘的古典中式"宫殿",但当你抬眼仰望大陆的"宫殿",会发现它主要由"鲁郭茅巴老曹"几根巨型的"柱子"撑起基本构架(也许再加上沈从文和赵树理等少数作家),而其他作家不过是梁宇屋檐间的一块块并不起眼的"横木"。但你若再一瞥台湾的"宫殿",则面貌殊异,它不再由"鲁郭茅巴老曹"几根主要"柱子"撑起,而是由众多中型"柱子"和小型"柱子"密集地支撑,在这些中型的"柱子"中,你看不出这根是鲁迅还是张爱玲?那根是茅盾还是李劼人?另外一根是巴金还是徐讦?因为它们看起来几乎是一样的高低大小。

附表:"鲁郭茅巴老曹"在各文学史著中的内容分量
(所标示的字数皆是约数,单位是"万字")

| 文学史＼作家 | 鲁迅 | 郭沫若 | 茅盾 | 巴金 | 老舍 | 曹禺 | 备注 |
|---|---|---|---|---|---|---|---|
| 国民党"戒严"时期(1949—1987) | 由下表数据可知,在"戒严"时期的台湾"新文学史"中,"鲁郭茅巴老曹"明显存在"去中心化"趋向,而在50年代初的大陆"新文学史"中,"鲁郭茅巴老曹"的命名工程虽没有正式形成,但已具雏形,特别是鲁迅的榜首地位,已经无可争议地确立。 | | | | | | |
| 《中国新文学史》(周锦,1983,台湾) | 0.26万字(注:以下数字后面的"万字"的标示皆略去) | 0.37 | 0.34 | 0.29 | 0.36 | 0.16 | 60万字,皆无专节。 |
| 《中华民国文艺史》(尹雪曼,1975,台湾) | 0.13 | 0.2 | 0.035 | 0.02 | 0.035 | 0.015 | 68万字(含音乐、美术、舞蹈等艺术内容),皆无专节。 |

续表

| 文学史 ＼ 作家 | 鲁迅 | 郭沫若 | 茅盾 | 巴金 | 老舍 | 曹禺 | 备注 |
|---|---|---|---|---|---|---|---|
| 《现代中国文学史话》（刘心皇，1971，台湾） | 0.2 | 0.06 | 0.02 | 仅提到名字 | 仅提到名字 | 仅提到名字 | 约62万字，皆无专节，该著"个人化"色彩浓厚，突出郁达夫、林语堂、周作人、戴望舒等自由主义作家。 |
| 《中国新文学史稿》（王瑶，1951，1954，大陆） | 1.25（不含第六章"鲁迅领导的方向"3.4万字） | 0.9 | 0.61 | 0.35 | 0.25 | 0.5 | 全书上下册约50万字。除鲁迅外，其他作家尚没有在目录标题中显示。 |
| 《中国现代文学史略》（丁易，1955，大陆） | 4，两个专章（不含其他涉及鲁迅的内容约3万字） | 0.78，有专章 | 0.87，有专章 | 0.2，小节标题显示 | 0.2，小节标题显示 | 0.38，小节标题显示 | 全书约33.3万字。该著章节标题以鲁迅为主线。 |
| 《中国新文学史初稿》（刘绶松，1956，大陆） | 5.2，三个专章 | 2.2 | 0.87 | 0.3 | 0.32 | 0.72 | 全书上下册约54.8万字，除鲁迅外，其他作家内容尚没有在目录标题中显示。 |
| 国民党"解严"后（1987— ） | 由下表数据可知，"解严"之后，台湾"新文学史"中"鲁郭茅巴老曹"的内容分量已经明显增加，但与大陆相比，仍显不足，存在着"非中心化/中心化"的相对区别。 | | | | | | |
| 《二十世纪中国新文学史》（皮述民，2008，台湾） | 1 | 0.08 | 0.39 | 0.35 | 0.8 | 0.65 | 约51万字，鲁迅设一个"准专章"，其他皆无专章、节。 |
| 《世界华文新文学史》（马森，2015，台湾） | 1 | 0.55 | 0.53 | 0.54 | 0.73 | 1.25 | 全书上中下三编约126万字，除郭沫若外，都有专节。 |
| 《中国现代文学三十年》（钱理群等，1998，大陆） | 3.45 | 1.35 | 1.75 | 1.4 | 1.35 | 1.1 | 全书约58.7万字。皆有专章，其中鲁迅2个专章。 |

续表

| 文学史＼作家 | 鲁迅 | 郭沫若 | 茅盾 | 巴金 | 老舍 | 曹禺 | 备注 |
|---|---|---|---|---|---|---|---|
| 《中国现代文学史》（上）（朱栋霖等，1999，大陆） | 3 | 1.7 | 1.35 | 1.7 | 1.85 | 1.75 | 全书约 39 万字。皆有专章，其中曹禺准专章。 |

## 二、意识形态印记："戒严"时期台湾学者"鲁郭茅巴老曹"评价的"偏至"

国民党溃败台湾后，将其失败"归咎于文艺工作上的失策所造成的左翼文学的得势"①，确立了"反共抗俄"、"反共复国"的基本政治路线，加强对文艺领域的管制，对台湾具有左翼色彩的文艺思潮进行遏制甚至剿灭，大力提倡和鼓吹"反共文艺"，"将文艺纳入为其反共政治服务的轨道"②，并通过各种途径全面占据文艺阵地，一时间，"反共"成为五六十年代台湾地区文艺的主调。在这种时代背景之下，台湾的文学史家也很难不受其影响，配合当局的"反共"意图，进行强制性的意识形态阐释，打上了鲜明的意识形态烙印，主要体现在以下两个层面。

首先，意识形态对文学史的整体格局产生影响，决定了文学史的基本框架、作家作品裁选和叙述价值立场。一般而言，文学史家在评价"鲁郭茅巴老曹"乃至全部作家时，有一个左翼/非左翼、共产/非共产的二元对立的价值标准，贬抑前者，抬高后者，郭沫若、茅盾、鲁迅、丁玲、胡风等遭到贬抑，曹禺、巴金、老舍因与左翼保持一定距离而相对受到好评，胡适、张爱玲、沈从文、梁实秋、钱钟书等则受到赞扬。周锦的《中国新文学史》将中国新文学的发展分为"初创期"（1917—1927 年）、"成长期"（1927—1938 年）、"混乱期"（1938—1949 年）、"净化和复兴时期"（1949年—　）。把 1938 年到 1949 年由共产党领导和参与的文学时期称为"混乱期"，把 1949 年之后台湾地区（不含大陆）的文学称为"净化和复兴时期"，这里讲的"混乱"、"净化"和"复兴"明显带有意识形态的印记。而在具体作家选择上，该著则把一些重要的左翼作家打入另册，一提到左翼文人就从政治上乃至人格上加以诋毁。

①　朱双一：《"反共文艺"的鼓噪与衰败——兼论 50—60 年代国民党的文艺政策》，《台湾研究集刊》1894 年第 1 期。

②　朱双一：《"反共文艺"的鼓噪与衰败——兼论 50—60 年代国民党的文艺政策》，《台湾研究集刊》1894 年第 1 期。

陈敬之的《中国文学的由旧到新》中把左翼文学、革命文学一律视为"新小说发展中的逆流"①。刘心皇的《现代中国文学史话》在"三十年代文学对我国的影响"这一编中,认为"所谓'三十年代的文艺',就是左翼的文艺","三十年代的文艺,被共党渗透、运用、阴谋、操纵,并把政治目的提到第一优先的经过,是一种血的经验、血的教训,还是可以作为自由世界政治领袖们的参考"②。

其次,在对"鲁郭茅巴老曹"作家作品的评价上,由于意识形态的干扰而导致评价的"偏至",造成学理性的丧失。"鲁郭茅巴老曹"中,鲁迅最遭殃。文学史家用"不择手段"、"颠倒黑白"③、"其恶无比的帮凶"、"泼妇骂街"、"睚眦必报""卖身投靠"④等之类的词汇来辱骂鲁迅。对于鲁迅作品,也不乏许多从意识形态角度进行的扭曲性解读。对于《狂人日记》中这样一句话,"他们岂但不肯改,而且早已布置,预备下一个疯子的名目罩上我"。尹雪曼解读说:"共产党也是用此种帽子的方法整人,作者似有先见之明。"⑤对于小说所揭示的"仁义道德""吃人"的本质,尹雪曼则解读为:"'仁义道德'给人的约束力很大,青年人往往不容易接受;但是把'约束行为'说成了吃人,用意则在于'哗众取宠',这是左派文人惯用的手法";"如果以军阀时代和今天大陆上的共党统治相比,军阀吃人比共产党吃人还瞠乎其后,简直可以说是小巫见大巫哩"。⑥ 真是句句解读不离"共产党"、"左派",可是《狂人日记》诞生的时候,"共党"和"左派"尚未诞生,岂非咄咄怪事? 对于鲁迅的杂文《赌咒》,周丽丽认为它是一篇"恶毒"的反政府文章,认为"在中国新文学的第二个十年中,杂文是兴盛的,而且发生过不算小的作用,那就是伤害了政府,帮助了苟延残喘的共产党"。⑦

对于其他作家作品,很多文学史家也从"反共"的立场,进行牵强附会的意识形态化解读。例如,尹雪曼认为郭沫若的戏剧《棠棣之花》、《屈原》、《高渐离》、《南冠草》、《孔雀胆》、《虎符》等,"皆把历史故事加以曲解,并以恶意攻击政府,宣传毛共思想"⑧;曹禺的《家》、《北京人》、《蜕变》等,"内容均含有毛共思想的毒

---

① 陈敬之:《中国文学的由旧到新》,台北成文出版社 1980 年版,第 86—90 页。
② 刘心皇:《现代中国文学史话》,台北正中书局 1975 年版,第 465 页。
③ 周丽丽:《中国现代散文的发展》,台北成文出版社 1980 年版,第 77 页。
④ 陈敬之:《"新月"及其重要作家》,台北成文出版社 1980 年版,第 16—18 页。
⑤ 尹雪曼:《五四时代的小说作家和作品》,台北成文出版社 1980 年版,第 38 页。
⑥ 尹雪曼:《五四时代的小说作家和作品》,台北成文出版社 1980 年版,第 34—36 页。
⑦ 周丽丽:《中国现代散文的发展》,台北成文出版社 1980 年版,第 78 页。
⑧ 尹雪曼:《中华民国文艺史》,台北正中书局 1975 年版,第 744 页。

素"①;茅盾的剧本《清明前后》"为攻击政府金融政策者"②;小说《腐蚀》是为了"打击民心士气,……茅盾为了共产党的利益,故意把他们(指参加情报工作的青年男女)加以丑化,是非常不应该的"③;《第一阶段的故事》中,"共产式的教条很明显,尤其是对小资产阶级的讽刺,更是不饶人,而且时时不忘记在必要处把参与抗战的人挖苦一番"④。李牧认为,《子夜》"无一不是迎合当时中共的政策要求。《子夜》不但是一部'政治小说',而且是一部为共党宣传、为共党统战、最标准、最有力的'政治小说'"⑤。而老舍"被中共压迫得喘不过气来之时,他又写了一篇《猫》的短文,用极含蓄的笔法,以猫作比喻来描述大陆上的知识分子的性格及其遭遇,在接近文章尾之处,他以这两句话来说明'兔死狗烹'的悲哀:'老鼠已差不多被消灭了,猫还有什么用处呢?'于是,老舍也逃不出被批斗的命运"⑥。陈敬之虽对巴金小说整体评价不低,但也将之与意识形态进行"绑架",贴上意识形态的"标签",认为巴金的小说,"影响所及,不仅在抗战期间使得曾经被他的作品所感染的许多青年,其中由此而思想左倾,驯至离家弃学,间接辗转到陕北去上'抗大',打游击,并以投身匪党引为'光荣'"。巴金"对群众的煽动力量比之共匪什么口号、教条,又是如何的来的强烈而有效"⑦。总之,台湾"戒严"时期新文学史著分布的这些"意识形态化"阐释"怪胎",大失水准,不忍卒读,不能不说是史著中一个最大的"败笔"。

## 三、吊诡式存在:学理立场对意识形态的疏离和抵抗

诚如上节所述,台湾"戒严"时期文学研究服务于国民党的"反共"需要,受制于意识形态的影响,并鲜明地表现在对"鲁郭茅巴老曹"的评价中。但是,吊诡的是,即使是同一文学史著,一方面呈现出高度意识形态化的特征,另一方面在某些内容的解读上,又有意无意地疏离和抵抗这种意识形态化的阐释,坚持客观公正的学理标准,在总体上呈现出意识形态偏见和学理立场互相并存互相缠绕的复杂现象。

---

① 尹雪曼:《中华民国文艺史》,台北正中书局 1975 年版,第 744 页。
② 尹雪曼:《中华民国文艺史》,台北正中书局 1975 年版,第 743 页。
③ 尹雪曼:《抗战时期的现代小说》,台北成文出版社 1980 年版,第 77—79 页。
④ 尹雪曼:《抗战时期的现代小说》,台北成文出版社 1980 年版,第 70 页。
⑤ 李牧:《三十年代文艺论》,台北时报文化出版事业有限公司 1980 年版,第 214 页。
⑥ 李牧:《三十年代文艺论》,台北时报文化出版事业有限公司 1980 年版,第 218 页。
⑦ 陈敬之:《三十年代文坛与左翼作家联盟》,台北成文出版社 1980 年版,第 201—202 页。

　　首先看文学史家怎么评价鲁迅？尹雪曼对鲁迅的作品既有穿凿附会、无中生有的意识形态化解读，也有客观公正的评价。在《中华民国文艺史》中，他极力肯定鲁迅对新文学的开创之功，认为"当鲁迅第一个尝试成功的短篇小说《狂人日记》，在民国七年五月的《新青年》杂志出现时，不但还没有第二个惹人注意的作家，同时也找不出同样成功的第二篇作品"①。对于鲁迅的散文和杂文，他十分认同郁达夫在《中国新文学大系·散文二集导言》中对鲁迅的积极评价②。而刘心皇在谈到"由旧变新"的新文学初期的小说时，直接引用了鲁迅在《中国新文学大系·现代小说导论（二）》中对自己小说的有关评价："从一九一八年五月起，《狂人日记》、《孔乙己》、《药》等，陆续地出现了，算是显示了'文学革命'的实绩"③。二人的史著皆能公正评价鲁迅的成就和文学地位。

　　陈敬之既恶毒地咒骂鲁迅，同时又不得不公正评价鲁迅的文学地位和成就。她咒骂鲁迅"狂妄骄横"、"领袖欲极强，而自视又甚高"，"'左联'时代之与赤匪合流，助桀为虐，致国家民族，深受危害，其心可诛，其罪莫诛"；"鲁迅对整个中华民族所造下的罪孽来说，实在是够深重够悲惨了！"④她说："周氏兄弟虽然后来都因晚节不终，一个做了汉奸，一个做了中共匪党的应声虫，以致他们先后都变成了出卖国家民族的叛逆分子，且久已成为国人所不屑齿及的人物，但我们如果基于不'以人废言'，而有只从新散文发展的观点来看周氏兄弟，则他们俩在这一方面的成就和表现，确有我们重视和不容抹杀的地方，……所以他们两人在新文艺运动后期的中国文坛，不仅为新散文开创了两种风格，而同时也为新散文建立了千秋功业。"⑤对于鲁迅的小说，她也能予以公正评价，如认为鲁迅"吸收了西洋小说的体式和技巧而为中国的短篇小说的奠基人"；⑥认为《呐喊》、《彷徨》"是比较成功的一种乡土文艺"，"他使那些头脑简单的乡下人，或世故深沉的土劣，像活动影片似的，在我们面前行动着，他把他们的喜怒哀乐，他们愚蠢或奸诈的谈吐，可笑或可恨的举动，惟妙惟肖地刻画着。他从不用繁复的铺叙，也没有很长的对话，而只是以精炼的手笔，含蓄的讽刺，构成他们特殊的作风"⑦；认为《阿Q正传》是"一篇最成

①　尹雪曼：《中华民国文艺史》，台北正中书局1975年版，第436页。
②　尹雪曼：《中华民国文艺史》，台北正中书局1975年版，第306页。
③　刘心皇：《现代中国文学史话》，台北正中书局1975年版，第222页。
④　陈敬之：《三十年代文坛与左翼作家联盟》，台北成文出版社1980年版，第57—61页。
⑤　陈敬之：《中国文学的由旧到新》，台北成文出版社1980年版，第115—116页。
⑥　陈敬之：《中国文学的由旧到新》，台北成文出版社1980年版，第84页。
⑦　陈敬之：《三十年代文坛与左翼作家联盟》，台北成文出版社1980年版，第63—64页。

功的作品"①;认为《孔乙己》"文字的经济,技巧的卓越,真可谓传神阿堵,妙到毫巅了"②。此外,赵聪、周锦、舒兰等人都对鲁迅或其代表性作品作出较高的评价。总之,台湾"戒严"时期文学史家,虽然对鲁迅有这样那样的意识形态偏见甚至辱骂,但是,"大部分对鲁迅的小说集《呐喊》和《彷徨》,特别是对其中的《阿Q正传》与《狂人日记》,以及散文(诗)集《朝花夕拾》和《野草》皆作出较高评价,由此可以间接看出文学史家对鲁迅的基本价值判断"③。

当然,"鲁郭茅巴老曹"的创作并非完美无缺,所谓学理性批评,是要站在实事求是的立场,对作家作品做出恰如其分的辩证评价,既指出其成就,亦能指出其不足。例如,尹雪曼认为,巴金的"作品的思想性和艺术性却很薄弱,书里个人的爱憎过深,缺少冷静的思索和周密的构思,可说是他的缺失,……这些缺失如玉之瑕疵,日之缺蚀,但并不妨碍巴金作品在中国新文学史上的地位和价值。……巴金的作品,虽然没有伟大思想,但它却是反映了一个时代的社会。奠定巴金在中国新文学创作上不朽地位,受到当时青年男女的普遍喜爱,最为突出,也最为轰动的一部巨著是《家》"④。以下章节内容则具体探讨了《家》的写作动机、内容、人物个性刻画、写作技巧及行文得失,既有肯定,也有不留情的批评。

对于茅盾的作品,周锦批评了具有"主题先行"倾向的《子夜》⑤,但同时对《蚀》、《虹》和《腐蚀》却给予相对较高的评价,肯定其多方面的艺术成就⑥。尹雪曼对茅盾的小说特别是《子夜》也多有批评,但也肯定了茅盾小说的几个特色和优点,即"颇具时代性"、"具有高度的社会性"、"重视资料的收集和整理"⑦,这等于从另一个角度间接肯定了茅盾小说的贡献。

对于老舍的早期小说,尹雪曼认为"在当时文学界另外表现了一种风格,这便是现代人所爱谈的幽默风格"⑧,但亦指出其"虽然滑稽有趣,但是意味浅薄,没有深度"⑨,同时肯定其"研究北平社会史"的价值,因为它"揭发了当时北平社会的

---

① 陈敬之:《三十年代文坛与左翼作家联盟》,台北成文出版社1980年版,第65页。
② 陈敬之:《三十年代文坛与左翼作家联盟》,台北成文出版社1980年版,第64页。
③ 古大勇:《台湾"戒严"时期和大陆"毛泽东"时代两岸的"鲁迅书写"》,《中国现代文学研究丛刊》2013年第11期。
④ 尹雪曼:《鼎盛时期的新小说》,台北成文出版社1980年版,第50—52页。
⑤ 周锦:《中国新文学史》,台北逸群图书有限公司1983年版,第439页。
⑥ 周锦:《中国新文学史》,台北逸群图书有限公司1983年版,第435—647页。
⑦ 尹雪曼:《鼎盛时期的新小说》,台北成文出版社1980年版,第42—44页。
⑧ 尹雪曼:《鼎盛时期的新小说》,台北成文出版社1980年版,第1页。
⑨ 尹雪曼:《鼎盛时期的新小说》,台北成文出版社1980年版,第17页。

万事万象"①。对于老舍的抗战小说《火葬》,尹雪曼既肯定其"主题和题材是积极的"以及所表现的"高度爱国的热情"②;同时,又批评作者老舍因为缺乏抗战体验,"文字间常有隔靴搔痒的情形"③,而导致小说"没有什么真实感,更无深刻可言"④、人物是"概念的"⑤缺陷。

对于曹禺的戏剧,周锦认为是"新文学运动以来戏剧创作上少有的成就","极为出色"⑥,高度评价其独特的艺术价值,同时也辩证指出《日出》结尾"拖了一个尾巴"⑦的毛病,《原野》"把个农民塑成了绿林好汉"⑧的弊端。

如何理解以上史著中学理阐释和意识形态偏见并存的吊诡现象? 这事实上是史家政治立场和学术立场、功利诉求和史家良知产生内在矛盾和悖逆的一种体现。一方面,作为"反共文艺"政策背景下的文艺工作者,迫于各种主客观原因,很难不考虑文学研究的政治功利立场,配合国民党的文艺政策需要。但同时,一个有良知的文学史家也一定深悉,如果文学研究完全沦为反共武器和政治奴婢,罔顾事实,颠倒黑白,自说自话,那就毫无价值。《说文·史部》云:"史,记事者也,又从持中,中,正也。"无论是传统史学,还是文学史,持中守正客观是治史者必须恪守的一个基本治史理念。因此,该时期的文学史家往往处于政治功利的外在要求和学术良知的内在自律的博弈较量中,造成史著政治色彩和学理品格的混杂性存在,但每本表现都不一样,有的学理性压倒政治性,有的反之,总体而言,这两者都兼顾地呈现在所有史著中。

## 四、殊途同归:两岸史家对"鲁郭茅巴老曹"评价的趋同现象

台湾"戒严"时期,两岸"新文学史"著作对"鲁郭茅巴老曹"评价存在着不小的差异,这种差异现象直到台湾"解严"之后产生的新文学史著中才有所改变,如皮述民等的《二十世纪中国新文学史》、马森的《世界华文新文学史》两书给予"鲁

---

① 尹雪曼:《抗战时期的现代小说》,台北成文出版社 1980 年版,第 42 页。
② 尹雪曼:《抗战时期的现代小说》,台北成文出版社 1980 年版,第 58 页。
③ 尹雪曼:《抗战时期的现代小说》,台北成文出版社 1980 年版,第 58 页。
④ 尹雪曼:《抗战时期的现代小说》,台北成文出版社 1980 年版,第 43 页。
⑤ 尹雪曼:《抗战时期的现代小说》,台北成文出版社 1980 年版,第 48 页。
⑥ 周锦:《中国新文学史》,台北逸群图书有限公司 1983 年版,第 466—468 页。
⑦ 周锦:《中国新文学史》,台北逸群图书有限公司 1983 年版,第 467 页。
⑧ 周锦:《中国新文学史》,台北逸群图书有限公司 1983 年版,第 467 页。

郭茅巴老曹"篇幅内容诚然不如大陆学者的新文学史著作,但是两者在对"鲁郭茅巴老曹"文学成就的评价上,却有高度一致之处。通观以上文学史,"戒严"时期那种意识形态化的文字评价基本销声匿迹,回归到学术本位。

这里以皮述民、马森的史著为例,首先,从文学史的作家安排格局来看,"鲁郭茅巴老曹"已经得到了应有的重视,鲁迅字数达到一万字,其他几大家各有数千字不等,基本上设有专节。对于一本贯穿百年、大小作家都要兼顾的文学史来说,这种分量已经不算少了。当然,重视并不只是体现在文学史中"露脸"的篇幅上,更体现在评价的性质上。看看史著者是如何评价"鲁郭茅巴老曹"的? 不妨摘其要者如下:对于鲁迅的小说,皮述民认为《狂人日记》"是现代小说史上一个重要的里程碑"①,"《孔乙己》、《药》两篇,可以称为杰作,而《阿 Q 正传》,实可称为不朽之作"②,"鲁迅在新小说方面的成就和影响是不容置疑的"③;"我们对鲁迅在新文学史上的地位,绝对持肯定的态度"④。而唐翼明在《大陆现代小说史》中说:"鲁迅是中国现代小说的奠基者,也是迄今为止最伟大的现代中国作家。"⑤这大致等同于钱理群的《中国现代文学三十年》和朱栋霖等的《中国现代文学史》(上)中对于鲁迅的评价:"中国现代小说在鲁迅手中开始,又在鲁迅手中成熟"。⑥

对于茅盾的《子夜》,皮述民认为:"由于沈氏以社会主义现实主义为其文学思想的主体,言为心声,难免拘限。所幸他的创作还不至于臣服于思想而一味宣扬说教,理性客观的立场仍能立足,……《子夜》之所以足能代表沈氏现实主义文学创作主要成就,重在巨作之深入探析时代经济结构以及人性底层。……巨作的切开时代横面,不仅是史鉴的功效,也是时局、政治的反映,更是社会变迁、人性提升的启示,意识指涉、价值意义已然具在。"⑦皮述民所肯定的这一特征正是钱理群的《中国现代文学三十年》中所提出的茅盾的一大贡献——"开创新的文学范式",这一"文学范式"就是所谓的"社会剖析小说"⑧。在台湾文化语境下,在《子夜》被某些人视为"失败之作"、文学价值"一落千丈"的当代背景下,他企图给《子夜》一个

---

① 皮述民等:《二十世纪中国新文学史》,台北骆驼出版社 2008 年版,第 90 页。
② 皮述民等:《二十世纪中国新文学史》,台北骆驼出版社 2008 年版,第 92 页。
③ 皮述民等:《二十世纪中国新文学史》,台北骆驼出版社 2008 年版,第 95 页。
④ 皮述民等:《二十世纪中国新文学史》,台北骆驼出版社 2008 年版,第 91 页。
⑤ 唐翼明:《大陆现代小说史》,台北文史哲出版社 2007 年版,第 11 页。
⑥ 钱理群等:《中国现代文学三十年》,北京大学出版社 1998 年版,第 30 页;朱栋霖等:《中国现代文学史》(上),高等教育出版社 1999 年版,第 40 页。
⑦ 皮述民等:《二十世纪中国新文学史》,台北骆驼出版社 2008 年版,第 201—202 页。
⑧ 钱理群等:《中国现代文学三十年》,北京大学出版社 1998 年版,第 171 页。

公正的评价,不能不说需要一些史家胆识。

皮述民的史著第十四章标题是"戏剧文学的建立",其第二节的小标题为"话剧走向成熟(1930—1936年)",认为曹禺"在这一时期,最引人注目而成就也最大"①,并以最多的篇幅详细介绍了曹禺的剧本,事实上,他是把曹禺视为中国话剧走向成熟的标志。而在马森的《世界华文新文学史》中,马森给予曹禺的篇幅内容甚至超过了鲁迅,达到13页逾万字的内容,并以标题"话剧的高峰:曹禺的剧作"②来显现。二著对曹禺的评价与大陆的两本代表性文学史不谋而合:钱理群本认为曹禺的经典剧作,"使中国现代话剧由此走向成熟"③;朱栋霖本认为,《雷雨》、《日出》的出现,"标志着中国现代话剧文学的成熟"④。

皮述民认为,巴金以《家》为中心的《三部曲》小说,"横跨了二十世纪的三十、四十年代,浩荡长篇的巨大流量,功能在切剖、表征了时代的横面……就文艺创作的淑世功能而言,能够表现时代,为历史作见证,为苦难大众代言的,自非长篇小说不克为功。巴金毕生笔耕不辍,他的创作所留下的价值,已可不朽"⑤。这和朱栋霖本对巴金《激流三部曲》的评价十分相似。⑥

总之,以上史家对于"鲁郭茅巴老曹"的评价事实上和大陆史家并无二致了,两岸"新文学史"对于"鲁郭茅巴老曹"的评价终于形成了合流之势。究其原因,是"解严"之后,台湾的学术研究走出政治阴影,学术生态恢复了正常。以"鲁迅研究"为例,近年来台湾"学院派"鲁迅研究异军突起,从台湾"国家图书馆数据库"可查询到数十篇研究鲁迅的博硕士学位论文,一些专门性的学术刊物,如《中国论坛》、《中国现代文学理论》、《汉学研究》、《国文天地》、《中外文学》、《中国文哲研究集刊》、《人文中国学报》等,亦发表不少科学严谨、富有独创性的鲁迅研究论文,这些论文能真正从学理层面对鲁迅进行多维开放性的研究,其质量直追同时期的大陆。学术环境走向正常,两岸文学史家对"鲁郭茅巴老曹"的评价自然会在学理层面产生契合和共鸣。

---

① 皮述民等:《二十世纪中国新文学史》,台北骆驼出版社2008年版,第244页。
② 马森:《世界华文新文学史》,INK印刻文学生活杂志出版有限公司2015年版,第444页。
③ 钱理群等:《中国现代文学三十年》,北京大学出版社1998年版,第318页。
④ 朱栋霖等:《中国现代文学史》(上),高等教育出版社1999年版,第227页。
⑤ 皮述民等:《二十世纪中国新文学史》,台北骆驼出版社2008年版,第229页。
⑥ 朱栋霖等:《中国现代文学史》(上),高等教育出版社1999年版,第201—202页。

## 余论:两岸文学"经典化"路径的差异

"鲁郭茅巴老曹"涉及文学的"经典化"问题,由此也可以看出海峡两岸不同的文学"经典化"路径。什么是经典化? 虽然文学的经典化目前还存在着"本质论"和"建构论"的分歧,但是越来越多的人赞同经典是一种"建构"的过程。建构主义代表布尔迪厄的观点认为:"(文学经典)之所以成为经典,是文化生产场内多种合力产生作用的结果,这些合力包括社会、历史、文化、语言、政治、权力等等。……哪种力量能暂时地占据文化场域的支配性位置,它就能暂时地获得定义经典的话语权力,同时也就可以以普遍性的名义将某一文学文本册封为经典。"①当然,我们并不否定经典"先天的特质"的重要性,即经典首先自身必须具有优秀的艺术价值。但它不会自动成为经典,必须借助于外力,正如引言部分所说,大陆"鲁郭茅巴老曹"经典的建构就是政治意识形态和文学史家在文化场域内部取得支配性位置的结果;而在同时期的台湾,鲁迅、郭沫若、茅盾等左翼作家成为官方政府的禁绝对象,鲁迅的著作在台湾是"禁书",不准公开传播与阅读,现代左翼文学乃至整个现代文学在台湾都遭遇不同程度的冷遇或隔绝,在当时台湾高校的中文系课程设置中,甚至没有"现代文学"这门课。大陆在神化鲁迅、批斗胡适的时候,台湾却在丑化鲁迅、推崇胡适;此种背景之下,连"鲁郭茅"的书在台湾都不容易被读者阅读,还遑论什么"经典化"? "解严"之后,鲁迅的作品被"解禁","鲁郭茅巴老曹"的作品亦可以在台湾广泛传播,但为何依然没有走向如大陆那样的"经典化"? 事实上,台湾对现代文学的"经典化"建构走的是另一条路径,如果说大陆的"经典化"建构方向偏向于启蒙、救亡、革命等现实主义维度,因此,自然选择了"鲁郭茅巴老曹";台湾的"经典化"价值圭臬则偏向于人性、自由主义或本土化等另一维度,于是,他们选择了张爱玲、赖和等人。张爱玲在台湾的"经典化",正如鲁迅在大陆的"经典化",以至于鲁迅在大陆被称为"现代文学之父",张爱玲在台湾被称为"祖师奶奶",影响了整个台湾文学,并诞生了一大批"张派传人"。当毛泽东、周扬、王瑶、刘绶松、丁易、唐弢、钱理群等人在大陆为鲁迅的"经典化"而煞费苦心时,刘绍铭、夏志清、王德威、水晶、唐文标、朱西宁、陈炳良、郑树森等人却在台湾和海外为

① 转引自童庆炳、陶东风:《文学经典的建构、解构和重构》,北京大学出版社 2007 年版,第102 页。

张爱玲"祖师奶奶"的"尊位"而摇旗呐喊。而诞生于台湾本土的赖和则被台湾人视为"台湾新文学之父"、"台湾鲁迅"。由此可见,台湾的现代文学经典化建构表现出的是另外一种传统。如果让台湾文学史家再遴选出一个他们心目中的"鲁郭茅巴老曹"英雄榜,我想,张爱玲、沈从文、徐讦、李劼人、钱钟书、郁达夫、赖和、杨逵等其中或许有人入选,而传统的"鲁郭茅巴老曹"中说不定会有若干位落选吧?

原载《文学评论》2017 年第 2 期

# 传统书法审美参照系初论

丛文俊(吉林大学教授)

　　古人在进行书法审美与批评表达时,依据是什么? 或者说他们所持的标准、理想的艺术境界是什么? 何以是此而非彼? 实际上,古人的书法审美与批评大都是直陈所得,言简而意赅,很少详细说明原委,但不影响交流和传承。这是因为,书法群体的立场和价值观、经验会使那些隐含在背后的依据或标准成为相对稳定的判断基础,并借助观念、师承得以延续和丰满,即使时尚或个性有所改变,也不会轻易去破坏或放弃。这就是传统书法审美参照系,是客观、真实的存在,与书法史紧密相伴。

　　传统书法审美参照系相当复杂,表现则有繁简、显隐、虚实等多种存在状态,涉及书法的方方面面。简单地说,凡举天地万物、人事物理,经验所及或可以感知、可以把握的东西,都可以成为书法艺术的审美参照系。借助参照系,即可以法效借鉴,明确书法何以为美,也就有了鉴赏和评价的标准;把彼此近似、相互关联的参照系加以总结概括,也就有了理论,乃至于理论体系。可以说,书法艺术的成长壮大、绵延不息,全赖这种由内而外再自外向内之不断的资取借鉴而得以充实发展至今的。试想,如果只有字形符号、只有实用,还会有我们所熟悉的书法艺术吗? 就此而言,书法审美参照系是古人不断发展和创造出来的艺术活力与灵魂,代表了古人在书法艺术活动中"外师造化,内得心源"的探索与寄托。也正是有了审美参照系,才使得文字书写这种无限重复的简单活动由平凡而变得崇高、从实用上升为艺术,承载着古人的心灵、品格、想象、创造,以及从有限到无限之精神层面的所有寓寄走到今天。不过,由于内容庞大,枝叶繁复,这里只能提纲挈领地略说其概。

## 一、典范楷模的确立与审美参照系

文字伊始,其形体均来自客观事物的图像及其组合,其笔画均为仿形线条,不具有完整的书写意义,我们称之为象形文字符号体系。许慎《说文解字序》把象形字的书写特征概括为"画成其物,随体诘屈",十分正确。所以,这一时期的甲骨文和早期金文遗迹被我们称之为书法作品,有些被视为代表作并试图分析阐释其书法美感与风格,都是基于后代的理解作出的追溯式说明,与身在其中的古人的认识并不相等。可以明确地是,即使彼时古人已在书法上取得辉煌的成就,也只能是"集体无意识"①的产物,而仿形的图画性、文字功用、普遍而大量存在的异体字等状态,说明其尚处于自发阶段,缺少楷模,也没有审美参照系。

进入西周中期以后,大篆书体的曲线图案化发展特征逐渐明晰和协调一律,显示出文字符号体系正在受到某种外来因素的诱导,朝着内外合一的方面发展。对此,笔者曾把大篆作为礼乐文化的象征符号来加以论述,并简单地列叙了彼此的对应关系。

A $\begin{cases} 农业生产生活之周而复始的秩序感 \\ "篆引"规范 \end{cases}$

B $\begin{cases} 礼乐文化之繁缛的文饰 \\ 大篆字形的图案化 \end{cases}$

C $\begin{cases} 大乐必易、大礼必简 \\ 线条匀一 \end{cases}$

D $\begin{cases} 礼乐征伐自天子出;王者之风,化及天下 \\ 作品风格的趋同② \end{cases}$

---

① 关于上古书法的"集体无意识"问题,详见《中国书法全集·商周金文》中《象形装饰文字:涂上宗教色彩的原始书法美》一文的相关论述。又见《中国书法史·先秦秦代》卷第二章第一节至第三节相关内容。

② 参见《中国书法史·先秦秦代》卷第三章第一节至第三节相关内容。

这不是简单的比附,实则有其必然性和内在的逻辑关系,尽管有些微妙难言,却不是不可以究诘的玄虚之学。对此,我们试做如下图示:

文化→人的体验认知→审美的潜移默化→艺术样式与风格→象征意义
(文化印记及其转型、审美观念的同构关系及转型、艺术作品美感的体外追加与认知和累积传承、书写者个体或群体的价值观,等等。)

其中原理,我们将另文详述,但研究实践表明,它是可行的。这里需要指出的是,大篆书体的成熟,使书法第一次有了基于文化的审美参照系,而随后《史籀篇》字书的出现,又使书法本体第一次有了审美参照系。换言之,书法本体的审美参照系肇于文字的正体规范,而正体规范首先确立于字书。据《说文解字》记载,西周宣王中兴,太史籀作大篆字书十五篇,即《史籀篇》,为读写的范本。当然,颁行字书不限于王室和王畿之内。据《周礼》记载,外史职"掌达书名于四方",郑注:"古曰名,今曰字",也就是由外史负责四方各诸侯国的文字规范和正体书写。这就是历史上第一次以行政手段推行标准书体,《史籀篇》大篆的样式与风格成为天下共遵的审美参照系。其后王室衰微,学在四夷,只有秦国沿用《史籀篇》,秦始皇"书同文字"时据以改定小篆,写定《仓颉篇》、《爰历篇》、《博学篇》三篇字书,自是大小篆并行,成为官定楷式。许慎著《说文解字》,定小篆于一尊,成为其后两千年篆书正宗。而古人评价篆书,均以《说文》为据,以"六书"为标准来量说,溯流讨源,务归其本,苟非其人,虽工不能无失,邓石如以昧于"六书"而屡遭讥斥,即是生动的例证。

为了适应隶变给古文字大小篆系统带来的冲击和根本性变革,汉初的闾里塾师合秦代的三篇小篆字书为一,统名《仓颉篇》,用演进中的隶书抄写。从出土的阜阳汉简《仓颉篇》来看,字形虽然近古,却整饬有法,体势优美,合于楷式之义。宣帝时,隶变业已完成,字书滞后,出现了《汉书·艺文志》所说的"《仓颉》多古字,俗师失其读"的情况,遂使正定文字被纳入国策。元帝时史游作《急就篇》,用新体隶书写定;魏晋南北朝时改用楷书抄录,以趋时用。它们和大小篆字书一样,都是从小学教育开始,既为启蒙的书法审美参照系,也可能伴随其终生。此外,东汉草书大盛,汉末时张芝独步天下,书家乃以其法写定草书本的《急就篇》,晋人以其具备楷式,因以名其为"章草",而与时文草书相区别。后则因章草之名,改字书名曰《急就章》,至今仍被奉为章草典范而摹习不绝。① 又，自南朝以降，历代名家以各种书体来写《千字文》，则是在延续字书传统，可以视为对字书作为审美参照系的补充。

与字书相辅而行的是历代国家的政策法令和具体落实的教育措施、课吏取士的考核标准，以确保人才选拔的能力，使书法与每一个读书人的仕途前程息息相关，使正字、正体成为他们的自觉行动，审美参照系的意义和地位也因之得以凸显，这就是代表国家意志的社会化标准的形成，并且与时俱进，随用变迁。

据《说文解字序》记载，西周小学教育伊始，"先以六书"，即了解字形构成、正确识读与书写；而《周礼》明确述其时"道艺"的考核与成绩累积，由司徒问之，中国古代的"较能"之教育和培养人才的方式也自此发端②；又"学童十七以上始试，讽籀书九千字，乃得为史"，谓通解《史籀篇》字书，以此成为取士的标准。汉承秦制，在《史籀篇》之外，兼试秦书八体，取其优胜者进入国家机构任职。对个人而言，这种以书取士的政策具有强大的社会功利性和吸引力，其中教育是基础，政策律令是保障，连通二者的是国家认可的标准，亦即全社会共同的审美参照系。汉代以书取士的政策源出于西周传统，但在奖惩措施的实行上更为明确。《汉书·艺文志》云：

> 汉兴，萧何草律，亦著其法。曰：太史试学童，能讽书九千字以上，乃得为史。又以六体试之，课最者以为尚书、御史史书令史。吏民上书，字或不正，辄举劾。

能讽书，《说文》作"能讽籀书"；六体，《说文》作"八体"；字或不正，辄举劾，《说文》作"书或不正，辄举劾之"，应以《说文》为是。此外，《汉书·王尊传》载其"能史书，年十三，求为狱小吏"，这是自荐和破格；又《贡禹传》述武帝时事云"何以礼义为，史书而仕宦"，这是政策的深入人心与社会风气的形成；《论衡·程材》述云"是以世俗学问者，不肯竞经明学，深知古今，急欲成一家章句，义理略具，同趋学史书"，这是矫枉过正，已经产生负面效应；又，灵帝好书，于鸿都门学大批引召那些出身微蔑的"斗筲小人"而"工书鸟篆"者至"数十人"，这是"善史书"的外溢效应，因而遭到清流士大夫的抵制，但其社会影响不可低估。③

---

① 丛文俊：《章草及其相关问题考略》，《中国书法》2008 年第 10 期。
② 丛文俊：《周礼"三德"、"道艺"古义斠诠》，《史学集刊》1998 年第 2 期。
③ 参见《后汉书·蔡邕传》、《杨震传》、《阳球传》，又《东观汉记》作"遂至数千人"。

既存功利,人趋若鹜,得之者须存戒惕,不可殆荒。换言之,国家以书取士的政策律令并非只是步入仕途的敲门砖,它必须坚持奉行。汉武帝为了正字正体,实行了严厉的文字政策,使奖惩措施达到极致。例如,《史记·万石君列传》述其长子万石建上书,事下后建复读之,发现"马"字少了一画,竟然惶恐至"上谴死矣"的地步。其后东汉光武帝《四科取仕诏》规定:"……书疏不端正,不如诏书,有司奏罪名。并正举者。"章帝时曾再次强调并推行这一政策。汉代选官是选举制,官员的行文奏事一旦书字出现问题,即由监察部门议定罪名和处分意见,还要株连当初负责选拔推举的人,其严厉可见一斑。

史书,本指史职应该通晓、擅长的古今各种书体,在西周为大篆,秦汉为八体,后乃推及其他职官,精通谓"善史书"、"能史书"。①

"善史书"原本是国家政策层面的正字和正体活动,其直接的作用第一是推进"隶变"的完成、实现了隶书正体化的发展,最终以八分艺术化走向极致。第二是古今各种书体的兼善,共存共荣,以此成为传统,一直延续至今,对书法审美与批评、书法理论也多有裨益。第三,激发了全社会好书、善书的热情,形成良好的书法欣赏和书法发展的社会氛围,例如《汉书》、《后汉书》、《三国志》等史书记载的本不需要功利的皇帝、皇后、王侯、女官"善史书"事迹,再如《汉书·游侠传》述陈遵"性善书,与人尺牍,主皆藏弃以为荣"的广受欢迎,均其证。第四,开启了具有历史意义的以名家楷模取代字书和由国家史职制定标准与审美参照系的时代,它承认书家的创造性,名家艺术水平与个性风格开始具备社会的公共意义。当名家前后相望、递相承袭演绎书法时尚之后,国家的标准和审美参照系只能被动的选择,在重新明确"官样"、"官楷"的同时,往往会与名家风流发生错位,而后者则会成为新的标准和审美参照系,这就是张怀瓘《文字论》所言"其后能者,加之以玄妙,故有翰墨之道生焉"的道理所在。玄妙,旨在强调艺术性与名家个性风格的价值,其实质是肯定以想象和创造为灵魂的艺术能力与水平,故而以"翰墨之道"名之。《后汉书·宗室四王传》称北海敬王刘睦"少好学,博通书传,……又善史书,当世以为楷则",这是历史上第一次以个人书法作为全社会楷则加以学习的记载,也是个人书法作为"善史书"的标准和审美参照系,应该视为各体书法名家相继成为全社会楷模的滥觞。又《三国志·魏书·管宁传》述胡昭"善史书,与钟繇、邯郸淳、卫觊、韦诞并有名,尺牍之迹,动见模楷焉",这表明,名家的意义尽在于可以供人

---

① 丛文俊:《论"善史书"及其文化涵义》,《书法研究》1998 年第 2 期。

师法的"模楷"，是对以实用为基础的艺术之美的肯定，"史书"也与其初衷渐行渐远了。又，张怀瓘《书断》有云：

> 自陈遵、刘穆之起滥觞于前，曹喜、杜度激洪波于后，群能间出，角立挺拔。

张氏之言准确地概括两汉名家楷模前后相望、各领风骚的盛况，斯事虽导源于"善史书"，却已远远超出其范围，非其所能左右了，"翰墨之道生焉"正当其时。第五，"善史书"的一个重大溢出效应是促进了草书的发展，使完成古今文字的变革之后的正、草两类近体书法结构得以确立。《后汉书·宗室四王传》述刘睦善草书，"及寝病，帝驿马令作草书尺牍十首"，刘睦为光武帝长兄刘演之孙、第二代北海敬王，光武帝爱之，明帝亲待之，而明帝在其病卧床榻时驿马赴北海令作草书尺牍十首，尤具重要意义。张怀瓘《书断·章草》述其事云：

> 后汉北海敬王刘穆善草书，光武器之，明帝为太子，尤见亲幸，甚爱其法。及穆临病，明帝令为草书尺牍十余首，此其创开草书之先也。

刘睦（一作穆）以亲王之贵，"善史书"并善草书，得到皇帝的爱重，无形中为这种学校不传习、官方不使用的草书极大地提升了地位，起步即为超然的宫廷艺术，其社会导向作用不言而喻。而其以尺牍形式存在，表明其为日常书写中私相授受的社会功用，在庄重的正体之外，开创了简便自由书写的新天地，魏晋胜流莫不循此途而扬名于世，可谓厥功甚伟矣。颜之推《颜氏家训·杂艺》云：

> 真草书迹，微须留意。江南谚云："尺牍书疏，千里面目也。"承晋宋余俗，相与事之，故无顿狼狈者。

江南谚语，即谓以魏晋尺牍书法风尚之盛所致江左地区流行语，代表了关于"字如其人"和审美对象人格化的初期认知，比东汉人对草书的朴素爱重已有明显的进步。

自刘睦、杜度、崔瑗等草书名家相继成为楷模之后，迎来东汉末年的草书热，而集大成者即被尊为草圣的张芝。卫恒《四体书势》述其事云：

　　杜氏杀字甚安,而书体微瘦;崔氏甚得笔势,而结字小疏。弘农张伯英者因而转精其巧,凡家之衣帛,必先书而后练之。临池学书,池水尽墨。下笔必楷则,常曰:"匆匆不暇草书"。

　　依卫恒所见,杜、崔二家各有其短,张芝能取其优长而弥补其短,而由于"下笔必有楷则",是以笔速较缓,缓则笔笔到位,故以"精"、"巧"名之。为草书创立楷则,张芝是第一人;循张芝草法书草书《急就篇》,则是为了便于学习者,为之确立楷模标准与审美参照系。后来将此字书之草名为"章草",即与张芝的"楷则"有直接关系。张怀瓘《书断卷上·章草》"呼史游草为章,因张伯英草而谓也"之语,极有见地。所谓"史游草",言汉元帝时史游作《急就篇》字书,后以草书改写,内容体例则依旧。如果说刘睦草书之名光大于帝王,那么杜、崔、张等大显于世则可以视为风气下移,其楷模成就于社会,从此开启了书法史上由帝王、官方选择楷模和由名家、社会选择楷模这两条基本线索,但二者间有分有合。

　　汉晋南北朝时期,八分隶书的艺术化因广树碑碣而盛,乃至于逐渐程式化,也因禁碑逐渐式微,原有的便捷实用的特点尽失,不得不让位于新体楷书。据《四体书势》记载,汉末师宜官善隶书,闻名遐迩,声振上下。梁鹄师之,有出蓝之誉,归顺曹操之后,"在秘书省以勤书自效",后其弟子毛弘"教于秘书",传法于晋。此三人一脉传承,均为官选官用,客观上其法正成为官方所认定的楷模,又,羊欣《采古来能书人名》述钟繇享誉于世的三体书法云:

　　　钟有三体:一曰铭石书,最妙者也;二曰章程书,传秘书、教小学者也;三曰行狎书,相闻者也。三法皆世人所善。

　　"铭石书",即八分隶书,以尊于碑用而名,隶书之名则转而用来称呼新体楷书;"章程书",即新体楷书之别称,"传秘书、教小学"则说明钟繇楷书已经为官方通用,为小学教育所普及;"行狎书",即行书,用于尺牍书问和私相授受的场合,"相闻书"乃其别名。"三法皆世人所善",谓钟繇三体皆被世人奉为楷模,各有侧重,各成其用,审美参照系分属于不同人群和功能。由此可见,钟书铭石与梁鹄一系并行不悖,楷模的多元可见一斑。

　　汉晋南北朝是一个特殊的历史时期。承永嘉之乱,五胡乱华,晋室南渡,文化精英大都随迁,由此迎来江左风流的极盛时代,东晋则是关键。东晋正处于正体楷、行、草演进过程中,虽然有远接钟、张的师法,近承卫瓘、索靖的余绪,却不曾停下发展的脚步,王僧虔《论书》所言"亡曾祖领军洽与右军俱变古形,不尔,至今犹法钟、张",是真实可信的。东晋士人的贡献在于发现、赏味、倾注了书法之"意",其整体观察是"书意",关注书写技术则为"笔意",因书及人即"心意"。这是一种质的提升,也是东晋士人以强大的群体力量和智慧投入到书体演进中的收获,"二王"即杰出的代表人物。孙过庭《书谱》在论说书法美的心得之后说:

> 而东晋士人,互相陶染。至于王、谢之族,郗、庾之伦,纵不尽其神奇,咸亦挹其风味。

斯言可谓最佳佐证。不过,在王羲之超侪等伦之后引起书法风气的转变,庾家子弟开始效法。曾与王羲之齐名的庾翼不忿,在荆州任上与都下书云:"小儿辈乃贱家鸡,爱野鹜,皆学逸少书。须吾还,当比之。"①汉晋门阀士族的书法极重家法,它是家族文化、荣誉传承的象征,庾家子弟的改弦更张,实在是王书的艺术魅力使然。当然,这也不会是一个孤立现象,其结果是王书成为新的标准和审美参照系。未几,王献之突破乃父藩篱,更创"破体"和草势连绵的"一笔书",遂成为南朝书法的楷模。陶弘景《与梁武帝论书启》云:

> 比世皆尚子敬书,元常继以齐代,名实脱略,海内非惟不复知有元常,于逸少亦然。

在书体演进中,出现这种情况是很自然的。人情务新,与时俱进,而在达性抒情方面,王献之书法更胜乃父一筹,能光大家法,唯此一人而已。尽管王献之生前身后,屡遭非议,而其风流宏逸的书法格局,千古以降,受惠者无数,能与乃父方驾并辔,岂徒然欤!

入唐,太宗好书,意欲"粉饰治具"②,乃独尊王羲之,为之作《传论》,以此成就了王书正宗大统的地位,至今不衰,无可取代。其后,代有增益推阐,使得王书楷模不断被放大,成为书法史上超然而崇高的标准和审美参照系。析而言之,则有"作

---

① 参见王僧虔:《论书》,载《历代书法论文选》,上海书画出版社 1979 年版。后再引据此书,不再注出。

② 参见《宣和书谱》卷一唐太宗条评语,上海书画出版社点校本 1984 年版。

品系列"、"技术系列"、"审美系列"、"观念系列"和"理论系列",是一个不断衍生的庞大体系。① 后世言史,多视王书风规所及为发展主线,凝聚而为传统,提升则浓缩了中国书法艺术精神。项穆《书法雅言·书统》云:

> 宰我称仲尼贤于尧、舜,余则谓逸少兼乎钟、张,大统斯垂,万世不易。第唐贤求之筋力轨度,其过也,严而谨矣;宋贤求之意气精神,其过也,纵而肆矣;元贤求之性情体态,其过也,温而柔矣。其间豪杰奋起,不无超越寻常,概观习俗风声,大都互有优劣。明初肇运,尚袭元规,丰、祝、文、姚,窃追唐躅,上宗逸少,大都畏难。……奈自祝、文绝世以后,南北王、马乱真,迩年以来,竞仿苏、米。王、马疏浅俗怪,易知其非;苏、米激厉矜夸,罕悟其失。斯风一倡,靡不可追,攻乎异端,害则滋甚。

这是最为典型的书法审美参照系的明确运用,即王羲之书法大统的客观存在及其堪比孔子的地位和价值,历数唐、宋、元、明书法得失,终归于伦理教化,褒贬取舍的标准一以贯之,颇具学术意义。如果以帖学为言,王书大统乃其总纲,纲举目张,万变不离其宗,正如张怀瓘《评书药石论》提出的"复本"思想:

> 今之书者,背古名迹,岂有同乎? 视昔观今,足为龟镜,可以目击。夫物芸芸,各归其根,复本谓也。书复于本,上则注于自然,次则归乎篆籀,又其次者师于钟、王。夫学钟王,尚不继虞、褚,况冗冗者哉!

在张氏看来,盛唐书法已经背离古法,故而俗弊丛生。卉木虽然繁茂,莫不各归其根,谓之"复本"。书法的复本,上师自然造化,次法篆籀,终归于钟、王。应该说,这是对近体书法从哲理、美感、史观直到实践的最完整而简明的概括。唐宋刻帖之所以能大行其道,化身千百,为世人所重,也与这种思想观念有直接的关系。又,《续资治通鉴长编拾补》载宋徽宗崇宁三年尚书奏事云:

> 窃以书之用于世久矣。先王为之立学以教之,设官以达之,置史以谕之,盖一道德,谨家法,以同天下之习。世道衰微,官失学废,人自为学,习尚非一,

---

① 参见丛文俊:《书法史鉴》第二章第二节相关论述,上海书画出版社 2003 年版。

体画各异,殆非所谓"书同文"之意。

　　这段话是从《汉书·艺文志》《说文解字序》关于先秦文字书法教育的记叙发挥而来,旨在重申国策。首先,明确了文字与书法的"官本位"和"官样"的国家职责。其次,文字与书法有助于教化,"一道德"巩固伦理道德的秩序之美,《书法雅言·书统》所言"正书法,所以正人心也;正人心,所以闲圣道也",即其宗旨。而要保证秩序,还得有落到实处的"谨家法",例如恪守王书大统,宋刻《淳化阁帖》《大观帖》均有此意;《宣和书谱》评唐太宗好书尊王为"粉饰治具",自然深谙其中道理;如能占据道德高地,选取名家楷模加以推广,自然会"同天下之习"。如果世道衰微,制度弛废,学则不举,人乃自谋,师法好尚既异,风格面目歧出,也就违背了"书同文字"的初衷。以此观之,在国家的层面,书法审美参照系之于政治、社会、思想、文化、伦理道德、世俗人情等各个方面,均有着重要意义。书法史上所诟病的"官楷""吏楷""院体""台阁体""馆阁体"之类,之所以有其庞大的社会需求而历久不衰,不是当事者良莠不辨自甘下流,而是价值取向有异。

　　历史地看,书法审美参照系分处于国家、社会、个人不同层面,也会因为需求而传达出不同的信息。站在国家的立场上,政治是第一位的,书法这种"治具"必须能为政治服务,而最能维护政治的是伦理教化,是秩序感,具有社会的公共意义。这样一来,被选择的楷模无论它原本是什么,都会被重新定义,甚至不断追加增益,使得楷模被各种累增的意义层层包裹、扭曲甚至失去固有而真实的品质。对这种做法,从来没有人去质疑、去析说是非曲直,反而由衷地相信、顶礼膜拜和感动,并把它们作为个人的审美理想与参照系孜孜以求。例如,唐太宗尊王,在《王羲之传论》中评其书"尽善尽美",善在于思想,美在于形式,是儒家审美标准,与《颜氏家训·杂艺》评王羲之为"风流才士,萧散名人"的形象不合。我们尤难想象,处于"玄学"和魏晋风度中与书体演进中的王书会有意追求儒家审美标准,如果说穿了,斯言不过是唐太宗的"粉饰"而已,是说给别人,意在引人"入彀"。其后孙过庭《书谱》评王书"岂惟会古通今,亦乃情深调合"、"当缘思虑通审,志气和平,不激不厉,而风规自远",可以视为对唐太宗评语的发挥。李嗣真《书后品》评云:

　　　右军正体如阴阳四时,寒暑调畅,岩廊宏敞,簪裾肃穆。其声鸣也,则铿锵金石;其芬郁也,则氤氲兰麝;其难征也,则缥缈而已仙;其可觌也,则昭彰而在目,可谓书之圣也。

李氏于王书行、草、飞白等均有类似的评语。论其评价之高,足以经天纬地;论其用意周密,已臻自然、人事之极致;论其言辞之华美,直欲追比潘、陆。很明显,是在对王书神而明之、赞而圣之的主观推誉,而所据也不过是"万字不同"、"终无败累",二者能否准确对应,实在令人怀疑。又,张怀瓘《书断·神品》云:

> 右军开凿通津,神模天巧,故能增损古法,裁成今体,进退宪章,耀文含质,推方履度,动必中庸,英气绝伦,妙节孤峙。

中庸,此取儒家思想"允执其中"之义,反对过与不及。程朱理学释中为"天下之正道",以庸为"天下之定理";《书法雅言·规矩》本之而发挥说"岂有舍仲尼而可以言正道,异逸少而可以为法书者哉",其《中和》篇认为"会于中和,斯为美善"。从唐太宗的"尽善尽美",到张怀瓘的"中庸",再到项穆的"中和",离王羲之其人其书越来越远,却无不被人接受,视为王书所有,并使这种不断追加的意义进入到王书审美参照系当中,成为量说古今、裁断优劣的标准。此无他,并不是后人都会对王书情有独钟,眼出西施,而是有心人借为"治具",以达到经世致用的目的。而上行下效,四方取则;或并无卓识己见,但慕名爱重,闻之肃然起敬,述之谀辞盈纸;或藉树求荫,为己之立身立言张目;或观念传承,陈陈相因,等等。历史上,真正独具只眼,称解王书笔妙的人是少数,而真心慕习且能名世者尤少。由此可知,一代书圣,自有其成长之文化土壤,世殊事异,虽天才亦不可复制,《书谱》所谓"去之滋永,斯道愈微"者即此。

## 二、审美参照系的多元与变迁

### (一)古人眼中的楷模与审美参照系

在古人眼中,书法有正宗、旁流,有大家、名家等种种差异,别之可以明正朔、辨源流、知得失、悟浅深,有益于取舍传承。《书品》列叙汉晋以降善草隶者一百二十八人,划分为九级三等,以"推能相越"、"引类相附"为原则标准,即如魏晋"九品中正制"的官秩。对一般书家,以"并擅毫翰,动成楷则,殆逼前良,见希后彦"者列入"下之上",以"虽未穷字奥,书尚文情,披其丛薄,非无香草,视其崖岸,时有润珠"

者列入"下之中",以"视其雕文,非特刻鹄,观其下笔,宁止追想,遗迹见珍,余芳可折"者列入"下之下"。下等三级大体与后世的能品相当,最能体现书法的实用性特征,张怀瓘《书议》的列叙各体名家以"风神骨气者居上,妍美功用者居下"的标准属意也在于此。李嗣真《书后品》于序中言及唐太宗、褚遂良、陆柬之、虞世南诸家师承,"皆有法体",并以此为标准推及其他。又于"中品"三级后《评》云:"古之学者皆有规法,今之学者担任胸怀,无自然之逸气,有师心之独任",评价之取舍抑扬的标准清晰可见。斯法相沿,直至清代,虽各家拟品和评骘或有出入,但基本思想还是一贯的。即如碑学立品,在缺乏书家和墨迹参照的情况下,也会根据既有的经验与标准,以名其优劣和高下等级。所以,为书家和作品立品,就是在明确书法楷模的主次大小,以及作为审美参照系的意义。

历史地看,名家楷模在不断地增加累积,提供的选择也多。在社会的层面,楷模的选择日益多元和自由,多元又表现为个人学书历程中的转益多师与人皆自主选择师法的取向各异。但是,无论有多少差异,都要受到两种有形或无形的约束。其一是与国家政策、需求、个人仕途功力息息相关的趋同性,而这种趋同大都来自教育所致之根深蒂固的价值观,表现为强大而持久的社会向心力,是自觉的;其二是基于前者的正统观念和对秩序、法度的赏悦,溢出而为追求雅正、书卷气的文化心理,深远而广泛,即使无缘仕途的读书人,也大都会自觉地恪守这一原则。作为国家政策,楷模的选择比较狭窄,除帝王好尚的因素外,突出统治意志,划一天下之习,归之于"经世致用",尤为关键。例如,唐太宗尊王,出于个人好尚,而"天下之风,一人之化"①,是以帝王一己言行,化被天下书法风气。而"京师翼翼,四方取则"②的文化传播与习学途径,尤能推广而助成其影响。与此同时,科举要求"楷法遒美",③遒谓风骨,美言形式。唐代有"官楷"之名,④因干禄而成其"官样",虽名家也未能免俗,均权舆于此。⑤这种现象表明,唐太宗尊王立统,是树立楷模和审美参照系的总纲;其后欧、虞、褚、徐、颜、柳等次第成为名家楷模,是为子目;其余或

---

① (唐)张怀瓘:《评书药石论》。
② (唐)张怀瓘:《评书药石论》。
③ 《新唐书·选举制》云"凡择人之法有四:……三曰书,楷法遒美。"
④ 段成式《酉阳杂俎·诡习》云:"大历中,东都天津桥有乞儿,无两手,以右足夹笔,写经乞钱。……书迹官楷,手书不如也。"中华书局许逸民笺校本2015年版。
⑤ 徐浩《论书》云:"字不欲疏,亦不欲密,亦不欲大,亦不欲小。小促令大,大蹙令小,疏肥令密,密瘦令疏,斯道大经矣。"此正言官楷、科举字样,已非古法。又,姜夔《续书谱·真书》云:"真书以平正为善,此世俗之论,唐人之失也。……良由唐人以书判取士,而士大夫字书,类有科举习气。颜鲁公作《干禄字书》,是其证也。"

守"官样",或趋时贵书,①或为支脉,或为旁流。其中名家各有师法,而皆曰宗王,若徐浩之不学而似、颜真卿之学乃不似,最有代表性。② 这是一个悖论。徐浩无缘王书传习而似,或以风气所及,潜移默化,不知其然而然;颜真卿虽有张旭之师,张复上溯至陆彦远,再溯至虞世南、智永,但只是他人为其溯源以明正统,对至关重要的颜氏家学反而忽略不计,并不正确。实际上,颜书别开生面,与王书形质均有明显的差别,人皆知之,而罕言之,曲言附会,不足凭信。③ 从另一个角度来看,以王书作为楷模和审美参照系,业已深入人心,不可移易,虽过正亦不避之,虽无征亦皆信之。

入宋,科举废除以书判取士的唐制,而采用誊录制,书法佳否无关仕途,也就失去最广泛的社会基础。其间小学习字、士大夫之天性好书者之学,率由惯性师法唐贤,而王书大统全赖太宗的《淳化阁帖》,以及旗下之各种翻刻得以巩固并延续。从北宋前期晋、唐二系名家师法来看,大统与多元并存;后期苏、黄、米三家各有所宗,而对王书(附小王)也莫不顶礼,称誉有加。同时,以徽宗《大观帖》继起,官、私刻帖有增无减,时贤亦皆收入。至南宋之末,大统独秀、多元璀璨的审美参照系已成洋洋大观。后世沿袭,无论师法,皆自宗王,以此成为书法史不断推演的广大而枝繁叶茂的审美参照系体系。

比较而言,王书大统作为审美参照系,有着至高无上的权威性与理想化特征,是固化的;其他名家作为审美参照系,则大都处于流动状态,接受转益多师的选择轮替。如果分体而论,篆则石鼓,次李斯,又其次为李阳冰;隶则东汉桓、灵名碑,次则曹魏诸刻,唐隶取法三体石经即其证;章草则《急就篇》,次为《阁帖》中名家,又其次为赵孟頫、宋克等名家;大楷重欧、颜、柳、赵,小楷必称钟、王,等等,实难规缕。这里,时尚的因素,个人的需求,都会成为审美参照系之选择与变迁的理由,并且持续地向前推演。

(二) 时尚中的审美参照系

时尚不主于一朝,一朝之时尚或有数变,关键在于帝王倡导、名家楷模的魅力,

---

① 米芾《海岳名言》云:"唐官诰在世为褚、陆、徐峤之体,殊有不俗者。开元以来,缘明皇字体肥俗,始有徐浩,以合时君所好,经生字亦自此肥。"

② 陆羽《论颜、徐二家书》云:"徐吏部不授右军笔法,而体裁似右军;颜太保授右军笔法,而点画不似,何也? 有博识君子曰:盖以徐得右军皮肤眼鼻也,所以似之;颜得右军筋骨心肺也,所以不似。"载《历代书法论文选续编》,上海书画出版社 1993 年版。

③ 丛文俊:《晋书妙在字外与唐书功在字内说论析》,《中国书画》2003 年第 8 期。

以及功利性极强的趋时贵书。此外,地域风气也很值得关注。朱翌《猗觉寮杂记》卷上有云:

> 唐《百官志》有"书学",故唐人无不善书。远至边裔书吏里儒,莫不书字有法。至今碑刻可见也,往往胜于今之士大夫。亦由上之所好,有以劝诱之。贞观中,集王羲之书为一百五十卷,选贵臣子弟有性识者以为弘文馆学士,内出法书、令之习学;人间有善书者,亦令入馆。海内向风,工书者众。

斯言道出唐代书法审美参照系的由来,也是尚书风气的功利所在。又,唐人尚法,始于欧体,复借力于官楷和丰碑大字的盛行,颜真卿中年的《多宝塔碑》、《王琳墓志》、《郭虚己墓志》即典型的官楷样式,徐浩亦未免俗。官样文字大小一体,体画优美而法度严明,极具秩序感,正是碑字所需。朱长文《续书断·神品》评颜书"合篆籀之义理,得分隶之谨严",谓其楷法中含而筋强骨健一如篆籀,兼得八分隶书的谨严有序。据此若言唐人的八分隶书为其楷书尚法风气的启蒙者和审美参照系,当近于史实。迄今为止,出土唐人碑志无数,堪称有唐书法时尚与审美参照系的总汇,各种风气均有拥趸。以俗书势力之大,竟使张怀瓘上书《评书药石论》,请皇帝出面干预。相形之下,宋代则为另一番景象。朱弁《曲洧旧闻》卷九有云:

> 唐以身、言、书、判设科,故一时之士无不习书,犹有晋、宋余风。今间有唐人遗迹,虽非知名之人,亦往往有可观。本朝此科废,遂无用于世,非性自好之者不习,故工书者益少,亦势使之然也。

书法成于实用,也盛于实用,无用则衰,功利使然。学习书法是一种长期投入,如果投入与机遇、效益成正比,学之者自然趋之若鹜,反之必衰,此亦社会之人心大势所系。宋高宗《翰墨志》云:

> 本朝士人自国初至今,殊乏以字画名世,纵有,不过一、二数,诚非有唐之比。然一祖八宗,皆喜翰墨,特书大书,以飞白、分隶加赐臣下多矣。余四十年间,每作字,因欲鼓动士类,为一代操觚之盛。以六朝居江左皆南中士大夫,而书名显著非一。岂谓今非若比,视书漠然,略不为意?果时移事异,习尚亦与之汙隆,不可力回也。

既然失去功利的诱导,帝王的好尚也很难左右天下人心。复与六朝书法之盛相比,名家皆为南迁的中原士大夫与江左土著士族,情景正与南宋相仿,何以彼盛而此"视书法漠然,略不为意"呢?高宗至死不解其中原委。从五代到南宋伊始,以书法作为国策的制度以废弛二百多年,既失功利,岂易再起!东晋承汉魏书法风气之盛,复能参与书体演进不断出新,兼得魏晋风度之助,胜流名家争奇斗妍,遂成就六朝书法的辉煌。虽然,根基仍在于名门世族文化及其荣誉感,此则与南宋士大夫的一盘散沙不可同日而语。所以,后人称述两宋书法,只是就其名家与再传为言,社会基础早已荡然无存了。

国家不用,则楷法先衰,两宋竟无一人可以作为后世楷模,不免遗憾。楷法既衰,行、草即取得相对的自由,有利于个性的发展。后人评书谓"宋人尚意",徒见少数名家成功,不知宋人也是无可奈何、顺势而为之举。须知,唐人尚法,尽在于楷书,行、草均无羁绊,成就斐然,足以为宋人楷模。且有刻帖、名迹所见之二王书法,足以开宋人耳目,荡涤心胸,开启性灵。所以,宋代书学虽废,而宋人独擅行、草之名,即与其兼取晋唐书法为审美参照系有关。对大多数重视功利的人来说,书学既废,既定的晋唐书法审美参照系也随之消逝,以此造成没有标准的北宋趋时贵书的混乱状态。米芾《书史》云:

> 本朝太宗挺出五代文物已尽之间,天纵好古之性,真造八法,草入三昧,行书无对,飞白入神,一时公卿以上之所好,遂悉学钟、王。至李宗谔主文,士子始皆学其书,肥扁朴拙,是时誉录以投其好,取用科第,自此惟趣时贵书矣。宋宣献公绶作参政,倾朝学之,号曰"朝体"。韩忠献公琦好颜书,士俗皆颜书。及蔡襄贵,士庶又皆学之。王文公安石作相,士俗亦皆学其体,自此古法不讲。

这些接续的短期行为旨在射利,俗人俗书,桧下不讥焉。及至欧阳修、蔡襄首倡,苏、黄、米三家卓然继起,晋唐古法才重新回到人们的视野,通过析说评议与实践,遂使审美参照系自此别于魏晋、唐宋二途,同中有异。

元人时尚有两个层次。一是赵孟頫复古,小楷、行草延续南宋帖学积习,宗法"二王"。其小楷空灵,有晋法;行草笔势紧束,与晋字神情悬隔;大楷用笔简洁,字形齐整茂密,捺画一波三折,颇类唐人。赵氏跋独孤僧本《兰亭》有"用笔千古不易"①

---

① 参见《松雪斋论书》,载《历代书法论文选续编》,上海书画出版社1993年版。

的名言,明其以王书为审美参照系与价值取向,大楷近唐,乃其书碑的权变,以唐贤楷模附于晋人,可谓主次分明。兼取晋、唐宋二系之法始于宋高宗,如其学王,自述"每得右军或数行,或数字,手之不置",①而大字学黄庭坚,可谓深入骨髓。赵孟頫效其风范,并以一己之能和影响,明确后世以用而别取法的魏晋、唐宋兼善的格局。二是赵孟頫书风笼罩有元一代,赵氏成为新的审美参照系。对元人而言,晋唐古法已远,好的模板难得,以其作为审美参照系实属渺不可期,往往多存于观念而罕于实践。赵孟頫以复古名家,饮誉当世,对学习者而言,近者易于为实,遂推演而成时尚。以此观之,历史上不断变化的时尚中的审美参照系均有远近、难易、雅俗之别,或多元叠加,至于各审美参照系在每个人的审美、批评、书写实践中能起到多大作用,差异既大,也很难一一落实。例如,苏东坡评己书"自出新意,不践古人"②,实则未远古人,具有"晋、宋间规格"③。黄庭坚认为,"若论韵胜,则右军、大令之门,谁不服膺",④同时认同"晁美叔尝背议予书唯有韵耳"的评价,⑤都是用"韵"为评,而二者形质相去不可以道计,遂令读者茫然,很难想到宋人用"韵"字评貌美而动人的女人再转而用来评说书法的。⑥ 诸如此类,不赘。

　　明清二代书法审美参照系有出新的特点。明成祖称赞沈度为"我朝王羲之",开启士大夫仿效之风,酿成"台阁体",此则功利使然。考之沈度书法,格调卑弱,虽宗二王,仅粗得皮相,学之者但求敷时足用,不思溯源晋唐,终至于衰落。相比之下,文征明、祝枝山、王宠等野处吴中,竟能力追魏晋、唐宋,以是振作有明书法。殆其审美参照系既高,眼界亦高,品格自然雅正,即使所得差等,也能绝尘于台阁之前。此后更有董其昌力学晋唐,倪元璐、张瑞图等人变法,乃成晚明书法之大观。其中倪、张等人的书法学有镜鉴,而变法却出于晚明社会与个人际遇,可谓功在书外也。清代王铎、傅山皆享誉于时,而罕有认同。康熙尚董,乾隆推赵,影响亦颇有限。倒是张照侍奉康、雍、乾三代皇帝,书法亦蒙青眼,因以创开"馆阁体"一派。张氏师董,或出于迎合上意;至乾隆推重,遂成为楷模和审美参照系。清代的"扬州八怪"也是以地域知名于世,然其"怪"虽有取法,而更多的是迎合扬州市场的需

① （宋）赵构:《翰墨志》。
② （宋）苏东坡:《东坡题跋·评草书》,上海书画出版社屠友祥校本 1996 年版。
③ （明）董其昌:《画禅室随笔》。
④ 参见《书徐浩题经后》,载《豫章黄先生文集》卷二十八。
⑤ 参见（宋）黄庭坚:《山谷集·别集》卷六《论作字》。
⑥ 丛文俊:《"晋尚韵、唐尚法、宋尚意"辨》,载《书法》1991 年第 3 期。

求,以"怪"取悦世俗,属于另一种功在书外。① 清代书法有三条线索:一是传统帖学,审美参照系与前代并同;二是篆隶复古,审美参照系尽在三代秦汉;三是碑学兴起,审美参照系在于十六国北朝。后二者有别于传统,审美参照系也随之建立,既有创见,问题亦复多多,此略。

### (三) 个性中的审美参照系

古人讲论学书中的个性,有自述和他评两类,他评固然容易有些出入,而自述也只能言其大概,或不免自饰与曲说。张怀瓘《文字论》记礼部侍郎苏晋与张氏言书的一段对话:

> (苏云)看公于书道无所不通,自运笔固合穷于精妙,何为与钟、王顿尔辽阔? 公且自评书至何境界,与谁等伦?
>
> (张答)夫钟、王真行,一古一今,各有自然天骨,犹千里之迹,邈不可追。今之自量,可以比于虞、褚而已。
>
> (自评草书云)仆今所制,不师古法。探文墨之妙有,索万物之元精,以筋骨立形,以神情润色,虽迹在尘壤,而志出云霄,灵变无常,务于飞动。或若擒虎豹,有强梁拏攫之形;执蛟螭,见蚴蟉盘旋之势。探彼意象,入此规模。忽若电飞,或疑星坠。气势生乎流便,精魄出于锋芒。观之欲其骇目惊心,肃然凛然,殊可畏也。数百年内,方拟独步其间。
>
> (苏云)令公自评,何乃自饰? 文虽矜耀,理亦兼通。然达人不己私,盛德亦微损。

这是一段颇为难得且极具学术价值的对话与评述。其一,张氏在观念、评述中尊奉钟张、二王,己书却不宗法,"顿而辽阔"谓面目迥异,言行非一。其二,张氏自评楷、行二体为虞、褚之比,考其职为翰林供奉,教授皇子小学(唐代书法列在小学,时或以小学代指),书法理当上上之选,惜其片纸不存,无法求证。其三,张氏自评草书语上衔张芝为言,以"创意物象,近于自然"誉之,而述己书也列叙种种物象,笔势翻飞,务于生动,大有推迈晋唐名贤而远接张芝之意。实际上,张氏评张芝草书的"一笔书"特征,误甚。应该是王献之作品,因太宗贬斥,乃托名张芝。如其

---

① 丛文俊:《书法研究的学术思维与方法》,《中国书法·书学》2016 年第 1 期。

草书脱胎于小王，或即类于狂草。同时的张旭以狂草享誉于世，文宗时诏以李白歌诗、裴旻剑舞合称"三绝"，而时人推誉张旭为"草圣"、"议者以为张公亦小王之再出也"①，表明唐人的接受能力极强，那么为什么会厚此薄彼？显然，张旭草有师法，张怀瓘草书"不师古法"，而是师心自用，犯了传统观念的大忌，自诩"数百年内，方拟独步其间"，也只是一厢情愿而已。或者是手不副心，笔不应手，纵有佳想杰思，而神明不至，尚自负于假相，志满意得，悲夫。其四，张氏书法追求力度、速度、骨气、风神，与其《书议》列"风神骨气者居上"的艺术至上的标准一致，又有其《文字论》"深识书者，惟观神采，不见字形"的意味，故而于形质不甚讲求，以"不师古法"自矜，而世人不解斯妙，终遭抛弃，也并非没有可能。其五，从苏晋的话中可以看出，苏对张氏自评不以为然，对其看不到己书的不足，反而以华文丽藻"自饰"的做法不满，认为言过其实，非达人盛德所宜。

需要指出的是，张怀瓘草书的"不师古法"是不循习见的形摹名家风范之路，他所描绘夸饰的草书状态是舍形取神，且与所谓的张芝草书（小王）颇有渊源，其审美参照系属于隐性的。在理论上，张氏把书法美具有与自然物理相同逻辑形式的境界奉为最高理想，贯穿于所有的书论当中。但是，要进入这种境界，必须做到"人书合一"、不知其然而然，而后方有可能，绝非力求可致。张氏追慕古人境界，胸中即不免先横成见，复以力求之，即与造化背道而驰，失于交臂。钟张、二王均处于书体演进当中，善之即属于创造，即与自然物理暗合，并非有意求之。张氏晚出，已不具备历史机遇，如果以人力胜天，只能适得其反。

在考察书家个性及其风格渊源的时候，自述是第一位的，次为他评，再次为作品印证。如果自述语焉不详，他评又有出入，则需依据作品立论。否则，是很难为其确认审美参照系的，苏轼即很有代表性。关于东坡师承，自述仅《记潘延之评予书后》一则：

> 潘延之谓子由曰："寻常于石刻见子瞻书，今见真迹，乃知为颜鲁公不二。"尝评鲁公书与杜子美诗相似，一出之后，前人皆废。若予书者，乃似鲁公而不废前人者也。②

---

① （唐）蔡希综：《法书论》。
② （宋）苏东坡：《东坡题跋·评草书》，上海书画出版社屠友祥校本1996年版。

东坡笔方,颜书笔圆,虽则形别势异,而肥劲雍容直入室奥。"不废前人者",不废魏晋古法之谓,东坡以浓墨偃笔,字形参差拟之钟王,复以天性率意逼近魏晋风度,神与之会,故而为是言。董其昌《画禅室随笔》评云"苏长公天骨俊逸,是晋宋间规格",可谓知言。又,黄庭坚《跋东坡自书所赋诗》云:

> 东坡少时规摹徐会稽,笔圆而姿媚有余。中年喜临写颜尚书真行,造次为之,便欲穷本。晚乃喜李北海书,其毫劲多似之。①

依斯言,东坡书宗唐贤,少学徐浩,壮学颜真卿,晚学李邕。但另一则《跋东坡墨迹》所述有所不同:

> 东坡道人少日学《兰亭》,故其书姿媚似徐季海。至酒酣放浪,意忘工拙,字特瘦劲,乃似柳诚悬。中岁喜学颜鲁公、杨风子书,其合处不减李北海。②

相比之下,此说或更近于事实。《东坡题跋·自评字》记欧阳叔弼评坡书"大似李北海",后言:"予亦自觉其如此。世或以谓似徐书者,非也。"按东坡不承认书法与徐浩有何关联,即是对黄说的否定,但未明言而已。东坡学习《兰亭》,自然有晋人风味,笔法粗与徐浩相合,而神情绝不相类,黄氏所谓"姿媚似徐季海",是就形似为言,与前评谓"东坡少时规摹徐会稽"的师法完全不同。后谓坡书有柳公权、颜真卿、杨凝式、李邕诸家痕迹,或近于为实。黄氏《跋东坡〈叙英皇室帖〉》云:

> 东坡此帖甚似虞世南《公主墓铭草》。余评东坡善书乃其天性,往尝于东坡见手泽二,囊中有似柳公权、褚遂良者数纸,绝胜平时所作徐浩体字。又尝为余临一卷鲁公帖,凡二十许纸,皆得六七,殆非学所能列。③

此又加入虞世南、褚遂良二家。这表明,东坡书法于唐贤着力最多,唐贤之中又以学颜用力最深;次则起家魏晋,而终不忘本。至于学杨凝式,其书怪怪奇奇,本与东坡天真烂漫的性情契合,以是不显。总之,东坡以晋唐书法为审美参照系,又

---

① 《书徐浩题经后》,载《豫章黄先生文集》卷二十九。
② 《书徐浩题经后》,载《豫章黄先生文集》卷二十九。
③ 《书徐浩题经后》,载《豫章黄先生文集》卷二十九。

能游离于二者之外,别开生面,自成一家,而"学问文章之气,郁郁芊芊,发于笔墨之间",①这才是东坡书法的神髓所在,也是古人崇尚"大文艺观"的楷模。

与苏东坡相比,黄庭坚的书法道路有些坎坷,包括"觉今是而昨非"的不断反省,"随人作计终后人,自成一家始逼真"的奋发,②其审美参照系复杂多变,也因此更有意味。黄氏书法可以元祐年间为转折点,分为前后两个阶段。前期行书学苏东坡、王安石,后期乃学王安石;前期草书学周越,后期学苏舜钦、张旭、怀素、高闲等。一生始终尊奉者,不过二王、颜真卿、杨凝式,而学颜不得其门而入,故笔下无征。令人不解者有二:一是王安石不以书法名世,何以会情有独钟、终身临习不辍?二是草法改师苏舜钦及众唐贤,彼等下笔皆有疾风骤雨之势,何以要反其道而迟缓用笔? 黄氏曾为人学书建议:

> 诚有意书字,当远法王氏父子,近法颜、杨,乃能超俗出群。正使未能造微入妙,已自不为俗书。如苏才翁兄弟、王荆公是也。虽然,须要先探其本耳。③

斯言表明,王安石书法以个性脱俗,而其《跋王荆公陶隐居墓中文》复以"王荆公书法奇古,似晋宋间笔墨,此固多闻广见者之所欲得也"④为言,足见推爱有加。又《题王荆公书后》称"王荆公书字得古人法,出于杨虚白(凝式)"⑤,又《论书》谓"士大夫学荆公,但为横风疾雨之势,至于不着绳尺而有魏晋风气,不复仿佛"⑥如依黄氏所言,王安石书法出于杨凝式,风格奇古,有魏晋风气,但传世作品得不到印证。至于黄氏学其书法,或即熙宁、元丰间王安石为宰相时士俗"趋时贵书"使然,黄书伸脚挂手的习气,亦从中养成。⑦ 那么,习气既成,为什么黄氏晚年好之益笃呢? 李之仪《姑溪居士论书·跋苏黄陈书》云:

> 鲁直晚喜荆公行笔,其得意处,往往不能真赝。

① 参见《跋东坡书〈远景楼赋〉后》,载《豫章黄先生文集》卷二十九。
② 参见《以右军书数种赠邱十四》诗,黄庭坚:《山谷诗外集补》卷二。
③ (宋)黄庭坚:《山谷老人刀笔》卷十一。
④ 《跋王荆公陶隐居墓中文》,载《豫章黄先生文集》卷二十五。
⑤ 《题王荆公书后》,载《豫章黄先生文集》卷二十九。
⑥ (宋)黄庭坚:《山谷题跋》卷七。
⑦ 参见曹宝麟:《中国书法史·宋辽金》卷第三章第三节,江苏教育出版社 2007 年版。

可谓升堂入室之境。非真心亲和、学有所得,是做不到这一点的。又《跋山谷书摩诘诗》亦云:

> 鲁直此字,又云比他所作为胜。盖尝自赞,以为得王荆公笔法,自是行笔既尔,故自为成特之语。至王荆公飘逸纵横,略无凝滞,脱去前人一律,而讫能传世,恐鲁直未易到也。

也许正是王安石书法的"飘逸纵横,略无凝滞,脱去前人一律"的个性风格与黄氏相契,欲罢不能,手之不已。苏东坡《东坡题跋·自评字》云:

> 王荆公书得无法之法,然不可学,无法故。

无法之法,犹"脱前人一律",也是师心自用之意,而黄氏于王书的评语"奇古、似晋宋间笔墨"、"得古人法"等,即不免有情眼出西施之嫌,或曲为尊者溢美,亦未可知。其实好之学之,本属正常,不必强为之贴上古法、杨凝式、宋晋或魏晋的标签,心意所属,不过尽在一"奇"字,以"古"附饰,是为己张目。楼钥《攻媿集·跋山谷〈奇崛帖〉》云:

> 山谷书《钓鱼船上谢三郎》之词,后有云:"上蓝寺燕堂夜半鬼出,助吾作字,故尤奇崛。"吾侪生晚,恨不识山谷上蓝何等鬼物,乃得以夜半助奇崛之笔,此鬼正自不凡。

黄氏于他处亦记叙此事,文字小异,奇崛作"奇特"①。要是得意之作、得意之妙思,故两次记之,而心意所系,正在于王安石的"脱去前人一律"的"奇"字。黄氏《钟离跋尾》云:

> 少时喜作草书,初不师承古人,但管间窥豹,稍稍推类为之,方事急时便以意成,久之或不自识也。比来更自知所作韵俗,下笔不浏离,如禅家粘皮带骨

---

① 李之仪:《姑溪居士论书·跋山谷草字》记云:"鲁直晚年,草字尤工,得意处,自谓优于怀素。此字则曰:'独有僧房,夜半鬼出,来助人意,故加奇特。'虽未必然,要是其甚得意者尔。"

语,因此不复作。

少时草书"不师古人",正是任才使性之际,"事急时便以意成",谓推类草法而以意成形,此学周越未能精熟草书字形所致。后弃周越由快转慢,下笔失掉节奏,长画抖擞萦绕不能干净利落,即如禅宗所谓"粘皮带骨"之意。此言记于元祐三年,正处于黄氏草书转型阶段,有"予学草书三十余年,初以周越为师,故二十年抖擞俗气不脱"的烦恼,①也有类似王安石"脱去前人一律"的欲望、尝试而不自知。可以肯定,黄氏学王安石非关其书佳否,旨在从中探索变法之道,至老不改初衷,即是视王书为终身之审美参照系的缘故。

黄庭坚身后,书法曾遭到朱熹的批评,其《晦庵论书》云:

> 黄鲁直自谓人所莫及,自今观之,亦是有好处,但自家既是写得如此好,何不教他方正?须要得恁欹斜则甚?又他也非不知端楷为是,但自要如此写,亦非不知做人诚实端悫为是,但自要恁地放纵。

道学先生所不知者:欹斜、放纵正是黄氏其人其书的精神所在,也是其历史地位所系。当然,也应该看到,是王安石书法犹如鬼出相助,为黄氏带来灵感、冲破藩篱而终于自立,而以其他唐贤草法辅助成其伟业。不过,黄氏成功还在于他勇于迟缓用笔。《晦庵论书》云:

> 张敬夫尝言:"平生所见王荆公书,皆如大忙中写,不知公安得有如许忙事?"此虽戏言,然实切中其病。今观此卷,因省平日得见韩公书迹,……与荆公之躁扰急迫正相反也。

"躁扰急迫"可以状其人与熙宁变法,用于评其书亦颇适用。对此,黄氏不会看不出来,也不会不知其弊,而一旦反其道而用之,则弊端立除,"奇崛"生出。其初伤于软缓,故而东坡以"树梢挂蛇"喻之;后乃悟笔法之妙,谓"书字虽工拙在人,要须年高手硬,心意闲淡,乃入微耳"②。其中"年高手硬,心意闲淡"之语,即《书

---

① (宋)黄庭坚:《书草老杜诗后与黄斌老》,载《山谷题跋》卷七。
② (宋)倪涛:《六艺之一录》卷二百七十三《黄庭坚论书》。

谱》评王羲之书法"末年多妙,当缘思虑通审,志气和平,不激不厉,而风规自远"的境界,不同处在于"手硬",是黄书迟缓所必需者,与王羲之书的笔势节奏迥异。只有手硬,方能沉劲奇崛,与黄氏多次讲到的"字中有笔,如禅家句中有眼"①的观点一致。如不解此,即不知黄书妙处,学之也将不得其门而入。又,黄氏《跋法帖》云:

> 余尝试近世三家书云:"王著如小僧缚律,李建中如讲僧参禅,杨凝式如散僧入圣,当以右军父子为标准。"观予此言,乃知其远近。②

在黄氏论书、评书中,出现最多的就是二王父子,有推重、有为书家溯源、有若此"以右军父子为标准"者。其中以二王父子为终极之美,以颜真卿、杨凝式、王安石、苏东坡次第属之,作为审美参照系,其大小远近亦自足有别。这里,黄氏把论书、评书与个性所钟所学区别对待,使公议、私意各得其所,彼所谓"老夫之书,本无法也"③的化境,当始之于此。

从上述张怀瓘的"不师古法"而终被历史淘汰、苏东坡的"不践古人"而终未能远离古人,到黄庭坚的"本无法"而终获成功,我们可以得出下面的几点认识。第一,审美参照系既是个人的选择,也是他人、社会、历史和传统的选择,个性的成功与否,不仅在于个人如何努力、他人如何评价,最终要视其能否融入传统。颜真卿书法夷以近,故能最大限度地拥有书法的社会公共意义,有广泛的社会基础;黄庭坚书法险以远,故而其书法的社会公共意义不彰,后世摹习者也少,而更多地作为开人耳目的楷模,高踞于传统的欣赏层面。第二,古人也很纠结,书法参照系的选择难,转换亦难,与个性结合并有新意尤难。书法审美参照系比较稳定的情况,大都来自对名家和书法史的认知,以及来自观念的、传统的、师承的沉积,近似于输入式的。不太稳定的书法审美参照系大都表现在学书历程中的选择与转益多师上面。对个性选择,小可以集中在书家的一件或数件作品上,大可以是书家的全部,包括其人其书、所善各种书体、书论等,由本人的视野开阔程度、认知能力、学书方法等综合因素决定。小可以是所学的一家一帖,大则可以罄书法所有以及字外功。所以,书法审美参照系小可以等同于所学,大则远远超出于所学之外。在关注时尚

---

① (宋)黄庭坚:《跋法帖》、《题绛本法帖》等均有言及,载《豫章黄先生文集》。
② 参见(宋)黄庭坚:《跋法帖》、《题绛本法帖》等均有言及,载《豫章黄先生文集》。
③ 《书家弟幼安作草后》,载《豫章黄先生文集》卷二十九。

和书法之社会公共意义上,审美参照系往往有其公共性;在强调艺术个性时,审美参照系也随之表现为选择性极强的私属特征,自己不宜推广,他人也不宜照搬复制。例如黄庭坚《跋唐道人编余草稿》记云:

> ……山谷在黔中时,字多随意曲折,意到笔不到。及来僰道,舟中观长年荡桨,群丁拔棹,乃觉少进,意之所到辄能用笔。①

黄氏从"长年荡桨,群丁拔棹"中看到了稳、准、沉劲和顺势而为的规律性,不再刻意追求用笔法,而笔势辄能随意而动。是意能造势,也能顺势,意之与笔合之若一矣。黄氏以船夫荡桨拔棹为审美参照系,致使书法大进,如果摹习黄书而径去观船夫荡桨拔棹,可能会一无所获。苏东坡《书张长史书法》亦云:

> 世人见古德有见桃花悟者,便争颂桃花,便将桃花作饭吃,吃此饭五十年,转没交涉。正如张长史见担夫与公主争路而得草书之法,欲学张长史,日就担夫求之,岂可得哉。

由此可见,即使选择了相同的审美参照系,也不会取得相同的效果。盖其妙在人、在心,在于能否感悟于斯道,不可以力求之。第三,个性选择的审美参照系很难从一而终,有之,则必无所成就。古人学书数十年,对书法、对自我的认识往往会发生若干变化,而变化之余,就是审美参照系的转换。转换并不能保证其正确、有效,有时还会走弯路。举凡名家有书论传世,都能帮助我们复原其艺术道路上的各个审美参照系,如果能选择一些有代表性的书家加以爬梳总结,必然会得到以往不曾想到的有益启示。例如,黄庭坚建议别人学书要从二王、颜、杨为楷式,乃可以出群,不善也可以免俗,并以苏舜钦、王安石为证。粗观之,斯言正统,无可移易,实则不然。其一,王著学二王书可以做到形神俱佳,而黄氏一直斥其"病韵";其二,王安石不师古法,其书与晋唐名家了不相干,牵强拟定并取以为证,难以服人;其三,黄氏自己为何不能如己言而实践之;其四,古人论书、评书时见自相矛盾处、敷衍处、英雄欺人处、持论不公处、言行不一处,不可全疑,也不可尽信,历代胜流书论很少可以免俗者,黄氏也不例外。

---

① (宋)黄庭坚:《山谷题跋》卷九。

（四）文化观念与心理上的审美参照系

观念上的书法审美参照系大抵以输入式为始，继而作为自己的认知和标准，用以论书、评书，甚至指导自己的书写实践。在各种书体中，小篆书法的观念表现得最为恒定持久，变化也微弱，这与其象征字源、正统有关。袁昂《古今书评》说"李斯书世为冠盖，不易施平"，即言其书如公卿冠冕华盖，世代尊崇，无可改易。此评从传说李斯作小篆、领衔写定《仓颉篇》等三篇字书并泰山等刻石而来，居于创始人、立小篆规矩的地位。张怀瓘《书断·神品》列入李斯，评其所书诸刻为"传国之伟宝，百代之法式"，属意并同，而无关李斯书石的真实性及书法佳否。实际上，在袁昂、张怀瓘的观念中，已坐定李斯作为小篆第一人的崇高地位，但闻李斯，即肃然起敬，且各体都有这种仅靠传闻、观念支撑而列入高品的事例。至唐，李阳冰善篆，把线条粗细均一的样式推向极致，时谓之"玉箸（箸）篆"，杜甫《秋日阮隐居致薤三十束》诗有"束比青刍色，圆齐玉箸头"之句，"圆齐"即李阳冰书法的风格特征。齐己《白莲集·谢西川县城大师玉箸篆》诗有"玉箸真文久不兴，李斯传到李阳冰"句，表明唐人推重李阳冰，使之上溯直承李斯衣钵。其实，李阳冰与至今尚存的秦二世元年补刻辞《琅琊台刻石》面目相去甚远，只是唐时已无好篆工篆风气，早已完成"虫篆者小学之所宗，草隶者士人之所尚"[1]之书法好尚的分流，玉箸篆古法无多，却得唐人盛誉，以之比于李斯，《续书断》复列入神品，衰陋之象已显。又，舒元舆《玉箸篆志》云：

> 秦丞相斯，变仓颉籀文为玉箸篆，体尚太古，谓古若无人，当时议者均输服之，故拔乎能成一家法式。……阳冰生皇唐开元天子时，不闻外奖，躬入篆室，独能隔一千年而与秦斯相见，可谓能不孤天意矣。当时议书者亦皆输服之，且谓其格峻，其力猛，其功大，光于斯有信矣。……见虫蚀鸟步痕迹，若屈铁石陷入屋壁；霜画照著，疑龙蛇骇解，鳞甲活动，皆欲飞去。

前述李斯变籀文为玉箸篆，成一家法式。按，后世均以李斯参与作《仓颉篇》等字书而附会其作小篆，非是，[2]但此为小篆之初始观念自无问题。次言李阳冰推迈汉晋，直接李斯。如以字学量说，阳冰刊定《说文》差几胜于时人；如论篆法，或

---

① （唐）李嗣真：《书后品》。
② 参见丛文俊：《中国书法史·先秦秦代》卷第六章第一节关于小篆书体的考述，江苏教育出版社 2002 年版。

在汉魏之下,玉箸、铁线之弊亦皆滥觞于彼,唐人于古体眼界有限,为过誉之词也可以理解。再次述阳冰书法风格美感,如以功力为言,自当有唐独步,其余联想夸饰则多溢美。也正是唐宋人的高视佳评,成就了李阳冰的书法史地位,并以其玉箸、铁线楷式千载,名曰正宗,观念相因,至今尚可见其余绪。

由观念主导的书法传承具有相当的稳定性,很少有人会问为什么、是否适合自己,从风格样式、笔法到审美旨趣、评说标准,都可能会造成陈陈相因的赏誉与仿效。例如,陈槱《负暄野录·篆法总论》云:

> 小篆,自李斯之后,惟阳冰独擅其妙……余闻之善书者云:"古人作篆,率用尖笔,变通自我,此是□法。"近世鹤山魏端明先生亦用尖笔,不愧昔人。常见鬻字者率皆束缚笔端,限其大小,殊不知篆法虽贵字画齐均,然束笔岂复更有神奇。山谷云:"摹篆当随其喎斜、肥瘦与槎牙处皆镌乃妙,若取令平正,肥瘦相似,俾令一概,则蚯蚓笔法也。"山谷此语,直自深识篆法妙处,至于槎牙、肥瘦,惟用尖笔,故不能使之必均。但世俗若见此事,必大哂嫌,故善书者往往不得已而徇之耳。

这是宋人对小篆正统的两个楷模的较好理解,也是据墨迹对石刻拓本印象与摹习方法的反思,有助于了解玉箸篆法自李阳冰后何以会产生弊病。李阳冰用尖笔,擅长中锋,但其起笔藏锋及字中的萦绕迭转很难光洁匀一,上石后必有凿刻工艺的修饰过程,遂使笔痕变化消失殆尽。黄庭坚于篆书墨迹必有目验,才能述其状而赏味笔意,奈何传世宋人篆书线条皆如蚯蚓,知其石刻当与墨迹或异。再则,书家为了迎合世俗观念,不得已而用蚯蚓笔法以就刻石风气、以邀世俗所好。传承至今的用束毫、烧毫、剪毫、退笔作篆的陋习,均可上溯至摹习李阳冰诸刻石作品样式,其病失固然不尽出于阳冰,却无不以观念相因而上溯至彼,责无旁贷矣。

观念所及,小篆作为古体正统成为近体书法的审美参照系,得以顺利地向楷、行、草书体推演,并被认同和仿效。例如,传卫夫人《笔阵图》附言六种用笔的"结构圆备如篆法",孙过庭《书谱》提倡借鉴者有"傍通二篆"、"融铸虫、篆",朱长文《续书断·神品》评颜真卿楷书"合篆籀义理",米芾《海岳名言》评颜真卿《争座位帖》"有篆籀气",等等。用笔引入篆法者如"悬针"、"垂露"、"无垂不缩,无往不收"、"笔笔中锋"之类,不胜枚举,可以类推而得之。在审美上,张怀瓘《评书药石论》提出的"复本"思想、孙过庭《书谱》提出的"兼善"思想,都是基于传统观念,把篆书视为上通自然物理的津梁,具有重要的理论价值。

观念上的审美参照系相当普遍,有着广泛的社会基础,每一个识字学书法的人,都会受到来自观念上的启蒙,例如钟王正统、欧柳颜赵的楷模等。观念带来的是先入为主的书法审美参照系,通过潜移默化的诱导,或是心理暗示,使人在无力选择之初,即被告知什么样的书法是好的或是不好的。不过,观念的影响并不绝对。对好书者而言,当他们有了判断力和逐渐明了个性所需之后,会辗转求索,变换其审美参照系,直至成功;对一般的以满足实用性、功利性需求的人们来说,初始接受的审美参照系很可能是终身相伴的。由此可见,自观念输入的审美参照系大都是起点高、稳定性强,而惰性和束缚也大,与国家政策和社会需求关联紧密。但是,任何名家楷模都无法胜任所有人的审美需求,一部分人就会转向个性选择,而观念所遗多寡,则因人而异。即使离经叛道的碑学,也未能从根本上撼动帖学体系,和者亦寡,足可以为证。

输入式观念与审美参照系出于书法传统,书法传统则可以视为文化传统的表征,时尚中的书法与文化也有类似的关系。例如,西周礼乐文化的根本在于"秩序",而秩序反映在文字上,就是天下划一的正体,正体的书写与审美则表现为法度。秦始皇统一六国,实行郡县制,取代西周以降的分封制,建立第一个中央集权的国家。制度虽然不同,却承袭了秩序精神,"书同文字"所颁行的小篆以更为严整的字形揭示出法度的意义。秦亡,汉承秦制,尽管在政治上与民休息,无为而治,但文字上的秩序精神早已深入人心,阜阳汉简《仓颉篇》古隶以其井然有序的演进状态即是绝好的佐证。此后汉武帝朝以短短几十年的"善史书"政策的推动,即完成古今文字根本性变革的最后转型,实现了隶书的正体化,昭、宣之际河北定县八角廊汉简近乎东汉晚期隶书体势的状态,正是出于秩序的引导。再后以界格规范八分隶书的艺术化、草书写入《急就篇》而划一字形、草书改造隶书并迅速在书家手中形成新体楷书,无一不是在遵循秩序精神引导下的产物。再如,魏晋崇尚《周易》、《老子》、《庄子》的"玄学",是充满哲理、智慧与超然、浪漫的思想,有了这种思想的人再加上魏晋风度,必然会英杰辈出,创造出无与伦比的书法艺术。后人尊奉钟王大统,也可以说是尊崇、向往渺不可及的魏晋文化,米芾《张颠帖》评张旭、怀素"草书不入晋人格,聊徒成下品"、"时代所压,不能高估"之语,即包含了这种意味。蔡襄《论书》讲得最为明确:

　　书法惟风韵难及,虞书多粗糙。晋人书,虽非名家,亦自奕奕有一种风流蕴藉之气。缘当时人物,以清简相尚,虚旷为怀,修容发语,以韵相胜,散华落藻,自然可观。可以精神解领,不可以言语求觅也。

从魏晋风度中的人生境界来诠释书法,文化与人及艺术因果清楚,堪称卓识,尤以如能和古人神会而后可以有所感悟的见解发人深省。由此可见,在后人的持续推崇和析说之下,魏晋文化已经加入到书法审美参照系当中,作为观念,日渐融合、凝固并取得永恒,世代传承,至今不衰。

唐宋文化与书法时尚均有清楚的因果对应关系,而各自的来源却不相同。人们常说"盛唐气象",不仅国盛民富兵强、万国来朝,而且思想文化的开放与繁荣、文学艺术的发达与多姿多彩,都可以凌猎前朝,为后世楷模。唐代创立科举制度,以书判作为取士标准之一,造就了从小学教育到全社会之雄厚的书法基础。唐人尚法,在首都长安城严格的里坊制度上、在格律诗的发展和定型上、在丰碑墓志的书法上,都有明确的体现。尽管如此,开放的文化与社会生活还是开拓了书家的心胸性情,在秩序和法度中展现出强大的想象力和创造力。例如,唐楷名家众多,为历代之最,虽皆尚法,而均能变化出新卓然名家,为后世楷模;在开放的文化与社会生活的诱导、包容下,出现了名垂青史的张旭、怀素等书家群体的狂草艺术,以及良好的社会氛围,传世文献和诗歌所见盛况,无不启示后人,催人奋发。

宋承五代积弊,内忧外患,国势屡弱,学术与文学却十分发达,大有超迈唐代之势,但最值得关注的是新兴的都市生活与市民思想文化。宋都汴梁沿汴河筑屋,历史上首次打破里坊制度出现斜街;因漕运而有夜市和夜生活,以及附带的文化娱乐活动;因社会需求而使宋词勃兴:士大夫以俗为雅,以极大的热情投入度曲填词的文艺创作之中,直接感受新的文化生活所带来的愉悦和美感。其潜移默化的影响是,士大夫群体以开放、自由的心态放纵性情,去拥抱生活。其溢出的效应是:书法从秩序转向抒情,从社会化楷模转向自我,从经世致用转向修身志道,从注重社会的公共意义转向注重个性品格与道德精神。在具体的对日常生活的审美活动中所积累的经验,也被转移到书法审美上来。例如,《清波杂志·冷茶》记明节和文贵妃墓志"六宫呼之曰韵"语云:"盖时以妇人有标致者曰韵",黄庭坚《题绛本法帖》则云:

论人物要是韵胜,为尤难得,蓄书者能以韵观之,当得仿佛。

这种审美参照系的转化与应用,始于宋而甚于黄氏,时尚感、文化感极强。

需要指出的是,宋人从时尚对女性美赏悦的"韵"中获得启发和灵感,转而移入书法品评,可以视为从文化到书法审美参照系的一般性转换,但黄庭坚论书最重"韵"字,且频繁地使用,表明其在文化观念上、认知心理上的异乎寻常的能力,他的"随人作计终后人,自成一家始逼真"的不懈努力,也许正是出自对"韵"的独到领悟使然。换言之,在时尚文化风气中,即使有共同的审美参照系,而个性化的把握与运用,仍然是千差万别的,关注个性中的认知心理和接受心理,还是很有必要的。朱长文《墨池编》录雷简夫《江声帖》云:

> 近刺雅州,昼卧郡阁,因闻平羌江瀑涨声,想其波涛番番,迅駃掀揭,高下蹢逐奔去之状,无物可寄其情,遽起作书,则心中之想尽出笔下矣。

斯言之妙全在于一个"想"字,是因"声"而想,至于江水暴涨的状态,是借助于心理活动与现实生活中的经验叠加而完成想象的。如果日常生活中没有对江水暴涨的认知,没有作者在特定场景下可以被激发的心理活动,即使面对江水,也不会发生联想进而转化到激情书写当中的。上溯至唐,诸如张旭、怀素、颜真卿等名家均有类似的心理体验,早为学者耳熟能详,以美谈传于后世,不赘。这种心理体验一般都有古老的哲学和文化依托,如伏羲做八卦、仓颉造字的"仰则观象于天,俯则观法于地"、"近取诸身,远取诸物"的记叙,①表明先民通过观察天地万物而妙解自然物理。后世论书,借助这种文字观建立起书法观,明确了自然与人、人与书法的美学关系,如崔瑗《草势》、蔡邕《篆势》、钟繇《隶势》②卫恒《字势》、成公绥《隶书体》等,其审美表达均呈仰观、俯察和远望、近瞻的思维方式,所述之种种美感意象莫不系之于文化心理,其文辞或有差异,而这种一致性则可以确认无疑。历史地看,文化心理的自然延续有着很强的稳定性,它由一种强大的、民族文化的认同感来支撑,言辞表达会与作品所见有些距离,但并不影响它的认同和延续。沈作喆《寓简》云:

> 李阳冰论书曰:"吾于天地山川,得方圆流峙之常;于日月星辰,得经纬昭

---

① (东汉)许慎:《说文解字叙》。

② 文出《四体书势》,然卫恒并未冠以作者名姓,此乃衔上文推之,徐坚《初学记·文字第三》径署名钟繇,可为佐证。

容之度；于云霞草木，得沾布滋蔓之容；于衣冠文物，得揖让周旋之体；于耳目口鼻，得喜怒惨舒之态；于虫鱼鸟兽，得屈伸飞动之理。"阳冰之于书，可谓能远取物情，所养富矣。万物之变动，造化之生成，所以资吾之用者亦广矣，岂惟翰墨为然哉！为文亦犹是矣。

从李阳冰作篆的心得，到沈作喆的推衍，都是言之凿凿又无法求证的文化心理式的审美与认同，其书法审美参照系的稳定性可见一斑。

以文化观念为书法审美参照系，并确立相应的书法审美价值观的现象颇为多见，尤以伦理道德标准为典型。苏东坡《跋钱君倚书遗教经》云：

> 人貌有好丑，而君子小人之态不可掩也。言有辩讷，而君子小人之气不可欺也。书有工拙，而君子小人之心不可乱也。钱公虽不学书，然观其书，知其为挺然忠信礼义人也。轼在杭州，与其子世雄为僚，因得观其所书佛《遗教经》刻石，峭峙有不回之势。孔子曰："仁者其言也切。"今君倚之书，盖切云。

切，言语迟重，为事难，言则不可轻率急躁。在东坡看来，观外表、听言语都可以分辨出君子和小人，书法亦然。至于怎样从书法作品中看出君子和小人，从技法到风格都有什么特点，东坡未言。钱君倚"不学书"，还能观其字迹"知其为挺然忠信礼义之人"，那么，习惯认为书妙方可以转心达志，"不学书"的字迹又是如何通过笔墨来展现其人品道德的呢？"不学书"的字迹又是怎样具备"峭峙有不回之势"美感的呢？文后引孔子之语，此类钱书即仁者出言慎重的"切"，表明钱氏即君子仁者。很明显，东坡眼中的君子、小人之书的别异从观人、听言推说而来，是伦理道德观念标准在主导书法审美与批评。如果说，能从"不学书"的字迹观察中"知其为挺然忠信礼义之人"，毋宁说先知其人品道德，再因人及书，由心理暗示联想使然，叙述则反其道而行之。以"峭峙有不回之势"与仁者出言的"切"前后呼应，于义未见通达，有强为说辞之嫌。东坡《书唐氏六家书后》也有类似的表述：

> ……凡书象其为人。率更貌寒侵，敏语绝人。今观其书，劲险刻厉，正称其貌耳。……世之小人，书字虽工，而其神情终有睢盱侧媚之态。不知人情随想而见，如韩子所谓窃斧者乎？抑真尔也？然致使人见其书而犹憎之，则其人可知矣。

"凡书象其为人",如果限定在"如其学、如其才、如其志"①以及"如其性情"等直接与艺术风格水平相关的方面,即是很精到、很有价值的见解;如果以伦理道德之非艺术标准为说,则很难得到证实。东坡与欧阳询相差数百年,既未曾谋面,仅以外表的"寒侵"对应其书风的"劲险刻厉",不免有失轻率。设非出自心理联想,岂有是评。东坡后来曾自省并修正其说云:

> 观其书,有以得其为人,则君子小人必见于书,是殆不然。以貌取人,且犹不可,而况书乎。吾观颜鲁公书,未尝不想见其风采,非徒得其为人而已,凛乎若见其诮卢杞而叱希烈。何也?其理与韩非窃斧之说无异。然人之字画工拙之外,盖皆有趣,亦有以见其为人邪正之粗云。②

韩子,指《韩非子》,但"窃斧"说出《列子·说符》,东坡于二评中皆有误记。不过,从中可以看出,"凡书象其为人"的观点东坡自己也拿捏不准;"人情随想而见"是因人发生心理联想,即如"窃斧"故事的前后心路历程;后评则完全否定了书如其人的观点。有趣的是,东坡屡遭小人构陷,有切肤之痛,无法尽释于怀,遂使二评都留下尾语聊以自慰,仍没有摆脱"人情随想而见"的心理影响。同样,黄庭坚论书中关于"俗"的见解也有未确之处,心理影响的痕迹削弱了立论的说服力。尽管如此,二人的观点却对后人论书影响很大,推衍、派生出很多新的内容,限于篇幅,此略。

## 三、余 论

楷模的形成、放大和历史传承要具备很多条件,通过各种近乎苛刻的选择,最大限度地满足社会与历史的书法学习和审美需求。作为书家,其主要成就在于作品的个性意义,而要成为楷模,为他人提供可资仿效的审美参照系,还必须具备以下条件。其一,作品具有楷式意义,可以作为书法学习、评价的标准,以满足、划一国家与社会的需求,以经世致用为第一要务。其二,作品作为审美参照系,要具有高尚的品格、令人仰慕的风范、回味不尽的美妙,在技法和视觉形式之外,感受到属

---

① (清)刘熙载:《艺概·书概》。
② 《东坡题跋·题鲁公帖》。

于作者精神层面的种种含义与人格魅力。其三,作品风格具有比较清楚的可塑性和象征意义,足以引发不同人群的审美联想与表达,有足够的偏移与追加空间。能进入这一境界的书家,一定是书法史发展之阶段性的代表人物,而代表人物却不一定都能具备楷模的特质,还需要通过各种选择。

楷模的形成,首先要有世人仿效,推蔚而成风气。通过仿效,作者的个性意义被放大和追加,因以具备了社会的公共意义。在取得社会的公共意义之后,能否进入历史传承或在历史传承中能持续多久,则往往因事、因时、因人而异。一般来说,在汉唐书体演进与风格剧烈变迁的过程中,多数楷模的生命力短暂,淘汰也快;后世名家楷模如果只限于时尚中的特定人群,淘汰尤快。历史上凡是能够传承久远的楷模,必须在"尽善尽美"与"中庸"之间实现最大化的公约数,也就是艺术化而兼实用,适宜最广泛的社会需求。

楷模的选择主要体现在以下几个方面。其一,实用的社会化选择,能通过选择的楷模理应具备良好的楷式和艺术美质,有着雅正、通俗的特点。通俗代表趋时赴用,有最广泛的接受群体,而与低俗、庸俗迥然有别,阳春白雪和不近人情都不行。其二,文化的选择。汉字与书法艺术是中国文化的组成部分,必然要反映文化需求,传递文化精神,同时还要受到改朝换代的时尚文化的影响,以持续增加新的文化含义。作为书法艺术的核心内容,承载文化精神是第一位的,既是灵魂,也是生命,还是一切有形与无形、从形而下到形而上的所有与文化同构事物的总括和象征。张怀瓘《书议》称书法可以"囊括万殊,裁成一相"、"无声之音"、"无形之相",道理即在于此。如果书家的作品不能很好地承载并象征文化,文化也不会选择它作为楷模。其三,观念的选择。观念既有来自传统的,也有出于师承、时尚的,无论优劣正误,都会作为输入式的审美参照系,左右人们的选择,甚至继续传承和推衍。对于一个新出现的楷模而言,要想通过观念的选择,一定要能满足既有观念中主要的或部分的条件。例如张旭为世人所接受,一是其有王羲之笔法传承的显赫出身且楷书精妙,二是草书有"议者以为,张公亦小王之再出也"的传承;赵孟頫为人缺少风骨,广遭诟病,却未影响其书传承,原因即在于他的复古成就,以尊奉王书大统"爱屋及乌"使然。其四,伦理道德的选择,至巨至微,是一种普遍的存在。在源远流长的家国观念中,"君父"、"臣子"、"子民"关系根深蒂固,"上行下效"即成为一种普遍的文化现象与动力,国家政策每每会导致强大的社会向心力,归结即在于这种无形而实在的伦理道德关系。任何一种国家政策,一个皇帝的好尚,都可能诱发相应的时尚书法风气,包括特定群体的书法风气。在一些具体的方面,伦理道德的选择、评价尤为清楚。例如,从《颜氏家训·杂艺》所述六朝书法风气的"江南谚云:尺牍书疏,千里面目",到"字如其人"的确立,到"心画"说的推衍,到"人品即书品"的非艺术标准的阑入,到"君子"、"小人"、雅俗之辨,到书法"惟贤者能传远"①等,莫不如是。再如,文字与书法作为"治具",具有清楚的教化功能,从帝王的"一人之风,天下之化",②到书家自觉恪守的"心正则笔正",③到"正书法,所以正人心,正人心,所以闲圣道"④等,都是其写照。再如,自东晋以降,凡比较评说"二王"书法而贬斥小王者,无不带有子不能胜父的伦理道德标准,并非全为艺术。他如以颜真卿忠义而尊奉、广习其书,奸佞书法则不重不传,高视傅山而贬抑张瑞图、王铎之类,书评书品中称谀帝王、圣贤、宗师、尊亲的现象,均可作如是观。

其五,个性的选择。所谓个性选择,仅限于名家群体,对大多数寂寂无闻的用字者来说,其选择不具有学术意义,此略。个性选择包括两个方面,一曰师法借鉴,二曰评议褒贬,以其自身的影响,转而会牵涉到当世或历史无数的后学和评价去取。当个性选择之后,如赵孟頫之宗王,即会就所学而承担起王书的社会公共意义、与王书相关的传统观念和艺术精神,以此作为立身的基础,《兰亭十三跋》讲的"用笔千古不易"即其生动的说明。至于所得几何、个性怎样,都会在其影响中退居次要位置,人们所关注的只有新楷模"赵体"和名义上与王书的联系,后人所重也只有赵氏复古与帖学嫡传。至于批评者观"赵体"而对其人格发生的联想之后所作评语"无骨"、"柔弱"等,或指出其书"大近唐人"⑤,都未能动摇其根本。反之,在失序的北宋书法风气中,王著、周越、苏舜钦等人,皆以师古有成而享誉当世,但都在以苏黄为代表的名流批评中倒下,成为秩序的终结。历史地看,北宋大半时间都在延续晋唐书风,是失序后古典的残余形式。及至苏、黄、米三家出,才开始重建标准,重新选择审美参照系。简言之,远则魏晋的钟王是必须恪守的;中则颜真卿,以其忠义迎了饱受君子小人、贤与不肖纠缠之苦的苏黄心理需求而得到尊崇,具有道德和艺术的双重含义;近则为敢于破坏唐人藩篱轨度的杨风子,其书法性情与业已成熟的北宋市民思想文化旨趣高度相合,是一个具有北宋书风特质的

① (宋)欧阳修:《笔说·世人作肥字说》,《欧阳文忠集》卷一二九。
② (唐)张怀瓘:《评书药石论》。
③ 《新唐书·柳公绰传附柳公权》应对穆宗皇帝论作书语。
④ (明)项穆:《书法雅言·书统》。
⑤ (宋)董其昌:《画禅室随笔》。

启蒙者和审美参照系。米芾弃时卑唐，上追魏晋，其"快口语"都是说给别人听的，与苏近似，都未远离传统。

很有意味的是，南宋并没有按照苏、黄、米的剧本演下去，元、明二代又回归正统，致使北宋三家及其艺术精神很难成为主流，无以发扬光大。揆其原因，是钟王书法大统作为审美参照系，力量太过强大，而苏、黄、米三家多为艺术个性设想，属于失序状态下的产物，虽然伟大，却仅限于行、草，并无可以抗衡晋唐的楷书，是以不能无憾。书法史上的第二次失序状态，发生在清代倡碑之后，其影响一直延续到今天。

清代碑学有两个基本的审美参照系，出于阮元、钱泳之说。一是魏碑传承"中原古法"，亦即汉隶之美；二是魏碑得钟繇和卫氏一门书法嫡传。① 依据则见于康有为《广艺舟双楫·尊碑第二》所谓"碑学之兴，乘帖学之坏"，实则斯言似是而非，有很大的欺骗性。而欲颠覆书法史固有秩序，还必须破坏唐楷的地位，于是康氏专立《卑唐》一节，以便使魏碑堂而皇之地鸠占鹊巢。为达目的，康氏列叙《尊碑》、《购碑》缘由细目，以备资取；更列《体变》、《分变》、《说分》、《本汉》、《传卫》、《备魏》诸节，立魏碑正朔，复借助《宝南》一节来说明南北书法同源异派，为阮、钱、包诸人观点张目，为个人的维新变法之志张目。再后以《体系》、《导源》、《十家》、《十六宗》、《碑品》、《碑评》为碑学建立新的秩序，楷模与审美参照系亦告完备。当然，这只是倡碑者的一厢情愿，它需要众多的响应者与传承者，并被实践证明是正确、有效的选择而接受这种新建的秩序，遗憾的是至今也未能达成。

作为碑学，有来自三方面的先天缺陷。其一，国家不用，学校不修，即不具备社会的公共意义，所荐之名碑楷模很难成立，康氏在《干禄》一节开列的碑目遂成话柄。可以说少数书家的戮力而为，充其量也只能形成一个流派，绝无可能取代传统。其二，碑学在学术上、理论上破绽百出，且罔顾历史和现实，有明显的理想化弊端，既无以服人，又何以为用？ 其三，书法传统根植于雅文化沃壤，为历代精英所尚所事，其精蕴妙理丰厚璀璨，断非刀刻斧凿的魏碑可比。且夫倡碑之人，以笔师刀，很少有佳作能引人入胜；继学者作字画字，俗病丛生，识者哂之。碑派学术与书法至今难成规模，良有以也。进而可以确认，在没有正统、可信的审美参照系支持的情况下，碑学和碑派书法很难有健康、长远的发展，今天也不例外。

原载《中国书法书学》2016 年第 6 期

① 参见（清）钱泳：《书学》；（清）阮元：《南北书派论》、《北碑南帖论》。

# 脱离与沉浸

## ——舞蹈剧场中前沿科技创作观念探索

刘春(中国艺术研究院舞蹈研究所副研究员)

## 一、科技与舞蹈的"互动"重建剧场幻觉的原则

新科技被剧场逐渐地接纳,激发全新观演感知,舞台的梦境因为技术的进步越来越真实。技术与身体的相互依存,出现了虚拟影像与真实表演者的混合,"混合表演化的投影"、实时互动等新鲜景观,整个舞台影像技术的进化过程充满争论但又令人兴奋。身体在虚拟环境中刷存在感,新技术却正在营造改变观演者心智的环境。

新科技让艺术家能够完成延展身体,甚至脱离身体的狂想,得到某种时间的延续和空间的折叠。技术在某种程度上创造了创作者沉浸内省和编织更大幻觉的机会。表演者经过动作捕捉转技术变为虚拟的数据,肉身得以数字化的"永生",表演与动作的风格细节也可能转化为新的生命,就像"人们通过机械连接重新获得生命的幻想"。一方面,"脱离身体"的时空造梦提供了现实舞台上的数字化仪式,以技术的手段企图触碰精神的世界,让表演者与数字环境互生意义,重建个体;另一方面,浸入的体验让观者失去了时空的确定性,隔绝与剧场外真实世界的关联,让观者彻底相信环境的唯一和故事的真实性。

互动技术等更多前沿科技的出现与使用,不再局限于意义和内容。投影演变为了角色,增强了幻觉空间的存在感,同时这个"角色"也拥有了独特的生命感。

投影在剧场中的角色,是一种幻觉的力量,营造出现实存在却又看不见的空间,有关内容、意念是多维度同时发生的。因为互动技术的加入,投影可能成为

"演员",是梦中不同层次、幻觉的瞬间,也可能成为记忆的碎片,肉眼无法识别的数码流,以及我们正在面临和应对的数字化生活的影像喻示。投影在剧场中具有很强的"身份性",无论是机器设备、操作者,还是与剧情有关的影像。

视频设计、表演者、导演、研究者……作为剧场影像探索进程的参与者,我曾不断转换身份。这种身份的转换也是剧场科技发展带给很多从业者的另一个影响,在与技术的合作中,站在不同的角度重新认识、反思和学习,彼此推动,同时也提出问题。剧场中,前沿科技和现场的表演者,谁在影响谁,哪个更真实?同时也质疑目前投影创作的潜力远远没有被开发,突然爆发的、模式化的商业投射掩盖了技术本身其他的可能,以及"沉思"的机会。

目前剧场中投影的趋向,从投影和身体之间的隐喻关系和意义层面分析,涉及重身、镜像、复制、内省、随动。伦敦奥运会视觉设计约翰·曼诺在长期的舞蹈、秀场、演唱会、装置艺术的创作中,曾总结了"动作响应(Reactivity)、实时互动(Interactive)、立体映射(Projection mapping)"三种类型,从"动"的角度,从设计空间角度,从投影和表演者的关系上,重新思考。动作响应是反应式的、对位的,表演主体可以感知所处的环境,并通过动作行为响应并适应环境,表演者与预先设计好的影像运动配合,成为一种假定的互动方式,更像是精心编排的调度,需要大量的排练。立体映射则是突出了投影介质本身结构带来的视幻,影像附着在身体上,附着在舞台建筑结构上,视觉设计不仅制作内容,更参与舞台空间结构的设计,让影像空间和物理空间来讲述故事。实时互动(Interactive Live),强调现场实时采集身体数据,跟踪身体动作,表演者不再用精准的走位来应和环境,行为更为自由,表演的环境具有了生命感,整个表演过程是触发式的:身体触发投影环境的变化,投影环境因为与表演者的互动关系仿佛成为某种有机的生命体。

动、被动、互动,"动"本身在剧场影像的探索中,已经超越了身体的概念。"互动"成为剧场"整体幻觉"的文本形式。"电脑系统感应舞者的动作,舞者影响着电脑系统作出图形投射反应,两者共同塑造出一个立体的、虚拟的、充满变数的幻景。每一场舞蹈和影像的互动因为实时反应,彼此的配合,即时的影像不可能完全的相同,互动表演变得唯一,不可完全复现。"[1]

---

[1] 刘春:《互动未来——剧场舞蹈中的影像互动》,《舞蹈》2009 年第 3 期。

## 二、数字技术环境下表演主体的模糊化

技术时代,观众被放置到不再舒适和稳定的观演环境中,无论是科技造梦,还是数字化影像成为演员,观众需要调动所有感官去体验和辨识现实与梦境,由此不仅技术,观众也成为演出的重要部分。新科技在舞蹈创作和表演中正在逐渐形成新的语汇表达,以现场性、互动性、立体性来重组数字时空。视觉艺术家、编舞家、剧场导演、软件编程设计师身兼表演者,开始新一轮的"映射"(projection)。他们的剧场投影创作中所传达的观念,正是新科技时代中的人与新科技达成共生或是持续矛盾的状态,以及新科技如何在与"人"的互动中完成进化。

"我们都是由梦构成的"(stuff that dreams are made on),这是来自于《暴风雨》中的一句台词,朱生豪先生翻译的版本是"我们都是做梦的人",400 年前莎士比亚的梦想,加拿大 4D 艺术团体已以全息的方式转换到了数字化的舞台之上。1983年成立于蒙特利尔的勒密·皮顿四维艺术团(Lemieux pilon 4d Art)由表演艺术家米歇尔·勒密和录像艺术家维克多·皮顿组成,两人在 2015 年执导太阳马戏《阿凡达——第一次飞翔》,成就了一场超大尺寸的现实梦境。在太阳马戏的介绍中,两位艺术家以跨越融合戏剧、电影、诗歌、舞蹈、装置、视觉艺术、音乐等艺术门类营造了全新的剧场世界。他们把剧场转换成了魔术场,虚实难辨的影像,复合媒体投影,配合动作跟踪系统,精致的动画影像改编了表演者的空间,诗意和幻觉叠加出更深的梦境。无论是莎士比亚的作品《暴风雨》(The Tempest),还是以动画大师为灵感的《诺曼》(Norman),抑或是将流行文本进行影像梦魇解读的《美女与野兽》(La Belle et la Bête),大多数以投影中的演员、数字化的对手戏、影像的表演和真人的表演为主,实现了现实与梦境的对话。独创的视觉环境系统,以全息的投影方式,在舞台上立体呈现动画,数码粒子的阵列,真人大小的 3D 影像,夸张的头像,舞者穿过自己的影像,全息的"演员"爬上真实演员的身体和自己的影像角力,动画的符号随着舞者的动作起伏……其中向动画大师致敬之作《诺曼》,让舞者在立体空间中跟随诺曼·麦克莱伦的动画音乐和影像起舞。编舞完全根据诺曼·麦克莱伦的动画片动作来设计,影像成为编舞的灵感和主导动机,影响了其调度和动作风格,身体动作和影像动作在不同时空中成为统一的叙事。预制的影像,围绕、附着、笼罩着舞者,舞蹈因为影像的跟随,唤醒了身体的记忆,复活了诺曼动画的精神。

全息投影以"消失的屏幕",打破电影、剧场的界限,模糊了真人演员和虚拟演员(录制真人而非动画制作的演员),两位创作者曾这样介绍:"虚拟现实探索版本的《暴风雨》:舞台的双重宇宙图解了现实和幻想之间的移动边界。真实的演员扮演着岛上的居民,他们的生活却被虚拟的影像角色所搅乱,演员被投射在舞台上,没有使用任何可见的屏幕!"

剧场和电影,新媒体技术叠加出的空间,形成了解不开的"梦"。布满危险、不确定性,更多的是怪诞和梦魇,梦成为两位作者的创作观念的原点,虚拟影像完成了重身、分身、灵魂与真身的对话,建立了抽丝剥茧的空间谜团,令观者沉浸到梦境之中。

奥地利多媒体艺术大师克劳斯·奥伯迈尔(Klaus Obermaier)的头衔很多,媒体艺术家、导演、编舞、作曲,作品以视觉分型、变体、破碎、重组方式来表达身体的观念,探讨科技营造空间中的表演主体,以视觉、光影来改变动作的原有形态。在1999年,他曾提出:"视频投影、身体表演、听觉环境,能够融合出一种共生状态,从而创造出他们自身新的现实性。"①

20世纪90年代,克劳斯·奥伯迈尔开始使用一系列数字媒体的硬件和软件,开始对人体投影,实时互动进行研究型的创作。在《技术空间中的表演主体,由虚拟到现实》一书中,曾有章节以克劳斯·奥伯迈尔的作品《幻象》展开讨论贝尔纳·斯蒂格勒的技术哲学,以贝尔纳·斯蒂格勒的关键概念:个体化、器官学、药物来解读奥伯迈尔十年作品中所不断呈现的视听隐喻。评论称"《幻象》把电脑技术提升为共生表演状态的同伴"。

作品《幻象》(Apparition,2006),探讨了两个层面,数字投影系统作为表演同伴,沉浸式的动态空间。作品揭示了一幅未来或是正在进行的图画,人类与技术环境之间的纠缠,赖以生存和自我毁灭?"他和电子艺术未来实验室(Ars Electronica Futurelab)合作,利用多方资源开发互动技术,以移动追踪系统,通过电脑的计算,把演员移动时的轮廓或形状,从背景中抽取出来,以不断更新的采集数据转换成肢体投影,以及运动力学的定性计算,例如速度、方向、冲力、体积等,再把这些计算得到的数据以动态的方式,编制成实时发出的投射影像,或直接回到演员的肢体,或放大后成为背景的投影。这样,准确同步的投影把整体拟真运动空间,化成现实,

① Neill O Dwyer, *The Cultural Critique of Bernard Stiegler*: *Reflecting on the Computational Performances of Klaus Obermaier*, Palgrave Macmillan UK, 2015.

影像既可以流动又可以停滞,可以作出延展、收缩、波动、屈曲、变形的特效,来回应演员或影响演员的动作。克劳斯曾说:'舞者不能决定电脑的操作,但能够影响电脑的反应,而电脑也无法决定舞者的动作,他只是舞者的一个"舞伴",一个深具潜质、变化无穷的舞伴。'应奥地利林兹电子艺术节委托创作互动 3D 版《春之祭》,是目前最科技化的《春之祭》舞蹈版本。观众带着 3D 眼镜看立体的《春之祭》,现场的独舞女舞者 Julia Mach 经过立体摄像机采集,放置到电脑实时生成三维立体的虚拟空间之中,观众看到的则是舞者在虚拟环境中的身体冒险,32 个麦克风采集的现场乐队乐音,也将影响动画影像的模式,舞者和乐者,动作和音符不仅仅是表演和呈现,而是创造和改变着整个演出。"①舞者的身体在虚拟环境中,完整的身体消失了,手脚分离身体,单独的行走,代之以万花筒式的身体器官组合,无限复制的女性舞者,延长了变形肢体的舞者。

这场《春之祭》在虚拟和现实中间挑选了那个"祭献者",在高科技和古老信仰之间,人类有新的方式去达成和自然、精神的互动,这场祭祀有关不确定的未来,当观者也带上 3D 眼镜,进入到祭祀者的空间,这场人性的角逐才刚刚开始。而在最近作品《经颅》(*TRANSCRANIAL*)中描述为"科学家利用电磁脉冲通过改变神经元的电流,造成对大脑活动的故障。这种故障会导致肢体的分解感觉。身体表达思想,还是思想导致身体的表达,作品以新科技与现场表演进行器官学的探索。"②

克劳斯在《幻象》的创作笔记中回顾了新媒体与剧场现场表演的重要人物,网站上提到两位先驱的人物,捷克舞台设计师约瑟夫·斯沃博达(1920—2002年)结合电影和现场表演营造了动态的空间,美国编舞家埃尔文·尼古莱(1912—1993 年)曾以多媒体剧场全新的方式去探索剧场空间和动作形态。特别是埃尔文·尼古莱神秘主义的创作美学,挑战当时的编舞规范和样式,其风格影响了众多的艺术家。看得出来,新科技与现场表演已经具有相应的传承,无论是在技术上还是美学上的。他更是列举了日本、加拿大、西班牙、英国、丹麦、德国、美国等地的艺术家,以持续增长的媒体与现场互动的探索团体,来说明他不是一个人在战斗,而且正在等待新的转折。"按照我的经验,我会花很多时间等待怎样以恰当的方式使用技术,能够按照我的想法随心所欲地使用……我知道

---

① Annamaria Monteverdi, *Klaus obermaier the strange dance of new media*, http://www.digicult.it/digimag/issue-023/klaus-obermaier-the-strange-dance-of-new-media/.

② Klaus obermaier,http://www.exile.at/transcranial/.

技术所能够做什么,我需要做的是在剧场通过编程、工程师将技术的使用推向自身的限制,从而找到新的解决方式。"①所有新技术对于他来说,如果不能够促进、激发演出,就没有任何价值。

## 三、"身体化"的技术开发和使用

德国软件工程师弗里德·韦斯(Frieder Weiss)和澳大利亚的当代舞团"分割运动"(Chunky move)跨界合作,让舞团成为澳洲舞界的先锋。弗里德·韦斯曾宣称:"我设计的软件其实没有做过什么有用的事情,也许这可以作为一种审美的宣言。"这种无用之用的宣言既是对技术本身的进化期待,也怀着对舞台艺术创作者,无论是导演还是编舞的合作期许。"技术不被开发,就失去了本身的意义。"②

2013 年,弗里德为音乐剧《金刚》设计了视频和实时互动部分,"金刚"运动实时跟随的数字轨迹,造就了互动舞台的奇观,让这个巨大的生物获得生命的能量。作为自由工作的电脑工程师,长期专注于舞蹈、音乐、电脑艺术的"实时"互动。而他设计的 Eyecon 互动软件则是长期放在网站上,开源共享,其他使用者和设计师来进行开发和创新。

澳大利亚舞团总监吉迪恩·欧巴札奈克(Gideon Obarzanek)和弗里德·韦斯创作了"发光"(Glow,2006),单纯的独舞和动作感应软件交织互动,演化成"长达27 分钟舞者与科技的双人舞"。创作者在两者关系的探索中,让舞者创造出一种"生物技术的科幻片"感觉,"光"仿佛有了生命,舞者的动作决定了光区的大小、形状、方位。"发光"以数码梦境中的不确定性涂写行走,描绘了原始的恐惧、孤独和内心欲望的斗争。"发光"是人体和机器之间的图形博弈,舞者在地面舞过之处出现无数的线条、影子、光线,人在坐标之上移动飘移,人体之外是无尽的虚空。投影机安排在剧场顶部,摄像机做动作跟踪系统,事先预制的图形,全黑的演出环境,一切依靠舞者的动作影响光,影像的起落、明暗、消长……作品使用了红外线摄像机和带有 Kalypso 软件的 PC 电脑,弗里德为剧场应用专门设计开发了这个软件,也是系列作品"可感知身体"软件开发的延续,以不同计算方式来跟踪表演者的动作。而且对于表演者来说,编导认为"数字化像素环境像是延伸了动作以及内在

---

① Annamaria Monteverdi, *Klaus obermaier the strange dance of new media*, http://www.digicult.it/digimag/issue-023/klaus-obermaier-the-strange-dance-of-new-media/.

② 参见[美]布莱恩·阿瑟:《技术的本质》,曹东溟、王健译,浙江人民出版社 2014 年版。

世界的视觉化,甚至这种环境成为自我完善、貌似真实的栖息之所。"①《致命机械》(Mortal Engine,2008)承接了"发光"的互动系统,配合激光,倾斜舞台的装置,让演出惊心动魄,游荡在数字的黑洞和梦魇的边缘,与舞者相伴的线条和光晕变成了发散的黑色粒子,随着动作开合聚散,尘归尘,土归土,身体仿佛是无数偶然的组合……编舞吉迪恩·欧巴札奈克将数字化和原始状态混杂在一起,把舞者推向了新科技的未知领域。实验伴随着不确定方向和冒险,有评论说,《致命机械》的艺术性远没有技术观念本身有趣,令人昏昏欲睡。但实验探索总会面临经历大多数的失败,然后获得一点点的成就。

日本舞蹈家梅田宏明曾提道,"数字技术激进地改变人类的感知。我相信存在另一种维度的审美领域,呈现出数字化控制下时间与空间的精致。艺术家使用数字化设备去延展和缩减人类身体的尺度……像技术更新一样更新我的思想。"②一个人,一面数字影像墙,突然的静止,突然的喧闹,疯狂的速度,瞬间的空白,在充满无常的重复中,舞台的"动作"以令人窒息和迷人的紧张感去提醒观众当代人的生存现状。身体触发机器的动作,机器的永动让人成为机器的一部分。这是日本编舞、视觉艺术家梅田宏明(Hiroaki Umeda)作品中经常出现的景象。不会重复的"重复"散发着科技与身体融合的魔力,将观众推向未知的黑洞,犹如过山车般,内心尖叫着,期待着下一个重复。

梅田宏明放弃了摄影去跳舞,戏称"摄影太贵,跳舞便宜"。他成立了舞团,舞团只有他一个人。作品中,大多数时候是他一个人面对巨大的数字环境,整个作品都在做一件事。他创作的《同层》、《触·觉》(Haptic,2008)、《适度变异》(Adapting for distortion)不断上演着身体和影像的战斗。街舞和视频躁点,光谱网格与每一个动作都精准的牵连,身体被无情地淹没,舞台上甚至难以辨别他的身体,而这场战争将无休止地进行下去。评论曾说:"极简而又激进,微妙而又暴力,抽象但是充满细腻,令人惊叹的身体动作。"垂直的线条和水平的线条将身体切割、分解、变形,让观者看到不仅是身体,而是一种现象,来自异时空的生物,却又无比贴近我们所处的数字生存境遇。

他自己完成音响、数字媒体、舞蹈编排,而看起来复杂的科技,其实都是梅田宏明使用一台电脑,来控制影像、声音、灯光跟踪。正如他所言:"我的电脑使用水平

---

① Gideon Obarzanek ,http://www.frieder-weiss.de/works/all/Glow.php.
② Hiroaki Umeda,http://hiroakiumeda.com/artist.html#1creative.

脱离与沉浸 | 091

和人们日常使用电脑一样，我没有使用高科技去寻求表现形式的渴求……我不做技术展示。"梅田宏明不是舞蹈科班出身，却决心创造"不同"的舞蹈。他创造舞蹈和运用能够完成他美学理想的数字技术的方式都极为理性，要找寻"运动"本质和原则。他先是发明了"动力原则"，以"站立、移动、流动"三个阶段来确立重新开发不同舞种的动作规律和原则，然后在进行与数字化技术的创作，寻找融合的、相互影响的运动规律。

从 2009 年开始，他历时 10 年的编舞计划"超动"，尝试创造一种即使没有舞者也能够在舞台上表演的舞蹈，结合所有舞台上所有动态的元素，由灯光和声音构成的舞蹈。以数字化手段衍生出的"时空的人工作品，这个作品如同巨大的有机体将拥有生命……"①或者说，影像中粒子的运动，声音的波动，身体的微小变化，灯光的明暗，都是这个巨型舞者的肢体，梅田宏明的编舞，是为这个有机体编舞。梅田宏明称这个计划分为三个阶段：第一个阶段研究"动力学运动"，从不同背景的舞者(街舞、芭蕾、当代)的合作，通过在不同舞者动作特性中以梅田宏明特有的"动力原则"调整，寻找多样化的动态语言；第二个阶段创造"系统"，去组合所有数字环境的节奏、呼吸、速度，他称之为"编排时间"；第三个阶段是"秩序"，是在确立了舞者身体原则之上的技术融合和添加，形成整个空间上的"秩序"。

在新科技的开放性中，每个人都可以使用技术完成自己的艺术内省，或是以技术思考身体本质，实现自己的观念。这种技术是能够帮助完成传达的，或是有能够传达的特质和潜能。以数字化媒体来外化内心的原始性，或是净化，或是唤醒。互动技术、投影内容、噪音频率、身体动静，形成了新的感知模式，梅田宏明认为"回应"是人与技术之间基本的沟通原则，舞台上他将"人"消隐身份属性，作为引起"回应"的媒介，但随之带来了"观者、体验者和表演者高度兴奋的感知状态，不是敲击，而是冷的灼伤。"观众接收到的不仅是舞者动作，影像变化，音频逐渐升高，脉冲带来的张力；而是对于整个空间的感知，转化为对于自身存在的觉醒。

技术与身体，现实与虚拟，作为表演者的人与人作为视觉形式的元素，在梅田宏明的创作中，如同每天日常的身心变化，或是我们共同面临的宏大与渺小。正如日本媒体艺术家 Shiro Takatani 曾在作品《静止》中谈道，"真实的影子在想象的时

---

① Hiroaki Umeda, *Choreographic Projec " Superkinesis"*, http://hiroakiumeda. com/artist. html # 3choreographic.

间中上演,想象的影子起舞在真实的空间。艺术与科学是否真的能够表现这个沙漏般的世界,每一个沙粒震颤所发生的细小变化?"①数字化媒体与现场每一个的牵制、互动,其实都是宏大世界中的每个微小个体的一次冥想和试探,只不过我们这次尝试用此时此刻的"技术"。

## 四、全球化视觉沉浸中的舞蹈媒介

技术发展将互为个体的创作和感受放大为全球化的交互。舞台正在成为屏幕,幻觉正在变为真实。舞蹈,在所有与新媒体技术交融、碰撞的艺术门类中。舞蹈自身的属性在这个进程中反而越来越清晰。作为"人"与技术的接触,舞蹈的能量转换、时空关系也启发了技术如何产生意义和延展,舞蹈正在从艺术形式,转换为与科技跨界和交流中的媒介。"1800 年,法兰西学会成立了一个致力于研究全景画的专门委员会。该委员会一致认为,全景画的主要影响在于制造了一个'幻觉整体',他们在报告中指出,通过与科学的结合,艺术无疑更加接近了完美幻觉的终极目标。"②他们不曾想到,21 世纪以来,世界似乎成了一块大屏幕,一幅令众生沉浸的全景画。人们总会需要更大的屏幕,更多的投影,更真实的沉浸,更大的空间来制造视觉奇观。这能否看作是一个信号呢? 互动的探索正在公众化,被悄然地认同。索契冬奥会使用了约 120 台投影,里约奥运会使用了约 110 台投影,无论是空间体量上,还是内容设计上,无论是硬件的含金量,还是软件的换代升级,前沿科技正在将剧场空间、诗意、戏剧引向更多的公众。

自北京奥运会大面积使用投影技术后,奥运会成为了数字投影和新科技以及无数个体的互动,这块大屏幕不断地投射出每个国家和民族的文化符号和历史轨迹,巴西奥运会的跑酷人与地面投影楼房的互动,北京奥运会的丝绸之路影像与人的历史行走,索契冬奥会的历史沧桑和壮阔诗意画面与舞者的互动。这一切不再是投影的简单呈现,这个过程永远需要人的介入,因为人的介入,这些画面才变得有生命,无论是哪个国家的文化符号还是历史。互动、对话、交换感知、相互感应才有了流动的生命,历史才会继续下去。拉兹洛·莫霍利·纳吉在 20 世纪 20 年代

---

① Enrico Pitozzi,Shiro Takatani:*The extension of visible*,http://www.digicult.it/news/the-extension-of-visible-shapes-of-time-acoustic-images-chromatic-figures/.

② 参见[德]鲁道夫·弗里林、[德]迪特尔·丹尼尔斯编:《媒体艺术网络》,潘自意、陈韵译,世纪文景、上海人民出版社 2014 年版。

曾预言："目前的机械装置与未来的照明技术的结合将不可避免地带来一场舞台革命，这场革命将为口头表达和通过身体使时空形象化的舞蹈创造新的环境。"①正如法国技术哲学家贝尔纳·斯蒂格勒所言："我们是技术的存在者，我们是象征的存在者。"②今天，艺术家们正在用数字技术、人工智能来继续着变革，唯一不确定的是我们将迎来怎样的新表演者和新的环境。

原载《民族艺术研究》2017 年第 2 期

---

① 参见［匈］拉兹洛·莫霍利·纳吉：《运动中的视觉》，周博等译，中信出版社 2016 年版。
② ［法］贝尔纳·斯蒂格勒：《技术与时间，爱比米修斯的过失》，裴程译，译林出版社 2000 年版。

# 无法安慰的安慰书

## ——从北村《安慰书》看先锋文学的转型

刘艳（中国社会科学院文学研究所《文学评论》副编审）

《花城》杂志一直被视为先锋派文学的重要阵地,花城杂志、花城出版社培育和形塑了北村、吕新等先锋文学作家。2016 年,《花城》杂志刊发了吕新的《下弦月》和北村的《安慰书》①,花城出版社出版了单行本,并且重版了他们的代表作《抚摸》和《施洗的河》。围绕两书,分别有了 11 月 21 日北京师范大学的研讨会,即"'先锋的旧爱与新欢'——《下弦月》、《安慰书》北京首发式暨研讨会"成功举办;而南京系列活动,则包括 11 月 25 日的先锋对谈和 11 月 27 日南京师范大学的研讨会和先锋书店读者见面会。在近两年以"先锋文学三十年"为主题的系列纪念活动中,大多是以相关话题展开讨论,先锋文学是作为文学史的一个话题和研究对象,被探讨、被追溯、被缅怀,等等,而《花城》杂志和花城出版社刊发、出版两位代表性先锋作家的新作,可以说是别立新声的,无怪乎有人会说"吕新、北村的新作问世,更像是一种提问和质疑:重提先锋,意欲何为?"②

20 世纪 80 年代是 20 世纪文学史上第二次的引入西方文艺思潮的高峰时段,其中就在 70 年代末 80 年代初引入了意识流手法,以刘索拉、徐星两位作家创作的中篇作品为代表的"现代派"和韩少功、阿城、李杭育、郑万隆等人的"寻根文学"为代表,令 1985 年毫无疑问地成为了当代文学史的标志年份。不同的学者批评家,对先锋派文学,有不尽相同的命名和指认,甚至开出的作家名单也不尽相同:陈晓

---

① 吕新:《下弦月》,《花城》2016 年第 1 期;北村:《安慰书》,《花城》2016 年第 5 期。

② 方岩:《先锋的旧貌与新颜》,《文学报》2016 年 12 月 16 日。

明认为,"得到更大范围认同的先锋派文学是指马原之后的一批更年轻的作家,苏童、余华、格非、孙甘露、北村,后来加上潘军和吕新"①;南帆也直言,"我愿意对'先锋文学'的团队构成表示某种好奇。通常,批评家开出的名单包括这些骨干分子:马原、余华、苏童、格非;叶兆言、孙甘露或者北村出镜的频率似乎稍稍低了一些,尽管他们的某些探索可能更为激进。另一些批评家或许还会在这份名单之后增加第二梯队,例如吕新、韩东、李洱、西飏、李冯、潘军,如此等等"②;张清华则认为单就小说而言的"狭义的先锋文学","是指分别于 1985 年和 1987 年崛起的两波小说运动",前者是"新潮小说"与"寻根小说"的结合体,后者是"先锋派"和"新写实"的双胞胎,在他看来,"这个小说思潮或者运动大致是从 1985 年到 20 世纪90 年代中期,大约持续了将近十年时间"③。虽然大家的指认稍有出入,但先锋派文学的命名是共识,而且其文学经验一直留存到了今天。单纯地以先锋派集体叛逃、江郎才尽、先锋文学骤然休克,来宣布"先锋文学"作为文学史喧闹的一页骤然翻过,似乎稍显草率了一些。且不说先锋派几乎是直接催生了 20 世纪 90 年代的长篇小说热,21 世纪以来,当年的先锋作家,皆有新作问世,苏童的《河岸》《黄雀记》,余华的《兄弟》《第七天》,格非的《江南三部曲》《望春风》,虽已经不是先锋小说,却在提示我们,先锋文学经验在今天是否还可能存在,并且以何种方式在继续生长和变异?有研究者甚至认为年轻一代作家已经对文本试验、对挑战既定的历史经验和文学经验不太感兴趣,反而是"50 后"作家比如贾平凹、莫言等人,如何在历史意识、现实感和文本结构、叙述方面不断越界,寻求把传统小说和戏剧经验与西方现代主义小说经验混合一体的方法,借以来探究主流文学中看似常态化的文学经验,其实就包含了先锋意识④;甚至通过莫言发表在《收获》2003 年第 5 期的一个短篇小说《木匠和狗》,通过"歪拧"的乡村自然史来考察中国现代主义的在地性问题。⑤

的确,先锋不分先后,先锋也不分年龄,正当陈晓明等研究者担心先锋老龄化的现状时,新书腰封上赫然印着"归来依然是少年""先锋作家最新力作"的《下弦月》和

① 陈晓明:《先锋派的历史、常态化与当下的可能性——关于先锋文学 30 年的思考》,《文艺争鸣》2015 年第 10 期。

② 南帆:《先锋文学的多重影像》,《文艺争鸣》2015 年第 10 期。

③ 张清华:《谁是先锋,今天我们如何纪念》,《文艺争鸣》2015 年第 10 期。

④ 陈晓明:《先锋派的历史、常态化与当下的可能性——关于先锋文学 30 年的思考》,《文艺争鸣》2015 年第 10 期;陈晓明:《我们为什么恐惧形式——传统、创新与现代小说经验》,《中国文学批评》2015 年第 1 期。

⑤ 陈晓明:《"歪拧"的乡村自然史——从〈木匠和狗〉看中国现代主义的在地性》,《文学评论》2017 年第 1 期。

"先锋作家北村沉寂十年之作"的《安慰书》,的确给人以震撼,把"重提先锋"的问题,又再度呈现在了我们面前。它们的意义和价值,已经让"重提"远远超越了对先锋文学的纪念层面,直接向我们提供了先锋作家新作、转型之作的新鲜的文本、文学样本,让我们去思考先锋文学经验在当下的合法性、在地性问题,思考先锋文学作家的转型究竟应该如何去看和理解? 先锋文学的经验生长和变异以及未来的可能性还有多少并且路径在哪里?《下弦月》书写的还是一段过去的历史,"献给那片不长水果的苦寒之地以及那些随风远去了的岁月";北村的《安慰书》却是直接把笔触投向了先锋作家本最不擅长的现实题材——现实事件与现实生活故事的叙事,难上加难的是,题材来源竟然是新闻事件,怎样处理好文学与现实的关系,让现实在作家心灵之光照耀过之后,能够比那些拘泥于写实的小说更加具有对现实生活的提炼与抽象能力。小说叙事方面,已经不是早期的那种先锋姿态——对现实主义规范全面僭越之后的朝着形式主义的方向越界,小说既讲究了它的可读性和它所反映现实的真实性、可信度,又在叙事方面颇费心机。故事与话语、情节与叙事里面蕴含了作者太多的心思与玄机:叙述的角度,叙事的距离,小说情节在悬念中的推理式前进,随意赋形的叙事,多个人物的转换型限制叙事……所有这些,都是先锋作家在当下转型当中所作的一种艺术探索,这其中,可能就有着先锋作家乃至中国当代文学重构本土与传统、与世界文学经验关系的努力,《安慰书》中的那些叙事的关节和技巧处理方式,已经不是早期先锋派那种明显的形式主义倾向,但北村对叙事的讲究和叙述方法的强调,到了无以复加的程度。在研究者对中国当代小说还远未获得成熟、圆融的现代小说经验的忧当中,《安慰书》从小说叙事和文本内部,通过作家自觉与自主的叙事探索,显示当代小说内化重构的深度和可能性。先锋派作为一个派,已经无法在当代文化中存在,但先锋作为一种精神和意识,依然存在于作家的创作中。《安慰书》中对于人的主观心理感觉的强调,感觉的象征化、具象化,善与恶的对峙,以及恶导致的赎罪、悔罪而恶本身并无法被宗教式救赎和解脱的主线,也无不说明先锋作为一种精神和意识,隐藏在了小说看似已趋常规化和常态化的叙述当中,这无疑是北村先锋文学姿态的一种自觉保留,并显示了作家的一种能力,即能够在当前的汉语文学写作中开辟和拓展出一条先锋派作家顽强生存的路径。"直至今天,开辟汉语文学的可能性还是需要先锋精神"。①

---

① 陈晓明:《先锋派的历史、常态化与当下的可能性——关于先锋文学 30 年的思考》,《文艺争鸣》2015 年第 10 期。

## 一、文学与现实，先锋文学转型的当下可能性

先锋派作家处理不好文学与现实的关系，几乎是一种共识。20世纪80年代后期的先锋派小说本来就是对现实主义规范的僭越，南帆在20世纪90年代论述"先锋文学"时就说过"他们并非为历史与经验而写作，而是用写作创造崭新的历史与经验"①。张清华曾经把先锋小说分为三个分支：一是"新历史主义"的一支，另一支是"面对当下生存情状的寻索者"，还有一支是先锋小说旁侧的"新写实"。连张清华自己也承认，从严格意义上说，"新写实"并没有明显的先锋性。跟现实关系最密切的当下生存情状的寻索者们——从80年代中期的残雪到稍后的马原，以及跨越八九十年代的余华、格非、孙甘露等，基本上都是以"寓言"的形式写人的生存状态，如马原的《虚构》，格非的《褐色鸟群》、《傻瓜的诗篇》，余华的《现实一种》、《世事如烟》甚至其长篇《许三观卖血记》（1995年）等作品，都是一些类似于卡夫卡、加缪、娜塔丽·萨洛特式的存在主义寓言。从叙事角度看，它们无不具有"隐喻式超现实叙述的特点"。先锋派对待现实社会和现实书写的态度，已然如是，在他们"新历史主义"的文学书写当中，结构主义的方法使它打破了传统历史主义关于"历史真实性"的神话，认为历史不过是某种"文学虚构"和"修辞想象"，而存在主义的启示则使它形成了个人与心灵的视角，认为历史不过是"一团乌七八糟的偶然事件"，真正重要的只是"人的历史"，需要立足于"人性"，"把历史变成我们自己的"，变成"主体与历史的对话"。苏童、格非等人的"家族历史小说"，过去年代的"妇女生活"小说，叶兆言的"夜泊秦淮"等历史风情小说，以及晚近的陈忠实的《白鹿原》、莫言的《丰乳肥臀》等长篇小说，都是这一新的历史观念与思潮的产物。在这一观念的外围，更是出现了大量的"新历史小说"文本②。

20世纪80年代中期以来的新历史主义思潮，以及由其催生或者陆续出现的其他"从民族国家拯救历史"的小说，能够提供一种"复线的历史"（杜赞奇语），对于纠偏或者说补充"十七年文学"两种基本类型的小说"红旗谱"和"创业史"那种宏大的民族国家单线历史叙述的方式，是有价值和意义的。《红高粱》、《古船》、《活着》、《白鹿原》、《长恨歌》、《尘埃落地》、《丰乳肥臀》等小说的出版，令中国当

① 转引自南帆：《先锋文学的多重影像》，《文艺争鸣》2015年第10期。
② 参见张清华：《中国当代先锋文学思潮论》（修订版），中国人民大学出版社2014年版，第11—13页。

代文学中的"从民族国家拯救历史"已经成为一种成熟的叙述模式;"村庄史"、"家族史"、"民间野史"、"个人史"等对应于"民族国家史"的"小历史",也不断成为批评家和文学研究者评价这类书写中国近现代历史小说的常用研究视角。但研究者已经意识到并加以反思,小说作为历史建构的一种方式不仅提供了远远比历史研究丰富的"复线的历史",而且,"复线的历史"似乎并不必然地带来文学审美的丰富性,一种极端的倾向,是忽视人在历史中的复杂性,甚至将暧昧、幽暗、矛盾的人历史符号化。所以,像迟子建的长篇小说《额尔古纳河右岸》和《群山之巅》,虽然所涉及的题材都已经在中国当代文学被许多作家做成了"民族志"和"村庄史"。研究者考虑的却是,迟子建是怎样舍弃建构"复线的历史"的努力,转而将自己融入人间万象,和小说人物结成天然的同盟,形成共同的担当,"从历史拯救文学",进而逐步建立以"伤怀之美"为核心的文学和日常生活的美学①。

就是这样吊诡,即便是似乎可以避开现实社会而旁逸到"历史"书写的一支,最终也会由于其历史观而滑入叙事游戏的空间,而终结其先锋本质。小说所涉及的题材,哪怕是可以做成"史"的题材,最终还是要回到日常生活中来。写作《安慰书》的北村,可以说深味小说之脉,他说,"只有作家光照过的现实,心里面的现实可能比外面的现实更真实,这就是为什么时代过去以后,历史教科书是一部分,作家描述的、记录的历史可能是更为真实的,也就是心灵的历史",尽管他自言"我主要探讨的不是现实问题,这也不是一部现实小说"②——这其实主要是就小说的叙事和叙述等方面而言的,下面我还要详析,但他的确是在小说中选择和触及了最为重要的现实问题。在采访他的导语里,记者都说"这本新书讲了一个中国改革三十年来的故事,和拆迁有关,和一桩谋杀案有关,它近得让人觉得,简直不像文学"③。一个"近"字,直击小说与现实关系密切的真相,而且还是如此沉重的现实题材,更何况在手持新书的时间,社会上因拆迁而杀人的现实依然存在着④。但小说与现实如此近切,素材又来自新闻事件,这本身就是极大的难度和挑战,不要说是先锋作家,就是非先锋的作家,也往往要付出牺牲文学性的代价。

在有些当代作家越来越靠新闻资料来写作的时候,其中的问题和弊病也日

---

① 参见何平:《从历史拯救小说——论〈额尔古纳河右岸〉和〈群山之巅〉》,《中国文学批评》2017 年第 1 期。
② 北村:《北村:人像一个秤砣　恶会把他拉着下坠》,搜狐独家,2016 年 12 月 7 日。
③ 参见北村:《北村:人像一个秤砣　恶会把他拉着下坠》导语,搜狐独家,2016 年 12 月 7 日。
④ 2016 年 11 月中旬,河北贾敬龙因遭遇强拆而用射钉枪杀害村长何建华的事件,为媒体所关注和追踪报道。

渐突出。迟子建曾说"有的作家仅靠新闻资料去写作,这种貌似深刻的写作,不管文笔多么洗练,其内心的贫血和慌张还是可以感觉到的"①。有研究者更是对21世纪以来新闻事件入小说的问题,作了探究:2000年之后出现了不少根据新闻报道改写的小说,包括李锐、刘继明等名作家,甚至闹出了雷同或抄袭之事,刘继明在2004年第9期《山花》发表的小说《回家的路究竟有多远》,李锐于《天涯》2005年第2期发表的《扁担》,讲述了高度雷同的农民工断腿后爬回家乡的悲惨故事,以致掀起了抄袭风波。后来从作家的辩解中才明白,两位知名作家的素材居然都来源于中央电视台《今日说法·千里爬回家》……在研究者看来,对现实的重新叙事化的无力,是这样的改写并不成功的原因。小说情节在叙事过程中虽然比新闻有了文学化的改编,但其叙事终点却都与新闻报道毫无差别,最终由于作家的虚构能力和超越能力不够而让人叹息。这正是作家的文学部分与现实部分太近造成的结果,文学才华被过于具体的现实压制了②。北村所写《安慰书》,素材无疑来自新闻事件,小说触及的现实,又如此近,近到扑面的程度,这其实是对作家叙事策略、叙述方面作出自主性艺术探索,提出了很大的挑战。"新闻事件成为作家写作的一个重要的来源。一旦社会新闻被作家拿过来用了之后,事件就已经离开社会新闻,就变成作家自己的,纳入到作家整个理想中。"③

同样是暴力强拆,在另一位先锋作家余华的近作《第七天》里,是叙述者杨飞"我"(亡灵)游荡中所遇:

> 我向前走去,走到市政府前的广场。差不多有两百人在那里抗议暴力强拆……他们是不同强拆事件的受害者,我从他们中间走过去……另外一些人在讲述遭遇深夜强拆的恐怖……有一个男子声音洪亮地讲述别人难以启口的经历,他和女友正在被窝里做爱的时候,突然房门被砸开了,闯进来几个彪形大汉,用绳子把他们捆绑在被子里,然后连同被子把他们两个抬到一辆车上,那辆汽车在城市的马路上转来转去,他和女友在被捆绑的被子里吓得魂飞魄散……汽车在这个城市转到天亮时才回到他们的住处,那几个彪形大汉把他们从汽车里抬出来扔在地上,解开捆绑他们的绳子,扔给他们几件别人的衣

---

① 参见《埋葬在人性深处的文学之光——作家迟子建访谈》,《文艺报》2013年3月25日。
② 参见刘旭:《文学莫言与现实莫言》,《文学评论》2017年第1期。
③ 何平评价《安慰书》,参见《作家的牙齿必须能咬开这个时代|吕新北村@南京》,2016年11月30日"花城"微信公众号。

服,他们两个在被子里哆嗦地穿上了别人的衣服,有几个行人站在那里好奇地
看着他们,他们穿上衣服从被子里站起来时,他看到自己的房屋已经夷为平
地……(省略号为笔者所加)①

他房屋没有了,女友没有了,自己也因惊吓而阳痿了……哪怕是强拆这样的事件,
也被余华直接将现实事件乃至新闻事件"以一种'景观'的方式植入或者置入小说
叙事进程"、"以现实'植入'和'现实景观'的方式来表现现实"②。这种新闻事件
以"景观"式植入小说叙事的方式,让人似乎再度重温先锋文学曾经的叙事游戏态
度,新闻事件的无深度拼贴当中,后现代主义的戏谑情调再度浮出字里行间。北村
在一部《安慰书》里,能够以怎样的技巧方式来处理同样来自新闻事件的素材,围
绕暴力强拆的叙事,他该怎样展开并且有深度地表现? 就像他自己说的"作家的
牙齿必须能咬开这个时代,而不只是用舌头舔一舔"③? 用牙齿咬开这个时代的难
度,是显而易见的。

## 二、叙事层次、限制叙事、叙事框架、悬念以及随意赋形的叙事

《安慰书》小说开篇在一句"众水落去,我们才发现,自己成了一个孤岛。这是
哪个名人说的?"紧接其后"我是石原",引出一个先当记者后做律师的人,接手了
一个案件,官二代陈瞳(即将退休的副市长陈先汉的独生子),开车撞了一个孕妇,
不仅如此,还狂刺孕妇 16 刀,捅死了她,系"民愤极大"的一个恶劣事件。但这个
事件只是一个表相,律师"我"(石原)在为他寻求证人、证据辩护的过程中,就像一
个侦探,将真相剥洋葱般一层一层剥开,揭开了背后复杂而沉重的故事:改革 30 年
来几个家庭(族)围绕强拆(拆花乡建高铁)发生的罪与恶,受害者锲而不舍地复
仇、施害者悔罪而终于于事无补、无辜者再度被曾经的受害者加害……来自新闻事
件的素材,经过北村在叙事方面的刻意讲究,既有很强的真实性、真实感,又在一种
悬疑推理的可读性当中,情节不断推衍,真相逐渐浮出水面。而北村所作叙事方面

---

① 余华:《第七天》,新星出版社 2013 年版,第 17 页。
② 徐勇:《以象征的方式重新介入现实——论苏童〈黄雀记〉的文学史意义》,《文学评论》2014
年第 2 期。
③ 参见《作家的牙齿必须能咬开这个时代|吕新北村@南京》,2016 年 11 月 30 日"花城"微信公
众号。

的自主性探索,最为突出的一点,就是他搭建出了一个多层、细密的叙述框架,将中国作家一向不够擅长的限制叙事,发挥到了淋漓尽致的程度。

中国古代小说中已见限制叙事的情形,但实在不能与西方现代小说的限制叙事技巧等同。20世纪初西方小说大量涌入中国以前,中国小说家、理论家从未形成突破全知叙事的自觉意识。俞明震在时人多从强调小说布局意识入手悟出限制叙事时,已从柯南道尔选择"局外人"华生为叙事角度,接触到了如何借限制叙事来创造小说的真实感问题:"……作者乃从华生一边写来,只需福终日外出,已足了之,是谓善于趋避……福案每于获犯后,详述其理想规划,则前此无益之理想,无益之规划,均可不叙,遂觉福尔摩斯若先知,若神圣矣。是谓善于铺叙。因华生本局外人,一切福之秘密,可不早宣示,绝非勉强。而华生既茫然不知,忽然罪人斯得,惊奇自出意外……"①研究者分析了很难找到限制叙事对"新小说"改造的成功范例的原因:

> 也许,这跟"新小说"家的矛盾心态有关:一方面想学西方小说限制叙事的表面特征,用一人一事贯穿全书,一方面又舍不得传统小说全知视角自由转换时空的特长;一方面想用限制视角来获得"感觉"的真实,一方面又想用引进史实来获得"历史"的真实;一方面追求艺术价值,靠限制视角来加强小说的整体感,一方面追求历史价值("补史"),借全知视角来容纳尽可能大的社会画面。②

这些问题虽然不是全盘被当代文学继承和延续,但舍不得全知视角自由转换时空的特长,和虽然想借限制视角来获得"真实感"却不能真正实现的情况,依然在当代小说哪怕是先锋作家以及先锋作家转型之后的小说中,广泛地存在着。有人认为苏童的近作《黄雀记》因结构上分为上部"保润的春天"、中部"柳生的秋天"、下部"白小姐的夏天",而认为它们分别以保润、柳生、白小姐"为叙事主体或传主",说《黄雀记》"是对明清'后传奇'的多中心人物史传组合式结构的创造性转化"尚属有理,但说上中下部"它们分别从不同视角讲述了同一个故事的不同阶段,这是后现代小说的多中心叙述视角实验"③,似有牵强。细读就会发现,小说的上中下

---

① 觚庵(俞明震):《觚庵漫笔》,《小说林》1907年第1卷第5期。
② 陈平原:《中国小说叙事模式的转变》,北京大学出版社2010年版,第68页。
③ 李遇春:《"传奇"与中国当代小说文体演变趋势》,《文学评论》2016年第2期。

部,限制叙事往往是让位于第三人称叙述加全知叙事的,叙述者虽然很用心地克制自己全知的倾向,但与转换型人物限制叙事还是有很大不同。

北村在《安慰书》中,几乎把限制叙事发挥到了极致。贯穿小说始终的是叙述者"我",由"我"的过去和现在所关涉到的所有人,都在我寻求证据、寻求证人、探寻历史旧案真相的过程中,与"我"打交道、发生关联。"我"在《同城时报》做记者,报道强拆事件的历史,让"我"与陈先汉、刘青山刘种田兄弟、开推土机轧残刘青山(最后又被利用杀死了刘青山)的李义、李义当年强拆队工友刘大志、"我"在《同城时报》的徒弟唐松、唐松的警察兄弟唐山等人物,发生关联。而现实中,刘青山的女儿刘智慧(父亲被致残后做了刘种田女儿)是"我"儿子的幼儿园阿姨,委托我辩护的是陈瞳母亲杜秀丽,李义的儿子李江是我接手陈瞳案的年轻检察官,孙小梅是李江的女朋友,李江与刘智慧既是仇人之子之女又有着情人关系,刘大志的女儿刘菊是刘种田的情人,李江、陈瞳与刘智慧又是同学……他们是小说中的人物,却也是除叙述者"我"之外的一些叙述者,处于不同的叙述的层级。

> 作者可以通过结合运用第三人称和第一人称叙述者来写作一部小说,同样道理,作者也可以结合不同的叙事层次(narrative level)来安排话语。这样,一个被讲述出来的实施行动的角色,他自身在一个被嵌入的故事中又可以充当叙述者。在这个故事内可能又有另一角色讲述另一故事,以次类推。这一等级结构中最高层次是真正被置于第一故事的行动之"上"的那一个。我们称这一叙事层次为故事外层(extrdiegetic)。传统上第三人称叙述者正是被置于该层次,它拥有对于行动的全知视野,常常也拥有对于角色的思想和感情的悉知。①

律师石原"我"是实施行动——寻求证据证人和案件真相与历史强拆案真相和后续刘青山死亡事件真相的行动者、不断对事件作悬疑推理的行动者,但"我"自身又被嵌入当年的强拆致死致残事件,尤其是被嵌入当前陈瞳杀人案当中。"我"是叙事层次等级结构中被置于最高层次的那一个。但让人惊异的是,《安慰书》的隐含作者是把第一人称"我"(律师石原)而不是第三人称叙述者置于该层次,而且"我"也不拥有对行动的全知视野。"我"对每个"我"的行动所涉及人物的思想和

---

① [挪]雅各布·卢特:《小说与电影中的叙事》,徐强译,北京大学出版社2011年版,第32页。

感情根本达不到"悉知"的状态。"我"所知有限,"我"部分地被嵌入历史强拆事件——我当年只看到了真相的一些方面而已,"我"更是被嵌入了当前的陈瞳杀人辩护案,但是"我"又分明是一个"局外人","我"对当前的陈瞳杀人案的缘由知之甚少,对曾经的历史强拆也只是在替刘青山刘种田兄弟和乡民通过舆论赢得了他们应得的补偿款、让杀人者李义及其背后主使陈先汉受到了应有的和一定的惩罚。对于历史真相和当下的案件真相而言,"我"是局外人,只能取限制视角和限制叙事。从另一个角度讲,在我接下陈瞳案之后,陈瞳案所关联的人物还在发生着故事,比如刘智慧从要为陈瞳作证减刑辩护到拒绝做证人、再到最后心灵忏悔又想做证人但已经救不了陈瞳,对于这些在小说叙事中继续发生着的故事,"我"也是局外人。"我"需要通过自身的努力,从李义、刘大志、刘菊、刘智慧、唐松、唐山等人乃至陈先汉、杜秀丽等人口里,了解和还原事件真相和历史真相。比如,刘青山被强拆致残后过了几年死掉了,到底是尿毒症而死? 还是被兄弟害死? 这需要从不同人物口中去探求和还原,由于"我"是局外人,所知有限乃至知之甚少。"我"还要从不同人物的话中去辨明真伪和设计谈话策略——比如设计策引刘大志和刘菊等人去还原真相,从李义和陈先汉的陈述中去拂去假象、辨明孰是孰非和真相所在。从刘种田口中真正知道真相之前,"我"只有不断地从其他人口里尽可能多地套出线索和真相。"我"的局外人身份,让叙事层次最外层也是叙事层次等级结构中最高层次叙述者"我"的叙述,首先就呈现一种限制叙事——也是为整部小说多层级、分层次限制叙事定下基调。

限制叙事,直接关涉北村在《安慰书》中的小说结构和布局,也让小说免去了对新闻事件的无深度拼贴之虞,扑面而来的是"真实感"目标的实现——中国现代以来作家一直想通过限制叙事所追求到的"真实感",在北村的《安慰书》里,成为可能。中国当代作家常常在限制叙事时,露出全知叙事的马脚,或者看似披了限制叙事的外衣,仍然常常流连于全知叙事,这也难怪,在小说中,隐含作者要把自己的姿态放低到跟人物持平乃至低于人物的程度——"我的人物比我高"(萧红语),实在不是一件容易的事情。可是,北村在《安慰书》中做到了这一点,而从"我"开始的限制叙事,"我"的行动和推理,无不构成推动情节发展的悬念。像我无意有意地跟踪了刘智慧,发现她母亲还活着,只是变成了植物人——当年强拆被轧后点燃煤气罐,"我"和所有人都以为她死掉了,她竟然还活着——"一路上两人都没有吱声,倒不是被医院里的那个黑色的活物吓坏了,而是我们("我"、唐山,笔者注)都意识到了:"在那具活死尸的裹布下面,还有一个像深渊一样的秘密。"①凡此种种,小说在许多类似的悬念和"我"的悬疑推理当中,情节一环扣一环地发展着。

由于小说是在多个不同人物对同一事件的叙述和追述当中完成悬疑推理、情节发展的。每个人物的叙述,未必是可靠的,也就是说可能是一种不可靠叙述。但"不可靠叙述"在北村《安慰书》里,已经褪去先锋作家当年故意追求叙述圈套和阐释难度的形式主义极致化追求。在《安慰书》里,与其说是多个人物的不可靠叙述,不如说或者说更恰当的表述,应该是多个人物的限制叙事。原因有以下几点:第一,叙述者对其叙述对象的知识或者说洞察力有限,叙述者只是部分"知情",比如,刘大志、刘菊、唐松、唐山,等等,都是部分知情的人物。比如,刘种田、刘青山的矛盾,刘种田把刘智慧当作女儿的无条件的宠爱,刘智慧与李江的关系等,"我"都从刘菊口里了解到了很多,"我开始相信刘菊是知道部分内情的人,但显然她不想一下子跟我透露那么多,她并不完全明白我的来意"②。后半句,显然加了"我"的推想,其实前半句才是切中肯綮的,即刘菊只"知道部分内情"。她的身份(刘种田情人、同居者),也不可能知道更多。或者说,作为人物限制叙事的需要,只能让她说那么多。第二,叙述者有着强烈的个人沉湎(在某种程度上会使他的叙述表达和评价都明显主观化)。这一点在小说中,也表现突出。比如李义对待陈先汉的所有陈述,他固然有怨恨陈的一面(刘智慧的复仇计划,是他当年点拨的,用刘智慧的话说"一个李义恨死了陈先汉,另一个李义爱死了陈先汉"),但更加主宰他的,是他对陈先汉这样"坚持拆迁建高铁"、"英雄创造"历史的"改革英雄"的无条件膜拜和崇拜,他会在陈述中偏袒陈先汉、替陈先汉遮掩,用他儿子话说他是陈先汉"忠心耿耿的拥护者和崇拜者"。再比如,李义对儿子李江和来自己家做义工的女子刘智慧的讲述,也由于他精神方面已出问题而处于部分知情乃至完全不知情的境地,加上他个人对刘智慧的喜爱(希望她能做儿媳),而作出带有他自己强烈个人沉湎的叙述和评价。第三,叙述者讲述的事情与作为整体的话语所显示的价值系统相冲突。这一点,在杜秀丽、陈先汉、刘种田等人身上,表现得很显著。谈到历史旧案时,杜秀丽替丈夫陈先汉申辩:"杜秀丽看着我:石律师,你当年是反对我们的,现在时过境迁,你说一句公道话,恶,是不是推动历史进步的力量?""也没想到,李义真那么狠,她说。我家老陈是实在人,实干家,所以他要背黑锅,改革就要

---

① 北村:《安慰书》,花城出版社2016年版,第109页。
② 北村:《安慰书》,花城出版社2016年版,第92页。

有代价,现在高铁开成了,花乡发展了,还算不算过去的账?怎么算法?退回十年你算得过来吗?预计到了今天的好处了吗?很多人都希望当年老陈坐牢,甚至被枪毙,我说幸亏当家的明理,否则人头落地,老陈现在只能冤为刀下鬼了!"①在杜秀丽的叙述里,她的价值观与道德评价体系与小说整体的价值系统是不符的,这其实也是一种限制叙事,明显带有为自己丈夫所犯下罪恶辩护性质的说辞,部分显示、还原了事件的真相亦即当年罪恶发生的真相,让小说呈现一种真实感。多个人物的限制叙事,甚至叙述相左、相互为补充,反而令小说的情节呈现更多的真实感,也成为悬念产生的契机,层叠密织、一环套扣一环的悬念当中,小说情节一步步发展,走向最终的真相揭出。

《安慰书》通过多个人物的限制叙事,创造了小说的真实感,让不同的人物重复叙述、追忆同一个事件,产生悬疑推理,剥洋葱般一层一层剥开,最终让真相浮出水面,这已经偏离了当年先锋文学的通常做派。比如,跟"先锋文学的正果"李洱的长篇小说《花腔》——让不同的人物重复叙述同一个历史事件的叙事效果相比较,就有着很大的不同。《花腔》共由三个部分组成:有甚说甚;喜鹊唱枝头;OK,彼此彼此。每一部又包含正文和副本两部分,正文是三个讲述者在不同时代讲述关于葛任的历史。小说单行本卷首语末段又提到了有关对葛任的历史进行构建的第四个叙述人"我":"最后必须说明的是,虽然我是葛任还活在世上的唯一的亲人,但书中的引文只表明文章作者本人的观点,文章的取舍也与我的好恶没有关系。请读者注意,在故事讲述的时间与讲述故事的时间之内,讲述者本人的身份往往存在着前后的差异。正是由于这一差异,他们的讲述有时会出现一些观念上的错误。"②而前面又有:"读者可以按本书的排列顺序阅读,也可以不按这个顺序。比如可以先读第三部分,再读第一部分;可以读完一段正文,接着读下面的副本,也可以连续读完正文之后,回过头来再读副本;您也可以把第三部分的某一段正文,提到第一部分某个段落后面来读。正文和副本两个部分,我用'@'和'&'两个符号做了区分。之所以用它们来做分节符号,而不是采用通常的一、二这样的顺序来划分次序,就是想提醒您,您可以按照自己对故事的理解,重新给本书划分次序。我这样做,并非故弄玄虚,而是因为葛任的历史,就是在这样的叙述中完成的。"③与新历史主义叙事策略不谋而合的《花腔》经由不同的叙述者叙述同一历史事件,

① 北村:《安慰书》,花城出版社 2016 年版,第 122、123 页。
② 李洱:《花腔·卷首语》,人民文学出版社 2002 年版,第 2 页。
③ 李洱:《花腔·卷首语》,人民文学出版社 2002 年版,第 1、2 页。

"每个讲述者都有充分的理由对那段历史进行遮蔽或扭曲。这是作者设置悬念的手段";"因为说到底所有关于那段历史的记忆在本质上也是靠不住的,因为事后任何人都无法再度进入历史,个人的记忆是按照'对自己有利'的原则得以实现,或者说记忆在被讲述之前可能已经出了问题,更不用说经叙述而成的历史叙事。《花腔》关于葛任历史的叙事似乎导向了虚无"①。所以,在单行本《花腔》里直接就有:"其实,'真实'是一个虚幻的概念。如果用范老提到的洋葱来打比方,那么'真实'就像是洋葱的核。一层层剥下去,你什么也找不到。既然拿洋葱打了比方,我就顺便多说一句,范老所说的阿庆吃洋葱一事是值得怀疑的,因为白陂种植洋葱始于 1968 年。"②

与《花腔》不同的是,《安慰书》中通过多个人物限制叙事,而重复叙述同一个事件,最终导向了事件和历史旧案的真相渐次浮出水面,而不是导向了虚无。而且,《安慰书》由于环环相扣,也根本不可能不按小说本身的排列顺序去读,这本身也是由于北村搭建了一个细密如织、环环紧扣的叙述框架所致。《花腔》中,是洋葱一层层剥下去,什么也找不到甚至连洋葱是否存在都是个悖谬问题;与《花腔》恰恰相反,北村在《安慰书》中是要把洋葱一层层剥下去,也就是通过悬疑推理,抽丝剥茧,最终找到真相或者说呈现出"真实"。北村自己对《安慰书》的创作总结,也验证了我的如上判断:"我觉得在用这种推理形式时,可以慢慢地抽丝剥茧的,把很多发生的真相,首先是事实真相,然后是精神真相慢慢剥离出来,为什么要慢慢地剥离出来呢? 中国大(疑为'作',笔者注)家可能很缺乏一种透视、剖析、理性的思辨的力量,太多是一种感受性的东西。既然要有思想,就不能光有思想动机,必须要形成思想过程,这个思想过程实际上就是一个思辨过程,这个思辨过程如果放在小说的叙事里头就变成一个抽丝剥茧、慢慢揭开的峰回路转的过程,也是不断的自我否定这样一个过程。"③虽然北村自言《安慰书》不是一部现实小说,但他应该主要是针对小说手法不符合经典现实主义规范而言,但就小说所反映问题的现实性和真实感备至的情况,小说已经俨然不是早期的先锋做派,至少已是先锋作家的转型之作。

北村在《安慰书》中搭建的叙述框架,是让人赞赏的。叙述层次最高等级、最外层的"我"作为叙述者,在其他人物从其视角作叙述的时候,限制叙事的效果,其

① 张岩:《历史的回声——重读李洱的长篇小说〈花腔〉》,《文学评论》2014 年第 5 期。

② 李洱:《花腔》,人民文学出版社 2002 年版,第 282、283 页。

③ 北村:《北村:人像一个秤砣　恶会把他拉着下坠》,搜狐独家,2016 年 12 月 7 日。

实是与叙述者"我"有关的,因为言语先由人物说出,才会被叙述者呈现。由于第一人称的叙述者"我"既参与了情节(或部分的情节),又就该情节与对面的人物交流甚至还要考虑与读者交流的问题。所以说,第一人称叙述者"我"(石原)在言语的呈现中发挥了关键的作用。当然,说到底是隐含作者在小说的限制叙事和叙述框架、言语的呈现中发挥着主导作用。为此,北村在叙述者"我"、不同人物的叙述和"我"与人物的对谈中,用了大量的自由直接引语式的叙述——省去了引号等规约性标志的直接引语,更适合表现人物内心独白式的叙述;而且还用了少量的自由间接引语——谁在说话? 叙述者石原"我"? 还是人物? 需要读者加一番辨识,而这辨识,本身也让人推敲这叙述背后的可信度,等于让受述者、读者与"我"(石原)一起投身了悬疑推理,这或许也是北村在《安慰书》中制造悬念的一种方式。在这个完备的叙述框架里,延伸着数条线索,每条线索既可以梳理出其清晰的逻辑——这与先锋小说有意制造形式复杂性和阅读障碍已经完全不同,各条线索又互相缠绕、发生影响,线索的缠绕本身也让悬念的产生成为可能,北村自言他很少修改,在提纲里,他已经把"里面几条线的冲突,它的命运线、思想线、感情线,等等,各个线我都先让它们博弈一遍"[1],非得作家有强大的思考、思辨能力,始有如此自在自为的一种艺术生发的状态。可以说,小说的整个叙述框架细密、繁复,容不得错讹,非得小说家具备强大的叙事能力并且掌握现代小说所需的纯熟的叙事策略以及技巧所不能够为之的。

"随意赋形"的叙事——随着自己所要表达的意思赋予它形状,小说的写法根据自己的内心体验来表达,北村的确做到了这一点。北村在后记里的那段话:"只有探索人性是迷人的。人性是精神的核心。而小说的叙事是跟着灵魂走的,如影随形,走出故事,走出结构,走出语言,随意赋形,并浇筑出整个形式和风格的大厦。"[2]这句话,让我们看到了他身上先锋精神的遗留,或者说潜藏于其中的先锋精神,又或可视作他对自己《安慰书》小说叙事取得成功的总结之语。

## 三、潜藏于其中的先锋精神

《安慰书》是以新闻事件作为小说素材的,尤其又是截取了案件——杀害孕妇

---

① 北村:《北村:人像一个秤砣　恶会把他拉着下坠》,搜狐独家,2016 年 12 月 7 日。

② 北村:《安慰书·后记》,花城出版社 2016 年版,第 285 页。

的案件和强拆致死致残、致兄弟手足相残的历史旧案。有些人说案件远离现实,不痛不痒,不是文学;有的人会说,这个太过接近生活了,是新闻报道,写的都是浅薄的,幸亏北村"对这两个问题持不同意见"。北村在《安慰书》中书写了作家心理观照过的现实,不仅是心理观照过的现实,《安慰书》中,北村的确具有一种足够坚韧的力量,用他足够坚硬的牙齿,咬进了现实。你可以说,《安慰书》不是一部现实主义小说,但是如前所述,小说家强大的叙事能力、叙事策略,尤其是限制叙事所产生的"真实感",都无不在诉说小说具有鲜明的"现实性"。小说的真实感、反映现实的峻切性和对现实的穿透性,其叙述建立起来的进入现实主义却又不是传统、经典现实主义的那种力道,都无不表明小说具备顽强的先锋意识。选自新闻事件的素材,截取的是案件,却能够成功避开由于缺乏足够的虚构能力和超越能力而令文学性缺乏或缺失的危险,又能够没有滑入后现代主义的对新闻事件的无深度拼贴和戏谑情调,实属不易。心理观照过的现实,小说抽丝剥茧悬疑推理当中的理性思辨力量,尤其是其中恶与善的思辨、交战的全过程,无不说明潜藏于其中很有力道的先锋意识,也显示了北村对艺术创新的孜孜不倦、锲而不舍。

先锋文学曾经遭到现实主义文学诟病,言其无视常识,其文学世界"不真实"。先锋文学却说,文学实验可能产生另一种"真实"的观念,甚至产生另一种"真实"本身。这固然有强辩之嫌,但的确可以让我们思考,并非是经典的现实主义规范、客观写实乃至白描手法,才能真实和忠于现实。当"50后"作家们比如贾平凹都在不断越界、突破自我,不满于自己所曾采用过的现实主义叙事模式而即便是现实书写也走向"微写实主义"①的情况下,当年的先锋作家更有可能对如何表现现实、如何让小说具备真实性,作出自主性探索。作家心理观照过的现实,可能更具现实性、真实性和震撼人心的力量。以表现强拆的场景描写为例,是拼贴一个戏谑化场景?还是用牙齿咬进现实获得直入人心的力量?《安慰书》中以自然回忆或者转述的画面,来复现当年为建高铁暴力强拆霍童花乡的惨景,唐松、"我"、孙小梅一起喝酒聊天:

> 我说唐松,我哪有你能耐?你写了一篇小说,是那篇小说扭转乾坤的吧?
> 孙小梅急忙问小说是怎么回事,我告诉她,当时拆迁方强暴拆迁,有个领头的
> 农民以身阻挡推土机,他老婆点燃了煤气罐,结果严重烧伤,老公则被压在推

---

① 李遇春:《贾平凹:走向"微写实主义"》,《当代作家评论》2016年第6期。

土机下面,下半身粉碎,就像一盆番茄酱。孙小梅感觉要吐了。唐松写了一篇小说叫《我的下半身(下半生)哪里去了?》,主人公被推土机全部碾平,变成了一张薄薄的血纸,由于全部碾平了,所以面积扩大了几倍,血尸像煎饼果子那样被摊平,但还是人形,于是在大地上形成了一张巨大的像麦田圈一样的人皮,仿佛向天空无言地诉说和呼喊:人呵人!⋯⋯当时民众把唐松这篇小说误以为是我写的真实报道,引起的愤怒似狂潮一样席卷同城,虽然我经过多次澄清,民众后来分清了我的报道和唐松小说的区别,但被推土机压烂下半身是事实,所以小说反而为报道加分,平添了新闻无法达到的情感烈度,市领导直接在我的报道上批示,霍童乡强拆案终于获得了圆满的解决。我成了最大的功臣。如是云云。孙小梅听傻了⋯⋯(省略号为笔者所加)①

这是小说第一次对强拆场景的描写和再现,很好地解答了"我"、唐松与当年强拆事件的关系,而"我"的报道与所谓的唐松小说之间的关系,也恰是一个象征和隐喻,隐喻了强拆这样改革历史当中普遍发生的事件与小说文本《安慰书》之间的关系。小说不是新闻报道,却达到了新闻报道难以达到的真实感和震撼力。小说第二次强拆场景复现是"我"和唐松拜访刘种田,看到刘青山遗像时"我"的一段回忆,回忆当时村民和拆迁队"血地"抗争的历史场景和刘青山被轧后的惨状:"刘青山被抬出来时,已经不能说话了,用手指指自己的裤子口袋,刘种田从里面掏出了一百块钱,已经被血染红了,轧碎了一半,他以为口袋还在,实际上他的一半胯部已经没了。刘种田抱住哥哥号啕大哭!"②作家让裤子口袋里的一百元钱只剩一半,另一半随着已经没了的胯部轧碎了,以裤子里的只剩一半的一百元钱这样一个物象来象征并极写当时境况的惨烈。而孙小梅喝酒之后向我倾倒的李江(李义之子)的很多秘密,就"包括当年花乡惨案对他的影响。最骇人听闻的细节就是:少年李江那天晚上发现出事的原因,居然是从仓皇回家的父亲李义脚指头上发现的一块小肥肉开始的,那块小肥肉拇指指甲大小,有些黄,他还拿来玩了半天,后来才知道这是一块人的脂肪。当整个事件的报道铺天盖地而来时,李江才意识到父亲真的卷进了一个命案中。无论父亲如何向儿子辩白他并没亲自轧死人,但那块人类脂肪总是在李江眼前出现,拍打着他的神经。"③花乡惨案,是那天晚上仓皇回家

① 北村:《安慰书》,花城出版社 2016 年版,第 29、30 页。
② 北村:《安慰书》,花城出版社 2016 年版,第 46 页。
③ 北村:《安慰书》,花城出版社 2016 年版,第 52、53 页。

的父亲脚指头上的"一块小肥肉"——"一块人的脂肪",这块小肥肉,是意象,也是象征,象征着拆迁的惨烈,也成为李江一生挥之不去的心理阴影。在弗洛伊德看来,在所谓的最早童年记忆中,我们所保留的并不是真正的记忆痕迹而是后来对它的修改,成人的记忆是一种"掩蔽性记忆"①,但童年记忆里的事,即便可以遗忘、修改,长大后的李江,也不会淡忘夜间仓皇回家的父亲脚指头上的一块小肥肉。他后来对陈瞳,实际上是对陈先汉的复仇,都缘于那块人类脂肪的深刻记忆。"孙小梅关于李义脚指头上一块人的脂肪的描述,差点让我恶心得吐了出来。"

> 它勾起了我非常不良的回忆:出事的那天夜里,我记得很清楚,人们从现场把人拖出来,抬上担架,耳边一片哀嚎声,有人纵火,一个保管寮起火了,我突然看见才五六岁的刘智慧竟然也跟到了现场,她就那样眼睁睁地看着自己的父母血淋淋地被人从推土机下拖出来,她母亲痛得大声呼叫,父亲从腰以下内脏褴褛,惨不忍睹!我冲过去紧紧抱起刘智慧,转过身去,但她却扭过头去直视着母亲的肚肠在地上拖着……她的表情异常平静,是因为太小,还是完全被吓呆了,看不出一丝惊恐来,只有巨大的眸子里映照着熊熊烈火……我蒙上她的眼睛,拼命地往回跑。直到把她交给刘种田时,她仍没有害怕的表情,只是在黑暗中睁着亮亮的眼珠。②

"我"的这段回忆,融入了"我"太多的主观心理感觉,强拆的"现实景象"是经过我的主观心理过滤过的场景复现,它不是纯粹写实的,但比纯粹写实更加真实,因为它是作家主观心理观照过的现实。小说后面还有几次对当时强拆的场景复现,由不同的人重复叙述同一个事件,从不同的角度、维度补充甚至是强调当时的景象,每一次复现,都会因为其真实和沉重,敲打着人心,让人不能承受之重。这种场景复现,也从小说叙述逻辑的角度,解释了燃起李江、刘智慧心中复仇火焰的缘由。而"我"每一次重回陈瞳案发生地、地上的"石板"都作为一种意象和象征,复现血案发生时的情形。小说第一章,我再度经过陈瞳案发生地的时候:

> 我心情转为轻松,拢紧风衣穿过广场。突然我站住了:离我大约几十米远

---

① [奥]弗洛伊德:《日常生活的精神病理学》,《弗洛伊德主义原著选辑》(上卷),辽宁人民出版社 1988 年版,第 105 页。
② 北村:《安慰书》,花城出版社 2016 年版,第 53 页。

的前方,就是陈瞳案发生之地,我慢慢地走过去,蹲下来,凝视着石板路面:唐山曾经带我来实地看过,他描述陈瞳行凶时的表情,不知道是哭着还是笑着,表情很古怪,一手狠狠按在她脖子上使之不能反抗,另一只手紧握尖刀丧心病狂地捅着她的肚子,他成了一个血人,看着像鬼似的,"丧心病狂"是唐山当时使用的词汇,警察一般不使用这样非专业描述的语言,他可能也被陈瞳的暴行震惊了:由于反复捅刺的部位一致,导致被害孕妇的肚子开了一个大洞……汹涌的血水喷薄而出! 流得到处都是,完全染红并覆盖了十几块地板石。[①]

"我"再度经过凶案发生现场时,对石板路面的凝视,让我回忆起了唐山向我描述的陈瞳行凶时的表情及惨烈程度,是对唐山事后叙述的再叙述、场景再现的再现。足够激烈强度的场景,但如果作家场景复现仅止于此,并不能够达到最佳的叙事效果。因为不管怎样强烈,都是叙述的再转述,距离较远,无有佐证的话也难有足够的可信度和说服力。可是,小说家没有止步于此,他继续写道:

> 我低下头凝视着石板:环卫工人连续刷洗了几天,血印都没有完全褪去,而是深深渗透进了石板,这种石板有着像根脉和树杈一样的裂纹,血迹就深深嵌入那里,像人身上密布的神经和大脑的沟回一样,十分瘆人! 连石板都记住了血腥的暴行,某种恐怖传闻开始在同城奔走,唐松在他的微博上写道:"石头也在控诉官二代的肆意横行,它记住了仇恨",来血纹石板上献花和点蜡烛的人越来越多……(省略号为笔者所加)[②]

这一下子又把距离拉近,近到是正身处广场的"我"凝视着脚下的石板,我的低下头凝视,看到的石板景象,是现实景象、现实实存,也让"我"的叙述,在叙事距离上由远及近,这种叙述者和其中事件的距离变化,本身就对叙事虚构和作家能够手法灵活地表现事件的激烈程度和产生真实效果、震撼力发生作用。要知道,距离概念揭示了叙事虚构(特别是小说)的一个基本特征:如果叙事虚构异常灵活并以激烈强度表现事件和冲突,它本身就由一系列距离化的手段构成[③]。石板已经成为记录暴行的意象和一种象征,在陈瞳案当中发挥着作用,"市府意欲拆掉这几块石

① 北村:《安慰书》,花城出版社 2016 年版,第 18 页。
② 北村:《安慰书》,花城出版社 2016 年版,第 18、19 页。
③ [挪]雅各布·卢特:《小说与电影中的叙事》,徐强译,北京大学出版社 2011 年版,第 35 页。

板,重新铺装路面,但居然被一个人拦下来了",这个人就是李江。这些场景复现和景象呈现,都不是经典现实主义的描写手法,是熔铸了作家主观心理感觉的情景描写和现实景象。有研究者认为,莫言在《檀香刑》之后的小说当中,把感觉推到一个超感觉的象征世界,感觉象征化是现代小说的重要标志,也是莫言成为大作家、具有莫言式先锋性的关键一步①。我倒觉得,像北村这样,把作家的主观心理感觉融进现实,实存的物象作为一种意象和象征,不是拘泥于纯粹写实的景象描写和场景复现,反而更加具有现实冲击力和真实感,潜藏于其中的是一种先锋意识,烙印着作家转型之后依然具有先锋意识同时又深具现实感这双重的印记。

"血石"不止是血案的证据,还是情节发展的动力。小说第四章:

> 从岳母家回来,经过成功广场,又在陈瞳行刺的地方的石凳上坐了下来。这已经是本周第三回啦。我抽着烟,低头看看那块血石,抬头望着人来人往,好像能想清楚一些事情。已经是初秋,地上铺了稀稀落落的树叶,虽然还不够红,但远远看去,还是在我眼前幻化为一抹凝固的血迹。一个穿着栗色风衣的女子从眼前匆匆走过,踩死了一只正在过街的小蟾蜍。我看她犹豫了一下,还是踩了上去。在一瞬间这桩命案就发生了,也许这个风衣女子正赴一场约会,验证美好爱情,抑或是去做一件好事和义工,这是一种合理冲撞和损耗? 至少无须查验追责和辩护。我记得在大学时老师曾给我们做过一个实验:用图钉扎甲虫,一种据说没有痛感的动物,因为没有痛苦,所以施害者并无道德责任? 但我已经不记得我当时的结论是什么了。②

面对血石,连落叶都依然"在我眼前幻化为一抹凝固的血迹"。而在这个场景中驻足,看到匆匆走过的女子踩死一只过街小蟾蜍,我内心的一系列心理活动,其实是关系到我对陈瞳案和历史旧案中施害者与受害者、施害与受害的一种思考和思辨的过程。

《安慰书》有一个最为重要的方面,就是作家对善与恶尤其是恶与罪的一个思考的过程,思辨性和近乎"天人交战"(北村语)的情形,贯穿小说始终。北村自言不喜欢东方的故事传统和叙事传统,不喜传统的"传奇"小说,在他看来,传统的传

---

① 谢有顺:《感觉的象征世界——〈檀香刑〉之后的莫言小说》,《文学评论》2017 年第 1 期。
② 北村:《安慰书》,花城出版社 2016 年版,第 61、62 页。

奇主要是描述故事的表面,北村要在他的文学中讲究心灵的冲突,"你外在的思辨的或者情节冲突的逻辑,就必须符合内在的精神冲突的逻辑"①。卡夫卡曾经说道:"对于我们来说世界上有两种不同类型的真理。我们可以把它们描绘成认识之树和生活之树,也可以说成行动真理和休息真理。在第一种真理中善和恶是分开的,而第二种真理并不是别的什么东西,它就是善本身,它对善和恶都是一无所知。对于第一种真理我们确实很熟悉,而对于第二种真理我们却只能去猜想,这是令人悲伤的景象。"②据此,彼得-安德雷·阿尔特进一步说:"由于人固守在感官世界里,因此他就必然生活在恶那里。而恶不允许他清楚地感知到自己的境遇,只允许他感知到认识的表面现象。"③在卡夫卡和阿尔特看来,善与恶分开而恶普遍性存在着,纯然的善只能去猜想,人在恶里时,恶并不允许作恶者清楚地感知自己的境遇,所以恶是这样普遍、广泛、不可更移地存在着。《安慰书》中,把对恶的展示、审视和思考,几乎做到了极致。在杜秀丽、陈先汉乃至李义看来,"恶"是"推动历史进步的力量",强拆的施害者,成了他们意念中的"英雄";受害者,成了阻碍社会进步的"蚂蚁"。吊诡的是,施害者也可以变成受害者,陈先汉的独生子陈瞳,成了替父辈赎罪的牺牲品,随着落入刘智慧圈套后,这个善良的年轻人与刘智慧一起做义工,随刘智慧去面对她的植物人母亲,一次次接受心灵的拷问,爱上刘智慧,在当众表白后,遭到羞辱而"冲动"杀人,葬送了自己年轻的生命。而陈先汉在得知儿子被判死刑后与刘种田(刘种田害死哥哥刘青山的事情被刘智慧知道)在楼顶不期而遇都想跳楼自杀,最后陈先汉抢先了一步,跳楼身亡。李义、李江本是受害者,但同时又是施害者。当年李义以陌生人身份现身,挑动了幼小的刘智慧的复仇火焰,教授她复仇的办法,李义当年轧残了刘青山,后来又被陈先汉、刘种田利用,第二次动手,杀死了刘青山,自己也癌症晚期死掉了。李江直接在陈瞳案中,夹带私货亦即私仇,导致陈瞳被判死刑,却因在陈瞳案中的伪证罪失去了检察官资格。小说结尾,李江坐上了往刚果的班机但却未必能够与刘智慧双双团圆……刘青山刘种田兄弟本是受害者,在花乡集团发展的利益面前,兄弟反目,刘种田竟然与原来的冤家对头陈先汉联手,杀死了自己的亲哥哥。复仇成功的刘智慧,并没有获得

---

① 北村:《北村:人像一个秤砣　恶会把他拉着下坠》,搜狐独家,2016 年 12 月 7 日。

② 参见[德]彼得-安德雷·阿尔特:《恶的美学历程:一种浪漫主义解读》,宁瑛等译,中央编译出版社 2014 年版,第 420 页。

③ [德]彼得-安德雷·阿尔特:《恶的美学历程:一种浪漫主义解读》,宁瑛等译,中央编译出版社 2014 年版,第 420 页。

真正的解脱,小说"尾声",她在非洲做了一名修女,"染上了一种很难治愈的新型流感,现已病危"。

《安慰书》中,贯穿着一条很重要的复仇叙事的线索。当然,这个复仇故事的真相,在小说临近结尾,才得以揭示。所以,小说整个悬疑推理的过程,与其说是围绕复仇叙事展开的,不如说是围绕北村对善与恶尤其是恶的一个思考和思辨过程展开的,这在以前的当代小说中,是少见的,甚至是仅见的。乔叶的近作《认罪书》也是复仇叙事,却与《安慰书》有着很大的不同。乔叶《认罪书》,复仇的缘起,是由于金金被"始乱终弃"这样一种女性的情感仇怨,后来才转向对梁家家族罪恶和历史之恶、普通个体身上"平庸的恶"的揭示和反省,而这一切,经历了一个叙事逻辑的转换,就是对于恶的揭示,让位于一种复仇叙事。故有研究者认为:"小说以金金为主线进行的叙事,偏重的是对复仇行为、复仇过程和复仇结局的展现,而行为主体因复仇所形成的罪,以及由此可能产生的灵魂的激荡和道德的焦虑并未得到丰沛的呈现";"当金金的复仇目标达成后,小说也以善必胜恶和因果报应的逻辑匆匆结尾,小说中的人物面对罪行而进行的自省、挣扎和承担的叙述空间、长度和深度被大大挤压。"①《认罪书》的复仇叙事,更多体现中国复仇之作所惯常的"更多地激发善必胜恶的愉悦感"和因果报应的善恶伦理。

《安慰书》中对善与恶尤其是恶的一个思考和思辨过程,是传统文学所没有的,潜藏于其中的,是丰沛的先锋意识和先锋精神。有研究者(张柠)认为,北村从《愤怒》到《我和上帝有个约》和《安慰书》提供了当代作家思想问题进入情节和形象的非常好的经验。传统小说向来缺乏思想如何进入形象和情节的方法,而北村在这点上十几年来一直在探索。"只有让思想进入我们的民族自身的人物形象中去,小说才能变得鲜活。而不是直接把观念移过来,移过来是容易的,但要把观念变成具体可感的情节和形象是有难度的。"②北村在《安慰书》中,毫无疑问地解决了这个难题。《安慰书》,名曰"安慰书",实际上写的还是人的"没人安慰"和"无法安慰",这说到底探索的仍然是人的生命存在与人性的根柢,这也正是先锋文学作家北村所一直在意、着意和执着探索的。北村自言:"《安慰书》实际上是没办法安慰。《圣经》有一句话是非常合适的,它说被欺压者流泪,没人安慰,欺压人的人

---

① 沈杏培:《〈认罪书〉:人性恶的探寻之旅》,《文学评论》2015 年第 5 期。
② 参见赵芯竹:《吕新与北村:重新打开先锋文学之门的密钥——先锋小说在"花城"》,百道网,2016 年 12 月 13 日。

也流泪,也没人安慰。大家互相欺压都很孤独,彼此成为孤岛。"①或可用一句话来概括小说的主旨:无法安慰的《安慰书》——从中,我们看到了先锋文学的转型,而且,先锋精神,是不灭的。

原载《当代作家评论》2017 年第 3 期

---

① 北村:《北村:人像一个秤砣 恶会把他拉着下坠》,搜狐独家,2016 年 12 月 7 日。

# 都市评弹的魅力：原创中篇评弹《林徽因》赏析

孙光圻（大连海事大学航海历史与文化研究中心原主任、教授、中国文艺
　　　　评论家协会会员）

三年磨一剑。在秦建国团长的精心策划、知名评弹作家窦福龙的潜心奋笔和老中青"新十八艺人"的齐心共赴下，上海评弹团原创中篇评弹《林徽因》（以下简称"林剧"）于 2017 年春 3 月 21 日在上海兰心大戏院开演，接连 5 场，场场爆满，其一票难求之景象，实为评弹市场近 30 年来所罕见。雏凤试声之后，林剧巡演京苏沪的顶级剧院，获得了广大观众、特别是中青年观众的击节赞赏，激起了吴侬软语入耳醉、弦索叮咚绕宇梁的艺术波澜。

人们不禁要问，林剧究竟有何艺术魅力，能引起评弹爱好者如此大的兴趣呢？据笔者数度观赏的体悟，总结出以下四点原因。

## 一、题材的魅力

林剧之所以能得到包括青年知识分子和社会白领在内的广大评弹爱好者的注目，首先在于其题材的魅力。众所周知，评弹艺术自诞生之日起，即擅长描写男女间细腻的感情纠葛，如《珍珠塔》、《玉蜻蜓》、《西厢记》、《白蛇传》等皆为名例。然此类题材所演绎的"落难公子中状元，私订终身后花园"的情节，虽然能引起部分老听众的兴趣，却因与当今青年人的生活感悟与美学趣味相去甚远而难以打动其心。对这些评弹市场应予争取和培养的"潜在粉丝"而言，他们关注新生活题材，目的在于以此为借镜，从中找到未来生活的启迪。而林剧的题材恰恰迎合和满足了这种需求。

　　林剧题材所展示的是一种大都市的生活韵律。从北洋政府时期的北平到抗战时期的陪都重庆，从美国宾夕法尼亚的大学校园到中国上流社会的"太太客厅"，这样一副绚丽多姿的城市画卷在吴侬软语中徐徐展开，让观众在惊艳之余更产生了一睹人物风采的浓厚兴趣。

　　"民国第一才女"林徽因、中国建筑学泰斗梁思成、享誉中外的逻辑哲学家金岳霖、风流倜傥的一代诗人徐志摩，再加上中国近代史上的标杆人物梁启超、胡适等，这么多的时代英杰汇集在一个评弹作品中，是何等令人心驰神摇！特别是林剧重墨浓彩所描写的"三个男人与一个女人"之间复杂的感情故事，更易激起当代青年人的兴趣。如何在道德与感情的冲突中取得平衡与胜出，这不仅是一道摆在林徽因与梁思成、徐志摩、金岳霖之间的难题，也是摆在当代好些青年人之间的难题。共同的生活难题，又怎能不引起青年观众的共鸣呢？

## 二、人物的魅力

　　塑造人物从来就是文艺作品的第一要务，也是艺术魅力的精华所在。林剧在对林徽因这位女主人公的塑造上是相当成功的。

　　林徽因是中国近现代史上的传奇女子。关于她的故事迭见于人物传记、戏剧影视等各类文化作品中，以至广大中青年知识分子对她的生平轶事都耳熟能详。这对于林剧的创作而言，既提供了可参考的资料，又提出了如何超越的难题。令人欣慰的是，上海评弹团的编导演职人员充分发挥了评弹的美学特色，在"奇"字上做足文章，从而使林徽因这一典型人物的艺术魅力光彩夺目。

　　奇之一，感情坦荡之奇。林剧一开场，就扔出一个足以震撼观众心灵的"大包袱"："一个女人得到三个优秀男人刻骨铭心的爱"，而"这个女人也爱上了这三个男人"，"请问，这位女人有何感受？"接着，在"能不纠结"的疑虑和悬念中，林徽因便在令"这三位大才子竞相折腰，倾心爱慕而且终生不渝"的说表中飘然出场了。应该说，这类"一凤三龙"的情节在许多文艺作品中并不鲜见，但是能在如此复杂多端的感情纠结中保持自我的奇女子恰是凤毛麟角，林剧正是在这种感情运动的旋涡中凸显出了林徽因的纯真与坦荡。对徐志摩，她是一见倾心又理智分手，在惊闻其空难凶讯后，痛惜长叹"人世间再没有四月天"，体现了世俗社会所难以理解的纯情；对梁思成，她因志同道合、情趣相投而"仔细权衡再而三"，最终"决意执手思成永相随"，体现了一种成熟赤诚的爱情；对金岳霖，她因感其近乎偏执的挚爱之心,竟然向业已成为夫君的梁思成坦承"我同时爱上了二个人,不知怎么办才好。"在获悉梁"你是自由的"的答复后,又决然与金一起慧剑斩情丝,且终生"比邻而居",体现了由爱情升华而来的友情。

奇之二,多才多艺之奇。民国时期,名媛淑女层出不穷,然像林徽因这样才貌双全,既学贯中西又术业专精,最终成为享誉世界的中国第一位女建筑学家的佚女可谓一骑绝尘。林剧中,以虚实相间的手法,充分展示了林徽因的与众不同。一是以"太太客厅"众望所归的女主人身份,虚写其才情学识之"奇"。要知道出入"太太客厅"者均为民国翘楚、鸿儒大家,然他们对林徽因无不敬佩有加、心悦诚服,足见后者之才学出众。二是以发现唐代佛光寺、撰写《中国古代建筑史》与设计天安门国徽图案的三项具体事迹,以评弹说表的功力,实写林徽因学问渊博精湛之"奇"。

奇之三,气节风骨之"奇"。抗战期间,林徽因已病卧重庆的李庄小镇,虽穷困潦倒,但仍坚持研究工作。其时,林当年"太太客厅"的座上宾——著名的美国学者费正清力劝其赴美治病以避战火。面对他人以为是可遇而不可求的"美事",她坚毅地表示"我自有一团正气提精神。我虽不能跃马横枪上阵去,但是共赴国难理该应",发出了"人生自古谁无死,留取丹心照汗青"的时代最强音。将一位决心"壮烈殉难"的巾帼英雄之奇渲染到如此境界,凸显了"正气浩然傲雪霜"的民族气节与文人风骨。

## 三、表演的魅力

题材与人物的精妙设计,离不开演员的精彩表演。林剧之所以取得"满城争说林徽因"的轰动效应,关键之一就是上海评弹团演员们的表演充满迷人的魅力。这主要体现在以下几点上。

一是演员阵容强大,表演功底扎实。以秦建国、高博文、张建珍(特邀)、郭玉麟、沈仁华、毛新琳等国家一级演员为领衔,以黄海华、周慧、朱琳、陆锦花、陆嘉玮、王承、吴静慧等国家二级演员为中坚,再加上姜啸博、周彬、吴啸芸、解燕、王心怡等优秀青年演员,可谓是众星辉映,精粹尽出。说实话,单就这"新十八艺人"的艺术号召力,就足以倾倒"评粉众生"。

二是各原汁原味、脍炙人口的各种大段流派唱腔,使浓浓的传统评弹味蒸腾激越,入耳难忘。这里有雍容大度的"记得当年初相会"的蒋调;有柔美清丽的"休道我体虚弱病缠身”的俞调；有苍劲老辣的“未曾提笔泪盈眶”的陈调；有激扬刚烈的“忆昔当年在北平”的张调；有委婉百转的“国色天香陆小曼”的丽调；有节奏明快的“休道我空谈逻辑”的薛调；有流畅舒展的“他是当年留学赴英伦”的小杨调。如此等等，不一而足。这些美轮美奂的“民族之声”，不仅使资深老听众如痴似醉，大呼过瘾，也让不少青年观众初尝鲜头，惊喜万分。

三是演员的“说、噱、弹、唱、演”中规中矩，精彩纷呈。说表上，眉目清晰，轻重有度，快慢分明；发噱上，紧扣剧情与人物的肉里噱与外插花运用得体，令人捧腹；弹奏上，点清轮圆、抑扬顿挫；唱功上，声情并茂，神韵兼备。这里特别需要指出的是，演员们在“一人一角”的艺术架构下，在布莱希特“跳出跳进”的“间离”表现同时，大胆运用了斯坦尼斯拉夫斯基的体验派表演理念，着力深入角色的精神世界，真切体验角色的心理感受，充分利用都市剧场的大舞台，以准确到位的眼神表情和形体动作，“再体现”了角色的多彩生活，与观众取得了感情上“共鸣”的剧场效果。在具体演出中，这样动人的场面屡见不鲜，如在表演林徽因听到徐志摩坠机丧生、父亲在战争中饮弹牺牲以及面临日寇入侵义愤填膺决心投江殉国时，其或痛惜万状、或悲愤欲绝、或激愤昂扬的声情容色和举手投足，均已体现了戏剧理论意义上“第一自我”与“第二自我”融合，使一个活生生的林徽因跃然舞台。

## 四、舞台的魅力

历史上，传统的评弹书场多位于茶楼酒肆之中，仅有简单的一桌两椅，毫无舞台声色背景可言。演员与听众也是近在咫尺，照面于方寸之中。然评弹进入大都市后，随着市场与观众的逻辑变化，也开始献演于大剧场、大舞台。因之，其舞台的美学结构也慢慢丰富了起来。及至今日，评弹表演已进入“高台教化”境界，观众与演员已由大舞台分隔在台上台下的两大空间，单一的舞台背景已由大型电子投影的动态屏幕取而代之，舞台面上也已由某些为剧情所需的大型屏封装点一新，各种亮度的彩色灯光以及字幕也从舞台上方的各种角度射入，在音响效果上相关的幕外音乐与伴唱也适时而至。而此次林剧之舞台魅力则在此基础上更胜一筹，已创新发展出一种有声有色、全方位、多维度的评弹舞台环境与氛围。

伴随着幕外独唱《再别康桥》的清声柔韵，大幕徐徐拉开，观众看到的是俊靓的两男两女四位演员分别端坐于两桌旁，且服饰也一改流程式的长衫和旗袍，而穿上了专门设计的洋溢民国色彩且符合角色身份的时装。与此同时，舞台背景上则出现了虚实相间的、具有民国装修特色的、由黄梨木条格组成的"太太客厅"的窗门布景。而更令人惊奇的是,演至金岳霖把一副对联挂在墙上时,舞台蓦地从空落下"梁上君子"与"林下美人"两大条幅。这一宛如机关布景的舞美设计完全突破了往昔评弹的舞台传统,着实让人眼前一亮。

据悉,这次上海评弹团在舞台设计上之所以能别开生面,得益于首度约请国内一流专家尽心操持:林剧的舞美设计者桑琦是上海话剧艺术中心舞美设计部主任、中国舞美学会副秘书长;服装设计者王秋萍是国家一级美术设计、上海舞美学会副会长。这两位专家承担过国内外许多著名艺术活动与影视作品的舞美设计,这次为评弹演出所作的舞美设计亦是倾注心血,尽显可贵的创新思维,现在看来效果值得击赏。

总之,都市评弹需要有反映都市生活的鲜活题材,需要有体现都市神韵的杰出人物,需要有适合都市观众欣赏趣味的表演样式,需要有展示都市风貌的舞台环境,而对这四道考题,林剧都交出了一份合格的答卷。而更值得欣喜的是,林剧由此得到了不少"初登门槛"的年轻观众,特别是大学生观众的肯定和欢迎,这为评弹艺术在新时期的可持续发展注入了新的活力。

应该说,这次林剧的开篇之期就能取得如此不俗的成绩殊为难得,但作为"初啼莺声"的新作,还有可以继续完善的空间。一是在铺陈感情主线的同时,通过剧情的设计和主要角色的语言和心理交流,更全面地、更直接地展示林徽因的杰出成就和出众才华;二是在艺术创新的同时,通过各种主要表演手法,更协调、更深刻地传承和体悟评弹的精神内涵与美学意蕴。

"欲穷千里目,更上一层楼。"我们希望并深信,在社会各界的热忱关注和上海评弹团的不断打磨下,《林徽因》将成为更好地体现都市评弹艺术魅力的经典作品。

原载《曲艺》2016 年第 12 期

# 非虚构写作的文体边界与价值隐忧

## ——从阿列克谢耶维奇获"诺奖"谈起

孙桂荣(山东师范大学文学院教研室主任、副教授)

2015 年的诺贝尔文学奖由白俄罗斯女作家斯维特拉娜·阿列克谢耶维奇获得。此前,国人对这位作家并不熟悉,尽管她已有四部作品被翻译为中文①。不过,借助"诺奖"的巨大影响力,阿列克谢耶维奇成为近期中国文化界的一个热点话题。对于中国当代文学而言,她的作品带来的最大冲击是其独特的形式。她是诺贝尔文学奖历史上为数不多的以新闻记者身份、纪实写作样式获此殊荣的(上次是 1953 年丘吉尔的《第二次世界大战回忆录》),并由此呼应了一个近年来在中国文坛方兴未艾的文体——非虚构。

## 一、命名的缘起、创意与尴尬

阿列克谢耶维奇获诺奖后,国内不少评论认为这是非虚构的胜利。不过与国内更多从美学的角度理解非虚构文学相比,她的写作与严格意义上的新闻体非虚构更接近些。从其在国内已出版的几部著作来看,它们是典型的"口述实录"体文字,除后记中少量自我描述外,正文全是采访对象的言说,她不仅在书中会公布受访者姓名,而且以受访者为中心进行体例安排。受访者姿态各异的声音因为诉说的个人化与感情化,产生新闻报道中少见的震撼人心的力量,这才使其成为广义的

---

① 获 2015 年诺贝尔文学奖之前,阿列克谢耶维奇在中国出版的中译本作品主要有《战争的非女性面孔》、《切尔诺贝利的回忆:核灾难口述史》、《我不知道该说什么,关于死亡还是爱情》、《锌皮娃娃兵》。

文学。美国作家彼得·海斯勒也认为，"非虚构即是真实，不可编造……过去，美国的一些非虚构文学作者也会编造一些文学场景，一些'复合型人物'。约瑟夫·米切尔（Joseph Mitchell）、杜鲁门·卡波特（Truman Capote）等许多作家都曾经这样编造过。但是时至今日，非虚构文学已经不再接受这种编造行为了"①。这是从"反虚构"层面理解的非虚构，与国内一般吸取新闻的真实性与文学的形象性进行类似"跨界"写作相比，可算"狭义"上的非虚构。从词源上说，国内对非虚构的理解与运用相对宽泛，更接近美国20世纪60年代的非虚构小说。

"非虚构"这一命名在中国颇有争议。早在1980年，学者董鼎山就撰文介绍20世纪60年代美国的非虚构小说，不过在他看来，"非虚构小说"这一新词纯粹是由卡波特生造出来的，"所谓'非虚构小说'、'新新闻写作'，不过是美国写作界的'聪明人士'卖卖噱头，目的是在引起公众注意，多销几本书"②。也就是说，非虚构小说作为通常所说的纪实文学，早已有之，其命名在西方更多是畅销书的商业行为，因此，当时中国学界也没有多少人去关注这一文类。在笔者看来，这一是因为"非虚构小说"（Nonfiction Novel）将"非虚构/纪实"与"小说/虚构"纠结在一起，具有天生的矛盾与悖论性；二是因为"文革"过后，中国文坛上颇为流行的报告文学本身就包含着非虚构与文学创作的双重含义，没必要借用这一外来语词。

2000年以来，《天涯》、《广州文艺》、《山西文学》、《南方周末》、《中国青年报》等报刊陆续发表了一些民间语文、自叙传、回忆录、口述实录、历史档案类的文章。不过，一般认为非虚构写作在中国形成潮流与2010年《人民文学》杂志的力推相关。对于非虚构写作倡导者而言，这是对既有文学文体的修正与再造，以非虚构写作来规避人们对形式单一、面貌老旧的既往文体的审美疲劳，并极力撇清它与"一般所说的'报告文学'、'纪实文学'"的关系③。如果从后者在当下文化语境中已蜕变成记述好人好事的官样文章、广告文学或热衷于黑幕、案件之类通俗文本这一角度来看，继续认为"非虚构是报告文学的题中应有之义，是报告文学已经完全容纳和体现了的个性特点"④是较为偏颇的。以带有一定颠覆色彩的前缀"非"开头的这一命名取代传统的报告文学，不仅在语词上相对新鲜，在内涵上也加入了一定

① 谷雨、南香红、张宇欣：《为何非虚构性写作让人着迷》，腾讯文化，2015年8月29日，见 http://cul.qq.com/a/20150829/011871.htm。
② 董鼎山：《所谓"非虚构小说"》，《读书》1980年第4期。
③ 参见《人民文学》2010年第2期非虚构专栏中的"编者留言"。
④ 李炳银：《关于非虚构》，《文学报》2012年2月16日。

的个人视角与独立写作的意味。

　　当然,即便厘清了非虚构写作在新时期文学中的谱系渊源,仍不能保证对其有一个相对正面和清晰的界定。倡导它的《人民文学》表示"何为'非虚构'? 一定要我们说,还真说不清楚"①。也有学者对原有概念进行泛化理解,认为"它基本容纳了报告文学、纪实文学、史传文学等,可以称之为'大报告文学'"②。还有人将这一概念解释为"不是一种文学体裁,而是一种从作品题材、内容和创作技巧上来区分的文学形态,既可以理解为文学的创作方法手段,也可以理解为一种文学创作的类型或文学样式"③。在笔者看来,这种命名的模糊和尴尬源自中国学者谈论的非虚构写作并非本源意义上的非虚构,而是非虚构文学。文学,尤其是现实主义文学,尽管也讲求真实,但与新闻意义上的真实不一样。后者认为"真实"取决于文字表述与现实世界的趋近、吻合程度,是事实之真;前者的真实则主要是一种"真实感",它的反义词是"虚假",而不是"虚构",形而下的器物之真并非其孜孜以求的目标。现代文论里"杂取种种,合成一个"④的典型说,更表明文学追求的真实感永远都是一种似真性。就是因为这两种真实观的较量与纠结,非虚构文学的文类理念带有一定的矛盾,甚至悖论性。

　　与非虚构理念相关的是文学新闻化。对小说真实性的强调早在 20 世纪 80 年代末新写实小说的"原生态"、"零度叙事"中就露出端倪,而后新新闻小说、新体验小说也都不约而同地提到小说创作的纪实性、亲历性、新闻性,如"因为叙事的亲历,将使'新体验小说'吸取了很多新闻的特点"⑤,"小说的内容是作家的亲身经历和体验,或者是亲耳所闻,它属于纪实文学,不是虚构的故事"⑥等。同时,"自传体"写作、"及物写作"、"在场主义"等概念也在不断强化本真、自我的非虚构诉求。不过,这些都只能算是小说的纪实性笔法而已。21 世纪以来的非虚构写作,如《人民文学》的非虚构专栏,则将新闻采访与纪实操作"硬性"规定为这一文体的立足点,以确保写作过程、写作技术、写作手段的真实性。批评家李敬泽称其为"行动

---

① 参见《人民文学》2010 年第 2 期非虚构专栏中的"编者留言"。
② 李朝全:《观"非虚构"创作潮》,《杉乡文学》2011 年第 6 期。
③ 丁晓平:《非虚构绝不等于"真实"》,腾讯文化,2015 年 4 月 27 日,见 http://cul.qq.com/a/20150427/023513.htm。
④ 鲁迅:《出关的"关"》,《鲁迅全集》第 6 卷,人民文学出版社 1981 年版,第 519 页。
⑤ 陈建功:《少说为佳》,《北京文学》1994 年第 2 期。
⑥ 赵大年:《几点想法》,《北京文学》1994 年第 2 期。

者"的写作①,而这并非传统意义上用笔或敲击键盘等写作行为本身的"行动",而是作家奔赴未知世界(有别于作家内心世界与自身现有生活)的"行动"。为非虚构写作激赏的"冒险"精神也并非艺术上的探索,而是超越个人生活的小圈子,在广阔的现实生活中冒险。传统现实主义写作的"深入生活"与采访、调查、报道、田野考察、访谈实录等现代新闻手段相结合,是此次非虚构倡导最醒目的部分,其直接的后果便是"文学新闻化"。

## 二、写作尺度与文体边界

非虚构也是一种具有创造力的写作,彼得·海斯勒坦言,"非虚构写作让人着迷的地方,正是因为它不能编故事。看起来这比虚构写作缺少更多的创作自由和创造性,但它逼着作者不得不卖力地发掘事实,搜集信息,非虚构写作的创造性正蕴含在此间"②。阿列克谢耶维奇的部分文字正体现了这一点,她在写《锌皮娃娃兵》时,用两年时间辗转多地对军官、士兵、护士、妻子、情人、父母、孩子等几十人进行采访,记录入侵阿富汗的苏军士兵回到家乡后的生活。新闻手法对阿列克谢耶维奇来说是写作的前提,她在此基础上精心选取受访者的"微言大义"。以下面这个段落为例:

> 我明白了,我们不为人们所需要……我们也是多余的人,用起来不方便的人……到处都像是生活的泥潭。人人忙着赚钱,买别墅、汽车、熏肠,没人过问我们。如果我们不保卫自己的政权,那就是一场谁也不知道的战争。如果我们的人数不是那么众多,不是有几十万,那么就会堵住我们的嘴……我们在那边时大家都恨"杜赫"。我现在需要朋友,我该恨谁呢?③

普通平民怎样看待苏联军人入侵阿富汗的? 家乡的人为什么会认为"我们也是多余的人"? 俄罗斯国内的物质主义与军人所受的民族国家教育之间的距离在

---

① 李敬泽:《文学的求真与行动》,《文学报》2010 年 12 月 9 日。
② 谷雨、南香红、张宇欣:《为何非虚构性写作让人着迷》,腾讯文化,2015 年 8 月 29 日,见 http://cul.qq.com/a/20150829/011871.htm。
③ 阿列克谢耶维奇:《锌皮娃娃兵》,高莽译,九州出版社 2015 年版,第 202 页。

哪儿？为什么"这儿"的生活与"我们"会有冲突？为什么非要找点东西来"恨"却又找不到"恨"的对象？每一种疑问都指向严肃的政治命题，被认为是阿列克谢耶维奇的文字"单靠'纪实'——记录受访者的话——就能撼动人心"[①]的证明。

如果非虚构的深度只能源自发掘事实或搜集信息的话，那么它会比"源于生活，高于生活"的文学创作在表达时多了几分难度和限度。即便阿列克谢耶维奇的非虚构作品也不是篇篇都有如此震撼人心的力量。访谈多少人、访谈谁、怎样访谈以及如何组织访谈文字等实际问题是新闻记者的基本功。中国的非虚构倡导者更多是为应对文学领域的困境而倡导非虚构写作，是一种策略性提法，久在文学界浸淫的作家能否真正践行批评家提出的非虚构理念是一个难题。而非虚构写作是否能为徘徊中的当代文学探索出一条新路，则是另一个难题。对于中国作家来说，这种需要小心翼翼规避戏剧性冲突、收起想象翅膀的非虚构写作，不啻为严峻的考验。当然，这股潮流还是为文坛注入了新鲜活力。以《人民文学》的非虚构专栏推出的作品为例，一批底层打工者涌入文坛，并以亲历者的姿态写出弱势群体在政治、经济、文化等方面的群体性经验，这与以往私人化写作的自恋倾向形成鲜明对比。例如，萧相风的《词典：南方工业生活》以解释"关键词"的方式对南下打工者的生存景观进行具体揭示。作者本身是一位产业工人，他在日常生活中搜集素材，突出的不是"我"而是"我们"，注重描写"我们"的加班、倒班、工衣、出粮、打卡、轮休、走柜、集体宿舍、食堂、夜晚生活的方方面面。此前底层写作中情节化、戏剧化的"乡下人进城"故事让位于日复一日、年复一年的日常生活记录，"我"的个人悲欢让位于"我们"闭塞、困窘、机械的集体挣扎，底层生存的贫困与悲哀在这种流水账般的记叙里展开。此外，李娟的《羊道》系列对新疆边地民族实地"蹲点"式书写，将牧民、牧场、羊、马、剪羊毛、毡房、养鸡、卖杂货、种葵花、采木耳等简单、琐碎的日常生活纳入写作，规避了文学史上惯常的异域、异族"奇观化"书写传统，写出了原汁原味的边民生活。这些文学实践相较于20世纪80年代报告文学"一人一事"与"社会问题"这两种范式，提供了特定族群"常态化"描写的新样态，体现出非虚构文学的探索精神。

不过，中国语境中的非虚构概念存在一定的悖论性，既然以非虚构相号召，便必然面临需要纪实的文体要求。年近七十岁的阿列克谢耶维奇尽管屡获大奖，但

---

① 云也退：《诺奖不是阿列克谢耶维奇最合适的桂冠》，《凤凰文化·视点》，2015年10月10日，见 http://culture.ifeng.com/insight/special/2015nobel3/#_www_dt2。

其作品在数量上并不多,总共只有十来部,这与其非虚构写作方式有关。她写的每部书都在采访当事人上下很大工夫:写《切尔诺贝利的回忆:核灾难口述史》用了十年、写《战争中没有女性》用了四年、写《我是女兵,也是女人》用了三年……她与几百个采访对象的细致交流能够有效保证非虚构写作的纯粹性、深刻性。美国非虚构作家彼得·海斯勒也曾为写一部有关埃及的作品在开罗生活了十年,他认为非虚构"是作为记者的写作","你无法创造出故事情节。这和小说不同,写小说时你可以随意创作人物和事件"①。非虚构有一定的叙述边界,这是这一文体的限制,阿列克谢耶维奇将自己的作品称为"文献文学"②的道理也在于此。在这一点上,中国的非虚构写作一方面由于理论上理解的宽泛(将非虚构界定为借用新闻笔法的文学创作),另一方面也由于现有体制下快速出成果的需求,往往不会或不能像域外作家那样"慢工出细活",对这一文体的限制亦缺乏应有的敬意和警醒,在一些具体操作问题上常常招来各种争议,即使是在这一潮流中涌现出的优秀之作也不能幸免。例如,梁鸿并不讳言,梁庄并非真名,"中国河南穰县的地图上找不到'梁庄'"③,而两个农村妇女春梅和巧玉的名字也是虚拟的,一个女人和两个丈夫的情节设置也因为太过巧合而被批评家刘春认为"简直就是一篇小说"④。所有这一切可以说都是"虚构"而非"非虚构"。太过随意的写作超出非虚构这一命名的文体界定,若再以"非虚构"之名大力宣传推介就会陷入难以自圆其说的文体陷阱,这也是非虚构写作在当代中国时常会遭遇的尴尬。

## 三、新闻价值与美学价值

目前,国内学界对非虚构写作的论争主要集中在如何处理细节性虚构的层面上,但事实上,这一问题还牵涉更多需要重新界定和反思的东西,像题材决定性、政治性与事件性、叙事方式与美学价值等。

新闻的目的在于还原生活、还原事实,着力点在"还原"。马克思说过:"它(新闻——引者注)不断从现实世界中涌出,又作为越来越丰富的精神唤起新的生机,

---

① 何伟:《非虚构写作在中国有难以置信的潜力》,《新京报》2015 年 1 月 17 日。
② 高莽:《阿列克谢耶维奇和她的纪实文学》,载《锌皮娃娃兵》(后记),九州出版社 2015 年版,第 313 页。
③ 刘琼:《从梁庄到吴镇的梁鸿》,《文学报》2015 年 11 月 19 日。
④ 刘春:《是什么烤红了"非虚构"》,《深圳特区报》2011 年 5 月 27 日。

流回现实世界。"①新闻界人士也明确指出,新闻强调信息属性与事实属性,新闻价值基本以其"事实力"大小为依据②。而人们对文学作品的判定标准则相对多元,主题、形式、风格、趣味等均在考虑之列,如果仅以描述对象本身价值的大小来判定文学作品就会走入"题材决定论"的误区。然而,在市场经济时代,作家在利益驱动下往往考虑书写对象是否是"焦点"、"重点"、"热点",书写角度是否"宏大"、"权威"、"新鲜",能否引发"看点",这些都是一部作品能否获得关注、引发社会反响的关键。对于以新闻化、纪实性手段进行创作的非虚构作品来说,其描写对象本身的新闻价值、社会价值,与作品本身的文学价值之间的边界尤其模糊,以作品书写对象的新闻价值或以其是否揭示时代重大命题的社会价值来判定其文学价值的现象时有发生。更有甚者,有些批评家会以作品的意识形态倾向性为主要依据判定非虚构作品的价值。此次阿列克谢耶维奇获诺奖的争议即源于此。作为一个"异见人士",她的作品涉及"二战"、入侵阿富汗、切尔诺贝利核灾难、苏联解体等,几乎囊括了从"二战"到普京时代的所有俄罗斯历史上的大事,对苏联及俄罗斯的国家政策有着一贯的批判立场。俄罗斯文学研究者吴晓都认为,她"在传统文学上的表现并没有太大创新",甚至"如果没有诺奖,她的作品就是二流水平"③。从俄国文学的发展史来看,这样的批评是有一定道理的,"除了访谈,还是访谈"的阿列克谢耶维奇的作品与历史上的同类题材——如诺曼·梅勒的《黑夜大军》、安东尼·比弗的《攻克柏林》等——相比,并非异常出彩,有研究者甚至认为它们也没有超出俄罗斯同期"战壕真实派"的描写水平④。作为流亡作家,阿列克谢耶维奇的作品在祖国反响一般。她此番获奖,绕不过备受争议的诺贝尔奖的政治性原则,考虑到欧美国家与俄罗斯正处于严峻的对峙期,她的获奖与揭露苏联灾难与丑闻的题材选取关系极大。

　　诺贝尔奖当然不是一部作品优秀程度的最好证明,这在历届诺奖得主身上都有所体现。本文的论述重点是,由于非虚构写作"以事实说话"的文体要求,其对

---

① ［德］马克思:《第六届莱茵省议会的辩论(第一篇论文)关于出版自由和公布等级会议记录的辩论》,《马克思恩格斯全集》第 1 卷,中共中央马克思、恩格斯、列宁、斯大林著作编译局编译,人民出版社 1995 年版,第 179 页。

② 参见方延明:《新闻文学化与文学新闻化的异化现象研究》,《山东大学学报》2009 年第 4 期。

③ 张知依:《学者:抛开诺奖,阿列克谢耶维奇的作品就是二流水平》,《北京青年报》2015 年 10 月 16 日。

④ 张知依:《学者:抛开诺奖,阿列克谢耶维奇的作品就是二流水平》,《北京青年报》2015 年 10 月 16 日。

写作对象的社会与新闻价值格外倚重,从而会面临以写作对象的社会与新闻价值判定其文学价值的题材决定论问题。还是以梁鸿的《中国在梁庄》为例,其语言、结构、修辞等文学性要素在作品中作用几何? 在笔者看来,《中国在梁庄》的总体风格简约、凝练、沉郁,不过或许与作者长期从事论文写作有关,行文上有的地方尚显拘谨、生涩,叙述语言要好于人物语言。但这些对《中国在梁庄》来说似乎并不成为问题,因为它首先被当成一部揭示"社会问题"、"农民问题"的读物来阅读。它的单行本取名"中国在梁庄",副标题是"还原一个乡村的变迁史、直击中国农民的痛与悲",在媒体宣传中更是被冠之以"当代中国乡村社会调查"、"中国农民生存状况实录",这些无不在强化、突出其社会价值与新闻价值。由于《中国在梁庄》对中国农村在城市化进程中的痛苦与悲哀这一命题的全景式揭露与现代性忧思,比起其他同类非虚构作品(如乔叶《盖楼记》对乡村以点带面的个案式书写,贾平凹《定西笔记》对乡村风俗与边缘场景的留恋)更容易吸引国人的关注。因此,有批评家认为《中国在梁庄》是在内容或题材上比较"讨巧"的产物,是一部"农民问题大全"①。从《中国农民调查》、《我是农民的儿子》到《中国在梁庄》,全景式反映农民命运的写作(不管是虚构还是非虚构)都能引发强烈反响,原因就在于"三农"问题对当代中国来说本身就是一个十分重要,甚至可以说是最重要的社会命题,更何况它书写的是固守家园的乡村留守者,从而避免了模式化的"乡下人进城"表述。宏大的选题似乎"先天"地决定了它广受注目,然而这并非叙事本身的胜利。

如何既借助新闻化、纪实性手段进行非虚构写作,又不至于完全落入新闻化、事件化书写的误区,是当前非虚构写作潮流需要注意的问题。文学作品的新闻化、事件化书写是指以实效性、新鲜性、切近性、社会影响性的新闻原则结构文学作品。以小说的形式反映社会发生的重要事件,以满足公众关心、了解社会的心理,这在当下的中国文坛时有浮现。张欣的《深喉》、《浮华背后》,须一瓜的《淡绿色的月亮》、方方的《中北路空无一人》、胡学文的《飞翔的女人》、张学东的《谁的眼泪陪我过夜》等都有着摹写、映射社会热点事件或依据新闻报道来创作的影子。2005年1月13日,《南方周末》发表的农民工千里背尸返乡的调查报道《一个打工农民的死亡样本》更是催生了贾平凹的《高兴》与曹征路的《赶尸匠的子孙》②。这些都可以算是有着非虚构因子的文学创作。这种新闻化书写能够强化文学对热点问题

---

① 刘春:《是什么烤红了"非虚构"》,《深圳特区报》2011 年 5 月 27 日。
② 参见方延明:《新闻文学化与文学新闻化的异化现象研究》,《山东大学学报》2009 年第 4 期。

与当下生存状态的关注,并提供更多社会资讯。然而从新闻报道与案件中寻找资源又往往会造成对极端事件、巧合、信息量的过分依赖与迷恋,而且以道听途说或仅依据媒体报道进行创作往往会让作品带有主观推测、臆断的痕迹。《人民文学》"人民大地·行动者"计划面向全国征集的非虚构写作项目强调实地跟踪采访的亲历性,一定程度上能够克服虚浮、表面的缺陷,而且它将写作者关注的重心聚焦于大千世界的多样化存在,而非有些媒体热衷渲染的极端性案件。但在写作实绩上,新闻化、事件化书写仍很常见,像获得人民文学奖"特别行动奖"的《中国,少了一味药》就取材于在时下已经成为社会"公害"的传销现象。为了创作这部作品,慕容雪村不惜以在江西上饶一传销窝点"卧底"二十三天的方式,得到传销团伙如何对人进行洗脑的第一手资料,作品写来跌宕起伏、引人入胜。然而,强调经历的传奇性、对社会焦点话题的热衷、戏剧性情节的过多穿插等,使这部作品的新闻化、事件化的倾向也很明显,仍留有对传销这一非法、隐秘活动的"奇观化"展示痕迹。慕容雪村的这种卧底写作并不是特例,通过暗访性工作者场所、黑社会群体进行写作的现象已经出现,然而这是否又会重蹈对边缘群体、边缘事件进行"窥私"性暴露以招揽读者的覆辙?

对于 20 世纪 60 年代美国的"新新闻报道",迪克斯坦认为"在这种新闻中,作者作为一个中心人物而出现,成为一个对各种事件进行筛选的个人反应器"[1]。的确,看似"无我"的非虚构之作也有"我"的在场,但这主要体现在选择哪些访谈对象、将访谈对象的哪些言论写进文本的"选择权"上,与传统文学的叙述人在文本中直接发声的写作方式不一样。在叙述语言上,口语化的访谈实录体也同文学化、美学化的语体风格有明显差异。阿列克谢耶维奇作品的译者高莽说,他当年翻译其作品的缘由一是"政治因素",二是她的作品"文字浅显易懂"[2]。这两点均难与作品本身的艺术魅力直接对应。在口语化、实用化的非虚构文体中,叙述人往往一方面处处在场,另一方面却无法承担传统文学那样深刻而复杂的结构性功能,只起一个提问、串联、汇总的"见证人"角色。像《中国在梁庄》以每个梁庄人的讲述展现农村生活的多个侧面,"我"只是一个倾听和提问者,甚至需要他人帮助才能勉强完成采访任务。而《羊道》系列中的"我"则主要作为边塞居民生活的搜集和记

---

① M.迪克斯坦语,转引自王雄:《新闻报道和写作的新维度——论"新新闻学"对我国当代新闻报道和写作方法的启示》,《江苏社会科学》1998 年第 5 期。

② 李昶伟:《译者高莽忆阿列克谢耶维奇:她这条路子,和别人不一样》,《新京报》2015 年 10 月 9 日。

录者存在。与对采访对象生活事无巨细的展示相比,"我"个人的一切都被有意无意地遮蔽或删除,在人物关系上造成了一种新的不平等,在结构关系上则呈现出由被采访人的言说连缀全篇的单一与平面化①。此外,非虚构写作普遍运用新闻的"现在进行时"进行创作,艺术风格倾向于简约、直白、明了。这一切无疑都淡化了行文的繁复与复杂性。在最大限度地营造真实性场景的同时,对文学修辞、美学技巧方面的追求相比于传统文学有着自觉或不自觉的下降趋势,尤其是经典叙事作品中经常出现的那种迂回曲折的心理挣扎、峰回路转的情感历程、欲说还休的生命况味都被不同程度地弱化。这大概是借用新闻化、纪实性笔法的非虚构写作要付出的代价。

## 四、非虚构写作在当代中国的叙事前景

与文学相比,新闻能够更快、更真实、更便捷地介入当代人的现实生活,《费加罗报》的创始人维尔梅桑曾用一句话概括新闻报道的特性:"对我的读者来说,拉丁区阁楼里生个火比在马德里爆发一场革命更重要。"②对信息量的追求、对切身利益的关注、对现实利害的计较,使得生活节奏日益加快的现代人更愿意从新闻中获得资讯,新闻化的非虚构写作在一定程度上迎合了现代人的这种趋"近"舍"远"、求"实"避"虚"的心理。发生于大众通俗读物中的纪实热、口述实录体、民间语文实验以及网络写作中的博客、微信等,更明显体现出非虚构观念的扩张与对普通读者阅读接受的塑造作用。非虚构写作形成潮流在当代中国已成为不争的事实,目前不少出版发行机构广泛采用虚构和非虚构两大类别设置图书销量排行榜,而非虚构目前已经在市场上占据较大比重。尤其是当我们用"排除法"(只要不是虚构作品就是非虚构)来理解这一文化现象时,非虚构已囊括了纪实文学、史传文学、回忆录、图文集等形形色色的各种图书类种,俨然成为这个时代的文化"巨无霸"。

然而,必须明确的一点是,对于宣称"源于生活,高于生活"的传统文学而言,非虚构写作并未因囊括的文化种类多就具有某种视野的宏阔性和先锋性。恰恰相反,对于文艺与生活的关系,它甚至有着某种"后撤性"——以撤回生活本身的方

---

① 参见杨俊蕾:《复调下的精神寻绎与终结——兼谈〈梁庄〉的非虚构叙述旨向》,《南方文坛》2011 年第 1 期。

② 维尔梅桑语,转引自谢有顺:《当代小说的叙事前景》,《文学评论》2009 年第 1 期。

式拒绝"高于"生活的超越性与形象性。因为新闻性、事实性要素的介入与张扬，在一定程度上占有、挤压了传统文类的修辞性空间，这恐怕是高调宣示自身"非"/"反"文学虚构的此类作品与生俱来的宿命，并有可能在叙事伦理的层面上异化为一种新的文化宰制。非虚构作品当然也可以成为经典，像司马迁的《史记》、伏契克的《绞刑架下的报告》等，但总的来说相对于小说、诗歌、戏剧等虚构文类，数量上要少一些，这与它的文类特质有关：因为非虚构写作要以事实说话，它比虚构文类有着更强的社会性与时代性，然而这些也是最容易时过境迁的。针对阿列克谢耶维奇此番获"诺奖"，有批评者指出："人们记住了事实，就会忘了她，记住了她是'反苏'的，就不会高看其写作；而有朝一日档案公开，战争与核泄漏的真相进入常识领域，谁还会为了'文学之美'，去读这个白俄罗斯女记者的书。"①过强的时代性、政治性必然稀释和淹没其文学性内涵。与那些获得诺贝尔文学奖的纯文学作家相比，阿列克谢耶维奇的非虚构写作反而有"短命"的危险，这与非虚构文体强调社会性、新闻性（而非文学性、艺术性）有关。当前文学界以"行动"和"在场"提倡非虚构写作，对于某些懒惰、傲慢、依靠二手材料进行写作的中国作家来说有必要，但在根本上，文学永远应以吸引力、震撼力、感染力服人，虚构或非虚构只是不同的写作方式而已，书写"真人真事"并没有道义上的优先权。恰恰相反，真正代表文学精神的是虚构，而不是非虚构。非虚构在以文学笔法报道事实的同时必须承受"跨界"的代价：倘若只以记述事实为依据，就无法像历史与新闻那样明确和清晰；而以感人程度论，则又因受制于自身的文体限制而难以放飞想象的翅膀。因此，非虚构写作所拥有的似乎永远都是与社会、政治、经济、历史等外围领域相联系的交叉、边缘身份。

在此意义上，笔者并不像国内大多数媒体那样以阿列克谢耶维奇获得2015年诺贝尔文学奖来欢呼非虚构的"胜利"，相反，我认为阿列克谢耶维奇此番获得诺贝尔奖恰恰凸显了非虚构的文体边界与价值隐忧，其在中国当代文学界引发潮流与传统文体式微这一特定背景联系在一起。或许，任何一种知识或范式的产生，都会突出一些元素，抑制另外一些范畴。就在知识界围绕非虚构写作热议时，网络与大众文化领域里逃离现实的"绝对虚构"——穿越、臆想、玄幻之作正在大行其道。当文学过于内向时，它需要向外转；当文学过于强调形式时，它需要内容的实在；当

---

① 云也退：《诺奖不是阿列克谢耶维奇最合适的桂冠》，《凤凰文化·视点》，2015年10月10日，见 http://culture.ifeng.com/insight/special/2015nobel3/#_www_dt2。

文学过于强调个人化和小叙事,它需要关注社会重大问题;当文学过于奇观化和极端化,它需要在日常生活的惯性轨道内发现社会的症结与存在的真相……中国的非虚构写作就是在这样一个文学谱系的节点上出现在这个时代,它所引发的反响和争议也只有在这个层面上才能得到充分理解。

原载《文艺研究》2016 年第 6 期

# 半殖民地中国"假洋鬼子"的文学构型

李永东(西南大学文学院教授)

## 引　言

在中国现代文学史和文化史上,有一个非常重要但很容易被忽略的现象,那就是不少作家都塑造了"假洋鬼子"这一形象。较有代表性的作家有李伯元、吴趼人、梁启超、鲁迅、郭沫若、茅盾、许地山、曹禺、师陀等。由于他们的关注和思考,形成了关于中国现代"假洋鬼子"的书写史与形象史。

但由于种种原因,至今研究中国现代"假洋鬼子"文学形象的成果并不多见。已有的成果虽给我们不少启示,但整体上有以下明显不足:一是研究对象的范围还比较狭窄,许多作家作品未能进入研究视野。二是多从新旧关系中进行考察,未能站在半封建半殖民地的历史文化语境中进行观照。三是文化眼光的偏向,往往导致对于"假洋鬼子"形象做单面的文化理解,相对忽略其身份政治与身体修辞方面的内容。四是当下文化与未来文化维度缺位,不能以前瞻性眼光和批判性价值重新审视"假洋鬼子"文学形象。这就必然影响对中国现代"假洋鬼子"文学形象的丰富性、复杂性、历史内涵、当代警示作用的正确认识。

一定程度上"假洋鬼子"的文化身份似乎有点暧昧不明,在许多人心目中,有时甚至变得模棱两可、矛盾含混、分裂对冲、进退失据,仿佛供奉着耶稣神像的中国寺庙或"西式装订"的中国书,可谓中西捏合、身份错位、内外失调。与此同时,在中国现代的"假洋鬼子"不断经受来自不同方面的审视,其存在本身就显得尴尬可疑。可以说,"假洋鬼子"既是半殖民地中国的文化产物之一,又是透视半殖民地中国文化转型过程中意愿分歧与西化病症的一面镜子。因此,对之进行系统梳理、深入研讨,既有助于理解中国现代的文化境遇与民族心态,对于当下中国文化发展也不无借鉴和警示作用。

更为重要的是,当前中国文化自信与文化重建给我们提出了更高要求,也为我们提供了战略发展机遇。这不仅仅包括继承和发扬中国传统文化精神,也包括批判和借鉴西方的文化资源,还包括以现代的科学理念重建中国新文化。从这个意义上说,作为具有"中西合流"混杂性质的"假洋鬼子"文学形象就是一个很好的研究个案,它可供我们在批判基础上有所借鉴,并成为中国新文化重建的一个有力的参照系。

## 一、"假洋鬼子"形象的类型

何谓"假洋鬼子"?概括言之,"假洋鬼子"是指接触过洋人或西洋文明,有着崇洋心理,并刻意模仿洋人装扮、做派和观念的中国人。"假洋鬼子"是半殖民地半封建中国社会的一种人物类型,其仿洋品性与中国身份存在错位,看起来像外国人,根柢还是在中国。在文化观念和生活方式上,"假洋鬼子"有着二重性格,游走于中西文明的边缘地带,缺乏信仰、定力、自我主体性,是新旧过渡时代的人物。

细究起来,"假洋鬼子"这一称谓由"鬼子"和"洋鬼子"推演而来,它的出现有着确定的背景:太平军围攻上海之际,美国人华尔受清朝官方委派,招募外国人组成洋枪队,帮助清廷镇压太平军;1862年清廷对洋枪队进行改组,改组后的洋枪队除了少数军官为洋人,所有兵勇都是中国人,这些兵勇接受西式训练,穿西人军装,"上海地方人士,见及此批常胜军,一概呼为'假洋鬼子'。其起始实在专指此支军队。后世转化,始演变为一般泛称"①,用来指称模仿洋人装扮、做派、观念的中国人。从出典来看,"假洋鬼子"最初的意指包含了表相与内在、形式与内容的不一致,也包含了中、西文化在同一主体内的并置共存,还隐含了西方文明作为现代的、殖民的力量对中国社会发展的干预。尽管"假洋鬼子"在发展中不断被赋予新的意义,但最初铭刻的内涵一直墨迹鲜明,从而使得"假洋鬼子"成为备受争议的人物形象。

需要指出的是,学界常常把"假洋鬼子"与"西崽"混为一谈,实际上,"假洋鬼子"和"西崽"都属于半殖民中国的人物类型,在文化性格上虽存有共性,但也有区

---

① 王尔敏:《中国近代思想史论续集》,社会科学文献出版社2005年版,第177页。

别。"西崽"一词由英文"boy"、音译"仆欧"和汉语"侍者"音义结合而产生,一般是指洋行和西式餐馆、旅店中服杂役的中国人;因杂役身份低下,再加上在洋人手下做事,故"西崽"一词往往带有贬义,并衍生出"洋奴"的含义,其对象范围也因此进一步扩大。① "假洋鬼子"留过学,算是亲历过欧风美雨或东洋风景的人物;"西崽"则是国产,但作为一种特殊文化人格的"西崽",则包括西崽、巡捕、学贯中西的"高等华人"以及媚外惧外的政客等人物。在文学中,"假洋鬼子"的文化性格落在西洋装扮与中国身份的错位,以及"中"与"西"的合流(或合污);而"西崽"的特性则落在"洋"与"奴"的结合,以及"西崽"对洋人、华人的双重态度。不过,"假洋鬼子"与"西崽"并不是截然分开的两种文化性格,在李伯元、老舍、师陀的笔下,如《文明小史》中的劳航芥,《文博士》中的文博士,《结婚》中的黄美洲,就兼有"假洋鬼子"和"西崽"的文化性格。

文学中的"假洋鬼子",往往与留学生为主的一群人物有关。据统计,1900 年至 1937 年留日的中国学生超过 13 万人,1854 年至 1953 年留美的中国学生为 2 万余人。② 向海外输送留学生,最初并不被看作是一件光彩的事情。胡适曾撰文"正告"国人:"留学者,吾国之大耻也。"胡适之所以把留学现象归入国耻,是因为留学乃殖民宰制的结果:"国威日替,国疆日蹙,一挫再挫,几于不可复振","惩既往之巨创,惧后忧之未已,乃忍辱蒙耻,派遣学子,留学异邦","北面受学,称弟子国"③。也就是说,留学生与半殖民中国的屈辱有着关联性。当然,并非所有具有留学背景的知识分子都被赋予"假洋鬼子"的恶谥或谑称,只有那些在服装、身体与生活方式方面明显西化的留学生,才有可能被指认为"假洋鬼子"。而且,"假洋鬼子"并不限于留学生,它有时被随意用来泛指与"洋"沾边的各类人物。例如,短篇小说《一般卡员》没来由地以"假洋鬼子"来指称一位收税卡员;④《小酌》中教英文的 C 君会说洋话,"学生们便冠他一个'假洋鬼子'的头衔"⑤;《黑旋风》里的洋装学生说了一句英语,便被骂作"假洋鬼子"⑥;在左翼作家笔下,"戴眼罩儿"的西医被乡民视为"俗气的假洋鬼子。"⑦本文讨论的,不是这一类泛指的、被随意贴上

---

① 陈五云:《方俗语源杂释》,《上海师范大学学报》(哲学社会科学版)1993 年第 4 期。
② 李兆忠:《喧闹的骡子:留学与中国现代文化·自序》,人民文学出版社 2010 年版,第 1 页。
③ 胡适:《非留学篇》,《胡适文集》第 9 卷,北京大学出版社 2013 年版,第 636—637 页。
④ 陈福熙:《一般卡员》,《迷恋的情妇》,光华书局 1930 年版,第 47—55 页。
⑤ 章焕文:《小酌》,《东方杂志》第 23 卷第 19 期,1926 年 10 月。
⑥ 穆时英:《黑旋风》,《南北极》,湖风书局 1932 年版,第 17 页。
⑦ 天虚:《铁轮》,东京文艺刊行社 1936 年版,第 128 页。

标签的"假洋鬼子",而是有着特殊文化性格、作为半殖民中国特有人物类型的"假洋鬼子",这类形象更具时代意义,能够折射出中国社会文化转型中的困惑、怨愤和病症。

留学归来的知识分子,加上本土教会学校、西人学堂毕业的学生,以及与洋人交往密切的买办、翻译等人物,在现代中国足以造就一种特别的文化群体和社会风尚,形成"假洋鬼子"现象。这种现象的形成,根源于中国的半殖民地半封建语境。半殖民地半封建中国是中西、古今文明并存的社会,正如鲁迅所指出:"中国社会上的状态,简直是将几十世纪缩在一时:自油松片以至电灯,自独轮车以至飞机,自镖枪以至机关炮,自不许'妄谈法理'以至护法,自食肉寝皮的吃人思想以至人道主义,自迎尸拜蛇以至美育代宗教,都摩肩挨背的存在。"中西文化处于并置状态,尚未融合,"许多事物挤在一处","只能煮个半熟"①。这就是半殖民地半封建中国社会文化的整体状况。从动态发展来看,就出现了"东壁打到西壁"的纷乱浮躁:"国中的思想忽而复古,忽而维新","各有成见派别",文化观念迷乱,"只有冲突,没有调和",难以"融会古今,贯通中外"②。林语堂所指陈的"东壁打到西壁"的情形,反映了"东西交汇、青黄不接之时"中国的文化状况,这是半殖民地半封建中国在现代进程中必然遭遇的迷局。如此中国,孕育了"二重思想"和"彷徨的人种"。为民众或知识精英所诟病的"假洋鬼子",就是半殖民地半封建中国的伴生物,与现代中国文化的两重性相互印证。

"假洋鬼子"集中于外国势力盘踞的通商口岸、租界、租借地等具有殖民性、欧化色彩的城市,尤其是上海。古今中西文化的并置及其滋生的"二重思想",在号称"东方巴黎"的上海表现得最为典型。"东方"与"巴黎"的组合,本身就表明了上海的"假洋鬼子"身份。华洋杂处的租界化上海是中西文化交流的前沿阵地和中心城市,充满悖论和反差,仿佛"一幅光彩夺目的巨型环状全景壁画,一切东方与西方、最好与最坏的东西毕现其中。"③租界化上海的反差、悖论、杂糅,是中国半殖民文化的极端表现形态——一部分西方和一部分中国嫁接在一起,杂合成"非驴非马之上海社会"④。上海的欧化景观和观念是仿拟的、移植的、杂交的,恰与"假洋鬼子"的文化身份相呼应。由于仿拟、移植的欧化城市景观和观念是列强殖

---

① 唐俟(鲁迅):《随感录(五十四)》,《新青年》第6卷第3期,1919年3月。
② 林语堂:《今文八弊(上)》,《人间世》第27期,1935年5月5日。
③ 熊月之:《历史上的上海形象散论》,《史林》1996年第3期。
④ 姚公鹤:《上海闲话》下册,商务印书馆1917年版,第67页。

民事业的衍生物,为殖民强权所操控,因此"假洋鬼子"的崇洋观念、西化身份,不可避免地与殖民文化暗中勾通。张京媛指出,"殖民化"包含帝国主义对"不发达的"国家"在社会和文化上进行'西化'的渗透,移植西方的生活模式和文化习俗,从而弱化和瓦解当地居民的民族意识。"①在半殖民中国,现代化很大程度上就是以"西化"或"苏俄化"为目标,并与殖民化纠缠在一起。伴随国内外局势的变动和文化思潮的起伏,政府、民众以及知识分子内部对西化的态度并非完全一致,也非始终如一。这样一来,对作为西化标本和代言人的"假洋鬼子"形象的塑造,就体现出阶段性、时代性的特点,"假洋鬼子"也因此呈现出多种类型。

"假洋鬼子"形象繁复多样,歧义丛生,为了把握其特性和价值,有必要先对之进行分类阐释。着眼于作者态度、叙事视角和价值判断,可以把"假洋鬼子"分为喜剧型、悲剧型和悲喜混合型三种类型。悲剧和喜剧的区分,大致采用鲁迅的看法,他说:"悲剧将人生的有价值的东西毁灭给人看,喜剧将那无价值的撕破给人看。讥讽又不过是喜剧的变简的一支流。"②

（一）喜剧型的"假洋鬼子"

此类"假洋鬼子"在文本中处于被观察、被评论的位置,是"中西合污"的否定性人物。普通民众和保守分子对"假洋鬼子"的看法,包含了"中国人对异域妖魔式的想象,有'非我族类'的义和团式的排外,有'大中华'的妄自尊大,又有对真洋鬼子的敬畏,甚至还有对无法变成真洋鬼子的绝望。"③这类形象主要存在于清末和 20 世纪三四十年代的文学中。在清末知识分子"中体西用"的观念视野下,模仿洋人皮相而缺乏国学根柢和传统人格的留学生、革命党、买办,被认为是士林败类,是"里通外国"的"假洋鬼子"。李伯元、吴趼人、梁启超的小说中多有这类"假洋鬼子"形象。三四十年代作家提供的则是表面洋派,内里空虚,且谙于"逢节送礼,递片托情等中国处世奇方"④或数典忘祖的"假洋鬼子"形象,如曹禺话剧《日出》中的张乔治,师陀小说《离婚》中的黄美洲,老舍小说《牺牲》中的毛博士、《文博士》中的文博士。作为否定性形象的"假洋鬼子",他们的仿洋、崇洋观念与中国市侩哲学在利己、享乐原则下相互借用,他们是西洋文明皮毛与封建文化糟粕生硬结合而开出的恶之

① 张京媛:《前言》,《后殖民理论与文化认同》,麦田出版有限公司 1995 年版,第 10 页。
② 鲁迅:《再论雷峰塔的倒掉》,《语丝》第 15 期,1925 年 2 月 23 日。
③ 李兆忠:《喧闹的骡子:留学与中国现代文化》,人民文学出版社 2010 年版,第 264 页。
④ 塔塔木林(萧乾):《红毛长谈》,观察社 1948 年版,第 47 页。

花,作家借此表达了对半殖民半封建文化歧途和病态人格的忧虑和批判。

（二）悲剧型的"假洋鬼子"

此类"假洋鬼子"多带有作者的自叙色彩,他们是半殖民中国文化转型过程中的前行者和负重者,较早体验到殖民帝国对中国身份的轻慢和歧视,感受到文化新人在国内所遭受的冷眼和误解,认识到传统社会、民族性格对个体价值的挤压,因而愤激焦虑、彷徨两难。郭沫若的《牧羊哀话》、《行路难》、《月蚀》和郁达夫的《两夜巢》等小说,立足于殖民时代中外民族的文化冲突,聚焦留日知识分子的身份焦虑,构设出带有自叙色彩的"假洋鬼子"形象。鲁迅关于"假洋鬼子"的书写,则把中外文化冲突转换为新旧文化冲突,质疑民族内部对"假洋鬼子"的态度,"假洋鬼子"的悲剧性体验被置于思想启蒙的主客体关系之中。在鲁迅的小说中,"假洋鬼子"与叙事者构成了平等对话的关系,获得了部分自叙权力,能够袒露自身的两难和忧愤,从而成为应当获得理解和同情的人物形象,其悲剧命运有力地控诉了因循守旧的中国社会。代表性的人物如魏连殳、N 先生、吕纬甫等。《孤独者》中的魏连殳被乡民"当作一个外国人看待",是乡民眼中的"异类"和"吃洋教"的"新党"。他常说家庭要破坏,同时又极有孝心,每个月一领薪水,立即寄给祖母,祖母去世后也同意遵照烦琐的旧礼仪办理丧事。鲁迅非常擅长表现在新与旧、中与西之间彷徨的人物和文化心理。鲁迅把他们的人生悲剧归于旧势力的威压和启蒙的焦虑,揭示作为"历史中间物"的新式知识分子的悲凉沉痛。不过,叙事者所持的哀婉同情态度,掩盖了过渡时代"假洋鬼子"自身文化人格所潜伏的悲剧性,研究者在解读时容易把悲剧的责任一味推给"铁屋子"般的中国社会。实际上,小说的思想结构和人物的观念世界,仍未能脱离"二重思想"和"彷徨的人种"的大框架。悲剧型的"假洋鬼子"形象之所以隐而不彰,是因为研究者过于在意这些人物的"新式"知识分子身份,凸显他们与旧势力的对立,以及他们被黑暗社会吞没的精神之痛,而不大在意他们自身新旧并存的文化人格。

（三）悲喜混合型的"假洋鬼子"形象

鲁迅《阿 Q 正传》中的钱少爷与茅盾《创造》中的君实即是其代表。他们的文化人格新旧合流、中西杂陈,带有"因地制宜,折衷至当"①的"调和论"色彩。《阿

---

① 俟(鲁迅):《随感录(四十八)》,《新青年》第 6 卷第 2 期,1919 年 2 月。

Q 正传》中的"假洋鬼子"钱少爷通常被当作负面的、可笑的、反动的人物形象。实际上,钱少爷是喜剧型和悲剧型"假洋鬼子"的综合,只是形象的复杂性被小说的"冷嘲"①笔法掩盖了。钱少爷之所以被误解为"深恶痛绝"的可笑人物,是因为人们把阿 Q 看待钱少爷的态度当作鲁迅的态度。如果从作者经历、互文性层面来理解,即结合鲁迅被当作"假洋鬼子"的屈辱体验,以及《头发的故事》《藤野先生》《孤独者》《在酒楼上》等作品中"假洋鬼子"或"新旧合流"的知识分子形象来看,笔者认为鲁迅对钱少爷的态度是复合型的,既包含对悲剧型的"假洋鬼子"的自嘲,也包含对喜剧型的"假洋鬼子"的"他嘲",还包括借戏谑的文本风格来"舒愤懑"。《创造》②提供了中国"假洋鬼子"文化的典型隐喻,小说中的君实则是这一隐喻的承载人物。君实所处的上海社会是"迷乱矛盾的社会",他因此萌生了中西调和的文化理想,具体的实践目标就是"创造"一个"中正健全"的理想伴侣。他想找一位混沌未凿、生长在不新不旧家庭中的女子来"创造",因为现实中的女子要么旧传统思想过浓,要么"新到不知所云"。甚至外国女子也不是他的理想夫人,因为她们"没有中国民族性做背景,没有中国五千年文化做遗传"。最终,君实选择表妹娴娴作为理想夫人的改造对象,把娴娴由娇羞宁静、达观出世的传统女性,改造成了活泼好动、追求肉感刺激、热衷于政治生活的新女性。然而,由于改造后的娴娴有了自由观念、独立人格和政治热情,逸出了"中正健全"的限度,超出了君实所掌控的范围,让他感到极为不安。君实在中西、新旧文化交汇的中国社会,产生了文化观念上的彷徨苦闷和迷乱矛盾,因此试图"执中之道"以调和中西文化,从而"创造"理想的人物,但终归失败。君实的文化心态,流露出半殖民地半封建中国在文化现代转型过程中的焦虑和矛盾心理,象征着半殖民地半封建中国陷入了进退失据的文化窘境。

"假洋鬼子"的三种类型及其价值评判,固然是时代精神的写照,但也为作家主观化的叙事立场和文化旨趣所操控。"假洋鬼子"应当受到读者的体谅尊重还是憎恶鄙视,多少取决于文本通过辩解、夸张、嘲讽等语言策略所形成的叙事效果。"假洋鬼子"是连接中西文明的"中间人物",他们因本土经验与异国经验的双重塑造,形成了"文化间性",这种"文化间性"不是整体意义上的西方文化与中国文化简单相加的结果,而是两种文化经"假洋鬼子"的体验、比较和挑拣所形成的不中

---

① 周作人:《关于阿 Q 正传》,《鲁迅的青年时代》,河北教育出版社 2002 年版,第 111 页。
② 茅盾:《创造》,《东方杂志》第 25 卷第 8 期,1928 年 4 月。

不西、亦中亦西的混合物,其中还掺杂着受殖体验以及民族身份的违和感。半殖民地半封建语境不可能造就成熟、健全的文化"中间物","假洋鬼子"的文化意义在于映照出中国"向西转"过程中的艰难、迟疑与歧途。

## 二、"假洋鬼子"形象的嬗变

文学中的"假洋鬼子"形象并非固定不变。随着列强殖民政策的调整、中国现代化程度的加深和半殖民体验的变化,以及本土文化精神、民族意识与阶级观念的强化,"假洋鬼子"的构型亦有所改变,生发出由"中西合污的纨绔子弟"到"新旧彷徨的启蒙先锋"、"身份犹疑的留日学生",再到"挟洋自重的市侩洋奴"的形象变迁。

### (一)"中西合污的纨绔子弟"

这是文学中"假洋鬼子"的最初构型,为清末维新知识分子所提供,梁启超、吴趼人、李伯元等新小说的倡导者和实践者,以嘲弄的态度对之进行了描画。"中西合污的纨绔子弟"拥有二重思想,装着两副面孔,随时转换。例如,在上海参加张园开花榜活动与参加"拒俄会议"的为同一拨洋派人士,"昨日个个都是冲冠怒发,战士军前话死生,今日个个都是酒落欢肠,美人帐下评歌舞"(《新中国未来记》)①;"洋装元帅"魏榜贤骨子里对小脚存有淫念,却又堂而皇之发表女子不缠足能"保国强种"的宏义(《文明小史》)②;谭味辛和王及源一向高谈革命和新学,但一听有利可图,马上转向,表示愿意写歌颂朝廷的书(《上海游骖录》)③。"中西合污的纨绔子弟"把西方观念推向歧途,又把旧文人的恶习发挥到了极致。他们的洋做派也好,革命、自由、平等的观念也罢,不过是欺世盗名的招牌,招牌底下露出的是传统的恶趣味,是小脚、鸦片、狎妓、发财,西洋文明观念经他们生吞活剥,竟成了寻欢作乐的"洋"借口。这就是鲁迅所说的"学了外国本领,保存中国旧习"④,"借新文明之名,以大遂其私欲"⑤。

---

① 饮冰室主人(梁启超):《新中国未来记》,《新小说》第1卷第7期,1903年9月。
② 南亭亭长(李伯元):《文明小史》第十九回,《绣像小说》1903年第19期。
③ 我佛山人(吴趼人):《上海游骖录》第七回,《月月小说》1907年第7期。
④ 俟(鲁迅):《随感录(四十八)》,《新青年》第6卷第2期,1919年2月。
⑤ 迅行(鲁迅):《文化偏至论》,《河南》1908年第7期。

## （二）"新旧彷徨的启蒙先锋"和"身份犹疑的留学生"

五四时期是新文化观念狂飙突进的年代,也是知识分子自我抒情的年代。此时期,"假洋鬼子"的构型更多属于知识分子的"夫子自道"。五四新文学家从"新旧彷徨的启蒙先锋"和"身份犹疑的留学生"两个维度来构设"假洋鬼子"形象,由此袒露了留洋经历带来的观念重塑与身份困扰,以及与周围环境格格不入的苦恼。鲁迅擅长书写"新旧彷徨的启蒙先锋",其具体特性可参见前文"悲剧型假洋鬼子"的相关阐述。创造社的作家则集体性地聚焦于"身份犹疑的留日学生",他们自觉"读的是西洋书,受的是东洋罪"[1],亲身体验过日本人的种族歧视。郑伯奇在小说《最初之课》中详细书写了日本人对中国、中国留学生极度歧视的殖民心态。然而,他们回国后又面临西洋留学生对"小小的个东洋留学生"[2]的轻视,欧化的上海社会也对他们的日本经验构成了威压,他们一时难以适应上海洋场,找不到家国感。郭沫若感觉回到上海"等于是到了外国"[3],郁达夫在上海自我感觉是"一个无祖国无故乡的游民"[4]。他们"对于外国的(资本主义的)缺点和中国的(次殖民地)的病痛都看得比较清楚;他们感受到两重失望,两重痛苦"[5]。由此,创造社作家的文化身份认同陷入了惶惑。郭沫若笔下的"假洋鬼子"倾向于以乔装来掩饰真实民族身份,认同感游离在日本、西洋和中国社会之间。陶晶孙的小说《到上海去谋事》的叙事者存在身份的犹疑,从日本留学回来的中国人"我"竟感叹被中国"同化"了,在欧化摩登的上海找不到位置,失望于中国的教育,宁可返回日本"做研究"。

## （三）"挟洋自重的市侩洋奴"

20世纪三四十年代出现的多为"挟洋自重的市侩洋奴"。挟洋自重的"假洋鬼子"盲目崇拜西洋文明,以留学身份为傲,把留洋经历看作稀有、高贵的资本,以此自居众华人之上。《文博士》中的文博士认为洋博士就是当代的状元,因此,地位、事业,理应给他留着,就是富家的女儿也应当连人带财双手奉送过来。他们刻意在仿洋身份上做文章,借整套洋行头来虚张声势,维持自我身份与价值的特殊

① 郭沫若:《三叶集·郭沫若致宗白华》,《郭沫若全集·文学编》第15卷,人民文学出版社1990年版,第140页。
② 老舍:《东西》,《火车集》,文聿出版社1945年版,第83页。
③ 郭沫若:《创造十年》,《郭沫若全集·文学编》第12卷,人民文学出版社1992年版,第89页。
④ 郁达夫:《海上——自传之八》,《人间世》1935年第31期。
⑤ 郑伯奇:《导言》,《中国新文学大系·小说三集》,良友图书印刷公司1935年版,第12页。

性。文博士以及《结婚》中的黄美洲、《日出》中的张乔治、《东西》中的郝凤鸣,与《牺牲》中的毛博士一样,刻意"'全份武装'的穿着洋服"①,显摆自己的洋绅士派头。他们回国后对西洋身份的刻意模仿与保留,显然是洋奴意识作祟。唯洋是崇,故对中国的一切产生憎恨与厌弃。毛博士自感"为中国当个国民是非常冤屈的事"②;黄美洲觉得"中国人永远搞不好"③;文博士认为中国是"一个瞎了眼的国家,一个不识好歹的社会"④。"挟洋自重"所重的是个人的利益和脸面,自重转向自私,个人欲望膨胀。在阐释个人欲望的正当性时,留洋身份是当然的借口,他们认为"有妻小,有包车,有摆着沙发的客厅,有必须吃六角钱一杯冰激凌的友人……这些凑在一块才稍微像个西洋留学生"⑤。而实现欲望的手段则为市侩哲学那一套。黄美洲的把戏是招摇撞骗、敲诈勒索;文博士投机钻营,不择手段"打进"中国的权势社会;《牛老爷的痰盂》中牛老爷弄权耍威风,以"中国书而西式装订"⑥的面目应对新旧人物;《猫城记》里那群"青年学者",制造一些莫名其妙的"主义"、"党派",以此欺骗老百姓。"挟洋自重的市侩洋奴"兼有洋奴意识与市侩嘴脸,他们"爱挂洋气"⑦,无根底,但已不像清末"假洋鬼子"能引起民众对新文明的惊诧感,也不像"五四"的"假洋鬼子"有着思想启蒙的使命感。他们更像是西洋的资本主义文明与中国的封建特权观念共同孕育的文化怪胎,双方的可取之处全没继承,身处中国却想过西洋生活,利用西洋留学经历的残余价值,"打进"半新半旧的中国社会(如文博士、牛博士),混迹于邪恶淫荡的洋场社会(如黄美洲、张乔治),做乱世奸雄(如郝凤鸣、"青年学者")。

"假洋鬼子"形象的嬗变,究其缘由,主要有以下几个方面。

首先,列强的殖民行径与中国的受殖体验在变化,这影响了"假洋鬼子"的文学构型。

晚清时期,殖民帝国凭借船坚炮利打开了中国的门户,其所作所为带有早期殖民主义的特征——残暴、野蛮、血腥,让中国人产生亡国灭种的危机感。中国人在

---

① 老舍:《牺牲》,《樱海集》,人间书屋 1935 年版,第 34 页。
② 老舍:《牺牲》,《樱海集》,人间书屋 1935 年版,第 66 页。
③ 师陀:《结婚》,晨光出版公司 1947 年版,第 60 页。
④ 老舍:《选民》(连载题为《选民》,1940 年单行本的题目改为《文博士》),《论语》1936 年第 98 期。
⑤ 老舍:《东西》,《火车集》,文聿出版社 1945 年版,第 83 页。
⑥ 老舍:《牛老爷的痰盂》,《老舍小说全集》第 11 卷,长江文艺出版社 1993 年版,第 349 页。
⑦ 老舍:《浴奴》,《火车集》,文聿出版社 1945 年版,第 105 页。

挨打的过程中接受了"西方比中国更'文明'"的观念,并以学习西方作为"自强保种"的不二选择。暴力殖民的行为,既推动了"师夷长技以制夷"的变革潮流,也激发了仇洋排外的民族情绪。洋人可恨,近洋的"假洋鬼子"便被当作"里通外国"的人,成了仇洋心理的发泄对象,因此通常被塑造成士林败类。

民国之后,列强的殖民政策减少了暴力的成分,殖民势力以"文明使命"相标榜,以都市景观、现代工业、商业贸易、文化传播的形式而存在,并造成一种似是而非的认知:在华的西方势力有助于建设更好的中国,其所作所为属于"良性殖民主义"。上海、天津各国租界的外国人士都曾这样宣称。在这样的风气之下,近洋、西化就等同于现代化,"假洋鬼子"也因此成了"新人",成了改变旧中国的先行者。五四时期,这种观念更是达到了顶峰。于是就出现了《两夜巢》中的"发种种的少年"、《头发的故事》中的 N 先生、《孤独者》中的魏连殳之类的"假洋鬼子"形象。

到了 20 世纪 30 年代,日本侵华带来了新的民族危机,民族意识高涨,同时,国内的政党、阶级斗争进一步加剧,无产阶级观念广泛传播,国民政府开始倡导传统文化,强化民族认同。在这些因素的影响下,欧化、奢靡、享乐的资产阶级生活方式成了众矢之的,消费娱乐和生活趣味的西化成了一种可疑的品性。20 世纪三四十年代文学中的"假洋鬼子"因而具有资产阶级的特性,他们因留学经历而获得的"洋"习性、"洋"观念在叙事中被负面化处理。黄美洲、郝凤鸣、毛博士、文博士等借以傲人的留洋身份和西洋派头,都被世俗化、功利化,"化为济私助焰之具"[①],他们最终成了洋派的市侩。

其次,半殖民中国的"西化"程度影响了知识分子的观念立场,进而影响到"假洋鬼子"的构型。

在晚清时期,"西方"像一头暴虐的野兽突然闯入中国,怀抱"自强保种"观念的知识分子来不及弄明白西洋文明的真谛,就在挫折与自强的焦虑中呼吁西化。梁启超后来坦言:"这班人中国学问是有底子的,外国文却一字不懂。他们不能告诉人'外国学问是什么,应该怎样学法',只会日日大声疾呼,说'中国旧东西是不够的,外国人许多好处是要学的'。"[②]早期中国留学生以为"中国仅仅模仿其形式,即可享用其实际",尤其是留日学生,"大多数仅只滞留一二年,获得新思想些许皮毛,即回至中国大唱改革中国之论,辄自信以其肤浅学识即可致中国于郅治,

---

① 鲁迅:《偶感》,《鲁迅全集》第 5 卷,人民文学出版社 2005 年版,第 506 页。
② 梁启超:《五十年来中国进化概论》,申报馆编:《最近之五十季》,申报馆 1923 年版,第 3 页。

仅一反掌之劳耳","是以理想虽高,热忱虽笃,而终无裨于实际也"①。这就使得最初效仿西洋文明的知识分子难免遭人诟病。同时,在中西文明相遇的最初阶段,观念的两极分化和激烈争锋在所难免,这就出现了吴趼人所说的情形:"顽固之伦,以新学为离经叛道;而略解西学皮毛之辈,又动辄诋毁中国常经。"②在清末,西风东渐已具不可阻挡之势,而传统文化的根基尚未撼动。因此,洋派知识分子需要穿梭、应对两种文明,就如上海买办的装束,中西混搭,"上半截'洋体'是为应付大班的","那下半截却深深埋在国粹里"③。"假洋鬼子"脚踏中西两只船的文化态度,使得清末改良派知识分子对他们的讥讽左右开弓,既嘲笑"假洋鬼子"西学不精而崇洋媚外,又批判其不谙国粹却集下流文人的坏毛病于一身。

到了五四时期,面对西方文明,"令人担忧的当然就不再是'以夷变夏',而是能不能真正地'以夷变夏';如果说此前对'假洋鬼子'的抨击是站在'大中华'的立场的话,那么如今对'假洋鬼子'的批判,就是站在'西方'的立场,以'真洋鬼子'为榜样。"④五四知识分子在观念上认定"西化"为新文化的发展方向,故而有时把"假洋鬼子"塑造成启蒙者的形象。但是,由于西化观念与民族文化身份的冲突问题未能真正获得有效解决,"假洋鬼子"因此不免陷入"新旧彷徨"、"身份犹疑"的文化纠缠中,承受思想启蒙的焦虑和文化身份的苦恼,同时亦享受了文化先锋的荣光。

20世纪30年代则是反思五四观念和西方文明的年代,也是复兴民族传统的年代。在三四十年代,知识分子的立场无论偏向"西方"还是"中国",都对"酱缸文化"极为不满,"假洋鬼子"因此受到来自"西方"和"中国"的双重指责。从"西方"立场来看,毛博士、文博士、张乔治、黄美洲等洋派人物仅得"洋"皮毛,未得"洋"精神。如毛博士常把"美国精神"挂在嘴边,然而,他的"美国精神"不过是"家里必须有澡盆,出门必坐汽车,到处有电影院,男人都有女朋友……",他只对金钱、洋服、女人、结婚、美国电影感兴趣。甚至他们的"洋"光环也被作者消解,如黄美洲"博士"并没有留过学,方鸿渐的博士学位是从骗子手里买的,许地山《三博士》中的甄辅仁博士名头纯属子虚乌有。从"中国"立场来看,三四十年代的"假洋鬼子"都崇拜西洋文明,以中国人身份为耻,认为中国人愚蠢、肮脏、野蛮。这类"假洋鬼子"

① 卡拉克:《中国对于西方文明态度之转变》,《东方杂志》第24卷第14期,1927年12月。
② 吴趼人:《吴趼人哭》,《吴趼人全集》第8卷,北方文艺出版社1998年版,第234页。
③ 塔塔木林(萧乾):《红毛长谈》,观察社1948年版,第47页。
④ 李兆忠:《喧闹的骡子:留学与中国现代文化》,人民文学出版社2010年版,第271页。

的民族文化身份不明,正如黄美洲的名字,原名黄承祖,化名黄美洲,然而,他既未继承祖先的优秀文化遗产,更未了解美洲文化的真谛。因此,三四十年代的"假洋鬼子"必然会遭到来自"西方"立场和"中国"立场的双重指控。

最后,"假洋鬼子"构型的演进,还在于围绕"假洋鬼子"的人物关系发生了根本性变化。

"他者"视野与自叙色彩的"假洋鬼子"形象存在较大反差。在清末小说中对"假洋鬼子"进行观察、评判的是维新人士。担任观察、评判功能的维新知识分子被塑造成知识和道德的楷模,他们不仅深明民族大义,富有道德操守,而且国学功底深厚,喜好新学知识。在维新知识分子的打量和映衬下,以留学生、革命志士为主的"假洋鬼子"就显得鄙俗不堪。民国之后,中国社会步入"假洋鬼子"参与缔造的时代,时代话语的操纵权也转到了昔日的"假洋鬼子"手中。曾长期留学海外、深度浸染东洋或西洋文明的新文学家,回头审视辛亥革命前后"假洋鬼子"的"行状",自是另一番风貌和旨趣。在五四文学中,围绕"假洋鬼子"所设置的人物关系,不再是维新知识分子对"假洋鬼子"的评头论足,而是"假洋鬼子"与庸众、殖民特权、种族歧视的对峙;作品的话语价值体系也不再归于道德和知识,而是归于思想启蒙、文化身份和反殖民意识。到了三四十年代,知识分子已历经现代文明的深度洗礼,老舍、曹禺、师陀等作家或立足于现代精神来打量"假洋鬼子",如《文博士》中的唐振华、《牺牲》中的"我",都被用来衬托"假洋鬼子"的形象;或以被虎狼社会、奢靡都市所吞噬的悲剧人物来打量"假洋鬼子",如《日出》中的陈白露、《结婚》中的胡去恶是旁观和评述张乔治、黄美洲的人物。在三四十年代,"假洋鬼子"被看作罪恶、浮华、势利社会的一部分。

由于时代语境、作家立场和人物关系的变更,"假洋鬼子"在不同时期就被赋予了不同的文化内涵和形象价值,承载着精英知识分子对西方文明/殖民文化的追慕或祛魅观念。"假洋鬼子"形象的演进轨迹,与半殖民中国对待西方文明、殖民现象和传统文化的态度相关联,是透视半殖民中国文化转型的阶段性特征和深层症结的重要窗口。

## 三、"假洋鬼子"构型的文学史价值

说到底,"假洋鬼子"是一种文化身份,是在半殖民语境下由中西文化共同建构的一种文化身份。这种文化身份在文学中具有多重意指和功能。作为身体身份,它具有革命和启蒙的效应;从民族身份角度来看,它涉及文化认同问题;而作为一种社会身份,它成为"打进"半殖民中国权势圈的一种资本。经由对身体身份、民族身份和社会身份的深度书写,"假洋鬼子"成了现代中国文学史上构型独特、蕴含丰厚的重要形象。

### (一)"假洋鬼子"的辫子与"舒愤懑"的启蒙

"假洋鬼子"的构型绕不开身体政治。"假洋鬼子"的身体经过了西洋、东洋文明的重塑,就如《阿Q正传》中的钱少爷,从日本留学回来后,"腿也直了,辫子也不见了"。"假洋鬼子"身体的重塑,既是"以夷变夏"的文化革新局面的一部分,也参与了革命、种族等政治话语的建构。在"辫子"问题上,"假洋鬼子"的身体话语功能得到了深刻的表现。可以随时戴上、拔下的假辫子,是近代"假洋鬼子"形象最凸显的外在标识。正如歇后语所言:"假洋鬼子的辫子——装上容易,拔下来也不难。"辫子问题在中国历史上并非小事,它的变迁是一部"血史"。清朝政权强迫汉人剃发留辫,"这辫子,是砍了我们古人的许多头,这才种定了的",辫子提醒着"满汉的界限",①是"羞耻与归顺"②的身体烙印。因而,以"驱除鞑虏,恢复中华"为宗旨的近代革命,把剪辫作为具有象征意义的身体标识。尽管发式的改变属于近代革命的一部分,但最终并没有返归汉族的传统发式,而是以西方的现代发式来置换清朝发式。如此,剪辫在半殖民中国除了关联着革命造反,也意味着归顺西方的身体话语,从而成为现代中国启蒙观念的一部分。

在清末小说中,辫子的文化喻义并非指向"满汉的界限",而是指向"华洋之别",是中外民族身份的确证,也是鉴别新旧人物的身体符号。在《文明小史》中,潜心研习西学的王济川去民权学社,"只见那些学生,一色的西装,没一个有辫子的",在区隔于社会大环境的新式"学社"空间,他拖着辫子穿着长衫的"常态"身体反而显得怪异可笑,让他"自惭形秽!"③第二次去,王济川就换上了以前在洋学堂穿的操衣,把辫子藏在帽子里。洋学问与短发、洋装的搭配,是文化新人的典型形象。然而,短发、洋装的新派人物,常常给人以民族身份的错觉,被当作"外国人",

---

① 鲁迅:《病后杂谈之余——关于"舒愤懑"》,《鲁迅全集》第6卷,人民文学出版社2005年版,第193页。

② [美]孔飞力:《叫魂:1768年中国妖术大恐慌》,陈兼、刘昶译,生活·读书·新知三联书店2012年版,第72页。

③ 南亭亭长(李伯元):《文明小史》第二十五回,《绣像小说》1903年第23期。

从而成为需要加以警惕和排斥的人物。为了摆脱被排斥、被拒绝的窘境,新派人物有时不得不戴上假辫子,归返"中国身份"。既维新又惧洋的社会语境,逼迫文化新人时常展现"假洋鬼子"的两副面孔。头发样式具有新旧文化、中外身份的转换功能,"假洋鬼子"的辫子也因此衍生出诸多意指,反映了半殖民中国被动"向西转"的过程中,难以纾解"以夷变夏"所带来的不安。社会改良派既欲推动社会西化,又对身体西化充满疑虑,害怕"'中国人'这名目要消灭"①,想以身体和国粹作为民族身份的最后防线。辫子作为中国身体的喻指,就成了民族意识、国粹思想和西化观念交锋的特殊载体,也让文化新人频频经受来自各方面的诘难。

到了五四时期,已成为历史的剪辫与假辫问题,又被启蒙观念重新照亮。对于曾留学东洋、西洋的知识精英而言,亲历的辫子事件不仅涉及排满与民族认同问题,还关乎种族歧视、民族尊严、思想革命等身体政治问题。对之,他们在留学与回国之后都曾深有体验。于是,"假洋鬼子"的辫子化为作家笔下的启蒙意象。同时,选择发辫作为启蒙意象,还因为"头发是'身'中唯一的可以以部分而象征'身'整体的'喻体',也因此,身体政治常常以头发为中心"②。对辫子的启蒙意蕴开掘最深的是鲁迅。鲁迅的启蒙立场与"假洋鬼子"的辫子之间,有着隐秘的内在关联。《藤野先生》开头两段对清国留学生的描绘,憎恶之感溢于言表,这憎恶首先缘于"辫子"。清国留学生把辫子盘在头上加以掩饰的折中做法——既顺应满族统治者对汉人的身体规训,又掩饰自己的中国身份——属于典型的"假洋鬼子"的心态和行为,鲁迅对之给予了辛辣的嘲讽。这些清国留学生特指"速成班"的学生。他们不大读书,热衷于赏樱花、学跳舞,把洋娱乐当"时事"来精通。鲁迅勾勒出的清国留学生形象,与清末小说中的喜剧式的"假洋鬼子"形象遥相呼应。

鲁迅自己也曾被民众骂作"假洋鬼子",同样是缘于辫子的有无和真假,故他多次写到"辫子"问题,坦言深受"无辫之灾",并说:"假如有人要我颂革命功德,以'舒愤懑',那么,我首先要说的就是剪辫子。"③《头发的故事》就是一篇以"辫子"的真假和去留为题材的自叙传小说,抒写了鲁迅"所受的无辫之灾"与启蒙者的悲哀。《头发的故事》既满足了曾戴假辫的鲁迅"舒愤懑"的需要,又借"头发的故事"表达了启蒙知识分子与"庸众"、学生的关系,由此吐露了半殖民中国的启蒙知

① 俟(鲁迅):《随感录(三十六)》,《新青年》第5卷第5期,1918年11月。
② 葛红兵、宋耕:《身体政治》,上海三联书店2005年版,第58页。
③ 鲁迅:《病后杂谈之余——关于"舒愤懑"》,《鲁迅全集》第6卷,人民文学出版社2005年版,第194—195页。

识分子的屈辱与荣光、抗争与犹疑。剪掉辫子的 N 先生回到家乡，无论戴不戴假辫子，不管穿洋装还是大衫，都遭到乡人的讥讽嘲笑，被骂作"假洋鬼子"，于是手里添了一支手杖，拼命打了几回路人后，他们才"渐渐地不骂了"。以西洋文明棍敲打路人这件事让 N 先生感到"悲哀"，因为洋人/殖民者也是这样对待中国民众的。可见，"假洋鬼子"与民众的关系，类似于洋人/殖民者与中国民众的关系——既是推动中国"向西转"的启蒙者，又为民众所敌视。"假洋鬼子"/启蒙者为此承受了不少的"冷笑恶骂"和猜疑排挤。N 先生是有着二重思想的"假洋鬼子"，他本身就是一个悖论：自己剪辫子，把剪辫当作革命，又不同意学生剪辫子，却还要感叹"造物的皮鞭没有到中国的脊梁上时"，"绝不肯自己改变一支毫毛。"①不过，由于 N 先生在独白中提到辛亥革命的流血牺牲，提到《革命军》作者邹容的抗争和就义，因此他的"假洋鬼子"形象就向革命与牺牲的历史意义靠拢，获得了言说的正义性。但是即使到了民初，"假洋鬼子"与民众仍然相互隔膜，曾被"假洋鬼子"用文明棍敲打的"庸众"，曾被"假洋鬼子"劝告不要剪辫子的学生，有多少人会记得"假洋鬼子"为变革社会所历经的艰辛、承受的屈辱和作出的牺牲呢？这正是"假洋鬼子"的悲哀，也是他们的愤懑所在。

不过，以"假洋鬼子"的名义倡导启蒙，似乎难以理直气壮。"启蒙在很大程度上被符号化为反封建和拥护西方的代名词"②，"假洋鬼子"在半殖民中国想要扮演启蒙者的角色，就有可能落下"里通外国"的骂名。启蒙者的"假洋鬼子"身份，影响了其话语的合法性，难以获得底层民众的广泛认可，这也是"革命压倒启蒙"的一个原因。正因为"身份"的顾忌与局限，围绕"假洋鬼子"构设的启蒙话语，不得不选择"辫子"作为切入角度，将故事时间定在清末民初。这就造成了"假洋鬼子"的启蒙叙事不是直面当下，而是指向"苦于不能全忘却"的过去（《〈呐喊〉自序》）。在五四时期，西方文明被新式知识分子奉为进步、优势文明，反封建、反传统的观念极为盛行，这就使得大家更多关注传统之"恶"，较少关注西方殖民之"恶"，这有利于"假洋鬼子"此时期以正面形象出场。实际上，"假洋鬼子"唯有在五四时期，在"辫子"的叙述中，才敢"舒愤懑"，才以文化变革先锋自居，主动呈现自我的精神塑像。

---

① 鲁迅：《头发的故事》，《鲁迅全集》第 1 卷，人民文学出版社 2005 年版，第 488 页。
② 史书美：《现代的诱惑：书写半殖民地中国的现代主义（1917—1937）》，何恬译，江苏人民出版社 2007 年版，第 43 页。

（二）乔装与"假洋鬼子"的民族身份认同

"假洋鬼子"是一种乔装、错位的文化身份，是对西洋文明具有象征意义的臣服。乔装主要借助于洋装。作为半殖民中国的国民，以洋装来修饰民族性的身体，并不能让知识分子感到心安理得，服装与民族身份的关系，有可能把知识分子带入中华民族与帝国主义的话语纠缠中。在小说《东野先生》中，曾留学日本的东野就对模仿西洋的服装与礼仪进行质疑，认为中国人学外国人穿洋装，"便是自己在精神上屈服了人家，这还成一个民族吗?"①

乔装缘于对自我真实身份的不自信。因民族身份不被尊重，同时又不愿遭受异族歧视，于是便乔装、借用洋人身份来规避难堪的境遇。这在留日知识分子身上表现得尤为明显。乔装涉及服装、语言和国族。乔装日本人或西洋人，自然属于"假洋鬼子"的行为和心态。乔装的"假洋鬼子"内心是分裂的，有着自我羞耻感。同时，乔装并不能真正摆脱殖民主义制造的羞辱，反而加剧了他们的民族自卑自贱感，强化了对西洋权势和被洋人"凝视"的愚昧同胞的反感。在被"凝视"中，留日知识分子的民族情感受到伤害，转而把怨恨投射到同胞身上，以缓解"受连累"而生的屈辱感，并对国民性格、中国社会进行指控，从而构成了半殖民中国特有的启蒙观念文本。郁达夫的《两夜巢》②以漫画的笔调叙述了三个留日学生接待华人代表团的情形。三个留日学生的称谓、服装、语言、体貌都被赋予了文化身份的喻指。"发种种的少年"戴着金丝眼镜，"外貌竟被外国人同化得一丝不剩"，但他自认有一颗中国"丹心"。"乳白色的半开化人"外语流利，外国事情懂得多。"乳白色"指面肤偏白，与"半开化的文明人"的文化属性相结合，仿西洋人的面相不言而喻。同为留学生，"阳明崇拜者"则以小丑的面目出现在小说中，让两位充分洋化的同学感到耻辱，因为他的容貌举止和言语"无一不带有中国人的气味"。由于中国身份在日本受歧视，两位留学生便以"中国人的气味"为耻。在两位"仿洋"的留学生眼中，同胞们的王阳明风度、中国衣服、中国书画、蹩脚外语等，一概是劣等民族的表征，并将其上升到了民族耻辱的层面。祛除民族耻辱的办法，则是从容貌、服装到语言、性格全面抹除民族身份表征，变得像"外国人"。而"同化"恰恰是殖民化的重要策略，被异族同化之后，"民族"的差异性表征其实已经被掏空。爱国、民族自卑、国民性批判、沾沾自喜于"仿洋"身份等混杂在一起，构成了留日学生的精神

---

① 落华生(许地山):《东野先生》,《解放者》,星云堂书店 1933 年版,第 128 页。
② 郁达夫:《两夜巢》,《郁达夫全集》第 1 卷,浙江大学出版社 2007 年版。

写照,但因他们立于俯视、嘲讽(启蒙)国人的叙述位置以及满溢的自怜自哀的国族抒情,便成了被同情、肯定的人物形象,其"假洋鬼子"属性显得隐晦且难以义正辞严地加以指责。

学日本最终是为了"学到像欧洲"①,这就注定留日知识分子的"假洋鬼子"身份带有次等的、二次模仿的色彩,郁积了更多的心酸与惶惑。郭沫若《月蚀》②中的"我"穿西装冒充日本人的策略折射了这种尴尬境遇。在郭沫若的创作中,"假洋鬼子"既包含中国、日本、西洋身份的混杂、错位,也包含自我身份认同在中外之间的彷徨、迷乱。在郭沫若的"身边小说"中,带有自叙传色彩的主人公的服饰常常被刻意指明,不仅用来确证文化身份,而且被视为西洋、日本、中国之间权力与尊严较量的符号。

郭沫若的作品中反复出现两套服装,一套是日本帝大的学生制服,另一套是西装。服装不是与身份无关的装饰物,"身体政治的潜规则,服装(身体的遮蔽和敞开)不仅仅作为私人形式,更重要的是作为公共政治场域而存在的,它是一种政治技术工具,是政治意义相互斗争和争夺的场所,它生产政治权利关系,又被政治权利关系生产"③。服装的政治表意,在郭沫若的作品中具体表现为服装与民族身份的冲突。日本帝大的学生装总是关联着被低估、被歧视、被侮辱的主体。身穿日本学生装的郭沫若,与现实中国难以相互安放。回国后他仍然穿着十多年前的学生装,包含不想与一般国人相混同,以之标明身份界限的意图,并以留日身份向西洋挑战。旧学生装以落魄的、边缘的、殖民地知识分子的姿态,提醒着与殖民西方的界限。《亭子间中的文士》④对爱牟的学生装有着细致的描绘,旧学生装延续、铭刻了爱牟的留日身份,进而与西洋发生现实对话,其中混合着对西洋人的艳羡与怨恨,并以"昔年豪贵信陵君,今日耕种信陵坟"来释怀。当学生装指向日本身份,并执行国民性批判时,服装的身份标识与自我怨恨的民族意识之间就出现了难以弥合的裂隙。诗歌《沪杭车中》对吃喝玩乐的同胞进行批判,虚假的日本人身份与真实的中国人身份在批判中达成了视界融合⑤。日本帝大的制服让日本人把"我"误认作同胞,服装背叛了"我"的民族身份,而真实的民族身份反而遭到了服装的

① 孙中山:《三民主义》,《孙中山全集》第 9 卷,中华书局 1986 年版,第 190 页。
② 郭沫若:《月蚀》,《创造周报》1923 年 9 月 2 日。
③ 葛红兵、宋耕:《身体政治》,上海三联书店 2005 年版,第 55 页。
④ 郭沫若:《亭子间中的文士》,《现代评论》1925 年第 1 卷第 8 期。
⑤ 李永东:《文化身份、民族认同的含混与危机:论郭沫若五四时期的创作》,《文学评论》2012 年第 3 期。

嘲弄。

西装的乔装功能所引发的文化身份问题更为复杂。当西装在跨国际、跨种族、跨文化的交际中使用,并用来乔装异邦民族身份时,西装就具有为"假洋鬼子"塑形的符号功能。西装在郭沫若的作品中具有隐匿自我民族身份、乔装异邦民族身份的功用。《月蚀》中的"我"穿西装"假充东洋人"。然而,西装的乔装功能并不能缓解民族身份的焦虑,"'躲'在服饰中的'双重生活'"①反而把留日知识分子变成了"二重人格的生活者"②。集中表现以西装掩饰民族身份的作品是"身边小说"《行路难》。在小说中,西装是爱牟与日本社会交往的身份装置,他想以西装来解除身份的卑怯感,却因与真实身份冲突而被嘲弄。由于自身的民族身份、经济状况与漂亮西装并不相称,故容易露马脚。西装在小说中出现多次,第一次是爱牟想以西装身份与日本房东进行平等交流,却因破草帽暴露了西装的故作声势而自取其辱。第二次是去租房,爱牟身穿西装去一处豪华宅院求租,庭院的炫目陈设和日本房主的上流社会气度给了他很大的心理压力,即使身着西装亦难以完全抵御,不得已而假冒对方民族,假造"桑木海藏"这个签名来抹除身份的压力。爱牟自我尊严的维持,依靠的是西装身份,一旦西装与真实民族身份的关系被拆穿,他就备感受辱并生出民族主义的怨恨。尽管如此,爱牟仍然执意维系西装与阶层身份的联系,当日本工人向他推荐一处简陋的小房子时,爱牟觉得他未免太瞧不起自己:"啊,你没有看见我身上穿的这一套西装吗?"③这时,西装成了自我肯定的符号和阶层边界的标识。第三次,西装以不在场的方式维持爱牟的尊严。在日本再一次迁居时,爱牟没有穿西装而坐的是豪华车厢,感受到了日本有钱夫妇对他的不屑。因西装并不在场,不能抵挡对方加诸其身的凌辱眼光,爱牟不得不通过其他方式来弥补身份弱势,于是拿出一本德文剧本轻声念起来。由衣装的社会身份较量转向西洋语言和知识的较劲,同样借助了异族的媒介符号,仍然是"假洋鬼子"心态的体现。

"服装作为物化的人与场合的主要坐标,成为文化范畴及其关系的复杂图式"。④ 一般情况下,服装与场合互相协调,共同构设人的主体形象。"假洋鬼子"显然背离了这一规则,服装、人、场合相互犯冲,民族意识、受殖体验、反殖观念、国

① 蔡翔、董丽敏等:《空间、媒介和上海叙事》,上海大学出版社 2013 年版,第 100 页。
② 郭沫若:《喀尔美萝姑娘》,《东方杂志》第 22 卷第 4 期,1925 年 2 月 25 日。
③ 郭沫若:《行路难》上、中篇,《东方杂志》第 22 卷第 7 期,1925 年 4 月 10 日。
④ 保罗·康纳顿:《社会如何记忆》,纳日碧力戈译,上海人民出版社 2000 年版,第 32 页。

民性批判与文化身份等形成了交混、倒错的关系,呈现出半殖民地知识分子特有的生命体认。

（三）半殖民中国的权势结构与复制西洋时光的"假洋鬼子"

半殖民中国有着特殊的权势阶层结构,这就是鲁迅所批判的:"中央几位洋主子,手下是若干颂德的'高等华人'和一伙作伥的奴气同胞。此外即全是默默吃苦的'土人'。"①半殖民中国的权势阶层结构,同时也是一种文化结构和生活方式的差异结构,上流社会多崇尚西洋文化,模仿洋人的生活样态,普通民众则照旧过着"中国式"的生活。身处这种社会结构中,老派的"假洋鬼子"把自己的"中间物"特性变成一种世俗生存的优势,以两副面孔应对半殖民半封建社会,"既许信仰自由,却又特别尊孔;既自命'胜朝遗老',却又在民国拿钱;既说是应该革新,却又主张复古"②。老舍对"假洋鬼子"的这种生存哲学有着深透的表现,他笔下的牛博士,即牛老爷,少年中过秀才,二十八岁在美得过博士,通吃新旧人士,因为"平常人,懂得老事儿的,不懂得新事儿;懂得新事儿的,又不懂得老事儿"③。牛老爷床头的"西式装订"的中国书,是他的文化性格和生存谋略的写照,与人交流时,"客人要是老派的呢,他便谈洋书;反之,客人要是摩登的呢,他便谈旧学问;他这本西装的中书,几乎是本大书,包罗万象,而随时变化"④。这类老于世故的"假洋鬼子"既无二重人格的痛苦,也不承受文化身份所带来的焦虑,更无意于推进西洋文明的"在地化"。

在半殖民中国的阶层权势结构中,也有执着于"仿洋"身份的"假洋鬼子"。他们渴望利用自己的文化身份来分享殖民帝国和洋人主子的特权和荣耀,因而固守自己的"仿洋"身份,以"准洋人"自居。不过,他们的"仿洋"身份全赖"洋"皮相来支撑。曹禺《日出》中的张乔治,以外国话比中国话讲得更顺溜而自傲,生活也极其欧化,他的"洋服最低限度要在香港做",甚至动作都要模仿好莱坞明星的样子。老舍《文博士》中的文博士有一套从美国贩运过来的洋服和规矩。师陀《结婚》中的黄美洲,无论如何落魄潦倒,一身英国料子的西装必然烫得笔挺,把自己打扮成十足的英国派绅士的模样。

---

① 鲁迅:《再谈香港》,《鲁迅全集》第3卷,人民文学出版社2005年版,第565页。
② 唐俟(鲁迅):《随感录(五十四)》,《新青年》第6卷第3期,1919年3月。
③ 老舍:《牛老爷的痰盂》,《老舍小说全集》第11卷,长江文艺出版社1993年版,第348页。
④ 老舍:《牛老爷的痰盂》,《老舍小说全集》第11卷,长江文艺出版社1993年版,第349页。

由此可以见出,刻意"仿洋"的"假洋鬼子"是一种空间错位的主体存在。由于其"洋"是在留学经历中习得的西洋做派和生活观念。回国后,他们的洋习性、洋做派、洋享乐便失去可依托的特定语境。而且,他们并未揣摩到西洋文明的精髓,无法凭借真才实学在社会立足,如果放弃仅有的洋习性、洋做派,则失去了主体价值的特殊性。而主体的特殊性,正是这些"假洋鬼子"借以傲世、混世的资本,或自我认同的根基。所以《牺牲》中的毛博士顶讲究"美国规矩",他的穿洋装,"好像是为谁许下了愿,发誓洋装三年似的",把"'全份武装'的穿着洋服"当作"一种责任,一种宗教上的律条"①。"假洋鬼子"为了强化自我的优越感,维持自身社会价值的稀缺性和特殊性,便把"身在"的中国社会与"曾在"的西洋社会的差异加以戏剧化,以遥远的美国、英国大都会的社会生活为标准,来评判中国社会。他们曾经在美国、英国混过文凭,便以这段时光为依据,向中国社会索取回报,同时偏执地在中国怀想、复制自己的西洋时光。

"假洋鬼子"热衷复制西洋时光,多少与中国半殖民地境遇的怂恿有关。"现代殖民主义之所以大获全胜,主要不是倚靠船坚炮利和科技卓越,而是殖民者有能力创造出与传统秩序截然两样的世俗等级制度。这些等级制度为很多人(尤其是那些于传统秩序中被剥削被排斥的人)敞开新天地。"②对于"假洋鬼子"来说,他们不是被这种等级制度的"公义平等"所吸引,而是利用留洋、仿洋的社会身份向半殖民中国的权势中心投诚,像文博士那样"打进"中国社会。"假洋鬼子"实际上成了殖民主义的响应者。殖民主义在建构西方文化霸权的过程中,"把现代西方这个概念,由一个地理及时空上的实体,一般化为一个心理层次上的分类",让"西方变得无处不在,既在西方之内亦在西方之外,它存在于社会结构之中,亦徘徊在思维之内"③。"假洋鬼子"对西洋时光的刻板复制,助推了西方霸权在中国社会之内的扩张进程,同时,他们也以西洋时光的复制作为资本,借此挤入半殖民中国权势结构的中心圈。

无论借辫子问题进行启蒙,还是以乔装来维持自尊,或者以复制西洋时光来"打进"权势社会,文学中所书写的"假洋鬼子",都与中国传统社会构成了一种紧

---

① 老舍:《牺牲》,《樱海集》,人间书屋 1935 年版,第 34 页。
② [法]南迪:《亲内的敌人(导论)》,许宝强、罗永生选编:《解殖与民族主义》,中央编译出版社 2004 年版,第 60 页。
③ [法]南迪:《亲内的敌人(导论)》,许宝强、罗永生选编:《解殖与民族主义》,中央编译出版社 2004 年版,第 62 页。

张关系。他们的文化性格和生命世界是撕裂的，与自我撕扯，与庸众撕扯，与种族偏见撕扯，或者与文化空间的错位撕扯，在撕扯中，半殖民文化所带给生命的沉重感得到了深度透视，"假洋鬼子"形象也因此在文学史上留下了特异的面影，成了文学史上不可替代的典型形象。

就文学史研究的推动来说，"假洋鬼子"形象也有其特殊的价值。对之的研究，有利于拓展对中国现代文学的思想成色与艺术力量的认识。过往的中国现代文学研究过多纠缠于新与旧、现代与传统的关系，而不够关注中与西在文化主体内的碰撞情形。实际上，"新"、"现代"很大程度上就等于"西化"、"洋化"。推动"西化"、"洋化"的知识分子自身的文化身份、民族认同、启蒙动因、生存状态等问题如果得不到细致的剖析，关于文学史风貌与发展的解读，自然有其局限性。"假洋鬼子"的文化间性以及与半殖民中国的伴生关系，为理解知识分子和中国现代文学的"西化"、"洋化"问题提供了特殊的借镜，映照出新文化和现代进程中如影相随的半殖民地面影。

## 四、"假洋鬼子"构型对当代文化建设的启示

"假洋鬼子"是中西文化的混血儿，是半殖民地半封建中国文化人格的典型形态。通过探究"假洋鬼子"的文学构型，不仅有助于重新理解现代作家的文化身份和现代文学的启蒙机制，而且能够直触半殖民中国的文化境遇和民族心态，映照出中国"向西转"过程中的彷徨心态、精神阵痛和文化病症，从而为中国当代文化的发展提供借镜。

对于重建中国当代文化而言，"假洋鬼子"形象具有多方面的启示意义，具体表现为三个方面。

其一，狭隘的民族主义观念是不足取的，它可能粗暴武断地把近洋、西化的知识精英冠以"假洋鬼子"、"资产阶级"、"汉奸"等恶名，从而阻碍中西文化的交流会通。

在半殖民境遇下，现代中国既臣服于欧美对"文明"、"现代"、"进步"的定义，又对东西洋文明的扩张充满疑惧，因此在模仿（或对抗）殖民帝国现代化的过程中陷入了"自我的迷失与重拾"的怪圈，以致现代中国的文化意愿一直徘徊在本土与世界、民族化与西化之间。① 调和中西文明再造新文明的意愿，为半殖民境遇和民族主义

---

① 李永东：《半殖民与解殖民的现代中国文学》，《天津社会科学》2015 年第 3 期。

所干扰。"'东方'型民族主义意味着从文化上'重新武装'这个民族,要改造它的文化。但这并不是简单地模仿异族文化,因为这样民族将会失去自己的特性"。① 中国文明再造过程因现代、殖民与民族主义的复杂纠缠,必然夹杂着对东西洋权势的怨愤,而近洋、仿洋的"假洋鬼子"则成了怨愤的发泄对象。西洋文明强行进入中国后滋生出的"二重思想"与现代浮华也让人们惴惴不安,这种不安被归罪于"假洋鬼子"。正如鲁迅所写道:

> 我觉得中国人所蕴蓄的怨愤已经够多了,自然是受强者的蹂躏所致的。但他们却不很向强者反抗,而反在弱者身上发泄,……或者要说,我们现在所要使人愤恨的是外敌,和国人不相干,无从受害。可是这转移是极容易的,虽曰国人,要借以泄愤的时候,只要给予一种特异的名称,即可放心割刃。先前则有异端,妖人,奸党,逆徒等类名目,现在就可用国贼,汉奸,二毛子,洋狗或洋奴。②

以狭隘的"民族主义"的名义,把西化的知识精英扣上"假洋鬼子"、"二毛子"、"卖国贼"、"异端"、"洋奴"等帽子,无助于文化问题的真正解决,它只是借民族情绪把问题重新封闭起来,以民族主义的坚硬外壳来为民族国家的柔弱、失败而辩解,而文化变革者成了全民公敌。

实际上,在中国文化的现代化进程中,"仿洋"、"崇西"的"假洋鬼子"恰恰扮演了文化先锋的角色。尽管"假洋鬼子"有时代的局限,甚至可能是中西文化泡沫孕生的怪胎,以至于把文化引向歧途。然而,像阿Q那样对"假洋鬼子"采取"深恶痛绝"的态度,只能导致本土文化的封闭停滞,以致重返国粹主义或封建主义的怀抱。因此,社会上应对这类显得有些"出格",并且也不甚稳健周全的文化先锋持理解宽容的态度。在全球化的时代背景下,中国文化的重建更应当有容纳、消化异域文化的博大胸襟,在中西会通中建构民族国家文化。

"假洋鬼子"在装扮、举止、语言、消费、观念等层面的"洋化",比一般人来得更彻底、更扎眼、更乖张,也就更容易成为排外仇洋、恋旧崇祖观念的发泄对象,并被当作"非我族类"的第三种人加以排斥。这正如老舍小说《牺牲》对毛博士的描绘:

① [印]帕尔塔·查特吉:《民族主义思想与殖民地世界:一种衍生的话语?》,范慕尤、杨曦译,译林出版社2007年版,第2页。
② 鲁迅:《杂忆》,《鲁迅全集》第1卷,人民文学出版社2005年版,第238页。

"不像中国人,也不像外国人。他好像是没有根儿。"①身份的跨界和模棱两可,将带来身份认同的困扰,因为"身份认同建立在共同的起源或共享的特点的认知基础之上,这些起源和特点是与另一个人或团体,或和一个理念,和建立在这个基础之上的自然的圈子共同具有或共享的。"②"假洋鬼子"尽管与一般国人有着共同的起源,但部分背离了"共享的特点"和"固定的"特征。但这不应成为民族主义者激烈攻击的借口,因为民族文化的特性本来就不是固定不变的,它永远处于建构中。在今天,我们对于异族后裔、外侨、混血儿等有着多重文化身份的群体,同样应持宽容理解的态度,如此,中国的民族文化才能走向多元共生。

其二,身份彷徨、二重人格、民族自卑的"假洋鬼子"及其文化后裔,难以完成文化重建的使命。当今中国知识分子面对西方文明时,应有强健宽博的胸怀,以祛除"弱国子民"、"盲目崇洋"的历史遗留心态。

一方面,"假洋鬼子"的文化姿态和行为范式,显然不是文化发展的正途;另一方面,在半殖民中国的社会语境下,文化的发展不可能直接抵达正途,它不可避免在茫然、躁动中迂回而进。在迂回而进中,"假洋鬼子"作为中西、新旧的"中间物",无论其助推了文化的变革还是把文化领向了歧途,都为当代文化的发展积累了经验。

中国当代文化战略的选择,首先应考虑中国人不被"从'世界人'中挤出"③,再来谈民族传统的弘扬问题。想要真正解决以上问题,需要文化自信,而"假洋鬼子"最大的性格弱点就是缺乏主体性和文化自信。如何消解"假洋鬼子"心态,正确处理中外文化关系,鲁迅的看法发人深省:"汉唐虽然也有边患,但魄力究竟雄大,人民具有不至于为异族奴隶的自信心,或者竟毫未想到,凡取用外来事物的时候,就如将彼俘来一样,自由驱使,绝不介怀。一到衰敝陵夷之际,神经可就衰弱过敏了,每遇外国东西,便觉得仿佛彼来俘我一样,推拒,惶恐,退缩,逃避,抖成一团,又必想一篇道理来掩饰,而国粹遂成为屠王和屠奴的宝贝。"④半殖民中国的文化与文学发展可作如是观:过去是如此,当下亦复如是。

其三,文化的借鉴是一个系统工程,肢解西方文明、只重物质而弃绝精神的

---

① 老舍:《牺牲》,《樱海集》,人间书屋 1935 年版,第 39 页。
② [英]斯图亚特·霍尔:《导言:是谁需要"身份"?》,斯图亚特·霍尔、保罗·杜盖伊编著:《文化身份问题研究》,庞璃译,河南大学出版社 2010 年版,第 3 页。
③ 俟(鲁迅):《随感录(三十六)》,《新青年》第 5 卷第 5 期,1918 年 11 月。
④ 鲁迅:《看镜有感》,《语丝》第 16 期,1925 年 3 月 2 日。

"假洋鬼子"做法,很容易激发传统之恶,造成"东壁打到西壁"的文化混乱局面。

梁启超认为:"文明者,有形质焉,有精神焉。求形质之文明易,求精神之文明难。精神既具,则形质自生;精神不存,则形质无附。然则真文明者,只有精神而已。"①虽然文明、文化的形质与精神并不能完全剥离,但精神确实是文明和文化的核心和灵魂,也是最难变更的。一味模仿洋做派,追求洋享乐,或以洋招牌混世的"假洋鬼子",显然没有领悟西方文明的精髓。这类"假洋鬼子"并不去触动传统文化的深层痼疾,他们有时恰恰扮演着"学了外国本领,保存中国旧习"的角色,就像《文明小史》中的冲天炮,"虽是维新到极处,却也守旧到极处。这是什么缘故呢?冲天炮维新的是表面,守旧的是内容"②。

只重西洋物质的"假洋鬼子",很容易成为"借新文明之名,以大遂其私欲"的人物,其结果是西洋观念被生吞活剥,在肤浅的意义上作为利己主义和放浪享乐的托词。为了"遂其私欲","假洋鬼子"一方面与资产阶级消费主义握手言欢,另一方面与封建特权思想结成同盟,中西合污,封资合流。而中西文化的精神价值由此大大折耗,并造成文化的混乱局面,助推了对西方文化和本土文化进行双重质疑的潮流,使得文化的发展"东壁打到西壁"。

割裂、肢解西方文明的做法,不仅存在于"假洋鬼子"的时代,也存在于当代。中国文化的发展,曾为物质主义付出过代价,也为"精神至上"付出过代价。实际上,文化是一个整体,由内向外建构出生命主体和社会主体的秩序,不可偏废物质,更不能偏废精神。只有当文化的发展以塑造健全的生命为目的时,中西文化的会叙才会有方向感。当代文化的重建也应着眼于此。

## 结　语

文学中的"假洋鬼子"形象,其"假"含义丰富,包含"模仿"、"乔装"、"伪冒"等内涵。"模仿"又可区分为对"洋鬼子"精神的模仿、表象的模仿、全盘模仿等情形。再加上殖民文化、封建文化的参与,"假洋鬼子"形象因此显得繁复多样。各个时代、不同作家笔下的"假洋鬼子"形象旨趣各异,他者视野与自叙色彩的"假洋鬼子"形象存在较大反差。从价值类型来看,有悲剧型、喜剧型与悲喜混合型。从形

---

① 梁启超:《国民十大元气论》,《饮冰室合集·文集第三册》,中华书局 1936 年版,第 61 页。
② 南亭亭长(李伯元):《文明小史》第五十七回,《绣像小说》1903 年第 53 期。

象发展来看,先后出现"中西合污的纨绔子弟"、"新旧彷徨的启蒙先锋"、"身份犹疑的留日学生"、"挟洋自重的市侩洋奴"等类型。"假洋鬼子"书写在审美上有着类似的特征,那就是嘲讽风格,包括揭丑的嘲笑与心酸的自嘲。露丑的"假洋鬼子"是漫画风格的,自嘲的"假洋鬼子"则侧重精神细描。无论露丑还是自嘲的"假洋鬼子",都是不为"常态"社会所接纳的人物,因此这类文本最终流露出生命的荒诞感以及对社会的绝望。不论是作为被嘲弄的对象还是作为自我精神的塑形,"假洋鬼子"都是时代的产物,隐含着半殖民地知识分子特殊的生命境遇与文化心理,映射出半殖民中国的现代文化建构必然充满曲折、争议和尴尬。

"假洋鬼子"形象为反思中国的现代进程、新式知识分子的身份认同与民众的文化心态提供了特别路径。"假洋鬼子"的文学构型,对于今天的文化发展也颇有借镜的意义。我们今天讨论"假洋鬼子"形象,最终是为了走出文化上的"假洋鬼子"时代,在坚定文化自信的前提下,建构具有中国特色的社会主义新文化与新文学。

原载《中国社会科学》2017 年第 3 期

# 戏剧创作地域题材应降温

李红艳（河南省文化艺术研究院副研究员）

地域文化是一定区域范围内长期形成的历史遗存、文化形态、集体性格、地域精神、民俗习惯、生产生活方式等的综合呈现形态，是一定区域源远流长、独具特色、代代传承却又历久弥新的文化传统，是维系一个地区人们身份认同、情感认同、价值认同的精神纽带，蕴含着独特而又丰富的历史价值、认识价值、精神价值、审美价值。地域题材，历来是各地艺术创作的重要题材来源。它们以各种不同的形式，既各自呈现着本地域文化的独特个性，也共同塑造着丰富多彩的中华文化。近几年，各地对文化的重视程度和投入资金与日俱增，尤其是对地方历史人文资源的重视和挖掘，已成为当前艺术创作中一股势不可当的"洪流"，在作为各地文化建设重要"抓手"的戏剧创作中，表现得尤为突出。地域题材戏剧作品投入之大、创作之热、数量之多，前所未有。

通过艺术创作弘扬地域文化传统，树立地方文化形象，扩大地方文化的影响力，本是一件好事。但是，当这种追求成为一种带有强烈功利性的"刻意"行为，当艺术创作夹杂了太多的"非艺术因素"，当这类题材几乎成为地方戏剧创作题材来源的"唯一"，当大家普遍意识到这类作品"有数量缺质量"，当种种问题已然成为一种"现象"……就不能不引起我们的关注、深思、反省、修正。

## 一、当下戏剧创作中地域题材缘何不断升温

地域题材在当下的戏剧创作中可谓炙手可热。这首先与近年经济的快速发展密切相关。随着各地经济发展水平的不断提高，文化作为"软实力"的价值得到广

泛认同,建设"文化强省""文化强市""文化强县"成为地方经济发展到一定水平和规模之后必然的目标和要求。各地纷纷谋篇布局,勾画文化发展的宏伟蓝图。而作为地方文化建设的重要内容、地方百姓最喜闻乐见的戏剧艺术,也顺理成章地成为各地实施文化工程、树立文化形象、打造文化品牌、提升文化实力的重要抓手。

其次,地域文化蕴含着丰富的人文精神,是艺术创作取之不尽、用之不竭的源头活水。各地进行艺术创作时优先选取本地题材,无疑是近水楼台,有着天时地利人和的优势。近些年,在全国产生重要影响的优秀戏剧作品,如川剧《死水微澜》、《变脸》、《尘埃落定》,评剧《我那呼兰河》,黄梅戏《徽州女人》,甬剧《典妻》,话剧《立秋》、《红旗渠》、《徽商传奇》,晋剧《傅山进京》,秦腔《西京故事》,豫剧《香魂女》……均是地域题材戏剧的成功之作,不仅成为当代戏剧作品的经典之作,也为当地带来了全国性的荣誉,成为宣传地方文化的靓丽名片。地方文化建设,重在彰显特色和个性,尤其需要提炼出易于"识别"的身份"标签",而这种身份"标签",只有地域文化的独特基因才能赋予它。故而各地在题材的选择上,往往倾向于本土题材,借此打造具有地方"标识"意义的文化形象,扩大地方文化的影响力。

再次,随着非物质文化遗产保护的深入人心,各地都在挖掘、盘点本地文化遗产,包括神话传说、历史故事、文化名人等在内的各种新发现、新说法、新解释、新争论、新认识随之而来,不但丰富了各地的文化资源,也大大增强了各地对自身文化资源的价值认识。通过艺术创作开掘利用既有的文化资源,既是对自身文化资源的一种珍视,也是一种文化的自信,还是一种文化的展示。比如,上海京剧院数年前根据清代廉吏于成龙的故事,创排了京剧《廉吏于成龙》,轰动一时,并成为著名京剧表演艺术家尚长荣的代表作。2015年,当山西省的有关领导获悉于成龙是山西永宁州(今吕梁市方山县)人时,决定再次将这个题材作为本省的题材予以重点扶持,由晋剧表演艺术家谢涛以晋剧形式再度演绎,实现了同一题材新的开掘,不仅获得了业界和观众的高度评价,也让人们通过这个戏了解了于成龙与山西的地脉渊源。再如,文化先哲、"道家"创始人老子系河南周口鹿邑县人,为弘扬老子的哲学思想,提升地域文化的认知度,地处周口的河南省越调剧团创排了越调《老子》,第一次在戏曲舞台上塑造了人性、神性兼具的"老子"形象,不但将"人法地、地法天、天法道、道法自然"、"上善若水"、"治大国如烹小鲜"等深邃的哲学思想艺术化、人格化,也让人们认识了越调这个古老的剧种,同时更加深了老子和周口地缘之亲的认知,成为近几年地域文化名人题材的成功之作。

最后,地域戏剧题材创作之所以"热",还有一个最重要的原因——即"文化功利心"。对于地方政府而言,投资地域题材,期待的是它的宣传效果;对于创作者而言,渴望的是立戏的机会;对于剧团来说,看中的则是政府投入的慷慨。各方既"各怀心态"又彼此"成全"。于是,题材的可行性、创作者驾驭题材的能力、剧团的艺术实力、未来的市场回报,都可以成为退而求其次的因素,首当其冲的则是无所不敢的热情和勇气。因此,我们会看到这样的现象:一个县级剧团,就敢问津轩辕、庄子、女娲这样的重大题材;一个连吃饭都困难的地市级剧团,就敢斥资百万、数百万去打造一出前景并不看好的地域题材戏……

地域文化的独特性、丰富性及其精神价值的历史传承性,使其当之无愧成为艺术创作的富矿,并因为全社会不断增强的文化意识和各地建设文化"强省""强市""强县"的"功利"和"急切",变得不断升温。

## 二、地域题材"热"问题直面

艺术的生产像世间所有的生态系统一样,有系统内的平衡法则,如果打破了这种平衡,其所隐含的问题也会日渐显现。

### (一)题材指向的单一性,导致戏剧创作题材的来源范围日渐狭窄

学者戴锦华说过:"戏剧,是某种意义上的国家艺术"①,是各级文化主管部门主抓的重要艺术形式。对于艺术品种相对单一的地方来说,戏剧,几乎是当地政府繁荣文艺创作的"唯一"抓手。所以,从题材选择到艺术生产的各个流程,各级文化主管部门都管得非常具体。尤其是在题材的选择上,具有非常明确的地域指向性,"排他性"极强,是否是"地域题材"已经成为不少地区规划题材时遵循的"首要法则",非地域题材不予考虑、不予立项、不予支持。这就把艺术创作的题材范围限定在一个非常狭窄的范围内。一叶障目,不见泰山。曾有某一地市剧团,连续几届参加本省戏剧大赛,都是同一神话题材!似乎除了这一神话,当地再无其他题材可以拿来做戏!

对于地方文化主管部门而言,想借由戏剧创作打造地方文化品牌,弘扬地方文化无可厚非,但问题在于,并不是所有的地域文化资源都适合做成戏剧作品,不是所有题材都是其所属地区的创作力量所能驾驭的。就笔者所知,女娲传说、愚公移

---

① 戴锦华:《历史的坍塌与想象未来——从电影看社会》,《东方艺术》2014 年第 12 期。

山、嫘祖、轩辕、大禹治水……这些题材,均被故事起源地的文化主管部门以戏剧形式演绎过,且有的不止一次演绎过,但几乎都没有产生什么社会影响,更遑论文化品牌效应。还有些题材,尽管和某一地区有地缘之亲,也适合以戏剧形式表达,但并不一定适合当地剧种表现。如"梁祝传说",据考证故事的发生地在河南省驻马店汝南县,该地申报的民间故事"梁祝传说"已被纳入国家级非物质文化遗产保护名录。应该说,这是当地的题材资源。当地曾尝试将其做成豫剧,但是,剧种风格与题材特质的错位,注定其行之不远,且有越剧《梁山伯与祝英台》经典在前,超越谈何容易!

对地域题材的"刻意"追求,无异于画地为牢、故步自封,对戏剧创作题材类型的多样化构成了极大破坏,题材的选择范围越来越小,创作的路子越走越窄,题材的雷同化、单一化倾向日渐严重。历史名人题材扎堆、英模题材扎堆、神话题材扎堆……且时常出现两地、三地、数地争抢同一题材的现象。有的为了"抢题材"匆忙上马,不讲艺术质量;有的将题材据为己有而不允许他人染指……这些,都是地方主义、狭隘观念、功利思想在作祟。"文艺创作生产存在有数量缺质量,有'高原'缺'高峰',抄袭模仿、千篇一律、粗制滥造"等问题,某种程度上就是艺术创作功利化、工具化的一种表现。

（二）对"地域题材"的浅识或误解,导致地域化多成为一个外在"标签"

"地域题材"从字面上理解,就是所写故事、事件、人物曾发生或生活在某个地区,与当地有一定的地域关联;从内在关联和艺术表现上理解,它要具有地域文化的特点、特征、特色,要成为独具特色的"这一个"。但是,当前,对地域题材的认识和理解,多停留在表层,认为这个戏写了发生在当地的故事,或写了当地的人,就是地域题材。因而,我们看到大量所谓"地域题材"作品的问世,看到各地对这类题材趋之若鹜的热衷和不惜成本的投入。但看完作品后,你会发现,"地域"只是故事附着于其上的一个背景,更多的是创作者对题材驾驭、表达的力不从心。

比如,北宋名臣范仲淹曾在某地任职三年,该地就认为这是本地的"地域题材",并据此创作了戏剧《范仲淹》。该剧仅仅截取范仲淹在当地任职期间的几件小事来写,内容的单薄根本支撑不起"范仲淹"这一关乎宏旨、内涵丰厚的重大题材。再如民族英雄杨靖宇,五次三番地被其家乡人民和其战斗过的东北地区作为"地域题材"进行重点创作。但截至目前,几个版本都没有达到这个题材应有的高度。在舞台上搞出林海雪原、东北风情,搞出点"地域特色",在舞台科技高度发达的今天都不是问题。重要的是对杨靖宇精神人格的开掘不够到位。作为一名民族英雄,他能够承受生存环境极限的挑战,给敌人以震慑,甚至让敌人对其产生敬畏,必有其超人的意志、胆略、智慧、心理,目前几个版本对人物这些方面的描写挖掘都还欠缺。有些版本甚至用大量笔墨写人物感情,将硬题材做软处理,但都不是这个题材和人物应有的风致。

一方水土养一方人,一方水土孕育一方文化。独具特色的地域文化,有其各自独特的密码和基因。如果没有对一方文化长时间的浸淫,没有对其内涵、特质、神韵的了解、认识、感知、把握,只把表面的、身份的、行为的、名义上的某种关联作为取舍的标准,那么,所谓的"地域",充其量只是一种外在的"标签",只是地域标签的简单敷贴!几年前,笔者和剧作家罗怀臻一起全程参加了某省的戏剧大赛,赛后在对罗怀臻先生的采访中,他说了这样一番话:"我们看到各地市剧团普遍认识到了从自己地域的人文传统中寻找素材,然后用当地的剧团、当地的剧种、当地的演员去表现它,从而打造当地的文化名片。但在实施的过程中,地方化、地域化往往只是一个标签,并没有注重对它内涵、个性的发掘,而是把地域的东西作为符号融入了一个共通的东西,地域背景、地域特征、地域传统在时尚的共同化中被消解、淡化掉了。这恰恰是对地域化的一个误读。"①这番话对当下"地域题材"戏剧创作的问题可谓一针见血。大量的作品,还是把地域题材作为创作的一个由头,立足于"小我"的狭隘和功利,对题材很难有高屋建瓴的把握和认识,从而使表达出来的东西流于一般、流于常规,甚至流于庸俗。这也是目前为什么地域题材戏创作热、数量多而成功作品少,多为昙花一现的主要原因。

(三)艺术表达的"去艺术化",导致呈现在舞台上的作品立意浅、风格实、个性弱、特色丢

(1)主题矮平化

主题的矮平化首先与作者对题材的认识高度有关。"地域地材"虽关联某一地域,但题材蕴含的价值意义却具有普遍性。应该以一种超越地域、超越一般、超越个别的高度来观照题材,提炼主题,否则,就会流于浅表、狭隘。以河南的"红旗渠"题材为例。从20世纪60年代开始,"红旗渠"题材就不断被包括话剧、戏曲、

① 参见李红艳:《重新崛起中的中原戏剧——著名剧作家罗怀臻访谈》,《罗怀臻戏剧文集(5)》,上海文艺出版社2008年版。

电视剧等在内的各种艺术形式涉猎过。几乎所有的创作,无一例外地都把着力点放在写"开渠"的过程上,写开渠的艰难,写开渠的牺牲,写开渠的悲壮,都没有提炼出超越"开渠"具体行为和过程的更深的东西。2008年,剧作家杨林、导演李利宏站在时代的高度,以现代观念重新审视这个题材,以独特的视角,将修建红旗渠的决策者——以杨贵为代表的县委一班人推向了前台。写他们决策的艰难,彼此的矛盾,面对压力的态度、抉择、担当;同时,以全景式的手法,写了林县最基层的老百姓面对修渠的态度、作为、奉献、大义……这样,"红旗渠"的修建,就成为一个时代、一群人的信仰;"红旗渠"精神就升华为一种对信仰的执着,就成为一种精神的符号。主题的提升,使这个题材境界顿开,加之与题材气质相得益彰的二度创作,《红旗渠》遂成为近几年中国话剧舞台上的扛鼎之作。

地域题材主题的矮平化,除了作者驾驭题材的能力,还因为这类题材带着各种先天的"条件"和"制约","负载"太多,无法实现创作的自由。优秀的艺术作品一定是创作者的"灵感"之作、自由之作。然而当下的戏剧创作,十之八九为"命题作文",地域题材更是如此。这些项目,出资方基本上是一方政府,他们对艺术创作都抱有很强的"企图心"。一台戏,既要完成艺术的表达,还要承载显性的政治宣传,同时还夹杂着一些人的"政绩私心"。说白了,就是有一种文化功利主义在内 艺术创作是超功利的,过多的"附加条件",使艺术创作变得非常被动,非常不纯粹。题材先行论,已经剥夺了创作者题材选择的自由;在创作过程中,还要接受来自方方面面的"意见"或"建议"。可怕的是,有的地方领导不但喜欢"出题材",还要"出思路""出情节",甚至亲自动手"写唱词"。创作者的思想被绑架,思路被框囿,灵感被抑制,特长被埋没,艺术创作变成了带着镣铐跳舞的被动游戏。各方意见的满足、接受、适应、妥协,最终导致题材的开掘和表达沦为平庸。有的浅显直白、有的直奔主题、有的胡编乱造,完全违背了艺术的规律,违背了情节发展的内在逻辑和人物的思想逻辑、行为逻辑。

艺术的审美和社会功能是潜移默化的,想要通过一部戏的创作,就达到立竿见影的收效,最终可能是适得其反。

(2)表达纪实化

"地域题材"戏剧之所以超乎寻常地"热",与艺术生产部门即剧团的"价值取向"不无关系。创作生产反映当地人文题材的戏剧,既是职责所负,又比较容易"取悦"领导,从而顺利获得项目资金,戏排出来后,还能享受当地政府"红头文件"下达的场次安排和效益收获,可谓一石数鸟。当下很多创作者和剧团对地域题材的热衷,"原始动力"多来于此,并练就了"风吹草动"上题材的敏感,如果当地出了个模范人物,不出一个月,就可能有相关的戏剧作品问世;如果有领导在某种场合,提到了当地的传统人文资源,很快也能在戏剧舞台上看到相关作品;甚至考古界有了重大发现,当地的戏剧舞台上也能有最迅捷的反应……反应之敏捷,创作之迅疾,令人惊叹!

但是,艺术创作有它自身的规律。常言说,"十年磨一戏",好的艺术作品都是"磨"出来的,是需要时间"发酵"和提纯的。速度和效益,本不属于艺术创作应有的考量标准,但眼下却被当成核心指标予以过度追求,致使艺术创作充满了"浮躁"之气。于创作者而言,没有了对题材充分认识的耐心和从容,没有了题材发酵、提炼、升华的必经过程,只能在赶任务的仓促中做浮泛的解读;投资者、生产者,更是一副"不待馍熟就掀笼"的急切。所以最终蒸出来的"馍",注定发酵不充分,不是暄腾腾、筋道道、耐嚼耐品,而是硬实难嚼、口感极差。当下的戏剧创作中,诸多冠以"报告剧""纪实剧""传记剧"之名的戏剧作品,某种意义上就是对题材缺乏提炼、生吞活剥、"去艺术化"的一种掩饰。缺乏艺术的想象,不能用"现实主义精神和浪漫主义情怀观照现实生活",没有美的发现和创造,没有艺术的表达,直奔主题,堆积素材,就算做出的饭也是"夹生饭"。正像一位戏剧评论家所言:"戏剧审美原本是一个灵魂被洗礼、被净化的过程,然而在今天,每当看完'中国原创'走出剧场,感受到的更多是被无趣的人、无趣的事以及干巴巴的高尚主题撞了个满怀,脑中留下的只有空泛、虚假、肤浅的感叹,而醍醐灌顶的愉悦几乎成了奢望。"①《中共中央关于繁荣发展社会主义文艺的意见》中讲道:"要从传统文化中提炼符合当今时代需要的思想理念、道德规范、价值追求,赋予新意,创新形式,进行艺术转化和提升,创作更多具有中华文化底色、鲜明中国精神的文艺作品。""提炼""转化""提升",是从生活到艺术,从素材到情节,从认识到审美,从"米"到"酒"的必经环节,缺了时间、缺了技术、缺了火候、缺了情怀,米还是米,素材也还是素材,终究成不了打动人心的艺术作品。

(3)地域特色和剧种个性的丢失

当下地域题材戏剧的创作,还有一个明显的问题是二度创作地域特色缺失,剧种个性弱化。除了内容上与地域的某些外在"牵连",从艺术呈现上,感受不到地域文化的特色和当地剧种演绎这个题材的优势与独特。这是当前艺术创作"趋同

---

① 张之薇:《我们的主流戏剧为什么不好看》,《北京青年报》2016 年 4 月 26 日。

化"现象一个非常鲜明的体现,也是非常需要警醒的严重问题。

艺术创作的"趋同化",一个主要的原因来自于创作人才匮乏造成的人才危机以及由此而引发的人才资源的高度共享。当前,戏剧领域的"编剧荒""导演荒""作曲荒"现象十分严重。地方的创作多依靠外来的力量。这些外来力量多是各个行业炙手可热的精英,在全国各地的舞台上创造了诸多精彩,有着无可置疑的艺术经验、专业水准。但作为某一地域文化的外来者,他们也不可避免地存在着一定局限,对即将进入的地域和剧种,难以达到和本地域、本剧种同样的熟稔,如果再没有一定时间的自觉补课和深入了解,创作的时候就难免"隔"着一层,难以捕捉到地域文化的精髓,难以做到像面对本剧种时那样的胸有成竹和游刃有余,或者索性将"特色菜"做成"大众菜",端上来,品相也不差,口感也可以,但难免流于一般、雷同,缺乏了独特的味道。比如,河南某地慕名约请外省一位特别擅长历史剧的剧作家创作河南地域题材的历史剧,数易其稿,均不满意。且不说剧本的视角、立意、情节、构架,仅是唱词,就与中原的言说方式、语言习惯、韵辙讲究大异其趣,让人感觉是嫁接、移栽在中原大地之上的东西,而不是中原文化土壤上生长出来的东西。留意当今一些跨剧种编剧、导演的作品,也会发现,他们给本地域、本剧种编导的戏,大多比给外地编导的戏有特点、有个性,成功的几率也更高一些。如果对一个地域、一个剧种缺乏应有的敬畏,不深入、不了解、不尊重,只是把自己的技术、理念和题材强行捆绑,那么,很难搞出有地域特色的作品,最终会导致全国各地作品风格、样貌的雷同化。

当今戏剧创作地域特色和剧种个性的弱化,还有一个重要原因是地方文化、剧种强烈的不自信。表现在地方剧种上,就是小剧种向大剧种靠拢,弱势剧种向强势剧种"攀附",学习借鉴其他剧种以丧失剧种个性为代价,剧种的趋同化现象非常严重。艺术贵在个性,贵在特色,中国300余个地方戏剧种之所以有存在的价值,即是因为它们各具特色、彼此不可替代的艺术个性。对剧种特色的坚守建立在对艺术个性的文化自信上。如福建的梨园戏,是一个有着数百年历史的古老剧种,被称为南戏的"活化石"。但在发展的过程中,他们对自己的剧种特色有着近乎虔诚的保护和坚守,所创作的一系列新剧目,既有时代的意蕴,又完美地保存了梨园戏表演的精华和神韵,使这个剧种以现代神采、古典气质绽放在戏剧舞台上,风姿绰约,赢得全国观众的青睐。

地域文化的价值正在于各具特色的地域个性,模糊了这种个性,弥合了这种差异,对文化的多样性和丰富性是一种伤害,于剧种的发展更是一种灾难。

### 三、如何做好"地域题材"

相对于当下"地域题材"戏剧创作的热度和数量,成功的作品可谓少之又少。有的题材非常不错,创作出来却不尽如人意,没有达到该题材应有的高度和影响;有的二度创作艺术水平很高,但缺乏特色和个性;有的干脆就是附庸风雅、乏善可陈的庸俗之作……做好地域题材何其难也!

剧作家罗怀臻先生在谈及地域化戏剧创作时曾说过:"艺术作品地域化、地方化的实施,是要通过现代人、现代意识、现代背景去重新发现一个地域、一个剧种甚至是同一剧种不同地域特有的风情,并在一个共同的平台上将其更加强烈地展示出来。"①这番话基本涵盖了地域化戏剧创作的几个主要层面。

首先,地域题材的创作虽多因"地缘"而起,因"地属之缘"而自然衍生出艺术之份,如傅山之于山西,老子之于河南,白鹿原之于陕西,呼兰河之于东北,徽州之于安徽……但其题材的价值意义却具有超越地域的普遍性。打造好地域题材,最重要的是用现代视角、现代意识、现代观念,重新发掘提炼出题材所蕴含的超越时代和地域的内涵意义。比如,前述提到的话剧《红旗渠》,就将以往"修渠"艰难悲壮的主题升华为一个时代、一群人对信仰的坚韧和执着;再如晋剧《傅山进京》,虽依据傅青主拒不接受康熙授官的史实,却跳出了容易束缚创作思想的"反清复明"的庸常思维,灌注了"明亡于奴,非亡于满","君子和而不同","天下者,天下人之天下"的思想理念,刻画了傅山不事强权、傲然独立的文人气节和人格精神,具有强烈的现代意识。取材于萧红《生死场》、《呼兰河传》的评剧《我那呼兰河》,表现了生命的倔强和坚韧……这些地域题材作品能够获得超越具体事件和地域的价值认同,就是剧作家以现代意识赋予它们以现代的价值意义。这是做好此类题材的前提。所以,对地域题材的发掘仅仅有地域的情感、热情是不够的,仅仅靠资金的投入也是不行的,最主要的还是创作者对题材的驾驭能力。"只有把它提纯到一定程度,它才能成为那个地区不可替代的东西,才能和超地域的人群来共同交流、共同使用。"②

---

① 参见李红艳:《重新崛起中的中原戏剧——著名剧作家罗怀臻访谈》,《罗怀臻戏剧文集(5)》上海文艺出版社 2008 年版。

② 参见李红艳:《重新崛起中的中原戏剧——著名剧作家罗怀臻访谈》,《罗怀臻戏剧文集(5)》,上海文艺出版社 2008 年版。

其次,成功的地域题材戏剧作品,除了思想意义上的现代性、共通性,在艺术呈现上,必须具有地域的人文特点和风格,具有地域文化的审美特质,必须达到题材特质与剧种内在气质的吻合,让人感觉这个作品确确实实是从这块独特的土地上生长出来的。正如20世纪五六十年代的《朝阳沟》之于豫剧,《梁山伯与祝英台》之于越剧,《天仙配》之于黄梅戏……还如近几年的《金子》之于川剧,《典妻》之于甬剧,《傅山进京》之于晋剧,《徽州女人》之于黄梅戏,《我那呼兰河》之于评剧……这些作品洋溢出的气质、神采,让人产生一种非这一地域、非这一剧种莫属的无可替代感,它们自然而然地就成为这个地域、这个剧种的经典代表作品。

再次,对地域题材的认识和解读,需要时间的沉淀和过滤,需要创作团队"入乎其内"的了解、把握,有了"入乎其内"的"生气",才能有"出乎其外"的"高致"。甬剧《典妻》艺术气质的传递和呈现,经历了主创人员长时间寻寻觅觅的艰辛。《典妻》改编自柔石的小说《为奴隶的母亲》,写的是20世纪20年代浙东地区"典妻"这一陋习给一位母亲造成的心灵纠结和精神煎熬。作为宁波籍的作家,柔石运用宁波的地方语言写了这个宁波地方的风俗和故事。为了准确地传达出原作的神韵,编剧罗怀臻、导演曹其敬率领整个剧组长时间深入浙东地区,设身处地,感受氛围,体验生活,终于捕捉到了题材应有的气质品格:"浙东山区古典的古镇,起伏的山峦,在朦胧的雾霭中时隐时现,令人产生神秘的遐想。让这雨雾朦胧的大山,这不倦流淌的溪水,这绵延不尽的石子路和在石缝中倔强生长的青草,来共同诉说这个被岁月掩盖了的、不幸女人的苦难吧!"[①]故而,群山、溪水、石板路、弱草、青苔、断墙残壁、细雨、薄雾等,一起构成了艺术表达的主要舞台元素。淅沥的细雨,潮湿的雾气,氤氲在这些元素构成的舞台时空里,犹如主人公的愁苦蔓延开来,散不去、化不开,才下眉头,又上心头。

同一题材的戏剧作品,可以有多种多样的表达样式,而最成功、最能打动人心的表达,一定是和这个题材内在神韵吻合的表达。《典妻》的成功即是如此。由于创作者对地域风情、题材特质的准确捕捉,并加以艺术的提炼、强化、表达,从而达到了地域、题材、剧种浑然一体、水乳交融的审美境界,成为近年来地域题材戏剧作品的一部力作。

最后,对地方戏剧种而言,做好地域题材还有一个尤为关键的问题,就是对剧种个性和特点了然于胸的熟悉。有了如指掌的把握,同时还要有"为剧种写戏"的

---

① 曹其敬:《〈典妻〉导演手记》,《戏文》2004年第5期。

意识,果能如此,即使题材不是当地的,依然能够搞出地域特色、剧种特色,依然能够打造出无可替代的地域文化品牌。比如,福建剧作家王仁杰多年来一直顽强地秉持着"为剧种写戏,为演员写戏"的创作原则。他为梨园戏创作的《董生与李氏》,是根据尤凤伟的一部短篇小说《乌鸦》改编的,写人性的压制和觉醒。按照一般的"地域题材"概念来界定,这个题材不属于地域题材,但"为剧种写戏"的追求,使他在创作过程中时刻关照剧种的特色,考虑演员的表演,对未来如何"付之场上"作了全盘考虑,无论在人物安排、行当设置,还是演员表演、特色展示等方面,都留下了充分的空间,为开掘梨园戏独特的表演程式提供了广阔的天地。这部戏对人性开掘的深度,让人感受到它的现代;对梨园戏特色的彰显,让人感受到古典艺术的时尚品格,实现了保护和发展的双重意义。梨园戏的经验,非常值得那些对艺术创作急功近利,只靠表面符号的附贴去打造"地域戏剧"的创作者和投资者反思、借鉴。

优秀的作品从来都是不拘于一格,不形于一态,不定于一尊。实现艺术形式的多样化、类型的多样化、风格的多样化,靠的是艺术家对历史、对时代、对社会、对生活的切身感悟、敏锐发现、深刻思考、灵感创作和独特表达。直面问题方能面向未来,聚焦地域题材创作之"热"及背后的问题和原因,或许能对当下的戏剧创作甚至艺术创作提供启示、经验、借鉴、反思。

原载《中国文艺评论》2016 年第 10 期

# 文学批评也有"自己的宇宙"

## ——谈李健吾文学批评的时代意义

李雪(哈尔滨学院教授)

回望当代中国文学批评走过的路,李健吾越来越成为一个不容忽略的存在。他是一位作家,散文《雨中登泰山》是名篇;也是一位戏剧家,用沈从文的话说,"李健吾在戏剧问题上哗啦哗啦多";还是一位文学翻译家,翻译过福楼拜的《包法利夫人》和莫里哀的系列喜剧作品。2016 年是李健吾诞辰 110 周年,2018 年是他逝世 35 周年纪念。文学界重新审视这位文学"多面手",则更多地注重他的文学批评家身份,甚至被认为是"中国迄今为止最具文学性的批评家"。李健吾的文学批评,主要集中于《咀华集》和《咀华二集》,共计 15 万字左右。这些文字的魅力到底在哪里?

## 一、以如诗般的语言发出时代强音

李健吾在《答巴金先生的自白》中曾说过:"一个真正的批评家,犹如一个真正的艺术家,需要外在的提示,甚至于离不开实际的影响。但是最后决定一切的,却不是某部杰作或者某种利益,而是他自己的存在,一种完整无缺的精神作用……"批评虽然是文学创作活动的延伸,但它具有自己的独特风格,是批评家在追寻批评对象文本意义的同时创作的艺术品。批评也是一种创作,从作品中伸展开去,看到作品背后更丰富的内涵,也将自己的人生感悟、理想境界寄托于批评,成为批评家的精神家园。李健吾渴望为批评寻求一种美学定位,而不仅仅是承担解释与阐释作品的任务,还应当通过批评传达出对社会的认识,尽管这种愿望是潜在的。

在寻美的同时,李健吾必然地加入到时代的大合唱中。1935 年,他在评价萧军《八月的乡村》时写道:

> 然而一声霹雳,"九一八"摧毁了这次殖民地的江山。他不等待了。"那白得没有限际的雪原","那高得没有限度的蓝天",和它们粗大的树木,肥美的牛羊,强悍的人民,全要从他的生命走失。他当了义勇军。眼睁睁看见自己争不回来他心爱的乡土,一腔悲愤,像一个受了伤的儿子回到家里将息,他投奔到他向未谋面的祖国,一个无能为力的祖国! 萦回在他心头的玫瑰凋了,他拾起纷零的幻象,一瓣一瓣,缀成他余痛尚在的篇幅。

在李健吾优美的文字和如诗般的语句引导下,我们读到的不仅仅是一幅画卷,也感知到了一颗悲怆的心,听到了一阵阵扼腕叹息。《八月的乡村》与现实的紧密度促使李健吾正视民族的灾难,即使他希望看到一切的美、一切的善。他身不由己地迎接时代的洗礼,残酷的时代和惨不忍睹的现实不允许他葆有艺术家所谓的"公正"。他义愤填膺地写下:"我们处在一个神人共怒的时代,情感比理智旺,热比冷要容易。我们正义的感觉加强我们的情感,却没有增进一个艺术家所需要的平静的心境。"这来自现实主义批评语境的力量,使得李健吾站在大众的位置上,担负起了文学批评的历史使命,也响应了现实主义批评要应和历史前进步伐的观点。

## 二、艺术标准立足于社会现实

李健吾兼及创作和批评,跟操持现实主义批评话语的批评家们不同,他不是留学日本或苏联,而是拥有赴西方深造的经验。西方的浪漫主义因子在他的心中埋下了种子。他具备严密的逻辑学养、丰厚的理论知识和宽阔的文学眼光,所以他可以从专业的审美角度去看待任何一部作品,以充满柔情的笔墨带给读者审美感受,以学理的角度分析作者的创作初衷,甚至会喧宾夺主地把自我当作批评对象,只要它们是艺术的、是美的。所以,他对过于热衷苛求文学与现实紧密联系、深受苏俄文学理论影响的现实主义批评话语,有着诸多不同的见解。

在《关于现实》中,李健吾对一些现实主义作品直言不讳地表达了自己的不满。

幻觉也罢,这是现实。它来自现时,而且是一种特殊的现时。它在现时之中成长,犹如玉之于璞,或者,金之于沙。它不等于现时,然而,我们目前流行的所谓现实作品,十有八九沉溺在现时的大海,不是树叶盖住了枝干,便是琐碎遮住了视野,忘记最有力的效果是选择的效果。大胖子并非大力士,瘦子也不是美人。现时属于照相,但是现实,含有理想,孕育真理,把幻觉提到真实的境界。

然而,就在对现实主义进行认真审视的同时,现实主义批评的合理性已经悄悄地渗透进李健吾批评的骨髓。现实主义批评与现实的结合度,现实主义批评承担文学批评干预生活的责任的有效性,现实主义批评引起的读者的关注度达到了难以企及的高度,尤其是现实主义批评对现代文学发展的推动,对灾难中的中华民族的唤醒,这些都让饱含爱国热情的李健吾深深叹服。所以,他也默认了现实主义批评话语。在他看来,文学是时代的反应,最好的说明可以到书摊寻找。他认为曹禺的《蜕变》,在抗战初期问世,"是一面明照万里的镜子,也正象征一般人心的向上"。他坚持的艺术评价标准立足于当时文学所处的社会现实,他坚信,批评要在具体的历史语境中来把握和审视作品。

## 三、印象批评深化和拓展了批评主体的自省

法国印象主义批评看重的是批评家的主观介入和创造性发挥,遵循个人的趣味与感受。李健吾的文学批评观深受印象主义批评的影响,在实际批评过程中,他注重个人的印象和感受,也尽可能地接受和消化了印象主义"灵魂在杰作中的冒险"的批评方式,但他在理论和实践上均未全盘照搬法国印象主义观念。他把文学创作和文学批评放在同等的地位上,充分认识到文学批评的独立性、创造性和批评家的主体性。

在《答巴金先生的自白》中,李健吾明确提出批评是独立于文学创作的艺术创作,认为批评家在批评活动中具有主体地位。

批评不像我们通常想象的那样简单,更不是老板出钱收买的那类书评,它有它的尊严,犹如任何种类的艺术具有尊严;正因为批评不是别的,也只是一种独立的艺术,所以它有自己的宇宙,它有自己深厚的人性做根据。

他有意识地将批评与书评、艺术创作相区别,用"自我"的存在作为批评的根据。只有明确认识到批评家的主体性,才会意识到批评不是作家作品或其他外部事物的附庸物,而是一种独立的艺术创作。

印象主义者还特别强调以个人的感觉与印象去取代对外在社会历史的分析，他们期望以批评的方式表达自我对作品以外世界的印象，而不是认识或分析，更不是表达对社会人生的关切。他们只是希望心灵在这种"印象"的捕捉与凝定的过程中得到一种欣慰的享受。而李健吾在描述印象的同时，还对作品的创作背景、时代因素进行理性分析，在对审美对象进行整体审美感受的同时，他将理性分析与之相结合，将对社会人生的关切悄然融入其中。因此，李健吾的印象主义批评不同于法国印象主义批评。如他将阿Q置于时代和阶级的大背景中加以深刻观照，看到了阿Q表面无所谓之后的沉重，看到了时代给予阿Q的深层次注释，看到了阶级在阿Q身上留下的永不磨灭的烙印。可见李健吾的印象主义批评已不是西式的印象主义批评，它的内涵比西式印象主义批评要更深厚。

## 四、从古代文学批评传统中汲取养分

虽然西方印象主义也谋求感性直观，但李健吾意识到，只重感性而忽略理性、只重主观而不顾客观的批评方式是有偏颇的。他从中国古代"品评"批评中得到启示，从而弥补了西方印象主义批评的不足。

他用精短的语言点定一片世界，让人回味无穷，充分显示了"品评"批评中"禅悟"的特色。李健吾对这一方法虽有借鉴，但也意识到了传统批评话语在经由现代转型之后所遭遇到的困境。"点悟"或"禅悟"对偏于诗性气质的作家作品来说可以发挥效用，比如在评沈从文、废名、何其芳、卞之琳、李广田等作家时，李健吾往往用一两个字概括出其风格特征，见解独到精辟。但对于和他气质不太相合的作家如茅盾、叶紫、萧军等，则又会借助传记批评等实证性的方法，以保证批评的科学性。

李健吾的批评处在中西文论的交汇点上，不拘泥于某一家，能自然化合中西理论资源，达到圆融无碍的境界，彰显交往和对话的现代意识。他没有忘情或超然于社会现实，而是敏感于现实社会的需要，用批评的心态关注现实生活，具有强烈的参与社会的热情，自觉或不自觉地表达着群体主义而非个体主义的意志和愿望。他的文学批评理念和批评实践，对于中国当代文论批评体系的建设与发展具有启示意义。

原载《光明日报》2017年5月22日

# 新诗叙事的诗意生成及其诗学反思

杨四平(安徽师范大学文学院教授)

如果不是全部,但至少有很多抒情诗也有叙事的一面。①

——[俄]M.巴赫金

## 一

唯"情"是瞻,唯"情"是从,抒情独大,制造了诗歌抒情的神话,遮蔽了叙事性诗歌与诗歌叙事性的真相。② 从对话和复调理论的角度,巴赫金信心十足地说:

---

① [美]Frank Lentricchia、Thomas Mclaughlin 编:《文学批评术语》,张京媛等译,牛津大学出版社 1994 年版,第 87 页。文类意义上的中国现代叙事诗,已有诸如王荣《中国现代叙事诗史》之类的系统研究,不是本文研究的兴奋点。在评析现代汉诗的叙事形态时,笔者仅列举少量的叙事诗,其余将聚集于"热抒情"或"冷抒情"的抒情诗的叙事性以及非文类意义上的诗歌叙事形态上,以此凸显笔者考察问题的立足点。

② 许多诗歌是叙事的,与之对应的是,许多叙事是诗歌的。叙事与诗歌处于胶着状态。一直以来,有一种冥顽不化的诗歌观念:把诗等同于抒情诗。其实,在诗歌与抒情诗之间毫不犹豫地画上等号是不正确的,也不符合诗歌发展的历史事实。在西方诗歌史上,以 19 世纪为界,之前的大部分诗歌并不是抒情诗,而是叙事诗或话语诗。而这里所说的叙事诗并非人们记忆中的狭义的叙事诗,而是广义的叙事诗。美国诗歌叙事学家布赖恩·麦克黑尔认为,叙事诗包括史诗、前期浪漫主义诗歌、民谣、"文学改编"(传记叙事诗和小说体诗歌)、抒情诗、十四行诗、自由体诗等。叙事诗的范畴远远超出我们的想象,它几乎无所不包。据此,布赖恩·麦克黑尔说:"世界上大部分的文学叙事都是诗歌叙事。"所谓"话语诗"是指"散文体的、论辩体的、说教体的、艺术体的"诗歌,即那种不是发生在故事层面而是发生在话语层面的诗歌。从这个意义上讲,诗歌叙事是一种"元叙事"。19 世纪以后,由于所谓的"抒情诗变形",传统意义上的、作为"默认模式"的、特殊的、单一的抒情诗开始"变形"为混杂型的诗歌形式,即融合着叙事诗、话语诗与抒情诗的诗歌形式。质言之,在布赖恩·麦克黑尔看来,抒情诗不等于诗,但叙事诗却可以等于诗;不仅如此,诗歌叙事乃至还等于文学叙事。(参见[美]布赖恩·麦克黑尔:《关于建构诗歌叙事学的设想》,尚必武、汪筱玲译,《江西社会科学》2009 年第 6 期)诗歌叙事如此显赫,当代叙事理论却没有相应的研究。对此,我们应该认真反思。谈到叙事,就绕不开叙事学。由

"如果不是全部,但至少有很多抒情诗也有叙事的一面。"①因此,祛魅与祛蔽成为诗歌研究的一项要务。诗歌叙事里的"叙事"这个术语经历了最初的趣味化和正在进行的历史化之嬗变。刚开始,作为一种高级的诗歌价值与文学标准,叙事享有很高的诗歌声誉。人们常常把史诗或史诗性写作置于文学正宗和诗歌正典的贵冑位置。但是,在此后的历史化进程中,尤其是 19 世纪之后,诗歌叙事的趣味性与正当性逐渐消失;人们乃至将叙事视为诗歌写作的无能表现②。自此以后,在诗歌领域里,叙事遭遇到了漫长的寒夜,成为某种带有轻侮性的贬称。

随着时代发展,尤其是在前现代、现代和后现代交织的多元语境里,相对主义大有取代历史主义之势。对诗而言,叙事与抒情,孰优孰劣、臧否分明的辩论,渐渐变得黯淡。目今,到了该将"诗歌叙事"历史化与系统化的时候了! 质言之,要将"诗歌叙事"在不同历史时期的形态表现及风格特征加以结构性呈现。外国诗歌叙事的历史化与系统化③姑且

---

于当代研究的科层化,专业分工过于精细,致使跨学科研究难以真正有效展开。研究叙事的只关心他的叙事,研究诗歌的只钟情于他的诗歌,很少有人把叙事与诗歌结合起来研究。但这并不意味着就从来没有人去做这项工作;恰恰相反,西方对诗歌叙事的研究由来已久,从柏拉图到热奈特,形成了西方诗歌叙事研究的隐而不显的传统,而且,诗歌叙事研究总是在不经意间为叙事学的重大发现作出了独特贡献。只是在当代叙事学中鲜见系统的诗歌叙事研究,换言之,在当代叙事理论里,诗歌一直是隐性的,抑或被当作小说或虚构散文叙事"变相"地处理了:在许多叙事学家那里,史诗被当作小说,荷马被视为"名誉小说家"(Kinney, Ckaire Regan, *Strategies of Poetic Narrative*: *Chaucer, Spenser, Molton, Eliot*, Cambridge: Cambridge University Press, 1992:3.)。巴赫金把普希金的《叶甫盖尼·奥涅金》当作小说范本来研究,由此生发出了广为人知的小说话语理论。

① [美]Frank Lentricchia、Thomas Mclaughlin 编:《文学批评术语》,张京媛等译,牛津大学出版社1994 年版,第 87 页。

② 北岛说:"因为没有什么好写的,大家开始讲故事。现在美国诗歌主流叫做叙事性诗歌(Narrative Poetry),那甚至也不是故事,只是日常琐事,絮絮叨叨,跟北京街头老大妈聊天没什么区别";"由于这种误导,产生了众多平庸的诗人"。(参见《热爱自由与平静——北岛答记者问》,吉林摄影出版社2003 年版,第 185 页,《中国诗人》2003 年第 2 期)

③ 20 世纪以来,抒情文学和戏剧文学衰落,而叙事文学中兴,大力推动了叙事思想和叙事理论的发展。尽管它们的主要研究对象是小说和散文,但其根本立足点仍是叙事思想和叙事传统,尤其值得提及的是,在有关论述中,还偶尔论及诗歌叙事;因此,它们仍不失为本书研究的重要借鉴,如詹姆斯·费伦的《作为修辞的叙事:技巧、读者、伦理、意识形态》有一节名为"抒情诗有别于叙事"。为了求证他的观点:"叙事与抒情诗之间的重要区别在于,叙事要求对人物(和叙述者)的内部判断,而在抒情诗中,这种判断在我们开始评价之前就被悬置起来了。"他从叙事修辞的角度讨论了弗罗斯特的两首名诗《美好的事物不驻留》和《雪夜停林边》。他认为,前者"诗中的说话者并未被个性化,也未被置于特定的环境之中",后者"诗中的说话者似乎被个性化了,而且是在一个明确的场合说话的"。如果按照他所讲的抒情诗与叙事的不同常规来看,它们都符合抒情诗常规,因为它们不存在"内在判断说话的文本材料",没有形成叙事所需要的"内部判断"。(参见[美]詹姆斯·费伦:《作为修辞的叙事:技巧、读者、伦理、意识形态》,陈永国译,北京大学出版社 2002 年版,第 7—9 页)

不论,单就中国诗歌叙事的系统化来说,我们几乎还没有起步①,毕竟我们对中国诗歌叙事的历史化都还没有来得及进行充分的学术梳理! 笔者深知,如此庞杂的论题,非笔者一人一时能为。笔者在此先就新诗叙事如何产生诗意以及怎样产生现代诗意的问题做一番探究。

## 二

叙事是一种广义的修辞行为,既指叙事的具体运行,又指文字层面和声音层面上的修辞格。人们往往偏重叙事的语义学价值,而忽视其语言学特征。而且,在叙事畛域里,小说这种文体长期受宠。尤其到了 20 世纪中叶以后,在"语言学转向"的大体背景下,"小说修辞学"日益成为文学研究中的显学,取得了至高无上的地位。而在诗歌领域,抒情诗长久以来被视为诗歌的正宗,其他叙事性诗体如叙事诗、史诗、剧诗、讽刺诗等则处于边缘;而仿佛只有此类"小语种"式的诗歌门类才与叙事发生关联;因此,叙事在诗歌家族里地位之低就可想而知了。直至 21 世纪初,西方才有人对此进行了深刻反思,并从 19 世纪以前世界文学发展史的角度,提出"世界上大部分的文学叙事都是诗歌叙事"的观点,进而提出"建构诗歌叙事学的设想"。② 正是在西方叙事学和当下西方叙事性诗歌创作及其诗歌叙事研究的启发下,近年来,国内才开始有人研究古代汉诗的叙事性;同时,有些诗人也开始渐渐认识到叙事对于诗歌创作的重要作用,并自觉创作叙事性较强的诗歌。但这并不意味着,在中国诗歌史上不存在诗歌叙事。实际情况恰恰相反。从古至今,中国诗歌叙事从未停歇过。远的不说,单就新诗而言,诗歌叙事也是边走边唱,形态各异,精彩纷呈。因此,我们要将古代汉诗叙事与新诗叙事作为一个整体来加以把握。

---

① 当然,还是有些开疆拓土的迹象。1985 年,赵毅衡、张文江曾以《春城》和《尺八》为例,论说卞之琳诗歌的"复杂的主体"与"复合的声部"。(赵毅衡、张文江:《卞之琳:中西诗学的融合》,曾小逸主编:《走向世界文学》,湖南人民出版社 1985 年版,第 495—525 页)叙事学是从结构主义衍生的,这就使得它与那些探索性的文学作品,尤其是现代主义诗歌,具有天然的互释互证之关联。因此,我们在研究现代汉诗时,就不能不汲取叙事学的营养。但是,我们又不能把叙事学与现代主义诗歌的关系想象得过于密切,也不能生硬地搬用叙事学的术语和理念套解那些并不适用于它们的诗歌。一言以蔽之,我们要用"具体问题具体分析"的科学态度来处理两者的关系。

② [美]布赖恩·麦克黑尔:《关于建构诗歌叙事学的设想》,尚必武、汪筱玲译,《江西社会科学》2009 年第 6 期。

## 三

比较而言,我们谈论新诗叙事的优长较多。比如,新诗的写实叙事,采用线性叙述,展示已经发生的事;有时,这种写实叙事还采取"典型性叙事",塑造诗歌形象,彰显宏大主题,富有寓言传奇色彩。又如,新诗的呈现叙事,与日常叙事迥然有别,既采用意象,又利用道具或行为的细节,象征或暗示事件的此在性和本真性。再如,新诗的事态叙事,以戏剧性为手段,综合了写实叙事与呈现叙事之优长,能够处理日益复杂的现代经验。在把握了诗歌叙事学的发展大势,新诗的三种主要叙事形态及其总体艺术特征之后,结合新诗的叙事状况以及 21 世纪诗歌创作现状,我们至少可以从以下五个方面对新诗叙事进行较为全面的诗学反思。只有当我们了解问题症结之所在,并探明其成因,方能更好地解决诗歌叙事理论和实践方面的突出问题,从而有效地创新与推进当下的诗歌叙事。

第一,新诗叙事与抒情、议论的问题。新诗叙事容易陷入对事件的琐碎描述中,造成了诗歌的通货膨胀,因为诗人们不明白:诗歌叙事,但不拘泥于事。韦勒克和沃伦认为,"文学的突出特征"是"虚构性"、"创造性"和"想象性"。[①] 诗歌,即便是叙事性诗歌也需如此,古今皆然,中外概莫能外。"诗者叙事以寄情,事贵详,情贵隐"。[②] 事详情隐不仅是普通叙事性诗歌的律求,更是叙事诗的美学规则。何其芳说:"按照我们中国的传统,叙事诗就是咏事诗。"[③]以叙事性见长的汉乐府,就是通过省略与聚焦、呈现与凝聚,以情叙事,有时还将矛盾作为叙事推进的动力,具有行为叙事的雏形,但没有"完整的叙事片断",只有"片断叙事"的方式[④],甚至连叙事语法都是临时的,其叙事特征不像小说那样突出,尽管有时"小说与诗歌重合"[⑤]!

纵然新诗叙事是针对伪浪漫的感伤以及古典派和现代派的"不及物"提出来

---

① [美]雷·韦勒克、奥·沃伦:《文学理论》,刘象愚、邢培明、陈圣生、李哲明译,生活·读书·新知三联书店 1984 年版,第 14 页。

② 魏泰:《临汉渔隐诗话》,何文焕编:《历代诗话》上册,中华书局 1981 年版,第 322 页。

③ 何其芳:《谈写诗》,杨匡汉、刘福春编:《中国现代诗论》上册,花城出版社 1985 年版,第 453 页。

④ 赵敏俐:《乐歌传统与〈诗经〉的文体特征》,《学术研究》2005 年第 9 期。

⑤ 帕斯说:"但有时候,小说不仅是对社会和世界的批评(如巴尔扎克或狄更斯的作品),也是对自身、对语言的批评。在那一时刻,小说与诗歌重合。"[墨]奥克塔维奥·帕斯:《批评的激情》,赵振江编,王军译,云南人民出版社 1995 年版,第 143 页。

的;但不能从一个极端走向另一个极端,也就是说,既不能将曾经过了头的抒情一下子降至情感冰点,也不能使曾经"不及物"的形式主义突然哔变为僵硬的絮叨。梁启超曾经主张"新学之诗"/"新派诗"写实时"专用冷酷客观"。他要求诗人不能把个人情感带入叙述中。他认为只有这样,才是"写实派的正格"。① 对此,一直以来,质疑之声不绝于耳。朱光潜、冯雪峰等就曾诘问过"将诗看成新闻记事"②的状况。何况世界上不可能存在纯而又纯的所谓的"纯客观"写实! 从"同情之理解"的历史态度,进入历史现场,我们完全理解梁启超当年面对清谈诗风盛行的愤懑以及由此而发出的愤激之词。其实,我们也表示相信,梁启超不可能犯如此低级之错误,它不过是一项权宜之计罢了。不止是诗歌写实,就是小说里的写实,也只能是仿真性叙事和典型性叙事;而且,诗歌写实还不能像小说写实那样以集矢式描写人物为依归。吴宓曾经归纳出荷马史诗的"直叙法"和"曲叙法"。③ 其中,"直叙法"偏向写实叙事;而"曲叙法"类似于我们前面讲到的呈现叙事和事态叙事。总之,诗歌叙事不能自陷于对生活过程中细枝末节的展示,其实它们也可能是情感的寄寓与象征的依托。不少现代诗人在诗歌叙事过程中自觉地把写实、激情和象征糅合起来。此外,还需要提出的是,尽管新诗叙事具有修复诗歌与社会生活关系的可能,但不能因此而将其神化,要兼顾抒情和议论对修复诗歌与现实关系的同样的不可替代的作用。也就是说,我们要客观理性地看待新诗叙事,不要唯叙事而叙事,不要把叙事泛化,不要将新诗叙事变成现代中国版诗歌的"天方夜谭",要认清叙事之外,新诗空间依然十分辽阔。尤其是,当我们评价新诗时,要力避空泛的整体性,要认清诗歌叙事只是诗人的个体选择和诗歌态度,而不能将其视为某种普适性的诗歌标准,更不能据此妄言一切诗歌的价值和担当;否则,既封闭了、僵化了、抽象化了、本质化了、霸王化了诗歌叙事性,也看不到诗歌叙事性与其他的诗歌特性之间的多种张力及其无限可能。20 世纪 90 年代的"知识分子写作"与"民间写作"之争,在某种程度上,就落入了这种诗歌整体性中。

有没有文类意义上的"纯"诗? 如纯抒情诗、纯叙事诗、纯智性诗? 显然,这种诗歌范本层面上的价值判断,虽根深蒂固,但终难立足。我们只能说,一首诗不同

---

① 梁启超:《中国韵文里头所表现的情感》,《中国现代学术经典·梁启超卷》,刘梦溪主编,河北教育出版社 1996 年版,第 680—685 页。

② 冯雪峰:《论两个诗人及诗的精神与形式》,杨匡汉、刘福春编:《中国现代诗论》上册,花城出版社 1985 年版,第 382 页。

③ 吴宓:《希腊文学史》,《学衡》第 13 期,1923 年 1 月。

程度地参与了所有诗的类型,而其中那一种因素较为明显、突出,我们就将其称为某类诗。笔者认为,在一首诗里,如果兼有叙事、抒情和议论,且它们之间越是融合无间,那么这首诗就越是趋于完美。据此,笔者主张,在新诗写作中,应该把叙事与抒情、议论结合起来。首先我们要准确理解和把握诗的抒情。如果我们仅仅把抒情等同于古典的牧歌情绪,那么我们就在不知不觉中将"抒情"偷偷置换成了"抒情对象",与此同时,还悄悄地将它们都符号化了。据此,我们需要将抒情和抒情对象再历史化,恢复其本来面目,呈现出它们原本拥有的多样和生机。只有这样,抒情性就不再与叙事性风马牛不相及了,抒情性就不再是某些诗人想象中的敌人了。如第五章第三节中所述,在写抒情诗时,郭沫若虽然是狂飙突进地抒情,但他并没有放弃叙事,更没有丧失理智地走偏锋,而是始终把情、事和理勾连在一起。不同于古代汉诗叙事,除了段位性的"形式叙事"外,大部分新诗叙事是主体性叙事,以情感为目的,事以情观,情随事发。① "叙事中往往有诗,正如抒情不能脱离一定的事","抽掉了叙事,抒情即失去根基"。② 新诗叙事应该与抒情、议论结合起来,并最终要促使它们三者之间熔冶;如果没有这种艺术熔冶,新诗叙事就容易犯"客观主义"和"形式主义"的毛病。为叙事而叙事,割裂了叙事与抒情、议论之间的血脉联系,没有顾及叙事中诗的质素,没有发挥诗的想象力,没有注重诗的技巧,诗歌叙事就会苍白无力。因此,应该把新诗中叙事与抒情、议论结合起来,先叙后抒、边叙边抒、叙中有抒、叙抒合一,乃至叙、抒、议"三合一",就像白话诗刚出现不久俞平伯所期望的那样,"说理要深透、表情要切至、叙事要灵活",③唯有如此,方能发挥诗歌以少胜多的优势和特色。

新诗叙事、抒情和议论的关系问题并没有就此得以解决。比如,叙抒、叙议、叙抒议,不一定总是能够结合,正如雅俗不一定总是能够共赏那样!平缓叙事的内面常常涌动着不为人知的澎湃激情,这种"外冷内热"型叙事,固然值得欣赏,但是避免出现抒情无情、叙事无事、议理无理的法宝何在? 新诗难道只有抒情传统和叙事传统这两个传统吗? 是不是还包括"议论传统"在内的其他传统? 诸如此类悬而未决的问题值得我们更加深入细致地探究。

第二,新诗叙事与意境、"秘境"、事境的问题。新诗叙事在诗歌美学境界的追寻与营构上,常常因迷恋古典意境而难以舒展自己。其实,叙事是诗里的一种因

---

① 董乃斌主编:《中国文学叙事传统研究》,中华书局 2012 年版,第 336 页。
② 董乃斌主编:《中国文学叙事传统研究》,中华书局 2012 年版,第 513 页。
③ 俞平伯:《白话诗的三大条件》,《新青年》第 6 卷第 3 号,1919 年 3 月 15 日。

子。叙事不仅是一种推动诗歌抒情和审智的修辞策略,也不仅是为了营造新诗的意境,更为主要的是以此营构一种有别于传统抒情意境的现代事境。往深里说,叙事既是空间的,又是时间的,是空间与时间的、意义与声音的和谐体。"一言以蔽之,诗不止是我们逼视的文字(空间),更是要我们倾听的语音(时间)。"①这是新诗叙事理应遵从的诗歌规范。在马拉美看来,散文的语言是粗鄙而临时的,诗歌的语言是纯粹而本质的;现实与语言之间不相符,纯诗中容不得现实的东西,"叙述、教育,甚至描写这些都过时了"。② 显然,在纯诗论者眼中,诗是神秘的,不可解的,像谜一样;因而,像叙事这种貌似意义明朗的东西是诗歌杂质;也就是说,纯诗诗人既反对意境,又不满事境,而追求"秘境"。像古典抒情诗人以意境否定事境那样,纯诗诗人以秘境否定意境和事境,都是形而上学思维从中作梗的结果。他们都不能用联系和辩证的观点来看待问题。其实,意境、事境和秘境是彼此勾连的,只不过侧重点不同而已。具体到20世纪上半叶的新诗叙事而言,它们侧重于事境的营构。以"纪事"为特征的写实叙事追求明朗的事境,而呈现叙事和事态叙事追求幽深的事境。不管是哪一种诗歌叙事,不论追求的是明朗事境还是幽深事境,"每首诗都自成一种境界。无论是作者还是读者,在心领神会一首好诗时,都必有一幅画境或是一幕戏景"。③ 这也牵涉到叙事与读者的问题。汉乐府以代言和旁言的方式,不断转换视角,推进叙事,就是出于"为听者计"的诗学考虑与安排。徐志摩受波德莱尔的影响很深。在《波特莱的散文诗》一文里,他将希腊神话典故中的"埃奥利亚的竖琴"演绎为"伊和灵弦琴"(The Harp Aeolian)。但是,当他在写《再别康桥》这样的域外题材时,他没有使用西方文化里的"伊和灵弦琴",而是十分灵活地回归中国传统文化,并在那里找到了"笙箫"来取而代之,因此就有了那句名诗"悄悄是别离的笙箫"而非"悄悄是别离的伊和灵弦琴"。徐志摩自由游走于中西文化,既要以陌生化和惊奇美满足读者的审美期待,又不忘顾及读者的欣赏惯性。④ 质言之,新诗叙事在营造事境时,在明朗与幽深之间,要适当从读者接受的角度,综合考虑它们的适度问题。

第三,新诗叙事的自由与节制问题。这个问题是承接上面两个问题而来。新

---

① 江弱水:《中西同步与位移——现代诗人丛论》,安徽教育出版社2003年版,第179页。
② [法]斯特凡·马拉美:《白色的睡莲·诗的危机》,《马拉美诗全集》,葛雷、梁栋译,浙江文艺出版社1997年版,第280页。版权页上并未标注出版年月,根据葛雷《译序》落款时间"1996年6月"推算,该书大约出版于1996年。
③ 朱光潜:《诗论》,安徽教育出版社1997年版,第40页。
④ 江弱水:《中西同步与位移——现代诗人丛论》,安徽教育出版社2003年版,第30页。

诗不同于古代汉诗最大的特点就是自由。这种自由既指形式上的自由,也指精神上的自由,还指诗人个体对于语言取舍权的自由。但也正是由于这么多自由,以及新诗不懈的实验精神,随之伴生了无节制的琐碎和散文化之弊端。

其实,"作诗如作文"①及其写实诗创作,并非始自五四白话新诗诗人。一些古代诗人,如同光体诗人,在1912—1919年创作了大量的时事诗,其中还有不少是叙事性长诗。早期新诗里有不少即兴之作,但由于写的是古典诗词里所没有的社会内容,就像当下的摇滚乐是一种时髦那样;所以它们以及写作它们的诗人受到了那个时代青年读者的热捧。对此,当时于赓虞没有随大流,反而友好提醒与理性评说道:"他们的诗作的草率,正与他们所受的欢迎相等。"②这就警示人们不能对其进行拔高式评价。周作人曾经明确表示自己不喜欢没有节制的所谓的诗歌自由,"不喜欢唠叨的叙事,不必说唠叨的说理",因为这些"唠叨"里缺少诗的"余香与回味"。③ 诗不是信手涂鸦,而是一种美的技术,因而修辞是必不可少的。在古典中国,技术诗学渊源有自。美国汉学家宇文所安说:"从13世纪以来,批评家越来越倾向于把诗歌视为一种相对自治的活动,这种倾向集中表现在对技术诗学发生浓厚兴趣:对师法前辈诗人提出质疑,开创和发展一些新的话语以谈论那些纯而又纯的'诗'的特性。"④需要说明的是,技术诗学不等于技术主义。我们要警惕的是技术至上、唯技术而技术。新诗叙事同样需要属于自己的一整套技术诗学,至少要认清和处置好叙事的自由和叙事的节制之间的辩证关系,要在叙事的可能性与叙事的不可能性之间寻找新诗的叙事张力。肖开愚反躬自省道:"场所是不是太多?情节是不是左右了诗人的想象力? 叙事的时候夹进去的评论是不是有点儿像无可奈何地投降?"⑤质言之,新诗叙事的现代性、段位性和有效性的获取,在很大程度上取决于现代诗人对自由和节制的把控。太随意、太散漫、太杂芜,肯定没有诗意可言。当然,我们所说的诗意不是披着现代外衣的古典诗词里的诗意,如废名所说的不承担叙事、说理,甚至抒情,而只写自己的一点意念,一个感觉的"诗的内

---

① 胡适:《我为什么做白话诗——〈尝试集〉自序》,《新青年》第6卷第5号,1919年5月15日(实际出版于9月)。

② 于赓虞:《世纪的脸·序语》,《于赓虞诗文辑存》,解志熙、王文金编校,河南大学出版社2004年版,第307页。

③ 周作人:《序》,刘半农:《扬鞭集》,北新书局1926年版。

④ [美]宇文所安:《中国文论:英译与评论》,王柏华、陶庆梅译,上海社会科学院出版社2003年版,第548页。

⑤ 肖开愚:《当代中国诗歌的困惑》,《读书》1997年第11期。

容";①也不是纯诗意义上的西方现代诗歌里的诗意,像沈从文说的那样"一首诗,告诉我们不是一个故事,一点感想,应当是一片霞,一园花"。②我们所说的诗意,是逆反古典甜腻诗意和现代苦涩诗意的现代智性诗意。它通常经由"冷抒情"、"冷叙事"和"热叙事"而获取。也就是说,新诗表面上的"反诗意",并不就真的否弃了诗意,但是这些试图通过反对甜腻诗意和苦涩诗意,委曲抵达智性诗意的简朴方式必须要把握好"度"。申言之,朴素、冷静、克制固然有可能产生美,但是如果过了头,就会弄巧成拙,更显粗糙和寒碜,此时的朴素就离感伤不远了,或者说就是感伤和矫情了。换句话说,虽然新诗叙事的综合力的确拓展了诗歌表达的深广度,但是,无节制地往诗里"填料",使诗变得难以承受如此重负。我们应该把捏好新诗叙事的自由与节制,在诗歌叙事的临界点上给诗减负,使其拥有更大的自由、自足和自觉。

第四,宏观上,如何建构新诗叙事理论的问题。如何将新诗丰富的叙事经验与古今中外普遍的叙事思想和叙事理论结合起来,尤其是从已有的新诗理论批评中抽绎和归纳新诗叙事言说,成为建构新诗叙事理论的头等大事。我们应该避免削足适履,不能"用西方的文论术语来切割中国的文学文论,或者把中国文学文论作为西方文论话语的注脚本",③也就是说,我们要么借鉴西方叙事学理论,在新诗叙事理论与实践的基础上,建构具有民族特色的新诗叙事理论,评析新诗叙事实践;要么抛开西方叙事学的紧箍咒,既遵循中国人独有的重感悟的思维方式,又不排斥西化色彩较浓的逻辑思维,以及既保留中国叙事学原本具有的人学精神和心学色彩,又吸纳西化成分较大的现代理性,从中国诗歌叙事实践以及各种言说中,总结出一套完全属于中国本土的叙事理论,努力找寻专属新诗的叙述语法,并以此来解读中国诗歌叙事实践。尽管在这方面我们做了一些工作,也取得了相应的成绩,但是比起新诗丰富的叙事实践来,我们所做的还远远不够,我们还有很长的路要走。当务之急,我们在向西方借鉴叙事诗学资源的同时,也应该向古代汉诗叙事理论汲取诗学资源。1919年,戴季陶在推介白居易的"社会文学"时说:"第一是平民的,第二是写实的,无论抒情诗咏物诗,一点没有神秘的臭味,也没有夸大的习气。第

---

① 冯文炳:《新诗应该是自由诗》,《谈新诗》,人民文学出版社1984年版,第24页。
② 沈从文:《论闻一多的〈死水〉》,《新月》第3卷第2号,1930年4月10日。
③ 曹顺庆、童真:《西方文论如何实现"中国化":"移植"切换还是"嫁接"改良?》,《河北学刊》2004年第5期。

三是现代的,他的题材都是从当时的社会状况上面寻出来。"①已有部分诗人意识到,古代汉诗里含有现代诗人应该认真汲取的现代性。毕竟当年它们曾漂洋过海被译介到海外,直接影响并催生了英美意象派;而正是后者又折返回来启发了新诗的诞生和尝试;质言之,古代汉诗对新诗构成了直接式和回返式的双重影响。如此一来,我们就不难理解为什么现今有不少诗人向杜甫学习、向白居易学习、向《诗经》学习、向乐府学习。值得提出的是,如果说早期新诗批评纠缠于新与旧之分野问题,随后曾经长期徘徊在"外面"与"内面"之间,那么此后的新诗批评会不会转向对叙事与抒情的讨论,以促进新诗评价机制的再一次转化?

第五,如何以笔者的此项研究回应人们对当前诗歌现状以及未来诗歌发展之关切。我们有必要把百年新诗叙事置于"新诗的百年演变"②的整体视阈中进行观察与思索。由于篇幅所限,加上主体性突出是新诗区别于古代汉诗的重要特征,所以这里仅从百年新诗叙事主体角度来勾勒其嬗变轨迹:由晚清黄遵宪式的客观性叙事主体、20世纪20年代郭沫若式的扩张性叙事主体、30年代何其芳式的自恋性叙事主体、40年代穆旦式的分裂性叙事主体,到20世纪50—70年代弥漫文坛的人民性叙事主体;至此,新诗的现代性叙事要么被宣讲国家意志的工具性所绑架,要么被集体高涨的激情抒发所吞没,尽管此间也有叙事实践,但叙事理论却乏善可陈,导致了此期新诗叙事理论与实践的整体衰弱。进入新时期以来,新诗叙事主体开始复归,尤其是自20世纪80年代中后期以来,新诗叙事主体经历了从20世纪80年代于坚式的还原性主体到21世纪西川式的"混杂性"主体的当代演进。由此,我们可以看到新诗呈现叙事对于坚式叙事写作的影响以及新诗事态叙事对于西川式叙事写作的影响。当然,话也可以反过来说,于坚式和西川式的诗歌叙事分别对呈现叙事和事态叙事传统,除了继承之外,更多的是创新,乃至在20世纪90年代还促成了诗歌叙事性高涨。当然,对其是非功过只有交由历史评说。

## 四

20世纪英国批评家考德威尔在谈到"诗的未来"时说:"诗在技巧上达到了空前的高水准;它越来越脱离现实世界;越来越成功地坚持个人对生活的感知与个人

---

① 戴季陶:《白乐天的社会文学》,《星期评论》第4号,1919年6月29日。

② 参见王光明:《新诗的百年演变》,河北人民出版社2003年版。

的感受,以致完全脱离社会生活,直至先是感知然后是感觉都全然不存在了。大多数人不再读诗,不再觉得需要诗,不再懂得诗,因为诗随着它的技巧的发展,脱离了具体生活,而这一脱离本身无非是整个社会中类似发展情况的对应物而已。"①诗脱离社会,社会报复式地、变本加厉地脱离诗,这多少有些悲观。因为考德威尔"不成熟"地排斥现代主义,致使其只能看到问题的一方面,或者说把问题简单化、道德化和社会化了。因为,在笔者看来,诗的"向内转",诗注重自身的段位性,并不一定就脱离了社会,也不必然意味着是条诗歌窄路,更不等同于诗歌死路。但是,吊诡的是,他当年下的诗的谶语,在当下中国诗界似乎得到了应验。面对此种诗歌险境,当下中国诗人不但没有放弃"向内转",反而在挖空心思地考虑如何在诗的"叙事背后"、"叙事之外"大做文章,大有可为。当代著名诗人西川说:"在杜甫的叙事背后有强大的历史感,在莎士比亚的叙事背后有上蹿下跳的创造力,在但丁叙事的背后有十个世纪的神学和对神学的冒犯。我们不必向伟人看齐,但我们总得在叙事之外弄点别的。"②其实,新诗史上不乏这方面的探索与实践。徐玉诺就是通过戏剧性绝境,将写实叙事拓展为对生存境况的拷问,而且极力不使其风格化,始终保持多样化的活力。也许唯有如此,当下诗歌才能产生叙事的诗意。它不再是单一的诗意,而是修辞的诗意、事境的诗意、秘境的诗意和意境的诗意之间的相互熔冶,是对异质因素的具有分寸感的扭结,是反常合道的意趣和理趣,是陌生化和奇特化对自动化的阻断,是对事物内在隐秘的准确、生动而有力的诗意揭示。这种现代的叙事的诗意,也许就是新诗未来发展的着眼点和支撑点。

叙事为新诗塑造了丰富的历史形象和生动的现实影像。笔者相信,它必将为当下诗歌乃至未来诗歌的发展继续指示方向、提供动力。

原载《中国文艺评论》2017 年第 4 期

---

① [英]考德威尔:《考德威尔文学论文集》,陆建德、黄梅、薛鸿时等译,百花洲文艺出版社 1995 年版,第 301 页。
② 西川:《大河拐大弯——一种探求可能性的诗歌思想》,北京大学出版社 2012 年版,第 190 页。

# 西部文学:西部,还是文学?

## ——论西部文学及其走出西部的可能性

杨光祖(西北师范大学传媒学院教授)

西部文学在新时期文学和当下文学中有着比较出色的表现,涌现了一批在全国甚至国际有知名度的作家和作品,作家如路遥、陈忠实、贾平凹、昌耀、阿来、张贤亮、周涛、何士光、欧阳黔森等,作品如《人生》、《废都》、《白鹿原》、《昌耀的诗》、《尘埃落定》、《男人的一半是女人》等。而 21 世纪以来涌现的中青年作家也有一些,如新疆的董立勃、刘亮程,甘肃的马步升、雪漠、叶舟、弋舟,宁夏的石舒清,四川的罗伟章,云南的雷平阳等,都已经在全国文坛小有名声。但是西部文学相较于全国文坛,力量还是比较弱,代表作就数量来说并不是很多。尤其很多作家缺乏可持续创作力,往往是半途而废,让人不胜惋惜。这里,就西部文学及其走出西部的可能性做一些探讨。

## 一、文学的内涵与开放性

我一直认为文学就是文学,它只属于个人,在个人的意义上属于人类。只有那些能够超越时空的文学作品,才是真正属于人类的精神财富。我曾在一篇文章里说过,作家不是为一个地区而写作。他们的心灵应该是博大的,他们的胸怀应该是属于蓝天的,他们的情感应该是人类的。美国文学理论家乔纳森·卡勒在《文学理论》一书中说:"文学就是一个特定的社会认为是文学的任何作品,也就是由文化来裁定,认为可以算作文学作品的任何文本。""文学一直具有通过虚构而超越前人所想所写的东西的可能性。""文学是一种自相矛盾,似是而非的机制"。① 这些关于文学的言论,对我们来说,是一种解放,真正的文学创作就是忠实于自己的心灵,而不是什么概念,概念只会害人,鲁迅说文学概论里从来出不来作家。

我们要知道,文学是无边的,它向一切敢于创新的人敞开着,真正的文学大家就是拓荒者、创造者,而不是理论框架下的工匠。西部文学要想走出西部,关键就是不要自我束缚,不要把自己限定在西部,连"文学"都没有边界,何谈"西部文学"? 相对于"文学",我们更应该重视"文学性"这个概念。我想只要是在中国写出的具有文学性的作品,就都是中国文学,而只要是在西部写出的具有文学性的作品,或者说有关西部的具有文学性的作品,就都是西部文学。其实,我们在进行文学创作时,完全不应该先定地具有这些概念,而应该首先想到如何写出自己真实的灵魂、思想等。血管里喷出的总是血,而水管里流出的总是水。

在谈到文学的时候,我们经常陷入一种误区,就是给"文学"添加很多修饰词,比如民族、西部、打工等。这种修饰词往往限制了文学的正常发展,甚至把文学带到一个误区。比如,西部文学,大家经常关注了"西部"而忘记了"文学"。而一谈到"西部",就非常强调"地域性"或者"民族性"。但这种强调,其实是偏离了"文学"。康德说,天才为艺术立则。真正的作家必须是具有独创性的,为文学开辟出新疆土的人。他们在他们的文学领域,就是开天辟地,就是他们文学共和国的开国英雄。比如,鲁迅就是这样的作家。我们阅读一些文学史,往往把鲁迅定位为"乡土文学作家",这是很荒唐的。鲁迅是写了"乡土",但他写的绝对不是"乡土文学",而是"文学"。我们只能说鲁迅是中国现代文学之父,这是可以说的。从鲁迅开始,中国的文学就与传统文学完全不一样了,他开辟了一个新的文学疆土。他的文学作品充满了强烈的现代性,是真正的现代主义文学,甚至是后现代主义文学,比如《故事新编》。

## 二、西部文学创作的两大误区

西部作家在创作时,有两个比较大的误区:一是沉迷于西部风俗及其暴力色情描写;二是过于政策化、拘泥于具体的政策。第一种情况虽然代表作不是很多,但在国人心目中却成了西部的象征和当然代表。这是一种没有深度的写作,甚至是

---

① 参见[美]乔纳森·卡勒:《文学理论》,李平译,辽宁教育出版社1998年版。

一种不负责任的写作,是一种炒作,一种不正常的类殖民写作。在国人的心目中,西部尤其西北作家只会写暴力、血腥、性,在极力描写西部的落后、愚昧的同时,大力渲染人物的嗜血、性疯狂,对人类的一些重大问题,对人性的深度思考都缺乏得很。为什么中国没有《静静的顿河》那样的战争小说?我想一个极其重要的问题就是中国作家缺乏肖洛霍夫那样的人文关怀,那样的大胸怀,或者说那样的哲学高度!我们的有些作家不是为人类写作、为祖国写作、为人民写作,有很多作家是为功名写作,为身外之物写作,或为一个地区写作。如果仅仅把目光局限在西部,那又怎么能写出真正的西部文学呢?南宋诗人陆游说:"汝果欲学诗,功夫在诗外。"西部不是表面的,而应该是内在的,化在血液中的。陕西作家红柯发表于《收获》2001 年第 4 期上的长篇小说《西去的骑手》,它的语言非常精彩,有神力,小说揭示的"骑手永远不是卑劣的政客的对手"的道理,也是发人深省的。但作为一部有分量的长篇小说,它表达的主要理念是有问题的,作家在叙述中对暴力的宣扬,对血腥的描写,让人对这部小说产生质疑。小说本来是要歌颂英雄,但在歌颂嗜血英雄的过程中,迷失了自己。孙皓晖《大秦帝国》也有这个毛病。当作家用洋洋洒洒百万字为一个暴君翻案时,我们真的怀疑作家的智商。难道为了一个所谓秦国的强大,或者统一,杀戮就是值得肯定,或者褒扬的吗?唐代诗人还能说出:"一将功成万骨枯","战士军前半死生,美人帐下犹歌舞。"而现在的小说家就只剩下了对暴力的张扬?

而过多的表面化的西部风俗描写,对小说的读者也是一种拒斥。我曾在《丰富与空灵》一文(《飞天》2003 年第 4 期)中有这样的论述:

> 过多的局限于地域性,过多地使用地方语言,缺少了文学的超越性,影响了作品的接受和传播。大家都知道,文学不只是文献资料,也不只是供人玩赏的花瓶。文学本质上是交流的,它能沟通生命与生命之间的联系,促进人与人之间的交流。文学阐释就是显现文学的美,对文学进行理性把握,通过作品的表层发现它内在的精神价值。对语言的使用也是一个值得研究的问题,因为理解是对语言的理解,语言,不仅是文学存在的本体,而且是人的本质特征,还是对话交流的中介。人和文本不能离开语言而存在,人与文本的对话、问答、交流都不能离开语言。语言是我们生存的家园。加达默尔说,语言"既是桥,又是墙",它既可以敞开,也可以遮蔽。苏雪林也说,鲁迅记述乡民谈话,并不用绍兴土白,胡适常惜《阿 Q 正传》没有用绍兴土白写,以为若如此则当更出

色。许多人都以这话为然,我则不得不略持异义。要知道文学应具"普遍性",应使多数读者感到兴趣和满足,不能以一乡一土为限。乡土文学范围本甚狭隘,用土白则范围更小。这类文艺本土人读之固可以感到三倍的兴趣和满足,外乡人便将瞠目而不知所谓,岂不失了文学的大部分功用?法国文学家都德生于法国南部,所作《磨房书牍》多外省风土色彩。这书在法国几于家弦户诵,而译到中国来趣味竟大减。因此她又说,这可见《阿Q正传》不用绍兴土白,正是鲁迅的特识。这可谓是一语中的,令人三思。

博尔赫斯说:"作家应当寻找他们各自国家的题材,是专断的新概念,我们应当把宇宙看作我们的遗产,任何题材都可以尝试,不能因为自己是阿根廷人而囿于阿根廷特色:因为阿根廷人是预先注定的,在那种情况下,无论如何,我们总是阿根廷人。如果硬要去写什么民族特色,那么,这样的阿根廷人必然是做作的,是一个假面具。"[1]也就是说,真正的民族特色,大概还是指那些看似无形,但却分明存在着的精神、格调、思维方式以及美学情趣等。

西部作家的第二个误区就是政治写作或者说政策写作倾向比较严重,比如,中国农村改革,他们歌颂农村改革;中国农村实行村民自治,他们表现村民自治;中国政府反腐败,他们也来反腐败,等等,这样的作品发表当然比较容易,但距离真正的文学也比较远。西部相对于东部和南部,经济文化发展比较落后,而且也不占有文化话语权,要想在全国有一定影响,必须比东部、南部作家付出更多的劳动,为了能够发表,经常必须写一些违心之作,它对文学的侵害当然是有目共睹的了。限于篇幅,这方面我就暂时不展开论述了。综合西部文学来看,我觉得缺乏现代意识和现代理念,是西部作家目前面临的一个大问题,他们的写作往往流于形而下,缺乏形而上的思考,作品缺少一种震撼力及启示性。曹文轩在《20世纪末中国文学现象研究》一书里说:"在西方文学中,贵族文化一直占着显赫的地位。贵族文化并不是一种阶级意义上的文化。它是一个民族,一个国家所追求的一种高度,一种境界,一种趣味。它追求崇高、追求优雅、追求生命的高度张扬、追求典雅的艺术、追求悲剧快感、追求诗化与哲学化的生活方式等。"[2]而西方从事文学创作的人,出身贵族的很多:歌德、托尔斯泰、屠格涅夫、陀思妥耶夫斯基等,有些作家即使非贵族

---

① 《博尔赫斯文集》文论自述卷,海南国际新闻出版中心1996年版。
② 曹文轩:《20世纪末中国文学现象研究》,北京大学出版社2002年版。

出身,也有很多贵族思想,有一种高贵的贵族精神。而在中国,从事文学艺术的大都出身寒门,到了明清,尤其如此,而到了1949年社会认可的出身正是寒门。他们中很多人,正是因为出身寒门,才选择了文学艺术——文学艺术可以改变他们的地位、身份。他们所接受的教育,又是平民文化教育,这种文化,是由寒士和穷秀才们创造的,总免不了顾影自怜,以贫寒为荣,似乎唯有贫寒,才能风骨常在。因此,在写作过程中,总是流连于形而下,很难上升到形而上,往往多写现实悲剧,而不是悲剧的悲剧。海德格尔说,凡没有担当起在世界的黑暗中对终极价值的追问的诗人,都称不上这个贫困时代的真正诗人。即便那些城市作家,流于大众文化的影响,追求娱乐性、当下性,也在终极关怀方面差距较大。

### 三、人文关怀的大视野大胸襟是西部文学走出西部、超越时空的关键

让文学回归文学,卸掉它身上那些多余的尘埃、重负,而要真正回归文学,关键就是作家——作家的素质、作家的修养、作家的视野、作家的胸襟、作家的人文关怀。谈西部文学的走向与发展,不谈作家素质、眼界的提高,等于是纸上谈兵。西部文学要在思想和文学的创新中走在全国前列,是一件很难的事情。首先,就是作家自身的问题,有人提到政府的支持,支持是很重要,但文学并不是外力能够支持上去的。作家的创作总离不开自己生活的土壤,西部作家生在西部,长在西部,也最好写西部,只有在西部的土壤上才能开出自己的文学之花,但仅仅限制在西部,也不会走在全国前列,还必须眼观世界,吐纳风云,有全国胸襟,才能写全国文章,有世界胸襟,才能写世界文章,井底之蛙永远写不出世界性文学作品。20世纪30年代鲁迅那批作家为什么写出了那么好的作品?我想与他们的博大胸怀、广阔眼界、世界视野关系甚大。他们吸纳着当时世界的最新知识,与世界同步,从那以后,中国文学慢慢地与世界疏远,以致隔离、拒斥,文学水准的一落千丈也就不奇怪了。新时期以来,中国文学开始与世界接轨,渐渐地在世界上有了反响,出现了一批好作品。西部文学也蒸蒸日上,呈现一派新面貌,尤其以路遥、贾平凹、陈忠实、张贤亮、昌耀、阿来、周涛等为代表的一批作家,为西部文学赢得了全国甚至世界声誉。但就整体文学水准来说,依然不是很乐观,有影响的作品和作家还是太少。即便张贤亮、贾平凹这样的大作家,依然有着许多他们自身难以克服的缺点,影响了他们文学的进程。贾平凹的农民视角、农民情结、士大夫的迂腐和现代意识的欠缺对他的文学创作负面影响很大,直接抑制了

他文学精神的张扬。① 而张贤亮的小说大多除了倾诉苦难以外,并没有提供给读者什么新东西,那种忏悔意识的缺乏使得中国当代作家普遍缺乏深度和高度。洪子诚先生在《问题与方法》第七章中这样写道:猥琐也可以,但叙述者同情这种猥琐,这是很奇怪的。当时我读了《绿化树》,读了《男人的一半是女人》,对章永麟的感觉非常复杂,我觉得很厌恶。最不能忍受的是那种"自虐"和"自恋"。② 关于张贤亮小说的缺陷,我发表过一篇万字长文《罪感的缺失与苦难的倾诉》,这里不再展开。

俄罗斯哲学家别尔嘉耶夫在《俄罗斯思想》一书中说:"托尔斯泰的呐喊则是那种处在幸福的环境中、拥有一切,但却不能忍受自己的特权地位的受苦人的呐喊。人们追求幸福、钱财,显赫地位和家庭幸福,并把这一切看成是生活的幸福。托尔斯泰拥有这一切却竭力放弃这一切,他希望平民化并且和劳动人员融为一体。在对于这个问题的痛苦中,他是个纯粹的俄罗斯人。"③由此看出,托尔斯泰的罪感不是个人现象,他是俄罗斯民族的一个突出代表。只要想一想在俄罗斯文学中,从普希金的叶甫盖尼·奥涅金开始的"忏悔的贵族"、"忏悔的知识分子"系列形象就知别尔嘉耶夫所言非虚。

而中国文人没有这种罪感,因此也就很难有这样足够深刻的文学作品。清华大学中文系徐葆耕先生说:"罪感,只是一种情感。对于改造社会现实而言,它的作用很有限。但对置身于不公正的现实中的知识分子来说,它意味着尚未泯灭的良知。在 19 世纪俄罗斯的条件下,艺术家们对于罪感的自我忏悔促使他们的笔触突破表层而到达社会与人的心灵深处。对人的灵魂的深层表现,使俄罗斯文学超越英、法、德,成为 19 世纪欧洲现实主义文学的勃朗峰。没有这种'罪感'意识,就不会有《叶甫盖尼·奥涅金》、《当代英雄》、《战争与和平》、《安娜·卡列尼娜》、《罪与罚》、《卡拉马佐夫兄弟》这样的力作。"④

中国文人往往把一切过错都归咎于深刻的社会历史根源,每一个错误甚至罪恶后面,往往没有责任人。在文学创作中也往往满足于一种乐观精神,甚至是很肤浅的乐观精神。他们很多没有自己的思想,没有自己的见解,他们只是人云亦云而

---

① 杨光祖:《论贾平凹散文的艺术特质》,《兰州铁道学院学报》2002 年第 2 期;《疲惫的贾平凹》,《山西文学》2002 年第 9 期。
② 参见洪子诚:《问题与方法》,生活·读书·新知三联书店 2002 年版。
③ 参见[俄]别尔嘉耶夫:《俄罗斯思想》,雷永生、邱守娟译,生活·读书·新知三联书店 1995 年版。
④ 徐葆耕:《罪感的消亡》,《读书》2002 年第 8 期。

已,如何产生大作品、大作家? 他们写农村的小说,甚至还远远没有达到赵树理的水准。陀思妥耶夫斯基说,"这个病贫交迫的人忧伤的目光,既是人间又非人间的,爱与恨,罪与悲痛,他的所有声音都是人的挣扎,一边是茫茫黑暗,一边则通向光明。"鲁迅在 1908 年说过:"托尔斯泰也……伟哉其自忏之书也,心声之洋溢者也。"①鲁迅对陀思妥耶夫斯基的理解是中国作家里最到位的。因为鲁迅也是挖掘自己灵魂最彻底的,他说,我经常毫不留情地解剖别人,但我更毫不留情地解剖自己。鲁迅最反感那些自命不凡,瞧不起中国人尤其是瞧不起农民的人,这也是他和林语堂反目的一个原因。

同样是现实主义写法,我们更多的是爬行的现实主义,而没有站起来,更没有飞起来。这与作家的精神世界关系甚大。我们的作家缺乏一种知识分子精神。

什么是知识分子? 别尔嘉耶夫在《俄罗斯思想》里说:"俄罗斯的知识分子的始祖是拉季舍夫……当他在《从彼得堡到莫斯科旅行记》中说'看看我的周围——我的灵魂由于人类的苦难而受伤'时,俄罗斯的知识分子便诞生了。"②真正的知识分子应该是热爱人民的,怀有恻隐之心的,并且承认良知或良知至上的,懂得自省和悔悟。托尔斯泰的作品中充满"忏悔"、"出走"、"自救"、"复活"等题旨,他过着贵族式的生活,但对其抱有非常的反感,以至于自己下田种地、不吃荤菜,心里产生负罪感,在 1882—1886 年撰写的《我们怎么办》里,记录了他从乡间来到莫斯科目睹穷人的惨状后的心灵震动与创痛,他说:"面对成千上万的人饥寒交迫与屈辱,""而我,以自己的养尊处优,不仅是这一社会罪行的姑息者,而且还是罪行的直接参与者。"③

正是因为精神格局的狭隘,文化视野的拘束,包括对中西文学传统的一知半解,使得西部作家的创作基本处于一己的经验层面,而无法到达思想境界。这也使西部作家的创作经常难以持续发展,很容易进入自我重复之中。比如新疆作家董立勃,本来是一位优秀的作家,可在写出了《白豆》之后,就无法超越自我了,随着名声渐起,约稿剧增,他就开始了自我复制。2004 年我曾在文章《才情独异的自我寄生性写作——对董立勃近期四部长篇小说的一种解读》中深入分析了这个问

① 参见童道明:《俄罗斯回声》,中国电影出版社 2001 年版。
② 参见[俄]别尔嘉耶夫:《俄罗斯思想》,雷永生、邱守娟译,生活·读书·新知三联书店 1995 年版。
③ 参见童道明:《俄罗斯回声》,中国电影出版社 2001 年版。

题。我开始阅读董立勃的小说,感觉语言清新,结构简单,人物鲜活,很喜欢。但也敏感到发展的空间不是很大,财力有限,视野有点狭窄,读他的长篇小说,情节简单得像一个短篇小说。虽然,这是当下中国长篇小说的通病,但作为一位有才华的作家,不能说不是一个严重的缺点。

我在文章中写道:"我认为四部小说中最好的是《白豆》,《烈日》是《白豆》的雏形,《乱草》可以说是姊妹篇。《清白》更像一个中篇。其实,有《白豆》没有别的三部,完全可以,我不知道董立勃为什么2001—2003两年内同时要写作和发表四部内容交叉的长篇小说?至于在《清明》2003年5期发表的短篇小说《夜不太黑》,在《福建文学》2003年7期发表、《北京文学》(选刊版)2003年9月选载的短篇小说《雪花飘啊飘》,及在《当代》2003年4期刊发的小说《风吹草低》,都让人失望,看到的不是他的才气,而是重复,重复自己。有了《白豆》之后的董立勃应该沉潜一段时间,不要盲目地去写作,去不断地重复那点有限的资源,不要等到读者厌烦了才罢休。《钟山》2003年6期发表的中篇小说《荒草青青》是对小长篇《清白》的缩写,由于把一部长篇缩成了中篇,很多地方无法展开,小说成了故事梗概。"①

2004年距今已经10多年了,董立勃再也没有拿出像样的作品,甚至似乎被文坛遗忘了。甘肃的雪漠当年一部《大漠祭》也产生了一定的影响,但后来就一头扎进大手印,自称是藏传佛教噶举派的多少代传人,后来创作的几部长篇小说,就很一般,神神叨叨的。还有云南的范稳,也存在这个问题。

总之,文学就是文学,我们说西部文学,只是就其区域而言,只是为了阅读的方便、研究的方便、言说的方便,并不是文学真的可以划区域,或者有区域文学。文学只属于个人,如果没有个人,也就没有文学,没有鲁迅,哪来的《阿Q正传》?没有福克纳,哪来的《喧哗与躁动》?没有莎士比亚,哪来的《哈姆雷特》?等等,我们可以列举一大堆。而西部文学目前在成就中有危机,在危机里也有机遇,我们的西部文学在写作中还有许多误区,超越或克服这些误区,作家的大胸襟、大视野,及其人文关怀,悲悯情怀,是最为关键的,它是产生大作品、大作家的前提之一。

西部的地域限制带来的文化滞后、文化交流的不畅通,更使得西部的作家成长

---

① 杨光祖:《才情独异的自我寄生性写作——对董立勃近期四部长篇小说的一种解读》,《青海湖》2004年第8期。

比东部省份艰难。所以,西部作家要能够持续写作,能够创作出真正有思想、有艺术性的文学杰作,道路是艰难的。

原载《当代文坛》2017 年第 3 期

# 书法批评，在焦虑与困境中索解

杨勇(上海书画出版社《书法》杂志副主任)

与书法创作的全面繁荣形成鲜明对比的是，当下书法批评的薄弱，传统批评模式的失语危机与西方话语体系下书法批评的"异化"构成了当下书法批评的双重困境，健全的书法批评机制的缺乏、商业文化的冲击、书法批评的"依附性"、批评队伍缺少必要的素养等导致了书法批评文章的空泛，改变这种现状需要做的工作很多，但最为关键的两点，一是建构当代的书法评价体系；二是批评家应努力做到学者、作者和读者"三位一体"。

强大的市场惯性已然改变了当下书法批评的格局，书法研讨会本应成为最直接、互动性最强的批评方式，但弥漫在现场的吹捧式批评如同对批评对象的精神按摩，书法批评扮演了"帮闲"的角色，使被批评者无法得到真正的帮助。批评价值标准的降低、书法批评家批判能力的丧失越来越凸显出建构当代书法评价体系的迫切性。建构当代书法评价体系需在传统与现代之间寻求平衡，而在技术层面与精神层面不可偏废的同时，当代书法评价体系更应蕴含着我们对于书法的一种理想。

## 一、当前书法批评的现实焦虑

### (一) 被批评者十分脆弱，"闻过则喜"成为一种理想

当下围绕本体的书法批评则显得如此的稀缺，其中很重要的一点，就是批评要顾及被批评者的感受。虽然正面的评价也是批评，但批评绝对不是连篇累牍的阿谀吹捧之词。市场条件下，作品的声誉牵涉到个人的饭碗甚至前途，不要说"闻过则喜"，被批评者面对批评能做到"置若罔闻"已是不低的境界了。前两年某批评

家因批评某省书协主席而上演"跨省施压"的"闹剧"再一次提醒我们，当下书法批评的环境不容乐观。无论是个人还是各级书法组织，面对批评是不可以采取"鸵鸟政策"的。正确的态度应该是积极回应，不能以沉默而漠然视之。既然将自己的作品公之于众，引起批评是很正常的事。如果别人的批评是正确的就应虚心接受，如果对自己的作品有误读，也应该解释和商榷。但"有则改之，无则加勉"，说起来容易，一旦涉及己身往往难以自持，而且往往采取两套标准，要求别人"有则改之，无则加勉"，当自己面对批评时，不是查检自身，而是条件反射般地想到批评者居心何在。所以我们都需要修炼，外练筋骨皮，内练一口气——"平和之气"，以平和的心态和宽广的胸怀面对批评，真正做到"有则改之，无则加勉"。

### （二）传统媒体与网络均缺少思潮性论争

20 世纪 90 年代，书法领域受到各种西方学术理论的影响，特别是心理学、语言学、阐释学等对书法批评产生了比较大的影响，关于书法美的讨论一直持续了好几年，书法界参与人数之广，影响之大，开时代风气。而进入 21 世纪以来，书法界思潮性论争没有了，尽管仍存在着学者批评与大众批评、价值评判与商业炒作的分野，但批评已经没有了思想上的分歧。报刊上每天都有新的"书法批评"产生，书法活动众相纷纭，媒体热点频繁出现，无数书法人的博客、微博、微信朋友圈随时更新……任何人的书法批评都基本不起作用，多元的批评引起了话语方式的差异，圈子现象严重，人们自说自话，大家互相不予理睬。

今天的书法批评生态已经发生了深刻的变化，市场因素开始发挥越来越重要的作用。批评者开始唯资本马首是瞻，按字论价。很多批评家潜意识有这样一种观点：既然书画作品拥有如此大的市场，书法家想通过我的评论抬高身价，那就"按字收费"。尤其是那些著名的批评家，就更是要"按字论价"了。以前是君子耻于言商，即便谈钱也是遮遮掩掩，但最近十年来好像已经形成了某种约定，不同级别的批评家的评论文字价格自然不同，从每个字一两元到每个字一两百元不等。这种由实力支配、资本主导的批评现象愈演愈烈，到最后，我们周围充斥的都是吹捧的文章和变味的批评。

## 二、传统批评模式与西方话语体系的双重困境

### （一）传统批评模式的失语危机

传统书法批评的审美与书面表达，大都是在感悟、意会的层面进行，而限于经

验和能力、价值标准和习惯,必然会体现个体差异。古代书法品评语言的模糊性,主要表现为在对作品进行品评时,它既不是理性的分析,也不是逻辑性的证明,而是借助自然物的美来形容书法的美,这种比拟的运用随处可见。较早大量使用比拟的方法进行书法品评的是南朝梁武帝萧衍,他品评汉代至南朝的书家三十二人,几乎全部用的是比拟,所采用的句式是"某某人书如什么什么"。如"钟繇书如云鹄游天、群鸿戏海";"王羲之书字势雄逸,如龙跳天门、虎卧凤阙";"韦诞书如龙威虎振,剑拔弩张"。① 再如康有为《广艺舟双楫》"碑评第十八章",整章都是一连串的比拟,有各式各样奇巧的联想,"《刁遵志》如西湖之水,以秀美名寰中";"《张猛龙》如周公制礼,事事皆美善"。② 从魏晋南北朝到清末,用物象进行比拟书法风格的例子不胜枚举,它体现了我国古代"言不尽意,立象以尽意"的思想。面对千变万化的书法美感和书法风格,"取万物之象为评,出自《周易》的象征思维与类比之法;取一字为评寓意褒贬,隐含劝诫之心,本于孔子的'《春秋》笔法'和'微言大义';不违心虚为溢美,也不曲意维护短缺,是效法司马迁著《史记》的原则。可以说,正是'一字褒贬,微言劝诫'的'微言大义'的理想与实践,成为书法审美与批评表达的普遍现象,追求炼字的自觉习惯也就成为以语言来规范审美与批评经验之不可或缺的重要一环。"③

古代书论中的书法品评所用形容词可以分为两类,一类是纯美学取向的用词,如美、秀、雅、丽、润等,由这些概念构成的词占书法品评所用形容词的绝大部分;还有一类是略具客观取向的概念及描述用词,如方、圆、宽、瘦、疏、密等,由这些概念构成的词已经具备向客观理性的分析发展的条件,可惜古人并没有沿着这条路发展。传统书法批评用语大都有模糊宽泛的特点,看似精警,味之则很难明了它们在作品中的具体所指。古人有没有意识到这一点呢? 有! 唐代孙过庭就曾对这类书法批评提出异议,他在《书谱》中说:"至于诸家势评,多涉浮华,莫不外状其形,内迷其理。"④宋代米芾对此也有精辟的论述,他在《海岳名言》一书中也说:"历观前贤论书,征引迂远,比况奇巧。如'龙跳天门,虎卧凤阙'是何等语? 或遣词求工,去法愈远,无益学者。"⑤

---

① 萧衍:《古今书人优劣评》,《历代书法论文选》,上海书画出版社 1979 年版,第 81 页。
② 《历代书法论文选》,上海书画出版社 1979 年版,第 832 页。
③ 丛文俊:《论传统书法批评用语对审美经验的整理与规范》,《书法研究》2016 年第 1 期。
④ 《历代书法论文选》,上海书画出版社 1979 年版,第 127 页。
⑤ 《历代书法论文选》,上海书画出版社 1979 年版,第 360 页。

古代书论虽不乏生动却意象模糊，犹如文学作品，辞藻繁复，语义朦胧，往往让读者不知所云。当下仍有很多批评家依旧沿用这种批评方法，以压缩简化的诗性语言替代概念、判断和推理。这种批评方式往往根据自己的直觉和感受便铺陈开来，感性体认还未上升到严密的逻辑思考便匆忙下结论，使得批评缺乏说服力，而且这种批评与创作是脱节的，无法具体指导创作，这也导致了很多书法家认为当下的书法批评对自身的创作没有太大帮助，很多书法批评家的文章不能在书法家中产生半点涟漪，长此以往，导致书法批评面临失语的危机。

（二）西方话语体系下书法批评的"异化"

在传统书法批评模式遭遇失语危机的同时，西方话语体系下的书法批评也遭遇着"异化"的危险。

20世纪90年代，随着西方后现代思潮和西方批评话语的涌入，一些批评家认识到传统"感觉的陈述"式的书法批评的不足，"阅读当代关于书法批评的文字时，我们发现存在一些带有普遍性的问题。例如缺乏批评的基本原则，一位作者在不同文章，有时在一篇文章中，采用不同的标准；有时标准虽然存在，但完全出于作者的臆造，在文献和学理等方面皆无所依凭，所依据的或许只是个人未经充分检核的感觉和经验。个人的感觉和经验确实是批评的重要基础，但它必须经过反复的学习、思考、验证，把自己的感觉和经验加以锤炼，使其在传统和当代文化中上升到一个适当的位置，然后它才有可能成为某种感觉或智力活动的起点"①。

他们开始借助于西方美术批评理论、文学批评理论等阐释书法，严密的逻辑思维方式给当代书法研究及书法批评带来了新的发展契机，而且其中少数理论家确实取得了很大的进展，但也不乏研究者将西方的理论术语、美学概念生硬地嫁接于书法批评，力求在理论更新与现代变革的感召下，对书法批评进行彻底的重构。但由于对传统的书法理论的隔膜使得他们对于书法的认识出现了偏差，从概念到概念，从理论到理论，既缺乏书法实践，又缺乏对理论的甄别和思考，在此背景下形成的批评文章对于书法批评无疑构成了一种"异化"。

进入21世纪以来，书法批评一直处于比较沉静的状态，并不像20世纪90年代那样充满活力，当然，书法批评也并没有衰落，而是在相对边缘的位置上寻找契

---

① 邱振中：《书法中的批评与书法中的理想》，《书写与观照》，中国人民大学出版社2005年版，第167页。

机。如何重构当下的书法批评是摆在批评家们面前的一道难题。

　　（三）批评家应是学者、作者和读者"三位一体"

　　我们时常读到一些书法批评文章,洋洋洒洒,愤慨古今,却离题万里,说到底是作者缺乏最起码的学术训练和学术修养,既缺乏书写实践经验,又没有耐心对作品进行细心的解读,常常急于发表自己的"高见"。书法评论家首先应是一个读者,一个能深邃理解书家和作品的对话者,不论是作品意义的阐释还是价值判断,均要求相应的专业知识作为基础。重振当下书法批评,应努力做到学者、作者和读者三种角色融为一身,即三位一体。"尽管文艺评论家并非一定要介入创作,但艺术的感觉和对艺术的把握很重要,否则很难进行深入的评论。我们与创作者的话语应该处在一个平衡的状态,熟悉和懂得才能够使我们与创作者以他们的话语方式进行平等的交流,也只有这样才是对创作者足够的尊重。好的文艺评论要求既要有理性的眼光,又要有审美的感觉,甚至本身就是艺术作品,是美文。"①

　　从历代书论中对于作品的描述来看,古人对书法形质的熟悉程度是惊人的。书法有它自身的专业标准。比如基本的书写技法、笔墨控制能力以及造型能力。我一直怀疑没有一点书写实践的人能够欣赏书法作品?也许有人会说,楷书容易啊,写得漂亮与否是很容易判断的,但这里所谓的"判断"和真正的"欣赏"还是有着很大的距离。要想真正对一件作品作出价值判断,必须对书法的基本要素了然于胸,并经过严格的书写训练。要想对书法的具体要素有一定的了解,临摹古代经典法帖是必由之路,也是最有效的途径。临摹古代经典法帖,就是要通过书写训练掌握前人的用笔方法、结字规律和整体的章法安排。这就是说,做书法批评家,最好能进行一定的书写实践,做书法方面的"学(习)者"。

　　当面对一幅作品时,我们会发现很多人,甚至一些书法家都无法用语言来描述,用"好"、"不好"或者"一般"这几个简单的词语对书法特征进行含糊的表达,连自己都会感到失望。其实这是有渊源的,翻开中国古代书论著作,大凡涉及书法品评时,多以自然物比拟的方法做直接的陈述,而且绝大部分是语录体,散乱无章且缺乏系统性。书法批评家在对作品的体察及阐释上显然要超越一般的书家,孙过庭在《书谱》中讲"一画之间,变起伏于峰杪;一点之内,殊衄挫于毫芒",②包世

---

　　① 庞井君:《"文艺评论"与"评论文艺"的界域》,《艺术百家》2016年第1期。
　　② 《历代书法论文选》,上海书画出版社1979年版,第125页。

臣甚至把一个笔画分为"两端"与"中截"三个部分来加以推敲，对形质的体察与分析是书法批评的起点。

批评家要对所批评的对象有着尽可能全面的把握，这貌似一个不言而喻的问题，但要真正做到其实并不容易。更为糟糕的是，面对书法作品、历史文献、书法现象时，人们往往缺少进入所有细节的耐心和诚意，因为进行书法批评必须经过严格的训练，同时还要有一个开阔的心胸。"批评家们需要建立为真理而奋斗的勇气，但勇气又必须建立在批评家自身对作品的鉴赏力和洞察力的基础之上……赞扬要一语中的、准确扼要；批评也要一针见血、公允持平……这都需要理论家批评家们提高自己的业务素养。"①严肃的批评家，都会站在自我良心的基点和时代高度，力图获得相对公正的观察与判断，从而确立自身的价值。批评家能够避免人情邀约和红包评论，挑战的只是个人的职业操守，但批评文字的客观性与公正性却要经过时代的检验，任何一位有雄心的书法评论家都要在自己的写作中完成自我形象的定位。

## 三、当代书法批评体系的建构

### （一）建构当代书法评价体系的迫切性

书法评价标准的模糊导致对同一件作品的评价甚至出现优劣两个极端，建构当代书法评价体系是当前书法界非常重要且紧迫的事。"当代书法迫切需要一个科学的评价体系，既能够为专业书法创作画出一个相对清晰的坐标，同时又能提升、引领大众的书法鉴赏水平，指导当代的书法教育。可以说，当代书法评价体系的研究与构建，是书法发展到现阶段的理性要求。"②

虽然书法的基本审美准则不会因时代的改变而发生变化，但应当说明的是，这个"准则"不是以各自的书写水平来确立的审美标准，而是整个书法领域的审美标准。社会上流行的江湖书法家、书法大师之所以能够招摇撞骗，并拥有庞大的受众，说到底是批评家的缺席造成了大众对于书法的"误解"。从这个意义上说，对书法本体与评价标准的梳理及研究就显得尤为重要，而且要用比较通俗的语言对书法品评标准进行解说，这对学书者特别是初学者尤为必要。

---

① 陈振濂：《书法批评的困境》，《书法》1989 年第 2 期。
② 陈洪武：《"建构当代书法评价体系座谈会"纪要》，《美术观察》2014 年第 12 期。

当然,书法批评毕竟是一种内心的体验,我们不能不承认个体间审美体验的差异性,而且,个人的审美体验又具有无法准确度量的模糊性,这无疑成了我们准确评判作品价值的重大障碍。因此,建立一种"评价体系",要立足于艺术的发展规律,要尽可能科学地接近一件作品的真实价值,避免对作品价值有笼统或片面的认识,这是构建书法评价体系面临的现实问题。我们制定当代书法评价体系的动机和立场,一定要有利于书法的发展,不仅仅是用这个体系直接应用于书法评审,而且广大书法爱好者可以借此来查找自己的不足,提升自身的创作,使作品更具专业性和美学价值。

（二）建构当代书法评价体系需在传统与现代间寻求平衡

早在 20 世纪 30 年代,陈公哲就曾尝试用科学的方法进行书法教学和批评,其在《科学书法·自序》中说:"古人论书文字固佳,而文意渊博,学者每望洋兴叹。本书旨趣,夫亦欲为学书者备一津梁而引近彼岸耳。目的务求实用,言论务合逻辑,以科学为立场,以自然为依归,不求合古而不悖于古。"[①]从中我们可以看出作者从直觉上升到实证分析的努力,但陈公哲的论述过于生硬,忽视了对传统书法批评理论的吸取。正确的策略是运用科学方法对传统批评理论资源进行现代学术层面上的提纯,把传统批评的理念、话语等要素归纳到现代科学研究框架中。把传统批评的宏观、整体与科学方法的微观、具体相结合,形成以传统批评思想为基础,科学的逻辑话语为面目的全新批评模式。

书法评价体系是探讨书法评判的系列标准,建构书法评价体系是为书法明确规范和标准,探讨发展的可持续性,建构发展秩序,这是个很有时代意义和责任感的学术课题。既如此,建构当代书法评价体系就应慎之又慎,窃以为,抛弃传统书论中的精华唯西方马首是瞻与拒绝西方艺术理论中的优秀成果的做法均不可取,建构当代书法评价体系需要在传统与现代间寻求平衡。

从大的方面说,就是要兼顾"技术"和"精神"两个层面,"技术"是技法操作层面,"精神"是文化层面。古代的书法品评有独特的用语规范和内在理路,这些术语和规范怎样运用到当下的书法批评,怎样打通古今,是值得考虑的。

1. 技术层面

古人在对书法"技术"层面的研究上也作出了很大的努力,释智果的《心成颂》

---

① 陈公哲:《科学书法》,商务印书馆 1936 年版,第 2 页。

对结构的分析、欧阳询的《八诀》对点画的描述、孙过庭的《书谱》对章法关系的剖析等,这些精彩的论述都应成为我们建立当代书法批评的基础理论。就技术层面而言,对书法作品的评述依然无法跨越笔法、结构和章法三个方面。

笔法是书法的灵魂,也是区别专业与非专业的最重要的因素之一。所以历代书法大家对笔法都特别重视,清代梁巘在《评书帖》中列举了很多他认为写得好的书家,均为"得执笔法"。梁巘所谓的"得执笔法",主要是指中锋运笔。中锋用笔会有所谓的万毫齐力、力透纸背的效果。清代朱和羹《临池心解》称:"正锋取劲,侧笔取妍。"①正锋即是中锋,中锋的核心观念是"笔心常在点画中行",正以立骨,偏以取态。运用中锋书写的点画往往比较圆劲饱满,而运用侧锋书写的点画往往比较爽利飘逸。除中锋与侧锋外,笔法的内容还有很多,比如从笔锋的运用看,还有藏锋和露锋的区别;从书写过程看,有起笔、行笔、收笔等。从书写速度看,有疾、涩和迟、速等。从笔毫着纸程度的控制看,有提、按等。这些都需要作专门的训练。就像任何一种笔画的形态都可以对应不同的笔法,那么任何一个笔画,无论他起笔处的形态如何,它都有它相对的放笔动作,古人说"八面出锋",其实笔锋切入纸面时也可以有很多的角度,所以笔法的关键,就是用锋。

结字规律和章法安排,主要是靠对古代经典法帖的解读来获得。不同的书体其结字规律和章法安排各不相同,即便同一种书体,不同书家写出来,也是风格迥异。比如颜真卿楷书的宽博厚重和欧阳询楷书的峻峭挺拔就大异其趣。书法的结构如同自然界的生态,是一种有机的整体、动态的平衡。在临习古代法帖时,我们会有一个强烈的感受:不管古人在结体方面怎样"松",但都无一例外地强调"守中宫",德国学者雷德侯注意到,汉字若不守"中宫"之制,笔画偏旁这个"模件系统"将无法形成对汉字的构建力。当下,书法退出日常书写,人们对于"中宫"的重要性越来越淡漠,为追求视觉效果而解散间架结构、支离笔画偏旁,"中宫松懈"成了当代书法艺术的一种鲜明时代特征。"守中宫"是守住书法作为汉字艺术的本质性要求,否则它终将被康定斯基、蒙德里安式的抽象绘画所取代,这不得不引起我们的警惕。

章法最大的原则就是平衡,是多个动态的局部通过协调最后达到一种整体的、大的平衡,这时点画、结构等都在一起发生作用,毕竟人们欣赏或解析一件作品时首先看到的是书法的整体,也即书法的章法,所以,章法的重要性不言而喻。此外,

---

① 《历代书法论文选》,上海书画出版社 1979 年版,第 732 页。

钤印也是构成整幅作品章法的重要部分,带有锦上添花的作用。

笔法、结构、章法构成了书法的三大要素。与笔法相伴而生的是点画,点画可以说是汉字最小的单位,但"一点成一字之规,一字乃终篇之准"。① 点画虽小,但也千变万化,不同的书体有不同的点画形质,不同的书家笔下的点画也各具情态,但点画还是具有一般的审美标准,如:"点"要饱满、凝重,似"高峰坠石","横"要舒展、劲挺,似"千里阵云",这里不仅仅是说点画要写出一种"势",而且还要有石头、白云一样的质感,即写出生命的意味,这已经上升到了"精神"的层面。

2. 精神层面

关于精神层面的批评方式,古人是最为发达和擅长的。早在魏晋南北朝时期,那种借用意象来进行书法批评的方式就非常成熟了。"王右军书如谢家子弟,纵复不端正者,爽爽有一种风气"。② 到了清代,康有为在《广艺舟双楫》评碑曰:"《爨龙颜》若轩辕古圣,端冕垂裳。《石门铭》若瑶岛散仙,骖鸾跨鹤。"③这些书法评价比较倾向于精神层面。除这种宽泛的论述外,还有一种"量化"了的"形而上"的批评方式,如唐代李嗣真在《书后品》中将历代书家分为"上中下"三品,三品之中又分"上上品、上中品、上下品、中上品、中中品、中下品、下上品、下中品、下下品";④张怀瓘在《书断》中将历代书家分为"神妙能"三品,其中神品十二人,妙品三十九人,能品三十五人。⑤ 这种书法批评方式所带有的模糊性往往为当下研究者所诟病,但并非一无是处。相反,这类带有"诗意"性质的书法批评通过"通感"的方式引起人们的共鸣,倒是我们应该借鉴的。

当然,我们今天建构当代书法评价体系应该有更高的要求,至少应经得起逻辑、学理、历史三个不同层面的严格检验。同时,构建当代书法评价体系需要关注中国哲学、文艺学、史学等学科的进展,在关注这些学科进展的背景下,我们可以把对书法的思考尽力向前推进,所取得的成就也可以更方便地融入当代学术与思想中。

技法层面和精神层面可以各自建立一个分体系,每个体系下再细分为几个类别。比如技法层面就涵盖了笔法、结构、章法等,这其中自然包括了书写内容的准

① 孙过庭:《书谱》,《历代书法论文选》,上海书画出版社1979年版,第130页。
② 袁昂:《古今书评》,《历代书法论文选》,上海书画出版社1979年版,第73页。
③ 《历代书法论文选》,上海书画出版社1979年版,第832页。
④ 《历代书法论文选》,上海书画出版社1979年版,第133—142页。
⑤ 《历代书法论文选》,上海书画出版社1979年版,第156页。

确与字迹的规范性（即草有草法、篆有篆法）；精神层面又可以分为文化品位、气韵神采等"形而上"的要求。当代重视形式，重视艺术性，忽略了实用性，更严重的是缺少内涵，包括对文学内容、文字的忽略，严重降低了书法的文化品位与属性，而这些恰恰是书法的核心部分。

### （三）当代书法评价体系应蕴含一种理想

书法从文人书斋走向了公共空间，今天的书法和古代的书法在人文生态以及社会生活功能等方面均发生了一些变化，书法在日常生活层面实用性的弱化是一个既定的事实。书法批评要建立自身的体系，这个体系应该向纵向和横向两个方向延伸，纵向主要指向传统和未来，包括传统书论的精华及未来可能出现的状态；横向主要指和书法相关的其他艺术门类在批评方面的进展。从这两个范畴来看，我们建构的书法批评体系才更加全面和丰满。而且，中国古代涉及书法评价的时候，往往是把问题蕴含在理想中提出来的，需要很多最优秀的人才去完善它。那么，我们今天建构当代书法评价体系，应该为中国书法的未来发展指明一个方向和道路，而不仅仅是解决当下的一些问题。

事实上，历数各个时代最著名的那些书法家，也并不是所有人都能把握全部的基本技法，虽然我们今天有更多的机会接触经典法帖名迹，我们在视野和基础训练上也超越了以往的局限，但当下书法存在的很多问题仍然不是不言自明的。所以，建立当代书法批评体系，我们需要运用历史的洞察力，熟悉历史上每一种书法风格发展的规律性，进而对构建当代书法评价体系得出更加具有针对性的建议。

回望整个历史的天空，道家思想的崇尚天地自然，儒家思想的万物皆备于我，对于书法，自然是其形态美的源泉和根本的追求。书法肇于自然，又复归自然，既无装饰之外衣，又泯去雕凿之痕迹。书法从最初对文字创生的溯源，即已折射出古代书法理论家们的宏伟抱负，而技近乎道，书法的最高境界在于，以生命意识和诗情画意去观照自然，体悟人生，追求真善美的人生景致和审美情趣。既如此，构建当代书法评价体系又怎能不蕴含我们对于书法的一种伟大的理想呢？

原载《中国文艺评论》2016 年第 8 期

# 民族·香火·长河

## ——话剧《淮河新娘》的舞台意象

吴卫民（云南省政协教科文卫体委员会副主任，云南省戏剧家协会主席）

　　大型话剧《淮河新娘》（李宝群编剧、查明哲导演、安徽省话剧院演出）2016年9月29日在合肥上演，观者如潮，约160分钟的演出，观众始终聚精会神地观看、热情饱满地回应。剧场效果表明，这部精心打造的剧目首演告捷，将成为安徽省话剧院《万世根本》（2008年）、《徽商传奇》（2013年）之后的又一个重要剧目。一桩影响也感动当代中国的历史事件，一介书生转向徽商的化蛹成蝶的传奇戏写，一页淮河岸边石姓宗族英雄儿女风云激荡的民国史……三个剧目的题材各有不同，手法新意迭出，剧目的艺术水准却持续攀升。这像是安徽省话剧院的艺术生产三级跳，每一跳之间都有艺术魅力的动感联系，每一程连接都是探索跋涉的长度延续，每一姿态都是艺术创新的能量累加。于是，话剧民族化道路的探索、地方文化特色的渲染、个人命运、宗祠社会、民族生活的套层关联意义的阐释、事件、人物、村史中折射出的中国古代、现代、当代的历史节点，就在"安徽三部曲"里连缀成耀眼的珠串，令观赏者赏心悦目。

　　《淮河新娘》是剧组主创人员攀升舞台艺术创作的新刻度。

## 一、三重超越

　　《淮河新娘》的演出，首先让人感到兴奋的是，编剧、导演和剧团在艺术创作中显现出来的对自己原有艺术高度的超越。对于成熟的艺术家和成长中的艺术团体来说，这种超越，哪怕是一点点也是难能可贵的事情。而令人欣喜的是，可以看到的情形绝非一点点。

　　查明哲的戏剧导演艺术从 20 世纪 80 年代末起步,此前他是作为演员和学生工作与生活着。在全国声誉鹊起的时候是俄罗斯留学回来之后的 20 世纪 90 年代末到 20 世纪 21 世纪之交,之后,艺术生命进入鼎盛春秋的重彩浓墨时期……他的导演艺术那种舞台思索品格营造出的厚重感与震撼力,那种人性解剖力道传递出的残酷感与启悟力,那种理想境界守望所表达出的圣洁感与承重力,那些舞台形象创造呈现出的丰富性与表现力……都是让观众印象深刻、可以长久咀嚼、反复分析、深入讨论的舞台艺术成就。在思想底蕴的追求中,查明哲的舞台形象创作常常会达到“形象表达思想、形象大于思想”的艺术境界。

　　李宝群是当下中国的担纲剧作家群体中最接地气、最有底层体察、最具人民性的成就斐然的一线编剧。这些年以来,全国地方或者军队甚至是艺术院校的演剧团体,常常是争先恐后地上演他的剧作,形成了全国各地同时上演李宝群不同剧作的盛况。他的四卷本《李宝群剧作集》已经将自己的既往成就结集成册面世。那种草根情结与家国情怀的缠绕,那种个人命运与社会生活的互动,那种人性觉悟与物质欲望的辩证,那种戏剧趣味与生活逻辑的契合……成为李宝群剧作的诸多特点和突出成就。而在时代、社会与人的关系中,李宝群的关注焦点在于“人学”深度触摸与探寻,这正是他的剧作“人民性”彰显的重要基础。

　　这么硕果累累的两位艺术家再度合作,我对他们的期待,就不是同一高度的重复了。实际上,私底下我最担心的就是出现这样的情形。但是,我的担心是多余的,他们超越了自己,两个成熟艺术家在《淮河新娘》中表现出来的自我超越能力让我喜出望外。

　　超越体现在《淮河新娘》的史诗叙事当中,在编剧、导演艺术上实现超越。

　　家庭生存状态与个人起落遭遇,是李宝群很长一段时间专注的叙写对象,对于个别家庭兴衰或者个体生命的命运追踪,带出时代风云与时代变迁,在《万世根本》中聚焦小岗村的中心事件,是“点的深入”的创作视角。《淮河新娘》的叙写视角有了更大的调整,是“线的连缀”与“面的铺展”,将观察对象拓展到了淮河畔大河湾石台子村的石氏宗祠面前。展示的是清末、北伐、抗日战争、解放战争的历史风浪中大河湾的岁月沧桑。为了这样丰富的历史内容的表现,一度、二度创作的舞台叙述颇有新意地建立了两个交替展开的叙事视点来构成演出整体的叙述呈现:一个是从水患中获救、成为石家媳妇的“淮河新娘”——河妹子的讲述视点,一个是石氏宗族里的时势英雄石仁天为石氏宗族延请的塾师——朱先生记述的内容。河妹子的叙述,是家长里短、乡里乡亲式的,是在石氏宗族内部亲历亲为的乡村故事,像极了当今热门的"个人口述史、口传家族史",线性传递,极其感性;朱先生既为塾师教化石氏宗族的子弟,也兼修石台子村的村史,其实就是为这个宗族续编宗族史,是更长的线性连缀或延续。他学富五车,满腹经纶,相传为朱明皇裔,是一位洞明世事的潦倒君子。心中既有改朝换代的惨痛前史,又有身经反清复明的风潮时起时落、忽明忽暗,在他这样身份的人文化心理底版上显影,对天下大势、国家兴亡当然就格外敏感。于是,家事、国事、天下事,就在大势辨析、国运洞察中成为村史族志的背景,观察和思考充满理性。感性的河妹子与理性的朱先生的目光交织处,拼接出了淮河两岸人家近现代的历史画卷,这就是断代历史中的民族现代生活情状的铺展。点的深入、线的延伸和面的铺展,这表演的舞台叙述就生动了。这正是淮河人家家事国事天下事的交汇合流,是艺术家借戏剧人物修史编史传史的大眼光、大气魄、大情怀与大手笔。

从故事结构到舞台叙事呈现出来的叙述视点十分明晰,依此结构的时空调度构架是稳固的。这是编剧、导演在舞台叙事的时空组织上的紧密合作,相辅相成地双重超越。

安徽省话剧院的演出能力和生产水准也是超越性的,这是第三重。《万世根本》演出时,剧团已经没有能力拉起队伍支撑一台大戏的演出,结果是主创人员大部分靠借;《徽商传奇》好一些,但是重要演员还是借了五六人,到《淮河新娘》时,除了个别角色需要武生行当需要特殊演员之外,角色悉数由自己剧院的演员充任,演得努力,完成得出色。靠剧目锻炼队伍,重新聚集能量,是安徽省戏剧事业一种显然的希望。短短 8 年时间,这种队伍重建、舞台重生的成绩,是一种充满艰辛但是卓有成效的自我超越,是起死回生的奇迹性的超越。

## 二、两番风景

《淮河新娘》给人深刻印象的是它的文化拓展,它对观众认识安徽历史文化,具有鲜明、感性的舞台贡献。

戏剧观众比较熟悉的安徽文化表情常常被定格在黄梅戏柔弱娇媚、哀啼婉转的音乐表达中,显然,《天仙配》、《女驸马》、《孔雀东南飞》等影响较大的黄梅戏演出创造的艺术形象,也会给观众留下这样的印象。可能这是安徽文化的一种,也许这只是安徽文化的一种代表,那就是徽州文化。徽州,在皖西南群山之中,背靠延绵起伏的黄山山脉,面向黟县齐云山、祁门县牯牛降、侧倚歙县清凉峰,远眺浙江天目山……群山环抱中、丛林盆地上、水系自足里滋养出的徽州文化,收纳、内敛、阴柔的一面就十分突出,与地缘的特征十分吻合。善于积财累富,精于锱铢必较;能够方正圆活,追求人情练达。宏村第一联道出徽州文化的一些特征:"百年旧家无非积善,一等大事就是读书。"积善避免为富不仁而结怨乡里,读书能够洞明世事,追求知书达理而圆融通达。门第楹联常常在规劝自己,是处世哲学的宣示又谨守庭院而绝不张扬,把发达起来的耕读人家立世对人的那种小心谨慎,传递出来了。

与群山中的徽州不同,淮河两岸氤氲的气象,壮阔、阳刚。淮河发源于河南南阳,流经河南、安徽、江苏的土地,与山东的水系相接,沿岸多的是货运码头,一路衔接的是漕运通衢,商贾云集,货物聚散,与徽州文化的积攒存留的格局相异,要的就是流通聚散,于是,淮河文化的表情与徽州文化的面影区别开来了,显得更阔朗、更壮烈、更变动不居、更呼应中州气脉、更具有北方气象。山的性格,水的文化,体现在人身上就显然不同。这就是初看《淮河新娘》那些悲壮场面、那些硬朗人物、那些壮阔人生时能直觉感受到的东西。不是徽州女人而是淮河新娘,地域环境,其实有一种定位性的提示。一方水土,与这水土上发生的历史和氤氲的文化,对其间被铸造、受滋养的人来说,是决定性的。《淮河新娘》中石台子村的满村忠烈、全族刚勇,其实就是活生生的淮河文化人格。反清复明、辛亥革命、北伐战争、神圣抗日、解放战争,石台子村的石姓宗族都积极参加了。而且,壮士捐躯,前赴后继。回想起来,《万世根本》中"18棵青松"不畏罪、不惧死按下的18个鲜红手印,终结了米粮仓安徽传统性地逃荒要饭的历史,点亮了中国"三农"问题切合和农村实际的政策烛照。这当然最有可能发生在凤阳小岗村——因为,那里也是淮河文化风光壮阔的沿岸。

《淮河新娘》叙述近、现代史中的村故事,也表现淮河文化积淀中的人,在这样的坐标上认识那些有个性的人物就立体了。《淮河新娘》在以往的戏剧舞台上徽州文化的风景旁,又添加了淮河文化,剧中每到剧情高潮处总有让人过耳不忘的两句歌词:好一条大淮河,涌起浪千叠……剧中浓浓的淮河平原色彩,被泗州戏、花鼓灯、拉魂腔民歌给反复渲染出来了,铺展出一种硬朗壮阔的文化气象。

安徽文化在安徽省话剧团演出展示出的两番风景下,显得更加全面、深入、细致了,而且,是感性的、活色生香的。

## 三、一种意象

《淮河新娘》首演结束的当晚,我曾经问查明哲导演,他的舞台创造中,他赋予舞美布景上那条河的形象什么样的意义。他回答说,是一个叠加的、复杂的意义,可能不是单一的意义。

究竟是什么意义呢?

查明哲导演在创作舞台演出形象的过程中,是一个十分着力寻找"形象种子"的导演。往往,他的形象种子不是一个固定的形象,而是一种在生长、变化、聚合、衍生,与人物命运相互文的形象。这种生长、变化、聚合、衍生是沿着一定的戏剧意蕴传递、积累而开展的,所以最后呈现出一种形象叠加、彼此依存、互为转注于是意义指向基本清晰的有意味的舞台形式,这就是常说的舞台意象。我注意到的是形象背后的形象改造、意义改变的过程,最后是舞台意象的出现。譬如《矸子山上的男人女人》中的矸子山与下岗工人的形象依存,《万世根本》中的逃荒要饭的人群中穿插的花鼓女花鼓歌对民众饥饿史的点醒与对"18棵青松""包产事件"历史意义的托举,《呼兰河传》中的呼兰河与人那种自由生存状态的相互为喻,《中华士兵》中的士兵与黄河对个体生命意义的比附性思考……而《淮河新娘》一开始映入观众眼帘的,就是台前位置上那一公一母两棵饱经沧桑的银杏树形象,天幕上有一条波光粼粼、浪涌千叠的大河,还有一个顶着红盖头的年迈新娘,一个修史的教书先生。沉默的树,无言的河,两个絮絮叨叨的回忆者、讲述人,在观众眼前将一段风雨如磐的岁月一页一页翻过,一场一场演过。随着河妹子与朱先生的叙述,随着石台子村在历史风雨中的蹒跚、呼号、挣扎、奋争节奏,观众不知不觉地将两棵老树与两个老人作为"历史见证者"的身份连接在了一起,自然的树与奔流的河"人文"化了,成为石台子村沧桑岁月的见证者和石氏宗族几代人激荡生命的承载者。应该体会到,树的形象与河的形象的意义空间是不一样的,河的形象意义更复杂与纷纭。它是家园故土的象征,为了护佑它,淮河儿女英雄辈出,剧情中三代男人两代新娘,前赴后继,刚勇壮烈;它是淮河流域人们的母亲河,所谓"走千走万,不如我的淮河两岸",淮河儿女的家乡情感如诗似梦;它是家国情怀,它是民族大义,它是民族生命奔腾不息的长河,所以个人、族群、民族国家犹如滔滔浪花与森森长河之间的关系一样。个人、族群、民族国家,环环相连,层层相因,在剧情里表现为人群、宗族和民族的关系结构。最后,大河的形象,就从一般的点明剧情发生地点的自然环境与客观景物,一点一点地,在剧情的发展,情绪的积累,意蕴的传达中,逐渐变成了具有充沛主观情感与高度诗意象征意义的形象载体——宗族延绵不绝、民族生生不息的生命河流。

这,就是《淮河新娘》中"河的意象"!

## 四、成群的新娘

河的意象解读完了。那么,新娘呢?

新娘是编剧李宝群落笔的重点,毕竟,在《淮河新娘》中,女性是最深重苦难的承受者。丧父、失夫、舍子、操持忧患中的破碎家庭,忍受人所不能的痛苦……河妹子与婆婆都经历了。

我想起了约翰·沁孤的《骑马下海的人》中,男人们一个接一个地死去,留下满腹苦水诉不出来的女人——失去了丈夫和儿子的女人凄冷寂寞地活着,那种生命被抽空后麻木认命、那种生不如死的度日状态,令人不寒而栗。但《淮河新娘》不是神秘主义、象征主义的命运书写,大海的神秘诱惑完全不能与大河的明确召唤相比拟。因为,大河意象中的层层内容,让赴死的壮士与等郎的新娘(侯人兮漪,剧中反复出现的揪心歌谣——笔者按),都具有极其鲜明的追求感与具体明确的目的性。对社会发展的潮流性进步追求、对保家卫国的匹夫之责的勇于担当,都让男人们义无反顾,女人们深明大义。那条河,那条母亲河,那条洗濯着春秋大义、激荡着民族生命的大淮河,那条民族精神不死、生命不绝的滚滚长河,是一个永恒的诱惑。它是个体生命价值的聚合,它是群体意志的放大,它是民族生命的延绵。

曾经的、现实的、未来的新娘,其实是从"淮河女人"中提取出来的特殊形象。河妹子,只是淮河女人中的"这一个"。新娘,特殊性就在于,这个身份对女人来说是一个重要的生命节点。在这个节点上,充满了期待充满了希望又充满了变数,河妹子的人生就在这种期待、希望和变数中展开……观众看见了,河妹子的三夜新娘,一生守望。关键在于,守望新郎、守望和平、守望新生活,这种对于女人来说本来十分正常朴素的愿望,在那个风云变幻的时代里,变成了无法实现的奢望! 这正是理解新娘,认知淮河女人的切入点。

于是,成群的新娘出现了,这在《淮河新娘》的舞台形象上简直是神来之笔。河妹子作为女人最重要的未了心愿就是,参加革命的丈夫荣归故里,为她补办一个热热闹闹的传统婚礼。垂垂老矣之时,她梦见了那一天。那一天的新娘不止一个,她看见的是成群结队的新娘,这就把"淮河新娘"的形象,化为淮河女人的群像了。

就石台子村而言,河妹子之外,还有还未做成新娘的石榴,更有曾经的新娘——石仁天的妻子,有失去丈夫儿子最后疯了的狗子娘,更重要的是,还有千千万万站在男人们身后支持他们闯天下、走四方、干革命、保家乡的淮河女人。正像淮河汉子中的石仁天、石蛋、水儿三代人只是戏剧规定情境中的"这一个"一样,还有老花子、族长、狗子爹、小鱼儿……个人只是浪花一朵,族群便是浪花一簇,汇入奔流不息的民族生命长河中。她们是河的意象层面上中华民族那一个历史时刻的一簇浪花。

个人与群体的依存,宗族与民族的关系,在演出中处理得如此生动形象,实在是巧妙而且精致的艺术创造!一个新娘化身为成群的新娘,一个女人裂变为族群的女性,是一个震撼性的场面。很大意义上,为《淮河新娘》中一个戏剧动作——"香火的续接",在民族生生不息的意蕴上兜住了底。

## 五、几柱香火

香火,是一种形象的说法。在民间说香火就是后代子嗣的延续。石台子村的灵魂人物、宗祠英雄石仁天刺杀清朝钦差大臣失手被擒,慷慨赴死时,唯一的嘱托就是"留住香火"。这对石家长辈是重托,对还是女娃儿的河妹子却是启蒙。对"香火"的嘱托,《淮河新娘》的动作发展是有几层意义的。

一柱,燃烧的是人类生存繁衍的重要内容,是人类生活的必需。男欢女爱,天经地义;但是剧情中加入了沉重的社会内容,而且将宗族家规与时代生活植入了"香火"的戏剧动作之中。河妹子作为准新娘为石家未婚先孕,在石蛋投身革命离家前夜委身于他,事件既世俗又神圣,动作既发展又纠结,为人物刻画和剧情组织,提供了更丰富的表现空间。

另一柱,祈愿的却是精神层面的香火。《淮河新娘》渲染的淮河文化环境,是一种敢生敢死、向死求生的英雄崇拜的文化环境。在剧情发展到矛盾尖锐、大敌当前的关头,在戏剧行动去留生死、价值选择的当口,往往有一个戏曲武生在石台子村飘荡,渲染的是威风凛凛的英雄气概。他是人们的推崇与敬仰,他是"好一条大淮河"的精神气韵,是"涌起浪千叠"万代传递的价值信条。不畏强暴、不怕死、不贪生、敢拼搏,正是石台子村宗族,也是中华民族文明延绵5000年不衰亡的重要保障。否则,多子多福观念下的子嗣兴旺,绵长香火,说不准是"英雄的后代",极有可能是"汉奸的子孙"!

精神层面的香火,是个重要的思考节点。

再一柱,缭绕的是香火的思考。围绕着"香火"戏剧动作当中,有"续"和"找"的两个阶段。"续"香火分"血脉的延续"与"精神的传递"两层,"找"香火则是女人天性的自然流露。在"找"的动作中,没有对抗力量,没有斗争对手,更多的是心神疲惫的母亲,疯了的狗子娘,累了的河妹子……她们没有找到,她们终于还是没有真正"续上"香火,这是她们无法预料、无力改变的结果,是她们质朴的困惑。

蓄足了力量续接的香火找不到了,生命链条上的一个环节断脱了,从新娘到母亲,总不大圆满,有些悲剧感,是人性深处升起来的。我以为,《淮河新娘》的舞台形象创作中,最能体现查明哲导演舞台思索品格的,就是这"三炷香火"。布莱希特史诗戏剧的叙述风格与间离效果当中,最重要的特点是在陌生化形象、客观性事件展示中辨理的冷静,《淮河新娘》满台更多的不是"辨情"而是"诉情"。但是,诉情的感动之余,突然来了一段看起来虚写的"找"香火的剧情,给人的思考空间不小,尤其是探查人性的可能,进入了一个"写真"的层面,这是应该注意到的艺术收获。

## 六、数处悬想

这些,更多是看演出时产生的思虑,与编剧、导演交心。

一是戏写得太满,贪多,尤其是为了写足后面的戏,河妹子作为新娘出场之前铺垫过多;加上舞台呈现为了重彩浓墨渲染一些场面,一些细节放大了表现,一些动作抻长了叙写,情节发展就稍显臃肿而且滞迟了。所以,剧目演出时间过长,并非必要到不可精简压缩。

二是剧名落脚在"新娘",但是剧情叙写、故事表现显然超出新娘的生活空间和活动范围,是否可以再做些斟酌?

三是少量戏剧事件和重要动作,还可以提炼、推敲。譬如河妹子未婚先孕在宗族祠堂会审的一个重要事件——河妹子在水灾顺河漂流中被石仁天父子救起,自小从捡了一个媳妇儿的戏言,到青梅竹马中长大,再到"续香火"的刑场重托,石蛋与河妹子的婚事,在石台子村尽人皆知。"会审"河妹子那一场戏用了十分力气和剑拔弩张的场面表现宗族的力量,一再斥责,众人围观,要将河妹子装猪笼沉水……结果却被族长的几句话轻轻化解,留下一个让石蛋将来回村与河妹子完婚时"补办一个隆重的婚礼"的话就过去了,显得组织矛盾时绷得很紧,解决矛盾时放得很松,究其原因,就是没有十分想透规定情境中的人物行动的可能性。族长后来率领石台子村的汉子拼死抵抗日寇而全部牺牲,跳出了古板守旧的形象,其实在处理这件事情的时候,正是他的性格刻画、形象塑造可以有空间的地方,可以体现他的原则、人性与人情味,运筹帷幄、不动声色地游走在宗法族规与悲天悯人之间。这样,不多费力,就可以把这场冲突被虚拟化了的戏表现得更有深度和力度。

还有,表现河妹子力图留住石蛋成婚的三个夜晚,三次为郎洗脚,第三次剧情突变,石蛋为河妹子洗脚,这种有力量的剧情复沓、能量积累,目前的表现还缺少"量"的升级与"质"的突变给人在场面上的感染和形体上的打动,以查明哲导演的艺术创造力,这是无须悬念就可以达到的。

四是舞台呈现丰富多彩,满台生花,但是略显精彩而不精粹。就是重彩浓墨与惜墨如金应该是一对交替运用的笔墨,以那样的眼光再对《淮河新娘》挑剔审视一番,做些调整,可能显示出这场演出的舞台创作会更加炉火纯青。

舞台美术的物造型、装置,功能性极强。但是,也许这使参与剧情意蕴表达、参与舞台意象创作的力量减弱了,这与查明哲艺术团队以往的舞台呈现创作稍显不同。

原载《中国戏剧》2016 年第 10 期

# VR 影像叙事：一场全新时空的审美之旅

## ——淮剧《半纸春光》观后感

张金尧（中国传媒大学艺术研究院副院长）

苏米尔（中国传媒大学艺术研究院广播电视艺术学博士生）

## 一、VR 影像的历史性革命：由二维平面步入多维时空

VR 即 Virtual Reality（意为"虚拟现实"），本为一项始于 20 世纪 60 年代的综合数字图像处理技术。早在 20 世纪 90 年代，美国杂志《大众科学》（1993 年 6 月版）已经详尽介绍了 VR 技术，并展望了其应用前景。自此，VR 又经历了 20 余年的技术改进与应用探索，终于实现了技术与艺术具有划时代意义的"联姻"。在过去的 2016 年这一"VR 元年"中，我国传媒行业迎来了一次 VR 技术风暴的洗礼，将体验者带入到一场全新的、颠覆性的影像审美之旅中。

历史上每一次科技重大革新都对传统艺术产生重要影响，或促进新的艺术门类诞生，或深刻改变人们的鉴赏习惯。照相技术、摄影技术、电视、互联网等概莫能外。但是不可否认，上述影像从未挣脱"二维"接收器的束缚。因为按照时空维度的划分，在"零维"中，点只有位置而无大小；在"一维"中，直线只有长短而无粗细；在"二维"中，平面只有面积而无厚薄；在"三维"中，空间只有体积而无时间。基于此，传统艺术中的绘画、摄影、戏剧、电影、电视乃至网络接收终端，其影像仍属于二维世界。即使是 2009 年为全球观众带来视听盛宴的所谓"3D 电影"《阿凡达》，其接收器仍局限于二维平面。虽然观众戴着 3D 眼镜，但是所谓 3D 效果只是银幕纵深感的强化，而没有真正实现三维虚拟时空。因此所谓"3D 电影"并非真正的"立

体电影"。如今,VR 技术与影视艺术的结合,才真正把观众从现实世界带入到一个全新时空,观众从"我看电影"转向"我在电影中",并在新的时空中实现三维、四维乃至更高维度的时空之旅。

VR 作为"虚拟现实",一方面表现在对现实的"还原"。这是对电影"虚幻空间"的延伸。电影理论家贝拉·巴拉兹认为电影相对传统艺术的突破在于电影"消除了观众与艺术作品之间的距离,并且有意识地在观众头脑里创造一种幻觉,使他们感到仿佛亲身参与了电影的虚幻空间里所发生的剧情。"[1]电影"还原"现实所凭借的这种"虚幻空间"在 VR 世界中更富有逼真感和沉浸感。这是由于 VR 影像不再受制于摄影师的镜头"强制",而是随心所欲地在虚拟时空中对场面内容进行 360 度"围观"与"交互"。与传统影像的平面静观不同,在 VR 场景中,观众可以实现"全景式"置身其中、如临其境、亦真亦幻的视听效果,平面获得了延展,将观众包裹其中,而观众的视听感官则如同蜻蜓"复眼"一般,从各个方位审视眼前这个真假难辨的全新时空。同时,观众置身 VR 情境,与情境形成"静观"与"互动"的双重关系,观众在与情境的有机交互而非"鼠标按键"的游戏交互中获得一种躯体与心灵的双重沉浸。另外,VR 对现实的虚拟更体现为对现实的超越。作为三维生物,人类可以感受到时间的流逝,所谓"逝者如斯夫,不舍昼夜。"但人类无法在现实中"看到"过往和未来的自己。不论是对时间的消逝发出感喟的孔子,还是慨叹"没有人能两次踏入同一条河流"的赫拉克利特,都共同阐释了一条亘古的时空规律:作为三维生物的人类只能感受四维截面,却不能在四维时空中自由穿梭。换言之,三维空间生物只能在瞬间感受"此时此刻",却无法逾越"时间"之维抵达时空彼岸。然而,VR 影像时空中的观众从三维向四维乃至更高维度的跃进,使"人生可以从头再来"之假设成为逼真的幻觉体验。

上述对于现实"还原"与"超越"的阐述暗含了一层逻辑,即 VR 影像世界中的"交互"乃是 VR 影像从三维时空跃向"高维时空"之动因。正是观众置身情境,甚至被赋予"角色身份",完成情境"交互",作为叙事元素参与情节创作,才衍生出诸多不同的人生轨迹,幻化出多种迥然的命运时空。曾几何时,影视创作推出的"人生 AB 剧"和一度掀起收视热潮的"宫廷穿越剧"也曾体现出创作者对时间维度的非线性再造,但观众仍处于被动接受的地位,未曾自主参与情节与人物的创作,或曰传统作品时间之维的塑造,所以这仍然是一种闭合式的创作,其"故事时间"纵

---

① [匈]贝拉·巴拉兹:《电影美学》,中国电影出版社 1982 年版,第 35 页。

然有诸多非线性建构,但其"叙述时间"仍然是单一线性结构。这与下文所述的 VR 影像"多通道"、"高维度"的时空叙事具有本质区别。这种质的飞越彰显于创作美学与接受美学两大领域。

## 二、VR 影像创作美学的发散性与聚合性

（一）发散性:从"一叶障目"到"木秀于林"

如果说传统影视叙事的一个故事犹如一片树叶,那么在 VR 世界里,这片"树叶"在发散性思维的统率下已成为"木秀于林"的"参天大树"。在四维空间中,人们可以选择性地"看到"过去和未来,并在一条时间轴线上自由跳跃。当某一情节点出现若干可能性时,则由每一种可能性映射出若干条时空线,当至少两条时空线相交于一点时,从这一点出发可以选择完全不同的情节、命运、人生,于是便产生了"人生可以从头再来"的五维空间。

这种"高维时空"对于影像叙事的裨益可用图 1、图 2 表示。毋庸置疑,优秀的叙事作品都是主题思想与艺术创作的完美熔铸。就图中"椭圆"代表的"主题观照"而言,它是一部作品的精神底色与灵魂依托,所有的故事情节与人物形象都必须在这一主题"底板"上描摹绘制。就艺术创作而言,在传统二维叙事中,虽然创作者可以运用预叙、倒叙、插叙等手法对"故事时间"进行非线性重构,形成某种"时空组合",但是在"叙事时间"上只能遵循线性方式,即只得选择一种时空组合进行线性呈现。因此,在囊括无数条"直线"的"主题观照"中,创作者能选择"一条直线"(图1)。然而,由于 VR 世界拓展了创作视域,挣脱了时间"枷锁",使得创作者可以凭借发散性审美思维"驰骋"于主题思想的宏阔背景下,呈现出多种"时空组合",从而打破"叙事时间"的一元性,进而形成一种"参天大树"式的"多通道叙事"模式(图 2)。

以电影《唐山大地震》为例,原作中母亲在地震来临的一刹那,面临救儿子还是救女儿的两难抉择时,母亲最终决定救儿弃女,女儿万幸存活下来,由此记恨母亲 32 年之久,最后以母亲向女儿的一跪终结全片。许多观众和理论家们认为这一故事设计不符合人性人伦,但传统电影"给你什么就是什么"。而上述接受者与创作者的抵牾在 VR 影像创作中则迎刃而解(如图 3)。在众多假设中,可以发散出不同的人生命运,实现不同时空线索的交织。同时,从不同情节设计和命运走向选择中也折射出创作者审美水平与价值取向的高下。

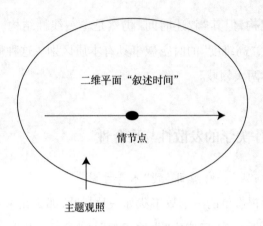

**图1　传统二维叙事图谱**

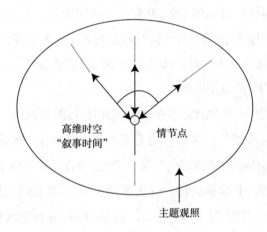

**图2　VR 高级叙事图谱**

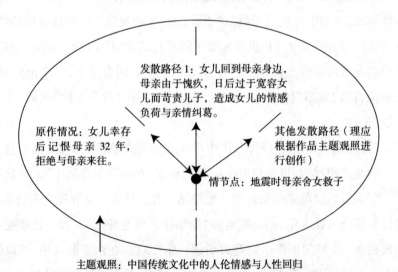

**图3　电影《唐山大地震》的 VR 叙事构想图谱**

（二）聚合性：纵然"枝繁叶茂"终将归其本源

亚里士多德曾言："美与不美，艺术作品与现实事物，分别就在于在美的东西和艺术作品里，原来零散的因素结合成为一体。"①戏剧的魅力在于或然律与必然律的辩证统一。虽然发散性是 VR 叙事的首要特征，然而这一特征仍然从属于或然律与必然律的辩证法则。发散性思维突破了传统影视的封闭时空，但只有把这些"零散的因素结合成为一体"，才能现出彼此的因果、依存、递进、转折关系，才能现出一个波澜壮阔的故事世界。如果说发散性正在驱动传统影视由"一叶障目"的创作模式向"参天大树"式的 VR 世界挺进，那么"枝繁叶茂"还需沃土中的根茎提供"养分"。所以说，纵然"枝繁叶茂"，终将归其本源。这个本源便是无数或然聚合指向的那个必然，表现在图 3 中，便是"主题观照"的"椭圆"边界对发散性"多通道叙事"的理性约束。"聚合性"也正是基于"发散性"提出的 VR 影像创作美学之另一重要特征。

我们仍以《唐山大地震》的 VR 重构为假设，来分析"聚合性"。在高维空间中，一家人的命运会由于发散思维而表现出截然不同的人生结果。然而不论生死离别，中国传统文化中的人伦孝道、舐犊情深仍然是根植于文化土壤中支撑起"参天大树"的思想根源。因此，VR 世界为我们带来无限可能性的同时，以更加多元化的艺术偶然性，反衬出了由思想主导的聚合性特征。又如，近年在文化界引起轩然大波的文艺电影《百鸟朝凤》有这样一个极具转折性的情节点：游天鸣和蓝玉跟随师父外出表演，夜里起火后游天鸣从火中抢救出唢呐而蓝玉只顾自己逃命，这庶几成为焦师父放弃资质卓越的蓝玉，而选定天资不高的游天鸣作为接班人的重要情节点。如果在 VR 世界里，通过四维空间回到起火前来避免火灾，那么表面看来，可以避免起火事件对师父在接班人问题上内心天平的偏移。然而，游天鸣将唢呐视若生命的崇敬感和蓝玉仅仅视唢呐为谋生工具的两种迥然之心态决定了只有游天鸣能够成为浮华时代中传统艺术的守望者。这便是必然，它是"一只看不见的手"，把无数零散的、发散的、偶然的表象因素按照因果、递进、依存、转折等关系推到人生命运的必然轨道上。

## 三、VR 影像接受美学的自主性与自觉性

（一）自主性：赋予观众参与创作的"权利"

从艺术接受角度而言，VR 影像世界里的观众体现出极大的"自主性"。当观

---

① 引自朱光潜：《西方美学史》，人民文学出版社 1979 年版，第 76 页。

众戴上 VR 眼镜后则置身 VR 技术营造的幻觉空间,这时传统影视摄影机运动的"推拉摇移跟"、景别的"远全中近特"、焦距景深的变换、演员的"出画"与"入画"、摄影机所规避的"跳轴",以及影视引以为傲的"蒙太奇"等视听语言均在 VR 世界里变得无足轻重。影视手法的衰退却带来了传统戏剧的"超越性复归"。一方面,所谓"复归"是指在规定情境中,观众具有"自主权",这一"权利"在传统影视时代被摄影师的镜头"剥夺",却在 VR 影像时代获得重生;另一方面,所谓"超越性"则恰为 VR 自主性的价值表征,在传统戏剧中,虽然观众具有对舞台元素的观赏自主权,但是始终处于"第四堵墙"后固定的坐席,并且只能观赏舞台呈现的即时空间,因此这种选择权在极大程度上表现为"非自主"。相较而言,VR 在观赏方面则带来革命性飞跃。

例如,沉浸式戏剧《不眠之夜》①类似于 VR 影像的时空创设,对 VR 影像创作具有借鉴价值。在这出戏剧里,创作者将整座大厦设计成一个巨大的多空间大剧院,分为若干小剧场,每一个剧场中都在同步上演不同的节目。在同一小剧场中,观众可以在剧场中任意走动,甚至可以走上舞台与演员互动,并从任意视角方位观看演出。当前 VR 影像创作也正在探索这种"剧场漫游"式的呈现形式。观众在 VR 世界中空前的自主性需要创作者在舞美、灯光、演员表演、舞台调度、空间设计等方面不再固守"以平面表达空间"的扁平思维,而是秉持"以空间展现空间"的高维度思维。与此同时,在该作品中,观众的自主性还表现为剧场选择的自由。观众既可以随时离开剧场而步入其他剧场继续观看节目,也可以拉动进度条选择从头观看,这使得每一名观众都拥有了一座可以自主选择时空的豪华剧院。

VR 影像在艺术接受端最大的革新便在于赋予观众参与创作的"自主权",这打破了传统影视类似"枪弹论"的封闭叙事模式,从而在发散而自由的多维时空中按照观众的思维习惯来自主更替时空,选择情节走向。研究者孙略曾在《VR、AR与电影》一文中就沉浸式戏剧《不眠之夜》指出,"观众拥有自由权在同一场景中选择观看对象,故事的讲述者没有能力像电影导演武断地打破同一场景中的空间"②。观众的"自由权"表面上似乎是"自主性"扩张对创作者表情达意的"侵犯",但实际上"自主性"对创作意图的传达具有积极推动作用:"自主性"更有助于

---

① 《不眠之夜》是由英国戏剧公司 Punchdrunk 改编自莎士比亚经典戏剧《麦克白》的一部沉浸式的戏剧,属于实验戏剧。该剧发生在一个宾馆中,演员们在宾馆的各个房间走动、对话、调情、打斗,观众们则戴着白色的面具四处游走,沉浸其中享受剧情。

② 孙略:《VR、AR与电影》,《北京电影学院学报》2016 年第 3 期。

观众以个性思维方式来接受作品内容，相较"枪弹论"式的意识形态宣教，这一方式更有利于作品主旨的表达。这种"自主性"往往体现出一种殊途同归、归于本源的聚合性，这非但没有使观众自主性的发挥与创作者的初衷形成不可调和的矛盾，反而使观众在自主的时空跃动和参与创作中，自我体悟，自我感发，不仅在发散性与自主性的或然律中体验到戏剧性的魅力，而且在多维时空无尽的或然律背后，去洞悉人生、命运、世事变迁的必然律。

### （二）自觉性：引领观众自觉地行使"权利"

如果说"剧场漫游"式 VR 影像的自主性更多地体现了观众的"随心所欲"，那么如何保障这一"自主权利"的行使不至于导致观众最终游离甚至脱离故事情节呢？这就需要在强调自主性的同时，还要强化观影的自觉性。必须指出，所谓自觉性，不是以镜头的运动、景别、景深来"囚禁"观众，而是以"自主性"为基础，以创作智慧来引领观众自觉地合理地使用"自主权利"。以美国首部 VR 系列剧《lost》（译为《寻踪》）为例，该剧讲述的是母亲寻女的故事，创作者设置了一些具有时效性且隐藏秘密的区域，当观众目光聚焦于这些区域时，可以帮助主人公解码，影响剧情走势。研究者赵艳明曾在《光明日报》发文，从"交互性叙事"指出该剧"交互式的主辅线剧情需要精心的设计安排，对创作者的艺术功底和编剧水平提出了更高要求。"[1]进一步而言，这种"交互性"只是表象，其本质依然是创作者对接受者的一种引领。观众沉浸于剧情时，思人物之所思，急人物之所急，自然而然地以"帮助母亲寻找女儿"作为行使"自主权"的最高任务，于是那些早已设置的时效性区域便成为观众自觉选择的一把把"密匙"，引领观众在表面的"交互性"下，自主而自觉地与创作者共同构架起剧中母女团聚的桥梁。这就通过观众以自主参与创作的方式自觉地聚合于戏剧冲突与故事主旨之中。《寻踪》作为开创性的 VR 美剧，在如何引导观众自觉而合理地使用"自主权利"方面不乏借鉴价值。所以，创作者必须具备空间发散思维，允许观众以"上帝视角"自主漫步于不同空间的同时，不丧失悬念和突转，依旧能够以悬置、省略、重复、逆转等叙事技巧引人入胜，感同身受，自然而然地与创作者达成默契。

艺术接受的自觉性除了体现在自觉参与创作，与创作者共同在或然律中揭示必然律，还体现为一种自觉的心灵净化。如果说在偶然中揭示必然是一种深邃的

---

① 赵艳明：《技术再次创新　电影将让人身临其境》，《光明日报》2016 年 2 月 29 日。

理性哲思,那么心灵的触动与灵魂的洗礼则更富有浓厚的感性色彩。以 Sheffield 国际纪录片电影节获奖作品 *Note on Blindness*(译为《失明的世界》)为例,健康人难以在现实中感知盲人的世界,于是该片将观众带入一个盲人的大脑幻境中,无尽黑暗的世界中,闪耀着星星点点的幽蓝色影像,虚实之间映衬出郊外小路上的轿车、路旁嬉戏的孩子、凉亭中休憩的行人、远方若隐若现的山脉等,当观众在屏幕文字提示下目光聚焦于地面脚印时,画面又在一片忽明忽暗的蓝色星点中幻化出新的景象:涓涓河流、河畔的秋千、茂密的森林等。这些忽明忽暗、若隐若现、时有时无的幻象恰为盲人在脑海中对久远的视觉记忆的模糊重现,黑暗中幽兰色星点的设计和图像舒缓的流动感无不流露出一种静穆、冷峻与哀愁的心境。当观众在 VR 的虚拟时空中体验盲人的幻象世界时,不免对失明者的复杂心境与盲人群体对"假如给我三天光明"之渴求有所感同身受,从而在摘去 VR 眼镜的一刹那,获得一种自觉的心灵净化,难以抑制地去拥抱光明赐予世界的这份色彩斑斓。也就是说,VR 的世界在赋予观众"自主性"的同时,也在这个如临其境的幻觉时空中使人获得一种感同身受的心灵体验。在一次次如梦如幻的心灵之旅中,观众自发、自主、自觉地获得一种心灵的蜕变与灵魂的洗礼,从而形成一种 VR 影像接受领域独有的,以"自主性"为鲜明表征而不失"自觉性"的接受美学特征,进而使得接受端与创作端产生同声相应、同气相求之艺术活力。

## 四、成也立体败也立体:VR 影像的局限与突围

### (一)创作领域还须从长计议

VR 作为一种全新的审美体验,并非十全十美。所谓"成也立体败也立体",VR 作品的局限性首先表现在创作领域。传统二维影像世界以镜头为基本叙事单位,镜头的"推拉摇移跟"、"远全中近特"、景深的大小、角度的俯仰,以及演员以何种方式"出画""入画"等都被赋予了特殊的美学意蕴。比如镜头的推进往往隐喻情感的推进或是真相的揭示,近景与特写往往是对情节与情感的关键细节的着意渲染,仰拍往往用于营造强大气势造成的压迫感抑或颂扬英雄人物的崇高伟岸,如此这般的构图设计蕴含着无限的审美意味,这些意蕴几乎在 VR 技术逼真的幻觉时空中荡然无存。技术的"狂欢"不应以艺术的"缺席"为代价。诚如威锐影业创始人董瑗珲在戛纳电影节目睹了全球最为先进的 VR 技术后发出的感慨,"能让 VR 取胜的不仅是停留在表面的'身临其境',而是'感同身受',如果你只是跟随

VR 眼镜上天入海，为了技术而技术，迟早会厌倦。"①进一步来讲，董瑷珲所强调的"感同身受"当然还需"身临其境"作为基础，但又不能止步于"感同身受"，而应当从"感同身受"中获得理性哲思与感性体悟，从而获得精神洗礼与心灵净化，进而从观赏自主上升到文化自觉。因此，在 VR 技术风靡全球的浪潮中，我们依然要坚持永恒的信条：艺术是对生活的高度凝练，也是对生活审美的提升。同时，我们还需清醒地认识到：VR 技术带来的"零距离"写实场景必然少了几分艺术之缥缈、空灵与写意之美。

基于此，作为一种新兴艺术，创作者既要挖掘其潜在的艺术价值和全新特征，也要冷静面对这一场席卷全球的 VR 风潮。应该说，VR 以场景作为叙事单位与戏剧换场类似，所以不能如电影一般大量使用"蒙太奇"剪辑拼接，也不能出现太多镜头旋转与抖动，否则不但容易破坏逼真体验，也容易造成观众的眩晕。因此，可以对电影艺术"取其精华"，适当保留电影的擦除、叠化、渐隐、渐显、长镜头景深变化以及远近调度等手法，来弱化剪辑痕迹；也可以更多发挥色彩与声音的造型功能，塑造出更具写意性、象征性、隐喻性的审美意象，在追求逼真和写实的 VR 世界中增添几许诗情画意的写意传神。

### （二）接受领域尚有诸多期待

对于观众而言，目前 VR 影像体验端口分为三类：(1)PC 端口，需要将 VR 头盔连接电脑，代表性产品是 Oculus rift。由于电脑屏幕依然是二维平面，因此这种虚拟真实仅仅是一种以平面创造立体效果的"非真实"，并且头盔还会带来沉重的不适感。这些都会使 VR 影像逼真感、沉浸感的优势大打折扣。(2)手机端，即在手机中通过 APP 下载 VR 影像内容，并将手机置于 VR 眼镜卡座中，比如谷歌的 Cardboard、三星的 Gear VR 等眼镜。手机端虽然解决了 PC 端"非真实"的立体效果问题，使观众置身于一个自主性的环境中，但由于目前手机分辨率大致为 2K—4K，虽然 4K 的高清分辨率已然接近人眼分辨率极限，但是由于手机屏幕被放大百倍，导致影像出现粗糙颗粒，所以画面质感急剧下降。(3)是 VR 一体机，无须通过手机或者其他主机，只需将主机直接置入到设备即可实现 VR 效果，如大朋 VR 一体机 M2。这一类一体机最大的观赏局限在于被赋予"自主权利"的观众容易在发散性时空中由于过度运动而导致眩晕、颈痛等不适感。为此，我们选择了 200 名

---

① 王彦：《VR 遇到电影，谁会变得更好》，《文汇报》2016 年 5 月 30 日。

VR 电影观众,对不同年龄段观众观看 10 分钟 VR 电影中出现不适症状的时间进行了统计(如表 1 所示)。

表 1　VR 观影出现不适感时间趋势图　　　　　(单位:分钟)

| 年龄段 | 颈痛时间 | 眩晕时间 |
|---|---|---|
| 20 岁以下 | 10 | 9 |
| 20—30 岁 | 8 | 7 |
| 30—40 岁 | 7 | 5 |
| 40—50 岁 | 4 | 3 |
| 40—60 岁 | 5 | 4 |
| 60 岁以上 | 3 | 2 |

由表 1 可知,观众年龄与出现不适感的时间呈现负相关。由于 20—40 岁受访观众占 78%,因此这一区间的数据更具代表性。很明显,眩晕通常早于颈痛。当前我国的 VR 影像体验时常大约在 5—10 分钟,观众已经出现身体不适。《2016 中国 VR 电影市场专题研究报告》甚至指出:现阶段还没有一部真正意义上的 VR 电影诞生。那么随着情节的复杂化和篇幅的增加,当真正的 VR 电影甚至 VR 剧产生后,观众身体能否长时间承受 VR 观影则亟待研究。在 VR 世界里,人眼的"自主性"冲破了镜头的"囚禁"。但是,VR 摄影机镜头如蜻蜓复眼一般,以球面体聚合来自各个方向的影像信息,而上帝赋予人类的是一双永远前视的眼睛,即人们只能在固定视点上有效接收 150 度视野范围的影像信息。这也是观众在 VR 世界中不停转移视线、发生物理位移而导致眩晕、颈痛的重要缘故。可以说,人眼局限与镜头"复眼"之差异导致了"成也立体败也立体"的困境。

要走出困境,至少需要从以下五点进行优化。其一,把握政策机遇,实现技术跨越。2014 年,工信部《VR 产业白皮书》提出"为了迎接即将来临的虚拟现实时代,要从产业、应用、标准等方面加强战略规划和顶层设计"[①];2016 年全国两会授权发布的《国民经济和社会发展第十三个五年规划纲要》提出"大力推进虚拟现实与互动影视等新兴前沿领域创新和产业化"[②]。产业资源与 VR 资源的对接有利于大量资金流向 VR 研发领域,因此应当把握政策机遇来应对技术挑战。其二,强

---

① 《官方解读〈VR 产业白皮书〉》,见 http://biz.ingdan.com/knowledge/details-1334.html。
② 《中国 VR 电影创作联盟》,见 http://ent.enorth.com.cn/system/2016/07/04/031049864.shtml。

化 VR 技术创新，提升观影舒适感。比如，改善 VR 影像清晰度，发挥 VR 逼真感、沉浸感优势；同时改进 VR 输出设备，使 VR 头盔与眼镜变得轻便小巧；此外，在本次调查中，有 8% 的观众在出现身体不适感后选择"切换至二维平面观赏模式"，因此，在技术上需要设计由"VR 模式"和"二维模式"的转换系统，或者设置"画中画模式"，为观众提供更多选择。其三，汲取传统戏剧之优长。传统舞台上的定点光、追光是对人物和景物的强调，演员在舞台上的相对位置和调度，都充分考量了观众视线。因此不妨在 VR 场景中通过光线强弱、色彩明暗进行主次内容提示，并且将主要角色场面调度设置在人眼观赏最为舒适的区域内，减少颈部扭动次数与视线跳跃频率。其四，可以发挥 VR "发散性"空间优势，通过声音方位、强度以及声画配合的合理设计来引导观众视线。在 VR 作品开端、发展部分可以适当分散声源位置，迅速将观众带入到立体空间。当作品接近高潮乃至尾声时，观众已经开始疲劳，此时声源位置不应过于分散。如此，既能减轻观众的生理疲惫，又能使观众精力集中于主要情节区域。其五，强化戏剧冲突。不论是戏剧还是影视，戏剧冲突是叙事艺术的灵魂。即使再富有逼真感和沉浸感的景象，一旦脱离了故事世界与戏剧冲突，则会立即沦为一个个孤立而苍白的"能指"。毋庸讳言，当前 VR 作品缺乏个性鲜明的人物形象与波澜起伏的故事情节，大都局限于"身临其境"之感官体验。

最后，本文所提出的发散性、聚合性、自主性、自觉性四大特征只是对方兴未艾的 VR 影像之初探而绝非结论，也不认为 VR 会是历史上"最后的一种媒介"①。人类对包括艺术在内的认识，是具有反复性、无限性、上升性并与实践相伴相生的一个永恒的过程。VR 影像叙事的四大美学特征支撑起的正是一个充盈着无限可能的崭新世界，这个世界带给我们的必将是一次全新时空的审美之旅！

原载《现代传播——中国传媒大学学报》2017 年第 6 期

---

① 所谓"最后的一种媒介"，是全球著名电子艺术家、VR 电影制片人 Chris Milk 在网易公开课上的论断，Chris Milk 指出："VR 将在媒介历史上扮演至关重要的作用。事实上，它也将是历史上最后一种媒介。我这么说，是因为它第一次实现了一种跨越，从解读作者表达的内在含义想象他的体验，到现在可以零距离感受他。"内容源自网易公开课《VR 诞生——新艺术形式的崛起》，见 http://c.open.163.com。

# 豪放舞台婉约声

——淮剧《半纸春光》观后感

陈思和(上海复旦大学图书馆馆长)

　　人文新淮剧《半纸春光》在上海初演时,管燕草要我写几句话,我毫不犹豫就写了以下的话:"淮剧向以金戈铁马大江东去为传统,而《半纸春光》却携带着浓浓书卷气走出了传统,别开生面,让流浪知识分子、烟厂女工、黄包车夫等城市贫民在淮剧舞台上展开一部有情有义的新式都市剧。"我先前也曾与燕草讨论过改编郁达夫作品的一些问题。说句心里话,我虽然鼓励她把郁达夫的作品搬上舞台,但还是为她担心。我深知其中的难度。郁达夫的小说擅长抒情,抒发的是个人的感伤、沉沦之情;擅长描写心理冲突而缺少动作性,几乎没有戏剧冲突。这两个特点与中国传统戏曲的表演特点正好相反。这是其一,还有其二。在多元海派戏曲的艺术架构中,人们似乎已经习惯性地认同了各剧种长期形成的主要艺术倾向和主体风格,如昆剧的雅致、京剧的辉煌、越剧的缠绵、沪剧的通俗、滑稽戏的谐谑,而淮剧,则以粗犷雄风为审美特点。所以,要把郁达夫的缠绵风格搬上淮剧舞台,似乎是难上加难。

　　然而,舞台上的《半纸春光》确实成功了。可以说,这个戏提升了淮剧的艺术精神。我对淮剧的历史传统不是很了解,大致上说,淮剧是比较接近社会底层的,尤其在进入上海以后,起初接触的观众可能比较草根,淮剧在审美艺术上借助传统的苦戏题材来宣泄观众心中的忧懑和悲愤,同时又通过铿锵的唱腔表达底层民众的抗争之心。这一传统被长期保留下来,形成淮剧在海派文化格局中独树一帜的艺术风格。改革开放以后,随着都市人口的流动与发展,淮剧观众的职业身份、知识结构都发生了很大变化,于是都市新淮剧应运而生,在艺术上有了很大的提升,如《金龙与蜉蝣》、《西楚霸王》等作品在人性刻画的深度和历史内容的丰富性上都达到了新的高度,在粗犷的艺术模子里注入丰富复杂的人性因素,同时也保留了大江东去式的豪放基调。在这个前提下,我想进一步探讨《半纸春光》对淮剧艺术带来的新的提升。

这个剧本是根据郁达夫的《春风沉醉的晚上》和《薄奠》两个短篇小说改编的。这两个作品都是现代文学史上的名篇。从海派文学的发展上看,《春风沉醉的晚上》是以上海产业工人为主人公的新文学开山之作,它开启了海派文学中描写现代大都市社会底层生活的新传统。《薄奠》是以北平人力车夫为题材的新文学作品中最完整也是最生动的一篇。这两篇小说都描写了底层劳动者美好高贵的人性,郁达夫本人也自称,这两篇小说"多少也带一点社会主义的色彩"。长期以来,海派戏曲舞台上不断上演旧上海风情故事,表现的是租界、酒吧、舞场、妓院以及旧式洋房里的一幕幕阴暗的钩心斗角,这当然也是海派文化题材中的一个传统。但作为中国最早产业工人汇聚之地的上海,杨树浦的工业区,"下只角"的贫民窟,萌芽状态的无产阶级意识的形成、左翼知识分子的活动等,这同样是海派文化中不可缺少的传统,而且是海派传统的主导性的一面。所以,上海淮剧团把郁达夫的作品搬上舞台展示新海派的风采,不仅填补了淮剧与"五四"新文学之间的关系,也是把自身与海派文化建设更加紧密地联系在一起。

《半纸春光》的主线是《春风沉醉的晚上》男女主人公的故事,副线是《薄奠》里车夫的故事。除了陈二妹用的是小说人物的名字外,其他人如慕容望尘、车夫李三和他的妻子玉珍的名字都是添加的,人物性格和生活细节也都有了一些改变,融入了改编者的理解。如果以郁达夫的原作为标准,《半纸春光》基本上是遵照原著的风格来改编的,把原作中浓浓的人文精神注入了剧情,整个九场戏贯穿的是"同是天涯沦落人"的男女情缘,缠绵婉约的生旦对唱和连唱,轻巧抒情的独唱,抒发的都是内心感情波澜和彼此间的感情交流,这里没有大起大落的时代风云,没有大锣大鼓的豪迈唱段,也没有生旦净末丑的传统角色搭配,洋溢在舞台上的是一派书卷气。改编者为这个剧本取名《半纸春光》,我觉得特别符合舞台上的氛围和感觉。"纸"既是量词,又突出了书卷气,"春光"暗示了心理的暖意与希望,而"半"字又恰到好处地提示了春光仅处于朦胧、萌芽状态,是一种克制的觉醒与情欲。乐而不淫,哀而不伤,追求着中国传统艺术的最佳境界。

这种人文气息的艺术效果,显然与传统的淮剧艺术精神是不相符合的,但是其效果产生了婉约的美,非常之美。整个唱腔通过优美动人的抒情来表达主题思想——通过人与人之间的感情沟通以追求精神共鸣。我从未意识到,淮剧艺术可以通过如此优美的"文唱"来完成。管燕草有一个观点值得注意,她告诉我,其实淮剧唱腔里一向包含江南民歌小调的抒情性,只是我们过于从习惯性的认同出发,忽略了淮剧艺术中被刚健雄风遮蔽了的阴柔因素。她这个观点启发了我,我联想起我在淮安的漕运博物馆所看到的历史:明清两代淮扬一带是运河的中转重镇,交通发达,商业繁荣,人口流动,盐商的奢侈挥霍生活可以想象,淮扬的文化应该是异常多元丰富的,青楼美女,艺坛怪杰,风流一代人形成的文化艺术不会仅仅是金戈铁马所能概括,更不是草根文化所能代表。《半纸春光》的艺术改革可能是大胆冒险的,但也是有创意的,可能通过这样的冒险,把淮剧传统中的缠绵柔情的因素重新发扬,形成新淮剧的多元丰富的追求,来满足都市青年观众的现代趣味。

郁达夫的作品本身具有现代性的丰富内涵,所以《半纸春光》的内涵超出了传统戏曲的才子佳人的言情故事,这个故事的主人公陈二妹是一个烟厂女工,这个形象具有传统女性所不具备的性格特征。我们看到了,陈二妹在都市里展示了一种新的生活方式:她从家乡来到上海,父亲去世,孤身一人,出卖自己的劳动力做工取酬换取生活资源。虽然贫穷受气,但人格精神是独立的。戏中她表述自己的工资是每月九块,她还为邻居玉珍介绍工作,每月八块,认为有了稳定收入,夫妻间也不再为了经济问题吵架了。这与传统女性靠着嫁鸡随鸡嫁狗随狗讨生活就很不一样,也为她后来选择离开慕容望尘有了铺垫。进而,正因为陈二妹是依靠出卖劳动力而生活,她既是现代产业系统的创造者、建设者,又是与这种劳动制度相对立的异化者,她不像人力车夫李三那样念想自己买一辆车,她通过劳动创造财富的同时,又非常仇恨这种劳动关系,仇恨自己的劳动财富不属于自己所有。这是现代无产阶级革命性的最初发轫。这就决定在这个戏里,陈二妹的形象很有光彩,主动性大于慕容望尘,更大于李三夫妇。所以,在这个戏里,慕容望尘与陈二妹之间的男女情缘,还不仅仅是天涯沦落人的关系,更不是知识者对底层女性的启蒙和拯救,而是两个来自不同阶级不同教养的男女之间的感情沟通,从隔膜、同情到彼此欣赏和理解,直到相知。

慕容望尘是一个流浪型的知识分子,他是留洋学生,喜欢俄国文学,回到上海一时找不到工作,翻译的文稿还没有出版,暂时沦落到贫民窟来栖身。他与陈二妹是萍水相逢,虽然可能彼此产生一些感情,但是最终两人的生活道路是不一样的。因此,戏里在描写他们之间的感情交流时既要碰触到感情的核心——爱情,又要有极好的分寸感。戏里有一段唱词写得很好,陈二妹在与慕容望尘倾诉衷肠,但又暗

示彼此即将离别时,陈二妹叫了一声"哥哥",然后两人对感情产生了不同的理解:

陈二妹:一声哥,瞬间隔开我和你。

慕容望尘:一声哥,顷刻拉近距和离。

从陈二妹的角度来说,她本来希望与慕容望尘结为夫妻之好,但此刻用"哥"来暗示他们最终只能以兄妹相称,情绪含悲;从慕容望尘的角度来说则相反,他本来感觉到两人之间的距离很大,但现在陈二妹呼他"哥哥",以为是彼此距离拉近了,情绪含喜。这种差异感固然来自陈二妹始终是两人交往的主动一方,但同时也暗示了,两人各自对对方的感情理解是不一样的。这是整个戏在艺术上强调了彼此间克制感情,强调含蓄内向的心理基础。顺便提一下,两位演员在这个戏里创造的角色都是很到位的,尤其是演陈二妹的邢娜(注:首轮演出中的饰演者)。陆晓龙饰演的慕容望尘与郁达夫小说里的原型有一定距离,但这种距离感反而更加符合戏中的情节逻辑。陆晓龙的慕容望尘性格内向,表情憨厚腼腆,感情交流中时时处于被动状态,但几分儒雅增加了他在陈二妹心目中的分量。他不太像我们通常在传统戏曲里看到的又酸又浮的文小生角色,反而更接近老生的气质,稳重大方,刚健挺拔,我是觉得更加传神。如果舞台上表现一个风流倜傥、放浪形骸的慕容望尘,可能更接近郁达夫原作的风格,但对于淮剧艺术的特征而言,未必就很贴切。也许,这就是淮剧艺术与其他剧种(如越剧)不一样之处,即使是缠绵,也含有内在的刚性。

由于这个戏改编了郁达夫的两个作品,所以,作为叙事副线的车夫李三夫妇的故事也是值得重视的。在原作里,两者是没有任何关系的,在舞台上,主要吸引观众眼球的是陈二妹与慕容望尘的故事,因此,能否处理好车夫李三的故事,便成为对编创人员的一个挑战。在我的理解中,车夫李三在这个舞台上是作为陈二妹的陪衬出现的。李三夫妇也是从农村来到大上海,与老舍笔下的骆驼祥子一样,他的生活观念和生活方式,都没有摆脱农民个体劳动者的范畴。他向往的仍然是自己要拥有自己的生产资料(一辆车),生活方式也是一家一户的孤立状态。所以李三出现在舞台上的形象是孤立的,演员的形象也是孱弱的。这为他以后扛不住天灾人祸的命运打击埋下伏笔。戏的第一场,德华里群像里没有李三的身影,他是在陈二妹与慕容望尘初次交流以后才单独出场的,接下来就是夫妇吵架、拒绝陈二妹为玉珍找工作等,李三都是作为陪衬人物,没有抢了主要人物的戏。从故事性来说,李三身上有大起大落、生生死死的成分,本来是可以浓墨重彩来表现的,但编导都放弃了,反而把李三在暴雨中丧命的悲剧移植到慕容望尘与陈二妹在暴风雨里拉车的第六场,这是非常出彩的一场。这一场的内容是编剧添加的,而导演运用载歌载舞的戏曲形式,把男女主人公抗争命运的内心挣扎和彼此间的感情融汇,处理得有情有义、有声有色。假如缺少这样一场动作戏,整个戏的连篇"文唱"就会显得有点沉闷;假如由李三之死作为这场戏的内容,当然也可以出彩,但从整体结构上,就显得有点抢戏。而现在这样处理,全剧有了陈二妹与慕容望尘的感情"高潮",接下来的"李三之死""薄奠""分离"几场戏,由盛到衰,起落有致,结构上显得十分完整。

由此可见,《半纸春光》导演的手段非常干净利索,她集中力量把男女主人公推到舞台中央,而其他人物都作为陪衬人物,不仅是李三夫妇,我更欣赏的是德华里的群像,他们没有很多戏,每次出现也是"一群人"的集体亮相,但从装束打扮到寥寥几句唱词,譬如那个拾荒的"爷叔",那几个妇女,还有一个显得比较粗壮的汉子等,观众不一定记得住他们的角色名字,但都能留下鲜明的印象。尤其在尾声里,在慕容望尘的虚幻感觉里,这一群人围在桌子边上包馄饨的其乐融融的场面,特别符合戏中的怀旧情调。

最后,我想对戏中结尾的处理提出一点想法与编导们讨论。前面说过,这个戏的情节发展是随着人性发展自然推进的,没有刻意制造人为的矛盾来添加紧张的戏剧冲突。但是在结尾处理上,陈二妹与慕容望尘两人分手的情节,处理为工头要迫害慕容望尘,陈二妹被迫离开上海回到乡下。这样的处理固然比较有戏剧效果,但是我大胆设想一下,如果换一下角色,让慕容望尘离开德华里,是否更加自然呢?理由是慕容望尘本来就是暂时借住德华里,离开也属正常,而且工头是嫉恨慕容望尘的,陈二妹仓皇离开似乎没有解决这个矛盾。如果以慕容望尘作为一个陌生人来到贫民窟为开幕,以慕容望尘在众邻居的保护下匆匆离开德华里为终结,叙事线索似乎更加完整,再连接尾声中的慕容望尘重访德华里,似乎更加顺理成章。

《半纸春光》是近年来难得的一部有创新意识的淮剧作品,我希望编导们能够认真对待,艺术上精益求精,不断提升,使它成为海派戏曲舞台上的一个精品,发挥出更大的影响。

原载《上海戏剧》2017 年第 5 期

# 论 美 情

金雅(浙江理工大学美学中心主任、教授)

## 一、问题的提出

中国美学的自觉学科意识与基础理论格局主要来自西方,启幕于 20 世纪初叶。鲍姆嘉敦—康德—黑格尔—席勒的德国传统,是西方经典美学的核心部分,不仅深刻影响了中国美学的学科建构与理论建设,也成为自 18 世纪中叶以来雄霸世界美学的主流话语。

西方经典美学的核心理论基础是认识论。其核心问题是:美是什么? 审美的理论体系如何建构? 由此,衍生了本质论和美感论两个主要向度。

古希腊的柏拉图第一个提出"美是什么"的问题,他虽然没有寻找到令自己满意的答案,但却为后人导引了叩问美的本质和从客观的先验本体世界寻找美的本质的理论视野。尽管柏拉图的"美的理念"带有浓郁的理想之光,他也由此出发,构想了以"迷狂"来切入美的超验途径,但柏拉图的美学观仍然是一种认识论,是以认识和阐释"美是什么"为起点和归宿的。而从"美的理念"到"迷狂"之美,可以说柏拉图也隐约把握到了由美本身通向美感的一种可能和逻辑。亚里士多德进而讨论了艺术的个别与一般、部分与整体、质料与形式、可能与可信的矛盾及其创造升华,视普遍本质、理想秩序为美之要义。1750 年,鲍姆嘉敦第一个提出了关于"Aesthetics"——"感性学"——的学科构想,并明确表述了他对这个学科的性质和任务的构想:"美学(美的艺术的理论、低级知识的理论,用美的方式去思维的艺术,类比推理的艺术)研究感性知识的科学"[1];"美,指教导怎样以美的方式去思

---

[1] 北京大学哲学系美学研究室编:《西方美学家论美与美感》,商务印书馆 1980 年版,第 142 页。

维,是作为研究低级认识方式的科学,即作为低级认识论的美学的任务"①;"完善的外形,或是广义的鉴赏力为显而易见的完善,就是美,相应的不完善就是丑"②。鲍姆嘉敦糅合了柏拉图和亚里士多德的传统,包括对美的认识论考察和艺术论视角。但他对美的认识有着明显的局限:一是他没有区分"美"与"真",将"美"置于"真"之下,属于"真"的低级层面。二是他对美的完善的认识,偏于艺术的形式完善。鲍姆嘉敦的美论更多地传承了柏拉图和亚里士多德的理性精神的一面,重点关注了美的客观形式属性和艺术符号的秩序属性。

西方经典美学最为重要的理论奠基者是康德。尽管鲍姆嘉敦被誉为"美学之父",但康德第一次从学理上构建了关于人的心理的知情意(即纯粹理性、实践理性、判断力)的三维理论框架,从而第一次将"美"与"情"从学理逻辑上建立了关联,第一次真正赋予"美"("情")与"真"("知")与"善"("意")同样重要的独立的理论地位,这是西方经典美学迄今最为重要的一块理论基石。所以,对于康德美学的贡献,首先就需要从认识论的层面来考察,这也是符合康德思想的实际的。其次,正如所有真正伟大的思想家一样,他们提供的不仅仅是结论,也是某些多元的可能,为后人启开了通向某些可能的帷幕。康德的美学是西方美学认识论传统的最高成就之一,同时也是价值论向度的重要转折。因为"情"的独立及其与"美"的关联的建构,使美学问题由感性学走向了美感学,一方面赋予了审美与认知、道德同样重要的独立地位,另一方面,美学也走向了审美活动的主体——人,走向了人的心理、精神、生命的认知与建构。康德以后,西方美学呈现出几个重要的纬度。其中最为直接而重要的就是认识论意义上的美感研究,其目标是科学地把握审美活动的心理特点与规律,即粹美(情)的问题。

康德美学存在着深刻的矛盾,既有认识和价值的矛盾,理想与现实的矛盾,也有理论和实践的矛盾,具体来说,也是最根本的,就是他所界定的粹美(情)在美的实践中如何实现自身的问题。康德认识到这种矛盾,他的伟大在于为理想美(粹美与粹情)建构了一个前无古人的庄重严谨的理论体系,同时又在这个体系中承认了依存(现实)美的客观存在。因此,康德也为后人留下了一个极其困难的问题,就是他的所有美学研究指向的唯一真正目标——纯粹美(无利害、无概念、无目的的普遍愉快,即粹情),实际上只是一个理论的可能和理想的假设。

---

① 朱光潜:《朱光潜全集》第 6 卷,安徽教育出版社 1987 年版,第 326 页。
② 北京大学哲学系美学研究室编:《西方美学家论美与美感》,商务印书馆 1980 年版,第 142 页。

这种理想在美的实践中如何实现？要解决这个问题，康德唯有将粹美（情）关联于形式的静观，因为只有在绝对的形式层面上，才可能实现对美的纯粹客观理性的分析。康德试图以对纯粹美（粹情）的假想和依存美（包含了知和善的愉快）的接纳，在两者之间获得某种调和。他之所以未能真正解决纯粹美（粹情）与依存美的矛盾命题，究其原因，还在于他从根本上是在认识论框架内探讨美（情）的问题。他的致命的自我矛盾，使得美感或走向形式，或走向直觉，为形式主义美学和非理性主义美学留下了通道。朱光潜认为："从康德以来，哲学家大半把研究名理的一部分哲学划为名学和知识论，把研究直觉的一部分划为美学。严格地说，美学还是一种知识论。"①朱光潜指出："从康德到克罗齐，西方美学主要是'形式派美学'，以为美感经验纯粹地是形象的直觉，在聚精会神中我们观赏一个孤立绝缘的意象，不旁迁他涉，所以抽象的思考、联想、道德观念等等都是美感范围以外的事。"②因此，他强调自己"根本反对克罗齐派形式美学所根据的机械观和所用的抽象的分析法"。③ 应该说，克罗齐派的机械观和抽象的分析法，其源头可能还在康德那里。

讨论"美情"的命题，首先需要解决的，就是方法论的问题，需要超越对审美活动的情的问题的机械认识立场和抽象分析方法。其次，需要进一步厘清几个相关联的基本认识：第一，知情意的区别是哲学对人的一般心理要素的区分，在美的实践中，要研究的不是绝对的"粹情"，也不是一般的"常情"，而是一种特定的"美情"，它不是知情意的机械割裂，而是知情意的一种特殊而有机的动态关联。第二，"粹情"是理论抽象的产物，"常情"是日常实践的产物，"美情"是美的实践的产物。"美情"关联的不是审美对象被割裂或抽离的某种单一因素，如形式的或内容的，而只能是其活生生的整体。第三，"美情"作为主观内在的精神活动，将其固化为某些固定的静态形式，只能是作为认识论的想象，在美的实践中是难以实现的。

"美情"的探讨，离不开对情和知意、认识和价值、理想和现实、理论和实践的动态关联考察，也离不开对艺术和生活、审美和创美的有机关联的考察，更需要美学步出自我封闭的理论殿堂，连接鲜活的实践本身。

---

① 朱光潜：《朱光潜全集》第 1 卷，安徽教育出版社 1987 年版，第 208 页。
② 朱光潜：《朱光潜全集》第 1 卷，安徽教育出版社 1987 年版，第 198 页。
③ 朱光潜：《朱光潜全集》第 1 卷，安徽教育出版社 1987 年版，第 198 页。

## 二、概念与可能

"美情"与"常情"相对应。"常情"是指人在生活实践中产生的日常情感,是人在生活实践中受外物刺激时所产生的一种心理情绪状态。"常情"的价值在于它的事实真实性,即日常生活实践中真实发生的人的情感。"美情"特指审美实践中产生的,不同于人的日常生活情感的,贯通真善、涵容物我、创化有无的富有创造性的诗性情感。"美情"中的"美"字既是形容词,也是动词,是过程、状态、结果的统一。"美情"既是不同于"常情"的"美"的情感,也是对"常情"的诗性建构与审美创化。"美情"的概念突出了审美活动中所产生的情感的新质。"美情"的价值不在于它在生活中是否已经发生过,或有无可能发生,而在于它观照、体验、反思、批判、超拔"常情"的诗性向度,在于它不同于"常情"的诗性品质。"美情"揭示了审美情感的诗性特质,强调了审美主体对情感的加工、改造、提升、完善、表达、处理等的能动性与创造性。

从整个世界美学来看,中华美学是最为注重审美活动中情的要素的美学理论之一。如果说中西美学在源头上都与哲学密切相关,在后来的发展中,西方经典美学至 18 世纪仍然主要是哲学美学的天下,注重认识论的方法。而中华美学在先秦以后较早将主要视野转向了艺术,主要通过门类艺术实践来讨论具体审美问题,较为重视具体的艺术体验。所以,大体可以说,西方经典美学主要是一种哲学美学,重认识和真知。而中华古典美学主要是一种艺术美学,重情感和体验。

中华美学的艺术论与情感论的倾向,与中华传统文化的基本特征是密切相关的。首先,中华传统文化在哲学上持有机整体观,强调天人合一,道在物身。这在本质上就是重视生命的生动体验,注重知行合一,知情意没有明显的分化。其次,中华传统文化是一种富有诗性传统的文化。儒家强调诗乐文化的核心意义,道家强调自由超越的生命精神,内在都是以艺术化的诗性文化精神为本根。这种文化特征,不仅重"情",而且重"情"之化育,强调养情、涵情、正情、导情对生命的本源意义和提升意义。可以说,中华传统文化在本源(质)上就蕴藏着"美情"的精神意向。

"美情"的概念,从现存的典籍资料来看,最早出现是在《郭店楚简》的"性自命出"一文中。该文说:"性自命出,命自天降。道始于情,情生于性";"君子美其情,贵其义,善其节,好其颂,乐其道,悦其教,是以敬焉";"未言而信,有美情者也"。①
这三句话,第一句是讲"情"源自何处,第二句是讲"美其情"乃君子的品格之一,第
三句是对"美情者"的状态结果的描摹。这里的"美情",显然不是我们今天讲的美
学意义上的,而主要是伦理哲学意义上的,但这个"情"与"道""性""命"相关联的
宏大视野,"情"需"美"可"美"的价值意向,都为中华美学的"美情"思想,提供了
重要的观念基础,显示了其源头上的人文取向。

直接从美学的角度关涉"美情"概念的,较早的大概是王国维。1907 年,王国
维写了《古雅之在美学上之位置》,文中两次出现"美情"的概念:"就美术之种类言
之,则建筑雕刻音乐之美之存于形式固不佚论,即图画诗歌之美之兼存于材质之意
义者,亦以此等材质适于唤起美情故,故亦得视为一种之形式焉";"戏曲小说之主
人翁及其境遇,对文章之方面言之,则为材质;然对吾人之感情言之,则此等材质又
为唤起美情之最适之形式"。② 在这里,与"美情"相对应的是"感情"的概念,相关
联的是"材质"和"形式"的概念。应该说,王国维已经自觉意识到审美中的情感和
生活中的情感的不同,但因为此文主要讨论的是"古雅"的第二形式之美的问题,
所以对"美情"的命题并未具体展开。可以假设,"古雅"在王国维的美学中,是作
为形式的形式,那么,"美情"应该就是作为情感的情感了。可惜的是,王国维从康
德的形式往前走,提出了一个相当深刻的形式美学的问题,而对另一个同样可以深
刻的情感美学的问题,却明显疏略了。王国维的"美情"概念,从学理上看,是真正
从美学意义上来探讨的。但从其关涉的指向看,基本上还是框范在康德的理论视
野中,主要还是指对形式的审美观照。

20 世纪上半叶,民族美学发展取得了重大突破。一方面,是现代学科意识的
自觉,形成了与西方美学的初步对话;另一方面,是民族美学精神借助西方现代学
科术语和理论范式,呈现出初步的现代传承推进。其最为突出的成果,就是人生论
审美精神及其民族理论话语的初步孕育,以及涌现出的第一批具有重大影响的人
生论民族美学家。这些现代人生论美学家的共同特点是,重视美与真善的关联,重
视情感涵育美化的美学意义和人生价值,重视美学的美育向度与人文关怀。

1928 年,范寿康在出版的《美学概论》一书中,多次使用了"美的感情"的概
念。这个概念在书中与"纯粹的感情""积极的感情""价值的感情""'深'的感情"

① 《郭店楚墓竹简·性自命出》,文物出版社 2002 年版,第 2—3、20—21、51 页。
② 王国维:《王国维文集》第 3 卷,中国文史出版社 1997 年版,第 32 页。

并用,体现出一定的复杂情形。有时,它相当于康德意义上的纯粹美感,有时又接近于民族美学观念中的"美情"意味。这种特点,客观地反映了中国现代美学古今中外交汇的一种过渡的特征和演化的状态。应该说,"美的感情"在范寿康这里,不仅是客观自由的独立观照,也是涵情炼情的提升创化。如他说:"美味未曾伴有'深'的感情。所以对之只可说快,不能说美。"①所以,判别快感和美感的标准,不只在情感的纯粹独立,也在情感的加工美化。这与康德意义上的以情(美)论情(美),是有明显区别的。范寿康明确说,我们在审美实践中所体验的感情,"绝不是现实的感情,却是一种与现实的感情异其色调的美的感情"。② 他认为人们常常把这种"美的感情"称之为"假象感情"或"空想感情",是不准确的。范寿康指出:"我们的美的感情,与那些单是被我们空想出来的感情或那些单是假象的感情实在是大有差别。为什么呢? 因为美的感情乃是一种事实上被我们所体验的实际感情,乃是一种行在特殊的境界里的具有特殊性格的实际感情","这种感情乃是一种与世界上一切体验都不能直接比较的,只有在委身于艺术品的观照,适应艺术品的要求,对于对象的内容行深切的体验时才能为我们所感到的感情。"③范寿康对"美的感情"这段解释,应该说相对接近于"美情"的基本特质了。但他的观点,似乎有些真理与谬误并存的状貌。首先,他肯定了"美的感情"不是"现实的感情",却是实际(真实)的感情,这一点确实是"美情"的基本规定。其次,他把"美的感情"的领域主要框定在艺术体验的范围内,这就大大限制了"美情"在美的实践中所可能通达的领地。最后,他把"美的感情"的对象主要关涉于艺术的内容,这和王国维主要关涉于艺术的形式,是相同的偏颇。

值得注意的是,除王国维、范寿康外,中国现代其他重要人生论美学家,如梁启超、蔡元培、朱光潜等,似都未明确提及"美情"的概念,但他们都主张审美与情感的本质关联,倡导审美实践对情感的美化涵育,实质上正是"美情"理论的拥塞者,同时,他们也是中华美学发展历程中"美情"理论最早的自觉建设者。梁启超的"趣味论",朱光潜的"情趣论",都是中华"美情"理论的具体而重要的组成部分。"美情"是中华美学最为重要的精神标识之一。"美情"与"粹情"的区别,关键在于,一为科学的认识论立场,一为人文的价值论旨趣。"美情"的命题及其展开,呈现了美学的多元可能,是中华美学对世界美学的独特贡献之一。

---

① 范寿康:《美学概论》,商务印书馆 1928 年版,第 102 页。
② 范寿康:《美学概论》,商务印书馆 1928 年版,第 206 页。
③ 范寿康:《美学概论》,商务印书馆 1928 年版,第 206—207 页。

## 三、美与真善

要解决"美情"的学理问题,构建关于"美情"的具体理论,切实指导美的实践中的相关问题,首先就必须研究美(情)与真(知)、善(意)的关系。美与真、善的关系,一直是美学中的核心问题。柏拉图的美学、康德的美学,都离不开对这个关系的考察。康德美学的成就,或者说以他为重要代表的西方经典美学的成就,主要就在于和整个世界现代学术的方向——对混沌的原始学术的细分和现代学科各自独立的科学基础的发现——相一致。正是从美(情)的独立出发,康德真正确立了美学作为一门独立的现代学科的理论基石。尽管康德也天才地窥见了美(情)作为真(知)与善(意)之间的心理桥梁的特殊价值,从此出发洞悉了美感作为反思判断力的独特意义,但是康德体系的巨大突破和价值首先在于真(知)、善(意)、美(情)的分离,因此对于康德给出的只有美(情)对真(知)、善(意)的勾连才能实现反思判断之可能的深刻思想,后人往往疏略而未予深掘。

与"美情"传统相呼应,中华美学的主流则是真、善、美的统一论。当然,在不同历史时期、不同思想家、不同艺术家身上,对于真、善、美三者关系的具体认识,是有差异有发展的。

中华古典美学从整体看,更为关注美、善的关联,即注重情感的道德内涵和道德向度。《论语》记载:"子谓《韶》:'尽美矣,又尽善也。'谓《武》:'尽美矣,未尽善也。'"①明确提出了美、善统一的观点。孔子以这种观点欣赏自然,就有了"知者乐山,仁者乐水"的说法,这大概是中国古典美学"比德说"的滥觞。他以这种观点欣赏艺术,不免陶醉于《韶》乐,以至"三月不知肉味",慨叹"不图为乐之至于斯也";评价《关雎》乐而不淫,哀而不伤"。② 这种观点,主要强调了情感的中庸适度。在艺术中,体现为形式和内容的统一。在人身上,则强调道德人格的修养,以"文质彬彬"的"君子"为美。中华古典美学的"比德说",实际上就是一种典型的美、善统一论。所谓"比德",就是将自然物的形式属性和物理属性,与人的道德属性和道德特征相比拟,从而在对自然美的欣赏中,获得对人的道德象征的肯定。比如中国古典绘画中的"四君子"(梅、兰、竹、菊)形象,就是这种"比德"式的审美意

---

① 《四书五经》,陈戍国点校,乐麓书社 2002 年版,第 22 页。
② 《四书五经》,陈戍国点校,乐麓书社 2002 年版,第 22 页。

象。徐复观把庄子视为中国艺术精神的象征。庄子是最重视美的自由境界的。他提出的"至美至乐",是"去知""无功""无名"乃至"无己"的境界,但他去掉的只是知识、理智、功利,而不是道德。与孔子所追求的人伦道德相比,庄子追求的是自然大道,他的"无为"就是对天地万物的护惜。所以,庄子的美论可以说是自然即美,也就是自在自由即美。这种美论,究其实质,仍然是美、善统一论。美、善统一论决定了中国艺术审美的主流乃形神兼重,不太可能出现西方式的唯形式或形式至上的单极化的美趣。而且,美、善统一论也必然导致艺术和审美高度关注社会功用,有时有意无意地忽略了情感在艺术和审美中的本体意义。这也影响到中国的艺术和审美观念,虽然主情派占有很重要的地位,但是关于情感的专门思想学说,在中国古典艺术和美学理论中,并不发达和丰富。中国古典文论关于文学艺术与"情"之关系的讨论,比较早且为人熟知的有《毛诗序》中的名言:"情动于中而形于言"。此后,陆机的"诗缘情"说、刘勰的"情者文之经"说、白居易的"诗者根情"说、汤显祖的"情生诗歌"说,都属于主情一派。同时,中国古典文论谈"情",往往不是孤立来谈,而是以道德理性来节制疏导情感,如"情"与"性""志"相交融,不主张纯粹的情感宣泄或情感表达,所以,从总体特征看,几乎没有绝对的崇情论或唯情论。

20 世纪启幕的中国现代美学,广泛吸纳了西方美学的营养,但在美论的基本观念上,从根本上说,没有抛弃古典传统,主要是由古典意义上的美、善统一论发展为现代意义上的真、善、美统一论。

中国现代文论中,主情派同样具有不可小觑的地位。梁启超强调"艺术是情感的表现"。① 王国维认为"情"乃文学"二原质"之一。② 蔡元培说:"音乐的发端,不外乎感情的表出。"③丰子恺说:"美术是感情的产物。"④总之,都是把情感视为艺术的本质本源。当然,这些中国现代美学大家在对审美情感的认识上,也明显体现出一些新的特点。他们一方面吸纳了传统美学美善相济的根本观念,另一方面又受到了西方现代美学情感独立的影响,因此,他们既不完全拘泥于古典式的德情观,又不全盘接纳康德式的粹情观,而是初步呈现出真、善、美相统一的美情意向。

---

① 梁启超:《饮冰室合集》第 5 册文集之三十八,中华书局 1979 年版,第 37 页。
② 王国维:《王国维文集》第 1 卷,中国文史出版社 1997 年版,第 24 页。
③ 蔡元培:《蔡元培全集》第 4 册,浙江教育出版社 1997 年版,第 132 页。
④ 金雅主编,余连祥选编:《中国现代美学名家文丛·丰子恺卷》,浙江大学出版社 2009 年版,第 55 页。

主张真、善、美在审美和艺术中的贯通升华,是中国现代美学的最为基本而重要的理论主张之一。梁启超虽然没有像王国维那样,直接使用到"美情"的概念,但他可以说是最早明确提出"情感"美化问题的中国现代美学家之一。他以"趣"为"情"立杆,主张高趣乃美情之内核,建构阐释了一种不有之为的趣味主义美情观。他说"情感的本质不能说他都是善的,都是美的",①艺术的价值就在于既表情移情,使个体的真情得到传达与沟通;也提情炼情,使个体的真情往高洁纯挚提挈,从而对艺术情感表现提出了鉴别提升的任务,即原生态的生活情感不一定都适宜于艺术表达,而应该既体验把握"真"情感,又提升表现"好"情感,这样,"才不辱没了艺术的价值"。他的趣味美论,是中国现代真、善、美统一的美情论的重要理论基石之一。

从理论史来看,留欧回国的美学博士朱光潜是较早自觉触及真、善、美统一问题的中国现代美学家之一。《谈美》以"情趣"范畴为中心,集中讨论了真、善、美的美学关联问题。朱自清先生把《谈美》视为"孟实先生自己最重要的理论"②。朱光潜提出,艺术和"实际人生"都是"整个人生"的组成部分,"离开艺术也便无所谓人生"。他进而主张"生活上的艺术家"和"人生的艺术化",认为"真理在离开实用而成为情趣中心时,就已经是美感的对象";"至高的善在无所为而为的玩索",这"还是一种美"。朱自清先生指出:"这样真、善、美便成了三位一体了。"③朱光潜强调,在最高的意义上,"善与美是一体,真与美也并没有隔阂"。④ 所以他既认为艺术"是作者情感的流露",又主张"只有情感不一定就是艺术",⑤要求对日常感情予以"客观化""距离化""意象化",使之升华为美情。朱光潜深受梁启超的影响,他的"情趣"范畴与梁启超的"趣味"范畴、"人生艺术化说"与梁启超的"生活艺术化说",均颇具渊源。朱光潜不仅丰富发展了梁启超的思想,从梁启超到朱光潜,也构成了中国现代美情理论发展的重要脉络。

宗白华是中国现代艺术理论的开山鼻祖之一,也是 20 世纪中国最为重要的民族美学家之一。他主张"艺术世界的中心是同情"⑥。艺术是美的出发点,是实现人的精神生命的。艺术意境就是美的精神生命的表征,是最高的也是具象的理性

---

① 梁启超:《饮冰室合集》第 4 册文集之三十七,中华书局 1979 年版,第 71 页。
② 朱光潜:《朱光潜全集》第 2 卷,安徽教育出版社 1987 年版,第 100 页。
③ 朱光潜:《朱光潜全集》第 2 卷,安徽教育出版社 1987 年版,第 100 页。
④ 朱光潜:《朱光潜全集》第 2 卷,安徽教育出版社 1987 年版,第 96 页。
⑤ 朱光潜:《朱光潜全集》第 2 卷,安徽教育出版社 1987 年版,第 19 页。
⑥ 宗白华:《宗白华全集》第 1 册,安徽教育出版社 1996 年版,第 319 页。

和秩序,是阴阳、时空、虚实、形神、醉醒之自得自由的生命情调。他说:"艺术的里面,不只是'美',且饱含着'真'"①;"心物和谐底成于'美',而'善'在其中了。"②宗白华以情调为内核,以意境为观照,灵动地概括阐发了艺术同情的真、善、美之统一。

上述这些美学大家的思想观点,都触及了审美活动中真、善、美贯通之美情的本质、可能、特点,既是对中华美学民族精神的一种具体挖掘和阐析,也是较早的现代意义上的民族美情论。中华美学对于真、善、美三者关系的认识,是有发展变化的,但其思想的核心,不是将三者分离,不论是古典时期的美善统一观,还是现代以来的真、善、美统一观,唯美的、粹美的、纯美的,始终不是中华美论的主潮。中华美学的这种美趣意向,以真、善为美的张力内涵,体现了融审美艺术人生为一体的大美视野与关怀生存的人文情怀,突出了美的实践对主体情感的建构功能,也突出了情感在美的实践中的核心地位。

## 四、审美与创美

康德的"粹情"建立在对"情"的独立考察的基础上,建基于把无利害性确立为鉴赏判断的第一契机的前提之上,建基于真、善、美分离的先验逻辑思辨。这种观点使得西方经典美学研究,主要偏于审美的一维,而对创美的一维关注不够,使得美学更多地呈现为静态的观照的学问,突出表现为认识论的美学和心理学的美学。

从对真、善、美有机关联的认识出发,中国现代美学的重要理论家大都主张创美审美相贯通,由此也推动了美学的、行动的、实践的、人文的品格之形成,突出表现为人生论的美学和价值论的美学。

王国维是第一个改造康德意义上的纯粹观审的中国现代美学家。王国维一直被很多学者标举为中国现代无功利主义美学或者叫纯审美精神的代表人物。因为王国维说过:"美之性质,一言而蔽之曰:可爱玩而不可利用者是已。"③王国维用"无用之用"来诠释康德的"Disinterested Pleasure",有人认为这是他的误读。实际上,这有中华文化的深层语境和王国维对审美问题的深层立场。康德是从哲学本体论来确立情作为审美判断的独立地位的,而王国维是在中华文化的体用一致观

---

① 宗白华:《宗白华全集》第 2 册,安徽教育出版社 1996 年版,第 72 页。
② 宗白华:《宗白华全集》第 2 册,安徽教育出版社 1996 年版,第 114 页。
③ 王国维:《王国维文集》第 3 卷,中国文史出版社 1997 年版,第 155 页。

上来考察审美问题的,他对审美精神的认识明显体现出学理认知维度和实践伦理维度的纠结。可以说,王国维的人生哲学和审美哲学并未能够在经验的层面上和解,即他可以在审美实践中将生命转化为观审的对象——美的意境,却不能在人生践行中让生命本身创化为美境。也可以说,王国维更多地体悟了观审的"有我"与"无我",却未能真正洞彻创造的"有我"与"无我",也未能真正实现审美与创美、欣赏与创造、艺术与人生的出入之自由。王国维的"意境—境界"说,无疑延续了中国文人艺术生活的传统和中华美学审美艺术人生交融的品格。他的美学突出了个体生命的痛苦和无法解决的欲望冲突,使得"生命的痛苦、凄美、沉郁、悲欢才有史以来第一次进入思想的世界"。① 但是,我们不得不慨叹,王国维对于康德的改造是矛盾的、不彻底的,这使得他自己终究陷溺于审美救世的绝唱和悖论之中。

梁启超是中国现代第一个自觉行动的美学家。他的美学思考,走出了书斋,直接将美导向了火热的生活、鲜活的生命、价值的人生。与王国维美论的核心范畴"境界"相辉映,梁启超美论的核心范畴是"趣味"。"境界"和"趣味"都是对美的本体界定和价值阐释相统一的范畴,突出体现了中华美学知行合一的学理特质和价值追求。梁启超指出,"趣味"是"由内发的情感和外受的环境交媾发生出来的"②。"趣味主义"实现的"最重要的条件是'无所为而为'"③,它是"把人类计较利害的观念变为艺术的、情感的",是一种"劳动的艺术化"和"生活的艺术化",是与"石缝的生活"和"沙漠的生活"相反的④。梁启超论美很少抽象地从理论到理论的概念辨析,他常常是在谈生活、谈艺术、谈文化、谈教育,乃至谈宗教、谈地理中,在演讲、书信、序跋、诗话等各色文本中,挥洒自如地表达自己对美、对美趣、对美情的理解和构想。他强调美是人类生活"各种要素中之最要者",认为"在生活全内容中把'美'的成分抽出,恐怕便活得不自在甚至活不成。"⑤因此,他主张通过劳动、艺术、学问、生活等具体实践,把人从"麻木状态恢复过来,令没趣变成有趣","把那渐渐坏掉了的爱美胃口,替他复原,令他常常吸收趣味的营养,以维持增进自己的生活康健"⑥。梁启超的趣味美论最具特色和价值的成分,正是他始终将美的创造和美的欣赏相贯通,主张在具体的人生实践中,既创造美又乐享美的情

① 潘知常:《王国维:独上高楼》,文津出版社 2005 年版,第 89 页。
② 梁启超:《饮冰室合集》第 5 册文集之四十三,中华书局 1989 年版,第 70 页。
③ 梁启超:《饮冰室合集》第 5 册文集之三十九,中华书局 1989 年版,第 16 页。
④ 梁启超:《饮冰室合集》第 4 册文集之三十七,中华书局 1989 年版,第 67—68 页。
⑤ 梁启超:《饮冰室合集》第 5 册文集之三十九,中华书局 1989 年版,第 22 页。
⑥ 梁启超:《饮冰室合集》第 5 册文集之三十九,中华书局 1989 年版,第 24 页。

感实践意向。梁启超的"趣味"和王国维的"境界",在本质上都是追求一种生命的审美提升,但梁启超的"趣味"更多地呈现出一种积极的、乐观的生命精神,一种充盈激扬的、健动的生命状态。这种生命和人生的美趣,不仅是审美之观或审美之思,也是生命本身的创化和美化。

人生和艺术的统一,不仅是艺术的创造和欣赏,也是人生的创造和欣赏。人生论美学的视角,使得朱光潜不仅自觉意识到美与真善的关联,还自觉探入了看与演、知与行、出与入、创造与观审的关联。1947 年,他在《文学杂志》上发表了《看戏与演戏——两种人生理想》,把艺术中的看戏与演戏和人生中的知与行、出与入相勾连,深入浅出地分析了两者相辅相成、辩证统一的互动联系。不过,若将梁启超、朱光潜相比较,应该说梁氏更重提情为趣,朱氏更重化情为趣;梁氏更重创化的一维,朱氏更重观审的一维;梁氏的美学更具健动的意趣,朱氏的美学则更有静远的意趣。

中国现代美学融创美与审美为一体的人生论品格,既承续了中华哲学的人生向度和中华美学的诗性传统,也吸纳了西方美学中的情感论、生命论等养分,与当时中国的时代生活和现实吁求相呼应,体现了很强的民族精神特色、广阔的视野气度,极具中华美学刚健务实又超逸诗性的民族气质,迄今都是中华美学发展的重要标杆。中国当代美学家中,蒋孔阳、曾繁仁、叶朗等人对人生论美学思想都有所传承发展。蒋孔阳提出"美在创造中""人是世界的美",是 20 世纪 80 年代中国实践美学的重要推动者之一。张玉能认为:李泽厚的实践美学,"主要停留在哲学层面","不敢深入到人类学和人生论的层面";而蒋孔阳的思想,则"经历着由实践论美学到创造论美学的发展,而且还潜蕴着向人生论美学深化的趋势"。[①] 曾繁仁先生提出"突破思辨哲学与美学的旧规而走向人生美学",是整个世界当代美学的趋势,由此,也为培养"生活的艺术家"的人生美育,开拓了广阔的天地。[②] 叶朗先生以意象为美立基,强调意象的创构使人生通向高远的境界,认为"追求审美的人生,就是追求诗意的人生,追求创造的人生","在这种最高的人生境界中,真、善、美得到了统一"。[③]

这些思想观点,都承续、发扬了真、善、美贯通和创美、审美统一的民族美学的核心精神,而其观念内核也正是中华美情理论最为重要而富有特色的理论基石。

---

[①] 张玉能:《新实践美学的传承与创新》,华中师范大学出版社 2011 年版,第 37 页。
[②] 曾繁仁:《转型期的中国美学》,商务印书馆 2007 年版,第 193 页。
[③] 叶朗:《美在意象》,北京大学出版社 2010 年版,第 491 页。

## 五、从"常情"到"美情"

"美情"与"粹情"相区别，是"常情"的美学提升。"美情"有着丰富的实践意义和人学意义。正如康德和马克思谈到的，人的审美感官和审美感受力是需要培养的。拥有听觉器官，不等于拥有音乐的耳朵。前者只能察觉响动，后者可以区别歌声和喧声。不辨音律的耳朵和美的音乐之间，构不成主客关系。对于美的实践来说，切入其中的具体而独特的情感，既不可能是"粹情"，也不可能是"常情"，应该是也只能是"美情"。

"常情"可以是真实的、丰富的、敏锐的、强烈的，但不等于"美情"。"美情"是审美活动对特定的主体情感的美化创构，它需要有内涵上的美化提升和形式上的美构成传达的完美相契。"美情"不排斥真实，但不浮泛；不排斥丰富，但有条理；不排斥感受的敏锐，但不陷于纷乱；不排斥强度力度，但有节奏韵律；不追求唯形式纯形式，但有形式的创构。"美情"是把日常情感的质料，创构为富有审美内蕴及其美感形式的诗化情感。"美情"是人通过创美审美的活动对自身的情感品质和情感能力的独特建构提升。

"美情"是养成的、创成的，不是现成的。日常情感的美不美，不是创美审美的关键，关键在于能否提"常情"为"美情"。创美审美的活动不只是情感的原态呈现和静态展示，更为重要的是，它本身就是一个"美情"的过程，是在创美审美的实践中，超越种种虚情、矫情、俗情、媚情、滥情，而涵情、导情、辨情、正情、提情、炼情。

那么，与"常情"相对照，"美情"具有哪些基本的美质特征呢？从民族美学的美趣意向来看，"美情"主要具有挚、慧、大、趣等重要的美质特征。

其一，美情是一种挚情。中华美学主张理在物而情在心。物和理的最高境界是求真，心和情的最高境界则为挚。挚情当然也是一种真情。在中国文化中，情乃本初之心，是天人相契，即人有情天亦有情。真情就是天与人的本初之心的质朴自然状态。明代李贽的"童心"说，倡导艺术对真情的抒发。这个思想后来为丰子恺所继承发扬。但是，从理论上说，光讲真，还不足以将情感的日常情状和审美情状准确地区分开来。如"童心"，丰子恺就讲，在艺术中这个不是指小孩子的心，而是指一种审美化的真纯自然的艺术心灵。美情亦是如此，它既具有真的质素，又不是一般日常的真，这种审美化的真情，实为挚情。

诚是挚情的美质之一。"诚"是真在内而神动外，即表里如一的真情，是发自内心的情感流露让他人可以真切地感受到。因此,"诚"是一种真实不矫饰的情感。

深也是挚情的美质之一。"情深而文明"①。真情拥有深刻的内涵,是作品感染人启迪人的关键之一,也可以使作者的情怀趣韵传达得更透辟。

纯也是挚情的重要美质,这很值得我们探讨。真情是不是等同于纯情?从美学的角度说,这两者是不能完全等同的。真实发生过的情感,和真实发生过的质朴自然的情感,两者的美感指征是不相等的。真情不一定就能激发美感,纯情大都能激起美的体验。

其二,美情是一种慧情。美情是感性中潜蕴理性的诗性情感,是一种具有反思观审意义的明慧之情。常情是即事的,往往因具体事实而发生,有特定的现实因由,并随着现实问题的解决、平息、终结而结束。常情以主体自我为中心,直接关涉主体自我的具体需要和满足,在日常生活中可能因为缺失观审和反思,导致主体沉溺于感性的、一己的情感,形成一些极端化的情绪反应和情感态度。爱情是人类最为美好的情感追求之一。日常生活中,失恋会给情感主体带来巨大的打击。他们可能会哭泣、哀诉、酗酒甚至发生丧失理智的行为,陷溺于负面的极端情绪而不能自拔。爱情进入艺术,或两情相悦、生死相契,或失恋痛苦、反目成仇,都需要进行情感观审、反思、提升、加工的工作。

美情不直接关涉特定具体的现实事因,它是一种情理合一的诗性情感。美情通过审美距离的建构,确立超越自由的审美心态,悬搁摈弃某些实用的利害考量,使自身的情感判断具有观审、反思、建构的功能,跳出那些局限于一己的自我的情绪状态,升华为照亮常情的慧情。"只受情绪支配乃是多愁善感,不是艺术"②;"艺术情绪本质上是智慧的情绪"。③ 艺术的情感素材可以是积极的,也可以是消极的,能否对素材作出精妙的审美表现,关键在于艺术家是否具有化常情为慧情的能力,能否对情感素材予以积极主动的审美建构。

其三,美情是一种大情。美情内蕴了人类普遍的、共通的美好情致,是一种诗性高洁的大美情怀。常情作为对对象的一种主体体验,以主体自我为中心,关注的是一己的需要与满足。美情则基于个别又涵通一般,从而成为群体大众甚至人类情感的代言。苏珊·朗格在《艺术问题》中指出:"艺术家表现的绝不是他个人的

---

① 王振复主编:《中国美学重要文本提要》,四川人民出版社 2003 年版,第 66 页。

② 卡西尔:《人论》,上海译文出版社 1985 年版,第 181 页。

③ [俄]列·谢·维戈斯基:《艺术心理学》,周新译,上海文艺出版社 1985 年版,第 278 页。

情感,而是他领会到的人类情感"①。康德的《判断力批判》也提出了"普遍情感"的概念,认为鉴赏判断是一种主观必然性,它的契机是"普遍情感"的人类共通感和普遍可传达性。

美情作为一种大情,在本质上是实现了个别与一般、特殊与普遍交融的一种类情感,其情感的内涵越具代表性、普遍性就越能激发共鸣,越具有美质。如屈原的上下求索之慨叹,贝多芬的命运交响之激扬,可以穿越时空,激起不同时代、不同地域、不同种族的人们的共鸣。

当然,美情作为一种大情,它不一定就是震天动地、壮怀激烈的,也可以是对细微的平凡的人、事、物、景的具体体验,其核心是能否在具体而微的情感体验、表现、传达中,呈现出人类情感共同的积极的意趣意向。有一句流传甚广的话,说的是"艺术是情感的表现"。这句话实际上并不确切,确切地说,应该是"艺术是美的情感的表现"。艺术的创作和欣赏,首先就需要将"常情"提升为"美情",艺术活动才得以真正进行,艺术才可能具有体验观照和反思建构的美学功能。可以说,凡是优秀的艺术家,从来都是人类美的共通情感的代言人。所有伟大的作品,即使表现的是最细微最个人的情感,也是人类美的共通情感的传达。中外艺术史上,概莫能外。

其四,美情是一种趣情。中华美学非常重视情感在艺术中的具象呈现及其韵趣营构,即通过情景、意象、意境等,来化情为境。中华美学也非常强调情感的精神内质和价值意趣,通过否弃种种庸情、媚情、靡情、滥情等,来提情为趣。中华美学还将情趣建构与主体人格相关联,特别重视审美主体的生命美化与精神涵育,强调审美实践涵情为格的人学本意。

常情作为主体体验,是个体生命内在的东西,可以呈现为外在的言、形、行、态等,也可以不形于外。但美情作为美的创造物和可审美的对象,必须具备可交流的介质,显现为一定的具形。在艺术中,美情须转化为线、色、音、影等介质所塑造的各种可诉诸感官的直接形象,或通过文字塑造的充满想象再造空间的各种间接形象,以及现代后现代艺术所呈现的种种象征、抽象、变形的形象等。艺术形象使抽象内在的情感具体化,使种种本来看不见、摸不着的细微情绪变得生动可感,这也是由常情化美情的具体手段之一。如达·芬奇笔下的蒙娜丽莎形象,是女性美的杰出体现,尤其是她的"有时舒畅温柔,有时又显得严肃,有时略含哀伤,有时显出

---

① ［美］苏珊·朗格:《艺术问题》,滕守尧、朱疆源译,中国社会科学出版社 1983 年版,第 25 页。

讥嘲和揶揄"的"如梦似的妩媚微笑"①,成为艺术史上最为著名的神秘微笑。很多优秀作品中,人物和作者的情感元素常常不是单一维度的,而是多维交融的,有时相辅相成,有时对立互补,呈现出一定的复杂性,但其内在情感主调一以贯之,使得这种多元和复杂不仅不影响情感特质的呈现,反而增加了其特殊的韵趣。唯此,蒙娜丽莎才有穿越时空道不明说不尽的神秘美。

美情还有醇、雅、逸、怡、谐、高等种种美趣,需要结合实践展开具体的研讨。

"美情"凸显了审美活动的人学向度,也是中华美学贡献于世界美学和人类精神宝库的独特财富之一。通过美情来观审、反思、提升,来照亮、批判、建构,是美情走向生命、走向生活、走向艺术,走向一切创造和欣赏的实践,是完成和实现自身的必由之路。

原载《社会科学战线》2016 年第 12 期

---

① 王小岩等编:《人一生要知道的世界艺术》,中国戏剧出版社 2005 年版,第 74—75 页。

# 2016：全球化视野下的动画之思

赵东川（中国艺术研究院助理研究员）

时至今日，人们早已不再认为"动画片"仅仅是儿童的"专利"，拥有庞大受众群体的动画电影、动画连续剧和新兴的网络动画已经成为艺术领域中一支生机勃勃的劲旅。2016年对于动画领域来说，是一个特殊的年份：动画巨匠宫崎骏宣布复出；获得本年度奥斯卡奖的动画电影《疯狂动物城》以全球10亿美元的成绩获得了电影史上原创非续集电影票房的亚军（冠军为电影《阿凡达》）；新海诚推出新作；历时12年完成制作的国产动画《大鱼海棠》终于登上银幕……

诚然，对于处在全球化格局中的中国动画业来说，要想与国际动画强手比肩，还有很长的一段路要走。因此，在国际大视野下总结其得失，思考自身的发展，无论对于艺术水准的提升还是对于产业的发展，都是一件有价值的事情。

## 一、国产动画：追赶世界前沿中的一抹亮色

在2015年的一年里，曾经引起国内动画界欢呼雀跃的"大圣"身影尚未走远，《大鱼海棠》又在这个夏天以令人瞩目的身姿跃出水面：5.5亿的票房、精美的画面、余音绕梁的音乐……甚至包括来自各方面的批评和质疑。毋庸置疑，2016年度作为国产动画电影的佼佼者，《大鱼海棠》引发了众多的关注。可以说，《大鱼海棠》（包括之前的《大圣归来》）的上映，以及《画江湖之不良人》、《秦时明月君临天下》等作品在网络上的热播，标志着目前我国在动画影片的制作方面，已拉近了与其他动画强国之间的距离——中国动画走出了从追赶"技术概念"到追求"艺术回归"、从单一模仿迪士尼到风格的多元化、从盲目照搬国外"制作体系"表象到尝试

新的运营模式的发展之路。

### (一)视觉表现上:从"追求技术"向"追求艺术"回归

中国的动画影片曾经有过令世人瞩目的辉煌。但由于各种复杂的因素,出现了令人遗憾的断裂和低迷。我们期望中国动画的再度崛起,期望通过不懈的努力,赶超世界前沿。但是,在相当长的一个时期以来,在追赶世界动画前沿的路途中,我们有些制作者,一度把目标锁定在对"高科技"的追求上。事实上,3D 技术自问世以来,早已被成熟、广泛地运用到动画作品当中。随着科技日新月异的发展,到目前,这种技术成熟带来的"普及化"效应,已使"3D"无法再成为吸引观众的噱头。观众更加从整体上追求画面表现力,而非仅仅追求"特效"。另外,大量粗制滥造、票房口碑双双不佳的 3D 动画作品也让观众逐渐对"能使用技术≠能善用技术"这个道理有了清醒的认识。而 2016 年的 2D 动画《大鱼海棠》,尽管曾被人指责"模仿吉普力作品",虽然这是一种批评和质疑,但在此之前,国产动画鲜有作品能够让人将其同吉普力的作品放在一起比较;包括使用了大量卡通渲染的 3D 动画《大圣归来》,较于同年上映的梦工厂作品《功夫熊猫 3》并不逊色。这两部"现象级国产动画"的名利双收,说明当前国内一线动画电影在画面表现力上,已经接近或达到国外同档次动画电影的水平,同时也证明了对于当下的动画电影来说,一味的"炫技"并非是吸引观众眼球的成功之道,注重思想内涵和表现力的提升,才是当下动画发展的必然趋势,这也是动画艺术的最终落脚点。

### (二)风格追求上:从单一模仿迪士尼、梦工厂到多元化发展

一个时期以来,我国的动画片不论在题材上还是画面风格上,都曾经以迪士尼、梦工厂为单一模板:《汽车人总动员》照搬《汽车总动员》,《藏羚王》仿制《小鹿斑比》,《魔镜奇缘》源自《白雪公主》和《冰雪奇缘》……而近年来,这种现象有了很大的改观。国产动画从一味模仿迪士尼、梦工厂,逐渐转向了更加多元化的作品风格,例如武侠风格的 3D 动画"画江湖"系列、颇具日式动漫风格的《从前有个灵剑山》《时空囚徒》和追求"中国风"的《大鱼海棠》等。这是近期中国动画发展的一个特点。

事实上,放眼全球,风格的多元化已经成为时代的风向。如美国制作的"日式动画"风格的《RWBY》、日本著名导演高勋制作的"水墨动画"风格的《辉夜姬物语》等,都给人耳目一新的感觉。这些作品的热映证明了在网络如此发达的全球

一体化时代里,动画作品风格的多元性发展是大势所趋,国产动画走出单一发展模式显然是一种进步。

（三）产业运营上:走出单一的低幼市场定位;尝试与国际化接轨的运营模式

国产动画片不再仅仅瞄准低幼市场,面向青少年的原创动画在票房比例上获得突破性增长,是近年来国产动画片市场发展的一个突出现象。

2016 年,低幼动画片《喜羊羊》终于在票房一路下滑的窘境中退出了银幕。这似乎是一个信号。动画产业在融入市场经济自由竞争的初期,面向低幼观众的作品虽然画面粗糙、内容单调,但因为易于控制成本,反而使得这类动画几乎成为国产动画中唯一能够盈利的作品类型。但随着国产动画长时间稳定的发展,国内动画观众口味逐渐提高,一些做工相对粗糙的动画,在市场竞争加剧的当下,难以再维持以往稳定的收入。如前面提到的《喜羊羊》,这个曾经几度霸占国产动画票房榜首的系列作品,近年来一直收入下滑,从 2012 年顶峰时 1.67 亿的票房逐步下滑,2015 年《喜羊羊 7》仅获 1469 万票房,2016 年更是退出了银幕。而面对青年、青少年的动画电影如《大圣归来》票房为 9.56 亿,《大鱼海棠》票房 5.65 亿;国产独立制作的网络连载动画《画江湖之不良人》7 亿(爱奇艺)、《秦时明月君临天下》5 亿(优酷)、《灵域》3 亿(爱奇艺)(网络连载动画数据为非全网统计)。

此外,众筹、共享版权等新型融资方式的兴起,在一定程度上改善了国产动画的投资环境。2016 年的《大鱼海棠》和 2015 年的《大圣归来》这两部国产现象级作品,都是依靠众筹的资金才使得作品得以顺利上映;《从前有座灵剑山》、《时空囚徒》等中日合作动画在网络上的热播,也让人们看到了国产动画在新的运营模式下的广阔前景。

## 二、积极利用国外的技术和资源,弥补自身短板

在电视动画方面,可以说,2016 年是一个中日合作动画作品播出的大年。在这一年,由中日两国业内人员合作的《从前有座灵剑山》、《侍灵演武》、《时空囚徒》、《星梦手记》、《一课一练》、《一人之下》等多部动画成功在中日两地双语同步播出。

由于素质优秀的动画从业者的人才培养周期较长,面对飞速发展变化的国内

动画市场,国内当下的人才培养机构无力为国产动画事业提供足够的高端优秀人才,这使得国内动画业长期处于一种人才培养增速落后于市场需求增速的状态。在这种情势下,利用国外成熟的甚至过饱和的动画制作技术人员来填补国产动画的人才缺口,不失为一种务实的选择。

从中日合作的动画作品的制作人员名单中,我们不难发现,导演、美术、分镜等重要职位都同时出现了中日两国人员(如《从前有座灵剑山》、《时空囚徒》等作品)。不管各方在实际工作中担当了多大的工作量,这种双语同步制作、同步播出的体制为国产动画的从业者们创造了大量的学习机会,例如为了适应作品周回播出制,日本动画公司经常会设立类似于"分集导演"(演出チーフ)一职,这种人员结构就很值得国内借鉴;另外,对于国内当下仍然相对薄弱的人设、配音等环节,也可以在合作中,通过观察学习名家对角色的理解与诠释,更快速地提升自身水平。

利用漫画、小说原作改编动画作品的创作思路,也成为中日动画合作的一个特点。2016 年的网络动画新作大部分改编自国内的漫画、网络文学,如前面谈到的《从前有座灵剑山》、《侍灵演武》、《时空囚徒》、《星梦手记》、《一课一练》、《一人之下》等。网络动画相对于电视播出体系在制作、播放上都拥有了更大的灵活性。

另外,日式电视动画"番组"制,也为我们提供了可以借鉴的运作模式。从国内电视台传统的每日播出制,转变为日美现行的每周播出制,相对于国内传统的每日播出体制,一方面每周一次播出延长了每一部作品首播时受到观众关注的时间;另一方面,由于大多数此类作品的剧本来源于连载中的漫画和网络小说,拉长档期也便于等待原作的产出以及剧本的改编,减轻项目完成在时间上的压力,自然能够给作品内容质量的提升创造更大的空间。

中日合作电视动画的成功范例至少为我国现阶段的动画产业带来了新的活力,目前这种新型"合作开发"模式仍具有巨大的潜力。

## 三、对"民族性"的企盼和面对"民族性"时的迷茫

纵观世界各国的艺术作品,无不或隐或显地体现出本国的民族性和国民意识形态,动画片也不例外。然而,在历史的长河中,国家、民族、社会始终处于变化发展之中,只有贴紧现实、抓住当下社会的思潮与关注点,才有可能展现出与时代相符的民族精神。回望近年来热播、热映的动画作品,无不是对当下国家政治、文化生态与国民意识形态的映射和展现。同时,作品所蕴含的思想、情感、情怀能够引

起大众的共鸣,这也是这些作品可以获得票房和口碑双赢的关键。以公认的动画大国美、日为例,我们可以通过对这些动画作品的分析,感受到沉潜在其中的意味,同时也进一步思考在全球化语境下,中国动画当如何体现自己的民族精神。

(一) 美国动画:对移民问题的困扰和对种族歧视的担忧

2016 年,获得第 89 届奥斯卡最佳动画长片奖的《疯狂动物城》是近年作品中最能体现当下美国政治文化状态的动画电影,《疯狂动物城》讲述了一个生活在农村、富有正义感的兔子女孩朱迪的故事。她为了实现成为警察的梦想,通过努力克服了自己身体上的缺陷,终于在警校完成学业,启程来到动物城警察局就职。但是等待她的生活却和理想中的世界相去甚远:先是因为"身材矮小"不被委以重任,后又因为经验不足屡屡出现工作失误,而正当朱迪面临着解雇危机的时候,警察局对一起人口失踪案件的调查成了故事的转折点。

《疯狂动物城》以一个底层民众追求美国梦的框架作为故事的开端,但在进入影片中段后,这部动画仿佛成了当今美国社会问题的放大镜。狮子市长打着维护社会安定的旗号,秘密拘禁了发疯的掠食性动物,而实际上市长自己最担心的可能是同作为掠食性动物的自己在竞选中会因为此事受到负面影响。事件被曝光后,媒体的添油加醋促使社会将一个本来"尚无定论"的事件解释为"掠食性动物的危险本性"。幕后黑手——成为市长的"绵羊秘书"对朱迪的"劝降"更是展现了美国社会对于国家长久以来存在的对少数族裔和移民问题的担忧——"想想吧,他们也许很强壮,但我们的数量是他们的十倍,90%的人起来反对共同的敌人,我们将所向无敌!"

这部作品作为面向家庭消费群体的迪士尼动画,其结局自然也延续了美国个人英雄主义精神和迪士尼动画浪漫主义喜剧的传统,主人公面对掌握巨大权利的个体时,没有向恶势力屈服,靠着智慧战胜了手握大权的"市长"。最终"错误的观念被否定""作恶的人受到制裁""社会矛盾得以化解"。但拨开这层商业作品的外壳,真正让人记忆犹新的,是作品通过故事情节对生活在当前这个不稳定的社会状态下的人民发出的告诫:作为"食草动物"的绵羊市长的执政理念是"团结 90%的食草动物驱逐那些'威胁大众'的占 10%的掠食者"。但实质上,这个方针的本质是一种披着"保护弱者"外衣的法西斯主义。"食草动物"是美国多数族裔自己头脑中"自我形象的化身",但"绵羊打手"这种反派角色的存在也在警示着民众——即便是没有尖牙利爪,扭曲的思想依然可能使其成为暴力的化身。

（二）日本动画：对"静止生活"的恐惧和对侵略战争的反思

近年来，随着日本经济发展速度放缓，社会阶层固化日益加剧，这种不自然的"稳定"仿佛成了一个"静止的牢笼"，笼罩着日本社会。而民众对其产生的恐惧正是当今日本诸多社会问题的根源。生活目标的缺失使得越来越多的人开始对生存意义感到疑惑，《和谐》《来自新世界》等动画都是反映日本社会中普遍存在的这种"迷失感"的作品。

《和谐》改编自 2009 年 12 月获得日本 SF 大奖的小说《ハーモニー》，由于作者伊藤计划于 2009 年 3 月因肺癌病逝，这也使他成为了日本首位在去世后获得该奖的作者。

作品虚构了一个于世界大战和大灾难后重建，以维护人的生命权利为最高信条的"生命主义"社会。在这个社会里，人人自出生以来就被植入能够监控身体健康状况的纳米机械，烟、酒等有碍健康的东西也成了政府明令禁止的物品。主人公图安在高中时代偶遇了一位反对政府"生命主义"的少女米亚哈，米亚哈认为"自己的身体应当只属于自己"，在与图安及另外一位好友商议后，决定用自杀的方式来"反抗"政府的"生命主义"，但最终因自杀计划败露而失败。13 年后，图安成了政府的官员，因在执行维和任务时饮酒被发现而被停职召回国内。在图安停职期间，全世界突然发生数千人的集体自杀事件，此时恐怖分子也适时出现，宣称为了抵制"生命主义"，一周后会让所有"没杀过人的人"自杀。政府经过磋商后无法找到其他阻止事态扩散蔓延的方法，迫不得已的情况下，决定启动隐藏在人体纳米机械中的一个名为"和谐"的程序。这个程序能让人消除大脑中"不合理的判断"与自我意识，让人永远处于一种"朦胧的幸福感之中"。

影片的结局是悲剧性的——图安最后在"和谐"程序启动之前找到了米亚哈，一边说着只有米亚哈你不能去那里（"和谐"的世界），请你一直做我喜欢的米亚哈一边扣下了扳机。最终政府被迫启动了"和谐"程序，屏幕上打出"再见了，我""再见了，灵魂"。这一幕展现了当代日本社会面对"静止的社会"时的集体困惑；但同时，这个悲剧的结尾又蕴含着一种积极——就像米亚哈唆使图安一起自杀时讲的"想给这静止不动的时间来上一击"那样，图安最后杀死米亚哈是一种在面对绝望时竭尽全力的挣扎和反抗，而这种面对绝望也不放弃挣扎的精神正是日本这个灾难多发国家经过几千年的锤炼所锻造出的民族精神。

一方面，社会发展停滞带来的恐惧感让日本民众渴望打破当下的"平静"；另一方面，这种对"平静"的恐惧也给日本的右翼和极左势力提供了可乘之机，部分右翼人士打着振兴日本的旗号否定侵略历史，极左人士则是打着"改革"的旗号推行极端思想。在这种情势下，一些有责任感的作者创作的带有反思性质的作品也在社会上产生了强烈反响，如《高达0096》、《超人幻想》都属于此类作品。

"高达"系列作为世界知名的战争题材动画，每一部新作的上映都会引起大量关注。38年前，以幻想中的"宇宙世纪"为时代背景、故事影射"二战"的电视动画《机动战士ガンダム》（以下简称《高达》）开创了"现实主义机器人动画"（リアルロボットアニメ）①这个流派；《机动战士ガンダムUCRE：0096》（以下简称《高达0096》），是"高达"系列的正统续作。故事中，地球联邦政府、被政府认定为恐怖分子的"袖章"组织，以及跨国军工企业阿纳海姆公司，围绕着保存联邦政府机密的"拉普拉斯之箱"展开你死我活的争夺。

相信看过这部动画后，只要稍有历史常识的人就不难发现，剧中的各个细节都明显带有影射现实的色彩：剧中的大反派弗朗托尔称自己为"容器"，他不再像初代"高达"吉翁公国元首基连·扎比那样的独裁者，而是一位将自己当成"民意领袖"的恐怖分子首领。

故事后半段，当女主人公密涅瓦质问弗朗托尔"为何要夺取'拉普拉斯之箱'"时，弗拉托尔当众宣称，自己若掌握"箱子中的机密"，便会联合卫星殖民地，孤立在经济发展上严重依赖殖民地的地球联邦政府，并以此来实现建立"卫星殖民地共荣圈"的构想。而此时女主人公反驳道："（即便你能够成功）在你所提倡的'卫星殖民地共荣圈'实现之日，即是公元时代地球联邦对卫星殖民地剥削的重演之时，只不过是剥削与被剥削的角色发生交换罢了。在贫困中成长起来的新一代地球人必将对宇宙移民充满仇恨，最后必将再次引发战争。"

无论是中国人还是日本人，看到这里都会明白，弗朗托尔"卫星殖民地共荣圈"的构想，完全就是在影射当年日本发动侵略战争时的"大东亚共荣圈"政策，而作者通过身为"吉翁的公主""战犯女儿"的女主人公密涅瓦·扎比之口对此进行了否定。这些片段也让人看到了日本的有识之士对过去侵略战争的反思，以及对当下日本社会偏激思潮的担忧。

（三）中国动画：对展现"民族性"的企盼与迷茫

我国近年来一直在呼唤、祈盼能够展现中国民族精神的作品出现，但现实情况

---

① "リアルロボットアニメ"通常译作"真实机器人动画"，但按照作品内容，我认为"现实主义机器人动画"才是更准确的译法。

却是,能够做到这一点的作品实在是凤毛麟角。究其原因,一方面,在中国积极向外界展示自我的今天,许多国产动画的作者对"讲中国故事"和"讲好中国故事"这一命题的理解产生了偏差。一些作品把"中国元素"等同于"中国文化",致使许多祈盼体现"民族性"、内容中含有"中国元素"的作品,却找不到、摸不清究竟什么是"中国文化"。即使像《大鱼海棠》这样的作品(不可否认,这部作品充填了满满的"中国元素":人物、场景、道具以及醒目的"中国红"色彩),也未能让人在观影后,对这个"再造"的"中国传统文化"予以认可。我们可以认为这是国产动画在全球化语境下的一种文化自觉,但其中的迷茫显而易见。

另外,社会构成的复杂性和几十年间飞速的变革发展,使得中国大众难以对此形成一种社会认知上的通感。

在这种环境下,许多制作者为了控制商业风险,甚至刻意选择回避现实题材,这也使得"展现民族性"的要求更加难以实现。如果这种现状不能得到改善,创作表现中华民族精神风貌的动画作品的目标就依旧是任重而道远。

## 四、编剧技巧上的欠缺仍然是国产动画的突出问题之一

虽然近年来中国动画整体水平的提升有目共睹,但动画剧本缺乏创意、故事逻辑性差依旧是国产动画长期以来存在的问题。从国产动画电影中大量使用"某某总动员"这种山寨梦工厂影片的命名,到中日合作电视动画《侍灵演武》、《时空囚徒》、《星梦手记》被冠以"国产《一骑当千》"、"国产《东京食尸鬼》"、"国产《LOVELIVE》"这样的绰号,可见缺少立意新颖的故事剧本,依旧是国产动画前进中最大的阻力。即便是像《大鱼海棠》这种优秀的原创动画作品,在剧本结构和叙事技巧上也有着明显的瑕疵。

整体来看,《大鱼海棠》绝对是近年来国产动画中的佼佼者,部分全景、远景镜头中的背景画面绘制水平已经达到了国际一流水准。但由于剧本结构的散乱以及故事逻辑性的差强人意,动画上映后,外界对作品的评论呈现出了一种两极分化的态势。其中"鼠婆"这个角色最能体现剧本结构的散乱;而"爷爷"的某些台词和他对椿的所作所为无条件支持则成了网络评论抨击这部作品"三观不正"的焦点。

首先从作品风格来说,《大鱼海棠》的故事背景和人设都带有强烈的中国传统文化色彩。而"鼠婆"这个"可以变成蝙蝠"、"可以恢复青春",并且时不时从口中冒出一句英语的"支配老鼠"角色,从头到尾都让人联想到西方的吸血鬼,在没有

进行特定情节渲染的前提下，其角色风格与整篇作品的风格显得格格不入。

其次，无论是"鼠婆""调戏"湫的剧情，还是最后夺取信物回到人间的剧情，都和全片的故事缺少联系。看完整部影片后，不免让人觉得这是一个硬生生的塞到剧本中的角色。而最终，这样一个角色在整部作品中定会起到一种打乱叙事节奏的负面效应。

从故事中提到"爷爷曾经尝百草"这句话来看，爷爷的形象灵感来自于神农氏的传说。作者安排了"爷爷"消耗自己的寿命救回湫的情节，是希望将其塑造为一位充满着慈爱和牺牲精神的神祇。但是这位充满牺牲精神的神祇却在生命的最后时刻说出了"只要你的心是善良的，对错都是别人的事"这种令人匪夷所思的话语。诚然，中国的传统文化，尤其是以先秦儒家思想为代表的文化在道德观念上并不认可先验主义的"绝对理念"，但是，这并不代表着当代中国的大众能够接受"事情没有对错之分"这种虚无主义的观点。而"奶奶"这个角色面对着"全村被毁、家人生命危在旦夕"的状况，自始至终都没有过任何内心纠葛，无条件的支持着造成这一切的孙女。面对冲突的双方同样都是自己族人、家人的状况，"奶奶"此时的行为难免令人感到费解。而一旦作品的人物、情感缺乏逻辑性，观众的情感便无法被带入。

和《大鱼海棠》同档期上映的，是新海诚的新作《你的名字》，由于档期相近，且同是以"相隔两世的二人感情"为主线，《你的名字》在上映后不久就被众人拿来与《大鱼海棠》相比较。

严格地说，除去新海诚动画独有的细腻画工，单从剧本来讲，《你的名字》也许只能算是一部平凡的"以爱情为主线的穿越题材作品"。但即便如此，相较于国内同类作品来说，《你的名字》在结构故事和叙事的技巧上仍有许多值得学习之处。

特别是在表现传统文化时，《你的名字》不仅仅是堆积素材，而是运用这些传统文化元素去推动情节的发展：日语中黄昏时刻的汉字写法"誰そ彼"、女主人公酿造的祭祀用酒、手工编织的结绳等和日本传统文化相关的元素全部成了贯穿整部作品的关键道具，并在剧情发展的关键环节起到推动作用。

## 五、对国产动画发展前景的思考与展望

鉴于国家对动画产业的持续关注，相信未来将会有更多企业对国产动画进行投资。因此，一面利用现有的资金市场优势吸引人才，一面在学习中提升自己的实

力是国产动画未来可以期待的发展方向。网络媒体作为动画新开辟的生态空间有着广阔的前景,这一空间需要政府和动画界从业人员共同培育和保护。一方面,由于排片档期以及建设成本的因素,传统的影视传媒所提供的媒体空间已经跟不上动画产业的发展速度;另一方面,如果在不远的将来,国内的网络动画能够占有足够的市场份额,像《魁拔》这种世界观背景复杂、更适合做成长篇连载动画的作品,也就不必过早地涉足影视市场。发展和培育更加多元化的媒体,必将为更多优秀的国产动画作品创造更广阔的生存空间。

原载《艺术评论》2017 年第 3 期

# 守住地方戏最后的桥头堡

## ——以蛤蟆嗡为例谈基层院团在传承保护地方戏中的作用

赵建新（中国戏曲学院《戏曲艺术》编审）

　　持续近一个月的全国基层院团戏曲会演注定会成为 2016 年北京戏剧演出中最具特色的一道风景。从 2016 年 7 月 5 日到 8 月 3 日，全国 31 个基层院团（多为县级剧团）先后演出 31 个剧目 62 场地方戏，从北疆海伦的拉场戏到海南安定的琼剧，从别具西域风情的新疆曲子到东部高昂激越的山东梆子，从有上千年历史的莆仙戏到尚不满一个甲子的吉剧，会演共涵盖全国各地 26 个剧种，可谓南腔北调，争奇斗巧，四方之乐皆备。它们犹如从乡野田间吹来的一缕缕轻风，给盛夏的首都带来丝丝清凉，让习惯浸淫于所谓视听盛宴的首都观众顿感神清气爽。

　　毋庸讳言，近些年国家和政府相关部门陆续出台的有利于戏曲传承发展的系列政策举措，首先惠及的是一些重点院团和那些传播范围较广、文化积淀较厚的大剧种（如京昆等）。但随着国家对戏曲艺术扶持力度的加大，戏曲政策惠及的范围也要逐步调整，从剧种来讲，要从大剧种向小剧种倾斜；从剧团来讲，要重点院团和基层院团兼顾。当传统戏曲的传承和保护上升到国家政策的层面时，对基层剧团尤其是县级剧团的重视和扶持势在必行。

　　令人欣慰的是，在国家文艺方略和戏曲政策的保障下，基层院团的转型和发展有了新的精神引领，它们紧紧抓牢从国家到地方出台的种种利好政策，挖掘整理了一批濒危的地方剧种，以戏带团，基本上摆脱了生存危机，有的在培育有利于戏曲活起来、传下去、出精品的良好生态环境方面还有了初步的工作实际。笔者现以流行于晋、冀、鲁、豫的民间小戏蛤蟆嗡为例，通过考察其起死回生、失而复得的过程，试探讨基层院团在传承保护地方戏中的重要作用。

## 一、从蛤蟆嗡的前世今生说起

蛤蟆嗡这一地方小戏历史上流行于山西夏县、河北曲周、河南南阳、山东冠县四个地区。清末民初,四省交界地区的小戏小调与当地方言习俗融合,形成一种音乐伴奏和唱腔特点犹如蛙鸣的特殊剧种,被称之为"蛤蟆嗡"。从清末到民国,蛤蟆嗡在这四个地区都非常盛行,民间戏班很多,如夏县西山头村曾组成 20 多人的蛤蟆嗡戏班"自乐班",演出剧目达 20 多个,还培养了杨小拴、杨长发等在当地很有名的演员。山东冠县在 20 世纪 20 年代开始出现蛤蟆嗡戏班,有剧目及连台本戏 30 多个,红极一时,以至当地曾有"桑阿镇,大水坑,大人孩子蛤蟆嗡"的民谣流传,足见当时蛤蟆嗡的流行程度。四省中,只有河北曲周是个特例,民国初年有人认为剧种以"蛤蟆"为名欠雅,便把它改名为"柳子腔"。于是,蛤蟆嗡便正式结束了在冀东南的历史,开始了其"曲周柳子腔"的发展历程。

考察蛤蟆嗡这一地方小戏在四省的发展情况,会发现一个共同规律:它们都形成于清末民初,历史不过百年有余;进入民国后此剧种迅速发展,各省都有戏班演出,其中不乏规模 40 余人的大戏班,演出足迹遍及周边邻省;从民国后期到新中国成立后,这一剧种的发展呈现不均衡状态,如河南淅川、西峡,山西夏县等地,因为都没有专业的蛤蟆嗡剧团(淅川蛤蟆嗡演出要借助当地曲剧团),演员匮乏,保留剧目少,所以这一地方戏很快藏形匿迹。山东冠县的蛤蟆嗡在新中国成立后的发展也不如民国时期,但在 1959 年,当地艺人邱东山自编自演蛤蟆嗡小戏《故事出在棉鞋中》荣获了当年"山东省文艺汇演"一等奖,这似乎为当地的蛤蟆嗡剧种注射了一支强心剂,后来冠县很快成立了蛤蟆嗡历史上第一个国营专业剧团。遗憾的是,这个剧团后来因经济困难,在 1963 年停办撤销。至此,蛤蟆嗡在山东也逐渐趋于沉寂。进入新时期后,四省剧团不约而同地进入低谷期,剧团星散,艺人凋零,随之带来的是剧目失传,剧种濒危,历史上乡野田间、稻花香里鼓荡如潮的"蛙鸣"之音,渐成绝响。

考察地方小戏蛤蟆嗡的形成和发展历史(尤其是新中国成立后),会发现基层剧团对剧种传承发展的重要性。一个地方剧种往往就因为一个或几个小剧团的解散而面临生存危机,所谓"皮之不存,毛将焉附"。发展刚过百年的小戏是如此,那些文化积淀深厚、有"活化石"之美誉的剧种,也概莫能外。此次参加全国基层院团戏曲会演的莆仙戏,其演出团体多年来一直是福建莆田和仙游两县的基层剧团。

据统计,福建全省 70 个专业戏曲剧团中,县级剧团就有 55 个,其中莆仙戏剧团 4 个,即莆田县莆仙戏一团、莆田县莆仙戏二团、仙游县鲤声剧团、仙游县鲤华剧团,此外还有为数不少的民间莆仙戏职业剧团。可以毫不夸张地说,新时期以来,正是莆田、仙游两县基层专业剧团的陆续恢复演出,才使得莆仙戏这一中国古老剧种的命脉和精血得以被呵护和承继,从而迎来了莆仙戏有史以来最为繁荣的时期。在这次会演中,仙游县鲤声剧团演出的新编历史剧《魂断鳌头》,以其古雅的表演形式、丰富的音乐唱腔给观众留下了极深的印象,让人不得不感叹莆仙戏传统根基之深厚。这便是基层戏曲院团保护传承地方剧种的明证。

## 二、重续弦歌 蛙鸣再闻

进入 21 世纪后,随着国家文化战略的调整,全国陆续建立起了国家和省、市、县各级非物质文化遗产名录体系,要求对列入名录的项目制订科学的保护计划。但是,类似蛤蟆嗡这种地方小戏,即便进了各级政府的非遗名录,如果没有专业基层院团去挖掘整理剧目,以切实的艺术实践去推动保护和传承,也不能等于进了保险箱,可以确保青春永驻,世代永存。例如,2009 年,冠县蛤蟆嗡被列入山东省级第二批非物质文化遗产,当地政府也想借此良机,对该剧种进行切实可行的抢救和保护,此后也陆续有多台小戏登上舞台,但因为没有专业剧团持续跟进,最终还是没有实质性进展,蛤蟆嗡仍旧难以起死回生。事实证明,如果没有专业剧团,即便进了非遗名录,这种因陋就简的保护成效也是不理想的。

剧团与剧种相互依存的关系,于地方小戏和基层剧团之间表现得尤为突出。很多剧种只有一个剧团,这种一对一的极端化关系,现在并不罕见。守住一个剧团,往往就意味着保存了一个剧种。近年来,山东冠县通过以团代传、以戏带团的方式,让蛤蟆嗡在鲁西大地上失而复得、重获新生,便证明了这一点。

冠县从七八年前就意识到基层剧团对传承保护蛤蟆嗡的重要性,但要组建一个国营剧团,在当下的社会环境中制约因素太多,在这种情况下,他们把目光转向了近些年新出现的民营剧团。民营剧团自主经营,机制灵活,演出队伍短小精悍,在排演小戏方面有得天独厚的条件,可以通过政府采购的方式对它们予以扶持,既能通过挖掘整理剧目以保护传承地方剧种,又能服务基层,娱乐百姓。于是,从七八年前开始,依托当地的民营剧团,冠县组织创作了以当地历史名人武训为题材的几出小戏——《武训推磨》和《武训立志》等,并聘请老艺人邱东山指导排练,使蛤蛤蟆嗡的生命得以接续。2008 年,在一台山东卫视主办的电视节目中,冠县选送的蛤蟆嗡小戏《武训推磨》以其酷似蛙鸣的伴奏、韵味独特的唱腔引起了观众的注意。此后,冠县的民营剧团又参加了"首届山东地方戏新创作小戏展演"等活动,蛤蟆嗡这种独特的地方小戏开始走出冠县,重新进入更多人的视野。2015 年,为参加山东省纪念抗战胜利优秀剧目展演,冠县民营剧团凤凰湖梨园剧场酝酿推出一出蛤蟆嗡新戏,因为只有这个剧种最具地方特色,最能代表冠县当地的乡音乡韵。最终,凤凰湖梨园剧场选中了聊城市艺术创作研究所郭银慧创作的新编戏《三起轿》,并在此后的剧目评选中入围全省优秀剧目。目前,《三起轿》已经演出二三十场,通过这出小戏,濒临消亡的蛤蟆嗡似乎又焕发了青春。

如果说《武训推磨》、《武训立志》、《三起轿》等小戏让人们看到了蛤蟆嗡这一剧种起死回生的希望,那么大型蛤蟆嗡剧目《武训舍情》的成功演出则开创了这一剧种传承保护的新局面。2015 年 11 月,山东省文艺院团改革发展调研组到聊城调研时,意外获知了冠县蛤蟆嗡剧种和当地文人创作的剧本《武训舍情》的情况,这直接促成了山东省艺术研究院和冠县创排大型蛤蟆嗡戏曲《武训舍情》的合作。很快,山东省艺术研究院把《武训舍情》确定为 2016 年第一个大型科研成果转化的项目,发挥省级艺术科研机构的优势,在艺术、学术上对蛤蟆嗡的传承发展给予扶持,同时为《武训舍情》剧本修改及二度舞台创作搭建主创团队。冠县方面则负责组织蛤蟆嗡老艺人在学术挖掘、剧目排演、传承保护等方面进行配合,组织冠县专业蛤蟆嗡剧团——宏湖蛤蟆嗡剧团配合山东省艺术研究院《武训舍情》主创团队进行舞台艺术创作。经过半年多的排练,2016 年 6 月 20 日,山东省艺术研究院和冠县宏湖蛤蟆嗡剧团合作表演的大型戏曲蛤蟆嗡《武训舍情》在聊城首演,反响强烈。戏曲专家们对这出戏提出修改意见的同时,也肯定了这种省级院团和地方基层剧团合作保护传承地方剧种的方式。通过这次合作,不但实现了山东省艺术研究院创立的濒危剧种剧目创作、纪录片拍摄、课题研究"三位一体"的保护模式,还促成了蛤蟆嗡历史上第一个大戏的成功创排。2016 年 8 月,这出戏还将在山东省会济南上演。随着这种新的戏曲抢救模式的成功实现,我们有理由相信,其示范作用可推广到全省乃至全国。

## 三、基层剧团是守护地方戏最后的桥头堡

不可否认,自改革开放以来,受市场经济的冲击,全国基层院团尤其是县级剧

团的数量大为减少。20 世纪 70 年代末，几乎每个县都还有自己的剧团，但进入新时期之后，县级剧团因为发展艰难，很多都已解散，甚至有些剧种出现了"有戏无团"的情况。有的县级剧团虽然勉强得以保留，但长期以来处于缺钱、缺人、缺剧目、缺场地的状态，名存实亡，发展举步维艰，生存形势严峻。在这种情况下，山东冠县通过和省级院团合作，为基层剧团主动搭建平台，通过创排新戏以团代传、以戏带团，从而实现对地方濒危剧种的保护和传承，这种做法值得戏曲界关注。

笔者注意到，在蛤蟆嗡《武训舍情》的创排中，"省级院团—地方政府—基层剧团"的合作链条至关重要，而"基层剧团"又是此链条中最关键的一环，因为它是地方剧种的实际载体，是"以团代传、以戏带团"的传承保护模式的最终实现者。认识不到基层剧团的重要性，地方剧种的保护和传承就无从谈起。

首先，基层戏曲院团是保护和传承中国戏曲艺术的最后桥头堡。

目前，全国县级戏曲院团大概近 2500 个，县级剧团在全国戏曲院团中数量最多，演出场次最多。剧团关系剧种的生死存亡，如果说省市级剧团是为戏曲剧种供血的动脉和静脉，那么遍及全国的基层院团就是众多剧种的毛细血管，虽然它们看起来不如大剧团那么强壮有力，但它们组成的毛细血管网却渗透到每一个剧种的生命机体，为其源源不断地输送造血细胞，它们才是剧种得以延续和传承的根本。

虽然近些年国家出台了很多促进戏曲发展的政策，很多剧种也得到了长足发展，但戏曲院团尤其是基层戏曲院团的发展仍旧面临各种问题，戏曲艺术走上良性发展的道路还有待时日。在这种情况下，作为社会主义文化事业重要组成部分的基层戏曲院团，便成为保护和传承戏曲艺术的最后桥头堡。如果基层院团守不住，无论成立多少戏曲传承中心，无论拨付多少戏曲专项扶持资金，戏曲艺术的传承就会成为无源之水、无本之木，中国戏曲文化都会失守。只有基层戏曲院团发展好了，传统戏曲艺术才能走上良性发展之路。即便是山东冠县宏湖蛤蟆嗡剧团这样的民营基层剧团，都会在拯救、保护濒危剧种方面有着省市剧团不可比的先天条件，因为它们生在乡间，长在乡间，蛤蟆嗡的土声土韵就长在这些基层剧团的肌体中血脉里，失去了它们，地方戏的传承和保护就是一句空话。从这次全国基层院团戏曲会演的情况来看，参加团体除了少数几个地市级院团外，绝大多数是县级剧团，它们以风韵别具的演出同样证实了近年来基层院团守护地方剧种的桥头堡作用。

其次，基层院团是联系省市院团和村镇庄户剧团的重要纽带。近几年来，随着人们物质生活水平的改善，群众对精神生活的要求也不断提高，很多村镇庄户剧团应运而生。它们走乡串户,在田间地头和红白喜事中,经常能看到它们的身影。但不可否认的是,这些村镇庄户剧团多数是自发组织的草台班子,演出内容存在粗鄙化和庸俗化的倾向,这和中央倡导的新农村建设的方向背道而驰。而很多省市级剧团虽然节目精良,剧目艺术水准高、精神导向正确,但因为下乡演出成本高,很多仅在重大节庆时才组织的"下基层"演出活动远不能满足基层群众的精神需求。在这种情况下,县级基层剧团的作用就凸显出来。一方面,县级剧团上承省市院团,船小好调头,有省市剧团不具备的成本低、人员灵活的优势,具有把省市院团优秀剧目搬演到基层的实力,从而影响、带动一批村镇剧团,形成对基层乡村精神文化的影响力和渗透力,提升基层群众的审美水准;另一方面,县级剧团因为扎根基层,也能从村镇剧团的演出内容中及时发现普通百姓的精神需求,根据他们的所急所需帮助村镇剧团提升品位和艺术水准,从而发现好题材,培育好剧目,形成一个自下而上向省市院团输送培育艺术成果的畅通渠道,使大剧团的创作更接地气,更符合老百姓的口味和需求。通过县级基层剧团的这种"上传下达"或者说"承上启下",形成一个由省市、县区、村镇三级剧团构成的全国戏曲院团组织构架,整体盘活,良性互动,使它们各自发挥其所长,让它们真正具备造血机能,使戏曲艺术走上可持续发展之路。

以山东艺术研究院和冠县宏湖蛤蟆嗡剧团合作创排《武训含情》为例,一方面,作为省级院团的山东艺术研究院通过与基层剧团的合作不但发现了好题材,培育了好剧目,而且探索出了濒危剧种"三位一体"的保护传承模式;另一方面,身处基层的冠县宏湖蛤蟆嗡剧团成立时间较晚,起点低,在剧目创作、人才队伍方面还有很大欠缺,山东艺术研究院选派了包括导演、作曲、舞美、灯光等在内的主创团队,客观上为其搭建了培养人才、扶持剧目的平台,提升了其创作水准。无论是哪一方,在合作排演这出大戏的过程中,其主创团队都有了锻炼和提升的机会,实现了双方的互补发展。

此次会演中,由中国戏曲学院和山东郓城县人民政府联合制作的山东梆子戏曲动漫舞台剧《跑旱船》,也是这种"以上带下"探索模式结出的硕果。中国戏曲学院虽非演出团体,但其雄厚的教学科研和创作实力却能为郓城县山东梆子剧团提供一个新的艺术实践平台。这出戏把多媒体舞台与传统舞台相融合,把戏曲舞台表演和动漫形象表演相结合,力求拓宽戏曲演员的表演空间。这种新鲜的演出样式对戏曲艺术发展的作用虽有待商榷,但通过这出剧目的创作,却在"承上启下"、融合国家级艺术创作队伍和基层院团方面有所突破:对中国戏曲学院而言,实现了其"传统继承、新剧创作、跨界实验"的实践创作理念；对郓城县山东梆子剧团而言，将山东梆子这一古老剧种以新潮方式呈现给观众，以近百场的演出成功实现了反馈农村、回归民间的目的。

最后，基层剧团是探索地方戏从农村到城市，再反哺农村的良性发展的基础平台。无论是今夏的全国基层院团戏曲会演，还是山东蛤蟆嗡戏曲《武训舍情》的创排成功，都反映出政府戏曲政策的调整和基本导向，那就是加大对基层院团的关注，拯救小戏，培养新人，让戏曲艺术形成从农村到城市、再由城市反哺农村的良性循环。地方戏来自基层和老百姓中间，最能体现老百姓的喜怒哀乐，地方基层剧团的演出也是常态性的，而非省市剧团的"下基层"或"走亲戚"。它们深入生活，扎根人民，与时俱进，和老百姓生活息息相关，总能根据老百姓的要求和审美口味调整自己的创作。但是，地方戏的发展又需要走出乡村，走进城市，因为城市能为其提供更宽广的市场和艺术提升空间。《武训舍情》成于冠县，演在聊城，最终在省会济南得到认可和提升。乡土冠县是它的根，主管城市聊城为其深耕细作，最终将在省会得以枝繁叶茂，但它最终回归的依然是鲁西大地，这是地方戏在剧目实践中探索"农村—城市—农村"演出模式的一次成功尝试。

近几年来，党和国家领导人多次指出，在农村城镇化进程中，要留住青山绿水，要让老百姓记住乡愁，留住乡音。在传统农业社会走向现代工业社会的过程中，乡音、乡愁和乡韵的重要载体就是地方戏曲。现在全国有近三百个剧种，它们来自田间地头，以丰富多彩的歌谣特征体现着一个地方的语言文化、生活形态和社会风俗。它们最具泥土气息，是民间文化的重要组成部分，是表现和传承中华文化的重要载体，是最具乡音、乡愁和乡韵的艺术形式。如果基层院团没有了，几百个地方戏剧种就失去了依附所在，乡愁、乡音和乡韵的一个重要艺术载体就消失了。而留住地方戏的重中之重，就是为基层院团的健康发展创造更好的条件，提供更大的平台。

原载《中国戏剧》2016年第7期

# 当代戏曲，终将拿出自己的好戏

——"戏曲·呼吸"2016 年上海小剧场戏曲节随感

胡晓军(上海市文联理论研究室主任)

　　继 2015 年首季上海小剧场戏曲节后，上海戏曲艺术中心又于 2015 年年末推出第二季，展演了昆、京、越、川、楚、粤、梨园戏与河北梆子 8 种共 12 台剧作，在剧种和剧目上都超出了首届的 4 种 7 台剧作。

　　秉承上季"戏曲·呼吸"这一宗旨，2016 年上海小剧场戏曲节一边"吸"入传统精华，一边"呼"出新理念、新方法和新形式，希望发现、培养一批具备独立思考和独特原创能力的戏曲人。综观本季的参演剧目，谋求复制原生态的"吸"不少，试图创设新状态的"呼"不多，"以先锋、实验和创新精神，让戏曲的一支触角伸展到当代社会主流观众视野"的力度和效应，看似不够明显，这很可能与戏曲从业者们的教育、业务和文化背景有关。笔者一面赞成"老戏老演"，提倡作为"非遗"的戏曲需要忠实的继承和完整的展示；一面反对"老演老戏"，提议作为非"遗"的戏曲原创剧目，须作出思想上的开拓和艺术上的创新，即"呼"在前、在表，"吸"在后、在里，表达和阐释当代思想观念在前、在外部，运用和发展传统艺术手段在后、在内部，尤其是在"小剧场"的文化定义和艺术定位之下。

## 一、创新之"呼"展示戏曲当代价值

　　"小剧场"一词源出于 19 世纪末的欧洲剧坛，形式上是在非常规的场所内进行的小型话剧演出，内容上是"为艺术"和"反商业"的实验和探索。这是"小剧场"的本意，也成了"小剧场"的本质规定性。但自从登陆中国后，"小剧场"的内涵和外延很快发生了适应国情和"剧情"的变化。

在中国,小剧场话剧始现于 20 世纪 80 年代中期的京沪两地。"开创者们"的初衷,除在影视的冲击下坚持话剧的独立性、探索话剧的可能性外,还有为传统剧场话剧寻求新观众、赢得新市场的诉求,通过小剧场将观众拉回大剧场。简言之——追求话剧艺术与话剧市场的双重复苏。笔者认为,这是符合中国国情之举的,无可非议。不过几年之后,尤其是 21 世纪后,小剧场话剧主题的先锋性和艺术的实验性色彩逐渐消减,世俗性和娱乐性日益扩增,直至成了商业话剧的主打形态,原先"双重"复苏的愿景,成了单面"跛脚"的盛景。

小剧场戏曲则始现于 20 世纪 90 年代中期的上海,是向小剧场话剧借鉴、效仿的成果。小剧场戏曲的旨向,同样是思想、艺术和市场上的突破,其"拯救""重振"当代戏曲的愿望比小剧场话剧更浓烈和更迫切。以 2006 年"实验中国·文化记忆"系列演出为起点,小剧场戏曲在 21 世纪初形成了第一波浪潮,出现了《情叹》、《镜像红楼》等一批至今仍可圈可点的作品。尽管当时的小剧场戏曲家们受西方文学、戏剧理念及手法的影响很大,不免发生过于激进、失落部分戏曲本体的现象,市场开发也很不成功,但瑕不掩瑜,他们的探索精神和创新成果是必要的,也必将在当代戏曲史上占有重要地位。这是因为,对古典美之现代性的追求是任何时期都必要的,这种追求可随文化自觉自信的提高、时代社会的进展而得到提升和发展。比如同样创演于 2006 年的小剧场昆剧《伤逝》,该剧试图打通昆曲和话剧、现实主义与意识流之间的关系,尽管当时并不起眼,却在此后显示出较强的潜力。事过十年,这部"年轻的老戏"在第二季小剧场戏曲节重演,借昆曲越来越热的社会接受程度和社会愈演愈烈的婚姻破裂现状,《伤逝》不仅在"昆曲是否能演现代戏"的问题上得到了肯定的回答,而且在接通两个时代的题旨上也得到了大量的认可。得到了上述双重的支持,《伤逝》完全可被视为一台已经完成了"先锋性"和"实验性"的剧作。另外值得一提的是,"先锋"也好,"实验"也罢,从经典文学切入要比从传统老戏入手更好、更易成功,因为"文学性"愈强则主题永恒性愈强、艺术可塑性愈强。

本季小剧场戏曲节的另一部展演作品川剧《卓文君》,则以"帮打唱"及庄谐交互的川剧本体系统表现古代故事,遥映当代爱情婚姻现实。该剧对卓文君、司马相如、卓王孙的心理和行为加以着重处理,并设计一个开放式的结局,以适应多样化的当代审美选择,在文学性与技艺性上有较好的结合。《伤逝》、《卓文君》二剧均注重将戏剧的时空拉近当代现实和社会心理,表达出"大俗大雅"的追求,传达出

"雅俗共赏"的效果。十几年来,在小剧场话剧陷入纯商业化之时,少数小剧场戏曲有后来居上之势,既表达出当代观念,又运用了古典技艺,试图满足当代戏曲观众的审美愿望。笔者认为,这是当代戏曲图存求进的正确方向。改革开放以来,尤其是20世纪90年代以来,大剧场戏曲在内容主题上大体趋于西方悲剧,在形式呈现上不断纳入其他艺术样态,其正能量不可小觑,但副作用也不可无视,比如戏剧整体化导致小唱段与折子戏的单独传播不再,主题宏大化导致社会亲和力与观众互动性的不存,这对戏曲作为一种大众艺术的传统,不啻是一种折损和消减。由此引出一个问题——当代戏曲的折子戏是否依然需要? 如果需要,则是否一定要从大戏中"搬运"而来? 这一问题,值得当代小剧场戏曲审时应势地加以应对。

笔者乐见的当代戏曲创演格局,是以大型剧场演出为主体,以"经典折子戏"与"原创小剧场"为两翼,并尽可能地实现互相的转化。无论哪一种形态、哪一种转化,都是思想之"心"、技艺之"身"和市场之"场"的共同存在。作为戏曲,尤须如此方能确保其在"非遗"和非"遗"之间游走自在、应对裕如。当然,戏曲的市场有其特殊性,既不能将其"当作流行艺术的市场",也不能"当作博物馆艺术的市场"(刘祯《传统"非遗"如何活在当下》,《解放日报》2012年10月7日)。关于当代小剧场戏曲的愿景,笔者欣赏川剧《卓文君》的出品方成都巧茹文化传播有限责任公司的那句广告词:"融继承与发展、古典与时尚于一炉,融文学与戏剧、高雅与通俗于一炉,融审美与思辨、轻歌与曼舞于一炉。"小剧场戏曲若有精品,必定是在文学性上有开掘、艺术性上有突破、现代性上有表达、地域性上有强化、市场性上有验证的作品。

## 二、继承之"吸"弘扬中华美学精神

参演本季小剧场戏曲节的编导、演员和制作人,不少兼有传统和实验戏剧的创作成果和经验。徐棻、余琛等自不待言,而曾静萍、陈巧茹、王佩瑜、黎安、沈昳丽等中年名家,张静等学院派背景的编导都是小剧场戏曲"年轻的老运动员"了。以他们的文化背景、艺术理性和实践经验,料已不会以牺牲戏曲本体的代价去谋求先锋性,从而发生"为实验而实验"或"当代而当代"的错误。昆曲《四声猿·翠乡梦》来自徐渭剧本,小剧场呈现时既保留了"色即是空"和"因果轮回"的教旨,以传统演艺的再生为此作出诠释;又生发了"推己及人""换位思考"的能指,以现代音乐的介入为此作出了暗示。仅凭这一思路,该剧就算得上成功之作。京昆合演《春水渡》剧情并不脱离《白蛇传》的故事和人物框架,编演只从原作的空白处切入,对法海和许仙的心理作了挖掘,"螺蛳壳里做道场"式地打造了一个"镜像对比"的心理剧样式。以上两剧从当代理念出发,不是为了触犯传统,而是试图激活传统,更在观念的表达、艺术的拿捏上表现出很强的分寸感,体现出这个时代的戏曲家们才有的思想自觉和艺术自信。

本季小剧场戏曲节邀请了梨园戏、楚剧等外地剧种,这些地域"特产"、历史遗产以近乎"原生态""古生态"的面貌呈现。楚剧《刘崇景打妻》《推车赶会》乡土气息浓郁,动作夸张,表演鲜活,其语言、音乐以及生活化与程式化的融汇,并不因在城市小剧场演出而改变其在乡土小广场演出的风范。从中不难发现,随着乡土农耕文明向城市工商文明的快速转型,绝大多数老戏所反映的生活与当今的生活距离越来越大;随着中西文化杂糅、新型文娱传播方式的大量出现,绝大多数人的审美观念发生了巨大的变化;也不难发现,随着文化市场化进程的发展,绝大多数人将注意力转到投入产出比和大众流行度上,而将文化内涵作为戏剧的次要因素来考虑了。梨园戏《刘智远》《朱文》《朱买臣》演出回归传统,风格苍劲朴素,表演庄邪交互,其历史文化价值与当代观赏价值借助名角的号召力而得到彰显。作为中国古戏种最多的省份,福建近年来加强了对经典折子戏的挖掘抢救工作,并于2016 年 7 月举办了"福建百折传统折子戏展演"。以此三出梨园戏来窥"百折折子戏"的挖掘和抢救工作,可谓是较科学和较系统的,这些剧目或为艺人口授,或为手抄残本,其剧本和演出的传承情况均有详尽记录,使人清晰见到这些老戏历经数百年、几代人不断传承、创造直至完全成熟的过程。上述几出"小剧场"楚剧和"小剧场"梨园戏不走先锋和实验之路,而走草根或古典之道,至少具备两重意义,第一重是通过展示"发轫于民众、成熟于文人、流行于社会"这一戏曲历史进程的断面,表明中华文化基因和审美精神与方言、音乐和民俗等地域文化元素的融汇所呈现的大不同于西方文化观念及艺术手法的自足体系;第二重是通过单纯展示传统,在都市社会客观地显示出传统的当代价值。因此,从某种角度看这似乎也可算是一种"实验性"吧。比如两出楚剧所蕴含的天人合一思维和欢乐主义精神,可以令人思考在崇尚科学、务实的当代社会里,它们究竟具有何种积极意义;又如梨园戏《朱买臣》一反对于崔氏的极端化塑造,通过内敛表演刻画人物心境,居然将这部众人审美惯性中的悲剧,演化成了"大团圆"的喜剧。要知道,这是一部老戏而非新戏!由此笔者想起另一出福建古戏种——莆仙戏《梁祝》,不走通常结局,而是改悲为喜,体现出戏曲传统中本有的创造性精神和多元化思维。重要的是这些延续了几代的老戏,都被当代都市观众认可了,他们"看后觉得每个人物都蛮不容易的",认为"相对来说,其他版本的人物对比太明显了"(王剑虹《"天书"让人看得哈哈笑》,《新民晚报》2016 年 12 月 6 日),从而自然地显示出现代性来。笔者认为,这正是戏曲所表达的和谐大同、求同存异的国民性和乐天知命的生存智慧在当代人心中自然的应和,恰应了"吾国人之精神,世间的也,乐天的也,故代表其精神之戏曲小说,始于离者终于合,始于困者终于亨,非是而欲餍阅者之心难矣"的论断。(王国维《〈红楼梦〉评论》)

由此可见,"历史往往有惊人的相似之处",加上传统戏曲创造以多元化和多义性所产生的某些"现代性",是客观存在和历久弥新的。如此之"吸",为"呼"提供了美学根源和时代精神,更对当代戏曲创作提供了重要启示——传承和创新、老戏和新作并不是一对矛盾,而是一种循环。

## 三、戏曲"呼吸"映照文化复兴进程

事实上,戏曲从诞生以来就从未停止过创新的脚步。从技艺程式、写意特性直到诗化传统,都是从无到有、从有到全、从幼稚到成熟的创新成果,也都是对所谓"探索""实验""先锋""现代性"的定性、定位、定量和定规。戏曲成熟近千年来,从宋元杂剧到明清传奇,从文人雅部到草根花部,从瓦舍勾栏、四梁四柱到镜框舞台,其内容和形式发生过多次巨大和深刻的创造性变化,且这一切都是在主观发动与客观被动的复杂碰撞与交汇中产生的。例如戏曲最早以反映现实生活为主,其能力与成果从元杂剧时代的《窦娥冤》开始,在清传奇时代的《桃花扇》中得到延续。但在历史文化优势、审美定式要求、意识形态高压等环境下,戏曲创造总体转向借神喻人、借古喻今的模式,久而形成了神话剧和历史剧两路文化景观,前者以《牡丹亭》《邯郸记》为代表,后者以《铁冠图》《长生殿》为代表——这难道不是戏曲史上的大变革、大创举吗?戏曲延续至今的多元化和多样性,难道不就是它根据不同社会时期、不同地域文化、不同审美需求而作出的巨大改革和创造吗?

却也难怪,由于年代久远、史料缺失,加上长期的不登大雅和不为所重,今人所见的传统戏曲和戏曲传统时而脉络清晰、时而模糊不清,对戏曲创新创造的微妙性和复杂性发现不易、感受不足、理解不深。又由于中国封建社会和农耕文明的历时漫长、传统文化底蕴和影响深远、创造和接受审美定势稳定,造成了戏曲的创造和接受审美也十分稳定。因而在百多年前和三十多年前,当戏曲两次面临时代社会雷霆万钧、狂飙突进式的转型时，两次都无法作出及时的回应和实现准确的适应。这两次都足以使人以为，戏曲是保守、落后乃至僵化文化的代表，是中国向现代工商业文明、城市文化发展和向西方学习、与世界接轨的阻碍甚至反动的阻力。这当然是不客观、不公允和不负责任的——大家可都是中国人啊。简而言之，今人之所以误以为戏曲腐朽老迈，是因为他们"以百年之近、视千年之远"，其荒谬性好比要求千米外的汽车与百米内的汽车，在视觉上开得同等快速。由这一偏差看法所导致的偏激行为，早已广泛发生，更在否定戏曲内容和形式的同时，损伤甚至否定了其所蕴含的中华美学精神。不过令人欣慰的是，戏曲并未完全丧失活性和活力，特别是其价值的增长或消减，依然在鲜活地发生着，并与国人文化自觉和自信的强弱基本同步。当前的戏曲总体呈现逐渐复苏之势，创演活跃，需求增加，当可被视为民族文化复兴的一个重要的文化信息甚至一个必要的条件。

事实上，当百多年前乡土农村文明向近现代工商业城市文明转型时，戏曲在上海依然作出了杰出的创造性回应，包括京剧编演城市社会题材，成为海派京剧的主要特征；沪剧改编中外名著，提升自身文化品位；淮剧吸收京剧剧目手法，跻身都市娱乐品种；越剧融合昆曲程式和话剧表现，呈现唯美明快的审美趣味……百多年来，"无论演出剧目还是表演样式都发生了诸多变化，剧场与观众结构发生的变化更是显而易见"（傅谨《百年中国戏剧的变与不变》，《解放日报》2011年11月13日）。这也使得上海成了全国戏曲的"大码头"和"大源头"，这里的众多戏曲剧种向中外艺术借鉴，向最新科技取法，取长补短，并存共生，以与其原生态迥然而异的新形态经受了市场和时间的考验，反过来又极大地影响和改变了其原生态的面貌。

改革开放以后，饱经社会波折和外来文化挤压的戏曲，又开始了新一轮的创造，这一轮似乎比前一轮更艰难，因为它不是在上海一隅起始，而是在全国范围起始的；不是处于主流娱乐地位时变革，而是处于边缘文化地位时变革的。但与前一轮相仿的是，当代戏曲的创造也是从中西杂糅开始的，因此幼稚、粗糙、失败现象的大量发生是不可避免的。本次小剧场戏曲节的参演作品中，京剧《陌上看花人》、河北梆子《喜荣归?》、粤剧《霸王别姬》均为本剧院的首个小剧场作品，它们都试图通过现代视角重新诠释传统故事，并分别以中西两种艺术手段呈现，却因在接通时代性和探索艺术性的过程中不够成熟，导致了"唐突""率意"之诮。这是小剧场戏曲从幼稚走向成熟和成功的不可避免的阶段。

这一阶段，可称为一个"既不忠实于她的中国起源，又低劣于她的西方典范"〔（法）白吉尔《上海史：走向现代之路》〕的阶段。当下戏曲史学、评论和理论力量需要通过对上一轮戏曲创造发展的研究,帮助当代戏曲从业者,特别是小剧场戏曲家们全面、深刻地认知自身在本一轮戏曲创造进程中所处的位置,以便更自觉、更理性、更有方向感地减少失败的挫折、实现成功的创造,从思想、艺术和市场三个维度着手,去实现"既忠实于她的中国起源,又荟萃了世界的文化典范"的愿景,让戏曲早日成为中国人的一个重要的精神家园。

戏曲曾经也必将成为中国人的一个重要的精神家园。这是因为,对于电影、话剧、歌剧、交响乐、芭蕾舞等西方传统、世界通行的文艺品类,中国人百多年来从未放弃过学习、进取和创造,但他们所取得的成就若不及世界最高水平也属正常;而戏曲这一承载着"中华文化独一无二的理念、智慧、气度、神韵",体现着"中国人独特的思想、情感、审美"的艺术,是唯有中国人才具备创造出最高水平的实力和能力,以"属于这个时代的有鲜明风格的优秀作品","把自己在文化创新创造中取得的成果奉献给世界"的。从这一领域和角度去理解"中华文化既是历史的,也是当代的;既是民族的,也是世界的"(习近平《在第十次全国文代会第九次全国作代会上的讲话》),必然更有助于我们对当代戏曲进一步地加深自觉、提升自信。

当代戏曲,终将拿出属于自己、属于中国、属于世界的好戏。

原载《文学报》2017 年 3 月 2 日

# 互动和故事：VR 的叙事生态学

秦兰珺（中国文联网络文艺传播中心助理研究员）

## 引 子

讲故事是人类最古老的活动之一。每种文明都有其主导的讲故事的方式：在口传文明中是有韵的歌谣，在印刷文明中是抽象的文字，在图像文明中是运动的影像，那么在数字文明中又会是什么呢？2016 年被称为 VR（Virtual Reality，虚拟现实）元年①。在各行业"VR+"的探索中，"VR+影视"尤其受到关注，互联网巨头先后布局 VR 影视，创业团队也纷纷制作起 VR 电影②。面对着一个又一个用 VR 讲故事的尝试，我们禁不住要问：VR 能讲故事吗？VR 如何讲故事？VR 给讲故事带来哪些不同？故事的定义本身又在这一系列变革中发生了怎样的变化？

在进入 VR 的故事世界前，我们需要澄清两点。首先，VR 的应用场景有很多，比如军事训练、航天科工、旅游、教育、医疗、展览、游戏等，不一定非要讲故事不可。提

---

① 早在 20 世纪 60 年代，人们就已经开始了 VR 技术的探索，但早期的 VR 设备昂贵且笨重，一直局限在诸如系统仿真等较为专业的领域；轻便的民用级 VR 设备直到 2014 年才由 Oculus 公司开发出来，为 VR 的普及奠定了基础，从此 VR 逐渐升温，虽然 2014 年和 2015 年都曾一度被称作 VR 元年，但直到 2016 年 3 月，Facebook 公司宣布以二十亿美元收购 Oculus，VR 才伴随这一资本收购事件，迎来 2016 年的大爆发，也因此，2016 年被更广泛地公认为 VR 元年。

② 各大媒体巨头纷纷布局 VR 影视业。例如 Google 旗下的 YouTube 支持全景 VR 视频，Facebook 旗下的 Oculus 开设故事工作室，专门从事 VR 叙事的尝试。国内则有乐视致力于打造国内最大的 VR 内容应用平台"乐视 VR"，爱奇艺也发布了 VR 版 App"爱奇艺 VR"。与此同时，国外以 Secret Location、Oculus Story Studios、Jaunt VR、Vrse、Felix & Paul Studios 为代表，国内以兰亭数字、威锐影业为代表的创业团队和爱好者也纷纷开始 VR 电影的试验，不仅作品在数量上初具规模，在质量上也不乏较优秀者。

出这个问题,是因为我们已经开始了 VR 电影的实践。在大众眼中,电影等同于故事;在专业层面,电影也至少是一个叙述过程。因此,用 VR 拍电影无论如何也绕不开讲故事的问题①。其次,我们通过聚焦 VR 电影来谈论 VR 叙事,并不意味着没有电影,VR 就找不到其他方式叙事。谁说 VR 游戏就不能讲故事②? 或许未来也能发展出 VR 叙事的其他形式。在这里,我们之所以借 VR 电影言 VR 叙事,或许仅因新事物无论再新,也只能在旧事物的土壤中成长起来,甚至一度被当作旧事物的延伸,那么让我们不妨假设 VR 是继电影之后的新兴叙事载体,是数字文明在 21世纪的讲故事的技术。由此,我将对运用于电影的 VR 叙事提出一些问题和设想。

## 一、VR 叙事的沉浸性与互动性

VR 如何讲故事? 这个问题之所以能成为问题,是因为对于讲故事这件老事情,VR 的确有天然的技术优势。VR 是一种数字媒介制造的多感官互动体验③。"多感官"意味着通过声、色、味、触等各种感官渠道制造更全面的感官经验,"互动"则意味着参与者对此类经验有即时影响。不难理解,感官经验的综合性加上即时互动性,更容易达到一种被称作"沉浸性"的效果——作为一种悬置物理世界、进入另类世界的体验,沉浸性几乎是一切经典艺术的理想。不得不承认,VR在制造沉浸性的能力和潜力上,是先前所有讲故事的形式都不可比拟的。

同时,VR 如何讲故事,这之所以是问题,是因为这个带来沉浸性的技术也恰恰给叙事带来了有史以来最大的挑战。无论如何,VR 是一种数字技术,虽然数字界面在今天充当着最绚烂的视听媒介,但数字界面在成为媒介之前,首先是一种计算界面——输入、计算和输出才是其最本源的功能④。只不过后来输入和输出的

---

① 在电影专业领域的确存在着"非叙事性电影"和"叙事性电影"的说法,但是即便是以"非叙事性"自居的实验电影,为了构成一种表意过程,也少不了叙事性维度。

② 在用 VR 游戏讲故事这一领域,比较集中和系统的研究,参见 Josiah Lebowitz & Chris Klug, *Interactive Storytelling for Video Games*, Burlington: Focal Press, 2011。

③ "沉浸性"可以进一步分为"多感官"带来的沉浸性和互动性带来的沉浸性。好的互动体验能增强沉浸性,好的感官体验也能增强沉浸性。沉浸是数字体验的结果,多感官信息渠道和人机交互是当下数字体验的构成部分。因此更准确的定义应该是"多感官互动体验"(Cf. Ken Pimentel & Kevin Teixeira, *Virtual Reality: Through the New Looking Glass*, New York: Intel/Windcrest McGraw Hill, 1993, p.11)。

④ VR 的输入方式主要分为操作输入和体感输入,操作设备有游戏手柄、操纵杆、方向盘、射击步枪等,体感输入设备包括摄像头、跑步机、数据手套、数据鞋、遥感座椅等。输出方式主要包括各色头盔、眼镜、屏幕和耳机等。

方式愈发"自然",而这种"自然"趋势在 VR 中又发展到了一个高峰:当我们开始用身体的"自然"方式与界面上的世界互动时,换言之,当我们与界面互动的方式和我们与界面内容互动的方式逐渐重合时,产生的是一种比以往任何视听手段都来得真实的身体在场感——这不再是与界面的互动,而是进入界面的行动①。

不难看出,VR 的沉浸感很大程度上来自互动,这一点与以电影为代表的传统叙事艺术有很大不同。后者为了达到沉浸性,往往尽可能地降低互动性。互动一度被当作沉浸的最大敌人②。当然,我们不能否认,任何沉浸感的制造都离不开互动,互动不仅发生在诸如角色认同、情节共鸣的叙事效果层面,甚至也发生在语义理解、空白填补等叙事本体的建构层面。但无论如何,这样的互动最多只能算艺术接受学视野中的参与。而 VR 式的互动首先是一种技术意义上的互动,输入—计算—输出的互动模式意味着输入绝非仅是被动的填补或实现,输入不仅直接影响输出,在最极端的情况下,故事还将在输入—计算—输出的循环中"涌现"出来,而非在某个主体的控制下展现出来。这时候,我们会发现,VR 叙事所呈现的真正的问题并非传统叙事艺术中沉浸和互动的矛盾,而是互动和故事本身的矛盾。

换言之,如果故事少不了设计,互动少不了自由,那么 VR 电影又如何在许诺讲故事的同时,又允许用户一定的互动自由呢? VR 电影又如何将故事以互动的方式逐步生产出来呢? 或者我们换个提问方式。如果把互动和讲故事当作叙事的两极而非一组矛盾,其中的一级是纯粹的设计和故事,另一级是纯粹的自由和互动,那么我们的问题就将被转化为:现有条件下的 VR 电影要如何处理其互动和故事的两极,这一互动方式又能给传统电影叙事带来怎样的沿革? 但为了更清楚地衬托现阶段技术条件下 VR 叙事的特征,我们有必要首先做一番思想试验,看一看如果 VR 充分发挥其技术和艺术潜能,最极端的 VR 叙事将会给叙事带来什么变化?

## 二、VR 的终极显示:故事的消失和世界的出现

在一门艺术刚刚诞生时,总有其先驱者对其终极形态进行大胆设想。苏瑟兰

---

① VR 的对象被称作用户,而非观众。界面设计的发展要求输入的方式越来越自然。例如 VR 大部分的体感输入设备都是为了让用户以身体的"自然"方式与界面内容互动,按照现象学的研究,只有身体的介入才能产生世界中存在(Being in the World)的沉浸感(参见秦兰珺:《数字界面:虚拟现实与虚拟化的现实》,载《文艺研究》2014 年第 10 期)。

② 因为互动要求把故事当作某种意义上的"对象"来处理,这样一来,"互动"要求的"出乎其外"与"沉浸"要求的"入乎其内"几乎是两个方向上的动作。

在人们刚刚意识到计算机的媒介潜能时,就已经在《终极显示》中预测,最终的数字显示将能够借助各种感官的模拟和综合,在数学的世界中建构出一个可居可游的奇境世界,可居意味着世界能够让用户进入,可游意味着用户能够与世界进行信息和能量的交换,最终用户在对世界的探索和交互中,将体悟这个另类世界并获得另类经验①。虽然在苏瑟兰的预测中,故事并非这一世界的必需,但在提供另类世界和另类经验这一点上,建构一个故事和建构一个世界,两种方式不仅殊途同归,也常常相互缠绕——优秀的故事往往能建构属于它自己的世界,而世界又常常通过在其中发生的故事展现自身。

如果在"终极显示"的另类世界中讲故事,这样的故事又会是怎样的形式呢?或者说,如果阿尔法狗(Alphago)式的超级计算机开始用沉浸式体验的 VR 讲故事,这样的故事又将是怎样的故事呢? 或许,阿尔法狗最好的表现也不过好似一位善于讲故事的老者,在讲述的过程中随时捕捉并消化听者的反应,据此即兴发挥出不同的故事内容和结果。在这个意义上,所谓"终极显示"的故事,不过是以数字时代的方式传承口传文明的互动叙事。然而,如果讲故事的方式不再仅仅是向听者讲述,那么阿尔法狗将控制一个可居可游的世界,让用户在与这一世界的全方位交互中体验意义的生产,故事就在这个意义的生产过程中、在个人与世界的互动中"涌现"出来。在这个意义上,"终极显示"不再需要故事,或者说不再需要一个事先设计好的故事,需要设计的是那个让故事发生的世界,是与这个世界互动的规则本身——有了互动的世界、互动的规则和用户的互动,自然会有众多故事从其中被创造出来。

这时候,一系列有趣的事情发生了。首先,经典叙事学建立的基础消失了。不再有超验的故事,任何故事需要借助经验性的叙述实现,需要通过叙述加以还原,换言之,故事只存在于叙述中,不再有故事和叙述的二元结构②。其次,如果故事还在,那么我们对故事的理解就需要拓展。故事不是阅读的前提,而是现场互动的结果。此时,界面提供的和用户消费的不是故事,而是能够生产各种故事的可居可游的

---

① Cf. Ivan Sutherland, "*The Ultimate Display*", in Wayne A. Kalenich (ed.), Information Processing 1965: Proceedings of IFIP Congress 65, London: Macmillan and Co., 1965, pp. 506-508.

② 无论是巴尔的故事和情节、查特曼的故事和话语,还是热奈特的故事和叙述,虽然他们使用的术语不同,但都是建立在这样的一种区分之上:一方面有故事,另一方面有对故事的叙述。虽然从逻辑上来讲,应该先有故事,才能有对故事的叙述,但实际上故事是通过讲述才能被回溯性地建构出来的。有一种观点认为,只有通过恢复原始故事,才能理解叙述文本。此观点暗示,一方面故事具有一种本体论意义上的存在,另一方面需要一个讲故事的主体,通过其讲和看的中介方式才能再现故事。

互动世界。或者,我们使用东浩骥对御宅族消费模式的一个研究结论:"并非单纯消费作品(小故事),也非背后的世界观(大叙事),更不是故事设定或是人物,而是更深层的部分,也就是消费广大御宅族系文化的数据库。"①如果以前读者消费的是成型的故事,那么现在用户消费的则是故事的构成元素——或者更确切地说——是由这些元素组成的数据库。在这样的理论视野下,"终极显示"的可居可游的世界,无疑充当了数据库的功能。与此同时,用户的消费模式也经历了从消费"消费性资料"到消费"生产性资料"的转变,从消费故事走向消费生产故事的世界本身。

最终我们将发现,在"终极显示"中讲故事的方式——即在与世界的互动中建构自身的故事——同构于我们在现实世界中建构自身历史的方式②。当虚拟世界和现实世界的意义生产结构变得可以互换,我们每个人都将面临着《黑客帝国》(Matrix)中"红药丸"或"蓝药丸"式的两个世界的选择。这时候,或许我们会意识到,对于讲故事这件老事情,故事吸引人固然重要,但更加重要的是生产这个故事的世界是否吸引人,而其中的一个重要评判标准,就是这个世界是否能为用户提供适当的空间,让他在某种程度上成为故事的"作者"。我们认为,在 VR 的"终极显示"中,讲故事的关注对象,将从故事和讲述的世界转移到生产故事和讲述的世界,将从故事的设计和展开转移到世界的设计和展开,换言之,将从讲故事的时间艺术转移到让故事发生的世界的时空艺术。这一结论来自我们对 VR 叙事的终极想象,不过思想实验毕竟很难存在于现实中,但是它作为 VR 叙事的最极端形式,某种意义上覆盖了 VR 叙事互动性的各种可能性。现在就让我们进入对现阶段 VR 电影实践的讨论。

## 三、VR 动画:在与世界的互动中讲故事

如果以写实性为衡量标准,那么 VR 电影的实践恰恰是在 VR 动画和 VR 全景这一两极性写实基础上发生的。虽然 VR 电影刚刚兴起,没有大量作品积累,讨论 VR 叙事的问题为时尚早,但我们还是可以从技术本身的特点出发,以现有的代表性案例为重要参考,提出一些关于 VR 叙事的初步设想。我在这里将重点分析一部致力于讲故事的 VR 动画短片《亨利》(Henry)。

---

① 东浩纪:《数据库消费》,褚炫初译,(台北)大鸿艺术股份有限公司 2012 年版,第 81 页。

② Cf.Philip Zhai, *Get Real: A Philosophical Adventure in Virtual Reality*, Plymouth: Rowman & Littefield Publishers, 1998, pp. 66-90.

《亨利》是由 Oculus 公司旗下专门负责 VR 叙事实验的部门——故事工作室（Story Studio）开发制作的,主创人员主要来自著名的制作 3D 动画的皮克斯公司（Pixar）。故事讲的是小刺猬亨利浑身是刺,没有朋友,在生日当天,亨利许下找朋友的心愿,最终心愿得以实现。这个故事情节简单、俗套。"可以信赖的朋友"几乎是贯穿皮克斯公司从《玩具总动员》、《海底总动员》到《汽车总动员》等一系列代表性作品的叙事元素①。不同的是,这一次,讲故事的形式从 3D 变成了 VR 动画,观影形式也从坐在电影院观看故事,变成了戴着 VR 眼镜走进故事。由于各种条件限制,《亨利》仅允许两种互动方式:用户可以在亨利的屋子中到处观看;用户在看亨利的时候,亨利也会转身看用户。不难理解,对于"找朋友"这一打情感牌的故事套路,VR 通过让用户"进入"亨利的世界,更能促发其"感同身受"的同理心。尤其当亨利"知道"你在那里并注视你的时候,这种目光的邀请虽然简单,但对于传达"我需要朋友"这个信息,却有着无比强大的感召力。在这个意义上,VR 特有的沉浸体验的确有强化叙事效果的潜能。

不过,一个重要的问题也随之产生。毕竟,没有导演希望戏剧性的转折在客厅发生的时候,用户却在院子里闲庭漫步。那么,如何在允许用户自主探索故事世界的同时,还必须让他体验到制作者希望讲述的那个故事？面对用户的不同行为以及对世界的不同反应,如何在互动式叙述中兼容这种种差异和要讲述的故事？换言之,在 VR 的互动叙事中,如何兼顾世界和故事两个维度？《亨利》在这个问题上作了一些尝试。下面我将以传统电影为参照,总结几点具有代表性和借鉴性的改变。

### （一）观影开始的仪式:从"入座"到"入境"

观影前往往需要一个仪式:入座、熄灯,用户在做好一系列心智准备之后,故事开始在屏幕上映现。与传统电影不同,VR 电影借助世界而非屏幕讲故事。如果一上来就把用户"扔"进故事世界,往往会让其感到陌生、不适,甚至紧张、恐惧。因此,VR 电影也需要仪式——就像兔子把爱丽丝带入奇境一样把用户带入 VR 建构的故事世界,这样的仪式就叫作"入境"②。在《亨利》中,吸引用户"入境"的方式是在其视线中放出一只瓢虫,引导用户跟随瓢虫进入亨利的家,由此开启整个故事。

---

① Cf. Bill Capodagli and Lynn Jackson, *Innovate the Pixar Way*, Mc Crew Hill eBooks, 2010, p.9.
② 这一说法来自 Oculus 故事工作室的 VR 动画先驱昂塞尔德（Saschka Unseld）对其创作经验的总结（Cf. "5 Lessons Learned While Making Lost", https://storystudio.oculus.com/en-us/blog/5-lessons-learned-whilemaking-lost）。

**（二） VR 的元陈述:这是一个可供探索的世界**

上文提到,"终极显示"的世界和现实世界具有相同的互动的自由度,虽然现实中的 VR 实践恐怕很难达到这样的互动自由,但是某种程度和形式上的互动自由又是必需的,换言之,要给用户留下一定的探索空间。但问题是,如何让习惯传统观影方式的用户知道如何探索 VR 的世界并体验到这个世界的可探索性?《亨利》的尝试是当用户长时间注视一个地方时,就会从那个地方附近放出一只虫子,以奖励用户的探索行为,借此向用户传达这样一个元陈述:这是 VR 的世界,你可以自由探索,你体验这个世界的方式能够改变这个世界的呈现。

**（三） 放慢速度:给探索和体验更多时间**

传统电影用镜头讲故事,VR 则允许用户在发现的过程中逐渐探索和体验故事,这就要求放慢叙事节奏,给用户一定的探索和体验的时间。《亨利》的叙事节奏明显比一般动画要慢得多,按照主创人员的说法,这是因为如果用户还没有完成探索和体验,就开始强加故事,不仅显得不自然,也有可能让用户错过故事,失去探索的乐趣。"对于传统电影是正常的,在 VR 那里就快了,而对于传统电影是无聊的,在 VR 中可能会感觉不错"[1]。由于用户是在探索世界中体验故事而非直接跟随镜头观看故事,所以线性叙事的速度必须要兼顾非线性探索的节奏。

**（四） 我在这里:使用"在场"本身作为叙事元素**

在电影中,只要故事讲述下去,就能给用户带来在场的体验。在 VR 中,在场只是讲故事的前提,这也是 VR 叙事的一个区别性特征。其实在很多情况下,即便用户不配合,什么也不做,其在场性就已经构成 VR 的叙事性元素。《亨利》在这方面的尝试,就是把用户的在场放进亨利找朋友的世界,进而把在场直接转换为在你身边的陪伴。于是,每当亨利转身看着用户的时候,用户就进入了故事情节本身,似乎就成为了皮克斯公司传统中那个"值得信赖的朋友"。

**（五） 从电影的叙事语言到 VR 世界的互动语言**

电影借助镜头的运动讲故事,VR 借助人与 VR 世界的互动讲故事。互动如何

---

[1] 这一说法来自 Story Stutio VR 叙事先驱洛佩兹·达乌(Lopez Dau)对其经验的总结(Cf."*With 'Henry',a Cinematic Leap into World of Virtual Reality*", Los Angeles Times, Apr. 13, 2016, http://www.latimes.com/entertainment/movies/la-et-mn-oculus-vr-henry-20150728-story.html )。

成为表意符号？又如何表意？虽然这个问题在 VR 叙事中比较突出，但是仪式学、现象学、认知科学、身体语言和界面设计等领域的研究，其实都或多或少地涉及这个问题。必须承认，以《亨利》为代表的现阶段 VR 动画实践，只能将互动性做到以互动的方式引导用户"看到"VR 世界中发生的故事。但即便如此，这一互动式引导也已经完全不同于传统电影语言了。例如这样一个场景：走进亨利的房间，看到亨利端着盘子走进来，盘子里放着漂亮的蛋糕。为了表达以上意思，电影镜头或许会从屋外推进屋内，在屋内摇上一周，接着另起亨利的中景镜头，再以蛋糕的特写结束。这一切如果想用 VR 表达，就必须要弄清楚：虽然是讲故事，但 VR 提供的首先是一个可以置身其中的互动世界。因此，如果镜头硬切、硬剪，产生的将是"乾坤挪移、空间传送"的效果，传统的分镜头和剪辑在 VR 中是失效的。换言之，镜头不在导演手中，而是与用户的 VR 眼镜重合在一起。一方面推、拉、摇、移等镜头语言失效了，另一方面为了产生更好的沉浸感，VR 需要隐藏互动界面，一个重要的方式就是让用户以现实世界的互动方式与 VR 界面中的世界产生互动。也因此，如何用更加"自然"的互动方式——或者更确切地说用故事本身的方式——引导用户在 VR 世界中体验故事，这是 VR 叙事的核心问题之一。还以上面的情景为例。或许我们就需要用瓢虫引导用户进入亨利的房间，用背后的声音吸引用户转身看到亨利，最终用光线和夸张的草莓造型，将用户的目光引向蛋糕。

不得不承认，《亨利》允许的互动并非故事的决定性互动。目光的自由只能实现用户的自主观看；和亨利的目光交互，也仅局限于情感共鸣的强化。当然，在互动小说和游戏等各种艺术形式中，不乏让用户决定故事走向的实践，但其互动方式往往被还原为"做选择题"这一印刷文明钟爱的心智模式。而现实中的决定性互动，并非甚至很少以"做选择题"的方式展开，我们与世界的互动更多是身体性的和无意识性的。在这个意义上，如何让 VR 叙事的互动更"自然"，更能够影响故事本身的介入，把这个问题解决好，将推动 VR 为用户制造出更具沉浸性的在场感。或许我们完全可以在现有的技术条件下，为《亨利》设想这样一个开篇：用户进入场景时，一群猴子正在用石头打砸亨利。猴子告诉他们，亨利是个浑身是刺的丑八怪，不值得和他做朋友。而此时的用户究竟是拣起石头加入猴子的阵营，还是走到亨利身边拥抱他？"捡石头砸"或"走近拥抱"，不同的互动意味着"同理心"发生的不同方向。这一身体的互动方式，完全能够被设计成决定性互动，从一开始就会对"亨利找朋友"的故事产生戏剧性的影响。总结以上变化：因为要呈现的是一个世界，所以才需要入境仪式；因为要表明这是一个可以互动的世界，所以才需要互动元素以完成这一元陈述;因为要考虑用户要探索世界,所以才需放慢叙事节奏;因为叙事的前提就是要用户在这个世界在场,只有在场才能直接作为互动表意的一种,被转换为叙事元素;因为 VR 在用户与世界的互动中讲故事,所以才有了从关注故事到关注互动的重心转移。所有这些变化都体现出这样一个趋势:从前,世界只是故事的背景,动词只能是以过去时的形式出现,这些早已注定;今天,世界已经被置于前景,动词是以现在进行时的形式出现,即时互动成为标志。一句话,叙事的重心从故事和讲述转移到了世界与互动。

## 四、全景电影:在环境的自我揭示中讲故事

与故事工作室的 VR 动画相比,全景电影是成本更低、制作更简单的 VR 叙事模式,也是目前大部分 VR 电影采用的形式。表面上看,全景电影不过是宽屏电影的升级版,但其实全景电影对传统电影的叙事语言发起了全方位的挑战。为了说明这个问题,我们需要从全景电影的镜头分析起。

全景镜头又称 360 度镜头,几乎能 360 度无死角地捕捉影像。虽然所有影像在本质上都是二维画面,但当环面不断延伸时,就会形成一个被缝合的自洽的球形空间。这也意味着全景影像建构的是一个以摄影机为中心的影像"全景",而非特定视角下的影像"限景"。可问题是,用户毕竟不能像全景镜头那样长出可以进行 360 度观看的眼睛。因为视野差额,观看全景影像还需用户自己操控视角,在自身有限的视野中,以时间的方式逐步展开全景影像一次性给出的"全景"空间。这样一来,以沉浸性著称的全景影像就有了互动的维度。也正是在这个意义上,全景拍摄才能被认为是 VR 技术的一种应用。

或许我们可以做这样一个比喻:传统镜头就像"框定"有限信息给读者阅读的书籍,而全景镜头则是"全方位"捕捉信息的互联网。这样更方便我们意识到,全景影像比起传统影像,表面上看是"眼睛"多了些,画面大了些,其实其气质已经完全属于信息时代。那么,就让我们假设,全景之于传统影像,正如互联网之于书籍,其出现是一种延续,但更是一种变革。那么,从限景到全景,镜头语言主要发生了哪些重要变化呢?

(一) 场面调度

首先,既然是 360 度捕捉,那就不再有镜头内、外之分,取景的概念如果不消失

的话,此处的景也得从聚焦于镜头的景框之景变成以镜头为中心的整体环境之境。如果说在传统影像中决定景的场面调度汇聚了绘画和戏剧两个美学传统理念,那么到全景影像,一方面,从绘画的角度,摄影机没有景框意味着画面构图是开放的,场面调度应该尽量减少;另一方面,如果从戏剧的角度,360 度的舞台意味着舞台变大了,场面调度反而需要下更大的功夫。增加调度或减少调度,其实这两种对于场面调度的认识,通向的将是两种非常不同的 VR 电影,同时也是 VR 电影继承传统电影的两个非常不同的方向。

### (二) 推、拉、摇

虽然全景影像取的是环境之境,而非景框之景,但我们并不能立刻断言,限定性和扁平性这两个影像的根本特征从此就消失了。或许,它们表面上不再是摄影机影像本身的特征,但却依旧是观众视野中影像的特征。镜头视野不与观看视野重合,其直接后果之一就是,观看什么和如何观看,需要观众在全景影像建构的互动环境中作出选择。例如,观众通过屏幕操作可以模拟"摇头"观看的效果。如果认为在第一人称叙事中传统摄影机的"摇"同构于人类头部的"摇",那么"摇"——至少在技术上——的确是一种能够顺利交接给观众的权利。与此同时,我们也必须承认,确实还存在着一些在现有条件下不可能成功移交的操作。例如观众通过放大和缩小来模拟"走近看"和"退后看"的效果,但全景影像继承的毕竟是摄影的基因,捕获的只能是"死去"的影像——无法即时成像,自然做不到即时变焦,也因此在现阶段的全景影像中,与景深有关的一系列问题都变得值得怀疑。

### (三) 移和剪辑

从有限镜头到全景镜头,"景"的捕捉变成了"境"的捕捉。不难理解,这个时候,移所产生的画面运动将变成立体环境的运动,而剪辑产生的画面衔接将变成立体空间的衔接。这样一来,用户往往会遭遇一种"乾坤挪移"的生理眩晕感或时空传送的奇幻穿越感。也因此,比起传统电影,除非为了特地制造以上所说的效果①,否则,移、分镜和剪辑等带来空间剧变效果的手法,应该大幅减少。

场面调度、推拉摇移、分镜和剪辑是传统电影语言的基本手段。现在,它们有的

---

① 特意使用"穿越"效果讲述故事的 VR 电影案例,据笔者所知国内比较方便获取的资源有《传送》(*Teleportaled*),见 http://www.utovr.com/video/9396054841.html。

需要被重新定义(场面调度),有的被让渡给了观众(摇),有的变得可疑(推、拉),有的需要大幅减少(移、分镜和剪辑)。最终我们发现,最符合全景拍摄技术模式的,竟然是最为"省事"的固定长镜头。如果在看什么和如何看的问题上用户的决定权越来越大,而制作者的决定权越来越小,又如何保障电影的叙述和表意呢?

稍微熟悉电影史的人都知道,长镜头并非不能拍出优秀的作品。但比起个案来,我们更关心的是为什么需要这样的拍摄风格? 支持该风格的那些期待又是否能被全景影像承载乃至发扬? 为此,我们需要首先从巴赞对未来电影的想象说起。

1946 年,巴赞在《"完整电影"的神话》中,描述了"照相式电影的最终完成形式",那是"一个声音、色彩和立体感等一应俱全的外在世界的幻景"①。也因此,从声音、色彩、景深摄影到宽屏,当电影界还在担心新技术是否让电影堕落的时候,巴赞却热情地拥抱了迈向这一愿景的每个技术发明。为此,他写下了《电影语言的演进》,列出了电影从无声到有声、黑白到彩色等一系列电影语言的演进历程,他为电影"不能同时拍下一切"感到遗憾,甚至还邀请人们想象一种由"一个要多长就有多长和要多大就有多大的单镜头构成"的"极限影片"形式②。如果巴赞活到今天,或许也会为全景影像技术欢呼。但我们更加在意的是,促使巴赞在 70 年前想象全景电影的观念是什么? 这一观念推崇的是怎样的电影叙事风格? 这样的风格是否也契合全景电影的气质? 最终全景影像又是否能借助延续这一风格的电影,实现某种意义上的叙事?

巴赞最著名的电影理论是长镜头理论,不难看出,"要多长就有多长和要多大就有多大的单镜头"就是这一理论的极端实现形式。在巴赞看来,过于密集的分镜和剪辑让观众的"注意力随着导演的注意力而转移,导演替观众选择必看的内容,观众个人的选择余地微乎其微"。通过这种方式,"导演支配着各种手段诠释再现的事件,并强加给观众",影像呈现的是单一的意义。相反,电影的本质是影像而非剪辑,影像应该再现而非诠释现实,"影像拥有更丰富的手段反映现实,以内在的方式修饰现实"③。如果现实本身就是含糊而丰富的,那么就应该把含糊性和丰富性重新引入影像结构——在用户与影像的积极互动中,让影像自己说话。

① ［法]安德烈·巴赞:《"完整电影"的神话》,《电影是什么》,崔君衍译,文化艺术出版社 2008 年版,第 17 页。
② ［法]安德烈·巴赞:《电影语言的演进》,《电影是什么》,崔君衍译,江苏教育出版社 2005 年版,第 59—74 页。
③ 特意使用"穿越"效果讲述故事的 VR 电影案例,据笔者所知国内比较方便获取的资源有《传送》(*Teleportaled*),见 http://www.utovr.com/video/9396054841.html。

正是基于"电影影像本体论",坚持影像自身的丰富性和含糊性,拒绝导演过多干预,才有了长镜头的现实主义电影美学。

不难看出,在影像再现、避免干预和给观众选择余地这样一些问题上,全景影像的长镜头正好契合巴赞的长镜头——当全景摄影机为了避免眩晕和穿越而减少分镜和剪辑,由于360度捕捉而更能再现外在世界的幻境,又因为再现得太全面而要求观众自己选择看什么时,我们发现,这些特征虽然不过是全景摄影的技术特性的延伸,但却正好契合——甚至能够强化——巴赞的现实主义美学风格。看来,全景电影虽然对传统电影的叙事语言提出了全面挑战,但却并非因此就一定和传统电影的表意方式彻底决裂。

VR 全景电影能够在一定程度上继承和发扬某些电影叙事传统。首先是纪录片传统。《山村里的幼儿园》①是中国首部 VR 纪录片,短片以龙采欣和腾烁琪两个小朋友的故事为主线,反映了少数民族村庄留守儿童的生活现状。短片近十分钟,由三十八个镜头组成。虽然大部分镜头都设定了视觉重心,但观众仍可以360度随意观看。也因此,导演提供的叙事单元,不是由镜头截取的观众眼前的画面,而是由 360 度环面构成的整个场景或环境②。具体在这个环境中看什么和如何看,在技术上完全可以由观众自己控制。这种体验就像参观历史博物馆,尽管整个展线从古代展厅、现代展厅到当代展厅依次展开,展厅的顺序已事先安排好,但在单个展厅内部,观众仍然可以按照自己的方式参观。影片正是以这种"展览线"的方式,兼顾了叙事性和互动性③。在场面调度上,一方面,导演尽量做到把镜头放在故事之中,而非故事之前。这样一来,故事在观众的前—后、左—右、上—下三个自由度上皆可发生。另一方面,对于这样一个巨大的舞台,导演的选择是不做过多控制,让生活本身直接构成电影的叙事元素,在镜头前自行展现。不难看出,《山村里的幼儿园》严守的是约翰·格里厄逊开创的纪录片传统。在《纪录片的首要原则》一文中,格里厄逊提出拍摄纪录片要"相信电影在把握环境、观察生活和选择现实场景方面的能力,可以用于一种新的、有生命力的艺术形式中";"相信原初的(或天生的)演员,原初的(或自然的)场景,更能引导银幕表现现代世界";"相信从原始状态取得

---

① 《山村里的幼儿园》是联合国拍摄的第四部 VR 全景纪录片,由联合国、中国发展研究基金会和财新传媒三方联合制作,影片首映于 2015 年 10 月的第四届儿童与反贫困大会,2016 年夏季的达沃斯经济论坛也播放了该影片,见 http://www.utovr.com/video/7852759336.html。

② 这些场景可分为"家中"、"学校"、"上学路上"和"乡村氛围"四组,每组又由不同场景构成。

③ 对于"展览线"模式的论述,参见 Marie-Laure Ryan, *Narrative as Virtual Reality*, Baltimore: Johns Hopkins University Press, 2001, pp. 149–151。

的素材和故事可以比表演更优美（在哲学意味上更真实）"①。众所周知，纪录片的美学传统直接继承自巴赞的现实主义电影美学，在这个意义上，《山村里的幼儿园》把观众直接置于生活场景中，让观众自身在场景中发现故事，又让故事按照其自身的逻辑在场景中展开，可谓充分利用了全景摄影的特性，以纪录片这一方式，把巴赞的电影美学风格发扬光大。或许正因为全景技术有着很明显的现实主义美学偏向，所以现阶段 VR 电影的重要方向之一就是全景纪录片。

其次是悬疑惊悚片传统。现阶段 VR 全景电影可以尝试的另一个领域就是悬疑惊悚片，虽然在这个方向上，尚没有较长的叙事作品出现，现有的作品大多是以单个场景为基础的小短片，但我们认为，全景电影颇有承载并发扬悬疑惊悚片传统的潜能，为此让我们不妨首先进行这样一个实验，如果悬念大师希区柯克活到全景电影发明的今天，将会怎样处理这种技术和故事悬念的关系？

希区柯克的早年电影以善用剪辑制造悬念的形式主义风格著称，《绳索》（Rope）的出现却标志着他试图用连续时空制造悬念的实验：一方面，八十分钟的故事用一个镜头拍摄，在一个场景中发生，给人一种看戏的错觉；另一方面，与剪辑和分镜的消失呈鲜明对比的是，希区柯克在场面调度上大下工夫，其准确性和丰富性一度让影片几乎成为场面调度的教科书。虽然希区柯克承认，他的这一自己也不怎么理解的妙想，最初只不过为了更贴近原著：一部演出时间和情节时间极度吻合的戏剧②，但他为此将长镜头和场面控制发挥到极致的尝试，让我们想到同样青睐长镜头并给场面调度留下很大实验空间的全景技术，我们禁不住要问：如果用全景技术拍《绳索》又会是怎样的一种体验？

一方面，VR 全景捕获的是 360 度影像环境，故事发生在一个室内，正好是一个由 360 度影像包围的封闭空间③。当影像空间的封闭性和故事空间的封闭性重合，给观众带来的将是一种更具逼仄性和沉浸性的体验；另一方面，舞台在前一后、左一右、上一下三个维度上自由延伸，为导演的场面调度能力留下了更大的空间——这不仅意味着调度范围的变大，也意味着控制范式的转移：重心不再是二维

---

① ［英］约翰·格里厄逊：《纪录片的首要原则》，李恒基、杨远婴主编：《外国电影理论文选》，上海文艺出版社 1995 年版，第 230 页。

② 《希区柯克与特吕弗对话录》，郑克鲁译，上海人民出版社 2006 年版，第 146 页。

③ 此处我们需要澄清全景电影虽然提供的是一个闭合的影像环境，但这一环境本身的封闭性并不能导致其影像内容的封闭性。如果影像内容是开放性的（例如广场），那么这个环境也将是开放性的。如果影像内容本身是封闭性的（例如房屋），那么这个环境也将是封闭性的。

叙事画面,而是吸引观众如此体验这一叙事的整体戏剧性时空①。这就意味着观众的互动成为场面调度需要考虑的因素,与此同时,观众也将以更加积极的姿态参与到故事中来,通过环境中的线索和影像中的细节来发现、探索和解开悬念。不难看出,这一姿态恰恰是悬疑惊悚片传统对理想用户本身的要求。

最终,我们发现,VR 全景以技术的互动呼应了悬疑惊悚叙事本身对互动性的要求,同时又以技术的沉浸承载了悬疑惊悚叙事本身对沉浸性的要求。或许,希区柯克用一镜到底讲述悬疑故事的尝试将不仅仅是大师的妙想和试验;或许,全景技术将帮助我们把大师开创的另类叙事传统发展成一种更具现实主义风格的悬疑叙事。

以上我们分析了纪录片和悬疑片两种电影叙事传统,两者在场面调度上存在着很大分歧。不难看出,这一分歧恰恰呼应了处理 360 度场面调度的两种态度:对于 VR 纪录片,既然都是舞台,那就没有舞台,舞台就在生活世界之中,除了将摄影机安放在生活中,最好避免调度;对于 VR 悬疑片,既然都是舞台,因此更需调度,并且要以显得更自然的方式调度故事在观众与影像的互动中自行展开。然而,更重要的是,这两种电影传统除了在场面调度上存有某种分歧外,对叙事的要求与VR 全景技术青睐的叙事风格却有着众多交集。我们认为,VR 全景电影完全有可能继承这些传统,并在这一过程中通过继承传统处理互动和故事的方式,解决自身在互动和故事上的难题。与此同时,我们也应该看到,尽管两者继承的传统不同,但它们继承的方式有着相似的地方:全景纪录片通过场景串联讲故事,观众在影像再现的场景中发现故事,故事按照现实本身的逻辑呈现出来;全景悬疑片借助沉浸环境讲故事,观众在影像建构的环境中发现线索,故事在观众与悬念的互动中呈现出来。换言之,二者都将各自叙事传统中本来就有的场景和互动的因素发扬光大,叙事的重心从讲述和故事朝场景及其互动转移。

## 五、VR 叙事:从叙事到叙事生态

在传统电影到 VR 电影的变革中,无论 VR 动画还是 VR 全景,无论全景纪录

---

① 例如,对于传统电影,存在着"场景内"和"场景外"的区分和呼应,只要控制好镜头内的画面,就能暗示和呼应镜头外的空间。在全景电影中,场景内外连成一体,如果观众在其视野画面的"场景内"看到什么对于"场景外"的暗示,其第一反应恐怕会是转身观看,其背后的演员就要掌握时机,在转身的一定有效时间段开始表演,才能构成一个连续时空中的观影体验。

还是全景悬疑,各色变化都分享着一个共同的变化趋势:被制造者讲述出来的故事变成了用户与环境互动时"涌现"出来的故事。也因此,讲故事的重心从故事和讲述的设计转移到了环境和互动即互动环境的设计。一方面,这里的环境不再是故事发生的背景或场景,而是互动的时空,即活着的"生态"。这也就意味着必须允许进入这一生态系统的生命与环境发生某种程度上的互动,而这一互动过程本身就是生命体验环境的过程,同时也是体验史即叙事展开的过程。另一方面,互动也意味着设计的重心不再是影像的运动或故事的叙述,而是让用户与影像按照故事需要如此互动的叙事场。换言之,对影像或叙事运动本身的设计将转移到让影像或叙事如此运动的场或生态的设计。

理解叙事生态或许并不难。传统故事在时间轴上的演进靠的是制作者的设计,无论是线性结构还是分叉结构,再复杂的设计也能被还原成用一维的线性结构绘制出的故事线。在 VR 叙事中,当故事和互动成为叙事必不可少的两个维度,故事的演进在针对时间轴的设计之外,也多了针对互动轴的设计。换言之,在作为选择结果的横组合轴之外,也多了可供选择的纵聚合轴。这样一来,讲故事就从一种时间的艺术变成了互动时空的艺术。由于叙事在整体上增加了一个纬度,原来必须依此讲述的故事线就变成了在这个范围内皆可讲述的故事面。不难理解,叙事生态的设计为的就是划定这个故事面的范围,使得进入该范围的用户都能在自主互动的同时体验故事。

从传统叙事到 VR 叙事,讲故事的重心从故事线的设计转移到故事面的设计,从对叙事本身的设计转移到让叙事在互动中发生的叙事生态的设计。我们相信,这一变化的影响将是深远的。我们期待,其深远性将随着 VR 叙事在理论和实践上的发展逐渐展开。

或许最终我们将看到,当设计对象成为叙事生态,成为让故事在不同程度上内在"涌现"的互动环境,我们其实正在尝试以造物主的方式讲故事。我们逐步靠近的是叙事活动乃至艺术活动的终极形式。或许最终,正如前文显示的那样,"终极显示"的世界能够与现实世界共享可以互换的故事生产模式。在通向"终极显示"的过程中,我们对设计和自由、命运和意志的理解将变得愈发深刻。

原载《文艺研究》2016 年第 12 期

# 民族艺术理论中气韵观的源起与演化

郭必恒(北京师范大学艺术与传媒学院教授)

21世纪以来,我国艺术呈现的畅旺发展景象再度唤醒了我们对中华民族艺术精神的探讨热情,特别是2011年以来艺术学理论一级学科的设立,使如何建构中国特色的艺术理论体系成为一个紧迫的命题,随之,中华民族艺术传统观念或固有之艺术精神将以什么样的方式和地位纳入这一体系之中,亦成为萦绕在业界人士脑海中挥之不去的"思念"。北京大学王一川教授近期发表几篇论文集中反思"中国艺术精神"的现代转换问题,其中关于宗白华、徐复观、李泽厚的中国艺术精神观的点题可谓精审独到[①]。由此而再思关于中华民族艺术精神的百年探究,我们深感这是一个常探常新的话题,当然该项研究也势必再次呼应和促进当下中国艺术理论的深入发展。

一

中华民族艺术精神是一个复合与杂糅的话题,由于我国历史悠久,积淀下来的文艺理论和观点蔚为大观,由任何一个时代或任一理论家出发,都可能拉出冗长的理论清单,进而使之成为言之有据的体系,也非难以完成的任务。例如,对于宗白华、徐复观和李泽厚而言,他们各有自己的理论立脚处和逻辑上的展开脉络。宗白华的观点始终是在中西艺术传统比较角度展开的;而徐复观则立足于先秦道家思想观念;李泽厚始终不离克莱夫·贝尔的"有意味的形式"。他们对传统的各自阐

---

① 参见王一川:《论中国艺术公心——中国艺术精神问题新探》,《艺术百家》2016年第1期。

发无疑有助于中华民族传统艺术精神的现代转换(或现代表述)。然而,我们需要注意,近现代美学家或文艺家在探讨民族传统艺术观念时,所使用的古代文艺术语,各有侧重点,有必要厘清该术语所诞生的时代语境和特定含义。本文所探讨的气韵,就是特指魏晋时代谢赫六法中的"气韵生动"的气韵一词,它在那时已演变为一种文艺范畴,不只是单一概念,换言之,是一种较为成熟的文艺评价准绳和方式。相应地,我们也认为,关于意境、形神、中和、流变、虚实、神采、妙悟等文艺术语,同样也有探源的必要。我们会面临一个问题:即重提中华民族艺术精神,究竟要重提哪个时代的哪种观念、哪种精神?而且"文变染乎世情,兴废系乎时序",宋元以来的古典期文艺评鉴(明末、晚清除外),尽管理论日渐繁杂,但大多走入天理胜人欲的隘巷。这也是我们探讨气韵学说时,认为回到魏晋是合理路径的缘由。从气韵观的流变看,尽管在宋元之后,也不乏以气韵评鉴艺术品的例子,可是北宋郭若虚已将气韵归于"游心",而明代董其昌更将气韵等同于"天性",都几乎从根本上偏离了气韵的本义。我们将在探源魏晋的气韵学说之后,再加以对比分析。

应该说,自从气韵一词产生以来,它一直是品评中华民族传统艺术的十分重要的范畴之一。南朝齐梁间绘画理论家谢赫提出"六法"理论,第一条就是"气韵生动",把它作为艺术创作的首要元素和中心环节。对于视觉艺术而言,包括绘画、书法、雕塑等在内,气韵观直接影响着它们的创作和评价,成为内在尺度之一。对于音乐和舞蹈而言,气之和,即为韵,气韵也为根底性衡量标尺。还有实用艺术的园林和建筑等,都讲究气韵。然而,"气""韵""气韵"从起源上说,最初是三个不同的概念,它们有分有合,需要分别来加以说明。

气为生命气息,在中华民族传统文化中,被作为生命力的表征。很显然,人和动物的生存有赖于呼吸与吐纳,植物的生长也有新陈代谢,他们都或明或暗地以气息的方式显现出来。用气解释有机物的存在状态,可谓最直观的表述。然而,气的理论不止局限于如此浅显的层次,它被升华为天地间一个本质性的要素,在哲学的层面用以阐明生命的此在性。老子在《道德经》中讲明:"万物负阴而抱阳,冲气以为和"①,"冲"即为"充"的借字,万物充满气息,因气息和畅而生机勃勃,可见气被内化为生命的象征。

韵为生命体态,以谐和为最优,最早的百科词典之一的《广雅》中解释"韵",说:"韵,和也",可知韵是以追求谐和优美体态为上的。《晋书·王坦之传》中记载

---

① 黎重编著:《道德经全解》,中央编译出版社 2010 年版,第 157 页。

王坦之曾说:"意者以为人之体韵,犹器之方圆。方圆不可错用,体韵岂可易处?"①器物的方圆体现出它们的功用和风致,不可以胡乱地匹配,例如先秦人们一般用圆形的簋盛饭,如果非要把簋塑造成方形的,则不仅不合用,也不美观。以此来类比人的体态,就要求个体具有自己的风度和雅致。武者有勇武的体态,文人有文人的韵致,如若错位,则不合时宜。由此分析,可以看到,"韵"是优美的形态。音乐中,韵被广泛使用,即一种协调适宜的旋律,在文学中,尤其是诗歌中则是有节律的辞章之美。在视觉艺术中,韵作为一种优美风致的展现,它来源于魏晋对人物的评头论足风气,属于被借用而来,但也从此在视觉艺术理论中扎下根底。

"韵"这一概念的产生和广泛应用于文艺评价,实质上也是对"冲气以为和"的"和"字的进一步深化和拓展。气与韵,在魏晋时代经常被合为一个词——"气韵",它获得了更加丰富的内涵,可以作为评判和指导艺术的法式之一,所谓气韵高者为上品,气韵不足则为下品。之后,大约在一千五百多年间,艺术家大多都受这个法式的影响。总体上讲,在古代艺术领域,"气韵"就是指创作主体灌注于审美对象中的内在生命力及显现出来的具有韵律美的形态。气与韵,可以分别使用,也可以合二为一,因此就形成了气、韵、气韵三个频繁地被用来赏鉴艺术的尺度。但是,在漫长的中华民族古代艺术史中,这三个概念在不同的时代里被重视的程度迥然有别,而这正折射出我国不同朝代的时代气质、文化精神和艺术风貌。

## 二

先秦时代是中华民族文化的儿童和青少年时期,初创的奔突的思想无拘无束,充满创新的思想观念和精神意识,多元而自由。中华民族多数原创性的理论根发于此,也奠定了中国文化的基石,特别是在哲学领域的探索很多元,留下了宝贵的精神财富。气的观念即诞生在先秦,老子不仅首提"冲气为和",而且在《道德经·第十章》中又提出"专气致柔,能如婴儿乎?"在此处他有意地区分了"气"的类型,即气有"专"与"杂"的区分。老子的言论开启了战国时代谈"气"的风习。在《庄子》《孟子》《荀子》等论著中,气是非常重要的一个范畴,衍生出同一范畴下的细分概念。比如庄子,他认为天地"噫气",即呼吸;人有"血气";春季有"春气"等。气俨然是一切事物赖以存显自身生命的可感可知的动力。庄子也不忘将气抽象

---

① (唐)房玄龄等:《晋书·王坦之传》,《晋书》(全十册),中华书局 1963 年版,第 1084 页。

化,提升到精神的层面。他曾提出:"气也者,虚而待物也;唯道集虚。"①此处的"气"是精神层面的虚静,是一种存在状态。又说:"游乎天地之一气。"所谓"天地之一气",也是指天地的原生状态,是一种人与外物交融的浑然一体的精神状态。孟子提出,"吾善养吾浩然之气",而浩然之气,是指"其为气也,至大至刚;以直养而无害,则塞于天地之间。其为气也,配义与道。"②在孟子那里,气是贯通个体与天地的"介质",既是实存事物,即身体感官的气息,也是观念意识,即道义的精神。

在先秦的《管子》一书中有较为完整的"气论",并提出了"精气说",认为:"精气"(有时又单称为"精")"下生五谷,上为列星。流于天地之间。"③在《内业篇》中管子讨论了气的一元性和普范性。由此可见,在战国时代,气论已经初步形成,而且人们开始有意无意地用"气论"来阐释艺术。在《左传》中记述齐国的名臣晏子的一段话:

> 声亦如味,一气、二体、三类、四物、五声、六律、七音、八风、九歌,以相成也。清浊、小大、短长、疾徐、哀乐、刚柔、迟速、高下、出入、周疏,以相济也。君子听之,以平其心。④

晏子使用了排比的句式阐发音乐艺术的要素和规律,使用了"气""体""物""律"等词语,未免显得有些附和,当然这也是在音乐尚未独立成为一个专业领域时人们普遍的做法,在先秦时代更是如此。需要注意的是,他在这段阐释性文字中把"气"作为音乐艺术的第一本体要素,而且提出了气与其他要素谐和相成的观念。

《礼记》是战国到秦汉时期的儒家经典,它有专门的《乐记》等篇目讨论当时的乐舞艺术,其中贯穿着儒家的"乐出心志""礼乐相成"的思想。《乐记》中从"气"的观念出发,以此作为探讨文艺特征的依据之一。比如,它着重讨论了"正声""顺气""和乐"的一致性,认为:

> 奸声感人,而逆气应之。逆气成象,而淫乐兴焉。正声感人,而顺气应之。

---

① 曹础基:《庄子浅注》,中华书局 2000 年版,第 47 页。
② 万丽华等:《孟子译注》,中华书局 2007 年版,第 50 页。
③ 李山:《管子译注》,中华书局 2007 年版,第 262 页。
④ 刘利等:《左传译注》,中华书局 2007 年版,第 270 页。

顺气成象,而和乐兴焉。倡和有应,回邪曲直,各归其分,而万物之理,各以类相动也。①

有趣的是,作为讨论音乐的篇章,《乐记》将声、气、象合并讨论,以"气"为根源,既揭示听觉艺术规律,也试图顺带说明一下视觉艺术的共有规律,具有艺术本质论倾向。然而,它将艺术与教化简单而刻板地联系起来,人为地以道德区分"好音乐"与"坏音乐",也属于牵强的比附,赋予了艺术不该承担的外在价值。同样在《乐记》中,还谈道:"文以琴瑟,动以干戚,饰以羽旄,从以箫管","五色成文而不乱,八风从律而不奸",则可以"移风易俗,天下皆宁"。这显然也是从总体上认为音乐(琴瑟)、舞蹈(干戚)、美术(五色),其功用一体,都服从教化,认为如果运用得当,于是能改变社会的风气,使天下呈现出宁静祥和的景象。由此显示,《乐记》并非只是讨论听觉艺术问题,而是整体的艺术观。它借用战国到秦汉颇为流行的气论,阐释了艺术服从教化的儒家艺术观念。

## 三

秦汉时代是元气论盛行之际,从吕不韦的《吕氏春秋》、刘安的《淮南了》到董仲舒的《春秋繁露》,都深受气论的影响。气的学说也深刻地影响了秦汉之后的文艺创作和评价,应该讲,它是魏晋气韵观的直接来源之一。《吕氏春秋》偏于"精气论",受到道家思想的影响。而《春秋繁露》偏于"阴阳气论",常用它来说明天人感应的迷信学说。司马迁的《史记》中也涉及了气论,主要是批评了汉文帝、汉武帝时的新垣平、王朔等术士的"望气"迷信活动。由于气论的大为流行,汉代出现了很多专门从事"望气"以占卜吉祥祸福的术士,几乎全民皆为所迷惑,连皇帝都痴迷于此。司马迁在《太史公自序》中明确指出:"星气之书,多杂祥,不经。"②可见他本人还是比较清醒的。但是,对于气存在的客观性,司马迁还是认可的,认为天地有"一气",乃为原初性的发动力,他的观点已接近直接提出的"元气论"。同时,司马迁描述他所崇敬的英雄,常使用"任侠好气""任气有节",这里的"气"指的是一种气势和气节,他显然也是认为:这些英雄所为是以自己的气节应和了天地间浩

---

① 胡平生等:《礼记译注》,中华书局2007年版,第152页。
② 韩兆琦:《史记译注》,中华书局2010年版,第7688页。

荡的元气。

西汉的《淮南子》①一书空前喜欢探讨"气论"。在《天文训》中提出:"道始生虚廓,虚廓生宇宙,宇宙生元气。"这里明确指出了从虚无精神的"道"向实存的宇宙,再向表征的介质"元气"的生发过程。(有的版本中"宇宙生元气"被省略为"宇宙生气",但《太平御览》中的引用仍为"宇宙生元气",从上下的字句排比关系上看,《太平御览》是可信的)再看《淮南子》的"缪称训",充满羡慕地称颂黄帝时:"芒芒昧昧,从天之道,与元同气。"同时代的董仲舒的《春秋繁露》中也屡次使用"元气"的概念,例如"元气和顺"等。正可证明最晚在西汉中期,"元气"广泛使用。而且当时的儒家、道家一般都是遵循"道—宇宙—元气"的生成模式,建立了"元气"的范畴,作为"天、地、人"的"'三才'统一理论"的基石。

由元气范畴又进而滋生发展出了多种细分的概念和分类。例如,有"阴气""阳气"之分、"精气""粗气"之分、"正气""邪气"之分,再有就是"人气"和"物气"的差别,还有四季之气、风云之气等不同的概念和要素,从而组合成了解释性的全套体系,构筑了汉代"元气论"的思想大厦。

《淮南子》是秦汉道家学说的集大成式著作。在此之前,道家思想曾出现分化发展的局面。在战国末年民间兴起黄老学说,虽然并未得到秦国统治阶层的认可,但是到了汉初却得到勃兴,不仅上升为政治经济政策,也广泛地在民间流传,于是在上下同赏的氛围里,不断丰富发展,形成了相当完整的学说体系。《淮南子》就是对战国末年以来各种道家思想的吸收和总括。

它以道为极、以气为道的"代言",形成了相对成熟的"气论"。首先提出"气本原论"。它用气来阐释宇宙的本真,"天气始下,地气始上,阴阳错合,相与优游,竞畅于宇宙之间(《俶真训》)"。从中可知《淮南子》认为:"气"与宇宙时空相伴同生。

提出"气分化论"。元气诞生后又产生了分化,首先是阴阳二气,"阴阳者,承天地之和,形万殊之体,含气化物(《本经训》)"。而且气又可以细分为好的和坏的两个方面,好的有"精气""正气"等,坏的有"烦气""邪气"等,例如在阐释人的由来时,提出:"刚柔相成,万物乃形,烦气为虫,精气为人(《精神训》)"。再例如劝导君子趋利避害时,提出:"圣人胜心,众人胜欲。君子行正气,小人行邪气(《诠言训》)"。

---

① 顾迁:《淮南子译注》,中华书局 2009 年版。

提出"气功用论",《淮南子》认为气的学说适用于多个领域,首要是养生领域,甚至也包括政治领域。因为既然自然界是以气为本,那么体用于政治领域,则也应理气顺应,不可逆气而动,背离气的本势。比如,它提出:"气乱则智昏,智昏不可以为政(《齐俗训》)",这是从理性分析的角度,认为保持平和的心理,有助于智慧地判断形势。还有如"故弩虽强,不能独中;令虽明,不能独行;必自精气所以与之施道(《泰族训》)",这一句读起来颇为费解,可能是将"气论"泛化之后产生的牵强附会,因为,行令与精气之间的联系不是必然的。不过,这也是汉初的政治氛围使然,在那时的国民热衷于谈道论气的环境下,产生一定程度上的滥用可想而知。

《淮南子》气论的产生有特殊的时代背景。秦汉时人们狂热地追求成仙,而"养气""练气"也就成为热门的话题,这是根本的社会因素,因而它更像是一本养生的书。《淮南子》花了很多篇幅解释人的生命本真,并在"以气养生"方面很下工夫研究。它认为人是天地间的精贵之物,"人同气于天地,与一世而优游(《本经训》)。"人具有四个要素,即"形神气志",它们"各居其宜,以随天地之所为(《原道训》)"。"形神气志"中的最后一个要素"志",本来是儒家的立论点,出现在《淮南子》中,也恰恰表明了汉代学术有总和先秦诸子百家学说于一体的倾向。然而,《淮南子》毕竟是偏重于道家的,所以并未展开对"志"的讨论,而是集中在"形""神""气"的探究上,提出:"夫形者,生之所也;气者,生之元也;神者,生之制也。一失位,则三者伤矣(《原道训》)。"形、神、气也恰恰构成了后世中国传统艺术思想中的三个重要概念。

《淮南子》中贯穿着"气的养生论"。汉代人甚至认为"气"是可以食用的。《史记》记载张良晚年少进食物,而练习"辟谷"而"食气",司马迁对此持怀疑态度,认为他有避祸之嫌。因为刘邦杀功臣,张良为了活命,借"辟谷"表明自己与世无争。而《淮南子》则是真的相信"食气说"的,它提出:"食肉者勇敢而悍,食气者神明而寿,食谷者知慧而夭(《坠形训》)。"当然,它也认为仅仅"食气"不是养生的完善路径,与此同时,保持内心的平和安静也很重要,"今欲学其道,不得其养气处神,而放其一吐一吸,时诎时伸,其不能乘云升假,亦明矣(《齐俗训》)",即将练气和养神结合起来,才能保全生命精神。"精神盛而气不散则理,理则均,均则通,通则神,神则以视无不见,以听无不闻也,以为无不成也。是故忧患不能入也,而邪气不能袭(《精神训》)",这段话也无非是要求养神与理气并重,而且还迷信地认为如此则可以看见一切、听见一切、做成一切。其中迷信之处也是建立在汉代人相信求道成仙的观念上,可视为汉代文化不可剥离的特色。

艺术是人的创造物。既然连人都是以气为本，则艺术就不可避免以"气"为本。《淮南子》提出音乐的声律与节气相适应，如黄钟配冬至、小寒配应钟等，认为这是由于不同节气中的阴、阳二气之配比不同决定的。"东南方之美者，有会稽之竹箭焉皆象其气，皆应其类（《坠形训》）"，即认为，美的事物都是与它所居之地的特定的"气"联系着的，而且也是"气"的表象呈现。《淮南子》的美学思想和艺术主张都是建立在其"气论"世界观之上，可谓从上到下都贯彻着"元气论"的思维。东汉思想家王充是"元气自然论"的倡导者，其代表作是《论衡》①。《论衡》与《淮南子》的"气论"相比较，则是更强调"元气"是客观的、自然的。王充本人求真求实，以"元气论"来批判日趋迷信的汉代学术。他主张"元气"是物质世界的本原和基础。"天复于上，地偃于下，下气蒸上，上气降下，万物自生其中间矣（《论衡·自然篇》）。"他认为，气充满了宇宙而无限，万物皆由这个气构成。"万物之生，皆禀元气（《论衡·言毒篇》）"，而万物的差异，都是由于禀气的不同，包括人也是这样，"夫天地合气，人偶自生也，犹夫妇合气，子则自生也（《论衡·物势篇》）"，事物都遵循着"因气而生，种类相产（《论衡·物势篇》）"的规律。

汉武帝独尊之"儒术"，充斥着迷信的观念，是为其加强帝王权势服务的，影响所及，民间亦是灾异学说蜂起。王充建立"元气自然论"就是要挑战灾异符瑞学说，有强烈的"疾虚妄"的倾向，特别是无情批判天人感应的虚伪。他认为，天是物质的、自然的天，没有情感；气是自然的气，亦不会因人的情而改变。水旱、雷电、日食、月食等都是自然现象，绝不是上天的谴责。"人不能以行感天，天亦不随行而应人（《明雩篇》）"，他批评"董仲舒求雨，申《春秋》之义，设虚立祀"，可是"云雨之气，何用歆享？"也就是说雨是自然现象，天神不享用人们的祭供，人们怎么能得到天神的恩惠呢？

王充重视人的生命元气，他从人的自然属性来推论，"人禀气而生，含气而长（《论衡·命义篇》）"。人是由一种最精致、最细微带有精神属性的精气构成的，所以人能够超脱于万事万物之上，最有智慧。人由"元气之精者所生"，所以得为"万物之中有智慧者（《论衡·辨祟篇》）"。人的寿命短，决定于先天禀气的厚薄，禀气厚者则寿命长，禀气薄者则寿命短。人的生与死，都是元气变化的形态，不是鬼神能左右的，"人未生，在元气之中，即死复归元气"，"人之所生者，精气也，死而精气灭（《论衡·论死篇》）"。如此，王充则给汉代元气论注入了新活力，创立了"元气

---

① 黄晖：《论衡校释》，中华书局 1990 年版。

自然论",他的学说也成为后代反迷信思想大可汲取的宝贵精神资源。

对于艺术,王充认为它们都是不真实的,在其"疾虚妄"的体系中,是需要审慎甄别的对象。例如,他分析雷公形象,"图画之工,图雷之状,累累如连鼓之形;又图一人,若力士之容,谓之雷公,使之左手引连鼓,右手推椎,若击之状"。他认为,这是附会的雷公的"虚像",不可相信。其实,是王充混淆了艺术与真实之间的界限。当然,王充不是一个艺术家,他对虚像的揭批,是出于批驳当时真实存在的迷信鬼怪的风气的需要,他的点醒无可厚非。然而,王充也不否认图画和音乐等艺术有感人的力量,例如他讲了一个金翁叔见母亲画像而感动的故事:

> 金翁叔,休屠王之太子也,与父俱来降汉。父道死,与母俱来,拜为骑都尉。母死,武帝图其母于甘泉殿上,署曰"休屠王焉提"。翁叔从上上甘泉,拜谒起立,向之泣涕沾襟,久乃去。夫图画,非母之实身也,因见形象,涕泣辄下,思亲气感,不待实然也。

这则故事里,王充认可图画艺术的感人力量,它以虚拟的形象唤醒了人内在的血气和情感,由此,金翁叔潸然泪下。王充还肯定了民间乐舞的正当性和真情实感,不同于王者之乐的威仪,它们自有其情趣,他说:"闾巷之乐,不用《韶》、《武》;里母之祀,不待太牢。既有不须,而又不宜。"

《淮南子》、《论衡》等为代表的汉代的元气论的思想体系,深刻陶染了魏晋文艺理论的气韵学说。可以说,高标于魏晋的"谢赫六法"之首的"气韵生动",其直接来源就是汉代的元气思想。因为,元气生人,元气贯注于文艺,形成文艺气场。有元气才有文气,文气是元气在文艺中的表现,故而文艺之中贵有元气。因而,曹丕在《典论·论文》中提出"文以气为主"[①]。可见,气韵之"气",本源上就是汉代的元气,是天地人所构宇宙之要素,是万事万物的生命气息。以气韵来品鉴艺术品,首先第一条要求就是要塑造生机勃勃的形象,在画人物、花鸟如此,在画无机物的山水时,也是如此。故而,中国的山水画、书法,都要求气息流动,将生命意志灌注其中。不一定是有活物跳出,而是作者的生命体验透过一笔一画传达出来,如此则首要力戒纯粹依靠界尺和比例的模仿,而且也力戒了游戏笔墨的涂鸦。从这个

---

① (魏)曹丕:《典论·论文》,袁峰编著:《中国古代文论选读》,西北大学出版社2002年版,第27页。

意义上讲,书画岂不是庄敬的事?由此,宋代苏东坡在绘画中的随性笔法,以及随后的一部分游戏笔墨的文人画,并不符合汉魏时的元气主导下的气韵标准。

## 四

气韵之气就是指天地人之共生共仰之元气,气韵观直接来源于秦汉气论,可以说是该思想的结晶。在创作上,无论"元气论"还是"气韵说",首先要求艺术表现自然的生机,展现出人的生命力,这是它成为好作品的必要条件。在文艺评论中,作品是否具有"气节""气势""气力""生气""神气"等,是第一位的标准。与此同时,魏晋时代人们喜欢品藻人物,又多以"韵"为尺度。前文已经说过,韵是一种优美的体态,颇为时人所推崇,例如评价人物时有"高韵""雅韵""清韵""风韵""素韵""神韵"等说辞。随着"韵"作为一个特定概念在社会生活中的广泛渗透,它也势必被运用于艺术作品之中。例如,陆机在《文赋》中提出的"收百世之阙文,采千载之遗韵"①。陶渊明也在《归园田居》中说:"少无适俗韵,性本爱丘山。"所谓人物风韵,特指个体的形体、姿态、性格等要素;运用于文艺,便是对于作品的样式、形态、风貌等方面的审美样态。魏晋人空前喜欢谈韵,所以韵又被用在乐舞的品评中。再后来,"韵"这个乐舞的概念,又被借用到了美术理论中。可以说,取"韵"作为文艺的标准之一,是魏晋人的创造,此后,便越发兴盛。

魏晋人重视生命气息的内在活力,也注重生命力的外在表现形态,因此造成了气与韵合流之动力。在秦汉元气论的基础上,结合魏晋时创造的韵致观念,就最终促成了中国艺术气韵观的产生。气韵联结起来,意即"生命力量及其美的表现形态"。既是创作主体的生命体验和才情品性,表现于作品中则呈现出生动活泼的意态和风采。由此理解谢赫六法中的"气韵生动",才是较为全面和恰当的,如果仅局限于"气"或"韵"的其中一面,都有失公允;同样,如果仅局限于作品中的表现,而忽视其与创作主体的联结,也是有失于片面的。通观谢赫六法"气韵生动,骨法用笔,应物象形,随类赋彩,经营位置,传移摹写",无一不是针对创作主体而言的,当然创作主体的才情追求也会体现于作品中,则会呈现出富有"气韵"的表现形态。

任何一个时代都有代表性的艺术,对于魏晋文艺而言,书法尤其独到,更能标

---

① （晋）陆机:《文赋》,袁峰编著:《中国古代文论选读》,西北大学出版社 2002 年版,第 34 页。

示气韵观念。所以说,"气韵生动",用来衡量书法作品的高下,再恰当不过。后世公认王羲之的《兰亭集序》为千古第一行书,书法写得秀美灵动,然而在《丧乱帖》里则谈不上秀美,这就说明人在不同的人生状态下的不同体验,不同的气息状态。《兰亭集序》是在三月三日上巳节时写的,他相偕同道好友到野外游玩,在会稽的兰亭举行曲水流觞大会,朋友们写诗集为《兰亭集》,王羲之欣然命笔为之作序。他在此时心情是无比舒爽愉悦的,尽管他在序文中也表现了对光阴无情流逝的隐隐感伤,但整体是意兴勃发的,此时书法就透露出他的生命气息和生命状态。《兰亭集序》凝聚了作者的生命高度、文采和书法精神于一体。因为这种高度统一的状态,所以它是最美的。换作另外一种状态,或另一个时段、另一种情境中再写,他不可能达到这样的高度。这从他传世的另外作品——《丧乱篇》、《二谢帖》中能看得出。《丧乱帖》是在极度悲愤下写的。西晋亡之后,衣冠南渡,王羲之家族被迫迁徙到了会稽郡,而他的祖坟是在山东琅琊郡,当他听说祖坟在战乱中屡次被刨,心情非常的悲愤、慌乱,就是在这种情境下,写下了《丧乱篇》,乍一看很乱,而且很多字是不讲章法的,就是因为心情太坏,很难再讲章法。然而,其也是一种生命状态下特殊气态的表现,堪称经典,不过是难以逾越气韵、文采和形式高度合一的《兰亭集序》之美。

对于韵致的极度追求,也可能导致对外在形式的迷恋,而丧失掉内在的精神,因此在南朝时期,已有很多诗歌,变得气弱,只是成为辞藻的堆砌。唐初的陈子昂就批评过,说齐梁诗风是"彩丽竞繁,而兴寄都绝",没有了充实的思想和真挚的情感,也可以说是缺失了应有的生命力,所以造成空泛的流弊。而对于长时段的中国传统艺术观念发展史,从"尚气"到"气韵兼举",再到"尚神韵",经历了一个发展的过程。唐代张彦远已经表现出将"神韵"与"气韵"混同的倾向,他说:"鬼神人物有生动可状,须神韵而后全。若气韵不周,空陈形似,谓非妙也。"[1]分析这句话,神韵应专指的是绘画对象,而气韵实质应该是含有创作主体的内在力量和精神,本是两个不尽相同的概念,却在这里未加区别。张彦远推崇谢赫六法,尤重"气韵生动",但也难免受到中晚唐尚谈"神"与"韵"风尚的影响。南宋邓椿在《画继》中说:"(画)一法耳。一者何也? 曰穿神而已。故画法以气韵生动为第一"。[2] 将"传神"等同于"气韵生动",更属误读。元代画论家杨维桢也在《图绘宝鉴》中说:

---

① (唐)张彦远:《历代名画记》,浙江人民美术出版社 2011 年版,第 17 页。
② (宋)邓椿:《画继·杂说》,转引自周积寅:《中国画论辑要》,江苏美术出版社 1985 年版,第213 页。

"传神者,气韵生动是也。"①与邓椿的观点毫无二致。

总之,从《淮南子》主张"形、气、神"三者统一,不可偏废,到王充的元气自然说,再到魏晋的"气韵生动",发展的脉络是一贯的。与中晚唐之后越来越喜欢谈"神"的风习也截然不同。有人认为,这可能与古代中国社会由盛转衰,传统文化走向"气衰"有关。这当然是另一个值得认真讨论的社会史、文化史、艺术史的话题了。明末以来,鉴于国力大减、士气低落,当时,体制内的文人在高层统治者的支持下,仍大谈"神"与"韵";有志之士则大声疾呼恢复"元气",尽管他们在当时被视为"离经叛道",但是从长远看则是中华文化复兴的前兆。文艺界形成了两极:一方面是小部分觉醒者,他们往往呼唤"生气",希望借元气论重振中华民族精神,另一方面则是大部分的随波逐流者,他们应和上层趣味,津津乐道于"神韵",并且以此抽象概念而自乐。前者在当时看来,是时代先声,备受当代推崇,例如黄宗羲、王夫之、石涛、八大山人、郑板桥等;而后者则当世荣耀,后来却渐被冷落,例如王士祯等。黄宗羲在《谢翱年谱游录注序》说:"夫文章,天地之元气也。"郑板桥在《题画·石》中说:"天之所生,即吾之所画,总须一块元气团结而成。"再到近世,龚自珍悲怆而又满怀真诚地呼唤:"九州生气恃风雷,万马齐暗究可哀。我劝天公重抖擞,不拘一格降人才(《己亥杂诗·其二百二十》)。"其距离大变革的时代已然不远,诗人隐隐听到了那越来越迫近的革命的脚步声。再发展到近世,南北两位国画大师黄宾虹和齐白石,虽然一为山水画巨擘,另一为擅长花鸟人物画的大家,却都号召在作品中表现生机勃勃的景象。正如黄宾虹所言"气至则造化入画";也如同齐白石所言(作画)"未除儿时之气";二者道理有相同之处,即对天地间勃然生机的体味和采撷,以卓然之风采表现出来,则"自然在笔墨之中跃然纸上"②。

原载《文艺争鸣》2017 年第 2 期

---

① (元)杨维桢:《图绘宝鉴序》,转引自周积寅:《中国画论辑要》,江苏美术出版社 1985 年版,第 214 页。

② 黄宾虹:《黄宾虹画语录》,上海人民美术出版社 1982 年版,第 6 页。

# 电视剧《淬火成钢》的史诗品格

黄怀璞(西北师范大学文学院教授、甘肃省电视家协会副主席)

李睿(西北师范大学文学院文艺学研究生)

2016 年是红军长征胜利 80 周年。这一年,涌现了一批有关长征题材的电视剧,如《绝命后卫师》、《彝海结盟》、《千里雷声万里闪》、《红旗漫卷西风》、《红星照耀中国》、《骡子和金子》等,这些作品在 10 月中下旬陆续亮相银屏后,引起广泛的社会反响;《淬火成钢》则在 12 月央视一套黄金时段播出,成为年度"收官"之作。这部由八一电影制片厂、甘肃省委宣传部、北京天岳盛丰影视传媒有限公司等联合摄制的重大革命历史题材电视剧,是艺术地挖掘、利用甘肃丰富革命历史文化资源,弘扬伟大长征精神的一部精品力作。

那么,《淬火成钢》(以下简称《淬火》)有怎样的艺术魅力? 它的出彩之处又有哪些表现? 我们以为,这主要体现在该剧对史诗品格的着力打造上。

## 一、艺术叙事:真实再现历史风貌

艺术作品之史诗品格无疑需要考虑"史"和"诗"两个层面的精心谋划。《淬火》并非全景式地展现红军长征的整体历史轨迹,而是从红一方面军先期到达陕北,红二、四方面军会师甘孜后在中央指挥下力求实现三军大会师的过程切入,突出表现在这一过程中如何解决党内矛盾、国共两党矛盾,以建立广泛的抗日民族统一战线。《淬火》紧紧围绕这一历史进程中的一些重大事件,力求呈现那段真实历史的风云际会。

正因如此,以毛泽东、周恩来、朱德、彭德怀、贺龙等为代表的领导人与张国焘之间的党内矛盾在剧作中就得到了浓墨重彩的表现,且贯穿全剧始终:先是中央通过连续的电报联络并借助朱德等对张国焘直接的面对面的斗争,全力说服张国焘取消"第二中央",从而保证了贺龙、任弼时等率领的红二、六军团(红二方面军)与红四方面军在四川甘孜的顺利会师;随后,中央力主北上,而张国焘出于保存自身实力的个人主义目的试图西进,此时中央又想方设法并通过朱德、任弼时等全力说服张国焘改变西进的错误主张,从而实现了红军三大主力在甘肃会宁、将台堡的胜利会师;三大主力会师完成后,张国焘兵走河西的分裂主义思想并未打消,从而导致中央谋划的宁夏战役计划的流产,此时如何给国民党军队以有力军事打击以促使抗日民族统一战线的形成就成为关键,因此中央决定由彭德怀指挥对国民党的军事斗争,并全力说服张国焘接受以彭德怀为前敌总指挥的军事领导机构,使红军最终取得山城堡大捷。可以说,该剧着力表现中央与张国焘之间的矛盾冲突及其解决的过程,其实质就是要凸显团结意识、全局意识对个人山头主义、分裂主义的胜利。

丹纳指出:"艺术家在事物面前必须有独特的感觉:事物的特征给他一个刺激,使他得到一个强烈的特殊的印象。换句话说,一个生而有才的人的感受力,至少是某一类的感受力,必然又迅速又细致。他凭着清醒而可靠的感觉,自然而然能辨别和抓住种种细微的层次和关系……他靠了这个能力深入事物的内心,显得比别人敏锐。"①《淬火》的创作者们正是凭着对那段特殊历史的"清醒而可靠的感觉",以艺术家的敏锐性"辨别和抓住种种细微的层次和关系",为我们还原了惊心动魄的党内矛盾斗争的真实情景。

然而,该剧所具有的历史真实性的巨大震撼力还在于,通过交替叙述我党内部的矛盾及国、共两党之间的矛盾,以强化不同矛盾斗争在叙事上的艺术张力。在张国焘不断制造党内矛盾的同时,蒋介石采取"攘外必先安内"的政治主张,使中国共产党及其领导的红军面对来自党内、国民党两个方面的巨大挑战。因而,《淬火》将两条叙事线索作穿插交替表现:一条是中央与张国焘分离主义的斗争(党内矛盾),另一条是蒋介石对红军围剿的政治、军事部署与毛泽东、周恩来等中央领导运筹帷幄的反围剿(党际矛盾),使受众(尤其是青年一代受众)观赏时的心理紧迫感不断加剧:张国焘的分裂主义将走向何处?会导致产生怎样的结局?国民党对共产党、红军的强势围剿将会带来何种后果?可以说,对历史进程中激烈矛盾斗

---

① [法]丹纳:《艺术哲学》,傅雷译,人民文学出版社1963年版,第27页。

争的真实再现,使剧作故事情节的变化一波未平一波又起、悬念丛生,直到剧作最后受众才会产生如释重负的感觉。

可以这样认为,《淬火》对波澜壮阔的历史事件的准确把握与真实再现,对不同矛盾冲突的直观揭示,显示出创作者敢于直面历史真实进程的艺术勇气和对历史的责任担当。这是对我党领导的革命历史的崇敬,是对人民、对艺术精神的一种良心。

但是,重大革命历史题材电视剧的创作,仅仅局限于革命历史风貌的真实再现,还难以铸就真正的史诗品格,还须倾力做到"从心所欲,不逾矩"。朱光潜曾认为"从心所欲,不逾矩"是道德家的极境,也是艺术家的极境。从艺术创作活动又该如何看待这一点?朱光潜总结指出:"'从心所欲'者往往'逾矩','不逾矩'者又往往不能'从心所欲'。凡是艺术家都要能打破这个矛盾"①。重大革命历史题材电视剧之史诗品格建构中,所谓"矩"是指革命历史的真实进程,"不逾矩"就是创作者不可为了艺术而凌驾于历史之上,而是要有对历史的敬仰之情、敬畏之心,要有对历史进程的必需尊重。所以,在《淬火》中我们看到,该剧对历史进程中党内、党际间矛盾的表现与一些重大事件的如实描绘联系起来,比如三军大会师前后与国民党军队的几次重要战役——攻打岷州城、华家岭之战、山城堡战役,以及张国焘分裂主义导致的宁夏战役计划的流产等,都是当时历史原貌的真实的视觉化呈现。但是,作为艺术的电视剧创作还要"从心所欲",即创作者以历史真实为基础的二度加工和深度挖掘,艺术地处理"从心所欲"者往往"逾矩"而"不逾矩"者往往不能"从心所欲"两者之间的矛盾,以形成一种由当下现实进入历史时空的具有穿透力的"诗性"表达。关于这一点,通过以下几方面的分析我们会有更为清晰的理解和认识。

## 二、审美升华:生动别致的细节设计

通常来说,重大革命历史题材电视剧史诗品格建构中的"史"的呈现着力于"大事不虚",即对历史的尊重,这框定了剧作叙事的整体筋骨和架构,它要求艺术的总体运思须从大处着眼。但是,历史本身不是艺术,历史的真实也不是艺术的真实,历史进入艺术的视野并因此具有史诗品格,需要创作者敞开心扉与历史对话。因此,史诗品格之"诗"的表达则侧重于"小事不拘",即以历史真实为前提的审美

---

① 朱光潜:《谈美》,安徽教育出版社 1997 年版,第 124 页。

创造、理想抒写和情感融注,这是充实、丰富筋骨和架构的必需血肉,它要求从小处入手。只有筋骨和架构而无鲜活的血肉,历史的真实就会显得"瘦骨嶙峋"而无丰腴、完满之美,只有鲜活的血肉而无筋骨和架构,艺术的真实也会失去牢固、可靠的史实支撑。也就是说,创作者必须要围绕历史风貌的真实再现,进行多层面的艺术锤炼,通过艺术想象多元、多维地凝神关照历史进程中的历史事件,并将自己的感受、思考及由此而来的价值观、历史观、审美观等,以及独特的情感融入历史事件的表现之中,使艺术世界里的历史真实更具史变事迁中人生命运的启迪价值,从而真正实现历史的原有真实与更高层次的艺术真实的有机统一。考量史诗品格内涵是否丰满与厚实,就是要看上述两者是否形成了水乳交融的艺术表达。

追求小事不拘、从小处入手,首要的就是要有生动别致、合理的细节描写。所谓生动别致,是指细节是新颖的和别具一格的,因而也是动人的;所谓合理,是要求细节要有生活本身的真实感,必须要符合生活原有的逻辑。这样的细节,才能在保证自身真实的前提下,铸造、成就艺术的真实,升华艺术的审美真实。《淬火》一剧中这样的细节描写可以说比比皆是,不妨列举几例。

毛泽东从警卫员铁强手中强行要走一碟辣子(第1集);周恩来用火炉中的火渣为毛泽东点烟(第4集);毛泽东在山田里和农民聊天,临离开前悄悄将自己的新鞋脱下留给农民、穿走农民破烂不堪的旧鞋(第5集);老铁给彭德怀的坐骑喂食自己的干粮(第7集);习仲勋给即将结婚的青年农民亲手书写对联(第7集);谢昌林离开三界庄前群众送给他一副"亲民为民"的牌匾(第23集);朱德脚踩在火炉上亲自动手烤鞋(第25集);毛泽东委托周恩来向受伤的刘伯承代送大枣(第32集);山城堡大战前红军高级将领集合后彭德怀点刘志丹名时将领们的集体回答(第34集)……

这些细节都富有浓郁的生活气息,是创作者仔细观察、体悟生活基础上悉心设计、精心运用的。不过,在诸多细节中,给人留下最深印象的是毛泽东悄悄换下自己的新鞋穿走农民旧鞋的情景,这一细节既让人唏嘘再三,亦令人感佩至深。让人唏嘘者在于,我们仿佛亲历当时农村境况的凋敝萧索、农民生活的极端贫苦穷困;令人感佩者在于,叱咤风云的一代领袖人物却有着如此亲民、爱民的朴实情感与行为,毛泽东这一极其细微的行为举止即成为官民关系、党群关系的一种形象表征。另外一个刻骨铭心又能引人深思的细节是,山城堡大战前彭德怀在红军高级将领集合后点名时,点到的第一个就是在东征中已经牺牲的刘志丹,得到的却是当时所有在场将领们异口同声的回答,一声齐整洪亮的"有",既寄托着对已逝的革命先烈的深切缅怀和无尽思念,同时也是刘志丹烈士革命精神的一种集体回声,更是烙印在共产党灵魂深处的一种矢志不渝的抱负和信念,成为激励一代代共产党人的理想追求。

古人云:"感人心者,莫先乎情。"这些倾力打磨、雕琢的极其生活化的细节在该剧中并未显露出丝毫的人为痕迹,因而才会深深嵌入脑海、深入骨髓,从而在更高程度上完成了生活细节的艺术升华,使其内在饱含的真情实感具有直抵心灵、震击心灵的审美效果。重大革命历史题材电视剧的史诗品格,因为有了诗意情怀的观照和诗性情感的融入,才使真实的历史富于引人入胜、韵味无穷的美学价值。

别林斯基说:"任何一部艺术作品的本质都包含在它存在的可能性显现为存在的现实性这一有机的过程中。思想像一颗看不见的种子,落在艺术家的灵魂,在这块富饶、肥沃的土壤上发芽,滋长,成为确定的形式,成为充满美和生命的形象,最后显现为一个完全独特的、完整的、锁闭在自身的世界。"①《淬火》的创作者们抱着对历史的虔诚崇敬,以精心的细节设计,使剧作要表达的历史价值的"可能性"通过一种合理的艺术形式"显现为存在的现实性",使创作者的思想、价值观以"确定的形式"、"充满美和生命的形象"映入观赏者的眼帘,春风化雨般地浇灌、滋润着观赏者的心田。

## 三、关系勾连:匠心独运的人物组合

不同人物间相互关系的设计,是叙事性作品制造戏剧性冲突的着力点之一,也是推动故事情节、揭示人物命运、凸显作品意蕴的重要方式。在这方面,《淬火》尤其注重小人物关系的组合及人物命运变化的展现,使其史诗品格的内涵得到进一步深化。以下,我们看该剧小人物间几组别有意味的关系:

老铁—铁强(铁蛋):父子关系;

铁强—何月娥:恋人关系(指涉军民关系);

程春生—王彩萍:恋人关系(串联起一、二方面军的关系);

王大壮—王彩萍:兄妹关系(串联起二、四方面军的关系);

程春生—程园园:兄妹关系(串联起一、四方面军的关系)。

老铁与铁强是父子,但自从江西老家分别后就各奔东西、杳无音信,老铁成为彭德怀的马倌,铁强成为毛泽东的警卫员(毛泽东将铁蛋改为铁强);后来因为做

---

① [俄]别林斯基:《别林斯基选集》(第二卷),满涛译,上海译文出版社1979年版,第251页。

群众工作的需要,铁强前往三界庄后成为彭德怀的手下,父子本该会有更多更好的相认机会,但却一次次错失,直到山城堡战役前才相认、团聚。更耐人寻味的是,在以上几组人物关系中,铁强的厚道、正直、勇敢不仅打动了何月娥,让何月娥对铁强心生爱恋,而且与铁强等人的交往还促使何月娥走上革命道路,这对恋人关系同时还意指创作者对红军与普通民众鱼水情深关系的阐释。程春生与王彩萍也不止是恋人关系,由于原为红四方面军的程春生在王彩萍的掩护下孤身前往红一方面军,两人关系从而串联起红一、四方面军的关系。因为王彩萍对程春生的掩护,张国焘对王彩萍给予严厉的政治处分和军纪处罚,在甘孜会师后,贺龙坚持将王彩萍调到红二方面军文艺队,作为张国焘手下先遣营营长的王大壮与妹妹王彩萍之间的兄妹关系也就关联到红二、四方面军,而程春生与王彩萍的恋人关系即变为红一、二方面军的关系。再看,原在红四方面军的程春生与程园园是兄妹,但因为程春生只身赶到红一方面军,这就使兄妹关系又涉及红一、四方面军。这时我们发现,程春生与王彩萍的恋人关系、王大壮与王彩萍的兄妹关系、程春生与程园园的兄妹关系就巧妙地将红一、二、四三个方面军连接起来。说巧妙,是由于创作者有意为之,即说明红军三大主力之间的亲近、亲密犹如兄弟姐妹,正如后来周恩来对毛泽东说的,三个方面军好像三个兄弟,亲如一家。

当然,止于人物关系的巧妙设计还不足以揭示史诗品格更为深广的意义,这一任务就义不容辞地落在如何艺术地表现人物的命运变化上。本剧中的铁强父子的相遇、相认和团聚经历了百般曲折,铁强与何月娥的情感更是经历了万般磨难,尤其不幸的是,当日思夜想的父子刚刚团聚时,当恋人方要相互诉说真情时,铁强却血洒疆场、献身革命了。再看程春生与王彩萍,天各一方的青年男女时刻期待着三军会师后的重逢,但王彩萍却在陇南一战(娘娘坝战斗)突围时被迫跳崖壮烈牺牲,而这一切程春生在山城堡大捷后才由王大壮口中得知。对还能有幸活着的老铁、何月娥、王大壮和程春生们而言,纵使有千种语言、万种情愫,又能如何倾诉?又该向何人倾诉?在面对如此惨烈的人生结局时,我们禁不住还会产生这样的疑问:创作者是否太过无情甚至过于"残酷"呢?然而,当我们从剧作人物的遭遇中抽身而出作冷静、理性思考时,才会发现其发人深省的价值。

黑格尔认为:"内容和完全适合内容的形式达到独立完整的统一,因而形成一种自由的整体,这就是艺术的中心。"①依此而言,《淬火》中上述这些人物命运的

———————————

① [德]黑格尔:《美学》第二卷,朱光潜译,商务印书馆1979年版,第157页。

内在意蕴(内容)与剧作叙事中的悲剧性结局(适合内容的形式)意味着争取民族解放、自由的革命过程是无比艰难的,更重要的是要表明,正因为有无数这样的普通群众的付出、牺牲,我们才赢得了中华民族的全面解放,才有了社会主义新中国,才有了今天的幸福与安宁。细细玩味创作者对这些人物的悲剧性命运的艺术处理,一种崇高感就会油然而生,这就是史诗品格所蕴含的革命理想主义、英雄主义的精神价值之所在。

## 四、形象魅力:栩栩如生的群像序列

高尔基说文学是"人学"。其实,艺术作品尤其是叙事性作品的灵魂就是人,就是人的命运际遇,是人物命运变化中鲜明个性、栩栩如生的形象塑造,艺术作品长久生命力的保持在一定程度上取决于是否塑造了能永驻受众心灵的形象。在此意义上我们也可以说,大凡艺术就是"人学":艺术关注的核心是人物的生存命运;人物命运是推动故事情节变化的核心因素;情节变化中的戏剧性冲突主要是人物之间的冲突;受众接受作品后反思的是人的生存环境、生存价值。

《淬火》塑造了众多令人难以忘怀的人物形象,如毛泽东、周恩来、朱德、彭德怀、贺龙、张国焘、蒋介石、张学良等政治、军事领导人形象,还有像铁强、何月娥、程春生、王大壮、王彩萍、程园园、拾得、老铁,以及哥老会的何家成、宋大胡子、赵子龙等小人物群像序列。拿张国焘形象来说,该剧不仅以较长篇幅刻画张国焘的形象,而且剧作在不断表现中央与张国焘矛盾冲突的过程中,后者刚愎自用、自以为是、图谋私利的分裂主义思想得到较为充分的展现,使其作为艺术形象的个性特征跃然纸上。最为难能可贵的是,该剧对张国焘形象的塑造并未作概念化、公式化、脸谱化的处理,而是在符合历史真实的前提下给予适度的艺术加工,因而能经得起历史和艺术的双重检验。

在小人物群像序列中,何月娥形象是本剧中最丰满、最圆润,也是最富立体感的形象之一,称得上独特的"这一个"。

出身于大户人家的何月娥勇于追求个性自由,但她敢冒天下之大不韪,公然违抗父母之命抗婚、逃婚,直至跳下悬崖;在得知谢昌林、铁强救了她之后,她以一种感恩报德的心理接触、认知铁强;当红军入住她家后院后,她开始细心关注、思考红军的一言一行,她发现了一个新鲜的异样的军队;在与铁蛋的多次接触中,她对红军有了初步的认识(为百姓着想的军队),也有了参加红军的意愿。在与铁蛋、程春生、谢昌林、拾得等人的连续交往和亲身参与为捐粮、腾储粮场地、运送物资的活动中,她不仅深化了对红军、对共产党的认识,同时对铁强的感情也不断加深,经过艰苦的磨炼,她最终成为一名真正的共产党员,而且以运送物资的身份进入山城堡战斗的前沿阵地,并亲眼目睹自己深爱的铁强倒在自己面前。

《淬火》特别注重清晰而合理地交代何月娥的成长过程。她对红军、对共产党、对革命的认识,经历了由懵懵懂懂到逐渐深入再到真正明确的过程,使其原本就具有的向往个性自由的性格特征不断得到凸显;同时,对其性格刻画,既通过其具体的行为作外部描写,还能通过内心变化进行心理表现,从而使其成为革命队伍一员的剧作结果就有了令人信服的逻辑支撑;再者,她的成长还是她个人感情由内至外的慢慢显露过程,也经历了初期对铁强的感恩报恩心理,而后产生难以言状的好感,再到后来暗生喜欢之情,及至最后形成发自肺腑的真挚热烈的爱情。

张法说:"一切文化中,爱情明显的是一种不安分的因素,它的巨大活力和激情既表现出要冲破一切障碍的破坏性,又表现为一种理想至上、蔑视现实的超越性。这两方面都预含了爱情的悲剧性。"①何月娥追求个性自由的性格特征,一方面是她对家庭包办婚姻的蔑视、反抗与超越,是对外部世界的异样生活的渴望和对真正的爱情的积极追求;另一方面,这种追求与当时特定的时代环境相关联,因而她对铁强的情感生发、深化就伴随着她的革命意识的逐渐觉醒,两者间的交互作用成就了这一艺术形象的独特性。正是剧作对何月娥走上革命道路过程的表现十分细腻,同时充满人情、人性意味,才使何月娥的形象具有两方面的艺术感染力:从个人感情上说,她的爱情结局充满令人动容的悲剧性,但她在革命道路上成长的结果却是令人欣喜的。她不是一个惊天动地的英雄,但她生长、开花、结果的过程立足于坚实的生活土壤,因而具有平实、朴素的吸引力和感召力;同时,这一形象还是无数普通民众追求革命事业、远大人生理想的一个缩影。

由于有具体、生动的形象承载和传达,《淬火》史诗品格的历史真实之美才更富扎实、厚重的精神内涵,其艺术之美也从而才熠熠生辉。

习近平总书记在纪念红军长征胜利80周年大会上的讲话中指出:"伟大的长征精神,就是把全国人民和中华民族的根本利益看得高于一切,坚定革命的理想和信念,坚信正义事业必然胜利的精神;就是为了救国救民,不怕任何艰难险阻,不惜付出一切牺牲的精神;就是坚持独立自主、实事求是,一切从实际出发的精神;就是

① 张法:《中西美学与文化精神》,中国人民大学出版社2010年版,第76页。

顾全大局、严守纪律、紧密团结的精神;就是紧紧依靠人民群众,同人民群众生死相依、患难与共、艰苦奋斗的精神。"①《淬火》坚持社会效益第一,坚持以人民为中心的创作导向,从不同方面倾力打造其独有的史诗品格,并由此对长征精神进行了深入的艺术阐释,这在极具商业利益诱惑的当下尤其显得宝贵。尽管该剧并非十全十美,但确实具有引领社会风尚的优秀品质。

原载《中国电视》2017 年第 4 期

---

① 习近平:《在纪念红军长征胜利 80 周年大会上的讲话》,《人民日报》2016 年 10 月 21 日。

# 警惕戏剧的"僵化"倾向

## ——评话剧《朝天门》的艺术创作与戏剧审美观

黄波(重庆市文化艺术研究院副研究员)

剧作家孟冰先生在《中国原创话剧的危机时代》一文中指出了近年来一个值得注意和警惕的创作现象,那就是"以宣传口径来搞戏剧创作,造成作品多为套话、空话,千人一面,既没有思想锋芒,也没有艺术个性。"可以说,这种现象在某些地方的话剧创作领域相对显得比较突出,不少所谓的原创作品都在不同程度上有所体现。而近期,著名演员冯远征在一次讲课中也特别谈到,中国目前的话剧和表演教学很糟糕,斯坦尼斯拉夫斯基体系一代代传下来,一代代打折扣,应该都是负数了。

两位艺术家的言论其实是分别从剧本和表演两个方面对当下的中国原创话剧表达了深沉的忧虑——特别是在戏剧市场逐步建立、戏剧创作与演出日益热闹喧嚣的环境下,这样的忧虑发人深省。一方面,社会经济文化的快速发展催生了戏剧艺术的消费需求;另一方面,国家经济实力的提升和对文化领域投入的不断增长,为戏剧创作特别是国有院团的大量原创作品的创作提供了坚实的支撑。但是对于一些地方政府而言,戏剧及其他舞台艺术作品作为地方重大历史事件及标志性人物的"舞台背书",具有超越艺术作品本身更为深远的功利诉求和现实意义,所以,地方话剧院团也就往往在挖掘本土重大历史文化题材的"原创剧目"方面表露出巨大的热情和冲动。

然而,一种"僵化"的气息往往也就在这样的艺术创作中悄然弥漫。

1968 年,彼得·布鲁克在他那本著名的小书《空的空间》中提出了"僵化的戏剧"这个戏剧概念和类型,他想提醒人们的是,也许舞台看上去炫目,剧场里人头攒动,然而僵化的戏剧因子早已无孔不入,正侵蚀着艺术家的想象力和创新精神。时隔近半个世纪,这样的警示在中国当下渐趋繁荣的戏剧舞台上仍然显示出它的理论价值和实践指导意义——无论是对于以宣传口径进行戏剧创作,还是在资本的绑架下为实现票房业绩而陈陈相因的戏剧快消品的生产,都是如此。布鲁克先生在书中说道:"僵化的戏剧是一种有社会地位的戏剧,而正是这种社会地位,使得它能够作为活生生的东西流行起来。"①显然,重庆市话剧团近年来全力打造的原创话剧《朝天门》就正是这样一种"有社会地位"的戏剧,它和时下一些地方国有院团的原创戏剧作品从创作到演出都获得社会的极大关注,参加各种大型展节活动,得到各种奖项荣誉、艺术基金和公共财政补贴,但是透过这些耀眼的光环,我们却似乎看到一种僵化、凝滞的艺术观念和创作状态。对于院团来说,除了资金投入的不断攀升和舞台呈现的慷慨手笔之外,难以让我们看到在艺术创作上的深化、突破和创新,难以看到院团现实主义戏剧在新时代的兼收并蓄与自我更新,其艺术创作理念和戏剧审美观令人担忧。

作为新中国最早成立的一批国有话剧院团,重庆市话剧团有着优良而深厚的戏剧传统,几十年来涌现出一批知名艺术家和优秀舞台作品;而重庆又是在抗战时期承载了中国话剧黄金岁月的历史文化名城。然而这双重的历史传承却在很多时候成为我们进行艺术创作时自我设限、画地为牢的历史负担。僵化无处不在、无时不在,当我们继承了既有的现实主义戏剧传统,拥有了丰厚的历史积淀和属于自己的演剧风格时,我们其实就已经面临着僵化的风险;这就像自然界的生命体一样,生长与死亡总是如影随形、相伴相生,原本不足为奇。但关键是我们是否清醒地意识到自己所面临的风险和隐患,并在长期的艺术创作中保持一种开放的胸襟和创新的姿态。但是现实状况往往却是,我们在题材选择上习惯性地局限于重大历史事件和人物,在主题阐释上常常依仗于某种宏大的表层叙事而疏忽于开掘个体生命的内在价值,在表现手法上总是陷入狭隘的现实主义而对多元艺术流派不屑一顾。我们不仅面对日新月异的世界戏剧发展反应迟缓,而且哪怕是用传统的现实主义戏剧手法来衡量,我们在关照生活、刻画人物等方面与前辈大师比起来,也已显得那么的俗套、肤浅和退化,缺乏直面现实的敏锐、耐心和勇气,现实主义戏剧的艺术精髓也被大打折扣。这是一种有关现实主义戏剧的坚守与超越的双重僵化。倘若如此,当话剧演出逐步由计划模式向市场模式转变(尽管尚需时日,但方向不

---

① [英]彼得·布鲁克:《空的空间》,邢历等译,中国戏剧出版社 2006 年版,第 7 页。

会改变),话剧观众逐步从没有购票习惯、观念保守的中老年群体向敢于消费、渴望创新的青年群体转化时,即便拥有资金实力和政策支持,我们这样的戏剧作品也容易远离观众,落入一种自我重复、自我陶醉的孤芳自赏中;同时,这种日渐僵化和保守的戏剧样式所呈现出来的戏剧美学特征,会在很大程度上影响到许多初次接触戏剧作品的年轻观众的审美标准,在其戏剧鉴赏力的培育方面产生一些价值判断的基本问题。

所以,从戏剧艺术本体上来说,这样的艺术作品因为常常缺乏对人物形象的深度挖掘和对人文哲思的深层探究而导致艺术感染力薄弱;从艺术项目运营的角度来说,不断增长的制作成本又进一步抬高了演出门槛,增加了演出难度,使常态化的社会演出变得非常困难——如果是为了某些演出场次的需要而"组织"观众进剧场,那么对于尚显脆弱的戏剧演出市场而言,又无异于饮鸩止渴。

重庆市话剧团出品的原创话剧《朝天门》坚持自己几十年所形成的现实主义戏剧的创作道路,通过陆氏家族自清末以降几十年来跌宕起伏的人物命运,力求揭示出主创团队想要表达的"家国情怀"和"重庆人的精神"。当前,我们坚持现实主义戏剧道路,一方面需要博采众家之长来丰富现实主义戏剧的内在蕴含,另一方面也需要进一步弘扬现实主义戏剧的艺术精神,坚持并优化现实主义戏剧的创作技法,用当代人的视角去创造性地解读人与自己和与外界的关系,深化现实主义戏剧典型环境中的典型人物形象塑造,引发观众对人生和命运的深刻反思。

然而在《朝天门》这部看似宏大震撼的大戏中,我们却遗憾地发现在主要人物形象的刻画、作品个性特征的营造以及戏剧情节的设置等方面表现出较为明显的符号化、类型化和人为牵强的状态,现实主义戏剧深刻关照现实人生的功能受到了抑制,戏剧因循守旧的僵化影子时隐时现。

首先,关于戏剧人物形象与戏剧情节的关系问题,威廉·阿契尔曾经说过一句非常精辟的话:"有生命力的剧本和没有生命力的剧本的差别,就在于前者是人物支配着情节,而后者是情节支配着人物。"[1]戏剧作品最重要的艺术价值其实就在于是否为观众塑造出了性格鲜明、个性斐然的人物形象,这些成功的人物形象最终就成为作品和艺术家的代言人而流传久远。在话剧《朝天门》中,剧作家极力塑造的男主角陆怀义却因为人物性格的单一,缺乏层次和发展而显得有些符号化和脸谱化,这可能跟剧作家想要急切表达的诸如爱国主义、牺牲精神等主题理念有关;

---

① [英]威廉·阿契尔:《剧作法》,吴钧燮、聂文杞译,中国戏剧出版社2004年版,第20页。

但问题是,优秀的戏剧作品从来都不仅仅满足于表达某种思想观念和社会行为规范,它更需要揭示戏剧人物在实践这些思想观念和行为规范的过程中所呈现出来的人物内在灵魂和精神状态。戏剧之所以被苏珊·朗格称为"最高贵的诗",也正因为其在关注人类生存境遇、拷问个体内在灵魂方面能够激发出人物的巨大情感力量,这股强劲的力量才能够让人物支配情节,促使人物性格推动戏剧情节不断向前发展。

陆怀义是重庆朝天门码头的船帮老大,从当时的社会环境和他自身的社会地位来看,应该又是一位黑白两道通吃的袍哥大爷。剧中好像没有明确提示,但王德彪对陆怀义说:"这码头上的规矩,大家心里边都清楚着呢",可以明白是王德彪提醒陆怀义要遵守袍哥组织的江湖规矩,这里的"码头"应该不是船舶停靠的码头而是指的袍哥组织的帮规体系。本来这样的人物设计非常具有传奇性和戏剧性,完全可以塑造成一个独一无二的鲜活的戏剧人物形象,然而,全剧通过从清末到抗战的三个历史时期的背景展示,凸显出陆怀义以民族大义和百姓疾苦为重,不惧牺牲、大义灭亲的高大人物形象。在这个过程中,人物性格缺乏多层次的挖掘和展开,也难见人物情感的深层困境和痛苦抉择,因而也难以强力推进戏剧情节的发展,反而让人感觉这些情节的设置充满斧凿痕迹,其存在完全是为了彰显陆怀义品质中的某些预设类型标签。之所以我们说陆怀义缺乏内在性格的挖掘和发展,可以从他强迫陆小河娶柳毓秀以及排斥小火轮跑川江运输这两个情节得到进一步印证:剧作家可能希望通过这样一些情节设计来丰富陆怀义的人物形象,渲染其作为封建大家长的专制性和守旧人物的局限性,但是观众分明又从中看出男主角知恩图报的传统美德,以及他用小木船完胜小火轮成功运载抗战物资的睿智和从容,这就无形中又几乎把陆怀义的形象从"高大"提升到了"高大全"的层面了。

袍哥是清末直到民国时期兴盛于西南地区特别是四川境内的民间带有黑社会性质的帮派组织,参与者众,影响面广,牵扯到从达官贵人到百姓乞丐的社会各个层面,具有鲜明的时代印记和地域文化特征。袍哥人家既有见不得人的非法生意和黑社会勾结,也曾经在辛亥革命和抗战时期为同盟会和国民政府作出过巨大的奉献和牺牲,因而那些袍哥大爷舵把子的人生总是充满了复杂个性与传奇色彩,折射出中国近代历史的广阔景象。在根据李劼人的同名小说改编的话剧《死水微澜》中,袍哥组织的小头目罗歪嘴就是这样一个鲜活独特的人物形象,他彪悍、豪爽、重义,必要时也耍钱使坏,下得了黑手,这才是那个年代典型环境中的典型人物形象。相较而言,陆怀义的人物塑造缺乏那个典型时代的个性特征,他总是那么政治正确、从容不迫、大义凛然,人物性格单一而苍白,缺乏艺术的感染力和可信度,基本上成为剧作家传递某种思想观念的符号与传声筒。可以想见,假设陆怀义不是重庆朝天门的"这一个"船帮帮主而置换成江浙的盐帮老大或是山西票号的大掌柜,也不会对全剧的整体架构和思想主旨带来实质上的改变。

其次,谈到《朝天门》的整体戏剧架构,不能不联想到老舍先生的《茶馆》。前者八场的内容格局跟后者一样,其实也组成了一个辛亥—民国—抗战的三幕结构,也同样没有一个显性的贯穿全剧的情节主线,这也就是李健吾和众多前辈大师所总结的三组风俗画似的"图卷戏"。这样的作品在纵向发展上可以不追求主体戏剧情节的贯穿,但在三幕戏横向剖面的展开上却一定要呈现出丰富多彩、个性卓然的生活画卷。艺术作品的迷人之处正在于对个别特殊事物的掌握和描述,并以此来传达某种共通性的人文思想与精神价值,这就需要剧作家在深刻领悟全剧思想内涵和人生体验的基础上,对戏剧情节的故事背景和呈现细节找到个性化的合理安排。然而由于主要人物形象塑造的羸弱和苍白,全剧始终陷入简单的正反二元对立冲突的枯燥乏味之中,人物语言也难见川人特有的机趣与个性,人物关系之间鲜有复杂细腻的情感互动,人物与时代背景之间缺乏鲜活而真实的细节填充。即便是在全剧的开篇和结尾处增添了激昂的船工号子,但这种如文艺晚会歌舞秀一般的表演仍然显得游离于全剧之外,也未必能够渲染出那个特殊年代生动形象、真实可感的独特气息。无论是船工们面对朝天门拆迁时的无奈与顺从,还是陆家上下为抗战奔波的义无反顾,各自的生存境遇和细微情感都因为一种类型化的处理而失去了个性化的棱角,陆怀义、柳毓秀、陆小河、王德彪等主要人物仿佛携带着各自明晰的道德标签,在被不断提纯的舞台上为观众演绎出一段段直白肤浅的理论说教。

再次,为了展示陆怀义的高大人物形象,完成其为国担当、为民请命的戏剧"最高任务",剧中的部分情节设计又显得过于牵强和随意。如果说,在戏的前半部,因为柳毓秀两封迟来的文书,陆怀义从对柳至善的刻骨仇恨瞬间转变为对他的感激涕零,这样的突转稍微有些唐突和生硬的话,那么对陆小河的传奇经历的编织,则更加使得后半部的戏份显得违背逻辑、不合情理。陆小河与身为袍哥组织管事的王德彪的妻子偷情被抓,犯了袍哥组织的处罚天条被放河灯,但他居然死里逃生被日本商船搭救,然后又流落东瀛娶妻生子,再后来成为日本人的间谍回到朝天门,与同为日本卧底的王德彪接头,为日本飞机轰炸自家的船队指引方向。这一连串的事件可以说充满了令人惊异的巧合,而全剧的结尾高潮正是基于这样的巧合才显得矫揉造作而底气不足。事实上,"情节发展的'合情理性'和主题或人物性格的'合情理性'不同,在很大程度上要依靠对于机缘的恰当处理,以及对巧合的摒弃(或者是对巧合的异常谨慎的应用)。"①机缘是戏剧情节发展的必然趋势和潜在方向,而巧合则是机缘发展的一种极端特殊的例子,应该在作品中小心使用,否则将令观众感到疑惑而使作品的可信度和感染力大为降低。这就涉及艺术作品中生活真实与艺术真实的辩证关系问题,也是真正的现实主义戏剧所必须坚持的艺术创作理念和表现技法。如果非要给这一系列巧合寻找一个理由的话,只可能理解为主创还是为了急迫地奔着预设的戏剧主题而去,才有可能不顾艺术的真实(而非生活的真实),在此作出密集巧合的情节设置。

正是因为剧本文学的先天不足,于是在演员表演和舞美呈现的二度创作中,也进一步带来了脸谱化、公式化地图解人物的问题。演员为了清晰地彰显主要人物的道德立场和是非判断,在很大程度上陷入了一种被斯坦尼斯拉夫斯基所定义的"机械表演"的窠臼之中,使全剧更加散发出陈旧、僵化的整体气息。这种被斯坦尼斯拉夫斯基称为"做戏"的表演手法,只是对于人物真情实感的一种人工描摹,难以让观众感受到演员对于人物角色内在情感的心理体验而外化出来的层次丰富的形体设计与台词表达。比如陆怀义几乎在任何情况下都是气宇轩昂的肢体造型,王德彪总是一副猥琐下流的类型化特征;至于全剧结尾处,陆小河被父亲手刃,继而在日本飞机的轰炸中从高高的转台上急速翻滚而下的处理,则似乎是一种连"艺匠"都谈不上的"过火的表演":当台下的观众集体发出"哇哦——"的惊叹声时,实在搞不明白他们到底是感慨于剧中人物的悲剧命运,还是揪心于对演员人身安全的担忧。

同样的问题甚至也体现在陆怀义非常重要的独白处理上:在即将被拆除的朝天门下,陆怀义仰天长叹,抒发着对于这座城门的眷恋之情,但即便是在内心情绪跌宕翻涌的此刻,他的肢体动作和内在情绪依然是一贯的大开大合的状态,缺乏用心而独到的设计。这让我们想起在话剧《活着》中,黄渤扮演的福贵表现接连失去亲人的巨大悲恸,却选择了一种"无言的独白",憋屈着在舞台上接连狠砸几十个盛满水的瓶子,将人物的肢体表演灌注进感天动地的震撼力。两相对照,高下立见。

《朝天门》剧中这样一些表演问题的出现,其实是跟剧本一度创作时对人物形

---

① [英]威廉·阿契尔:《剧作法》,吴钧燮、聂文杞译,中国戏剧出版社 2004 年版,第 242 页。

象的理解和心理层次的挖掘紧密相关的,究其实质,是"我们对于现实世界的感受是有限的,往往将日常生活中便于利用、司空见惯的行为方式转化到舞台上"①,这暴露出我们对现实主义戏剧艺术化地再现生活和刻画人物形象方面的功力尚显不足的缺陷。

最后,因为上述剧本和表演方面的问题,舞美设计以及灯光运用也就基本成为了最终定格陆怀义英雄形象的技术铺垫。宏伟的转台上伫立着人物雕塑般的造型,堆砌而浮夸的灯光映照出人物光辉的形象,的确能够带给观众强烈的视觉冲击,但这样的舞美效果在很大程度上进一步遮蔽了人物的表演,稀释了剧本文学应有的丰富内涵,呈现出显著的符号化特征和公式化的主观理念色彩。也许这样的舞台呈现会对很多观众特别是初次走入剧场的青少年观众带来深刻的印象和由衷的赞叹,但这对于培养观众的艺术鉴赏力和戏剧审美观恰恰存在不小的隐忧:当剧本的文学性不断衰减,戏剧表演变得空洞和矫饰,而舞美效果却因为大投入、大制作而日益炫酷和缺乏节制的时候,戏剧艺术的真正价值将如何体现?

无疑地,我们现在已经进入一个戏剧艺术快速发展的大时代,国家对文化艺术的扶持力度也早已今非昔比;但这同样又是一个戏剧文化生态面临重建、戏剧艺术审美观亟待转换和更新的关键时期。尤其是对于广大的地方戏剧市场而言,拥有存量巨大的优质资源和艺术生产力的国有戏剧院团,其艺术创作的标杆作用将决定观众的艺术品格和审美趣味;能否克服艺术的僵化与创作的惰性而不断自我反省与自我创新,将影响到戏剧在这个市场上的未来面貌与走向。

原载《中国戏剧》2016 年第 11 期

---

① [美]乌塔·哈根、哈斯克尔·弗兰克尔:《尊重表演艺术》,胡因梦译,世界图书出版公司·后浪出版公司 2014 年版,第 17 页。

# "网络综艺"当前价值症候探析

盖琪(首都师范大学文化研究院副研究员)

## 一

在近年来的语境中,所谓"网络综艺",主要是指由互联网传媒公司自行开发制作,专门供互联网视频平台播出的各类综艺节目,通常也称"纯网综艺"。在中国大陆,网络综艺大概从 2011 年开始萌芽,起初多以成本低廉、形式简单的脱口秀节目为主;到了 2014 年,随着网络视频平台全面进入"内容自制"时代,网络综艺开始朝着成本更高、制作更精的方向迅速发展——2014 年也由此被称为行业意义上的"网络综艺元年"。仅仅不到两年后,就 2016 年 1 月 1 日到 11 月 30 日的官方数据来看,在国家广电总局网络司进行了备案的网络综艺就已经达到了 618 档;其中许多节目更是展现出了堪称"现象级"的社会影响力,成为社交媒体乃至主流媒体上一再引发关注和热议的焦点。由此可以说,对于当前中国大陆的媒介文化场域而言,网络综艺俨然已经成为了一道值得观照与阐释的文化景观。

网络综艺究竟有何特色?事实上,网络综艺相比传统的电视综艺,就其基本制作流程来看并无实质区别;但就其传播与接受情况来看,则确实少了许多政策束缚与伦理拘囿,从而有条件在更大程度上实现对新生代受众的取悦与对新兴文化逻辑的迎合。换句话说,是对作为"互联网原住民"的"90 后"乃至"00 后"受众的积极取悦,以及对微观化、碎片化的后福特主义文化逻辑的主动迎合。而所有与"取悦"和"迎合"相关的话语策略,都被网络综艺的开发者和生产者们统称为"互联网思维",深度形塑了网络综艺在类型、主题、结构、语态以及传播模式等各方面的独特偏好。两年来,新兴的网络综艺场域在价值建构上可以说是得失参半——既生长出值得肯定与发扬的亮点,亦淤积下有待诊治与治疗的症候。但就最近的情形来看,由于行业利润的不断增长,行业规模的不断扩大,技术手段的不断加持,以及文化灵感的不断注入,网络综艺的症候面向呈加速酵化之势,其对社会核心价值的冲击也日益加重,所以到了一个亟须我们予以理性剖析与认真疏导的关口。

## 二

总的来看,网络综艺当前的价值症候主要可以概述为三大方面。

首先是对身体影像的异化传播。

从文化研究的角度来看,对于身体影像的青睐是影视艺术的总体特征,这是由影视艺术在很大程度上从属于视觉艺术的特殊优势所决定的。而对于综艺娱乐类节目来说,对身体影像的倚重则有着更深层的审美文化动力:因为娱乐的本质诉求在于狂欢,以及由此带来的日常秩序的暂停;而狂欢的最基本形式则在于对身体的解放,包括对身体外观的夸张,身体行为的僭越,以及身体影像的戏谑等,这些都是打破日常秩序的符号性手段。所以,一定限度内的"身体书写"可以被看作是综艺娱乐类节目的题中之意,应该获得相应的宽容与谅解。但是,当下的核心问题在于,由于移动互联网文化的急速扩张,我们的社会对身体影像的传播已经陷入了一种严重缺乏节制的状态,越来越缺乏起码的敬畏和尊重,而这种异化情势在当下的网络综艺中也体现得格外充分。

网络综艺对身体影像的异化传播首先体现在对身体过度的奇观化展示。对此,有研究者曾以电视台的户外闯关节目为案例,总结出了"参与者自身装扮的奇观化效果"和"参与者身体受苦的奇观化效果"两点[1],颇具启发意义。而在更为抽象的层面上,我觉得可以将类似情境进一步概括为"身体外形的奇观化"和"身体行为的奇观化"两个方面。事实上,近年来,随着移动互联网技术的普及,上述两方面已经越来越多地进入到我们的日常生活中,尤其在青年亚文化和草根亚文化的场域里几乎可以说是蔚为风潮。无论是自媒体上的大量搞怪"PS"照片,还是网络直播中的各种自曝自残表演,究其实质都是在试图用奇观化的身体影像去换取稍纵即逝的关注,并借此建构虚妄中空的自我认同。

---

[1] 于隽:《舞动的镜城之躯:当代电视娱乐节目身体影像研究》,清华大学出版社 2014 年版,第133 页。

这种时代之疾反映到网络综艺场域,则既体现为对参与者在服饰妆容上的日益夸张,也体现为对肥胖、矮小、异装、整容和变性者的反复聚焦,更体现为对各种非常规、反常规行为的一再鼓励和渲染。客观地说,在一个和谐、开放的社会里,人们有权在日常生活中自由"加工"自己的身体外观,也有权在不影响他人的前提下,按照自己喜欢的方式为人处世。而对于类似价值观的倡导,也确实有助于打造一个更为多元、包容的社会环境。但是在大众媒介上,这种"倡导"却应该把持一定的限度和频率,而不应该走向着意卖弄与刻意追捧,否则同样容易对价值观尚未定型的年轻人造成误导,使得他们以为哗众取宠的身体表达是实现自我认同建构的上佳途径。就这一点来看,在年轻人中很有口碑的网络综艺节目《奇葩说》即可以说是既有成绩,亦有过失。

另外,网络综艺对身体影像的异化传播还表现在各种"软色情"元素的日渐泛滥。应该说,在中国影视至今没有实行分级制的现状下,情色元素的征引边界问题始终是令创作者们备感为难的核心症结之一。但就不同媒介平台的文化底色来看,电视由于其合家欢的收视传统,在有关情色方面一直都显得比较"保守",基本上是奉行"宁紧勿松"的原则;而互联网则由于其从成长期就具有的某种"飞地"性质,积累了较为深厚的"技术宅男文化"色彩,从接受视野而言联系着较为广泛的"情色期待"。进入移动互联网时代以来,这种"情色期待"被接受终端高度个体化的发展趋势加速放大,直接转化为网络综艺节目中大量充斥的"show girl"造型。而当"网络直播综艺"出现之后,诸如《女拳主义》《夏日甜心》《蜜蜂少女队》《加油!美少女》《国民美少女》等打着"美少女竞技"、"美少女组合养成"旗号的"软色情"节目大量登场,也就不足为奇了。必须指出,任凭这类以"男性欲望+女性身体"作为文本主体的节目泛滥,必然会加剧社会性别观念的倒退与性别立场的撕裂。当然,例如《姐姐好饿》这样试图走反向路线的网络综艺节目(即以"女性欲望+男性身体"作为文本主体)也在同期浮出水面,其表面上似乎张扬了女性权力,但实际上不过是从另外一个角度加重了当前社会文化中欲望的泛化与身体的物化倾向而已。

其次是对言说内涵的大幅抽空。

网络综艺是从言说起步的。如前所述,最早的网络综艺大多是脱口秀类的节目,即针对一个话题,或由一人独自讲述观点,或由几人共同围坐讨论。因为这类节目通常制作成本低,制作周期短,易于在微平台进行传播推广,所以非常适合网络综艺在起步期的"轻"发展战略。而且,从社会文化建构的角度来看,网络综艺的这种"脱口秀传统"在价值层面上的最大贡献就是形成了若干具有"公共空间"意味的传媒艺术平台,从而也为在日益碎片化、流动化的后现代社会建立有机的"情感社群"提供了新的可能。

简单地说,在哈贝马斯的意义上,公共空间是现代公民理性地进行观点交锋和意见交换的场域,有利于现代民主社会的建设和良性运转①。而在米切尔·马菲索里的意义上,"情感社群"则是情感和审美的共同体,是社会领域碎片化和大众文化解体的产物,有利于后现代社会接近性与团结感的重建②。从这两种理论视角出发,我们可以看到,许多网络综艺节目都在一定程度上为我们的社会提供了难得的、富有开拓意义的"公共空间"与"情感社群"。正如我曾经在另外一篇论文中所表述过的③,从《奇葩说》、《你正常吗》、《黑白星球》等节目热衷"对撕"的表层下,我们可以体味到年轻受众对于公开、理性、去等级化地进行观点交锋的渴望,这种代际心态是值得重视和引导的。

但是,随着网络综艺节目数量的井喷式增长,节目与节目之间的竞争也日趋激烈。情急之下,许多节目逐渐放弃话题的语境意识、言语的问题意识以及言说者的责任意识,开始把注意力大幅度地转向"言说"行为本身的娱乐性乃至狂欢性,具体表现为或对"90后"、"00后"的移动互联网语态进行曲意迎合,或对各种无厘头的碎片话题进行盲目堆砌。而这两种做法都在很大程度上抽空了"言说"的内涵,使得文本中的言语越来越呈现为能指符号的粗鄙轰炸,却背离了所指意义的健康生长。

就前一种做法而言,我们可以看到的是,来自微博、微信的网络流行语、时尚典故、视觉表意符号,甚至是软脏话和黄段子都频繁现身于各档网络综艺节目的文本之中,几乎完全颠覆了崇尚"得体"、"中庸"、"含蓄"、"谦和"的汉语言表达传统。典型的例子如《吐槽大会》,基本是以群嘲和自嘲为主要叙事方式,以高调自恋和无底线自黑为核心修辞风格。就后一种做法而言,我们可以看到的是,由于受到政治逻辑和资本逻辑的双重限制,网络综艺节目能够提供的"公共性"和"社群性"其实是非常有限的:其所选取的话题越来越口水化,缺乏对当前社会中"真问题"的关注;其所穿插的广告口播也越来越霸权化,大肆参与文本的正式叙事进程。典型

① 参见[德]哈贝马斯:《公共领域的结构转型》,曹卫东等译,学林出版社2004年版。
② [英]杰拉德·德兰蒂:《现代性与后现代性:知识、权力与自我》,李瑞华译,商务印书馆2015年版,第181—183页。
③ 盖琪:《中国大陆综艺节目新一轮语态转型》,《长江文艺》2015年第10期。

的例子如《偶滴歌神啊》、《偶像就该酱婶》、《火星情报局》等热播的网络综艺节目——虽然明星云集,笑料迭出,但讨论的却往往是"在KTV里,你更讨厌哪种人?A. 你唱啥他唱啥;B. 你唱啥他切啥"一类肤浅话题。不夸张地说,类似的"微修辞"和"伪话题"如果长期占据媒介文化场域,则很可能进一步加重公共性的萎缩与社群共识价值的缺席。

最后是对日常情境的虚浮展演。

网络综艺的最后一个值得关注的症候在于,通过对日常生活无节制的展演,将一切有关日常的情境都彻底展示化、表演化,甚至将展示性和表演性反身注入日常伦理之中,以至于任何不能满足展示与表演需求的人、事、物都逐渐成为"不可见的"。可以说,这是网络综艺最具隐蔽性但也最具侵蚀性的一个症候。在文化媒介化程度日益加深的移动互联网时代,这一症候在潜移默化中所可能引发的,既是真正意义上的"故事"的衰微,也是矛盾、逻辑、深度、重量乃至生活价值感本身的流逝。

网络综艺在2014年进入"大制作"时代之后,网络真人秀节目和"类真人秀"节目开始大量涌现,而更为新锐的网络直播类节目也自2015年开始风行。可以说,最近两年内,传媒艺术场域的风头几乎被综艺——尤其是网络综艺——所占尽,而曾经贵为"当代国民艺术"的电视剧却陷入低谷,许多年难以出现一部真正有社会影响力的作品。导致这种现象的原因当然是多方面的,但除去政策的龃龉和资本的浮躁之外,其更深层的原因其实在于整个社会文化领域中"故事的衰落"。从文化人类学的角度来看,故事的核心特征在于情节性,即必须具备明确的因果关联,而这也正是人类需要故事的根本原因,即通过故事的讲述与接受,在内心建立起一个具有明确因果关联的主观世界,以应对充满不确定性的客观现实。从这个意义上来说,在一个充满风险的时代之端,人们往往非常需要故事,因为需要故事所能够提供的精神上的逻辑安全感;而随着风险的深化与泛化,人们又往往会大幅度地背弃故事,因为故事讲述所不可或缺的矛盾、逻辑、重量等逐渐变得不见容于剧变的社会文化框架,同时也会加重接受者在百思无解之后的不适感。

我认为,这正是近年来电视剧式微与综艺崛起的深层原因。前者需要真正的故事,需要对于社会文化矛盾的深入观察和理性讲述、需要对于价值观的明确认知与选择;而后者——绝大部分的后者——往往只需要情境的叠加,包括符号化的人物、景观化的空间、去政治化的动作,以及去历史化的主题。绝大多数的网络真人秀节目和网络直播综艺节目正是此类"伪故事"的生产者,是现代化社会所追求的

"可参观性"的登峰造极的产物①。它们通过私人化的终端,在无数个体被历史和社会"淡忘"之后,进一步将个体从历史和社会中剥离出来,塞进由强大资本打造出来的、媒介化了的"当代资本主义的日常情境"之中。

当前的网络综艺几乎覆盖了日常生活的各个侧面,因此它对日常展示性的强化也是全方位的。《拜托了冰箱》《拜拜啦肉肉》《饭局的诱惑》《约吧!大明星》《放开我北鼻》《十周嫁出去》……餐饮娱乐、减肥健身、亲子互动、婚恋交友、职场人际……我们日常生活中的一切似乎都能够在当前的网络综艺中找到精准对应项,但是所有对应项都是高度平面化的,没有丝毫重量的。典型的例子如《约吧!大明星》,以"明星网友互动真人秀"为噱头,号称在节目中由明星组成团队,旨在为粉丝解决烦恼、完成心愿。于是我们看到,身家上亿的明星们,以真实参与的名义,忙碌于为普通白领高峰期地铁占座、为职场妈妈到学校接孩子、为按摩院技师代工的虚浮体验——在明星的颜值和演技下,社会关系中本来应该具有的矛盾、强度和深度都被彻底规避,转化为浪漫唯美、诙谐有趣、充满小感动和"小确幸"的细节展演。对于普通受众而言,这些展演看似与他们自身的日常生活高度同质,实则却成为他们与真实生活之间的粉红滤镜,从而使他们琐碎艰辛的生活获得了"被展示"和"被参观"的资格。尤其对于年轻受众来说,这些展演所暗示的,是一个拒绝大悲大喜、拒绝脑力和情感投入的轻质世界;在这个世界里,镜头不再是服务于日常生活记录的工具,日常生活反而成为因镜头表演和镜像展示才存在的"秀场"和"橱窗"。

## 三

综上所述,对身体影像的异化传播、对言说内涵的大幅抽空、对日常情境的虚浮展演这三大症候,其核心均在于对所谓"互联网思维"的过度鼓励与征引,而其本质则又与移动互联网时代的深层症结紧密相关。进而言之,随着当下网络综艺影响力的急速攀升,其美学风格与文化取向其实已经开始大规模地"反哺"电视综艺(甚至电视剧和电影)场域。许多由电视台和影视传媒公司投资制作和首播的节目,其收视行为都越来越依赖网络视频平台,而其宣传推广行为则更是越来越依

---

① [英]贝拉·迪克斯:《被展示的文化:当代"可参观性"的生产》,冯悦译,北京大学出版社2012年版,第23—25页。

赖社交媒体,所以就审美文化情态来看,电视综艺,乃至整个传媒艺术,都已然在正负两个面向上呈现出与网络综艺十分相似的特质。因此,本文针对网络综艺当前价值症候所做的探析,也内在地包含着对中国传媒艺术审美文化生态的整体审思和理性前瞻。

原载《中国电视》2017 年第 6 期

# 20世纪90年代以来文艺评论视角的转换与演变

蒋述卓（暨南大学文学院教授、暨南大学中国文艺评论基地主任）

李石（暨南大学文学院博士研究生）

近二十年来,随着全球一体化、市场化的到来,我国社会产生了巨大的变化。在社会转型期,新的社会文化现象层出不穷,价值观念的冲突也随处可见。在文艺思想领域,我们在二十多年的时间里所经历的各种思想潮流与观念变革,无不显示出社会历史演进过程中的丰富性与复杂性。从20世纪90年代以来,文艺评论视角经历了从审美批评到文化批评再到价值观批评的内在转变,这种转变不仅根源于其内在的演变逻辑,而且牵涉社会的、历史的、经济的、文化的等全方面因素。在这个过程中,大众文化的兴起以及精英文化的式微是转型期的重要文化现象之一,这一现象又与我国市场化进程中的消费主义以及文艺市场化、工业化密切相关。从20世纪90年代初的人文精神大讨论到日常生活审美化论争中显示的对大众文化的复杂态度,正好成为我们深入理解二十年来文艺评论视角转换与演变的重要参考。

## 一、从审美批评到文化批评

所谓审美批评转向文化批评,大致指20世纪90年代以来,随着文化研究的兴起,我国文艺理论界不再满足于仅仅对文艺作品进行文本内部的审美形式、审美质素、审美心理、审美范畴的本体性界说,而是力图打破文艺理论自身的学科壁垒,积极吸取西方的各种文化批评潮流,如意识形态、文化工业、身份认同、后殖民主义、女性主义、权力话语等,充分利用各种理论话语资源对社会的一切文化现象进行多维的透视与解读,从而实现批评自身的现实阐释力与干预力。换言之,在一个急剧变化的社会里,单纯的审美因素难以满足人们对现实的回应与把握,因此,文化批评显示出了强烈的文化政治实践品格。

对于这一重要转向,我们在《关于今日批评的答问》一文中可以看到文艺评论界的集中笔谈,这篇发表在《南方文坛》1999 年第 4 期的文章,邀请了包括童庆炳、王一川、谢有顺、陈晓明、陈思和、王晓明、洪治纲、南帆、王彬彬、贺绍俊等国内著名文艺理论家,针对"为何文学批评转向文化批评,文学如何回到文学""如何实现文艺批评的功能""文学创作的个人化"①"文学刊物从纯文学向思想文化的大幅度倾斜"等重要的文艺现象和问题进行了回应。应该注意到,《南方文坛》设置的这几个问题,实质上隐含了该期刊的一个潜在立场,即文化批评的转向某种程度上消解了文学的审美本性,因此,文学批评应该回归到文学,而不应该成为理论话语的某种纯粹的能指狂欢。同时,所谓"回到文学"是对《救救文学批评——让文学批评回到文学》一文的呼应。该文章作者写道:"文学批评家们正在大面积地从文学领地撤离,且大有唯恐逃之不及之势。此种现象最终暴露出其省略'二次追问'('文学批评何以可能?''没有文学何以有文学批评?')的恶果,使得他们可以毫无心理负担地无视自己的前提,直奔他者而去。这个'他者'便是文化。""现今的批评家正摇身一变为考古学家,他们的每一次陶醉绝不是由于审美上的激动,而是因为在文学领域里发现了与时下重大文化事件相印证的社会性现象。"②可以看出,作者对文化批评的转向基本采取了批判性的立场。但是,尽管参与《关于今日批评的答问》的学者在各自的观点和立场上存在差异,他们却基本承认了这一事实,即文学批评(审美批评)转向了文化批评,同时这是整个社会文化转型期文艺评论视角转变的必然结果。

在这篇文章的对话中我们可以发现,这个时期的知识分子已经不像 20 世纪90 年代初,特别是人文精神大讨论时那样的焦灼和迷茫。学者们对于审美批评转

---

① 应该指明,学界多将这种转向称为"文学批评"转向"文化批评",本文将"审美批评"等同于"文学批评",是指那种注重挖掘作品内部的结构、叙事、风格等各种创作形式的文本阐释方式。同时,下文在很多地方会用到"文学理论"向"文化研究"的转向,与"文学批评"转向"文化批评"、"审美批评"转向"文化批评"的说法大致等同。

② 路文彬:《救救文学批评——让文学批评回到文学》,《文艺争鸣》1998 年第 1 期。实际上,此文作者呼吁让文学批评回到文学,并对当下文化批评的弊端进行了尖锐而有针对性的批评,但是并非全然否定文化批评,而是主张两者之间的平衡。只是文化批评一时方兴未艾,对此作者在行文中始终透露出某种失落感。

向文化批评的认识颇为客观而理性,一种普遍的看法认为文化批评的兴盛是对于学科壁垒的打破。但是,学科壁垒为何会出现? 文化批评冲破学术自足体系的冲动又来自何方? 这就牵涉知识分子们的话语转型问题。

首先,我国社会的专业化以及文艺理论内在的学科体系化使得文艺批评被逐渐边缘化。实际上,我国改革开放以来的文艺理论一直存在着某种学科化建设的迫切需要。这种"迫切"主要体现在:一方面,在 1942 年延安文艺座谈会确立了"文艺为政治服务"的目标以来,文艺理论某种程度上一直成为阶级斗争的思想工具,因此,如何进行一种具有独立品格的学科理论构建一直是文艺理论工作者们的内在愿望;加上 1979 年邓小平《在中国文学艺术工作者第四次代表大会上的祝辞》中提出:"党对文艺工作的领导,不是发号施令,不是要求文学艺术从属于临时的、具体的、直接的政治任务,而是根据文学艺术的特征和发展规律,帮助文艺工作者获得条件来不断繁荣文学艺术事业,提高文学艺术水平,创作出无愧于我们伟大人民、伟大时代的优秀的文学艺术作品和表演艺术成果。"①尽管这主要是政治对于文艺创作松绑的承诺,但文艺理论工作者们却同样看到了建立独立品格和自身规律的文学理论的前景。另一方面,对于构建我国文艺理论学科体系的"迫切"需要,也与知识分子们对于在改革开放之后通过译介引进的各种西方文艺理论资源所引发的内在焦虑有关。这种焦虑可以溯源到 20 世纪末期。回顾历史,我们会发现,由于注重一种天人合一的、整体性的感悟思维,我国的文、史、哲在很长时间是浑融一体的,并没有得到清晰地分离,因此,构建文艺理论体系向来并非中国古典文论的传统。中国古代更为倾向于一种顿悟式的美学思维,尤其以钟嵘的《诗品》和司空图的《二十四诗品》最具代表性。尽管人们可以坚持认为《文心雕龙》就是一部自成体系的文艺理论专著,可事实却是,《文心雕龙》尽管成书于魏晋,但却要等到 20 世纪末期,由于当时的中国学者们面对西方学术的强悍冲击,迫切需要建立自身的学术自信,《文心雕龙》被拿来与西方古典文艺理论著作《诗学》进行对比,对《文心雕龙》的研究才真正成为一门显学。因此,我国文艺理论在改革开放之后的学科化冲动,正与西方话语理论的再次强势进入有关,而比较文学理论、比较诗学研究成为一种潮流,其学科目的就是要在中西文化的比照之下,细致梳理我国历史上文艺理论的概念和范畴,对文学、审美进行本质界说,从而建立具有本土

---

① 邓小平:《在中国文学艺术工作者第四次代表大会上的祝辞》,见 http://news.xinhuanet.com/ziliao/2005-02/04/content_2548288.htm。

特性的中国文艺理论。当然,在这背后还有一个更为重要的时代趋势,那就是社会的现代化转型必然带来的学科分化。正如汪晖指出的:"在1992年以后,市场化进程加速了社会科层化的趋势,这一趋势似乎与学术职业化的内在要求不谋而合。职业化的进程和学院化的取向逐渐地改变了知识分子的社会角色,从基本的方面看,20世纪80年代的那个知识分子阶层逐渐地蜕变为专家、学者和职业工作者。"①对此,在童庆炳看来,学科的分化正是学科自律性的表现,是学科意识的觉醒。"尽管文学理论作为一种思想和意识,在整个社会生活中的重要性大大降低了,不再被看作是阶级斗争的晴雨表,不再是政治家们发动政治运动的工具,逐渐地获得了独立的学科地位,从而从'中心'逐渐过渡到'边缘'。表面上看来,文学理论边缘化的过程是一个逐渐失去全民听众的过程,是一个从'神气活现'到'神气黯然'的过程,但细细考察,边缘化正是常态化,边缘化的结果是文学理论免遭政治的直接'干预',文艺学家可以安心做自己的研究和学问。文艺学作为学科在经过了百年沧桑之后,终于回复到自身。"②但之后的事实证明,文艺学者们并不甘于被边缘化,面对日新月异的社会变迁,许多知识分子迫切感到文艺理论学科化的现状已经难以对鲜活的现实世界进行有效的阐释与回应,封闭的学科体系建设反过来酝酿了文化研究的兴起势头。

其次,1992年以来大力推进的市场经济以及大众文化、消费主义的兴起,使大部分知识分子感受到了前所未有的精神危机。这种危机感一部分正来源于文艺理论在学科化的同时也被边缘化的处境。90年代初的人文精神大讨论正是知识分子焦虑情绪的表达。在80年代,知识分子们由于和特定时代的思想解放主题紧紧地结合在一起,他们心中对于大众普遍具有某种启蒙的优越意识和精英意识,但是消费主义的兴起使得知识分子们备感失落,人们不再关注思想精神层面,更多地转向了日常物质生活,更多地寻求感性欲望的满足。但是我们也看到了消费主义带来的拜金主义、功利主义等弊端。对于知识分子们而言,社会的经济转型已经超出了他们原本的想象,如何在市场经济大潮面前保持住自身的精神立场和终极关怀,如何不让整个社会的道德规范、价值准则失去秩序,如何重新让大众从物欲追求中脱离并返回到思想精神上来等,成为知识分子们的一种普遍的焦虑性问题。也正因此,这场持续两年的人文精神大讨论,以及学者们对于大众文化的批判性态度,在很长时间里奠定了我国大众

---

① 汪晖:《当代中国的思想状况与现代性问题》,载《文艺争鸣》1998年第6期。

② 童庆炳、陈雪虎:《百年中国文学理论发展之省思》,《北京师范大学学报》(社会科学版)1999年第2期。

文化批评的基调。在较早的一批关于大众文化批评的文章中,我们看到西方法兰克福学派的文化工业理论实现了第一次本土移植,即把大众视为一种被动的消极的存在,大众不过是没有判断能力的纯粹消费者,大众文化是平庸的、雷同的。因此,知识分子们对于大众文化的强烈批判释放了长久以来的焦灼感。尽管文化研究理论早在1986 年美国学者的《后现代主义与文化理论》在中国翻译出版之后被陆陆续续通过译介进入中国,但人们在这场人文精神大讨论的巨大影响中第一次看到了文化批评的效力。知识分子们尽管依旧对现状与前途有所迷茫,但是以精英主义立场批判大众文化似乎让他们获得了暂时的身份定位。同时,西方文化研究的话语资源也让学者们看到了一种远比学科化、体系化的文艺理论更加生机勃勃的学科前景。但是,文学批评向文化批评的转向一直存在着批评和质疑的声音。尽管在理论上看,文学理论与文化研究之间可以是一种互补关系,并非相互对立,而且在文化研究兴起的过程中,传统的文学理论如比较文学、比较诗学、文化诗学也在不断地调整,并积极吸收结合西方文论的理论资源进行学科建设,但在后来的“日常生活审美化”论争中,我们看到的正是两者之间的相互对立。

最后,“日常生活审美化”论争使得大众文化批评成为我国文艺学的一个重要组成部分。这场论争是 90 年代初人文精神论争的另一种隔代延续,但是在对大众文化的态度上,在批判的学理阐释上都明显具有更加成熟的眼光和姿态。

“日常生活审美化”论争不仅延续了文化批评的政治批判性,同时更把批判的视野直接指向了传统的文学理论。这场论争中有两点值得注意:一是“什么才是文艺学的边界”? 即如何界定文艺学的研究对象的问题。以陶东风为代表的学者认为市场化带来的消费主义使得审美性完全溢出了文学艺术的界限,渗透到日常生活的方方面面,在大众文化景观已成为城市的一种新的生活趋势面前,传统的文艺学应该扩大自身的研究对象,关注大众文化现象。而以童庆炳为代表的学者反对“日常生活审美化”的提法,认为“日常生活审美化”不过是对西方理论的简单借用,而现实是“日常生活审美化”在我国还远未成为一种普遍现实。更为本质的问题在于,知识分子应该如何对待大众文化? 是义无反顾地对大众文化进行批判,还是暂时放下精英主义立场,积极关注鲜活的大众文化现实,结合西方的文化理论进行学理上的分析和批判? 这就涉及另一方面的审美性以及价值判断的问题。童庆炳等学者对于文化研究的一些弊端是剖析得比较深刻的,他认为文化研究关注的只是理论本身,文学文本的解读只是一种例证,由此文化研究更多地沦为了一种社会学或者政治学批评,而忽略了文学作品本身的审美诗意,也无法辨别优秀作品和低劣作品之间的区别①。对于审美诗意的强调使"日常生活审美化"的反对者们自然要对审美性这个概念进行区分,在童庆炳看来,大众文化现象中显示出来的所谓"审美性"不过是一种欲望化的、身体的、感官的低层次审美②。赵勇认为:"日常生活审美化这个命题的深层含义其实就是对现实的粉饰和装饰。它隔断了人与真正的现实的联系,并让人沉浸在一种虚假而浮浅的审美幻觉中,误以为他所接触的现实就是真正的现实。仅有唤醒和祛魅是远远不够的,还必须对它进行批判。不是一般意义上的批判,而是阿多诺式的义无反顾的批判。"③可以说,反对"日常生活审美化"的学者们正承接了人文精神大讨论时期知识分子对于大众文化的批判态度,而坚持站在了人文精神关怀的立场,应该肯定这是一种可贵的态度。但是,反对者们对于陶东风等学者提出的"日常生活审美化"存在着一定的误解。而对于大众文化的简单化理解早在 90 年代中后期就被人们所警惕,这是特殊转型期知识分子们在一种迷茫和失落心态下必然产生的一种批判情绪,但是到了 21 世纪初,大众文化理应得到更为冷静的学理分析与研究。因此,围绕"日常生活审美化"的争论使得西方文化研究理论获得了更大范围的理论实践——马克思主义理论,福柯、布迪厄的权力理论,利奥塔的后现代理论,汉娜·阿伦特、哈贝马斯的公共领域理论,威廉斯的文化理论,鲍德里亚、费瑟斯通的消费理论,哈维尔的后全权社会理论,女性主义的批评理论,后殖民理论,全球化理论等都成为文化研究的重要思想资源④。这个阶段学者们对于社会转型期自身的定位以及对大众文化的关注与 90 年代初期的知识分子们相比显得更加积极,也更加成熟。

## 二、从文化批评到价值观批评

从审美批评到文化批评的转向并不是完全的,理由在于,文化批评并没有完全取代审美批评,大众文化也没有取代精英文化。但是不可否认,无论是审美批评还是文化批评,都在其过去的历史批评实践中暴露出各自的弊端,而这正是我们提出让文化批评转向价值观批评的原因之一。过去批评实践的弊端以及"价值观批

---

① 童庆炳:《文艺学边界三题》,《文学评论》2004 年第 6 期。
② 童庆炳:《文艺学边界三题》,《文学评论》2004 年第 6 期。
③ 赵勇:《谁的"日常生活审美化"? 怎样做"文化研究"? ——与陶东风教授商榷》,《河北学刊》2004 年第 5 期。
④ 相关论述见蒋述卓、李石:《文化研究的本土化历程与当代语境》,《中国文艺评论》2015 年第 2 期。

评"的现实语境是什么？

第一，市场化、大众化带来审美趣味的分化以及审美价值观的混乱。如今，大众文化已经成为一种全民的精神消费方式，市场化使审美变得更加民主多元，艺术变成了一种随意的、自由选择的品位与爱好。但是所谓的"分化"和"多元"有时变得非常"可疑"。当文艺生产必须通过市场化运作谋求生存时，我们发现在文艺市场机制十分不成熟的状况下，大量庸俗的、粗制滥造的、价值观混乱的文艺产品被炮制出来，此其一；其二，如今我国的综艺节目获得了前所未有的火热性增长，文艺生产总是要以一种好看好玩的面貌出现才能获得大众的注意力，而思想性的、严肃性的文艺作品往往出于票房收益考虑难以获得市场投资的支持，因此，在表面"多元"的背后呈现出审美同质化的倾向，而不是真正的审美多元性和丰富性；其三，审美多元化意味着文艺创作不再有唯一的权威与标准，因此对于文艺的审美接受也因不同的美学趣味进行选择，但是文艺会不会因此而淹没在市场化和大众化的褒贬不一的众声喧哗当中，审美趣味分化之后，普遍的价值认同如何可能？文艺本身应该承担的启蒙价值、审美价值会不会消失在纯粹的消费过程之中？

第二，文化批评在过去的实践过程中过于依赖西方的理论话语资源。无论是在五四还是改革开放以来，每一个重要历史转型期的思想文化观念的解放都离不开对于西方思想理论的借用。我们一方面出于本土思想资源的贫乏而不得不向西方学习和借鉴；另一方面又迫切存在着一种构建本土思想理论的内在需要。但是，在长时期依赖西方理论的情况下，要完全摆脱西方理论的影响是不可能的。无论是 19 世纪末期的中西之争，还是改革开放以来的关于传统与现代的论争（也包含着中西之争），或是曹顺庆在 90 年代中期提出的"文论失语症"，都体现了知识分子们在西方强悍的思想理论面前的焦虑。在近期，关于"强制阐释论"所引发的大范围讨论再次暴露出了类似的问题，如张江指出，强制阐释是当代西方文论的基本特征和根本缺陷之一。强制阐释揭示了长期以来我国文艺批评话语对于西方理论资源的简单化移用，"这些理论本无任何文学指涉，也无任何文学意义，却被用作文学理论与批评的基本范式和方法，直接侵袭了文学理论与批评的本体意义，改变了当代文论的基本走向。特别是近年来，当代国际政治、经济、文化发生深刻变革，一些全球性问题日趋尖锐，当代文论对其他前沿学科理论的依赖愈来愈重、愈来愈深，模仿、移植、挪用，成为当代文论生成发展的基本动力。"[1]强制阐释论某种程度

---

① 张江：《强制阐释论》，《文学评论》2014 年第 6 期。

上也是对文化批评带来的弊端的一次总结、梳理和讨论。早在"日常生活审美化"论争时,童庆炳便指出了文化研究的某些弊端,即文学文本的解读很可能最终成为文化批评理论的一种例证。"文化研究并不总是以文学为研究对象,甚至完全不以文学为研究对象。可是在更多的情况下,文化研究或文化批评往往是一种社会学的、政治学的批评,其对象与文学无关。"①但是,审美批评本身就并非文化批评的旨趣,"文化批评与形式主义或审美研究的真正差别在于它们解读文本的方式、目的、旨趣不同,文化批评的目的主要是揭示文本的意识形态以及文本所隐藏的文化—权力关系。"②应该承认,文学批评转向文化批评某种程度上确实意味着文学的审美批评的失落,但是这种批评转向具有其时代的必然性,问题在于如何结合具体的现实语境解决当前文化批评存在的问题。在本文看来,强制阐释论所引起的广泛争鸣固然发现了问题,但其中指出的对于西方文论的简单模仿、移植、挪用等弊端早已经被知识分子们所注意并产生了众多论争,问题在于如何在具体的本土化实践中解决问题。

第三,2014年文艺座谈会重新确立了文艺创作的主流价值。这次文艺座谈上习近平总书记讲话的现实针对性在于其"对文艺创作的时代要求、存在的弊端和发展方向,对艺术体制政策的改革完善,对文艺评论的加强都提出了指导性意见"③。由此,在文艺市场化的情况下如何发挥文艺批评的社会责任成为文艺理论工作者们不得不思考的问题。值得注意的是,习近平总书记在文艺座谈会上提到的许多问题,在本质上与人文精神大讨论以及日常生活审美化论争中涉及的问题有着十分紧密的联系。比如,人文精神大讨论普遍表达的一种情绪性忧虑便是某种普遍的人文关怀、精神价值的失落感,对此,习近平总书记在座谈会上针对性地指出:"改革开放以来,我国经济发展很快,人民生活水平提高也很快。同时,我国社会正处在思想大活跃、观念大碰撞、文化大交融的时代,出现了不少问题。其中比较突出的一个问题就是一些人价值观的缺失,观念没有善恶,行为没有底线……"而这正是社会主义核心价值观提出的依据。"核心价值观是一个民族赖以维系的精神纽带,是一个国家共同的思想道德基础。如果没有共同的核心价值观,一个民族、一个国家就会魂无定所、行无依归",因此,"我们要通过文艺作品传递真善美,传递向上向善的价值观,引导人们增强道德判断力和道德荣誉感,向往

① 童庆炳:《文艺学边界三题》,《文学评论》2004 年第 6 期。
② 陶东风:《论述文化批评与文学批评的关系》,《南京大学学报》2004 年第 4 期。
③ 蒋述卓、李石:《论艺术与市场的张力关系》,《中国高校社会科学》2016 年第 1 期。

和追求讲道德、尊道德、守道德的生活。"①这次文艺座谈会习近平总书记多次强调了文艺的精神引领价值而不是文艺的消费价值。同时，在 2015 年 9 月出台的《关于繁荣发展社会主义文艺的意见》上，中共中央再次对文艺创作提出了"举精神旗帜、立精神支柱、建精神家园，是当代中国文艺的崇高使命。弘扬中国精神、传播中国价值、凝聚中国力量，是文艺工作者的神圣职责"的要求。在本文看来，一方面，这是在市场化进程中文艺生态与审美趣味不断分化的现状下，国家话语对于主流文化价值内涵的重新定义；另一方面，这并不是如"文革"时期国家权力对于艺术创作的强力干预，而是在多元混杂的文艺发展生态中发出的强有力的引导性声音。因此，这次会议在确立文艺的主流价值观的同时，倡导的是一种文艺多元化的沟通与对话。那么，对于文艺批评工作者而言，最重要的问题则在于如何立足于现实语境对当前的文艺创作进行理性批判，并对文艺价值观进行引导和重构。

### 三、价值观批评的四个维度

文艺创作与市场消费结合之后产生了一些弊端，并受到了普遍的批评，但不可否认文艺市场化已成为某种必然的发展潮流。尽管文艺市场化、商品化使作品在某种程度上必须通过价格来呈现其可视价值（文艺商品化也意味着文艺的去神圣化、世俗化），但正因此使得文艺作品成为一种公共的社会财富，从而彻底成为可以通过各种方式与角度去讨论、理解以及阐述的对象。正如哈贝马斯指出的，文艺的世俗化确保了我们可以通过不断的交谈、讨论、阐释去贴近作品，从而以多种合理的沟通渠道去挖掘作品的意义。所谓合理的沟通渠道指的是大众文化语境下的理性话语交往。因此，讨论与交谈作为一种审美交往的方式成为掌握文艺作品的基本手段，而这正是价值观批评出场的重要语境。价值观批评在承认多元文化生态的前提下侧重在不同话语的理性交往中对文化价值观进行批评与重构。在有关艺术的话语交往过程中，哈贝马斯认为文艺批评承担着双重使命——"他们既把自己看作是公众的代言人，同时又把自己当作公众的教育者"②。在本文看来，消费时代的文艺批评与大众之间不是一种简单自上而下的话语灌输，而是遵循一种理性平等的话语交往模式，但是文艺批评必须展示出专业的审美判断，从而使其对

---

① 习近平:《在文艺工作座谈会上的讲话》,《人民日报》2014 年 10 月 15 日。
② ［德］哈贝马斯:《公共领域的结构转型》,曹卫东等译,学林出版社 1999 年版,第 45 页。

大众的引导成为某种"充满活力的启蒙过程"。

### (一) 着眼于多元文化生态的构建

价值观批评首先需要确认和维护的是一种多元的文化生态,从而使艺术公共领域的构建成为可能。如果我们承认市场化使文艺生产包括了由艺术家、批评家、出版商、画廊经理、商人、博物馆馆长、赞助人、收藏家、学院、沙龙、评审委员会、受众等组成的一整套机制,正是这一机制成为文化产业经济运行的根本条件,如此一来文艺生产便是一种公共事业,它并不全是创作者的事,也不全是批评家或受众的事,这个场域是由不同观点、不同出身、不同职业、不同群体的多元力量互动下所推动与构成的。我国艺术公共领域随着我国市场化以及互联网的兴起已初具雏形,但暂时不具有真正意义上的成熟形态。不管是哈贝马斯的"公共领域"概念还是布迪厄的"场"的概念,都含有明确的政治意味,而当文艺生产与"公共领域"或"场"结合,比如在西方国家的现代化进程中,一些新兴资产阶级群体聚集在城市的咖啡馆、沙龙、宴会中自由地进行文学讨论,这种聚众交谈表明这些新兴资产阶级群体企图通过一种自由的文化行为以确证自身的合法地位,因此,"艺术公共领域"或者"艺术场"在西方文化语境里带有浓厚的文化政治意味。反观我国目前的文化生态,实际状况却是,大众文化随着 90 年代市场化的推进在各种批评与质疑声中迅速兴起并取得了主导性地位,但很难说中国大众带有多么明确的政治诉求,毋宁说大众文化给物质生活需求逐渐得到满足的人们提供了某种日常的精神性消费,而这种正常需求在很长时期内都处在一种被抑制的匮乏状态。如果说在我国当前并未成熟的艺术公共领域中,价值观批评能够为多元文化的生态构建有所作为,那我们就不可忽视要去考察和研究主流文化价值观、大众文化价值观以及精英文化价值观之间的张力关系。从文化生态层面讲,由于处在社会转型期,大众文化、精英文化、主流文化都不是固定的,不同的文化生态尽管存在着相互摩擦和抵触,但也同时在矛盾冲突中不断调整自身的定位。文艺批评更多代表了知识分子精英文化的立场。在艺术公共领域下,文艺批评实践应该转变以往对大众文化的偏激态度。现代社会的重要特征在于,任何事情都取决于话语和说服,而不是压制与强迫。换言之,价值观批评在公共领域的发言必须遵循某种理性的对话实践来引导和启蒙公众。

### (二) 批评对象的进一步确认与深化

本文认为,价值观批评应该包含两个层面:一方面,价值观批评是努力并维护大众文化发展的生态,对大众文化现象进行深入分析并促成大众文化价值观的引导和重构。正如有学者指出的:"大众文化已经成为产量最高、受众最多、影响最大的文化形态,它潜移默化地影响和改变着人们的世界观、价值观和日常生活经验,在塑造国民特别是普通大众的价值观方面发挥着巨大作用。"①可以说,大众文化生产确实对当代国民的精神品格与价值观念的养成具有重要影响。因此,大众文化所传扬的真、善、美等有益价值必定会带来好的影响,而一些粗俗的、低劣的、过分渲染色情与暴力但迎合部分低级趣味公众的产品必然会扩大并造成不好的社会风气。价值观批评重视的是避免在一个由多种力量相互制衡而运转起来的社会文化生态产生结构性失衡。如果说以往大一统的主流文化(官方文化)的单一结构并非健全的文化体制,那么 90 年代初大众文化的兴起对于多元文化生态结构的生成而言则具有重要的历史作用,但是在大众文化的过度消费娱乐中我们又需要警惕大众文化会滑入一种纯粹虚无狂欢的颠覆状态。因此,价值观批评必须对大众文化的负面作用保持批判性认识,同时更加积极地去挖掘大众文化价值观的积极因素,更加注重考察大众文化价值观与主流价值观(社会主义核心价值观)之间的良性互动关系,从而将大众文化往主流的、正面的价值观上进行引导。另一方面,价值观批评不应忽视对更具深度的文艺作品进行阐释与批评并寻求不同媒介渠道进行话语表达。当然,由于网络媒介的便利,如今要发表任何观点或言论并不困难,难的是如何在表述中让人们看到批评的真正价值和力量。对于文艺批评者而言,应思考如何避免市场消费中的跟风与炒作并使其审美判断本身具有说服力。批评者的思想、批评者的喜悦、批评者的怀疑、批评者的悲悯、批评者的灵性、批评者的诗意,这本身就是一种姿态,我们将之理解为一种批评者的价值观,这种价值观更多偏向于一种精英色彩的文化价值观,但如前所述,我们应该摒弃对大众的那种生硬的、居高临下的态度。不过,批评家必须保留某种足具吸引力的价值高度。当然,这需要呼唤优秀的精英文艺作品产生,换言之,先锋的艺术探索与创作应该得到鼓励,任何在创作上只单纯考虑与大众的审美接受水平持平的作品很难避免最终流于单一性,相反具有多种阐释、言说、解读可能性的作品必定是对大众审美心理的一种挑战,但正是这种作品才有可能使大众文化从单一走向丰富。在此意义上,优秀的文艺创作以及价值观批评是对文艺作品的思想深度、精神深度的价值

---

① 蒋述卓、陶东风主编:《大众文化研究:从审美批评到价值观视野(导论)》,暨南大学出版社 2015 年版,第 1 页。

阐释,是对大众文化的一种牵引。如果说大众文化批评更多强调的是大众文化价值观与主流价值观的互动关系,那么深度的文艺批评则更多强调精英文化对大众文化的影响。

### (三) 更多地关注与催动文化研究的本土化

如上所述,西方文化研究在 90 年代以来的本土"移植"促成了文学批评向文化批评的研究范式的转变,文化研究理论深刻地渗透到文艺理论、文艺社会学、现当代文学、比较文学、传播学、影视文学批评、广告批评等多种领域。但是,文化研究的本土化建设还处在对西方研究理论的译介和简单的方法移用上,我们还看不到真正意义上的理论创造。造成这种困境的两个主要原因是文化研究某种程度上掉入了"理论化"与"政治化"的双重陷阱。在"理论化陷阱"上,无论是 80 年代"文论失语症"还是目前还在热烈讨论的"强制阐释"问题,实质都揭示出我们对西方文化理论资源的依赖,而文化研究理论在对西方理论的依赖上更加明显,从审美批评到文化批评的研究范式转向中,我们已经积累了大量的文化研究理论,但是在具体的文化研究批评实践中,这些理论往往作为一种先行设定好的立场与角度,以至于造成大众文化成为理论概念的简单注解。人们所忽视的事实是,文化研究在本质上就包含着反理论的色彩,文化研究作为西方的一种重要的潮流从一开始就与经验主义的思维方式密切相关,即对微观而具体的日常生活以及文化现象中的感性经验有着浓厚的兴趣。在具体的分析与阐释中,理论运用固然必不可少,但理论只是一种参照,而且问题的实质并不在于是否具有足够的理论资源作为阐释话语的具体展开,而在于理论的效度,即文化研究能否根据对象的差异性(实际问题、实际经验)灵活地运用这些理论对文化现象进行多角度的透视。另外,在"政治化陷阱"上,文化研究往往热衷于对大众文化进行过度的政治化解读。诚然,在西方文化语境中,文化研究理论具有十分明确的政治反叛性,无论是法兰克福学派对极权主义的批判还是英国文化研究的左翼政治色彩都显示了强烈的意识形态批判性。如上所述,在哈贝马斯和布迪厄看来,无论是"艺术公共领域"还是"艺术场"都带着浓厚的文化政治意味,既定群体在公共场合进行的文化行为背后必定带有十分明确的政治诉求。但反观我国本土的大众文化现象,可以说大众文化不过是普罗大众的一种正常的日常娱乐需求,尽管某种程度上带有一种追求自我价值实现与欲望解放的反叛姿态,但这并不是对主流文化的对抗,并非主流文化与大众文化之间的明确对立。文化研究的"理论化"和"政治化"弊端一方面是对西方文化研究理论发展的历史语境与政治语境的抽离从而造成了简单化理解和片面化挪用,但更为根本的原因则在于其对中国大众文化本土问题、本土语境的忽视,没有充分注意到本土文化的复杂性、变异性和丰富性。因此,我们需要立足于现实语境更多地关注和催动文化研究的本土化,换言之,我们应该回归到本土的大众文化现象,回归到我国当前多元文化生态下的大众文化价值观问题的研究上,进行更多的具体文本的研究与分析。本土文化研究的首要功能应在于对大众文化产品进行价值分析并维护大众文化发展的文化生态。要建立本土大众文化的理论话语体系,我们需要转变由 90 年代初人文精神大讨论以来精英文化对大众文化的那种排斥性批判态度,充分认识到在中国社会世俗化进程中不同文化价值观的未完成性与可塑性,认识到社会大众参与建构新的社会价值观上的积极性。进一步,我们还需确立本土化的文化研究原则:价值重构原则、生态平衡原则和审美原则①。其中,价值重构原则是指避免对大众文化进行意识形态政治化解读的倾向,探讨不同大众文化文本在价值取向上的差异性,从实际的文化功能出发揭示出主流文化、精英文化、大众文化之间的良性互动关系;生态平衡原则指的是通过文化生态的批评和引导以维护大众文化生产的创新性与多样性。大众文化是文艺市场化带来的产物,而市场化运作中的大众文化生产由于与消费紧密结合,因此难以避免出现"过度功利化、内容庸俗化、类型单一化、竞争恶劣化"等问题,而这与文艺市场中不健全的商业机制与管理政策密切相关。价值观批评要避免多元文化生态的结构性失衡,为文艺生产建立良好有序的运作环境以及多层次的文化消费市场提供建设性的批判与思考;审美原则是以审美视角发现大众文化表达方式上的美的因素,让大众文化真正承担起某种审美教育的功能。但以往不管是在大众文化与审美的关系还是在文化研究与审美的关系上,审美本身都遭到了悬置。正如笔者指出的:"长期以来,无论是精英主义的立场,还是民粹主义的立场,都将大众文化的审美问题抛弃一边,要么视大众文化的审美是低劣的,要么视大众文化没有本质的价值。对审美价值的拒绝还来自于文化研究的方法本身,无论是政治经济学的、社会学的还是意识形态的分析,都将审美视为一个文化政治的问题,而不是一种价值存在。"②正如前文指出的,由审美批评到文化批评的研究范式转变中,从人文精神大讨论到日常生活审美化论争,审美批评一直拒绝承认大众文化具有审美性,即便有,也被

---

① 蒋述卓、曹桦:《文化研究的本土化:功能与原则》,《外国文学研究》2015 年第 2 期。

② 蒋述卓、曹桦:《文化研究的本土化:功能与原则》,《外国文学研究》2015 年第 2 期。

认为是一种欲望化的、感官的、幻觉的低层次审美;而文化批评的研究旨趣并不在于审美,而是热衷于在批评实践中揭示文本的意识形态以及文化权力关系,以至于大众文化自身的审美性无处容身。因此,价值观批评须破除以往审美批评以及文化批评对大众文化审美性的偏见或忽视,重新肯定并研究大众文化的审美价值,从正面提升大众文化应承担的审美教育功能。在从功能与原则两个方面重新界定文化研究的本土化所必须注意的问题的基础上,我们希望文化研究能够抓住现实社会文化生态中的真实问题、真实经验,对各种文化价值观念进行选择性的批评与重构,从而逐渐形成我们自己的阐释方法和话语建构。

### (四) 促进多元批评的文化认同

如上所述,价值观批评重视的是不同文化价值观之间的相互影响以及价值观的可塑性与建构性,对于"价值重构"的强调背后实质是对多元文化中社会共同的价值信仰与普遍的文化认同的追求。尽管说多元的文化生态为文艺生产与审美选择带来更多的自由,但从另一方面看多元也存在着分化,存在着不同群体利益和文化诉求之间的观念冲突与碰撞。如哈贝马斯指出,多元主义容易使人怀疑某种公共的普遍利益基础是否能够形成。而在消费时代,由于文化分化导致的审美趣味的多元分化使以往那种单一的文化价值观不可能存在,文艺生产不再仅以启蒙价值、教益价值为唯一标准,而更多偏向于单纯的娱乐快感消费。对于普罗大众而言,他们不可能去主动思考文艺是否应该具有某种神圣价值,但是对于主流文化而言其关注的问题在于文艺生产能否对社会的整体道德水平具有提升作用,文艺是否能够起到熏陶心灵教人向善的功能;而精英知识分子则更为注重文艺是否能够在启蒙意义上为大众提供某种审美诗意与价值关怀,甚至会担心在喧嚣的市场中艺术的声音是否会越来越微弱。事实是,大众文化的大受欢迎背后是一种娱乐嬉闹式的文化氛围的持续营造,如前所述,消费时代的文艺生产倾向于更好看更好玩,而那种需要更为智性的思维去接受的思想性、严肃性作品遭到边缘化,当然,在多元文化的良性互动关系中,我们提倡的是雅俗共赏的文艺作品的产生。但我们看到,在媒介变革给人们的生活方式与思维方式带来的变化中,如微信、微博对于大众的影响巨大,我们发现大众审美趣味在多元化的过程中依然在不断地进一步分化(扩大化),人们的阅读习惯、接受习惯也在变得细微化,文艺生产本身的表达方式也逐步变得碎片化(如微电影、微视频、微小说),在这种"短精微、小私密"的文化氛围下大众心态某种程度上也显示出了自身的私人性与颠覆性,容易使人们逐渐远离理性的、公共的、集体的政治命题以及宏大的传统民族文化精神。如上指出，对于价值观缺失、对共同的民族精神以及对共同的思想道德基础的坚守与强调是社会主义核心价值观提出的依据。正是意识到多元性存在的弊端，价值观批评才强调在多元文化生态下的艺术公共领域的建构，人们通过不同的媒介进行文艺作品的阅读、欣赏、评论、讨论、交谈、争论，实际上都是在进行一种话语交往实践。在汉娜·阿伦特看来，公共领域中的话语交流赋予人们意义与存在感。"他人的在场向我们保证了世界和我们自己的实在性，因为他们看见了我所见的、听见了我所听的。"①而在艺术公共领域的审美对话中，尽管艺术审美上共同的普遍观念难以达成，但至少存在着这样的事实——尽管人们总是从不同的立场、视角、体验对作品进行理解，但是他们却是在围绕着一个共同的审美对象进行交谈和讨论，在身份、意义、快感的表达与沟通中确证他们的价值观。正因如此，价值观批评所倡导的价值重构，实质是意图研究和揭示出使私人性与公共性相疏离开来的人为的机制，并引导大众不再仅仅局限于关注他们个人的利益，从而在价值观念上把大众文化的私人化倾向重新引向一种集体的文化认同。正如布迪厄启示我们的，艺术是一种建立在集体信仰上的事业。因此，当我们发现文学艺术的发展走向过度的娱乐、自恋、卖萌，当文化自身的灵魂内涵与精神效能逐渐变得稀薄之时，我们应该以理性批判的态度正视这种精神疾患，通过公共交往中的话语批评，重申文艺作品同样应该承担的教育价值、启蒙价值以及审美价值。

本文以从审美批评到文化批评再到价值观批评为线索，梳理了 20 世纪 90 年代以来文艺评论视角的内在转变以及催动这一转变背后的社会历史力量。但也应该指出，文艺评论视角转变的背后，一直不变的是知识分子对于人文精神的坚守以及在西方话语的强势力量中不断寻求构建本土化理论的努力。中国的文艺批评在当前时代的自觉，一方面应该是对简单的二元对立批判思维模式的摒弃，以及对某种多元的生态原则共识的达成，注重研究各种文化生态之间的良性互动关系；另一方面则是在借鉴和运用西方理论资源的同时，不断致力于建设本土化的文化批评理论。价值观批评在确认一种多元文化生态的前提下，对艺术公共领域的构建、文化研究的本土化建设以及共同的审美文化认同应该发挥其应有的作用。

原载《南方文坛》2016 年第 9 期

---

① ［美］汉娜·阿伦特：《人的境况》，王寅丽译，上海人民出版社 2009 年版，第 38 页。

# 悲剧意识的觉醒与悲剧精神的建构

## ——21 世纪初期军旅长篇小说的审美超越

傅强(解放军报社文化部编辑)

## 引 言

翻检世界经典的战争文学,悲剧精神往往是检视一部作品是否深刻厚重、是否具有恒常魅力的审美标志。而在中国当代军旅长篇小说的审美范式中,悲剧精神的淡漠或缺失始终为研究者所诟病,突出表现为:难以摆脱的意识形态功利色彩、跳脱不出的庸俗脸谱化写作模式。书写战争,却不正视战争对人性的戕害、对肉身的毁灭,不探究战争的残酷与非理性状态;摹写军人却忽视对人的心理、灵魂、命运的哲学思辨和价值追问;张扬英雄主义和乐观主义精神的同时,却遮蔽了战争历史的悲剧底色。可以说,悲剧审美意蕴的稀薄在相当程度上限制了当代军旅长篇小说的叙事空间和精神容量。

悲剧意识是对人的悲剧性命运的认知,而悲剧精神则是对现实人生悲剧境遇的超越,进而在精神上达致一种自由、顽强的生命境界。悲剧精神的实质就是生命之韧性与抗争之不屈——在困境或灾难中坚守信仰,不放弃对未来的美好追求,为了实现理想而勇往直前的大无畏气魄。悲剧精神的核心要素是反抗,困境中和抉择时往往容易凸显和升华人的存在价值、人格力量、理想追求和精神风貌。"悲剧美就在于生命的抗争冲动中显示出的强烈的生命力和人格价值,这种个体生命的价值品格、精神风貌和顽强的生命力联系起来,融汇为一种新的主观精神形态——悲剧精神。"[①]

---

① 邱紫华:《悲剧精神与民族意识》,华中师范大学出版社 2000 年版,第 6 页。

在世界经典战争题材长篇小说中，我们看到的不仅是战争和军人、胜利和失败，我们还看到了战争笼罩下的人生悲剧、灵魂堕落和人性扭曲，如《这里的黎明静悄悄》、《静静的顿河》、《永别了武器》等；而在新时期之前的军旅长篇小说中，我们看到的更多的是乐观主义的胜利、革命大团圆的结局以及"高大全"式的英雄形象。抗日战争和解放战争的胜利给中国人民带来了民族的解放和国家的独立，然而，在文学书写中，历史的转折以及战争带来的巨大牺牲和悲剧内涵却被有意无意地忽略和遮蔽了。

20世纪90年代中期以降，军旅小说创作从中篇的繁荣走向长篇的兴盛，小说创作削弱了历史纪实的成分，加大了艺术虚构和想象提炼的力度，陆续诞生了一批思想艺术上更为成熟、厚重的军旅长篇小说作品。如《走出硝烟的女神》、《英雄无语》、《历史的天空》、《亮剑》、《我在天堂等你》、《楚河汉界》、《音乐会》等。在这些小说中，政治意识形态色彩有所淡化，富有个体生命光彩的军人形象登上了历史和现实的舞台，从枪林弹雨的战争风云到动荡不安的政治风潮、从歌舞升平的和平年代到社会转型的历史变革，演出了一幕幕壮美却又饱蘸悲情的英雄史诗。"与此同时，受女性文学发展的影响，一直在中国军旅小说中可有可无、充当陪衬的女性形象，在男人为主的军旅长篇小说中逐渐走向核心地带，在战争的摧残下她们坚忍不拔，在情感的纠葛中她们追求自我又不得不委曲求全，哀婉又慷慨的女性悲剧从战争和军旅中浮出水面，丰富了军旅长篇小说的表现力。悲剧大都产生在时代的转换之际，它的出现就像是从吞蚀一个时代的烈火中升腾起的火焰，而等时过境迁，又只成为时代的装点缀饰。军旅长篇小说悲剧意识的崛起将我们重新带回历史的尘封、现实的诱惑和军人职业的使命中去，用艺术的手法还原军人的生命，为的可能就是'为了忘却的纪念'。"①进入21世纪，军旅长篇小说作家加强了对悲剧审美意蕴的挖掘和表现力度，悲剧意识的觉醒和悲剧精神的建构成为21世纪初期军旅长篇小说创作的重要突破和审美新质。军旅长篇小说中的革命军人，无论是战争年代还是和平时期，男性还是女性，往往都经历了生命、情感、理想、道德层面的种种困境和考验，并为之付出了沉重代价。人们在看惯了积极乐观的英雄主义和理想主义之后，得以沉入生命和灵魂的内里，细细品位真实的军人和悲剧的英雄。创作观念的嬗变，使得军旅长篇小说更加深刻地反映出战争的残酷与生命的苦难，更加真切地呈现出中国军人在面临时代转型与和平考验时的精神困境与命

① 牛金玲：《1990年代以来长篇军旅小说的悲剧意识》，河北大学硕士学位论文，2011年。

运遭际,因而具有了独特的艺术魅力和丰饶的精神空间。

展示某种价值的毁灭无疑是悲剧的基本特征;但悲剧的意义绝不单纯是展示价值的破碎,从而给人留下一段伤感苦涩的沉郁。悲剧要通过展示悲剧英雄对不幸命运的抗争,使人看到一种更高的价值力量,营造一股历劫长存的浩气。悲剧精神就是悲剧主人公所表现的为实现某种价值信仰和人生理想,不屈从于命运和现实的抗争精神、生命意志和崇高的人格魅力。"悲剧并非仅指生命的苦难与毁灭,更重要的是面对不可避免的苦难与死亡的来临时,人所持的敢于抗争的态度和勇于超越的精神"。① 21 世纪初期的军旅长篇小说在悲剧审美、悲剧表达和悲剧精神的建构方面逐渐走向深入和成熟,从历史与现实、人性与个性、牺牲与价值、理想与沉沦等错综缠绕的伦理与美学维度中,深入挖掘军旅人生的哲学内涵,提升了军旅长篇小说的思想高度和艺术表现力。

## 一、历史的悲剧

进入 21 世纪,文化语境的纷繁复杂、新历史主义文学观念的启发都使得军旅长篇小说开始突破既有政治话语的禁锢,正视历史真实、反思战争本体、关照人性的深广度和丰富性。在 21 世纪初期军旅长篇小说中,人性的异化和扭曲不再是丑化敌人的脸谱和政治斗争中攻击对方的手段,军人也不再是那种性格单一、立场单纯、信念纯粹的"一清二白"的政治符号,而是在历史发展的过程中真实鲜活、有血有肉的"生命存在"。

所谓的人性并非孤立和静止的,而是随着个人的认知经验和社会演变而发展变化,始终处于动态的过程中,并与广阔的外界现实发生着千丝万缕的联系。当外部世界发生巨大变化的时候,在价值信念面临两难抉择和现实考验的境况下,灵魂的自审与斗争常常是激烈而残酷的,人性的复杂性和矛盾性由此体现出来,人性也因此而彰显出深度和广度,人性的悲剧往往就是在难以言明的矛盾困惑和难以作出的价值判断中诞生。不同于"十七年"军旅长篇小说高扬党性、革命性的外化的主题表达,21 世纪初期军旅长篇小说更加关注人性的内在探索,注重还原军人的生命本色,展现他们真实的精神状态和心路历程。

复杂而残酷的战争往往将军人置入极端的经验和情境之中,使之经受严峻而

---

① 牛金玲:《1990 年代以来长篇军旅小说的悲剧意识》,河北大学硕士学位论文,2011 年。

深刻的人性考验。李西岳的长篇小说《百草山》中有这样一个震撼人心的情节：小说主人公贺金柱在参军前，为了给被日本军官川野奸污了的姐姐报仇，纠集同村的伙伴企图用将川野的十六岁女儿惠美子也给"缺德了"的方式来为姐姐报仇，当他们扒了她的衣服却又不敢"缺德"她，可是又不甘心放了她，于是就把她绑起来，塞住嘴，将头塞进裤裆里，弄成窝脖大烧鸡，让她在高粱地里滚，结果无辜的日本小姑娘就这样被活活地折腾死了。类似的情节在"十七年"军旅长篇小说中是不可想象的，因为小说的主人公作为英雄人物，其形象必须自始至终是高大的、纯洁的，不能有道德的缺陷，更遑论这种人性的罪恶。而21世纪初期军旅长篇小说就着力还原了军人性格品德和精神信仰的形成过程，正视了战争给革命军人造成的灵魂的戕害和人性的扭曲。美惠子的父亲是残忍的，是中国人民的敌人；然而，他的女儿却是一个像贺金柱的姐姐一样纯净、善良的花季少女。原本单纯善良的少年，在巨大仇恨的控制下完全丧失了理性，在复仇的冲动中扼杀了一个同样美好、单纯、无辜的生命，作出了和日本鬼子一样惨无人道的行为。虽然这同日本人在中国犯下的滔天罪行相比微不足道，这两个年轻人毕竟表现出了某种同情或曰迟疑，没有玷污日本女孩子的纯洁，同日本人将人的脑浆煮熟诱骗不懂事的中国孩子喝这类暴行相比，好像还算不上人性的堕落，但这也足以显示出战争对于人性善的泯灭和对于人性恶的释放。

战争的源头往往是政治，谈及政治斗争时，我们的印象往往是"你死我活"的，政治斗争堪称没有硝烟的战争。在政治斗争中，人性的底线往往一退再退，最终在政治的压力和个人利益得失的双重挤压下土崩瓦解。"十七年"军旅长篇小说受当时的政治语境影响，对政治斗争往往表现为敌我之间的阶级斗争，对于党内和军队内部事实存在的政治斗争却浅尝辄止、望而却步，对于我党我军内部的政治斗争所凸显的人性的猥琐、卑微甚至堕落更是避而不谈。进入21世纪，随着改革开放的深化和思想观念的解放，历史题材的军旅长篇小说普遍突破了谈"文革"而色变的禁忌，作家们开始自觉地揭露和反省"文革"中的人性滑坡，并由此探索历史的荒诞感和悲剧感。

"文革"制造了历史的悲剧、民族的悲剧，更凸显了软弱、苟安、随风摇摆、追逐权力的人性悲剧。在项小米的《英雄无语》中，"爷爷"出生入死为中共特科工作，"文革"中却被别有用心之徒诬陷为有说不清的政治污点的敌特；在都梁的《亮剑》中，李云龙对种种无耻的阴谋和诽谤终于忍无可忍，最终将枪口对准头颅，将最后一颗子弹留给了自己，悲剧性地结束了戎马一生的军旅生涯。此外，邓一光的《我是我的神》、项小米的《记忆洪荒》等作品也对"文革"那段历史进行了富于生命痛感的反思和批判。作家们没有回避历史、美化历史，而是勇于直面历史，客观地把军队和革命事业内部"左倾"的政治旋流所造成的悲剧作为审视和反思的靶标，超越了以往单纯将悲剧的根源归结于极"左"政治路线的历史局限，把人物的灵魂挣扎和精神坚守作为表现重点，从人性的深处和细部来挖掘深刻的悲剧内涵。作品所要反思和批判的不仅是走了弯路、误入歧途的历史进程与私欲膨胀、卑劣无耻的个人品行，更是直指人们盲从、猥琐和自私的精神暗影。特定时代的悲剧已经不仅是历史的悲剧，而是我们民族的精神悲剧和国民的人性悲剧，更是每个人自己的灵魂悲剧。

英雄人物对历史的进程起了重要的推动作用，历史反过来也成就了英雄的功名；然而，有没有被历史的沉沙掩盖的英雄呢？回答是肯定的。历史创造了英雄，也同样制造着英雄的悲剧。一切历史都是当代史，历史的面纱往往也会有意掩饰真相，来维护历史及当下的合理性，而个体的生命往往成为历史建构过程中的牺牲品。21世纪初期军旅长篇小说已经具有了还原历史的意识，不再一味回避战争中的屠杀和血腥；而是努力发现曾经被"历史"歪曲的真相，挖掘那些被掩埋于历史尘埃之下的英雄。在徐贵祥的《高地》中，老首长刘界河说得不错，所有的历史都会留下说不清楚的东西，他举了一个例子：红军时期，一支团队遭到敌军围困，就在决定突围的时候，接到密报说内部出了八个奸细。这让团长政委犯了难，抓住这几个所谓的奸细吧，证据不足；不抓吧，又怕真的是他们里应外合，带着他们突围有很大风险，而且没有时间调查。商量再三，团长政委决定，把这几个人毙了。在即将行刑的时候，一个"奸细"突然喊起来，说只提一个请求，说大敌当前，要节省子弹，我们自己了断吧，说完就一头栽在地上，脑门磕在石头上血流如注，其他几个纷纷效仿。可是行刑并没有停止，团长说，同志们，也许你们是冤枉的，可是情况复杂，没有功夫调查，如果你们是清白的，那就算为革命牺牲了。客观的历史已经一去不复返了，文本的历史出现了许多说不清的东西，人为了自身的利益建构了历史，又为了自己的利益去阐释历史，明明在为革命工作却被当成叛徒而遭枪毙，生命个体在历史长河和民族战争的激流中往往别无选择地成为某种意义上的牺牲品。历史就这样轻易吞噬了英雄的个体生命，再用历史文本将原本鲜活的现实记述成真假难辨、面目难分的史料文字。历史歪曲、湮没英雄的悲剧频频上演，却少有作家关注。

自古成败论英雄，但成败毕竟不是可以随意涂抹的，即使时过境迁，但英雄的灵魂终须安置妥当。长篇小说《高地》就是围绕着一段扑朔迷离的战斗历史展开的。朝鲜战场上,一直以来被组织上认定为是一次达到了我军作战意图并挫败敌军进攻的典型战役——"双榆树大捷",却是一场不折不扣地对敌情作出了错误的判断,造成了严重损失的战役;虽然战役最终得到了补救,但也是以战士勇敢的牺牲为代价的,是一场偶然的负负得正的胜利,或者根本就是一个失败。这个战役的两个主要指挥员对于这场战役是胜是败争论了一辈子,最后终于明白了真相。双榆树大捷一直是作为光荣历史被载入荣誉史的,有很大一批干部也是因为双榆树大捷的战功而实现了人生命运的辉煌转折;然而,谁承想这却是一场失败的典型。历史跟我们的英雄们开了这样一个玩笑,战斗英雄以坦荡的胸襟接受并正视了这样的历史真相。尽管是一次失败的胜利,英雄却还是英雄,他们为民族的解放英勇奋战直至献出了宝贵的生命,任何人都没有资格按照自己的意愿和功利目的随意涂抹和改写这段历史。可悲、可怕、可怜的是英雄用生命赢得的战斗,日后却成了后人追功求利的政治工具,英雄与历史的关系似乎远没有我们想象中单纯,复杂、动荡而令人心生恐惧和疑虑的历史造就着英雄的辉煌,不经意间也埋下了英雄悲剧的种子。

## 二、现实的悲剧

军人的使命就是保家卫国,以牺牲和奉献赢得战争的胜利,换取国家和民族的和平安宁。和平既是对军人的最高褒奖,某种意义上说也是对军人的埋没。和平年代的军人所面临的职业困境、情感困境和人性困境又是怎样的? 21 世纪初期军旅长篇小说在反映和平年代的军旅现实生活时,已经不再是空泛化、模式化地表现军人崇高的思想境界,而是体现出思辨的深度与力量。

"和平岁月是军人用生命与鲜血编织而成的,它既是军人的荣耀,又是军人的某种精神泥淖,使之无法逃避地隐进去,在其中进行沉重而悲壮的挣扎。"[1]军人为维护和平、遏制战争而存在;然而,每个优秀的军人在内心深处都有着对战争的本能向往。对军人来说,只有战争才是自己的归宿,只有在战争中才能体现出军人职业的终极价值。战争的渴望、战斗的激情凝结成一代代军人难以了却的战争情结。21 世纪初期军旅长篇小说中有这样一批军门子弟,他们从小生活在军队中,吃的

---

[1] 北乔:《枪是有灵性的》,《解放军文艺》2002 年第 10 期。

是军粮、唱的是军歌、听的是军号、接触的是军人,并在父亲那里受到较好的军事训练。他们相信军人是世界上最值得骄傲的职业,相信军人是男人中最优秀的群体,相信自己天生是军人,军旅自然而然成为他们的人生理想和必然选择。他们热爱军队并立志成为其中优秀的一员,做一个像他们的父亲一样铁骨铮铮的硬汉军人。就是这样一群优秀的军人却在自己的军旅生涯中演出了悲剧的角色。用他们自己的话说,他们太浪漫了,他们把军人这个职业理想化了。浪漫和理想使他们只知道把部队当事业干,而不知道把部队当作仕途干。仕途,是个太直接、太功利的通道。它看似理想,其实拒绝理想,其中看似充满机会,实则难以掌控。这些生机勃勃的年轻军人付出了青春的代价,更多的则只收获了苦涩和遗憾。

在马晓丽的《楚河汉界》中,战士王京津聪明活跃,对部队无限热爱并充满激情,同时博览军书而见识广博,还写得一手好诗,他曾经创作的长诗《献给下一次世界大战的英雄》受到很多战士的崇拜。王京津本应该在部队大展拳脚成就一番事业的,但却因为爱耍干部子弟的做派,在部队里得罪了很多人而被命令复员了。当首长的老爹也不屑为不争气的儿子开绿灯,这个年轻人半夜跑到军营对面的山坡上,朝着军营方向敬着军礼,满面泪痕地大声喊着:亲爱的连队永别了!喊完就开枪自杀了。在他的遗书中只有六个字:不当兵,毋宁死。这只是一个极端的例子,他是那样痴情地爱着军队,不能接受被自己的所爱抛弃。周东进在作战前动员时曾说,一个男人一辈子不当兵是个遗憾,一个军人一辈子不打仗更是个遗憾。这足以证明军营对于一批铁骨铮铮、想要建功立业的青年具有足够的吸引力,军旅就是他们永远也解不开的情结,脱了军装他们就不知道自己还能做些什么。他们好像天生就是军人,不但要将自己的生命全部交付给军旅,还要将儿女们也尽可能地塑造成出色的军人,这样一代代地将军人的作风和荣光传承下去。

在《楚河汉界》中,周东进所在的部队到南部边境轮战,一直处于钻猫耳洞或同小股游击敌人作战的状态,没有打过一场像样的战役,这使他很不痛快。当接到攻打1422主峰前面的395高地的命令时,他两眼放光。他仔细研究了395高地以及1422主峰附近的地形,发现这阵势很像"二战"中的克伦战役,这一发现意味着机遇和挑战:"周东进激动不已,他只觉得一种压抑不住的激情在胸中汹涌澎湃地冲撞起来,充盈着他的每一根血管,弹拨着他的每一根神经。一种自幼就熟悉的冲动使他周身燥热,坐立不安,恨不能立刻展开,打一场功垂史册的好仗。"①这就是

---

① 马晓丽:《楚河汉界》,解放军文艺出版社2002年版,第161页。

军人充满阳刚的战斗激情,战斗就像他们的情人一样,他们时时刻刻思念那战争女神,当他们有幸匍匐在战争女神裙边的时候,他们愿意献出自己的一切甚至是生命。"养兵千日,用兵一时",虽然战争是令人厌恶的,但是作为军人,他们仍然渴望着被用之时,因为军人存在的核心价值就在于驰骋疆场、主宰战争、赢得胜利。为此,他们忍受着被养千日而无用武之地的精神煎熬,这就是和平年代军人拼尽全力对抗平庸,最终却又无可避免地流于平庸的悲剧。

一直以来,军队都是作为一个整体而存在的,集体主义、无私奉献一直是作为军队的核心价值来弘扬的。集体荣誉感是军人的灵魂,令行禁止是军人的纪律。一样的军装、一样的口号、一样的步伐、一样的军歌将军人们打造成了"钢铁长城"。融入庞大的军队,军人就是一种符号。个体生命、个性化存在似乎从未成为过军旅长篇小说的叙事主流。不过对于社会而言,每一名军人都是独立的个体,对于家庭来说,每个军人都是鲜活的、不可替代的唯一。因此,21世纪初期军旅长篇小说更加重视军人个体的生命经验。作为一个集体,人民军队坚不可摧;然而作为一个普通军人,却不得不面临种种生存的压力和精神的困境。除了职业的限制和困惑,军人也拥有自己的情感生活,他们有养育之恩的父母,有温馨浪漫的爱情,也有活泼可爱的儿女;然而,他们当中有很多却不得不远离家庭、远离繁华的都市,只身一人戍守在外,他们为了军队兢兢业业、尽职尽责,留给亲人的却是太多的无奈与等待。古语说忠孝不能两全,当一个善良、正常人的情感需求被剥夺而无法实现时,人性的情感悲剧就在所难免。军人的家庭在经济和物质的浪潮中面临诱惑和考验,军人边缘化的职业和清苦的生活被人讥笑和不解,他们能否在物欲横流的社会攀登上精神的高地、树立起价值的高标呢?事实上,我们常说的"人在军旅",不仅仅是一种职业的选择,它已经成为军人生命的选择、价值的皈依和精神的寄托。无论当初从军的初衷是怎样的,一旦他们跨入军营,穿上军装,走起队列,唱起军歌,就神奇地融入到这个年轻、富有朝气、富有生命力的集体当中。尽管生活艰苦、单调甚至不近人情,但是一股对部队难以割舍的依恋却怎么也抛不开。也许这就是军营的魅力,这就是军人的情结:营盘如铁、兵如流水,军旅情感却会伴随人的一生。这种浓得化不开的军旅情结既蕴含着源源不断的正能量,也隐藏着军人在职业选择中的精神危机,其中所蕴含的悲剧性审美元素在21世纪初期的军旅长篇小说中得到了充分的挖掘和展现。

21世纪初期军旅长篇小说在表现和平军营时摆脱了生硬的理想和空洞的口号,从平凡的日常生活中表现普通军人的真实精神境界和价值选择,也正是从这个角度切入,才挖掘到了和平时期军旅生涯中的那份苦涩的人性悲剧。如衣向东的《一路兵歌》、王秋燕的《向天倾诉》、韩丽敏的《将军楼》等,这些现实题材军旅长篇小说没有战争的残酷血腥、没有历史的沧桑厚重、没有慷慨悲怆的英雄豪气,有的只是和平年代普通而又平凡的军旅生活。《一路兵歌》的叙事围绕着北京的一个使馆区的勤务中队展开。中队长、指导员都是勤勤恳恳、任劳任怨的基层带兵人,他们长期和妻子两地分居,独自一人坚守在军营中,放弃了种种天伦之乐。指导员的妻子是个下岗女工,天天盼着能随军到北京团聚,可是就在愿望即将实现的时候丈夫却不幸得肝癌去世了。平凡的军人、卑微的死亡,可是谁又能说他不是一个称职、敬业的军人? 有人说做军人就意味着奉献和牺牲,做军属就意味着无奈与等待,这可能是不错的。在《一路兵歌》中,没有战场、没有英雄,有的只是普通的人、平凡的军人。军营是他们热爱的地方,是他们实现理想价值的平台;可军旅生活所特有的种种限制和现实的困惑也给他们带来了难以弥补的情感缺憾,这种生死两隔的遗憾又何尝不是苦涩而痛彻的悲剧呢?

### 三、女性的悲剧

在 21 世纪初期军旅长篇小说中,英雄已不仅仅是男性,女英雄亦成了不容忽视的重要存在。女性英雄或者是军人的妻子、女儿,或者本身就是军人,抑或两者兼任。不论是在战火纷飞、英雄辈出的革命战争年代,还是祥和安宁的和平时期,女性为中华民族的崛起和中国军队的发展都付出了巨大的牺牲,表现出顽强坚韧的精神品质。

女性作为一贯受压迫的群体,在五四以后有了自觉的反抗意识,她们为了追求独立、自由、解放的新生活而逃离封建家庭的安排和束缚加入了中国人民解放军;而女性所特有的性别特点和社会地位决定了要解放自己就要参与到残酷的战争中去,付出比男人更大的代价。裘山山的《我在天堂等你》讲述了在进军西藏的征程上、在雪域高原的生命禁区,女性以自己坚韧、独立、伟大的人格,为了自己的事业和理想经受了身体和情感的双重折磨。美好的女性为了革命,为了追求自由、解放顽强地抗争,不得不放弃女性的特征和权利,与男人一样地投入战争,其代价却是女性本质特征的丧失。

战争带给她们的除了肉体的痛苦,还有种种精神上的折磨。对于女性而言,爱情的悲剧对她们青春的扼杀、灵魂的戕害似乎更加致命。在英雄军人的爱情生活里,女性往往处于被动的地位,她们向往自由、美好的爱情和理想的伴侣,却无法摆脱组织的安排;从封建婚姻逃出来,在枪林弹雨中追求自由,却又不得不面临新的包办婚姻,婚姻的悲剧在历史题材军旅长篇小说中比比皆是。《楚河汉界》中周汉为了留下后代而娶了于恩华并与她同房,却连她的脸盘都没看清楚。于恩华仅是他发泄自己情欲和繁衍后代的工具,而他却一直都没有意识到妻子的不幸。女儿川川提醒了他这一点,但他仍然一意孤行,让女儿嫁给自己喜欢的警卫员,从而破坏了女儿自由选择爱情和婚姻的权利,还自以为这是对女儿的疼爱,就这样他按照自己的意志制造了两代女性的情感悲剧。

当然,被包办的婚姻中,也有一些女性能在婚后的生活中渐渐爱上自己的丈夫,这其中既有对政治的认同,更有英雄人格魅力的感染。《历史的天空》中的小政委东方闻音,好不容易接受了梁大牙的爱情,自己却在战场上牺牲了。除了组织包办,即使是心甘情愿的婚姻中,被丈夫抛弃和遗忘同样给军队中的女性的人生造成了巨大的悲剧。《英雄无语》中被爷爷抛弃的"奶奶",为丈夫的遗弃遭受了一生的孤独和苦难;《百草山》中,一级战斗英雄贺金柱丢弃了农村妻子魏淑兰而同年轻漂亮的女学生张敏结婚,使妻子从此憎恨男人,决定一辈子不再嫁人,造成了一生的悲剧。魏淑兰因为败给了张敏而开始了悲剧的一生,而张敏得到了理想的英雄军人做丈夫,可是她的人生也难逃悲剧的笼罩。张敏热爱生活、青春美丽、个性好强,是个有独立追求的知识女性。在那个崇拜军人、崇拜英雄的年代,她最终选择了比她大十几岁的贺金柱做自己的终身伴侣,正当她准备迎接幸福的时候,命运给了她一个讽刺的开局,新婚之夜她的丈夫因为得知自己的父亲为了他的喜新厌旧而上吊的消息,因而产生了心理障碍,这对他们今后的婚姻是个不幸的暗示。张敏毕业之后留校做了一名大学老师,在那个大学生还凤毛麟角的年代,大学老师是个令人羡慕的职业。她本想在大学好好干一番事业,却因为丈夫的移防被迫跟贺金柱驻扎在大山里,在部队做了军人服务社的主任,跟一群农村来的、没文化的、只会拿自己当军官的丈夫来炫耀的家庭妇女打交道。就这样她疏离了自己的专业,陷入了浅薄、愚蠢的炫耀和互相攀比中,整天拿着首长夫人的派头颐指气使、发号施令。随着丈夫升为师长、军长,她也逐渐丢掉了自己,生活在了丈夫权力地位的阴影里。她贪恋物质利益,私下滥用丈夫的权力为自己的亲友牟利,陶醉在第一夫人的虚荣里。直到百万裁军的命令一下,丈夫所在的八十九军被裁撤,丈夫不愿做副职而离休了,她才从权力的快感中跌落下来,这时她才真正反思到自己丧失个性的一生、为权力所奴役的一生是多么俗气、可悲。为了爱情伤害了别人,为了爱情迷失了自我,为了爱情荒废了一生,为了爱情变得世俗堕落,爱情没有毁灭人性,却使人陷入了重重怪圈中。在21世纪初期军旅长篇小说中,女性不仅仅是男人世界和战争背景的点缀,不论是男作家还是女作家都对军人世界中女性的成长历程、心灵变化和悲剧命运投入了更多的关注和思考,探索了社会、时代和个性心理等女性悲剧的多方面根源,表达了对女性生命的观照和敬意。

《高地》中的女军人杨桃从医科学校毕业后参军,成了一名战地护士,后来成了军人严泽光和王铁山的共同追求目标。当他们俩当着自己的部队公开向她表达爱情时,她不得不逃掉了。这是一个爱情故事多么美好动人的开端啊!然而这爱情的花苞还未来得及绽放就被战争扼杀了。她在战斗中失踪了,严泽光和王铁山带着部队搜遍了整座山也没有找到她,后来部队接到入朝作战的命令不得不开拔了。大家都以为她牺牲了,可是几十年过去了,大家才知道,原来那个美丽的女兵受伤后被一个郎中带走,并为他生了一对龙凤胎;而她的丈夫因为曾经被迫为国民党军队治过伤,被定性为匪医,在"反右"中被错误杀害了。她带着两个儿女来找原来的部队,部队首长将她悄悄安置在地方工作。为了孩子将来不被父亲牵连她迫不得已将自己的儿女分别交给两对军人夫妇收养,自己只能隐姓埋名地生活,远远关心着自己的儿女却不能相认。这就是一个在战争中丢失了青春、丢失了爱情、丢失了给予母爱的权利的美丽的女性的命运,她的人生是悲剧性的,不但没有浪漫的爱情,而且不能同自己的孩子团聚,却尽自己所能让那些在战争中失去了生育能力的军人们拥有了儿女绕膝的幸福。杨桃的生命中深深地印刻着军人的悲剧、爱情的悲剧和女性的悲剧,这是一个被战争夺去了一切美好的女性;可是她没有被命运击倒,没有被战争压垮,她勇敢顽强、自尊自立,始终坚强地帮助着别人,为我们展现了女性在战争与和平环境中坚韧的心灵与崇高的精神。

## 结　语

悲剧的魅力不在于苦难而在于超越,诚如雅斯贝尔斯所言:"没有超越就没有悲剧。"①在21世纪初期军旅长篇小说中,我们能感受到不被现实压倒、不向权力妥协的抗争精神和超越现实生存困境的英雄主义精神。当悲剧人物执着于纯洁的价值理想时,充斥着种种现实欲望的世界就会变得无比坚硬,这样,困境就不可避

① ［德］卡尔·雅斯贝尔斯:《悲剧的超越》,亦春译,工人出版社1988年版,第26页。

免;但是,恰恰是这种艰难的困境更加激活了人的深层潜能,从而完成对自我的超越。

黑格尔曾在他的《美学》中讲到,悲剧的主人公大都是那种具有高远志趣和行动坚定的人,可现实却又无法提供实现他们高远志趣的必要条件,于是悲剧就产生了。黑格尔所提到的这种悲剧其实就是英雄的悲剧。军营是热血男儿向往的热土,这里的氛围紧张严肃、热烈纯粹、摸爬滚打、操枪弄炮的日子充满了激情和挑战,无数的英雄在这里诞生、成长。对于满怀报国壮志,执着追求理想信念的职业军人而言,在战争年代他们用生命和鲜血挑战战争和死亡,在和平年代他们拒绝平庸,对抗堕落,超越世俗,挑战自我,用青春和坚守践行着崇高的理想和高贵的精神。现实生活中,优秀的军人和纯粹的信念都面对着世俗逻辑的严苛考验。没有悲剧的战争是不存在的,没有悲剧的军旅是不真实的,没有悲剧精神的英雄主义是不深刻的。不朽的传世名著大都是悲剧,有着深刻的悲剧意识和鲜活的悲剧人物,而缺乏悲剧审美空间的军旅长篇小说是难以成为经典的。进入21世纪,军旅长篇小说走出了"高大全"式的颂歌模式,开始探索对战争、命运和人性的悲剧表达。从历史的悲剧、现实的悲剧、女性的悲剧等不同层面切入,展现了一代代优秀的中国军人在面临战争与和平、理想与选择、利益与职业等人生抉择时的精神境界和生命状态,建构起具有悲剧审美价值的精神伦理。

悲剧意识的觉醒成为军旅长篇小说走向成熟的重要标志,而对悲剧精神的自觉建构将使得军旅长篇小说真正超越时代、超越政治、超越功利,拥有经典的品质和永恒的魅力。

原载《创作与评论》2016 年 9 月

责任编辑:陈佳冉
封面设计:林芝玉

**图书在版编目(CIP)数据**

啄木声声:第二届"啄木鸟杯"中国文艺评论年度优秀论文集/中国文艺评论家协会,
　中国文联文艺评论中心 编. —北京:人民出版社,2018.5
ISBN 978－7－01－019053－2

Ⅰ.①啄…　Ⅱ.①中…②中…　Ⅲ.①文艺评论-中国-当代-文集
　Ⅳ.①I206.7-53

中国版本图书馆 CIP 数据核字(2018)第 046434 号

## 啄木声声

ZHUOMU SHENGSHENG

——第二届"啄木鸟杯"中国文艺评论年度优秀论文集

中国文艺评论家协会　中国文联文艺评论中心　编

**人民出版社** 出版发行
(100706　北京市东城区隆福寺街 99 号)

北京汇林印务有限公司印刷　新华书店经销

2018 年 5 月第 1 版　2018 年 5 月北京第 1 次印刷
开本:787 毫米×1092 毫米 1/16　印张:22.25
字数:400 千字

ISBN 978－7－01－019053－2　定价:78.00 元

邮购地址 100706　北京市东城区隆福寺街 99 号
人民东方图书销售中心　电话 (010)65250042　65289539